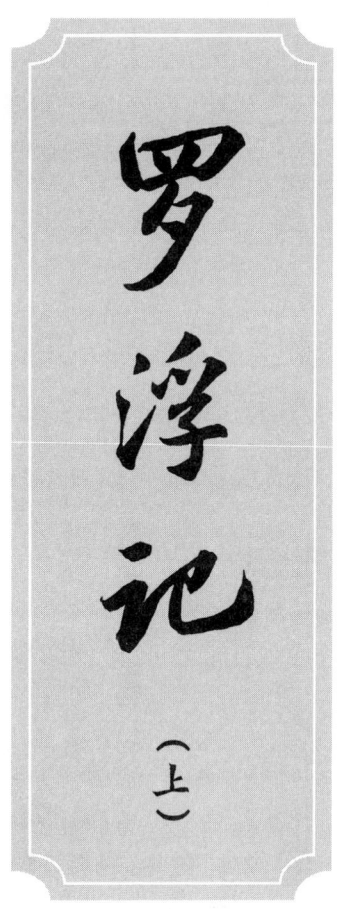

蒋云昆

著

图书在版编目（CIP）数据

罗浮记：全二册 / 蒋云昆著. -- 武汉：长江文艺出版社，2024.10(2024.12重印). -- ISBN 978-7-5702-3775-3

Ⅰ.I247.5

中国国家版本馆CIP数据核字第2024Y2A463号

罗浮记：全二册
LUOFUJI

责任编辑：程华清　高田宏	责任校对：毛季慧
封面设计：胡冰倩	责任印制：邱　莉　丁　涛

出版：长江出版传媒　长江文艺出版社
地址：武汉市雄楚大街268号　　邮编：430070
发行：长江文艺出版社
http://www.cjlap.com
印刷：湖北新华印务有限公司

开本：787毫米×1092毫米　1/16　　印张：65.625
版次：2024年10月第1版　　　　2024年12月第2次印刷
字数：1023千字

定价：198.00元（全二册）

版权所有，盗版必究（举报电话：027—87679308　87679310）
（图书出现印装问题，本社负责调换）

目 录

第 一 回	救生灵罗山初会	戏神珠双龙定情	/ 001
第 二 回	战群雄黄龙受困	感真情神龟驮岛	/ 011
第 三 回	授灵宝法师救难	爱相随双龙化石	/ 021
第 四 回	贪红尘张泓扶妃	性妒悍贾氏祸宫	/ 031
第 五 回	游林园武帝幻梦	自请命马隆讨贼	/ 041
第 六 回	上崆峒马隆平虏	纳群娇武帝纵色	/ 050
第 七 回	下凡尘仙翁警世	破戒规武帝临危	/ 061
第 八 回	初相会两雄斗法	取灵根刘渊逢凶	/ 072
第 九 回	临受命卫瓘辅政	纵爱恨杨后夺权	/ 082
第 十 回	矫诏书杨骏擅政	留遗恨武帝宾天	/ 092
第 十一 回	取神火太华还魂	统五部刘渊出征	/ 101
第 十二 回	大罗宫葛洪下山	吉家巷稚川降鬼	/ 111
第 十三 回	镇洪灾葛洪会父	察端倪父子缉凶	/ 122
第 十四 回	劫客商驿丞就擒	寻仙草葛洪返心	/ 132

第 十 五 回	断阴案石崇显形	请民愿葛洪朝京	/142
第 十 六 回	弘教理佛道辩法	怙权势杨骏伏祸	/152
第 十 七 回	正本源葛洪除妖	肆妄为楚王入朝	/162
第 十 八 回	明空性葛洪了缘	咎自取杨氏赤族	/172
第 十 九 回	斗心术三权治朝	施诈计贾后夺宫	/183
第 二 十 回	寻本原天师收妖	应天数元始止讲	/193
第二十一回	谋正嫡贾午借子	草逆书太子遭废	/203
第二十二回	诛太子贾后易储	传假敕赵王起兵	/214
第二十三回	饮鸩酒贾后退幕	登大位赵王逞凶	/225
第二十四回	起刀兵绿珠坠楼	夺玺绶赵王篡国	/235
第二十五回	传檄文五王起兵	问师语刘渊投诚	/246
第二十六回	刘渊持宝杀四将	王乔吐纳显神通	/256
第二十七回	大法师收徒布道	成都王退求贤名	/266
第二十八回	长沙王反杀成事	新野王讨逆遭殃	/278
第二十九回	寻葛根陶侃破敌	截后路周玘平乱	/289
第 三 十 回	白毛儿贪功遇挫	长沙王招怨受擒	/299
第三十一回	成都王挟驾还邺	琅琊王连罪出奔	/310
第三十二回	康家洲金银埋祸	镜子岩壁女试心	/321
第三十三回	黑风谷石勒发难	紫仙山太华救主	/332
第三十四回	大都督龙入沧海	成都王兵退洛阳	/342

第三十五回	劫帝驾张方迁都	得仙授刘琨显名	/ 352
第三十六回	呆皇帝暴毙宫中	河间王贪生得死	/ 363
第三十七回	八王之乱归东海	汉晋大战起平阳	/ 373
第三十八回	龙伯诏魂游四明	支道林演绎色宗	/ 383
第三十九回	石勒伏寇投汉王	路述死战守河东	/ 394
第 四 十 回	蒲子城刘政布法	上天山菩萨破阵	/ 404
第四十一回	东海王专务防内	白毛儿兵进上党	/ 414
第四十二回	李少君太行阻兵	刘元海离垢谒佛	/ 424
第四十三回	少君失陷绝壶关	垣延诈降献美人	/ 435
第四十四回	白毛儿舍美折罪	北宫纯勤王显威	/ 445
第四十五回	上嵩岳双龙问僧	渡洛水刘渊夺营	/ 455
第四十六回	刘渊大战北宫纯	马隆徵请阴阳女	/ 465
第四十七回	太阴女力敌三僧	刘元海梦入琉璃	/ 475
第四十八回	阴阳女摆无双阵	日月佛破两重身	/ 485
第四十九回	刘渊宴饮五胡台	马隆剑鸣北邙山	/ 496
第 五 十 回	大法师出元阳洞	燃灯佛下灵鹫山	/ 507

第一回 救生灵罗山初会 戏神珠双龙定情

诗曰：

先有鸿钧后有天，混元一气尘微玄。
三教共议封神榜，周室代商八百年。
老子骑牛出函谷，道德真经书良言。
始皇东进扫六合，高祖斩蛇正坤乾。
太平道起黄巾散，三分天下司马安。
贾后夺宫八王替，五胡乱华国更弦。
华夷纷争沧桑变，衣冠南渡尽移迁。
大罗归真洞世事，罗浮抱朴明心田。
葛洪入世扶社稷，布玄兴道度人间。
金丹正果列仙位，两晋演义古今传。

话说东洋大海之中，有一处仙山，名曰蓬莱仙山，浮在海面，终年云遮雾障，灵秀缥缈。好景色，有诗为证：

日照圆海，月映曲峦；奇峰妙崖，谷润泉欢。岚光锁翠，云雾幽还；浪涌飞石，虹叠半山。乔松万载，修竹千年；灵兽斗野，玄鸟鸣喧。琪花瑶草每每秀，宝树仙果处处生。霞彩若隐显，凡眼难识颜；遥望似在前，随波却不见。正是：无限风景蓬莱好，瑶池阙宫只如然；一脉元根擎霄汉，世上何人到此间。

　　仙山之中，有一万年老龟，乃是这仙山的驮岛神龟。这日，老龟正在海边一块碧云石上打盹，忽闻得一阵玉石珑璁之声。睁眼看时，原是一女子，青螺眉黛，梅簪挽丝，双瞳剪水，罗纱轻摆，纤手摇曳，玉足点沙，正翩翩起舞。怎见得，有词为证：

　　　　盈盈翠步，轻纱摇影灿霞目。百鸟鸣放绕姿柔，一曲曼舞，不见几人歌。口吐香兰启碧朱，若仙似灵向长河。美眸含笑转秋波，送归何所，姻缘自有数。

　　老龟摇首说道："三公主，你不在东海宫内陪你父王，又到此山玩耍来了？"三公主止步，小嘴一噘，应道："龟太公，我在宫中烦闷得很，父王常提婚嫁之事，我不乐意，到此散心来了。"老龟笑道："你乃龙王之女，二位姊妹皆已嫁出，如今你已到婚嫁之龄，不知龙王欲择哪方佳婿？"公主垂首回道："父王欲结天龙之好，令我嫁与太真玄龙，也不问女儿心意。"老龟闻言，叹道："你父王已是海龙之首，却仍想攀龙附凤，不顾子女幸福，也是不该。三公主，那你如何打算？"公主耸一耸肩，两手背扣，足尖圈地，歪头撇嘴，俏皮道："还能怎样？先应付着！父王定于八月初十出阁，尚有三月，我欲四处走走，忘却烦心。"老龟笑道："蓬莱仙山星驰石涌，百花斗奇，不逊于那璇宫琼宇，在这散心也可。"公主回道："我打小就在此山玩耍，早已腻烦，龟太公，你可知有甚别的好去处？"老龟笑道："我也只略知一二，这样，我这把老骨头陪你走走，如何？"公主喜道："龟太公见多识广，四海之内烂若披掌，可要带我好生看看。"不待老龟答话，连忙跳上龟背，老龟仰头笑道："如此心急，也不怕老龟承受不住，摔坏了你。"公主笑道："龟太公，可别再唠唠叨叨，速速行来要紧。"老龟道一声："且坐稳身子！"龟壳一转，瞬间驶向海面，出了仙山。

　　公主坐在龟背上，如鸟出笼，似马脱缰。看着天空，白云飘荡，海鸥盘旋。极目远眺，云水交汇，海天交融。一轮红日，悬于云霞，尽染碧浪。海面之上，彩蕴流泻，波光粼粼。排排海浪，拍打礁石，激荡涟漪，如钟磬鸣乐，鼓锣奏歌。风拂驿动，珠花晶莹，微溅青丝。一路景色，令人神清气爽，心旷神怡。公主不禁大悦，烦忧尽解，缠着老龟，问东问西，说个不停，老龟也不嫌烦，一一作答。不觉之间，出了东海，进入南海，又是一番景象。只见白浪滔天，银花四溅，海水五光十色，变幻莫测，珊瑚海礁，鬼斧神工。绿藻浮游，犹如翡翠，群岛耸立，似那星石。公主正领略异域风情，老龟忽停下来，不由得抬眼一望，见前面有座高山，奇峰异石，云气缭绕，气势恢宏，令人神往。

公主问道："龟太公，前方是何山？"老龟望道："此是罗山，乃岭南第一山。"公主喜道："上去瞧瞧如何？"老龟笑道："山上住有人家，你乃龙女，人神有隔，若被认出，恐为不美。"公主两眼一转，央求道："我化作寻常姑娘，哪里有人认得出，龟太公，就许我上去走走，无需多时，自便回来。"老龟拗不过，只好说道："莫要贪玩，速去速回。"公主见老龟答应，喜道："龟太公且放心。"又问："此山可与别处不同？"老龟答道："此山生百草，棵棵有奇效，此地百姓称为福灵之所。"公主再问："此山可有好去处？"老龟应道："此山之巅有一地，名曰龙岩，罗山飞瀑流泉九百八十处，皆出此处。"公主笑道："那我便去龙岩看看。"老龟游至海边，收了壳甲，说道："老身有些乏了，就在此处歇息，你自去走走，待会儿回来，唤我便是。"遂遁入沙中，消失不见。

公主摇身一变，腰系长带，青衣素裙，虽未施粉黛，俨然一副村姑模样，却也掩饰不住风流旖旎，端的是一个美人儿。公主手提药锄，肩挎药篮，走进罗山。一路行来，却未见老龟所说景象，眼前尽是蝉喘雷干，焦金流石，赤地千里，良田黄埃，飞鸟绝迹，塘鱼干竭，有诗为证：

一雨如金未曾见，大旱云弥不濡田。
满目唯见蒿莱长，只盼雷雨泽四渊。

公主心中生疑："此山尽是死灰槁木，飘蓬断梗，干泉枯水，毫无生气，哪里是什么福灵之地。且到龙岩看看，再是这般景象，便回去罢了。"于是攀至山顶，来到龙岩，见一块十丈青岩，形若飞龙，张牙舞爪，口含明珠，盘旋而立，似腾似卧。公主走到龙岩下，正待细看，忽听耳边"吭嗨"之声，循声望去，见一阿哥，身长九尺，浓眉如墨，双目炯炯，面若弦月，唇似涂脂。上身赤膊，

胸脯横阔，犹如震天雄狮仰头啸；骨健筋强，拔山扛鼎，好比撼地貔貅舞利爪，端的是威风凛凛，相貌堂堂。阿哥手举大锄，正在掘地，那地好生奇怪，一锄下去，现一小坑，转瞬之间，坑中又冒出土来，复回平地。再看那阿哥，也不嫌烦，一锄一锄，锲而不舍。如此往复，阿哥再有气力，也是汗如雨下，疲惫不堪，可那土仍是掘一锄，长一锄，不见变化。

公主甚觉奇怪，走上前去，问道："阿哥，你这是作甚？"阿哥头也不抬，答道："掘井。"公主又问："为何掘井？"阿哥又答："救人哩。"公主追问："救何人哪？"阿哥方抬起头来，见眼前女子，虽荆钗布裙，衣不择采，却亭亭玉立，楚楚动人。阿哥甩一把汗，声如洪钟："你这姑娘，可是化外而来，莫不知晓这里遭了大灾？"公主奇道："如何大灾？可否说来听听。"阿哥放下锄头，说道："此山名曰罗山，三年前，原是山清水秀，翠色欲流，百花争艳，绿草如茵，姹紫嫣红，风景如画，可一旱三年，河干泉涸，地裂禾枯，花凋树朽，五谷绝收，人食野草，狗吃泥沙。我在此掘井，欲取水而救生灵。"公主俯下身子，手捧土沙，问道："方才见你掘井，掘一锄，长一锄，如此往复，便是千年万载，也难掘一口井来，这又是何故？"阿哥听公主发问，登时双眼喷火，嘈声跺脚，疾言怒色，说道："此乃东海老龙作孽，使万物生灵，不得安宁。"

公主听阿哥辱骂父王，心中又气又疑，说道："此处为南海境地，该由南海龙王兴云布雨，与东海龙王何干？"阿哥说道："你且坐下，待我讲来。"遂搬过一块方石，让公主坐下。公主也不推辞，坐下问道："我还不知你姓甚名谁，如何称呼？"阿哥相对坐下，说道："我乃南海龙王的三儿子，姓敖名泽，你唤我小黄龙便是。父王为何不耕云播雨，其中却有隐情。三年前，我见此地旱魃为虐，天雨不降，万物凋死，生灵涂炭，心中不忍，便去求父王降雨救民。可父王却不答应。"公主奇道："四海龙王司职兴云布雨，水滋生灵，你父王为何不答应？"小黄龙擦了擦汗，公主见了，递过罗帕，笑道："看你满头是汗，用此擦擦。"小黄龙接过罗帕，道一声谢，又道："此事尚需从三年前说起，昊天上帝得玉清元始秘授赤字玉文而开天执符，移驾灵霄，四海龙王聚首商议庆贺事宜，我父王见南海罗山烟波浩渺，山明水秀，故设筵在此。四海龙王驾临罗山，龙出九天，形现彩云，当地百姓见雨润泽林，岁稔年丰，以为我父王泽瑞罗山，

第一回　救生灵罗山初会　戏神珠双龙定情

保得风调雨顺，五谷丰登，便建了龙庙，感念父王。此事传开，西海、北海两位龙王倒不在意，却独恼了东海老龙。"公主问道："东海龙王为何恼怒？"小黄龙回道："听父王之言，东海老龙心中有气，怪罪百姓分明见了四海龙王，却独谢父王，不将他等放在眼中，故令罗山五载无水。"

公主恍然大悟，叹道："这倒是父王的不是。"小黄龙问道："哪个父王？此话怎讲？"公主回过神来，忙掩饰道："你误听了，我说此乃东海龙王的不是，何苦与百姓为难。若是这般，你可求你父王暗地降雨，他为南海龙王，罗山在其域内，当有责权。"小黄龙答道："父王说，东海老龙乃四海龙神之首，行云布雨，若无东海兵符雨牌，谁也不敢妄动。无奈之下，我只好去求东海老龙。"公主连忙追问："东海龙王如何说？"小黄龙气道："不去还好，一去求之，东海老龙非但不答应，反倒将我大骂一场，说我目无尊长，尊卑无序，竟敢妄自干涉龙神决议，还要连带责罚父王。我也是气极，莽撞回道，如不降雨，我便掘井，不救下生灵万物，决不罢休。"公主急问："东海龙王如何回你？"小黄龙答道："东海老王嗤笑，让我尽管去掘，掘一锄，长一锄，除非独龙成双，双龙戏珠，否则休想掘出水来。我不理会，便来罗山掘井，果真掘一锄，长一锄，正不知如何是好，你便来了。"

公主闻此事经过，心中了然，说道："我有办法，阿哥你且等等，我去去便来。"于是起身离开。小黄龙在后追问："姑娘，我还未知你芳名？"公主回过身来，莞尔一笑，大声说道："该你知晓之时，姑娘自会相告。"正当小黄龙愣神间，公主已消失不见。小黄龙自道："不知这姑娘从而何来？姓甚名谁？"摇一摇头，继续掘井。按下不表。

且说公主走下山来，来到海边，大声喊道："龟太公，你在哪里，快快出来！"不见身影，又连道三声，只见狂沙卷起，老龟现了身影，慵慵懒懒，说道："我才睡下，你便回了，如何不久玩一些时间？"公主将诸事说来，老龟叹道："这便是你父王的不是，为了些许脸面，苦了万物生灵。"公主问道："听小黄龙说，除非独龙成双，双龙戏珠，不然就算掘得万年，也难掘出水来。我自思小黄龙与我，便成双龙，然双龙戏珠，这珠哪里寻得？龟太公博识多闻，定然知晓，能否告知？"老龟笑道："你这公主，莫不是被小黄龙打动了心，要助他掘水？"

公主面颊绯红，羞答答不作回应。

老龟见公主害羞，知情窦已开，遂收了笑容，正色说道："知珠名不难，难的却是取珠。"公主急道："龟太公，快说与我听来。"老龟缓缓说道："此珠名曰龙涎神珠，能引地水，能出万泉，非是行云布雨的天水，乃是你父王龙涎所化，以备天水之缺。"公主忙问："神珠放在何处，我去取来。"老龟说道："此珠不在别处，就在东海，水晶龙宫的水晶殿中。"公主一听，登时愁容满面："水晶殿，乃父王藏宝之所，其中布有三道法阵。第一阵，名曰流沙阵，阵中遍布流沙，随人而动，一旦陷入，便被腐蚀，化为血水；第二阵，名曰红风阵，阵中红风狂啸，内藏晶片，锋利无比，无坚不摧，一旦让红风卷起，即受绞割之刑；第三阵，名曰凝石阵，阵中无甚玄妙，只一块顽石，状如人眼，只要来人靠近，顽石随之凝视，内放神光，一旦射中，二十四个时辰内，缓缓化为石头。端的是凶险无比。此殿若无父王许可，定然有进无出。"老龟忙道："如此凶险，公主可千万去不得矣。"

公主回首，一望罗山，赤地千里，满目疮痍，又望了望龙岩，咬了咬牙，说道："我定要去取龙涎神珠，龟太公，可速驮我回东海。"老龟转身说道："公主，莫怪我不答应，那水晶殿有去无回，我不忍见你涉险。"公主拉住老龟，眼含泪水，说道："龟太公，你可看看，这万物萧瑟，民坠涂炭，小黄龙为救生灵，在此锄井，我既知晓，哪怕千难万险，也要取了神珠助他一臂之力。"老龟见公主目定神坚，知心意已决，叹道："你可千万小心。"于是驮了公主，一路波涛滚滚，浪花纷纷，正是：千山万水赴荆棘，一片情深解君愁。

话说龟太公驮着公主，回了东海。老龟说道："公主，前方便是东海龙宫，我不得往前去了，你还是去求你父王，赐你龙涎神珠，如此偷取，我心不安哪！"公主叹道："我此番乃是偷跑出来，父王若见了我，定以婚嫁为由，不准我踏出龙宫半步，更别提神珠了。若他知我助小黄龙取珠，非但不能救下罗山生灵，更使父王迁怒小黄龙，施法惩处，反害了他。"老龟无奈，说道："千万小心，莫要强求。"公主应下，念了口诀，分了水路，径入龙宫。

此时已是正午时分，趁东海龙王昼寝，公主避了夜叉，进到水晶殿外，遂口念暗语，手指殿门，见一阵白烟冒起，殿门缓缓打开。公主入内，只觉得殿中晶光耀目，冷风飕飕，顿时一个激灵，寒战四起，定一定神，硬着头皮，往前走去。少时，殿堂之上，不知从哪冒出团团流沙，悄然无声，蹑影追风，霎时便至公主脚下，即要连结成片，吞噬来人。公主也不着慌，步罡踏斗，一步画太极，二步画两仪，三步画三才，四步画四时，五步画五行，六步画六律，七步画七星，八步画八卦，九步画九灵。流沙虽随之而走，却难及步法千变万化，不得聚合。只见公主凝聚身中三元，如踩九星之上，置身三极九宫。未几，出了流沙阵，公主暗自松口气，说道："幸得母后授我禹步，不然今日陷落于此。"打起精神，又朝前走去。

未行数步，骤然殿内鬼哭狼嚎，红雾弥漫，阴风四起，风中又带利刃之声。公主连忙退步，欲避开红风，却听得上上下下，左左右右，前前后后，皆是一片风声，避无可避，不禁心下骇然。正思脱身之法，不料身子一晃，站立不稳，卷至空中。公主使劲挣扎，却不由得自己，无从脱身，只觉得身子渐渐翻腾，眼前万道晶片，直射而来。眼看即要身受绞割，命丧黄泉，千钧一发，听得一声长啸，公主现了原形，一条白龙振鳞扬须，踏绛吐气，蜿蜒多姿，通体华美，破空而出，腾空而起，遂脱了这红风阵。白龙旋在空中，见到一阵珠光，五彩斑斓，灿烂夺目，定睛一看，原来殿堂正中，有一案几，上置一椟，内有一珠，正是龙涎神珠。白龙大喜过望，如离弦之箭，风驰电掣，直朝神珠飞去。

待到神珠跟前，白龙屏气敛息，龙唇微启，一道白气，从口中徐徐而出，罩住神珠，神珠缓缓升起，收入白龙口内。恰在此时，忽觉眼侧一闪，一道神光射了过来。白龙暗自道声"不好"，原来方才只顾取珠，全然忘却尚有凝石之危。那顽石一尺来高，三寸来长，通体漆黑，中间开一缝，犹如人眼，竖立一旁。此刻缝隙已开，内现水镜，将白龙映入镜中，无论白龙东闪西挪，身处何方，水镜随影而转，一举一动，尽被凝视。那白镜内，神光闪现，白龙识得厉害，待神珠收入口中，赶紧把头一低，让过神光，张嘴一吐，一阵白烟升起，霎时弥漫开来，水晶殿内，登时一片朦胧。白龙将身子隐于白烟，急向殿门退去。那顽石虽不见白龙踪迹，却射出万道神光。白龙此时已至殿门，眼见即将出去，哪知身后神光射来，连忙上下翻滚，让过两道神光，皆勉强避开，道一声"侥幸"。心知龙身庞大，遂收了龙形，变回龙女模样。公主把手一抬，打开殿门，出了殿去，

007

却浑然不觉,就在变回龙女之时,龙尾收得慢了,一道神光穿云破雾,悄无声息,射中龙尾。

公主一出水晶殿,未料迎面撞上巡殿夜叉。夜叉问道:"三公主,你在此作甚?"公主支吾一下,答道:"我在宫内游玩,不知怎的,便到了这里。"夜叉急道:"三公主,你可莫要在此停留,若被龙王知晓,可不得了。"公主谢过夜叉,疾步如飞,离了龙宫,跃出海面。老龟早在此等候,见公主出来,连忙驮在背上,问道:"可否拿到龙涎神珠?"公主得意笑道:"那是当然。"老龟又问:"可有意外?"公主又答:"放心便是,龟太公,且驮我速去罗山。"老龟见公主神色无异,安然如常,放下心来,遂驮着公主,驰向罗山。

龙岩脚下,小黄龙挥汗如雨,使劲掘井,那地仍是一如既往,掘一锄,长一锄,未有变化。小黄龙也不气馁,依然专心锄着。眼见得日头渐渐西落,小黄龙直起身来,擦一擦汗,忽然背后传来一声:"阿哥,让我帮你锄锄。"小黄龙转过身来,见了公主,喜道:"姑娘你可来了。"公主眨眨眼,笑道:"阿哥可等急了?"小黄龙腼腆垂首,不知怎个回答。公主抿嘴,笑了一下,也不多话,挽起衫袖,举起药锄,锄起地来。小黄龙见了,连忙上前,一齐掘井。

说来也怪,公主一锄下去,那土却不再长起,掘一锄是一锄。小黄龙惊道:"怪哉怪哉,我费了九牛二虎之力,也不见有何动静,为何姑娘一来,这土便不再长了。东海老龙说过,除非独龙成双,双龙戏珠,否则休想掘出水来,莫非姑娘乃是龙女?"公主笑道:"哪来这么多话?先将这井掘好,待会儿再细说。"小黄龙见三公主不答,也不好再问,趁着这当口,赶紧掘地。两人一齐使劲,同心合力,待到落日压山之时,已掘成一眼百丈来深的水井。

两人见井已掘成,放下锄头,瞠目而视,却未见一滴水来。小黄龙垂头丧气,瘫坐地上,叹道:"除非双龙戏珠,方能出水,否则仍是白费气力,空劳一场。"公主见小黄龙耷拉着脑袋,一下乐了,逗道:"那该如何是好?"小黄龙答道:"我也不知如何是好。"公主笑道:"阿哥,适才掘井,身子又乏又热,可陪我到海边吹吹海风,凉爽一下。"小黄龙点头称是。二人下了罗山,到了海边。公主也不招呼,径自跳入海中,没了踪影。小黄龙心下大急,遂大声呼唤,不见回音。正要下海寻找,忽听一声龙吟,一条白龙破海而出,飞腾碧空,随即,从口中吐出一颗神珠。神珠缓缓升起，光芒四射，登时方圆百里，银波闪闪，浪花熠熠。小黄龙乐得手舞足蹈，喊道："姑娘，你是龙女，你真是龙女！"于是也跳入海中，化作一条黄龙，呼啸而起，盘旋而上，同白龙戏起神珠。一下各自飞舞，一下首尾相衔，一下交织腾跃，一下旋复回皇。海面之上，海水穿山破壁，如瀑悬空，浪花层层叠叠，拍云吞雾，好似万马奔腾，砰然万里。

双龙越戏越欢，从海面而至半空，从半空而至山顶。到了龙岩上方，各自口吐白烟，裹住神珠，送于龙岩口中，与那石珠融为一体，霎时晶莹剔透，金光闪现，一道清流从龙嘴喷出，落入百丈深井。深井涌起碧泉，翻起水花，水流汩汩而下，至罗山飞瀑流泉九百八十处。少顷，百川沸腾，波光潋滟，枯木逢春，青枝绿叶，干土泽润，禾苗生长，百鸟鸣歌，万物复苏。男女老少，皆欣喜若狂，拍手称快。如此景象，有诗为证：

　　一悠烟水贯溪壑，万斛泉源染碧峦；
　　枯枝重披苍翠绿，百花又展姹紫嫣。
　　茫茫峻壁垂白练，盏盏渌池荡漪涟；
　　阡陌田农迈疾步，欣望五粟开欢颜。
　　谁言春风送天露，独龙成双掘井潭；
　　双龙戏珠历艰苦，降得甘甜润人间。

双龙复回人形，落下云头，眼见得生灵得救，罗山换颜，公主一时感动，两泪簌簌而下。小黄龙见龙女眼眶通红，赶紧递过罗帕，两手相接，不禁怦然心动，即生爱慕。小黄龙问道："姑娘，如今可与我说说来历？"公主回道："阿哥，我乃是东海龙王的三女儿龙彩凤，适才那颗神珠，名曰龙涎神珠，我原来离去，便是回东海取这神珠。"小黄龙恍然大悟，思忖片刻，愁道："原来你是东海龙王之女，龙涎神珠乃东海镇海之宝，你此番偷取，若你父王知晓，定不饶你。"公主叹道："为了苍生万物，也是应该。"小黄龙又小心问道："龙妹妹，如今井已掘成，水泽罗山，你有何打算？"公主心思玲珑，故意逗道："我出来久了，这便回东海去了。"小黄龙一听，当下急了，拉住公主衣袖，说道："龙

妹妹，莫走可否？"公主笑道："我莫走，待在此地作甚？"小黄龙面红耳赤，却又情真意切，说道："适才你去取珠，未有多时，我却挂念得很，再见你，心中喜不自胜。你为这一方生灵，不惜偷珠涉难，果敢善良，蕙质兰心，又知你为龙女，戏珠之时，我便打定主意，要与你结百年之好，在这罗山住下，共效萧史、弄玉于飞之乐。不知龙妹妹可愿意否？"公主听小黄龙直言快语，见其真心诚意，虽有些手足无措，心里却甜美得很，早已芳心许之，说道："难得阿哥一片真心，我愿与你共结连理。"小黄龙大喜过望，执起公主之手，说道："那我俩便在这龙岩井边，搭间屋子，茅草盖顶，藤萝做帘，青竹篱笆，男樵女织，一生一世，永不分离。"公主点头称是。一段佳缘，有词为证：

　　鸳鸯缱绻，衔枝琢泥幽兰路。海来牵线，执手摇星目。罗山做媒，人间寻芳顾。心互语，两情若在，何向繁华处。

双龙戏珠，情定终身，殊不知，全被一仙看在眼里。就在二人化龙游空之际，有大罗宫玄都洞玄都大法师，与景风童子恰经此地，被那神珠金光吸引，遂拨开云头，仔细察看。玄都大法师笑道："我遍寻四海，不得有缘，原来引炉之人便在这南海罗山境内。"童子说道："弟子这便下去，唤二龙上来。"玄都大法师止道："不必相语，此二龙身为引炉之人，自有定数，虽说天地万物，孤阴不生，孤阳不长，但既为神龙之种，理应清心寡欲，恪守教戒，私结秦晋，即是犯上作乱，该有一番劫难。"遂衣袖一拂，驾云而去。不知双龙历经如何劫难，且看下回分解。

第二回　战群雄黄龙受困　感真情神龟驮岛

花影随流飘眷地，月下两望伤别离。
浮山泛海拨云雾，连枝共冢话传奇。

且说东海龙宫内，龙王敖广昼寝醒来，心中隐约不安，遂传了夜叉，问道："今日宫内可有异样？"夜叉回道："今日风平浪静，未有甚事。"话音才落，有化蛇来报："南海罗山突冒甘泉，方圆百里，一片锣鸣鼓响，途歌巷舞。"敖广大惊，说道："我已谕令南海，罗山五载无水，今日如何有变，快去察看。"化蛇得令，出了宫去。敖广心下有疑，又问夜叉："今日宫内确无异事？"夜叉思忖片刻，回道："今日确无异事，只是正午时分，小的巡殿之时，在水晶殿外遇上三公主，小的冒昧发问，公主言其游玩宫内，迷路而至，也未作停留，便离去了。"敖广怒道："适才为何不说？"夜叉匍匐在地，忙道："小的后来察看，无甚异状，又想着是三公主，故未放在心上。请龙王恕罪。"敖广遂起身，命道："且去水晶殿。"夜叉赶紧起来，随至水晶殿。

敖广进了殿内，道声："不好，有人来过。"吩咐夜叉莫动，径自上前，来到殿堂，只见案几玉椟内空空如也，龙涎神珠不翼而飞，又惊又疑："定是小女拿了神珠，她要此珠作甚，难不成罗山出水，乃其所为？"思索间，殿外夜叉传报："化蛇已从南海归来。"敖广随即出殿，见化蛇候在殿外，忙问："情况如何？"化蛇禀道："小的到了罗山，见芳草依依，溪水潺潺，便找了附近村民打听，村民言罗山龙岩处，有双龙戏珠，掘井救民。小的又去龙岩探来，见南海三太子小黄龙和……"支支吾吾，不敢明言。敖广怒道："究竟和谁，速速讲来！"化蛇回道："是三公主。"敖广骂道："我便猜这丫头拿了神珠，去助那黄龙掘水。"又问：

"三公主现在何处？"化蛇答道："公主与小黄龙在龙岩下搭了茅屋，依小的所见，恐欲共结连理，双宿双飞。"敖广一听，面色陡变，龙眉倒竖，双目圆睁，额角龙筋一鼓一张，胸中怒火一进一出，气道："小黄龙不遵令旨，哄骗公主，偷拿神珠，掘井降水也自罢了，竟还敢私自婚配，简直无法无天，定要严惩不贷！"遂令夜叉："快去南海，令南海龙王速来见我。"夜叉忙出了龙宫，去往南海。

约一个时辰，夜叉回来复命，南海龙王敖明进得宫来，忙问："大哥唤我何事？如此急切。"敖广怒气填胸，反问道："二弟，南海境内之事，你可知晓？"敖明摸门不着，疑惑道："今遵大哥旨令，南海东南二地未时布云，申时发雷，酉时下雨，亥时雨足，降水四尺五寸零二十八点；西北二地只兴云不降雨，另罗山照例无水，一切事务按部就班，未出纰漏。不知发生何事？还望大哥明示。"敖广说道："唤你过来，便是为了罗山之事。我曾严令罗山五载无水，而你三子小黄龙教唆小女，到我水晶殿内偷拿龙涎神珠，双龙戏珠，掘井降水，方圆百里无人不知，无人不晓，难道你不曾察觉？"敖明大惊，回道："罗山之事，我实在不知，小儿如此妄为，我这便去收回神珠，严加惩戒。"敖广摆摆手，说道："既然他二人龙形飞天，掘水泽物，也算显我龙神天威，虽违了旨令，看你薄面，也就罢了。然婚配之事，自有天规教戒，他二人为神龙之种，竟敢不请父母之命，私结秦晋，可谓犯上作乱，况且我女已许玄龙，若玄龙怪罪，如何是好？"敖明一听，脸红筋暴，怒火中烧，骂道："逆子，竟做此等悖逆之事，我这便拿他是问！"敖广即道："我正有此意，二弟与我同往，拿住二人，严加看管，今后休让见面，好断了这段孽缘。"敖明点头称善。两位龙王调兵遣将，只见得三军擂鼓，龙翔九天，气势汹汹，直扑罗山，有诗为证：

龙出四海，水分八路。狼烟遍起，南海碧浪卷风尘；鼓角争鸣，罗山岩潭映杀天。彤云密布，夔牛金螯掠后；霹雳惊雷，罔象蟗尾挂前。旌旗蔽日，化蛇螾蚑锁侧；号带飘顶，浮游丹鱼迂抄。虾兵蟹将三千众，刀枪剑戟自东来；十里江洋断情路，只教爱缘历坎坷。

话说双龙正在屋内，说着体己话儿，小黄龙忽心有悸动，赶忙出来，抬眼一望，

第二回
战群雄黄龙受困　感真情神龟驮岛

黑云滚滚，电闪雷鸣；向下一看，寒风凛冽，波浪滔天。心中道声"不好"，跑进屋内，二话不说，牵起公主便往外走。刚出得来，空中一声厉喝："孽畜，还不束手就缚！"小黄龙身子一抖，停下脚步，转过身来。南海龙王敖明立在云中，说道："你可知罪？"小黄龙上前跪道："父王，孩儿不知哪里有错？"敖明怒不可遏，骂道："逆子，事到如今，还不知悔改。我来问你，你为何挑唆东海三公主，偷拿龙涎神珠，不顾旨令，私行降水。"小黄龙尚未回言，公主说道："此事与小黄龙无干，是我见罗山无水，生灵涂炭，不忍这万物凋枯，才拿了神珠。小黄龙璞玉浑金，掘井救民，二叔应当夸赞，如何还来怪罪？"敖明听得这番言语，一时语塞，公主还想细说，敖广拨开云头，横眉瞪目，怒道："你这不肖之女，偷拿神珠，我且不与你计较，而你如何瞒过父母，私自婚配。"公主见是父王，心中虚了一分，不知如何作声。小黄龙回道："小侄与公主情投意合，天付良缘。瞒过父母，私结连理，隐居此地，乃是小侄的主意，还望伯父恕罪，成全我俩。"小黄龙不说尚好，一说来，敖广怒火中烧，疾言厉色道："你俩身为神龙之种，不能清心少欲，不守教规，私结秦晋，即是触犯天条，犯上作乱，还敢在此求得苟全，今日便要拆分两地，永不相见。"公主一听，泣道："我与小黄龙已结连枝，至死不渝，纵是千山万水，也要厮守一处。"敖广盛怒，喝道："我倒要看看，你如何与他厮守。来人，将公主拿下！"

话音刚落，云头落下一怪，状如小儿，通体漆黑，赤目赤爪，大耳长臂，手执钢索，奔蹄而来。小黄龙将公主护在身后，两手虚空一抹，一道黄光闪现，手上现一杆金枪，喝道："谁敢上前，休怪我金枪无眼。"公主悄声说道："此乃东海神怪，名曰罔象，善用钢索缚人，力大无穷，专食人肝脑，阿哥千万小心。"小黄龙答应一声，迎头而上。罔象也不多话，舞起钢索，迎面打来。那索乃精钢所制，重达一百二十八斤，寒光森森，嗖嗖而至，沾上便死，挨上即亡。小黄龙将头一侧，让过钢索，举枪便扎，使一个金鸡点头，直奔罔象前胸。罔象见来势甚快，急忙回索往外一磕，哪知小黄龙枪招真假莫辨，虚实难分，枪至中途，陡然变招，扎向小肚。罔象躲闪不及，心下发狠，伸出赤爪，抓住枪尖，仗着臂长爪厚，也不惧枪头锋利，欲夺金枪。小黄龙也不着慌，双臂使力，搅动枪尖，如风卷柳絮，似雪舞梨花。罔象拿将不住，直往后退，小黄龙顺势而追，

013

一道金光，只听得罔象一声叫喊，左目血流如注，败下阵来。小黄龙收了金枪，傲立山头，蓄势以待。

云头一阵攒动，又落下一道身影。小黄龙定睛一看，眼前这怪，状如蛮牛，苍身无角，通体发光，一足点地，其声如雷。公主从旁说道："此乃流波凶兽，名曰夔牛，善发金光，晃人眼目，使金银二角，阿哥小心为是。"小黄龙支开公主，负手半蹲，拈一石子，刚起得身来，夔牛一足而踏，腾跃四五丈远，转瞬之间，已至小黄龙跟前，寒光一现，二角直刺心窝。小黄龙使一个怀中揽月，将金枪竖立，枪尖冲上，枪柄冲下，用枪杆崩角。夔牛见刺不下去，退了一步，一足腾空，往脑门踏来。小黄龙将金枪插于地上，缘枪而上，跃起五六尺高，两拳直打面门。夔牛在空中腾挪不开，受了两拳，登时天旋地转，跌落下来。小黄龙飞扑而至，手拔金枪，乘势拍打。夔牛连滚带爬，勉强躲过，立起身来。小黄龙随即上前，只见夔牛一足摆动，周身通亮，正要发出万丈金光，小黄龙早有准备，拈紧石子，手腕一抖，如同流星赶月，金线穿梭，打在夔牛腿上，直打得骨裂腿折，正要上前擒拿，夔牛忙使个水遁，败阵逃生。小黄龙金枪一横，叫道："哪个还敢上前？"

夔牛回至营门，径见两位龙王，匍匐说道："小黄龙本领高强，末将战他不过，败阵回来，请龙王降罪。"敖广见夔牛负伤，惊道："小黄龙真个有本事，看来一将单斗，胜他不得。"遂令化蛇、金鳌、浮游三将，率五百虾兵合捉小黄龙。此刻，公主在身后说着什么，小黄龙正待回话，忽闻上空一片擂鼓金鸣，云头落下三队人马。为首三怪，一怪人面豺身，背生双翼，行走如蛇，使一双刀；一怪头尾似龙，身似陆龟，全身金色，使一双锏；一怪周身赤红，人身熊面，行走带笑，使一双鞭。三怪各领虾兵百余，从东、西、北三面攻来。好声势，怎见得，有诗为证：

寒风沁骨入，怪雾漫飞花；兵将排阵，捍刀穿云列；盔明映火，甲铠亮如晶；擂鼓鸣锣，旌旗滚风尘。阴空无飞鸟，黑海没鱼鳞；不见乾坤日，但看天地昏。三怪战黄龙，煞威鬼神惊。

第二回
战群雄黄龙受困　感真情神龟驮岛

这会儿，小黄龙顾不得听公主说话，疾步挺枪，杀入重围。霎时，化蛇使双刀拦腰砍来。小黄龙不慌不忙，眼看双刀只离两寸之时，才将金枪一抖，手腕一压，将双刀磕了出去，随即挺枪直刺对方心窝。眼看便要扎到，左边金鳌挥双锏已至脑门，小黄龙枪势一收，往上一横，使一个横担铁门，挡住双锏，顺势将头一偏，卸去锏劲，回转一枪，使一个银蛇吐信，奔金鳌的颈嗓咽喉扎去。金鳌往旁一闪，后面杀出浮游，拿双鞭贴地而来，直打小黄龙两腿。小黄龙枪尖点地，一个翻腾，躲过双鞭，浮游乘势而追，一对银鞭，上下翻打，直将小黄龙全身罩住。小黄龙往后一退，一个弹射，使一招单凤贯耳，疾如雷电，刺向浮游前胸。浮游向侧一闪，见战之不下，一声招呼，五百虾兵各举兵刃，将小黄龙围了个里三层，外三层，风雨不透，水泄不通。小黄龙毫无惧色，一条金枪遮前挡后，浑身罩定，指东扎西，刺南打北，犹如长虹贯日，好似山舞银蛇，如入无人之境。好本领，有词为赞：

一人一枪，杀重围，几多赤胆，不尽豪情。十里夕霞伴孤影，四面碧水照英姿。看今日，只身战群雄，来无去。尘沙扬，木石滚；白羽乱，长啸急。问来将何人，万夫莫敌。男儿何须怕崎岖，披荆斩棘踏行迹。着征袍，莫道前路遥，狂歌毕。

敖广见小黄龙困于阵中，一时无暇旁顾，遂令夜叉拿下三公主。夜叉得令，悄然而至，公主目光不离小黄龙，时时牵挂其安危，哪里察觉到自身的危险。夜叉见公主未有防备，立马取出钢叉，往前一挺，那叉箍住公主腰身，随即合拢。待公主回过神来，却已挣脱不掉，不由得惊呼一声"小黄龙"，便被夜叉掳上云头。小黄龙正杀得性起，听见公主呼喊，回头一看，见公主被掳，心下着慌，大喝一声，拨开眼前兵刃，欲杀开血路，抢下公主。化蛇见小黄龙心急如焚，枪法渐乱，未护得周全，即趁众兵将缠斗之际，绕至身后，举起双刀，一劈一刺。小黄龙只顾眼前拼杀，忽觉脑后生风，心知不妙，连忙侧身一闪，哪知躲过一劈，却躲不过一刺，顿时右腕鲜血直流。浮游见小黄龙负伤，趁机上前，双鞭一甩，往后背打去。小黄龙忍住疼痛，身子一蹲，使一个回头望月，一枪扎向浮游前胸。

浮游未料小黄龙仍有战力，一时大意，猝不及防，被扎了个透心凉。小黄龙手腕一翻，将浮游挑下山崖，横枪而立，叫道："谁敢上来受死。"众兵将见小黄龙浑身染血，怒目圆睁，凶神恶煞，身手非凡，一时吓住，皆不敢上前。

小黄龙正欲冲出重围，空中一声震雷，敖明落下云头，喝道："孽畜，大难临头，仍不思悔改，还敢在此撒野。"小黄龙喊道："父王，你如何也来擒我？"敖明斥道："你私自婚配，触犯天条，不知束手以降，还敢枉杀兵将，实乃大逆不道，罪孽深重。为父身为南海龙王，自当不徇私情，以鉴苍天。"随即，手现一物，乃是一根铁链，乌黑发亮，长约九尺，链头雕有九龙，直朝小黄龙飞去。小黄龙道声"九龙仙锁"，遂化作一条黄龙，往山下跳去，欲借水遁走。哪知九龙仙锁追踪觅影，在空中缚住小黄龙，捆了九道结环，使其动弹不得，跌了下来。敖明右手一翻，将小黄龙打入龙岩壁下百丈深井，又削下龙头石，压住井口，使其不得脱身。

三公主立在云中，见小黄龙被打入深井，泣不成声，泪如雨下，差点哭死过去。敖广上前怒斥："还敢在此啼哭，小黄龙已经伏法，永世不能出井，你便死心，随我回去，安心嫁与玄龙，也好断了孽缘。"公主哭道："若放了小黄龙，我便随你回去。如若不然，我纵是死了，也不回那东海，更莫提嫁与玄龙。"敖广气得发指眦裂，命道："将公主押回蓬莱仙山，严加看管，不许踏出一步。"夜叉得令，带了一队兵将，锁往东海。一对有情人儿，硬生生分离开来，有诗为叹：

　　一眼望断肠，两泪覆苍黄；
　　四海空无际，千山抹红妆。
　　飞鸿话南浦，孤琴抚幽凉；
　　今朝别离去，重见待几霜。

夜叉锁着公主，来到蓬莱仙山左侧一处孤岛，道一声："公主，你且在岛上住上几日，待龙王火气消了，自会放你出去。"公主恼怒夜叉从后暗算，冷脸不答。夜叉自知无趣，鞠了一礼，出了岛去。公主四下察看，见此岛距离蓬莱仙山不过二三十里，也无有兵将把守，自思："此处无人看守，我自便出去，能奈我何？"遂入海中，未料无数海藻织结成网，拦住去路，强行硬冲，却有一道无形之力弹阻。公主见水遁无用，遂长吟一声，化为白龙，冲天而起，可岛上那参天大树随之而长，如天罗一般罩下。公主收了龙形，落在山头，望夕阳西落，海鸥远飞，心知父王已布结界，就算撞破头皮，也难出岛去，又想起小黄龙被九龙仙锁困于罗山深井，受苦受难，不禁黯然神伤，独自涕零。

约有半个时辰，公主回过神来，欲寻个住处，一迈步子，却动弹不得。公主以为站立久了，腿脚麻木，往下一瞧，才发觉腰部以下，已化为顽石，心中大骇，自道："莫非中了凝石神光。"细细想来，方知出殿那一刹那，终究没能逃过。眼见身子一点点化为石头，自思从此再难见小黄龙，悲从心起，临风清吟：

  凌波回雪拂轻尘，彩翼随风送秋歌。空碧横云散，同心千里隔。一曲衷肠向谁说，飞寄南雁独寥寞。君在罗山井，妾立孤岛侧。满目尽含相思影，回首却待泪滂沱。

  蝶羽绕裙展新舞，唯愿执守伴春暮。离合不由己，只是身已付。红日沿峰沉幽水，从此再难寻他处。妾将化青石，不见君临顾。试问天公两情在，良缘为何历苦多。

霎时，海上黑云压顶，风雨大作，雷霆万钧，惊涛拍岸。公主正在伤心落泪，忽听一声巨响，孤岛似被连根拔起，缓缓前移。公主见此异状，暗自心惊，不知发生何事，地底一声闷哼，传至耳旁："公主莫要慌乱，我这便带你去见小黄龙。"公主又惊又喜，大喊："龟太公，如何是你？你在何处？"老龟应道："我在这孤岛下方，趁你父王这会儿不在宫中，我且将岛驮起，浮去罗山，你可莫要高声说话，免得被人听见。"公主问道："龟太公，你如何有这神通？"老龟笑道："你还不知晓我的来历，我乃是大罗宫玄都洞道生池中的灵龟，商周封神之后，奉太清道德天尊法旨，到这蓬莱仙山做了驮岛神龟，距今已有一千三百年了。"公主闻言喜道："龟太公，你神通广大，可否解了我神光之灾。"老龟疑道："公主何出此言？"公主泣道："我到水晶殿拿龙涎神珠，过凝石阵之时，未曾留意，中了神光，如今半身化石，不须多时，将成一块口不能言、耳不能听、目不能视的顽石，莫说与小黄龙厮守终老，便是见上一面，说上一言，也是难

了。龟太公可有法子？"老龟一听大惊，说道："公主如何不早说，中了凝石神光，只要未起变化，砸碎凝石便可解除法术，如今你起了变化，已是晚了。"公主长叹一声："也许是我俩命中无缘，逆天而行，合该受这无尽劫难。"老龟劝道："精诚所至，金石为开，你心地善良，造福生灵，与小黄龙情深似海，感召日月，虽历些灾祸，自有解救之人。当务之急，便是赶去罗山，了却你心中之愿。"遂劈波斩浪，浮向南海。

小黄龙被九龙仙锁缚了手脚，困在深井，上方又压着龙石，严严实实，只留一道拇指来宽的缝隙，好让这井下知晓日照东方，月明静夜。小黄龙瘫坐井底，透过缝隙，呆呆看着井空，自思："不知公主现在何处？东海老龙又如何相待？"想着念着，双眼已泛朦胧，欲挣脱链锁，却浑身无劲，稍加用力，链头九龙便发出一阵光亮，链锁愈紧一分。小黄龙恼恨打不开这仙锁，救不了公主，心中焦急，却无可奈何，只得长吁短叹，哀声连连。

井下昏天暗地，也不知多久，小黄龙耳边隐有排山倒海之声。正疑惑间，井上缝隙间，现出九点白光，定睛一看，原来是九瓣莲花。那花瓣缓缓飘下，遮住九龙，九龙瞬间黯淡无光。此时，耳边之声由远而近，愈加清晰。小黄龙莫名亲切，不禁心旌摇荡，无法自持。井外传来一声："九龙仙锁法力尽除，快快出井，与公主相会去吧。"小黄龙闻言，暗运内劲，直觉得力气陡长，浑身劲力，汹涌澎湃，遂大喝一声，霎时电光闪闪，飞沙走石，挣断九龙仙锁，化为一条黄龙，冲开龙石，腾跃空中，放眼一看，见一座小岛向罗山浮来。岛峰之上，立有一人，赫然是三公主。小黄龙高呼一声"公主"，连忙收了龙形，张向双臂，扑向公主。

公主在远处，早听得天崩地裂一声巨响，又见罗山峰顶腾起一条黄龙，少顷，一人飞奔而来，那身影魂牵梦萦，心知小黄龙脱困，喜道："小黄龙！"眼泪夺眶而出。两个相爱之人，紧紧相拥一处。此刻，哪管风吹浪打，任那天条戒规，一切尽在这劫后重逢之中，抛之脑后，化为乌有，只有执子之手，鸳俦凤侣，唯见天荒地老，海枯石烂。两人拥泣之时，殊不知，罗山与这座浮来的孤岛合为一体，龙岩石壁悄然闪现一团莹光，上书"罗浮山"。有诗为颂：

浮山泛海自东来，嫁与罗山不用媒；

合体真同夫与妇，生儿尽作小蓬莱。

又感三公主与小黄龙情深似海，生死不渝，有词为赞：

曾听转角邂逅语。试问红颜，彩蝶为何闹。落英缤纷满目好，我心依然独一娆。谁说情路多悲悼？这头有哭，那头亦有笑。风雨同去声渐消，白发回首更逍遥。

小黄龙捧起公主脸庞，拭去眼角泪水，柔情说道："公主，你受苦了。"公主美目凝视意中人，良久轻轻靠在小黄龙肩上，眼角却又悄落两泪，呢喃道声："阿哥，你也受苦了。"小黄龙抚住公主，正待说话，忽感手心一阵冰凉，诧异一看，大惊道："公主，你如何成了这般模样？"原来公主自胸口以下，已化为顽石。公主垂泪，将其情详述一遍，又黯然说道："此番前来会你，乃是驮岛神龟感我真情，使我俩相见一面。再有片刻，我将化为一块顽石，今后再难与你言语，与你嬉闹，与你相守罗山，执手天涯了。"小黄龙大急，六神无主，涕泗横流，喃喃说道："这可如何是好？这可如何是好？"公主若有所思，说道："龟太公驮岛来时，言自有解救之人，不知这人何时出现，现在何方。"小黄龙急道："龟太公自然知晓。"遂大声呼唤，却不见老龟答应，潜入岛下，也不见老龟身影。

小黄龙急道："龟太公也是，这般时候，却寻他不着。"公主止道："龟太公年事已高，又不远万里驮岛而来，想必身子困乏，歇息去了，莫要怪他。"小黄龙点头称是，忽灵光一现，叫道："解救之人就在此处。"公主问道："此话怎说？"小黄龙忙道："你且不知，我方才困于深井之时，那九龙仙锁使我全身无力，无法动弹。正当无计可施，懊恼伤悲之时，从顶上石缝处落下九瓣莲花，破了仙锁法力。井外有人言，令我速出井来，与你相会。我破井而出，正要寻此人，见你到来，欣喜之下，倒将此事忘了。"公主说道："原来如此，看来善有善缘，上苍终究待我俩不薄。"

小黄龙眼见公主胸颈已起变化，上前抚住两肩，慰道："此难定会过去，等我片刻，我去去便回。"公主含泪答应一声，小黄龙现了龙形，直奔龙岩而去。

待至峰顶，狂风大作，骤雨急落。小黄龙收了龙形，立在山头，四下寻望，不见一人，遂大声喊道："恩公在否？可否现身相见？"连连呼唤，不见答应，心中焦急，伏地叩拜，泣道："恩公在上，容听一言。东海三公主为救罗山生灵，中了凝石神光，即将化为青石，受那风吹雨淋，无尽苦难。还望念公主心系苍生的分上，救下她吧。若要受那天规惩戒，我愿一人受过，毋要责罚公主。"言毕，只见电闪雷鸣，长空裂帛，山摇地动，海波滔天，无边黑云之中，泛起一道金光，直射下来。小黄龙以为恩人驾临，大喜过望，起身相迎，哪知却是一柄长戈，如星移电掣，直朝胸口击来。小黄龙大惊失色，侧身一闪，慢了半拍，登时左肩鲜血直涌。长戈回转而上，又没入云中。少间，一个身影缓缓而下，杀气扑面而来，小黄龙如临大敌，右手虚空一抓，现了金枪，凝神而对。不知来者何人？且看下回分解。

第三回　授灵宝法师救难　爱相随双龙化石

渺渺山海伴云霞，依依草木见岁华。

双龙化石爱相守，罗浮传说世人夸。

话说云头落下一人，小黄龙定睛一看，来人身高过丈，蓝发白须，额现金纹，眉若剑星，目似深潭，身穿龙鳞宝甲，细腰乍背，中缠一鞭，乌黑透亮，右手执戈，左手负后，步现杀气，足踏威风。只听来人说道："你便是敖明的三子，小黄龙敖泽？"声音空灵浑厚，摄人心魄。小黄龙傲然答道："是便怎样？"来人冷笑一声，说道："是便受死。"小黄龙恼道："你是何人？我与你素不相识，无怨无仇，如何这般说话？"来人说道："你无须知晓我来历，只须受死便是。"小黄龙怒极反笑："我倒要见来，究竟我死，还是你亡。"随即，金枪一抖，一道寒光直奔面门而去。

那人也不躲闪，气定神闲，待金枪将至，右手挥戈一拍，磕开金枪，顺势左掌一送，一股气劲呼啸而去。小黄龙识得厉害，一个鲤鱼打挺，躲过掌劲。那人"咦"了一声，说道："有些好本事。"小黄龙也不答话，舞动金枪，上下翻飞，左右奔腾，如梨花带雪，似落叶卷纱，四面八方，皆是枪影，罩了个密不透风。然每每似要扎到，也不见那人如何闪避，却总是差之毫厘，无法得手。小黄龙心知来者不善，本领高强，遂手上加劲，金枪风驰云卷，疾如雷电，那人见枪势陡然凶狠，也不敢大意，压下金枪，反手一翻，分三路刺去，一路奔咽颈，二路奔前胸，三路奔小腹。小黄龙左突右闪，险险避过长戈，一个乌龙搅尾，直打那人双腿，那人一戈挡住。这场斗，真是个惊心动魄，地动山摇，好杀也，有诗为证：

　　你来长虹贯日，我往风起云涌，四方走兽窜，八面飞鸟惊。那一个追杀落苍穹，这一个对决应潮生。金枪狂舞拍浪卷，长戈不怠摧木折；手持星月满江照，足奔红焰通彻明；太子心中有牵扰，来将却往死里挑；宝甲抖擞凝霜雾，青袍飘零洒寒琼。那壁厢，一声大喝现鬼煞；这壁厢，双目如炬显神威。各不相让斗战勇，不知哪个狠辣哪般柔。

　　两人各骋神威，斗了三十回合，那人越杀越勇，小黄龙渐渐只有招架之功，并无还手之力，心道不妙，遂使出看家本事，只见金枪旋动，一跃腾空，四周瞬间暗了下来，小黄龙手中金枪愈旋愈快，俄而不见踪影，只化作点点星光，那星光在暗空中停顿一下，随即汇成一股星柱，光芒夺目，如弩箭离弦，嗖嗖打将下来。那人见此招厉害，凝神而视，从腰间取下黑鞭，往空中一抛，只听到五雷轰鸣，那黑鞭穿过光柱，破空而上，小黄龙直觉眼前一闪，未及反应，胸口已受一击，登时一口鲜血喷出，如断线风筝一般，从空中跌落下来。

　　那人收了黑鞭，执起长戈，走到小黄龙面前，冷眼看着。小黄龙强撑身子，断续问道："你，你究竟何人？"那人回道："你好歹也是南海三太子，我便让你死个明白，你可听好，我乃西昆仑壑海太真玄龙，今番前来，专为取你性命。"小黄龙听罢，仰天长笑："我道是谁，原来你便是玄龙。你倚仗天龙权势，让东海龙王逼迫公主嫁与你做妾，以为探囊取物、水到渠成，却未料公主与我因缘际会，情好意合，拂了你的脸面，于是这般寻仇来了。"玄龙似被说到痛处，脸色一变，勃然大怒："我统上界天龙，御下界海龙，九天四海，看上哪个龙女，还不是她的福分，又有哪个不是心甘情愿，三公主若不是受你蛊惑，岂敢违我心意。"小黄龙啐了一口，喝道："此言荒谬绝伦，你久居高位，已被浮云蔽眼。世间龙女，各有不同。虽有贪恋权势、醉心富贵者，却也有不惊宠辱、追求真爱者。你以为统御九天四海之龙，要哪个女子，哪个女子便会从你，殊不知乃你以权所诱，以势相逼，真心待你，却有几人，纵有一两个痴情女子，也定然被你朝三暮四，喜新厌旧，消磨得心死神伤。亏你在此，自以为是，大言不惭！"玄龙听得气冲脑门，七窍生烟，骂道："竖子死到临头，还敢胡言乱语。"小黄龙回道："我死不足惜，只可怜公主，化成那冰冷顽石，受那无尽苦难。我死之前，唯有一愿。"话未说完，玄龙已怒不可遏，操起长戈说道："死在眼前，还谈什么心愿！"随即，一戈刺去。小黄龙鼓起最后气力，化为黄龙，吐出一股黄烟，将身子隐于其中，直朝浮山飞去。

　　玄龙冷笑道："还要垂死挣扎。"遂祭起黑鞭，那黑鞭呼啸一声，紧随黄龙身影而去。公主久不见小黄龙归来，又见龙岩电闪雷鸣，走石飞沙，心下着慌，不知出了何事。蓦然，一个身影飞速而来，公主定睛一看，乃是小黄龙，喜出望外，正欲说话，却见小黄龙身后，一道黑光，夹杂风雷之声，尾随而至，急如流星，快如闪电，眼看追到，公主忙喊："小心身后。"话未说完，晴天一声霹雳，小黄龙哀号一声，全身一抖，鳞甲纷落，鲜血狂吐，就在公主眼前，跌了下去，直落入万丈深渊，再无声息。公主撕心裂肺，喊了一声："小黄龙！"随即全身通亮，化为一块顽石，只留下一声呼唤，缭绕空谷，悠悠不绝。也是有叹：

　　孤雁落悲云，箫鼓绝声息；
　　咫尺诉心语，只影向谁依。

　　就在公主化石之际，玄龙飘然而至，收了黑鞭，缓缓走到公主面前，负手而立，横眉冷眼，啐了一口，即驾云离去。

　　罗浮山顶，天幕寂寂，月华清冷，落花飘零，老鸦独鸣，青柳垂影，只一块青色顽石，静静伫立，微微前倾，不知望向何处，看向何人。

　　罗浮山下，寒风呼啸，峭石云举，临崖危峻，海浪翻腾，鸥鸟飞旋，小黄龙的尸首，时起时伏，随波逐流，不知飘向何方，搁向何所。

　　罗浮山间，青松墨绿，鸟语蝉鸣，蜿蜒小径上，只见一个道人，领着一个童子，衣袂飘飘，施施而行。行至崖边，驻足而观，见小黄龙尸首浮于碧波之上，叹道："可怜一对痴情儿女。"遂令童子捞其上岸。童子得令，使一个分水诀，抱起小黄龙，来到道人面前。道人注目俯视，见小黄龙后背正中，现一块黑印，碗口大小，血肉模糊，焦臭刺鼻，自道："这玄龙也是，以大欺小，赶尽杀绝，非正道所为。"童子说道："老师，这黄龙死去多时，如何能救？"道人笑道："且带

回大罗宫玄都洞，我自有方法。"两人驾起云头，悄然而去。

一路飞驰，不到片晌，已至洞府，道人令童子将尸首放至临风石上，说道："老师移驾兜率宫时，将紫金葫芦留在八景宫，你且将它取来。"童子进到八景宫，将葫芦拿给道人。道人倒出一粒金丹，童子不解，问道："此为何物？有甚功效？"道人回道："此丹名曰五壶丹，乃老师往三十三天之上，取七十二株灵草，耗一百二十八座丹炉，费三百六十五载炼制而成，仅此一粒，有起死回生，霞举飞升之效，还不曾用。今番试之，也是这黄龙造化。"童子又道："大天尊炼丹不易，老师轻易拿出，甚是可惜。"道人笑道："正因炼丹不易，故老师要寻那混沌开辟，先天抟铸之物八卦紫金炉，以炼金丹。这黄龙与那龙女，恰是引炉之人，务必救之。"童子恍然大悟，自道："原来如此。"

道人将金丹拈起，放至小黄龙口边，只见金丹晶莹发亮，流光溢彩，倏尔没入口中，登时一股浊气吐出，齿颊生香，后背伤口完复如初。小黄龙陡然坐起，大叫一声"痛杀我也"，随即睁开双眼。朦胧之间，见一道人，莞尔而笑，立于面前，相貌稀奇，形容绝逸，真是仙人班首，道家亲嫡。好齐整，有诗为证：

一轮明日悬天照，五彩霞云环身缭；
鹤鸣九皋彻空远，金顶如意透汉霄。
中门宝相现庄肃，面冠长须自洒飘；
目运慈慧见真理，袍分阴阳御万朝。
手持青锋点星卯，脚踏嘉莲震洪涛；
乾坤来去随心往，无生无灭任驰翱。
天地纵横无不窥，六桥诸门皆有敲；
玄都紫府首位仙，太清神妙坐逍遥。

道人见小黄龙醒来，笑道："如此便好。"小黄龙浑浑噩噩，四下张望，不知身在何处，眼前何人。继而言道："我被玄龙所伤，坠下山崖，如何到了这里？莫不是魂魄离体，此乃六桥轮回之地？"童子笑道："你本已死，幸被师尊所救，赐你金丹，死而复生。此处洞天福地，璇霄丹阙，名曰大罗宫玄都洞，哪里是什么六桥轮回。"小黄龙惊喜交加，赶忙伏地，叩首拜道："多谢仙人搭救。"道人微微颔首，示意起身。小黄龙又道："仙人救命之恩，小龙感激涕零，敢问仙人尊号？小龙自当铭刻心上，不忘仙人恩德。"童子接道："此乃太清道德天尊座下，三教首仙玄都大法师，前番你挣脱九龙仙锁，逃出深井，便是老师暗助于你，今番又将你起死回生，也是造化。"小黄龙听罢，连连叩首，泣道："我遍寻恩人不见，原来便是仙师。仙师大恩大德，小龙没齿难忘。"玄都大法师笑道："你不畏艰险，救下万物生灵，苍天感念，我相助于你，也是你福缘所至，且你我又有师徒之缘，不必言谢。"

小黄龙两泪潸然，连叩三首，拜师行礼，又问了景风童子名号，口中称道："承蒙恩师不弃，收为门下，弟子志心朝礼，还望恩师教些本事，败那玄龙，救下公主。"法师说道："你与那龙女之事，我已知晓，虽说你俩珠联璧合，情比金坚，又造下无量功德，但终为神龙之种，私行婚配，即是犯上作乱，合该受些惩戒，也是劫数使然。至于败那玄龙，也不是什么难事。"小黄龙又道："那玄龙道法高深，武艺高强，更有一鞭，通体黑亮，一旦祭出，伴有五雷之声，雷至鞭打，厉害非常。"法师笑道："那鞭名曰玄雷鞭，乃是西昆仑壑山上一支竹节，受了一百二十一载五雷轰鸣而化，西王母因玄龙为守护天龙，故将此鞭赐他。天下兵器，玄雷鞭皆可打之，你敌不过他，也是当然。"小黄龙忙道："原来如此，玄雷鞭如此厉害，如何能敌？"法师说道："你且随我来。"小黄龙连忙起身，跟随法师出了洞府。

法师一路行走，下了大罗宫，往右来到一处仙山，小黄龙抬眼一望，只见千峰万壑，川淳岳峙，氤氲暧叆，怪松盘石，翠竹竿倒，金莲摇曳，灵芝瑞草，凤翥鸾翔，不觉如痴如醉，心旷神怡。小黄龙说道："师尊，这是何地？怎如此好景象。"法师笑道："此乃寒童灵山。"言毕，走到一处深潭，唤小黄龙过来。小黄龙上前，见深潭清澈如镜，水波不兴，说道："师尊，到这池潭作甚？"法师令道："你且化成龙形，到这潭中洗洗。"小黄龙虽有疑惑，却不敢多言，遂化了龙形，跃入潭中。一入潭水，登时醍醐灌顶，全身一阵清凉。待游弋片刻，出了潭来，已是身轻如燕，焕然一新，只见毛皮蜕去，换了头角，金鳞金须，四爪生辉。小黄龙收了龙形，落了下来，拜道："师尊，此潭甚是奇妙，徒儿一

入潭中，头脑通明，仿佛脱胎换骨。"法师言道："此乃灵山化龙潭，方才你入潭中一洗，已除六尘，明六识，我再授你法宝，你好生修习。"

随即，手指深潭，一股水柱缓缓而起，现出两物，乃是一杆长枪，一个玉环。那长枪一丈三尺，枪尾盘龙，枪尖似龙口吐舌，金光闪烁，寒星点点，端的是锐利无比，神化无穷；那玉环更为奇特，乃是两环相连，一环通体瓦蓝，一环通体绛紫，圆而中空，空而不浮，呈人天一理，天人一贯之象。法师先将长枪与黄龙拿下，说道："此乃蟠龙枪，原是女娲助轩辕战蚩尤时，遣九天玄女所送精钢，轩辕用来炼器而败蚩尤，却留下一块，我教天尊制了这蟠龙枪。此枪吞云吐雾，变化莫测，寻常兵器难挡其锋。我且教你心法。"小黄龙用心铭记，少时精熟。法师又给了玉环，说道："此乃无象环，取征祸福因果，蓝环象因，紫环象果，相连一处，祸福则相因相成。持环之人，祭起此环，任那世间兵器，皆从蓝环入，从紫环出，让人自食恶果，自取其祸。"小黄龙接了玉环，熟记心法，欲下山报仇。法师见小黄龙寻仇心切，唤过小黄龙，来到灵山之顶，望着千山暮雪，层峦叠嶂，言道：

"此金顶之上，日出星汉，月落银河；金顶之下，苍穹翠微，霞蔚碧连。有道是，红尘若梦，浮华易散。花容灿烂，终须落红归土；千帆竞发，终会泊舟驻岸。人生有尽，修行无限。琴剑飘零，尚需孤蓬自振；风采飞扬，更要独立清秋。世事有起有伏，有聚有散，而势有穷极，缘有定然。我知你嫉恶好善，快意恩仇，却不知学道之人，不望一眼名利，不争一时长短，不执着痴念，不受缚怨愤，包容万物，以成万物。今日你且下山，切记得，得饶人处且饶人，待修得上善若水，大方无隅之法，自有你辅佐社稷，以证大道之时。"

小黄龙聪慧通明，听得教诲，豁然开朗，遂淡了寻仇之心，却牵挂公主，遂拜别法师，手提蟠龙枪，臂挂无象环，下了灵山，直往罗浮山去。至罗浮山顶，大呼："公主，你在哪里？"不见回应，即觉不祥，忙四下察看，山顶寒风萧瑟，寂寥无人，只一块青石，宛如人形，静静矗立。小黄龙见那青石，呆呆走了过去，眼泪簌簌而下，抚手哽道："公主。"话未说完，已是泣不成声。

空谷之间，荡起一声凄厉悲鸣，登时电闪雷鸣，大雨滂沱。小黄龙倚坐青石旁，也不言语，泪眼婆娑，任那风吹雨淋，泪湿衣襟。也不知多久，云开雾散，风光月霁。一道身影忽现空中，空灵之声随即传来："怪不得今日心绪不宁，总觉有什么事，未有了断，故来察看，原来你这竖子，还未死绝，真是岂有此理。"小黄龙倚靠青石，也不理睬。来人落下身形，正是玄龙，只见满面怒色，又带惊疑，上前说道："你那心上之人，已化作青石，无知无识，无声无息，纵有斗转星移，九转玄功，亦不能挽回。你便死了这心，随她一起去吧。"小黄龙转首，忍住怒火，说道："公主之事，与你何干？你仗恃法宝，又来逼杀，是何道理？"玄龙笑道："世间之事，哪里有什么道理。要你死，你便得死。"小黄龙回道："要我死，也非易事。"玄龙疑道："奇哉怪哉，以往玄雷鞭打将拿人，无有不中，无有不死，你受了两鞭，明明见你跌落深渊，已然横死，为何尚存？"小黄龙答道："上天有好生之德，我虽遭难，自有仙人相救，你逼人成亲，作恶多端，今日要好生教训来。"玄龙仰天长笑，说道："竖子口出狂言，凭你道法武艺，焉敢说此大话。今日我要你重入阴府，永不超生。"小黄龙回道："勿需口舌之争，试过高下，自然便知。"

小黄龙右手虚空一抓，一柄长枪现出，玄龙"咦"了一声，说道："这是什么枪？与原先不同。"小黄龙道声："此乃蟠龙枪，今日要你领教厉害。"玄龙知是宝枪，不敢大意，现了长戈，全力迎战。只见小黄龙抖枪刺来，玄龙仍以逸待劳，待得近前，使一个风柳迎月，用戈往外招架，哪知小黄龙腕子一压，直奔前胸。玄龙赶紧扭身，小黄龙枪至中途，招数又变，枪端一抬，枪尖一低，扎向玄龙小腹。这一枪，疾如雷电，长驱直入，眨眼便至。玄龙躲闪不过，心急之下，忙使一个龙转乾坤，哪知躲得慢了，腰上宝甲被穿个正着，也是宝甲坚实，未伤着皮肉。

玄龙往后一退，面色通红，心道："这黄龙枪法精进如厮，必是受了高人指点。"于是倍加谨慎，见小黄龙摇枪而来，遂使出看家本事，长戈抖擞。上三戈，囚牛腾空；下三戈，睚眦斗环；中三戈，嘲风破煞；左三戈，蒲牢登云；右三戈，狻猊盘根；前三戈，霸下负重；后三戈，狴犴击鼓；内三戈，负屃盖顶；外三戈，螭吻吞雾。刺眉心，挂双眼，拉两肩，打前心，带两肋，穿小腹，游龙出海，螭蛟翻身，变化无穷，神鬼莫测。

小黄龙也不示弱，使开蟠龙枪，一扎青龙出九天，二扎白虎穿长林，三扎

朱雀漫空舞,四扎玄武彻地走,五扎麒麟踏火灵,六扎凤凰展彩翅,七扎梼杌搅荒中,八扎穷奇绝食路,九扎饕餮断归魂,十扎混沌撕面目,似雨打梨花,左右横打,如银蛇乱窜,前后纵扎。那枪尖随风而动,雾涌云蒸,直将身形笼于烟云之中,分辨不清哪里是人,哪里来枪。

两人枪来戈往,杀得难分难解,天昏地暗,眼见得一百回合,未分胜负。这一个,恨不能一枪刺个透心凉;那一个,恨不得一戈拉成两半边。这一个,怒目圆睁,竭尽全力;那一个,咬牙切齿,拼了性命。小黄龙双臂较力,一招快似一招,一枪紧似一枪,玄龙汗流直下,只有招架之功,已无还手之力,眼见落败,心道:"打人不过先下手,我可用玄雷鞭胜他。"将戈一晃,跳到圈外,解下玄雷鞭,往空中一祭,五雷轰鸣,震耳欲聋,那鞭唰唰打下。小黄龙见鞭来得厉害,忙将无象环从臂上取下,往空抛起,叫声"着!"蓝环一闪,见一道蓝光射出,将鞭笼住,呼啦一下,收了进去。玄龙摸头不着,正在疑惑,又见紫环一转,玄雷鞭飞了出来,直朝玄龙而去。玄龙躲闪不及,被打了个正着,喉头一甜,一口鲜血喷出,跌在地上。这正是:

海汇百川化云水,飞花落叶世无常;
善恶因果随心造,福祸倚伏由自伤。

小黄龙收了法环,执枪而指,玄龙愤道:"此是什么法宝?"小黄龙回道:"此乃无象环,因果相连,福祸相倚,专打你这等不存善念,为非作歹之人。"玄龙疑道:"不知哪位仙家赐你此等异宝?"小黄龙答道:"大罗宫玄都洞玄都大法师,乃是尊师。"玄龙气道:"我道你如何能破玄雷鞭,原是玄都上仙授你异宝。太清人教与我西昆仑同体一脉,他如何管此闲事?"小黄龙见玄龙执迷不悟,毫无悔改之心,气道:"你仗势欺人,处处为恶,早已天怒人怨,还要怪罪他人,真是岂有此理。"玄龙蔑道:"弱肉强食,天地本就这般道理,你要杀便杀,勿要多言。"小黄龙怒从心起,气愤填膺,正想一枪了结,忽想起尊师所言,收枪说道:"从来天运总循环,报应昭彰善恶间。我不杀你,望你改过自新,好自为之。"遂转身离去。玄龙拭去嘴角鲜血,往空中吐出一股清水,化了龙形,腾空而去，云中传出一声："今日之辱，来日必要讨还。"

小黄龙闻玄龙之言，苦笑一声，不作理睬，径自走至青石旁，心中空空如也，于是茫然坐下，默然不语。思忖良久，起得身来，看着蓝天浮云，感受长风洗髓，豁然开悟，对青石笑道："公主，你化作青石，我也不愿独生，这便陪你在此，看白云苍狗，桑田沧海。"随即，纵身一跃，潜入深渊，直朝东海而去。

东海龙宫，敖广得报，孤岛不翼而飞，大惊，遂令打探，得知孤岛与罗山合体，公主与黄龙相会，心中又疑又怕，疑的是孤岛如何浮动，怕的是玄龙怪罪，担待不起。欲去查看究竟，忽宫外一阵喧闹，随即，化蛇踉跄进来，禀道："小黄龙打进宫来。"话未说完，只见一道身影，昂然直入，敖广定神一看，赫然是小黄龙，却又和原先不同，头角生辉，金鳞披甲，雄姿英发，威武不凡。敖广急令化蛇、蚩尾、螾蛟等将，捉拿黄龙。小黄龙蟠龙枪一现，荡起一股水流，退开兵将，说道："今日我来东海，不为寻仇，只借凝石一用。"众将见黄龙神勇，不敢上前，敖广听得黄龙之言，一时摸门不着，怒道："你来此作甚？小女现在何处？"小黄龙遂将前事详陈，敖广得知公主已化青石，颓然而坐，疚心疾首，神伤片刻，方抬起头，问道："你今日来我龙宫，借凝石何用？"小黄龙悲笑："我与公主心心相印，生死相随。如今公主化为青石，孤立霜峰，我不愿独自苟生，只望也化青石，陪在公主左右。"敖广听了此言，不胜唏嘘，方知小黄龙乃是真心对待，内心有些不忍，说道："小女已成这般，你又何苦为难自己。"小黄龙说道："如若不借，我自当取之。"敖广见其目光坚定，心意已决，一拂衣袖，缓步走道："你且随我过来。"随即，领小黄龙到了水晶殿，入凝石阵，将顽石取出。小黄龙立在面前，那顽石青光一现，射中其身。小黄龙道了声谢，遂驾了水遁，往罗浮山而去。

一路风驰电掣，小黄龙到了罗浮山下，腾空跃起，忽见空中来了一位道人，牵牛乘云，香风袭袭，原是玄都大法师驾到。小黄龙忙上前叩拜，欲将败玄龙，闯东海之事相告，法师却抚肩笑道："好徒儿，你所作所为，为师全然知晓。虽说学道之人，讲求修身养心，寡欲自然，但道家有云，万物负阴而抱阳，冲气以为和。你能如此重情重义，乃是真心实诚之人，为师深为欣慰，当成全你二人。你受那凝石神光，且与公主在此共守，日后自会有一人，到这罗浮山，救你二人出来，你可同他去，扶助晋室南渡衣冠，存续中华，自有一番正果。"小黄龙大喜，说道："多谢老师。"待法师驾云而去，小黄龙径自到得公主身前，牵情顾首，倾心相对，缓缓化为青石。有词为叹：

  明月升，海潮平，暮染鳞波，波上闲鸥静。一叶扁舟荡孤水，夜回烟云，空向寒汀觅。归不语，对无听，柳笛泛思，只伴秋歌行。更阑人寂两石倚，星照罗浮，谁解婵娟意。

又有诗为赞：

  蟠龙金枪安天下，无象玉环保乾坤；
  待得云开雾散日，双龙破石话传奇。

此是双龙相会，罗山与浮山合体，两人为爱执守，共化青石。后葛洪下山，正应西晋建国二十四年之后。不知人间后事如何，且看下回分解。

第四回　贪红尘张泓扶妃　性妒悍贾氏祸宫

修道无心舍本真，红尘一念是非生；
莫道世间无奇巧，自有臭味相投人。

话说天上风云变化，人间草木一秋。罗浮合体，双龙化石，正是人间咸熙二年十二月十一日。这日，北风萧瑟，大雪纷飞，天地间渺渺茫茫，空空荡荡。洛阳城外，一人直直伫立，久久凝望，清泪垂垂。远处，一老宦颤颤巍巍，缓步走来，唤一声："陛下，须走矣。"这人叹息一声，也不言语，缓缓跟随，上了马车，少时，消失于漫天飞雪之中。此人非是他人，乃魏元帝曹奂，此时已降封为陈留王，移居邺城。曹魏自延康元年曹丕登位，至咸熙二年曹奂被废，历经五世四十六年，终于烟消云散。

洛阳宫，太极前殿，另有一番景象。殿上，笙歌曼舞，喜气浓浓，武帝司马炎高坐殿首，颁发诏旨，大赦天下，国号晋，改元泰始。

追尊皇祖司马懿为宣皇帝，皇伯考司马师为景皇帝，皇考司马昭为文皇帝，祖母张氏为宣穆皇后，生母王氏为皇太后；授皇叔祖父孚为安平王，皇叔父干为平原王，亮为扶风王，伷为东莞王，骏为汝阴王，肜为梁王，伦为琅琊王；皇弟攸为齐王，鉴为乐安王，机为燕王；皇伯考望为义阳王，皇叔父辅为渤海王，晃为下邳王，珍为太原王，珪为高阳王，衡为常山王，文为沛王，泰为陇西王，权为彭城王，绥为范阳王，遂为济南王，逊为谯王，睦为中山王，凌为北海王，斌为陈王；皇兄洪为河间王，皇弟茂为东平王，共二十七同姓王。

又封骠骑将军石苞为大司马、乐陵公，车骑将军陈骞为高平公，卫将军贾充为鲁公，尚书令裴秀为钜鹿公，侍中荀勖为济北公，太保郑冲为太傅兼寿光公，太尉王祥为太保兼睢陵公，丞相何曾为太尉兼朗陵公，御史大夫王沈为骠骑将军兼博陵公，司空荀顗为临淮公，镇北大将军卫瓘为菑阳公。此外，文武百僚，一律加官进爵。殿堂之上，一班旧日王公，昔时大臣叩拜新朝，只知有晋，无忆曹魏，后人有诗为叹：

巍巍山峦滔滔水，亭亭楼台徐徐风；
昨日王侯今日囚，今日浮生明日冢。
月圆自有朋相聚，月缺哪得友相留；
从来人情多薄意，凭栏淡眺满星空。

武帝登基，正值壮年，春秋鼎盛，初政清明，率下以俭，驭众以宽，刊修律令，废除屯田，劝课农桑，兴修水利，海内苍生，无不讴歌颂德，一片升平气象。

一日朝毕，正待退朝，右班内，忽闪出一人，禀道："陛下，臣有事启奏。"武帝定睛一看，原是博陵公王沈，问道："爱卿何事上陈？"王沈环视四下，奏道："陛下，今我大晋开朝，域内承平，然西有戎狄，东有孙吴，四海仍未一统，而天序不可无正，人神不可旷主，太子者，乃国家根本，陛下应早立储君，以固国本。"言毕，群臣论议纷错。武帝听罢，沉默半晌，说道："依爱卿之见，立谁为好？"王沈回道："立嫡之事，陛下须乾纲独断，为臣不敢多言。"武帝思忖片刻，说道："立嗣乃国家大事，还须从长计议，容朕考量，再定不迟。"于是传令散朝，百官们交头接耳，各自退去。

侍中荀勖候在殿外，见鲁公贾充出来，拱手说道："贾公慢走。"贾充见荀勖，遂问："公曾何事？"荀勖说道："适才朝堂之上，博陵公劝谏陛下早立储君，我见陛下面色不悦，故向公请教一二。"贾充笑道："王沈不知陛下心思，我却略知一二。"荀勖忙道："望鲁公指教。"贾充见四下无人，小声说道："公有所不知，陛下与皇后本有三子，然长子轨因病早夭，次子衷成嫡长子。这位嫡长子打小呆痴，如今七岁，见事朦胧，断事混沌，识物认字尚有不及，陛下怎会欢喜？而三子柬聪明伶俐，深得陛下心欢。然皇后却独爱衷，欲立为太子，陛下不敢违逆皇后心思，如何不左右为难？"荀勖听罢，颔首说道："贾公高见，依公之意，我等当拥何子？"贾充双目半眯，笑道："我观陛下，定难下决心，敷衍时日，然假以时日，却难违皇后心意。虽如此，我等须静观其变，不可妄动。"荀勖疑道："此话怎讲？"贾充回道："举次子衷，则违陛下之意；荐三子柬，则违皇后之意。莫如装傻充愣，皆不开罪为好。"荀勖连连称是，两人遂出宫去。正如贾充所料，自此左右臣官稍谈立嗣，武帝便顾左右而言他，搪塞过去。一晃两年，太子之位悬而未决。大臣常常聒噪，皇后时时催促，武帝虽言语推辞，却烦闷苦恼，心中也有摇摆。

一日下朝，武帝踱步，走入后宫，至昭阳殿，躺于龙榻，闭目凝思。杨艳皇后吩咐宫婢端了热水，至武帝身旁，俯下身来，捏揉双肩，消解疲惫，充华赵粲则在一旁，小心侍候。杨后问道："今儿朝议，未有要紧之事，然见陛下脸色，似有心事？"武帝回道："尚为太子一事劳神。"又道："衷儿自小痴钝，难承大统，而柬儿聪颖，又识大体，如能好生教导，不失为太子良选。"杨后听罢，忙使眼色，赵粲夫人即道："陛下可听臣妾一言？"武帝说道："夫人但讲无妨。"赵粲夫人说道："汉室高祖，少时不好读书，却开基立业，建邦定国；魏武皇帝，少时游手好闲，却东征西战，威震四方。衷儿虽不聪颖，然年纪尚小，童心未有开化，如能好生教导，臣妾以为，必能大器晚成，陛下何必忧虑？"杨后遂道："充华之言，甚有道理，自古立嫡立长不立贤，衷儿九岁，陛下怎知今后不能明智通窍。况陛下未立太子，朝臣见风使舵，如争国本，恐对朝政不利。"一妻一妾，一唱一和，正戳中武帝心坎。思忖良久，武帝睁开双目，说道："皇后所言甚是，罢了，立衷儿便是，可要好生教导。"于是传令中书。一桩国之大事，便在妻妾言语之间草草落定。按下不提。

泰始六年，朝廷闻报，河陇秃发鲜卑反叛，寇首唤作秃发树机能，原为秦汉时东胡后裔，自塞北鲜卑山迁居至河西。树机能承父业，集鲜卑部众数万，出没雍凉一带。当年邓艾破蜀时，这支鲜卑部众向魏元帝上表乞降，元帝许其居住雍凉，哪知偏偏养虎为患，竟然造反。树机能伏杀秦州刺史胡烈，武帝派军镇压，连连兵败，朝野一片震惊。

武帝急召侍中任恺，中书令庾纯，问道："鲜卑逆贼造反，已取秦凉二州，两位爱卿，有何平叛之法？"任恺奏道："陛下，依臣所见，鲜卑叛乱，乃胡烈乱增赋税，强派民役所致，然胡烈不善军事，中反贼奸计，故取杀身之祸，继任者又非德高才众之辈，以臣下愚见，陛下需择智谋方略之士，方能平叛。"武帝即问："朝中大臣，谁可担任？"任恺、庚纯一同奏道："鲁公贾充可当重任。"你道二人为何举荐贾充，原来当日晋文皇帝司马昭专权，魏帝曹髦领宫中童仆、宦官数百，从宫中鼓噪而出，欲除司马昭，然半路撞见贾充，贾充挑唆太子舍人成济一枪刺死曹髦。后司马昭病故，贾充威逼元帝曹奂禅让退位，助武帝登基，乃卖主求荣，卑事二主之辈。两人深恨老贼行径，欲借鲜卑之手除之。武帝听二人言语，想贾充老成持重，不假思索，即刻下旨："两位爱卿所言极是，传贾充加都督秦凉二州所有军事，出镇长安。"

黄门令即至贾府，贾充接旨，心中一惊，思道："定是有人害我。"然皇命难违，待打发走黄门令，贾充急忙差人，请荀勖与越骑校尉冯紞过府来，商量应对之策。三人左思右想，未有法子。荀勖、冯紞走后，贾充日不能思，夜不能寐，寝食难安，于是今日装病，明日募兵，不觉之间，数月已过。武帝心烦，连降三旨，催促贾充上路。不得已，贾充硬起头皮，出师西征。

洛阳城外，百官于夕阳亭摆下盛筵，为贾充饯行。贾充心神不宁，见到荀勖，忙撇开众人，走至身旁问道："公曾，是想出良策了吗？"荀勖微微领首，借口如厕，邀贾充至一旁，说道："我这些时日反复思量，想出一法，现陛下终日为太子婚事烦恼，而公之长女，待字闺中，如嫁与太子，一来婚嫁在即，陛下定召公回来；二来太子即位，公即国丈，举家富贵，岂不美哉？"贾充闻言，迟疑道："此法虽妙，然小女长相，恐陛下不喜。"荀勖说道："陛下不喜何妨，只须皇后欢喜便是。陛下最听皇后之言，而皇后又素忌貌美女子，公之女，准保正合其心意。"贾充说道："如此甚好，然可让谁与皇后说来？"荀勖道："我自请去说。"贾充大喜。此一回，荀勖不说还好，只因说来，惹得祸起萧墙，四海荒芜。正所谓：利欲二字沾因果，红尘无间是非来。

二人窃窃商议之时，殊不知，屋椽藏有一妖。此妖唤作黄毛貂鼠，也有一番来历。东汉桓帝之时，正一真人张道陵于云台山开坛讲道，山间一时云雾袅袅，祥光昭昭。黄毛貂鼠看得稀奇，隐于树丛，只听得如痴如醉。如此受九九八十一日道讲，开了一片心智，寻得一丝灵缘，如能潜心修行，可得一番

第四回
贪红尘张泓扶妃　性妒悍贾氏祸宫

正果，然貂鼠贪恋凡尘，心神不定。一日讲道，天师命青松童子唤貂鼠过来，说道："我念与你有缘，允你在旁听道，助你一番修行，然你心有旁骛，修道难成。从今日起，你便下山，寻些人间烟火，切记多行善事，不得为恶。"貂鼠拜谢天师，正要作别，天师又道："你不可如此便去，须要发个誓来。"貂鼠不以为然，以为当不得真，便随口而道："如若违言，弟子愿将身子化了虬龙眼。"天师说道："也罢，你自去了。"貂鼠拜别下山，却见汉室天下分崩离析，四方诸侯相争，战乱纷尘，哪有什么富贵可寻，即隐于伊阳云梦山，直至司马建晋，人间安宁，才出得山来。

合该晋室有难，貂鼠行走洛阳，恰逢贾充出师西征，见城外五旗招展，钟鼓鸣乐，不知何事，心中好奇，隐了过去，探其究竟，恰听得二人言语，心道："何不寻个时机，助贾女入宫，今后太子继位，贾女封后，执掌皇权，我可受一番人间烟火！"打定主意，即化风去了，按下不表。

且说荀勖拜别贾充，至冯𬤊府上，说道："贾公远征，万一好歹，我等丧失依靠，如今太子婚事未定，我等何不劝陛下迎娶贾公之女？"冯𬤊说道："侍中所言极是，然如何劝之？"荀勖笑道："陛下有意纳蓸阳公卫瓘之女为太子妃，故陛下那儿，定难说通，然陛下忌怕皇后，我等只须说通皇后点头，此事必成。"冯𬤊应道："此计甚妙。"于是，两人谋划，暗地贿赂宫人，托之说合。杨后乃软耳之人，每日闻贾充长女貌丑心美，不由得心有所动。

荀勖寻了个时机，面见杨后，为贾家提亲，说道："太子成人，已至纳妃年纪，为臣有一良选，担保皇后喜欢。"杨后问道："哪家女子？"荀勖回道："贾充长女，名南风，小名眘，年方十四，贤德淑良，才学兼优，乃上佳之选。"杨后问道："此女长相如何？"荀勖回道："可比得一人。"杨后问道："哪一人？"荀勖又回："可比东汉末年，荆襄黄承彦之女，诸葛孔明之妻，黄月英是也。"即拿出一像，杨后细看，像上一人，身材五短，皮肤黝黑，眉后生有黑色疵点，相貌不堪，寻常之人看即生厌，然杨后却是喜上眉梢，说道："贾充之女，本后早有耳闻，有意择选，今见此貌，甚合我意，真乃天赐良缘。本后这便与陛下说去。"荀勖听罢，窃笑不已，连忙谢恩，退了出去。

恰在此时，武帝进宫。杨后拜见武帝，喜道："陛下，衷儿如今长大成人，是时择选太子妃，妾有一上佳之选。"武帝笑道："哪家姑娘，让你如此喜爱？"杨后回道："鲁公贾充长女，名曰南风。"武帝一听，连连摇头，说道："不可，不可。"杨后奇道："为何不可？"武帝说道："皇后欲择贾充之女，朕却欲选卫瓘之女。卫公之女，有五取，贾公之女，有五不取。卫家天性贤惠，子孙众多，貌美身长且白皙。贾家天性善妒，子孙稀少，貌丑矮短且黝黑。"杨后闻卫瓘之女长相甚美，脸色一变，说道："闻贾充之女，甚有才德，陛下不应固执己见，错失佳配。"武帝见皇后怨怒，不敢言语。杨后见武帝不应，便左右聒噪。武帝哭笑不得，无可奈何，只好暂且应承，不久令大殿设宴，打算问计众臣。

席间，武帝说道："今日召众卿前来，只为朕之家事。皇后与朕提及太子婚配，论起鲁公之女甚好，朕终究有些犹豫，故听听众卿之言。"话音才落，一干臣僚盘算起来："贾充乃陛下心腹，其女又为皇后喜欢，开罪不得，莫如顺水推舟，卖个人情为好。"荀勖、冯𬘘看出众僚心思，即道："鲁公之女贤淑良德，可配储君。"众臣一听，纷纷附和。武帝见众臣极口称赞，想是极好，不禁心动，侧首对皇后道："便依皇后之意，鲁公之女入配衷儿，即刻召回鲁公，准备成婚。"荀勖、冯𬘘闻武帝金口一开，离席出殿，急往贾府称贺。贾夫人郭槐闻此喜讯，喜笑颜开，赶紧去寻南风，哪知遍寻不见，问左右："小姐现在何处？"左右即言："小姐往云梦山进香，已去多时。"你道此女为何进香，原来这南风非但相貌不堪，且个性嫉妒，机变欺诈。自从知晓欲配太子，一心寻思入主东宫，好做个吕稚皇后，终日求仙拜佛，祈祷神灵。

且说贾南风带着婢女到云梦山清凉庵进香，一路景色优美，教人心旷神怡，怎见得景色：

幽涧绕谷，赤壁翠岩；松柏衔石，碧波映霞。苍鹰旋舞，鳞鱼晒甲，野卉芬芳，红叶蝉纱。白龙溪，银练奔腾，飞溅九瀑十八潭；云梦原，芳草齐展，揽尽千里塞外花。云蒸霞蔚，青山美如画；峭拔峻岭，倦客忘天涯。

正行至山腰，忽闻一人作歌而来：

第四回
贪红尘张泓扶妃　性妒悍贾氏祸宫

万里长空一色天，清风伴我驾云还；
欲问世间君何在，凤舞九轮在心间。

贾南风寻声而望，见一道人，长脸尖嘴，细指长腿，头戴纶巾，身披黄袍，两眼如炬，只看得心底透亮，不禁心思："此人相貌异于常人。"黄袍道人走上前来，打一稽首："今知小姐亲临此山，故在此等候。"贾南风回道："敢问阁下何人，为何等我？"黄袍道人回道："我乃云梦山散人张泓是也，特为小姐道喜而来。"贾南风奇道："我有何可喜之事？"张泓回答："小姐喜自太极，不日可入主东宫也。"贾南风闻言，心头一喜，脸色却是如故，说道："先生之言，晦隐难解，还望直言相告。"张泓不睬，说道："小姐聪慧，何必多言，然凡事皆有变数，小姐即刻回去，如有难事，可来云梦山百兽壁寻我。"言毕，径自飘然而去。你道张泓何人？原是黄毛貂鼠所化。贾南风闻言，赶紧吩咐下人，匆匆而回。才至府上，郭槐急唤："中书监方才来告，女儿许配太子，陛下已经应允，待你父回来，即行婚嫁。"贾南风喜出望外，心道："张泓真乃神人。今后若得此人相助，万事无忧也。"忽记起张泓临走之言，自思长相难堪，恐难女色取悦太子，急差人往云梦山百兽壁去。按下不表。

泰始八年二月，武帝下诏，册封贾南风为太子妃，贾充任司空、侍中、尚书令，满门富贵。大婚当日，皇宫内外，金銮千斗，宝帐万织，碧树银妆，龙腾凤舞。彩灯摇曳，似那满天星光照霄壁；鼓乐喧瑟，犹比九天神雷震瀛州。只见那贾南风凤冠珠帘，霞衣蝉带，进午门，过龙桥，至太极殿，进礼下拜，随行给事张泓隐于殿中。武帝高坐殿上，凝神俯视，细观贾南风容颜，虽服饰华丽，却极丑无比，不由得心生厌恶，当下便有悔意，心道："贾充之女，如此丑陋，怎能母仪天下？"于是唤太子至身旁，问道："衷儿，此女你可中意？"太子见贾南风这般模样，也不甚喜欢。南风见武帝皱眉，又唤太子，心知不妙，忙使眼色。太子正要答话，张泓藏于殿后，趁人不察，暗自口吐玄黄，贯入指尖，捻指一弹，见一道黄气，悄然没入太子脑后。太子登时一片混沌，双眼朦胧，再见那贾南风，只觉得羞花闭月，桃红柳绿，皓齿明眸，绮罗粉黛，看得一片痴了，眉开眼笑，连声说道："此女我甚喜欢。"武帝见太子喜爱，暗叹口气，不复多言。两人见礼成婚，好一番热闹。有诗为证：

神州无妄自有时，痴儿悍女合相知；
莫道人间沧桑起，皆由妇人心念移。

翌日，贾南风召张泓，问有何永逸之法，张泓笑道："我早知太子妃心意，故于云梦山炼了此宝。"随即，从怀中拿出一物，如同绣花针，亦直亦曲，晶莹剔透，张泓说道："此针唤作九曲迷魂针，针一旦祭起，即入人脑，与经血相连，非作法之人不得拔除，太子有生之年，终为太子妃神魂颠倒也。"贾南风大喜道："得先生相助，我心无忧矣，他日太子继承大统，我执掌皇权，少不得先生富贵荣华。"张泓听得此言，虚表一番。

贾南风拿了此宝，即回寝宫，见太子仍睡榻上，鼾声如雷，连忙祭起此针，只见一道白光飞起，化入太子脑中，太子陡然惊醒，直觉头疼欲裂，又见贾南风立于一旁，疑道："我本睡梦正酣，忽感头疼，不知是何缘故？"贾南风上前，抚揉脑颈，轻声言道："殿下定是昨日大婚劳累，稍加休息便可。"不出片刻，太子安然无常，却浑身无劲，沉沉睡去。

自中了迷魂妖术，太子愈加昏蒙。一日至华林园游玩，闻蟾蜍声起，遂问侍从："蟾蜍鸣叫，为公为私？"侍从皆目瞪口呆，无言以对。太子见众人不语，怒从心起，正要罚以杖责。一侍从急中生智，答道："蟾蜍养于宫池，定是为公而鸣，养于私家，便是为私而叫。"太子听罢，喜笑颜开，传令厚赏。此事传遍朝野，引为笑谈。武帝虽有耳闻，却只得装聋作哑。然朝中忠直之臣，见太子才具如此不堪，为江山社稷，欲密请废立。

一日，武帝临驾凌云台，召集百僚，各赐盛宴。菑阳公卫瓘趁酒醉宴酣，举杯上前，故作醉状，吞吐请奏："陛下，臣有言上陈。"武帝说道："爱卿有何事？"卫瓘欲言又止，手扶御座，叹道："此座可惜，可惜矣。"武帝何等聪明，早知其意，故沉下脸道："爱卿已醉，回府歇息去吧。"卫瓘也是聪慧之人，知乃托词，叩头退下。宴罢，武帝回到宫中，细想卫瓘言语，不是滋味，心道："偌大江山，托付衷儿，且不说大治大兴，便是守成也难。"反复思考，数日之后，想出一法，遂传召东宫官属进殿，不可出去，又从《尚书》之中选一疑案，吩咐内侍，至东宫交与太子，令太子判决，当即复命。

太子接题，抓耳挠腮，欲问僚属，未见一人，问南风："父皇出题，如何应答？"南风若论心计狠辣，不输他人，若论答辩判案，却是一窍不通，遂急遣侍从，往宫外寻一老儒作答。老儒引古证今，慷慨陈词。贾南风看罢，心有不安，怕忙中出错，再问于张泓，张泓看罢笑道："太子愚笨，人所共知，此等文章，世人皆晓是他人代答，不如平铺直叙，陛下必不疑惑。"贾南风喜道："先生高明。"遂按张泓之意作答。武帝细细察阅，心道："太子文辞，虽文采欠缺，然其意清晰，言语通顺。虽称不上聪慧，也未至愚笨。"遂不疑太子。自此，太子对南风恩宠倍加，更兼畏惧。

日往月来，春去秋回，杨艳皇后病故，武帝续娶其妹杨芷。又有贾充病故，武帝追赠太宰，谥为武公。南风虽说丧父，然自恃太子宠幸，日益蛮横，东宫上下，无不听其使唤。太子有一子，名唤司马遹，乃武帝才人谢玖侍寝太子所生，生性敏慧，自幼得武帝喜爱。贾南风见司马遹日益长成，深为忌惮，幽禁谢玖于别宫。谢玖不见外人，终日以泪洗面，哀声哭泣。宫中嫔妾，莫不惧怕。南风又恐其余妃妾怀有子嗣，令心腹宫婢，监视嫔妃，不许他人亲近太子。

一日，宫婢来报："贾妃娘娘，奴婢适才于紫怡宫，见郑妃腹肚隆起，神色有异，恐怀上子嗣。"贾南风闻言大怒，骂道："贱妾如此瞒我，若不假颜色，他人未知我手段如何。"即带人前往紫怡宫。南风行至宫外，夺门径入，至内室，见郑妃小腹隆起，不禁厉声喝问："肚中小孩，乃何人所为？"郑妃赶紧下拜回道："臣妾与太子情好意合……"言未毕，南风冷笑："分明是你勾搭外人，怀上孽种，还敢假借太子。"郑妃辩道："确是太子子嗣，太子可为我做主。"贾南风闻言，怒火中烧，骂道："贱人安敢花言狡辩，不用太子做主，我即赐你千刀万剐。"随即，抄起身旁长戟，掷刺郑妃，只听"扑哧"一声，血花四溅，可怜一尸两命，竟死于悍妇之手。两旁宫女心胆俱裂，贾南风仍不解气，又责宫女防闲不密，遂亲手持刀，枉杀数人。紫怡宫内，霎时如人间地狱，哀号不绝于耳，残肢断躯，血溅遍地，一片凄惨景象。有诗怜曰：

天色潇潇云遮目，血泪漫漫发曲颜；
紫怡花落随风去，犹问公道在何间？

武帝闻知，拍案怒起："这般悍妇，如此狠毒，怎可母仪天下？"即命人羁押贾妃，废锢于金墉城。南风方知闯了大祸，赶紧差人，告知家中，又命宫娥求救张泓。宫娥得令，刚走片刻，武帝侍卫已至东宫，将贾南风缉拿。不知贾妃命运如何，且看下回分解。

第五回　游林园武帝幻梦　自请命马隆讨贼

三世功业承袭位，名为开国实覆宗。
红尘如梦烟云起，家国难分祸苍穹。

话说武帝废锢贾南风于金墉城，南风终日不见外人，内心惶恐不安，加之居所清冷，每日冷饭充饥，薄被御寒，又有吏卒故意刁难，南风自小娇宠，哪受得如此冷遇，早已度日如年，苦不堪言。

一日，小吏使唤南风洗了衣裳，走至院中，忽平地一阵风起，飞沙走石，眼前霎时模糊，只闻耳边有人道："太子妃受苦，我之罪也。"待黄风散去，小卒已瘫倒在地，不省人事。贾南风擦拭双眼，定睛一看，原是张泓来到，一脚将小卒踢开，喜道："先生来了。"又恼道："先生为何此时才来？害我枉受甘苦。"张泓答道："陛下自考究太子之后，已不疑太子，我见太子妃号令东宫，未有烦忧，故回云梦山闭关清修，前日出得关来，方知太子妃有难，特来解救。"贾南风急道："先生设法，快救我出去。"张泓回道："重正妃位，须陛下亲命。"贾南风即问："如之奈何？"张泓答道："不妨，我自有法子。"贾南风道："有何法子，望先生明示。"张泓答道："继后杨芷乃杨艳皇后从妹，后父杨骏又是车骑将军，封临晋侯。杨氏一门为保显贵，必护太子，故须护太子妃也。况贾家平日素与杨家交好，杨后定肯为你说话。"贾南风道："恐继后之言，不足说动陛下。"张泓答道："我请杨艳皇后亲自来说。太子妃入主东宫，原本杨后之意，陛下与杨后感情笃厚，杨后相求，陛下定然答应。"贾南风吃惊道："杨艳皇后早已殡天，先生难道不知？"张泓笑道："太子妃勿需多想，只需静候时日。"贾南风又道："我知先生本事，然此地实在难熬。"张泓答道："太子妃且安下心来，自今日起，此地吏卒皆由你使唤。"贾南风听罢，方宽下心来。

你道张泓何出此计？须从头说起。杨艳皇后深得武帝宠幸，故六宫政令，由杨后一人独裁，武帝从不过问，后庭妃嫔，杨后管束极严，人少且敝服损容，不敢视下。好容易选一左家女，拜为修仪，虽慧质灵心，然相貌平平。武帝原为好色君王，总不知足，于是广选绝色，充入后庭。杨后明里虽极力附和，暗中却早作安排，各选女待察之时，有容颜夺目的，便说妖冶不经，不可入选，唯身材高大，面貌洁白，有端庄气象者，方称合适，武帝虽有不满，却未敢表露，只好由之择选。后有一个胡女，单名芳字，艳丽过人，父乃镇军大将军，秉承遗传，胡芳面相有刚直之气，杨后方无话可说，许武帝选定。武帝早就心动不已，见杨后许可，即将胡芳宣入后宫，一夜春风，恩周四体，翌晨传旨，封胡芳为贵嫔，一切服饰，仅次杨后一等。

胡贵嫔日益受宠，后宫莫敢与争。杨后天性善妒，由妒生恨，由恨生悔，由悔生病，每日闷闷不悦，如此长久，身体消瘦，精神衰颓，征召无数名医，始终无效，反而病势加剧，已是临危。武帝至榻前垂涕慰问，杨后勉强抬头，请武帝坐于榻上，垂头枕膝道："妾恐时日无多，今生了无牵挂，独不舍陛下。"武帝听得此言，更觉伤悲，含泪言道："朕亦不舍得卿，卿有何愿，朕皆答应。"杨后闻言，抚手说道："此生与陛下结好，乃妾三生之福，妾未有他愿，只有一事相求，我叔父杨骏有女，名芷，小字男胤，德容兼备，愿陛下选入六宫，补妾遗恨，妾死亦瞑目。"言罢，两行清泪流出，哽咽不止，武帝动情垂泪，即道："朕答应便是。"杨后见武帝允诺，胸中一口长气徐徐吐出，双目缓缓合上，安然长逝。你道杨后为何留言，原是杨后谋虑深远，以防胡贵嫔入继皇后之位，不能善待太子，故让从妹杨芷为继，一来可压制胡氏，二来可保全储君。如此心计，有诗为叹：

飞鸿倚紫兰，呓语诉情缘；
不尽相思雨，尘梦皆惘然。
寒风送秋意，落花留残颜；
一朝别离去，两眼纷飞岚。

霜磬鸣霞晚，日复照金銮；

本已繁华尽，奈何思顾还。

　　武帝自杨艳皇后殁后，念其旧情，续娶从妹杨芷，初见相貌，惊为天人，心爱不已，爱屋及乌，大封杨家。其父杨骏封临晋侯，叔杨珧封卫将军，杨济封太子太傅。杨芷入继东宫，与武帝情好甚欢。一日，武帝与杨芷皇后至华林园游玩，杨骏、杨珧随行。杨后趁武帝龙心愉悦，说道："太子妃废锢金墉，太子每日念叨，茶饭不思，还望陛下念其初犯，稍微惩戒罢了。"武帝摇首，说道："这等悍妇，残害孕妾，祸乱东宫，不能饶恕。"杨后答道："太子妃年纪尚小，加上妒忌，做事难免出格，待长大成人，自然知道改正，还望陛下三思。"杨珧借机进言："贾充有功于社稷，不应遽忘，还望陛下勿要废及亲女。"武帝听罢，也不言语，径直往前。

　　游玩半途，武帝忽觉劳累，至九龙殿歇息，恍惚之间，听一女子呼唤"陛下，陛下"，陡然惊醒，左呼右喊，杨芷、杨骏一干人等，不知所踪，遂起身察看。女子呼唤不绝，却未见人影。武帝疑惑，循声遍寻，走至天渊池，忽见一女，立于池边，周身笼罩淡淡黄气。武帝问道："何人呼唤？"女子应道："久别陛下，陛下已忘琼芝否？"武帝大惊，定睛细看，见女子头顶凤冠，身披霞帔，细璎累累，玉佩珊珊，赫然乃武元皇后杨艳。武帝喜道："莫非朕在做梦？"杨艳道："妾日夜思念陛下，得上苍垂怜，得见一面。"言罢，呜咽不止。武帝虽得杨芷，却也思念前妻，此时相见，不由得悲从心来，欲上前拥之，然终不得近。杨艳说道："妾与陛下阴阳两隔，自有天道相阻，不可近前。"武帝道："这般如何是好？朕久不见卿，甚是思念。"杨艳回道："妾得陛下如此牵挂，涕零之至，今见陛下，有一事相求。"武帝答道："卿但说无妨。"杨艳缓缓道来："太子妃犯过，陛下废锢于金墉城，望陛下念其年少无知，饶恕她吧。"武帝本是心软之人，亡妻相求，岂有不答应之理。杨艳皇后见武帝答应，盈盈下拜，身形缓缓模糊，武帝连忙上前，哪知一脚踏空，跌到池中，水呛至口中，脑中一片模糊。武帝手脚扑腾，大喊救命，急切之间，听有人呼唤，陡然双眼一睁，见杨芷等人皆在身旁，原是一场梦境。武帝即命放出南风，复归妃位，众人莫名其妙。你道武帝如何有此异梦，原是张泓假借武元皇后托梦，助贾南风脱难。有诗为证：

千里漠上追穷寇，破釜沉舟凯歌还；
君王乾纲当恒断，何须由凭他人言。

贾南风复归东宫，自此收敛本性，尊道守礼，不复多言。

前回道树机能拥众造反，武帝本使贾充都督秦凉二州军事，后改令杨欣为凉州刺史，抵御鲜卑。然又闻战报，刺史杨欣战死，朝堂之上，武帝忧叹："何人为我平叛？"言毕，右班内闪出一人，乃仆射李憙，谏道："臣举荐匈奴左部帅刘豹之子刘渊，刘渊有文武长才，征发匈奴五部兵众，定能讨平此虏。"你道刘渊何人，此子原是匈奴冒顿单于后裔，左部帅刘豹之子，高八尺四寸，须长三尺，端的是人中佼佼，相貌非凡。刘渊未出生时，其母龙门祈神，求赐麟儿，见一大鱼，头生两角，摆鳍游来，当晚便梦此鱼化为一人，手执太阳精华，令其咽下。后果然怀孕，生下一儿。刘豹见其左掌呈渊字纹路，遂取名为渊。

刘渊少年之时，喜游历山水，一日至洛阳万安山，忽感饥饿，见一野兔，搭弓射之未中，野兔受惊，拼命奔跑，刘渊随后追赶，不觉之间，至一山谷，野兔隐入一大石后，遂不见踪迹。刘渊停下脚步，稍作歇息，观察四周，见谷内郁郁葱葱，山雾缭绕，小溪潺潺，花草芳香，直教人神清气爽，心旷神怡。刘渊沿溪而上，见一棵梨树结满果实，欲摘充饥，正上前攀爬，闻得一声吼叫，一庞然大物，直冲过来。刘渊定睛一看，登时惊出一身冷汗，原是一只大熊，周身棕黑，鬃毛倒竖，獠牙张起，利爪探出，欲将眼前之物撕个粉碎。刘渊忙搭弓射箭，然黑熊皮厚如石，箭如隔靴搔痒，不射还好，一射反倒激了凶性，黑熊左掌一抡，将刘渊拍至两米开外，亏得刘渊身手矫捷，只受点皮外伤。刘渊一个翻滚，鲤鱼打挺，又射熊目，哪知弓箭已坏，而黑熊又至身前，急切之间，刘渊胆气丛生，大喝一声，抡起双拳，直捶熊头，黑熊一时蒙住，霎时受了十余拳，眼眶迸裂，血丝弥漫。刘渊趁势跳骑熊背，往软处死打。黑熊毕竟山中猛兽，哪里吃得如此大亏，凶性大发，直立身体，如似巨塔，横冲直撞，利爪挥舞。刘渊反被倒撞于地，欲起得身来，黑熊已张开獠牙咬将下来，刘渊心道：

"可怜我建功立业未成，今将死于此地。"正在此时，却听脑后有人喝道："孽障安敢伤人。"随即，一道红光从后而至，射入黑熊眉心，黑熊颓然倒下。

刘渊回首，原是一位年长僧人，须眉细目，垂耳阔唇，身披袈裟，颈戴佛珠，双手合十，微微颔首。刘渊见其顶现金芒，知道必是高人，连忙匍匐下拜："多谢圣僧相救。"老僧扶起刘渊，笑道："不用多礼，你前身乃西方八吉鱼童，今老衲知你有难，特来相救。"刘渊问道："敢问老师来自何方，尊号如何？"僧人说道："你不识得我，我有一律道来，你便知晓。"

菩提衍化万物生，明月悬修悟禅行；
空寂何归寻缘处，玄机法变历劫身。

老僧说道："贫僧乃西方准提佛祖门下，月支是也。"刘渊拜道："原是月支菩萨驾临，弟子志心朝礼，还望老师收入门下。"菩萨笑道："你我本为一脉，我今前来，便是传你本事，为你将来成事所需，你要潜心修炼，不枉我一番栽培。"刘渊闻言，赶紧磕头，言道："弟子拜见师父，弟子定然好生修习，不负所望。"菩萨微微颔首，笑道："你且起来，我观你体格健硕，劲道刚猛，此有一宝，名曰三阳烈冲剑，分霞阳、炎阳、梵阳，合为三阳，霞阳可使人目眩神迷，炎阳可使人炙热焚身，梵阳可使人灰飞烟灭，此宝威力无穷，瞬息之间，克敌制胜。"刘渊喜道："多谢老师赐宝。"菩萨随即祭起三剑，散出红色烈焰，默念口诀，化为三根红毛，拈指一弹，只见三道红光，没入刘渊心口，又道："你且到我身前来，我教你运用之法。"刘渊叩头谢了，洗耳用心，勤于苦练，不知不觉，于山谷修行三载，待出山时，已是脱胎换骨，焕然一新。

前事不表，言归正传，话说仆射李憙举荐刘渊平叛，武帝正要答应，左班内闪出一人，原来是侍臣孔恂，说道："刘渊此人不可重用。"李憙一听，勃然大怒："凭刘渊之才，以显陛下圣武，有何不可？"武帝疑道："卿且说些道理来。"孔恂说道："依臣之见，刘渊之才无人可比，陛下若不重用，此人不成气候，若授予军权，平定秦凉之后，恐将蛟龙入海，猛虎归林。刘渊非我族类，其心必异。到那时，西北边患，从此更难消除。"武帝听言，心中也觉不妥，又问众臣：

045

"还有何人，可为朕分忧？"左班内，又闪出一人，拱手言道："陛下，我愿出征平叛，为陛下分忧。"武帝瞧将过去，原是司马督马隆，遂问："卿有何方略？"马隆说道："臣愿招募勇士三千，西行破贼，陛下不必预问战略，只须授我临机决断之权，保我三年军需，臣定不负陛下。"言毕，李憙遂道："当下军队甚多，勿须悬赏招募，马隆年轻小将，胡乱进言，陛下不可信任。"孔恂立马驳道："马隆虽年纪尚轻，然自幼拜入崆峒山灵宝大法师门下，本领出众，通晓玄法，不失为上佳人选，还望陛下明断。"武帝见马隆精光内敛，英气逼人。有诗为证：

一啸长空策马飞，濯缨入漠意驰追；
莫问少年青云志，剑指苍穹凌羽回。

武帝看着喜欢，遂道："朕观马隆，忠勇可佳，胆气过人，朕决意授马隆讨虏将军，兼武威太守，众臣不必再议。马隆之请，朕皆答应。"马隆即道："谢陛下隆恩，臣定当竭尽全力，平定敌虏。"于是出得殿堂。待马隆走后，京陵公、越骑校尉王浑进言："陛下，刘渊有文武之长，对朝廷忠心耿耿，如今四海仍未一统，正以信义，安抚异族，怎可因异族而弃，陛下应显朝廷海内度量。"武帝思忖片刻，说道："爱卿所言极是，此番西征，虽不用刘渊，也须安抚便是，爱卿有何建言？"王浑说道："近闻匈奴左部帅刘豹新亡，刘渊为刘豹之子，陛下何不让其子承父业，继任左部帅之职。"武帝说道："也是应该。"于是传旨，授刘渊匈奴左部帅之职。

话音刚落，忽有武库令上报："武库井中，有两条青龙显现。"武帝大喜，急召众臣前往，果真见两条青龙，盘于井中，一条周身青紫，一条周身青蓝，龙尾缠绕，鳞角狰狞，口吐白花，徐徐下旋，顷刻隐没井中。百官皆道此为祥兆，应进贺一番。独有尚书左仆射刘毅道："昔日有龙降于夏宫，终为周朝祸患，此乃龙德潜隐、不能用世之兆，陛下应与民休养，德众天下。"武帝听罢，心有不快，却也从刘毅之言，勒令百官不得进贺。你道为何有此异状？原是上天警示，刘渊接任左部帅，潜龙于晋室，此乃将来龙腾飞跃、鼎掌乾坤之象。按下不表。

马隆接任讨虏将军，设局招募勇士，又亲往武库选取精良军械，操练军士，

第五回
游林园武帝幻梦　自请命马隆讨贼

如是到十一月，马隆点齐三千五百军士，一路夜息晓行，马不怠步，兵不解甲，转眼已至温水。怎见得？有词为证：

> 浩浩旌旗，扬风尘之狂舞；滚滚绣带，卷剑刃之破杀；雷雷战鼓，震四方之惊鸿；蹄蹄奔马，踏九霄之碧霞。看三军，龙咆虎哮；誓将虏，一斩马下。

马隆令全军急渡温水，不作歇息，直奔叛军驻地天梯山。至山下，见此山断崖如削，怪石突兀，山如金龟，俯瞰而下，只一条小道从山间蜿蜒而上，积雪深达半尺，极难行走。马隆心道："此山易守难攻，我军长途而来，不宜与反贼久持，只能速取。"于是传令三军，排好阵势，先锋官文鸯上前叫阵。

哨探报入树机能营帐，树机能问道："晋军将领何人，年纪多少？"哨探回道："晋军将领马隆，年纪不过二十上下。"树机能再问："人马多少？"哨探回道："大约三千来人。"树机能笑道："晋室皇帝，无人可选，拜此年轻小子为将，所带不过三千人马，我部有数万之众，又有天险据守，马隆此来，不过飞蛾投火，以卵击石也。"言毕，帐下随行，左护法鸿远说道："大王不可小窥马隆，马隆乃阐教灵宝大法师座下弟子，先锋官文鸯亦是骁勇善战之辈，大王还需谨慎为好。"右护法图真也道："晋军远道而来，不免疲惫，大王据守险要之地，与其相持，待得时日，晋军粮草不济，必然生乱，大王一举歼灭，此乃上策。"话音刚落，树机能堂弟，秃发务源上前说道："两位护法，何需长他人志气，灭自己威风，谅马隆一黄口小儿，有何本事。我愿请战，取马隆小儿首级献于大王。"树机能喜道："务源真乃鲜卑英雄。就依你之意，出去打好头阵，灭煞马隆威风。"秃发务源答应一声，取过令牌，跨上战马，提两根狼牙棒，出得营来。

文鸯见一大汉出来，蓝脸红须，发似朱砂，獠牙掀起，长相甚是凶恶，问道："来将何人？报上名来。"秃发务源说道："我乃鲜卑大首领树机能帐下先锋官秃发务源，你可是马隆？"文鸯笑道："杀鸡何用牛刀，我乃马隆将军帐下先锋官文鸯，你等不思朝廷天恩，夺我州府，杀我百姓，今日特来取你狗命。"秃发务源闻言，气得大叫，纵马使狼牙棒，朝文鸯天庭打将过来，文鸯不慌不忙，待秃发务源近前，提枪一架，双臂一抖，喊一声"开"，震得秃发务源双臂发麻，两根狼牙棒拿将不住，竟自飞了出去。秃发务源道声"不好"，连忙拨马后逃，文鸯挺枪便刺，将秃发务源挑于马下，上前枭了首级。一时晋军上下，战鼓擂动，士气高涨，文鸯趁敌阵慌乱，号令兵士掩杀过去，鲜卑兵见主将一个回合便身首异处，皆心胆俱裂，又见晋军杀将过来，哪敢抵抗，纷纷逃命。有词为证：

  漫天星辰璀璨，腾腾杀气飞扬；银光如泻千里，敌虏魂销胆丧。一枪在手，将军带儿郎，直上天苍。

  晋军一路追杀，文鸯一马当先，领五六十骑兵，杀得性起，直追至山腰，忽见一僧人，身披黄橙僧衣，手执黑幡，拦住文鸯去路。文鸯提枪问道："你是何人？"僧人合掌道："我乃大首领树机能帐下护法，鸿远是也，将军方才斩杀秃发务源，何故穷追猛打，赶尽杀绝。"文鸯怒道："秃发鲜卑聚众造反，奸淫掳掠，纵火杀人，你等不思为朝廷分忧，为百姓解难，在此助纣为虐，还有面目在此说教，看我一枪。"不待答话，举枪便刺，然枪指之处，竟是一片虚空，再看鸿远，已不知踪影，只一根黑幡立于山间。文鸯正要上前，却见黑幡之下，一股浓烟散发开来，霎时左右上下，灰灰蒙蒙。文鸯难分东西南北，只好估摸前行，未走两步，混沌之处，万箭齐射，转眼之间，众兵士相继中箭身亡。

  文鸯舞动长枪，护住周身，一面拨打箭矢，一面往后退去，然箭矢无休无止，文鸯顾不得周全，右腿受了一箭，眼看不济，危急关头，马隆冲了进来，护住文鸯前方，右手持降魔剑，左手祭龙虎印，只见得一龙一虎，金光闪耀，龙首尾相衔，盘旋四周；虎扑腾跳跃，领两人退到阵来。马隆收了龙虎印，问道："将军伤势如何？"文鸯答道："皮外之伤不打紧，文鸯谢主帅救命之恩。"马隆说道："不必言谢，此乃本帅轻率，致你误中异术。"文鸯问道："鸿远何许人也？那黑幡是个什么法宝？好生厉害。"马隆拨马上前，见那黑幡立于山腰，恰阻大军去路，山间小路，有一团浓烟笼罩，朦朦胧胧，看不清路在何方。马隆说道："我也不识鸿远来历，此浓烟之内，凶险万分，不得轻进。"文鸯说道："主帅用龙虎印，能否破此异术？"马隆回道："龙虎印只可打人，却打不得宝。我大军千人，龙虎印护不得周全。"二人回到营中，马隆传令众将，说道："我军赢得首阵，当为众将请赏，奈何敌营之中，有异人相阻。我须上一趟崆峒山，请教老师，多则三朝，少则两日，列位好生守营，不得出去厮杀，待我回来，再作区画。"吩咐已毕，驾土遁往崆峒山去。未知后事如何，且看下回分解。

第六回　上崆峒马隆平虏　纳群娇武帝纵色

偏师寡众赴征难，獯虏削迹勋济高；
无奈君王享安乐，一片赤心付东流。

话说马隆纵土遁，到了雷声峰，落下土遁，见崆峒光景，不禁自思少时离别，下山已有十年，再看崆峒，景色仍然壮美。怎见得好山？

峰峦陡峙，幽壑纵横；烟笼雾锁，葱岭郁葱。林海浩瀚，怪石嶙峋；环视三千尺泾水，叹南国之秀；东望八百里秦川，赞北国之雄。仙鹤曼舞，瀑布飞流；祥光叶照，白猴腾挪。好似那，鬼斧神工流云砌；只教人，缥缈仙境挽心留。

马隆上了崆峒山，过聚仙桥，至元阳洞，不敢擅入，只在洞外下拜道："弟子拜见师傅，愿师傅圣寿无疆。"听得洞内传出一声："进来。"马隆忙起身，进得洞来，只见灵宝大法师静坐高台，顶现金芒，身披红袍，三缕长须垂至胸前，端的是仙家气象，阐家修为。有诗为证：

天真皇人洪荒玄，幻化修仙灵宝生；
紫微元辰万象主，大罗金仙不灭根。

灵宝大法师见马隆进来，手抚长须，微微笑道："徒儿不在秦凉征战，为国建功，如何到我这来了？"马隆拜道："师父，徒儿率众，在天梯山得了首阵，正要乘胜追击，不想让一僧人阻了去路。此僧有一黑幡，黑幡摇动，有无边烟雾笼罩，教人不能目视，浓烟内，暗藏万千箭羽，厉害非常，大军前进不得，故徒儿只得上山请教师父。"灵宝大法师笑道："此幡名曰流云幡，以迷烟将人困住，使其不能辨识方向，箭矢暗藏于内，以便射杀，纵有千军万马，过不得去。这幡乃是西方月支菩萨所炼，鸿远是他弟子，故有此宝。"马隆问道："那可如何是好？"灵宝大法师即命童子取了一宝，说道："破流云幡不难，此宝名曰伏羲八卦图，可制得军器，可演得战阵，可收人纳物，包罗万象，妙用非常，你且拿去，悉心研究，也好建一番功业。"马隆谢过恩师，正待拜别，灵宝大法师又道："为师还有一宝，名曰磁星石，可吸纳世间金刚之物，你一并拿去，自有用处。"马隆得了法宝，拜别恩师，离了元阳洞，正要驾遁回营，被童子叫住。童子说道："师兄，老师要我相告，凡事自有定数，你破得法术便可，切记不可伤鸿远性命。"马隆记在心里，与童子作别，一时来至营帐。

众将士见马隆归营，齐聚帐中。文鸯上前说道："主帅不在之日，反贼屡次在营前搦战，我等遵照号令，不出阵厮杀，反贼百般羞辱，真是气煞人也。"马隆说道："你等不知，那鸿远乃西方月支菩萨弟子，所持黑幡，名曰流云幡，端的是凶险毒辣，不消说几十几百号人，就是千军万马，亦不得胜。你等幸好不与争斗，若出得营去，全军定然覆灭于此。"众将士闻言，莫不骇然，文鸯说道："此幡阻拦，我军如何进兵？"马隆说道："老师已授破敌之法，众位且需等待时日，再与我破敌杀虏。"众将得令，各自回营，马隆遂祭起伏羲八卦图，此图一开，三爻分列，五行变化，只见那，乾坤相合，震坎相交，艮巽相对，离兑相转，赫然现一八卦战车像，马隆连忙按图索骥，照着所示，命人制作战车。

过了八九日，马隆准备妥当，吩咐传令官，众将士在辕门外听令，打开营寨，摆开一字长蛇阵，进军天梯山。到了山腰，复见鸿远，马隆拨马上前，说道："鸿远，你乃道德之士，沙门弟子，为何助鲜卑聚众造反，劫掠百姓，以致秦凉境地，十室九空，民不聊生？"鸿远回道："司马炎篡魏建晋，得位不正，天灾连连，各族本就不服，而朝廷却不体恤百姓，以武镇压，我此番助胡，也是顺应天意，度人慈悲。"马隆怒道："以暴制暴，算得什么慈悲？你等巧言如簧，我不与你多费口舌，且撤恶幡，念在你我两教，本有渊源，若你放下执念，不再助恶，我不伤你，任由你去罢了。"鸿远说道："你且破得此幡，再言不迟。"说罢，遂祭起流云幡，默念口诀，只见天地一片迷茫，晋军顿时失了方向。马隆见状，命人推出战车，列阵以待。鸿远望见此车，四轮由玄铁制成，轮上置放桐木，上盖扁箱，呈屋形状，内有机关，可驱动前行。又见战阵，全阵三千二百人，配车一百二十八乘，每乘二十五人，每二乘相互为一阵。三百人在旁游走，以为机动。阵由外而内，共分四层，一层将士五十六乘，二层将士四十乘，三层将士二十四乘，四层将士八乘。马隆命三军联车为营，相随并趋。

鸿远见状，遂摇动流云幡，万千箭羽，漫天而下，哪知箭射在车上，皆让扁箱挡住，晋军毫发无伤。马隆祭起伏羲八卦图，收了流云幡，一声令下，众将士立于车上，俯射鲜卑兵，一时敌军哭爹喊娘，死伤无数。有诗为证：

伏羲八卦传世图，将军演阵显神威；
一战博得千古诵，再无来者继相随。

鸿远见状，大惊，心道："这是何等战法，以致我法宝无用也。"先锋官文鸯一出得阵，望见鸿远在前，欲报一箭之仇，催马上前，直奔鸿远。鸿远道声："来得甚好。"遂默念玄术，欲拿文鸯。马隆在后，见得分明，恐文鸯有所闪失，祭起龙虎印，只见得空中现一龙一虎，首尾相接，呼啸而下，鸿远猝不及防，被打了一个跟头，文鸯上前举枪便刺，欲取性命，马隆忙使降魔剑，架开枪头，说道："休伤他性命。"鸿远趁隙，驾起土遁，正要逃走，马隆祭起伏羲八卦图，将鸿远收入其中，谓文鸯："老师有旨，不可伤其性命，平叛之后，我自去敦煌，将鸿远交与月支菩萨处置。"马隆收了鸿远，敌军无人能掠其锋芒，晋军直取天梯山，又辗转作战，向前千里，未尝一败，杀伤敌兵无数，到达武威镇所。

一时晋军天威，震动四方，鲜卑人莫不惊惧。马隆传令下去："凡有愿降者，朝廷既往不咎。"此令一出，原本依附树机能的部落，各自盘算，究竟负隅顽抗，反叛到底，还是投降朝廷，寻得出路。不出十日，鲜卑大人猝跋韩、且万能率一万部落来投。树机能闻得消息，恨得牙直痒痒，在营中大骂："此等朝三暮四之徒，来日定要将他们碎尸万段。"将士莫不作声，沉默不语，个个低垂

第六回
上峣峒马隆平房　纳群娇武帝纵色

脑袋。树机能发怒道："马隆势猛，众位如何不言？平日威风，今在何处？现左护法已被马隆拿去，晋军又取武威，如何是好？"右护法图真说道："大王息怒，虽猝跋韩、且万能等人反叛，然本部根基犹在，只要大王号令各族，集合兵力，攻其一处，定可将马隆歼灭。"树机能说道："马隆身怀异术，左护法尚不能敌，右护法可有对策？"图真回道："马隆持龙虎印，着实厉害，又有伏羲八卦图在手，单人对决，无人能胜。"树机能问道："难不成我等要坐以待毙？"图真说道："大王莫急，我有一法，名曰金甲术，可为众将士炼制金甲，金甲刀枪不入，不惧火烧，不惧水淹，万物难克，大王可与马隆约定决战，到时三千金甲兵，可打头阵，马隆虽有法宝，也照应不周，定能一举功成。"树机能闻言大喜："此计甚妙，有右护法在，我可高枕无忧也。"遂派出使者，与马隆约定决战。

使者至晋军中军营帐，报了消息，待走后，众将士皆疑："树机能节节败退，毫无还手之力，为何还敢约战，定有蹊跷。"马隆说道："自天梯山破了流云幡，我军长驱直入，屡战屡胜，反贼一路奔逃，如今敢来决战，定有高人指点，不可不防。然我军长途征战，粮草运输，颇有不便，树机能在秦凉境地，素有威望，各族之间，矛盾重重，此番如不能一举歼灭，立朝廷之威，今后此地，定然死灰复燃，叛乱反复，百姓终将在水火之中。树机能既然约战，可趁此良机，一战而定乾坤。"众将称是。

三日之后，武威雷台，两军摆开阵势，树机能请马隆出阵答话，马隆打马上前，树机能见马隆白马银盔，身披素铠，左手拿龙虎印，右手执降魔剑，护心镜金光耀眼，索子甲咔嚓有声，端的是英姿挺拔，锐气逼人。再看后方队伍，齐整有序，气势昂轩，纪法森严，杀气腾腾。有词为证：

　　如岳如钟如松，如风如电如虹。刀枪剑戟悬沙场，千里只为一梦。将士征战几回，忠骨何须还归。只道男儿万般事，心付报国厥功。

树机能看罢，自忖道："难怪我军屡战屡败，今观马隆气象，真乃英雄年少。"马隆拨马上前，见树机能道："树机能，你本为晋臣，世受恩禄，为何背叛朝廷，开启祸端？岂不知，无数百姓因你流离失所，家破人亡，真乃罪大恶极，万死难赎。今我奉诏征讨,你且下马受缚,如此甚好,否则天兵降临,休教本帅无情。"树机能正要答话,图真上得前来,合掌说道:"将军此言差矣,万物之地,皆有人主。大晋未是天下之大晋,天下也未是大晋之天下。自古登大宝者,有德有能者居之。我大首领在秦凉深得民心,独掌乾坤,也是众望所归。"马隆见图真,身披青蓝僧衣,与鸿远一般模样,只是年纪较轻,知其亦是方外之人,怒道:"你乃何人?在此一派胡言,你等烧杀抢掠,涂炭生灵,也称深得民心?天下之大,虽朝廷不能周全,然一方之地,由谁统御,自有定数。秦凉从来便是中原之地,你等逆天行事,聚众造反,还敢妖言惑众。"图真说道:"我乃大首领帐下,右护法图真,与鸿远同出一门。将军且听我一言。我观将军,少年英雄,也是道德清修之士,你我两教,素有渊源,今晋主昏聩,朝堂之上,多有奸佞,蠢子立为太子,丑女也入东宫,晋室天下,如此下去,也不得长久。将军何不审时度势,放我同门,另择良途,方为上策也。"树机能也道:"护法所言极是。我看将军一表人才,本事过人,如投我帐下,富贵荣华,得享一生。"马隆冷笑道:"苍松翠柏,岂可与蓬蒿为伍;忠臣良将,岂可与反贼并驱。今你等死期将至,尚痴心妄想,白日做梦。"树机能说道:"将军如此冥顽不灵,置本王好意不顾,也休怪本王无情。"即令三千金甲兵出得阵来。

三千金甲兵,金盔金铠金带金靴,浑身上下金光闪闪,晃得人睁不开眼,雁形阵一摆,直向晋军冲杀过来。马隆急令前军迎敌,一时之间,沙场战鼓擂动,尘土飞扬,刀光剑影,杀声震天。两军交手,晋军兵刃砍在金甲上,只听得"砰砰"作响,金甲毫无损伤。这些金甲兵见状,士气大振,也不做防御,只管一路砍杀。俄顷,晋军前队,已被冲得七散八落,人员损伤大半。马隆急令文鸯组织中军后撤山谷,摆好圆盾阵,抵住金甲兵,遂纵马上前,左右穿插,跳入重围,龙虎印一祭,一龙一虎,前后呼应,降魔剑使开,万道金光四射开来,金甲兵虽然刀枪不入,水火不侵,却架不住崆峒山法宝之威,只见马隆所到之处,金甲兵无不应声倒下,英风锐气,令敌胆寒。树机能见道:"马隆所恃龙虎印、降魔剑,着实厉害,金甲难以抵挡,这可如何是好?"图真说道:"不妨事,我自有应对之法。"遂摇动令旗,只见一千金甲兵,摆好数阵,围住马隆,四方游走,不与缠斗,其余金甲兵,包抄而过,向晋军中军杀去。

第六回 上崆峒马隆平虏 纳群娇武帝纵色

马隆虽有法宝在手，无奈金甲兵人数众多，一时之间，不能全数击杀。眼见得中军抵御不住，已呈溃败之象，心中焦急万分，不知如何是好，忽想起老师临别时，另授一宝，可吸纳世间金刚之物，遂用龙虎印护住周身，拿出磁星石，只见此石祭出，也不见有何异象，便缓缓坠下，竟自没入脚下，不见踪迹。马隆正错愕惊疑，忽见金甲兵皆似定了魂儿一般，有的匍匐在地，有的贴在山壁，除了双目能动，口舌能言，身子却不得动弹。树机能见状，惊问："此乃何故？"图真亦是奇道："为何有此异象？"趁着时机，马隆急令三军全力反攻。众将士得令，欲泄心头之恨，照着金甲兵一顿乱砍，金甲兵全然没了威风，个个被削瓜切菜，鬼哭狼嚎。

树机能见大势已去，急率部众撤逃。图真驾遁欲走，马隆眼疾手快，祭伏羲八卦图，将图真收入图中，又命文鸯擒住树机能。文鸯打马直追，树机能被赶得火起，掉转马头，雁翎枪一扎，照文鸯面门而去，文鸯仰卧马背，长枪一架，架开树机能，反手就是一枪，刺向树机能心窝。树机能也是马上英雄，枪尾一摆，双臂一抖，拨开枪头，顺势跳马上前。二人皆展开平生所学，马前马后，枪来枪往，只见得寒星点点，银光皪皪，斗得是旗鼓相当，不分上下。怎见得：

　　来似流星去如电，两雄相争天地暗。一个白马银枪舞，一个红驹长枪现，一个只想把名显，一个为坐金銮殿。从来沙场无善果，成王败寇眨眼间。

两人交战，斗了二十个回合，树机能越战越勇，雁翎枪指东打西，眼花缭乱，文鸯只觉处处枪影，渐渐只有招架之功，已无还手之力。鲜卑部众见大王如此神勇，军心大振，稳下阵来，与晋军混战一处，杀得征云四起，锣鼓喧天。鲜卑降将且万能在阵中，见两军厮杀，心道："我与鲜卑大人猝跋韩投靠晋军，马隆待我等不薄，如今寸功未立，却受厚赏，过意不去。若将树机能擒住，助马隆平定秦凉之乱，一来可显我部能耐，二来今后世受皇恩，也有个长远着落。"心思落定，且万能四下寻望，见堂弟没骨能，知其与树机能素有嫌隙，心道"天助我也"。遂一拨马，提大刀，至没骨能身旁。没骨能也未细看，举锤便打。且万能拿刀架住，喝道："你且看清再打。"没骨能定睛一看，连忙收起双锤，言道：

"原是兄长,听闻你已投晋军,现在如何?"且万能说道:"马隆为人,宽宏大量,对我等既往不咎,允我等世居雍凉。树机能心胸狭隘,只看重本部人马,其余部落,皆轻视怠慢。此番起兵,只让别部冲锋陷阵,自己却坐收渔利。我看马隆英雄年少,一路破流云幡,败金甲兵,树机能黔驴技穷,穷途末路。弟弟何不早降,与我拿下树机能,一来不至于同归覆灭,二来尚可保全部众,寻一番富贵也。"没骨能听罢,深以为然,即道:"兄长所言,正合我意。我早有此心,却是无门,又恐树机能察觉,招惹杀身之祸。今有兄长相助,我心无忧也。"

两人一拍即合,没骨能打马,悄至树机能身后,见树机能与文鸯斗得酣畅,大声说道:"大王,我来助你。"树机能虚晃一枪,见是没骨能,说道:"来得正好,速与我一道,将此人拿了。"没骨能举起双锤,照准树机能后背,一记狠打,直打得树机能脊骨碎裂,口吐鲜血,翻下马来。树机能抬头,手指没骨能,怨愤叫一声"你",言未落,只见寒光一闪,已是身首异处。

没骨能高举树机能首级,喝道:"鲜卑各族,且听我一言,树机能聚众造反,现已伏诛,我等当与朝廷修好,化干戈为玉帛,免得涂炭生灵,罹灭族之祸!"且万能随即应道:"马隆将军有言,只要我等真心归顺,朝廷愿重修于好,和平相处。"鲜卑各族早有厌战之心,见树机能身死,又闻且万能之言,纷纷放下兵刃。马隆走上前来,左手牵起没骨能,右手拉住且万能,喜道:"将军弃暗投明,斩杀寇首,本帅当为你等上表请功。"又道:"胡汉本为一家,两族祸端,乃树机能欲自称王,妄动刀兵,罪责皆在其一人也。今树机能伏法,众位不必忧虑,只要真心归顺,朝廷愿与各族修好,共图长远。"鲜卑部众闻言,皆拜伏于地,十年之乱,终于平息。有诗为证:

  天灾生民怨,人祸引战云;
  胡乱开先河,将军自请缨。
  一袭征袍在,万里虏血沾;
  荡寇功盖世,平乱威名传。

马隆率众回武威,令文鸯遣探马,报于朝廷,自己往敦煌郡而去,欲将鸿远、图真二人交与月支菩萨。按下不表。

武帝自马隆出征，未闻消息。朝堂上，今说马隆战死，明道马隆年少，不可委以重任。武帝心烦意燥，却也期盼。转眼已至十二月，这日晚间，武帝正在中宫歇息，忽闻门外有报："陛下，凉州三百里加急。"武帝心里"咯噔"一下，急唤进来，速念战情。得知马隆获胜，秦凉平定，武帝拍手称快，一夜未眠。翌日早朝，武帝告知群臣，说道："当日若朕误信卿等，如今已无秦凉矣。西征将士马革裹尸，浴血奋战，为我讨平秦凉，扫清十年胡乱，朕要重重赏赐。"话音刚落，苟勖出班，谏道："陛下，马隆原是六品司马督，任正五品上阶讨虏将军、武威太守，后又加封宣威将军，从四品上阶。马隆年轻小将，侥幸一战得胜，便如此厚待，恐众臣不服。微臣以为，马隆与西征将士皆已加显爵，不宜再授。"冯紞即道："陛下，侍中所言甚是。"二人言出，朝堂上议论纷纷，有要论功行赏，有说勿再加封，武帝一时片刻，难下定论。此时，卫将军杨珧进言："前番马隆请命征虏，陛下稍加爵命，不过加勉而已，如今马隆荡平西土，扫清胡乱，如未得增赏，今后朝廷如何用人，陛下威信何在？"一番言语，武帝颔首称是，于是颁诏酬勋，为马隆及一干将士赐爵加秩。按下不表。

挟平定西北之威，武帝命杜预为镇南大将军，与镇军将军、琅琊王司马伷，安东将军王浑，建威将军王戎，平南将军胡奋，龙骧将军王濬，广武将军唐彬，兵分六路，南下伐吴。吴主孙皓乃荒淫残暴之主，动辄杀人，尤喜挖双眼，剥脸皮，砍双脚，将人慢慢折磨而死。更为荒诞，乃是令臣女出嫁之前，须经其择选，有容颜可视者，充入后宫，独自享受。庙堂上下，域内臣民，皆恨之入骨。如此一来，晋军二十万大军，一路摧枯拉朽，仅半载时光，平定东吴，俘获吴主孙皓。自此晋室一统天下，四海承平。

武帝颁诏大赦天下，改元太康，设十九州，分为司州、兖州、豫州、冀州、并州、青州、徐州、荆州、扬州、凉州、雍州、秦州、益州、梁州、宁州、幽州、平州、交州、广州，分置郡国百五十余，又核定国制，就户邑多少为差，分为三等。大国置三军，共五千人，次国二军，共三千人，小国一军，共一千五百人。凡诸王兼督军事，各令出镇，互相维系，拱卫中央。徙扶风王司马亮为汝南王，出为镇南大将军，都督豫州诸军事；琅琊王司马伦为赵王，兼领邺城守事；渤海王司马辅为太原王,监并州诸军事;东莞王司马伷莅徐州,徙封琅琊王;汝阴王司马骏已赴关中,徙封扶风王;又徙太原王司马颙为河间王;河间王司马威为间武王;皇子司马玮为始平王,司马允为濮阳王,司马该为新都王,司马遐为清河王,尚有诸王公,悉令就国。

  一切安定,武帝自想:"如今天下已定,朕当与民安乐,共享太平。"心思一起,又无杨艳皇后管束,淫欲之心泛动。临晋侯杨骏投其所好,禀道:"陛下,臣闻南朝金粉多鲜妍,水乡女子多艳丽。吴国孙皓曾广选绝色,后宫佳丽数万人众,如今陛下为天下之主,何不择选一些,也好充实后宫,服侍陛下。"武帝一听,正中下怀,忙道:"爱卿真知朕心也,如此甚好,爱卿可为朕,往东南一走?"杨骏匍匐下拜,说道:"臣定当仔细查验,采选美女,进献陛下。"武帝说道:"办好此事,朕重重有赏。"杨骏为求显贵,上进谗言,蛊惑君心,如此置江山社稷于不顾,有诗为叹:

> 登顶还寻天梯上,直把瑶台作西厢;
> 位高不知人间苦,终日只为己身忙。

  杨骏接旨,即刻赶至建业,在吴国后宫,逐一精选,择挑五千美色,一股脑儿送入宫中。武帝仔细点验,个个是雪肤花貌,玉骨冰肌,发丝如柳,媚眼撩魂,吐气如兰,含情切切,不由得龙心大悦,笑谓杨骏:"爱卿办事,果然不负朕心,可加封车骑将军。"杨骏谢过皇恩,退到宫去,才出宫门,又被皇后杨芷召回。杨后见杨骏,恼道:"他人为陛下进献美人,也便罢了,父亲如何做得这事,今后陛下众多妾婢,教女儿如何专宠,女儿一旦不保,父亲又如何身处?"杨骏笑道:"皇后不必忧虑,且听为父说些道理,自然开窍。陛下虽是英明之主,然天性风流,杨艳皇后在时,尚能约束,今杨艳皇后不在,陛下如放飞之鸟,放生之鱼,加之天下一统,大业已成,约束难矣。何况男女之事,就好比小儿放鹞,抓得越紧,鹞便越易挣脱,相反稍加松动,只要紧抓线头,鹞非但不离,反倒愈加牢固。皇后应投其所好,顺水推舟,不妨大度一些,多加温存,陛下乃心软心善之人,感念皇后恩情,宠爱之心,必胜从前。"杨后听罢,说道:"父亲，女儿终究也是女人，且问哪个女子不想受夫独宠，专情一生。"杨骏叹道："但有郎情意，不嫁帝王家。天下乃天子之天下，女人皆帝王之女人。且听得为父之言，皇后只须后位稳固，独裁六宫，何苦执着天子专宠，男女情意。"经杨骏开导，杨后也自甘认命，对武帝不加干涉。

　　武帝将五千美女一齐收纳，分派至各宫居住，新旧相加，后宫佳丽不下万人，自此尽情享乐，纵欲声色。每日下朝，武帝命宦官驾乘羊车，任由羊儿行走，在后宫瞎转。羊车一旦停住，便有无数美人儿前来谒驾。武帝一个个看过去，见有中意的，即下车设宴，前后左右，无一不是丽珠艳花，待酒足饭饱，淫兴一起，随手牵数名美女，同入罗帐。一班媚女巴不得皇帝临幸，使足功夫，伺候得武帝欲仙欲死，快活逍遥。武帝乐此不疲，今朝到东，明晚到西，日夜奋战。几个宫女为了邀宠，也倒聪明，将竹叶插在户外，用盐汁洒在地上，羊性喜食盐，又嗜好竹叶，见有此二物，便停于宫门之前，宫女将武帝拥至居室，武帝也乐得随缘，羊车停在哪儿，则临幸到哪儿。天下未有不透风之墙，时间一长，此伎俩也就泄出，一传十，十传百，后宫上下皆知，于是宫中户户插竹，处处撒盐，也是奇观。有诗为证：

　　竹盐二物引君入，青白相间群花怜；
　　为求罗绮一夜风，可叹深宫无故眠。

　　武帝每日宣淫，免不得昏昏沉沉，渔色成疾，无心国事，常不视朝。杨后趁机进言："如今四海安宁，政通人和，陛下身体不比从前，朝廷寻常事务，交由信任之人即可，不必过于操劳，否则伤了龙体，如何是好？"说完，抹抹眼角，武帝听了此话，也深感精力疲乏，遂道："卿可有尚佳人选？"杨后回道："父亲及家叔，对陛下忠心耿耿，又精于政事，更是自家之人，可以委任。"武帝有感杨后宽容体贴，又乐得轻松自在，于是答应下来。

　　翌日朝会，武帝告谕众臣："朝廷政事，如非紧急之事，皆交由临晋侯兼车骑将军杨骏、卫将军杨珧、太子太傅杨济。"此令一出，一片哗然，车骑司马傅咸奏道："分封诸侯，是为保卫王室，做王室屏障。后妃，是为料理祭祀，弘扬宫中教化。皇后之父以临晋为侯名，临于晋室之上，又委以政事，此乃大乱征兆。"傅咸奏罢，尚书褚䂮、郭奕皆道："临晋侯心胸狭隘，不能容人，不可将政务交与他手。"武帝却不理会，宣令退朝。消息传开，可急坏一人，正是东宫太子妃贾南风。贾南风自复归妃位，虽表面不起波澜，却背地与朝臣联络。眼见得武帝龙体，一日不比一日，将要守得云开见日，此时杨骏一家，把持朝政，怎教她不心急如焚。贾南风急令婢女："快去请张泓先生来见我。"欲知后事如何，且看下回分解。

第七回　下凡尘仙翁警世　破戒规武帝临危

仙翁临凡续长生，自破戒规灭灵灯；
君王纵欲欢一时，遗恨庸碌满堂春。

话说贾南风急见张泓，问道："先生，如今陛下龙体欠安，政事交由三杨，保不定哪日龙驭归天，如若杨氏一门掌握朝政，岂有我言语之地。先生可有良策？"张泓答道："杨骏德浅才庸，杨珧生性软弱，杨济勇夫而已，三人皆不足虑，所虑者，唯皇后杨芷也。正是皇后居中用事，杨骏等人才能进宫议事，商榷要政。"贾南风说道："那该如何对付？"张泓回道："不忙，如今未到时机，太子妃需静待时日，讨好皇后，且较之以往，更要谦卑恭敬，以取皇后欢心。"贾南风疑道："这又是何道理？"张泓说道："陛下虽有佳丽万千，但皇后仍得宠爱，六宫上下由其独裁，陛下尚在之日，皇后说话一言九鼎，又有三杨相助，此时不得与皇后争锋，切莫轻举妄动，小心皇后警觉。只有待到陛下殡天，太子继位，太子妃才有出头之日。"贾南风问道："依先生所看，父皇尚有多少时日？"张泓答道："陛下本龙精虎猛，只因沉迷美色，终日宣淫，才致精竭体虚，疾病入身，但我观陛下气色，虽然黑气下沉，病入肌理，也不在两三年之间。"贾南风思索片刻，笑道："若父皇撑得个三年五载，杨家心腹遍布朝野，再来相争，定难上加难。先生如能使个法子，助父皇早日解脱，岂不更好？"张泓心道："世间竟有如此狠毒之女，都说权欲弄人，使人性如兽也。"贾南风见张泓久不答话，问道："先生有何良策？"张泓答道："陛下乃开朝人主，运数自有天定，我纵有道法，不敢违逆天道。太子妃所请，恕小道不敢从命。"贾南风一听，脸色一沉，沉默良久，又问："那父皇病情，如何走势？"张泓答道："陛下喜好女色，所患疾病，皆因女色而起。如果戒淫欲，静调理，则会慢慢好转；如果纵淫欲，享女色，则会加剧病情。"贾南风一听，眉头一舒，说道："先生何不成人之美，使个法子，让父皇尽享快活，也算尽我等孝心。"说完，二人密议起来。

夜半时分，武帝于华阳宫夫人诸葛婉处歇息。诸葛婉端来药汤，朱唇轻启："陛下，该服药了。"于是侧坐榻边，用汤匙舀起一勺，轻吹一番，喂至嘴边，武帝小抿一口，说道："药有些烫，且放在一旁，待会儿再喝。"诸葛婉听罢，遂将药汤放至香几上，说道："陛下调养多日，如今觉得身子好些了吗？"武帝说道："好是好些，但总觉收效甚微，时不时体虚身乏，头昏目眩。"诸葛婉笑道："还不是陛下处处采蜜，个个留情。"武帝正要答话，忽听"吱"的一声，左厢窗户莫名开了，诸葛婉奇道："外面不曾有风，何故窗户自己开了。"于是吩咐婢女将窗户关了。哪知关上这边，另一侧窗户又开了。武帝见状，觉得奇怪，便走了过去，望望窗外，一切如常，诸葛婉也忙走来，正要把窗关上，忽一阵黄风吹来，两人顿时迷糊了一下。诸葛婉说道："原来是外头有风，陛下若不放心，臣妾让婢女再去看看。"武帝打一个哈欠，说道："不必大惊小怪，将窗关好便是，朕有些乏了，歇息了吧。"二人说话之际，不曾察觉头顶房梁上，一个人影缓缓移至香几上方，原来是张泓来到，只见张泓将手放至内裆，掏出一些粉末，搓成一粒小丸，双指一弹，弹至药汤里，随即化作一丝黄风，出了宫去。诸葛婉关窗之际，又觉脑后生风，一阵迷糊，奇道："今儿个如何平地起风，真是怪哉。"武帝也不答话，朝着龙榻踱去，诸葛婉遂关窗，走到香几旁，端起药汤，用嘴沾了沾，说道："药汤已不烫了，陛下喝下，好早些安寝。"武帝躺在榻上，说道："且拿过来。"诸葛婉服侍武帝，将药汤喝下，两人和衣而睡。

武帝本欲好生歇息，可今日比以往不同，自觉喝了药汤，片刻工夫，头脑清明，眼目澈亮，下腹温热，四肢有力，疲乏昏沉之感，荡然无存，一股雄浑之气，在体内蠢蠢欲动。武帝辗转反侧，睡不着觉，侧卧身子，谓诸葛婉："今日喝了此药，感觉甚好。"诸葛婉问道："陛下有哪般感觉？"武帝答道："朕觉得神清气爽，龙马精神，体内似有无限气力，到处窜动，憋躁难耐。"诸葛婉媚笑罗面，轻声说道："还不是陛下在臣妾这里调养得好。"武帝捧起诸葛婉脸庞，透着月色，更觉秋水伊人，细看之下，面如傅粉，肩若削成，螓首蛾眉，丰颊

第七回
下凡尘仙翁警世　破戒规武帝临危

杏腮，朱唇皓齿，倚姣作媚，尽态极妍，不觉痴了。诸葛婉见一眼，知其心思，忙道："陛下身子才有起色，当好生歇息。"武帝急道："朕已然痊愈，今宵良辰，正是情好意合，不可辜负了枕边佳人。"诸葛婉半推半就，自在意中。一夜温存，武帝似变了个人，神采奕奕，容光焕发，以为经过调理，安适如常，复旧如初，于是又终日取乐，沉溺美色起来。有诗为证：

　　雨点青柳碧如新，莺沾粉黛去有情；
　　一朝闻得芬芳醉，江山不敌美人心。

且说昆仑山玉虚洞有位神仙，名叫南极仙翁，乃阐教道法元始天尊座下大弟子。一千三百年前，姜子牙助武王兴周伐纣，元始天尊门下十二上仙，因身犯杀劫，在九曲黄河阵中被混元金斗削了顶上三花，闭了胸中五气，故各自散去，从头修行。天尊授姜子牙封神榜，封三百六十五位正神，隐于上清天弥罗宫，将玉虚宫上下事务，交由南极仙翁处置。

这日，玉虚宫得镇元子简帖，邀南极仙翁到万寿山精研长生之术。南极仙翁领白鹤童子驾云兴雾，一行千里，过洛阳境地，脚下自觉一缓。白鹤童子问道："师叔，为何作此停留？"南极仙翁说道："也不知为何，行至此地，心中有些异样，我且来看看。"于是闭上双眼，两指一捻，默念玄语。少顷，睁开双眼，说道："我道为何，原是人主有难，被迷魂妖毒所惑，再有时日，恐性命不保。你且先去万寿山，拜见镇元子，为我道明缘由，我且往洛阳皇宫走一遭，解了天子之难便来。"白鹤童子与仙翁道别，径自先往万寿山去。

南极仙翁按下云头，来到洛阳皇城，只见皇城内，城楼高耸，屋宇林立，街市行人，摩肩接踵，川流不息；洛河之上，长桥卧波，粮船云集，端的是阡陌通达，百业俱兴。南极仙翁心道："千年不见，人间竟如此繁华景象，终究还是天下大统，四海安宁，方能造福社稷，兴业安民。"且思且走，少时，已至皇宫。

武帝正于后宫逍遥快活，忽闻值日来报："陛下，有一方士，自称南极仙翁，有事相禀。"武帝心想："这等方士见朕何事？无非谈天说地，故弄玄虚，好得些赏赐，添些名望罢了。"身旁一群娇娃美女催促得急，遂吩咐："此等方士，朕一概不见，可使些钱银，打发了便是，莫要坏朕的雅兴。"话音刚落，只闻耳边传来一声："贫道不请自入，还望陛下见谅。"顿时轻烟缭绕，祥光缥缈，武帝定睛一看，只见得一位老道，天庭饱满，地阁方圆，慈眉善目，长须如银，手执鸠杖，旁牵白鹿，从薄雾蒸腾之中，徐徐走出。好齐整，但见：

上停隆合藏天地，长眉如柳分乾坤；
双目精俊朗日月，两袖飘袂按阴阳。
鸠纹刻杖衔星斗，葫芦万象蕴红尘；
青袍袭履踏云登，白鹿跟走随圣行。
大罗金仙临凡地，魑魅魍魉避退急；
一心为解帝王难，造化福泽系苍生。

道人至武帝面前，打个稽首，口称："陛下！贫道稽首了。"武帝极有眼力，见来人非同小可，非寻常方士，即收了怠慢之心，喝退两旁，问道："道者从何而来？"南极仙翁答道："玉虚而来。"武帝又问："何为玉虚？"南极仙翁答道："九玄金阙谒清玉，寂绝灵皎步虚空。"武帝虽荒淫，但毕竟是个心思聪慧、七窍通达的开朝天子，即道："朕以为道者只是个寻常术士，图些钱物，贪些声名而已，如今见了，方知失礼，还望道者莫要挂怀心上。"于是命左右赐座，南极仙翁也不谦让，坐下笑道："些许误解，何足挂齿。"武帝也笑道："是朕俗了。"又问："敢问道者哪教人士，住何方洞府？"南级仙翁答道："贫道乃阐教道法元始天尊座下弟子，南极仙翁是也，所居昆仑山玉虚洞。因镇元子邀习长生之术，故路经此处。"武帝问道："仙翁可否与朕讲讲长生？"南极仙翁答道："世人皆求长生，世人不知长生。长生，不在动，而在静；不在身，而在心；不在形，而在神。世人只想长生不老，身心不灭，岂不知，神仙无万年，何况凡间人。阐道，即心道；长生，即心生。心不清，何来修道；心不净，何来长生。有人讲求吃穿用度，却执着功名利禄，忘却众生福祉；有人讲求求仙拜佛，却执着个人追求，忘却家国大义；有人讲求逍遥无为，却执着安乐独享，忘却负任蒙劳，此皆非长生真谛。长生，乃不争浮华，不辩是非，不惊荣辱，不动心境，不贪名利，不恋红尘；于不争、不辩、不惊、不动、不贪、不恋之中，清欲，健体，修德，善行，大义，神往，以求天地人合，道法自然，方至精、气、神之长生也。"

武帝听罢，大悦，说道："朕闻仙翁一席话，不觉神清气爽，对长生之意，体会更进。不知仙翁所讲阐道仙家，又是何生活？"南极仙翁说道："贫道有歌一曲，且与陛下道来。"

云卷云舒，潮起潮伏；花开花谢，日出日落。潺潺流水，抚尽爱恨情仇；醇醇美酒，忘却喜怒哀乐；徐徐清风，拂拭兴衰成败；澜澜月光，映照悲欢离合。岁月悠悠，烟雨蒙蒙；红尘滚滚，过客匆匆。一碧星辰，便是玄宇一望；一捧尘砾，便是天地一抹；一水江波，便是晨梦一帘；一曲轻吟，便是千古一书。相逢是缘，相别是歌；世间潇洒，不尽言说。

武帝听南极仙翁之言，已然身在尘世之外，半晌，方回过神来，又道："仙家生活，不免令人心生向往。可惜朕身为帝王，脱不得俗世，出不得凡尘。此次聆听仙翁一番阐玄之说，也是不枉此生。然不知仙翁驾临，所为何事？"南极仙翁笑道："贫道此来，只为陛下解难。"武帝疑道："解难？朕有何难？"南极仙翁问道："陛下近日是否龙精虎猛，亢欲过人？"武帝回道："原来这般，仙翁过虑了。朕原本是有些不适，然自从喝药调理，已经恢复如初，更胜从前，周身澎湃，精力充沛。"南极仙翁说道："陛下自以为身体康健，却不知病入膏肓也。"武帝一听，惊道："病入膏肓？这又从何说起？"南极仙翁也不答话，用手指一点武帝气海、关元、中极三穴，武帝疼得大叫一声，顿时两眼无神，脸色苍白，汗如雨下，全身虚脱。南极仙翁说道："陛下身中迷魂妖毒，已浸入骨髓。此毒短时之日，可使人精力旺盛，体力过人，然不须多时，精元受损，身体透支，好比腐木枯枝，回天乏术。"武帝有气无力，却也焦急，问道："正如仙翁所言，怪不得朕总觉有些异常，浑身气力，似无穷无尽，与原先不同。方才仙翁稍一用劲，朕身子里，有股气劲一泻千里，如抽了魂一般。这可如何是好？"南极仙翁回道："陛下莫要心急，贫道自有方法。"随即，拿出一只玉盒，盒内放着一个圆果，瓶口大小，碧绿透亮，散发淡淡香气。南极仙翁说道：

"此果唤作清茯果，生长悬壁峭崖之间，受天地雨露滋养，有清心正气之效。每日卯时，可用茶杯接住花草露水，将清茯果泡于其中，约一个时辰，喝下露水。百日后，陛下身上的迷魂妖毒，自然解除。"武帝接过清茯果，喜道："幸遇仙翁，否则朕仍在蒙蔽当中。"南极仙翁又道："陛下莫要欣喜过早，此法还有一个禁忌，百日之内，切记不可行房，否则阴气冲入，阳气外泄，仙果被污秽所蚀，药力便会尽失，到时覆水难收，再无挽回，陛下切记于心。"武帝答应下来，又问："仙翁方才所说，朕中了迷魂妖毒，然皇宫深院，防范严密，妖且从何而来？现在哪里？为何害朕？"南极仙翁回道："此妖不过是一只修炼数年的貂鼠，只会些迷魂蛊惑的妖术，不足挂齿，现早已逃出宫去，今后自有惩治，陛下不必担忧。只是贫道还有一言，规劝陛下。"武帝说道："仙翁尽管指教。"南极仙翁缓缓说道："妖魔并不可惧，可惧乃是心魔。心魔起于欲望，欲望方引魔妖。我人教掌教太清道德天尊老子师叔曾教化众生：五色令人目盲，五音令人耳聋，五味令人口爽，驰骋畋猎令人心发狂，难得之货令人行妨，是以圣人，为腹不为目，故去彼取此。恕贫道直言，陛下此次身受妖毒，乃心生淫欲，放纵声色，而被妖孽趁虚而入所致。陛下为人间之主，应当正身清心，修德养性，自会金光罩顶，莲花护身，万妖群魔，皆不敢近身也。"

武帝听闻此言，心中不悦，自思："朕乃人间帝王，你虽是方外仙家，然昆仑山也在朕之境域，竟当面指责朕荒淫无度，真是岂有此理，若非念你为朕解毒，定治个大不敬之罪。"思忖至此，武帝顿时面色一沉，半晌不语。南极仙翁何等人也，岂不知武帝心思，遂道："陛下，贫道言尽于此，这便去了，还望好自为之。"说完，也不管武帝，袖袍一拂，径自出了宫去。待至门外，南极仙翁仰头一望，只见北极上空，紫薇帝星忽明忽暗，犹如风中残烛。南极仙翁暗叹，自道："我念苍生可怜，来解人主之难，也是为四海万民着想，然天意如此，非人所改变。"于是，拍了拍白鹿，驾上云头，往万寿山而去。

武帝见南极仙翁去了，方觉失了礼数，如此大罗金仙驾临，却听不得谏言，失了个求政问道的机会，后悔不已，赶忙命人去追，哪里还追得上，只得悻悻作罢。有道是：

第七回
下凡尘仙翁警世　破戒规武帝临危

大梦初醒方知晚，忠言逆耳心入难；

仙翁警世挽朝运，奈何君王踏歧峦。

且说武帝得了清茯果，翌日清晨，命侍从到御花园接了露水，将清茯果放入水中，约一个时辰，清香四溢，满堂芬芳。侍从忙将清茯果取出，放入玉盒内，又小心将茶杯端至武帝面前。武帝拿起，缓缓喝下，登时浑身上下，一股清凉之气徐徐而入，贯于腹内，忽翻滚起来，武帝也不觉疼痛，只是感到内急，待如厕完后，一身轻松，全身舒坦，不由得自思："仙翁真乃救命恩人，如若不然，朕已身中妖毒，尚不自知，可惜仙翁未肯告知何妖害朕，待朕痊愈之后，定要亲上昆仑，拜访才是。"之后，武帝起居养心殿，不许妃嫔进来，连皇后杨芷亦是不可，每日按时服药，静心休养。至七七四十九日，妖毒已排出大半，再看那武帝，精神抖擞，步态稳健，六脉调和，容光焕发。侍从一旁道："陛下，清茯果仙家妙药，这还未到百日，陛下已是大不相同，若至百日，定能重振雄风，遍泽雨露。"武帝大笑，说道："每日服了此药，朕自感轻盈许多，虽没了刚猛劲气，然四肢有力，气息平和，说不出的畅快。"正说话间，殿外宦官进来报："陛下，太子与太子妃过来请安。"武帝说道："且让进来。"宦官道一声"遵旨"，连忙唤太子和太子妃。

俄顷，太子司马衷，太子妃贾南风进得殿来，见武帝，匍匐在地，跪拜叩首，齐声说道："父皇，儿臣请安，愿父皇圣体康泰，万寿无疆。"武帝今儿个心情大好，朗声说道："你们有此孝心，朕深感宽慰，且起了身来。"两人起身，贾南风偷看武帝，见红光满面，神采奕奕，心中疑道："张泓施法蛊惑父皇，可观父皇面色，不似中了妖毒，反而精神许多，难不成法术不灵？"一旁，太子支支吾吾，问道："不知父皇身子如何，调理怎样？"武帝面朝太子，却斜眼看贾南风，说道："一番调理，朕好得多了，再有些时日，可恢复如初，更胜从前。衷儿，朕静养这段时日，你书读得如何？"太子答道："得卫师父教导，儿臣正学《仪礼》，然记下不多。"贾南风闻言，忙道："父皇，太子虽记性不好，但刻苦用功，一心想着多读些书，好替父皇分忧。"武帝也不理睬，谓太子："读书不当急，须循序渐进，融会贯通，你资质平庸，莫想着如何精研，只需讲些道理，弄得明白便可，太傅卫瓘明识清允，博学多才，有何疑问，可请教之。"贾南风心中冷笑，自思："卫瓘老贼，身为太子太傅，不助太子，也便罢了，却还假借酒醉，影射太子无能，待太子承继大统，定不能轻饶。"武帝见太子唯唯诺诺，烦道："朕身子乏了，你们且回去吧。"二人俯地叩拜，退到宫去。武帝见南风背影，心中犯疑："为何见了此女，心里总是憋闷，这丑女适才不讲多话，但眉眼之间，却有意无意看朕，不知葫芦里卖什么药，今后须寻个时机，废了丑女，方能心安。"

贾南风走出宫来，也是一身冷汗，心道："适才父皇扫我一眼，似乎有所察觉，今后还是少来为妙。"回到东宫，贾南风即令宫婢去请张泓。约一炷香工夫，宫婢回来，说道："禀娘娘，适才奴婢到给事中居所，不见人影，只在堂前桌上，得了一封书简，上书，交娘娘亲启。"即拿于贾南风。贾南风拆开书简，打开信笺，上面草草写道："恕臣不告而别，实乃南极仙翁临凡，不得不急避之。陛下病情，全凭天意，非臣能左右，太子妃不必牵强，如有急事，可差人到云梦山百兽壁唤我。"贾南风看毕，命宫婢点了火盆，将信笺烧了，自言自语："南极仙翁又是何人，张泓怕他作甚，真是岂有此理。"尽管牢骚，却只有按下心思，静观其变。

时间一转，已过九十九日，尚需一日，便满百天。武帝自感身体恢复如初，焕然一新。在宫中憋闷久了，也是无聊得慌，正巧，侍从来报："陛下，车骑司马傅咸、散骑常侍石崇求见。"武帝说道："且唤来。"侍从即传二人，进得殿中。两人进殿，伏地齐道："臣特来看望陛下，愿陛下龙体安泰，福寿康宁。"武帝笑道："起来说话。"两人起得身来。武帝见石崇，问道："朕久不出宫，却闻你与王恺争豪，满朝风雨，朕还赐王恺珊瑚树一株，你二人输赢情况，与朕说说。"石崇得意道："王恺自恃家资雄厚，常与臣比富。王恺府中用糖浆代水洗锅，却比不得为臣用白蜡当柴烧饭；王恺用紫丝编织屏风，在府前铺就四十里走廊，为臣却用锦缎编织屏风，在府前筑造五十里走廊；王恺用御用香椒涂墙，使房屋香气袭人，为臣便用海外赤石脂抹壁，使房屋金光灿灿，任他如何，臣定要高出一头。"武帝哈哈大笑，好奇发问："朕赐王恺那株珊瑚树，你如何赢得？"石崇闻言，下跪奏道："臣请陛下恕罪，那株珊瑚树已被臣击碎。"武帝脸色一变，怒道："你好大胆子。"石崇忙道："陛下息怒，且看来。"即拍了拍掌，命人抬出一株珊瑚树，四尺余高，奇枝怪叶，色彩斑斓，一时间满堂生辉，光彩夺目。

石崇说道："臣见陛下那株珊瑚树，高仅两尺，质地欠佳，定是进献之人敷衍了事。臣有上好佳品三十余株，又精心挑选，此株色质最好，特献于陛下。"武帝转怒为喜，说道："原来如此，爱卿一片忠心，朕甚是欣慰。来人，将此物抬下去。"侍从立马上前，将珊瑚树装进檀香木柜，收入库房。

傅咸在一旁，连连摇头，说道："陛下，臣有言请陈。"武帝说道："爱卿又有何事？"傅咸回道："陛下，从来俭以持家，奢以败国。国家强盛、财力丰厚之时，尚要用之有度，以民为本，勤俭治国，更何况天下初定，国家生产不足，民生不均。如今高官贵戚，如此炫富，非但使民风不纯，奢靡享乐，更恐激起民愤，仇官仇富。陛下还需三思。"武帝大笑，回道："爱卿只知其一，不知其二。今我大晋太康盛世，国富民足，臣子们摆摆阔气，更彰显朝廷国库充裕，社稷安稳。爱卿不必杞人忧天。"石崇说道："司马过虑，自陛下颁行户调，劝课农桑，当下民和俗静，家给人足，牛马遍野，余粮委田，我等做臣子的，能享受盛治，也是托陛下洪福，此不过显我国力，威震四方之法罢了。"又道："陛下在宫中待了两月有余，定是烦闷得很，何不到臣下金谷园中，游玩一番，也好舒筋活骨，散心解闷。"此言正中武帝下怀，武帝说道："朕正想出去走走，难得爱卿一片忠心。"于是起驾出宫，傅咸还要劝谏，但见武帝兴致已起，只得叹口气，退到宫去。有道是：

争奢斗富纵享乐，物欲横流德化抛；
上梁不正下行效，只言民脂何处捞。

武帝至金谷园，只见此园依邙山、临谷水而建，高垒低凿，错落有致，宏丽典雅，清幽怡人。怎见得：

郁郁茂树，直直修竹，楼榭亭阁，池沼碧波；鸟鸣幽枝，鱼跃荷塘，柳丝袅袅，桃梨灼灼。蝴蝶蹁跹飞舞，流泉萦绕穿滴。百花竞艳，真如天宫琼宇；红日西照，犹比霞云金銮。

武帝走在其间,笑道:"金谷园,真乃洛阳一景,爱卿用心良苦也。"石崇忙道:"此皆托陛下洪福,臣子们才有这福地洞天。陛下,此园有一种恒舞,可供观赏。"武帝闻言,遂要观看。石崇引武帝至御风亭,只见三十六位姿容娇艳、相貌相仿、妆扮一致的侍女,正在亭中翩翩起舞。这些女子,头戴凤凰金钗,腰着白龙玉佩,口含西域香叶,身披火浣红衫,身姿舞动,轻云蔽月,流风回雪,香步妙曼,气启如丹。三十六人乍一看去,好似一人,近得身来,只觉一股清香,从女子唇中,徐徐吐出,随风飘散,教人眼花缭乱,目眩神迷。石崇得意道:"陛下,臣这三十六名侍女,乃从四海之内搜寻的一千五百名美女中精选而来,无论相貌、身段,还是音色、足步,皆是相差无几,臣令其昼夜相接,舞姿不断,故而称为恒舞。"武帝笑道:"此乃爱卿独创,别人哪有这般心思。"石崇忙道:"还有佳人,陛下且看。"拍拍手,见四位奴仆搬出一张象牙榻,晶莹剔透,放置亭中,又各捧了一只檀香盒子,打开盒盖,轻轻倒出一些白色粉末,撒于榻上,均匀抹开。武帝不解,问道:"此乃何物?"石崇回道:"陛下,此乃沉香磨筛成的屑末,莫要心急,一会便知分晓。"话音刚落,只听丝竹声"叮当"响起,轻纱朦胧之处,霞光映池之间,走出一位绝色佳人,轻摇身翠,沾榻而舞,足点沉香,掩面轻唱:

　　我本无依人,浮萍随流水;风帘卷红袖,黄沙掩朱颜。感君雨露恩,草木得春绿;前世觅归燕,今生倚侯门。一曲温香,一曲温存,曲尽人消散。
　　我本寻梦人,香闺红烛映;君有花千朵,妾独君一枝。春华谁不美,难比君新欢,卒伤秋落时,对影空自嗤。一指誓愿,一指誓言,指向两行泪。

歌声婉转悠扬,舞姿飞扬飘逸,武帝似痴了一般,半响方回过神来。石崇即引武帝,至象牙榻边,说道:"陛下,此乃香尘无痕,平日臣将沉香尘末,铺于榻上,让这些女子轻舞于榻,若无足迹,则赐珍珠百串,若有足迹,则令节食轻身,故练就此舞。"武帝说道:"今儿个朕是大开眼界,未料爱卿府中,还有这等销魂之乐。此舞女又是何人?"石崇将舞女唤至武帝身前,说道:"陛下,此女乃臣的婢女,唤作翾风。十岁之时,臣从胡人手中买得,养至成年,现年方二十。"武帝对翩风说道:"抬起头来,让朕看看。"翩风应一声,抬了头来,只见紫芝眉宇,清眸流盼,绛唇映日,冰肌莹彻,白帖翠袖,淡雅如仙。武帝不禁心中惊叹:"朕偌大后宫,竟找不出如此佳人,此番不枉虚行。"念头一起,便要据为己有,早将南极仙翁告诫忘了个一干二净。武帝转头,对石崇道:"朕身子有些乏了,这便回宫,今夜可将翩风,送至养心殿。"石崇连忙道一声:"遵旨。"

  深夜子时,金月笼纱,一行宦官抬着裹被,沿着宫墙,匆匆进入养心殿,片刻时间,又退了出来。皓月晚风,撩人心脾,鸟宿枝头,人入梦乡,空寂的皇城,突闻"啊"的一声,划破长空,惊醒四方。养心殿外,侍卫们立马拔刀,冲入殿内,只见帷帐之中,翩风散乱头发,慌乱捂住武帝小腹,武帝汗如雨下,艰难抬头,说了声:"快去请南极仙翁。"随即,昏迷过去。不知武帝命运如何,请看下回分解。

第八回　初相会两雄斗法　取灵根刘渊逢凶

警句良言悬明空，幻真幻假幻梦中；
若非君王迷香阁，帷墙怎能起干戈。

话说武帝昏迷，养心殿内，一众宦官、宫婢、侍卫，乱成一锅粥，翾风更是大急，不知如何是好，一个劲叫唤："陛下醒醒。"慌乱之中，不知哪个喊一声："快去禀报皇后娘娘。"武帝随侍，急匆匆出了养心殿，直奔昭阳殿而去。

昭阳殿内，杨后靠坐榻上，正要入睡，忽殿外一阵说话声，杨后吩咐宫婢："出去看看，何人在外喧闹？"少时，宫婢跌跌撞撞跑来，禀道："娘娘，大事不好，养心殿来报，陛、陛下昏迷了。"杨后闻言，立马弹起身来，整理衣裳，打开殿门，见武帝随侍，问道："陛下在养心殿调理，如何昏迷？快快说来。"侍从回话："陛下本已见好，过了今日，便满百天。然陛下说闲在宫中，烦闷得很，遂于石崇府中游玩，哪知，哪知……"杨后柳眉倒竖，杏眼圆睁，骂道："哪知什么？再支支吾吾，本宫要了你的脑袋。"侍从吓道："禀娘娘，哪知陛下在石崇府上，看中一个歌女，今夜召入养心殿侍寝，未有半盏茶工夫，便听见陛下叫喊，待奴婢们进去，陛下已昏厥过去。"杨后闻言大怒，一脚踢开侍从，吩咐两旁："且去养心殿。"走了两步，又停下来，唤过宫婢，悄声说道："且去临晋侯府，请临晋侯入宫，就说陛下有危，本后有要事商议，速去速回，不得走漏风声。"宫婢应一声，连忙出了宫去。

杨后乘凤辇，一路催促，赶至养心殿，闻殿内一片哭喊之声。杨后心烦心躁，进了殿中，喝道："陛下还未宾天，你们何故嚎丧。"顿时殿内安静下来。杨后走至榻前，见武帝仰躺榻上，面色紫青，双目紧闭，嘴角抽搐，周身发冷，也是心疼不已，急问："太医令程据来否？"程据应道："臣在。"杨后问道："陛下病情如何？"程据支吾半晌，不敢言语。杨后也是聪慧，谓殿内众人："你等皆退下去，未有本宫允许，任何人不得入内。"一众宦官、婢女忙退到殿外，只留下杨后几个侍女。杨后问道："殿中无有外人，陛下病情，太医如实道来。"程据回道："陛下脉象紊乱，气若游丝，怕是凶多吉少，除非神仙临凡，否则危矣。"杨后一听，两眼垂泪，又道："陛下得南极仙翁仙果，已安然如初，为何一下有变？"程据答道："臣闻南极仙翁临行时，有过交代，用仙果泡露水服用，须满百日，不可行房，今离百日，只差最后一个时辰，陛下破了戒规，以致功亏一篑。"杨后说道："再服仙果，如何？"程据叹道："臣拿出清荚果时，此果已经干枯发黑，全然无用了。"杨后闻言，身子一软，幸好宫婢接住，杨后擦拭眼角，坐在武帝身旁，示意程据退下，说道："侍卫何在？"侍卫立马进殿，杨后说道："且将迷惑陛下的妖女，打入死牢，听候发落。"侍卫应声出殿。

此时，宫婢进殿，禀道："娘娘，临晋侯来了。"杨后立即传诏，杨骏疾步而来，问道："闻陛下有危，到底出了何事？"杨后回道："陛下贪色纵欲，破了戒规，现在昏迷不醒。"杨骏问道："太医看否，有何说法？"杨后答道："太医言陛下凶多吉少。"杨骏一听，大惊，说道："这可如何是好？"又问："陛下昏迷之前，有何言语？"杨后即将随侍唤来，随侍答道："奴婢只听到说了一句，快去请南极仙翁。"杨骏说道："南极仙翁定有方法，快去昆仑山，请南极仙翁。"杨后思忖片刻，说道："陛下虽多情渔色，对杨家总是有恩，且万般宠爱女儿，陛下若在，杨家一门自有富贵，陛下若去了，太子继位，终没有陛下这般照顾。须立即差人，前往昆仑，求南极仙翁医治。却不知委派何人为好？"杨骏说道："昆仑山在西域长史府辖内，远隔千山万水，若是寻常之人，往返来回，必耽误陛下，须能人方可。马隆本是上佳择选，然此时驻守西平，一时之间，难以复命，如今京城之中，只有一人。"杨后问道："何人？"杨骏说道："匈奴左部帅刘渊，武艺出众，谈吐不凡，且身怀异术，差他前往，最是稳妥。"杨后说道："此言甚是。然陛下昏迷，不可让外人知晓，父亲索性留在宫中，统揽政事，万一有所不测，也好应对。"杨骏领首，杨后传令，后宫上下，不得走漏风声，又传口谕，命刘渊赶赴昆仑，求请南极仙翁。

刘渊得杨后口谕，心道："陛下不听南极仙翁告诫，贪恋美色，毁了仙果，破了仙法，如今昏死，实为咎由自取，此天不佑晋室。皇后命我上昆仑请南极仙翁，岂不知，天意难违。想那昆仑山乃阐教道法元始天尊道场，我贸然前往，恐坏了礼数，还是问过老师，再决后事。"即驾土遁，往敦煌郡西千佛洞而去。半日工夫，已至宝地，怎见得景象？有诗为证：

玉带萦绕，党河粼粼；沙山巍巍，透迤蛇曲。巉岩壁立，陡崖深深；红柳依依，飘若霞云。千洞排形，风鸣彩映吞雾灵；万仞摩天，鬼斧神工凿玄龛。四面绘佛图，居中坐僧像，一语不说妄念，一语不说执着；一语不说了生，一语不说尘缘。伴看夕阳黄沙，真如法华凝现。

刘渊收了土遁，至西千佛洞前，正要行礼，忽见一人，穿着齐整，怎见得？有《西江月》为证：

顶上发簪润玉，腰束道袍临风；内藏铠甲敛英芒，脚蹬云鞋擎虹。手执龙虎法印，背悬降魔青锋；敦煌两雄初相会，方显灵宝峥嵘。

刘渊上前，打一稽首，说道："道友请了！"那人答礼，刘渊问道："敢问道友何方人氏？来此何事？"那人答道："我乃崆峒山灵宝大法师门下，朝廷平虏护军、西平太守马隆，特来求见月支菩萨。此前来过两回，菩萨皆不在洞府，今番又遇菩萨外出讲经，想在此等待一时，或许能见真容。"刘渊说道："原是马隆将军，你我同朝为官，久闻将军大名，却不曾相识。今日得会将军，真是三生有幸。"马隆见刘渊姿仪魁伟，长相不俗，说道："岂敢，岂敢。敢问道友姓名？"刘渊回道："我乃匈奴左部帅刘渊，月支菩萨乃我恩师。"马隆说道："原是左部帅，我在朝中之时，早有耳闻，部帅文治武功，世人称赞。"刘渊说道："将军哪里话，比起将军三千兵马出温水，十年胡乱一朝平，刘渊差之甚远。"马隆回道："部帅过谦，闻部帅在北部都尉任上，严明刑法，禁止恶行，轻财好施，推诚待人，五部豪杰，皆慕名相投，天下英才，皆对部帅仰慕至极。"刘渊苦笑，

第八回
初相会两雄斗法 取灵根刘渊逢凶

说道："徒有虚名而已，比不得将军建功立业。"马隆何等聪敏，见刘渊话中对朝廷暗藏不满，便不再作声。

刘渊见马隆沉默不语，又道："老师外出，一时半会儿，不得回来，将军不惜路途遥远，事务繁杂，多次前来拜会，不知何事？若是方便，不如与我讲明，我自当告知老师。"马隆回道："不劳部帅费心。"刘渊闻言，愈加见疑，愠道："难道将军信不过在下？"马隆见刘渊如此，知道搪塞不过，回道："部帅不必动怒，我此番前来，不为别的，只为交还两人而已。"刘渊奇道："哪两人？需当面交由老师。"马隆说道："前番鲜卑秃发树机能起兵造反，烧杀淫掠，无恶不作，朝廷命我吊民伐罪，西征平虏，兵至天梯山，不想菩萨门人鸿远助纣为虐，依仗流云幡，阻逆天兵，头一阵射杀我五十余员将士，先锋文鸯险些丧命。我好言相劝无果，不得已，用伏羲八卦图破了阵法，收了鸿远。后兵至雷台，贵同门图真如法炮制，设下金甲兵，使我军死伤无数，我亦规劝，同样不听，更欲伤我性命，不得已，用磁星石破了金甲，收了图真。此次来，将二人交还菩萨，缴上流云幡，请菩萨降旨处置他二人。"刘渊闻言，心下着恼，自思道："马隆破我教法术，伤我同门，更将其收入宝图，今欲交还老师责罚，欺人太甚。难怪老师不见，我既知晓，便代恩师处置。"遂道："将军此言差矣，你既收了二人，如今反贼树机能伏诛，何不放出二人，以致困于图中，受水火折磨。今大言不惭，欲请老师处置，分明是欺我教不如你教！今日你将二人放出便罢，如若不然，休怪本帅不念同朝之情，两教之谊。"马隆回道："部帅此言差矣，鸿远、图真与反贼为伍，论罪当诛，我师尊因念两教情分，特有交代，莫要伤及二人性命，已是网开一面。然死罪可免，活罪难逃，他二人受些苦头，也是个教训，免得今后为非作歹，涂炭生灵。部帅虽说同门，却也是朝廷命官，国家大义，岂可只顾同门友谊，为作乱之人开脱？"刘渊说道："他二人即使犯错，自有老师惩处，何劳你来教训，你越俎代庖，目无尊卑，尚在此巧舌如簧！"马隆闻言，心中来气，回道："你师傅惩处？说是好听，鲜卑逆贼，反叛十年之久，何不见你师傅出面，恐自身也是说不清，道不明！"

刘渊闻言大怒，喝道："竖子口出狂言，辱蔑恩师，吃我一剑。"遂仗剑砍来。马隆抽出降魔剑架开，说道："我以理相对，你若是如此，以为我怕你不成。教你尝尝宝剑的厉害。"遂将降魔剑祭在空中，只见降魔剑盘旋舞动，"嘤嘤"作响，忽一剑打了下来，直朝刘渊面门去，刘渊忙架起手中长剑，此剑乃是凡物，哪挡得住降魔剑，闻得"乒"一声，长剑折成两段。刘渊叫一声"不好"，一个闪身，险险避开剑锋，再看刘渊，面皮通红，默念口诀，心口一道寒光射出，祭出霞阳剑，刹如红日初升，上下左右，东南西北，全是一片霞光，晃得马隆睁不开眼。亮光之中，霞阳剑如流星掣电，陡然刺向马隆，马隆也是得道之人，听得风声，急忙闪开，未料霞阳剑一击落空，却不停顿，折返过来，向马隆后背刺来。马隆见状，口念咒语，降魔剑一分二，二分三，三分万剑，如孔雀开屏，缓缓圆合，化为剑盾，将霞阳剑挡住。刘渊见之，即射出第二道寒光，炎阳剑霎时而出，一片红色火焰，祭在空中，霎时如炙烤一般。马隆见炎阳剑厉害，恐有闪失，收了降魔剑，祭出龙虎印，一龙一虎呼啸而出，直奔刘渊而去。刘渊也不着慌，双手发力，炎阳剑化为一条火麒麟，如疾风闪电，瞬间缠斗一处，怎见得？有诗为证：

  龙非龙，虎非虎，宝印化龙虎；炎非炎，剑非剑，麒麟出炎剑。金龙扬鳞爪，白虎张獠牙；麒麟振双臂，狂兽现七杀。百里飞鸟绝尽，方圆人迹无踪；渊谷风摧折木，神雷九天放鸣。棋逢对手，各显平生所学；将遇良才，两雄试争高低。

  看两人，一个催谷吐劲，一个气出丹田，这个差一点便压了过去，那个少一分便攻了过来，斗得是难解难分，不相上下。刘渊心想："马隆真乃少年英雄，本领高强，阐教玄术，精深奥妙，想我三阳烈冲剑自练成后，无所不克，今日竟拿他不下，朝廷有如此能人，难怪树机能一败涂地。"马隆自思："刘渊不愧人中蛟龙，技艺高超，沙门修为，深不可测，想我降魔剑、龙虎印乃崆峒镇山之宝，今日却战他不胜，刘渊统领匈奴左部，朝廷若有失防备，任其壮大，今后必成大患。"两人各怀心思，暗自使劲，脸上红一阵，白一阵，龙虎印摇摆，炎阳剑乱颤，相持约半个时辰，两人汗如雨下，精疲力竭，却又不敢撒手，只得苦苦支撑，也是骑虎难下，懊恼不堪。只见中间火焰越发炽热，龙虎撕咬麒麟，麒麟轰打龙虎，已呈两败俱伤之象。千钧一发之时，刘渊这厢，有人作歌而来：

  贝多罗树纳春露，贝多罗叶知秋落；
  我拾贝叶看朝暮，一念经传印昙摩。

  寻声而望，原是一位老僧，走到刘渊身前，手现一印，祭在空中，只见绿光一闪，从印中现出一片贝叶，缓缓落下，罩住火麒麟，瞬间，火麒麟身上火焰退去，火麒麟匍匐在地，慢慢化为虚无。老僧手指一拈，炎阳剑没入贝叶之中，收回老僧手上。马隆那厢，也有人作歌而来：

  一墨崆峒一墨青，一望空洞一望心；
  崆峒本是空洞物，只化空心修阐行。

  听音而见，原是一位道人，走到马隆身前，手现一旗，祭在空中，只见万道金光祥云笼罩，又现有千朵白莲，将龙虎护住，一龙一虎腾挪不出，化为一道金光，没入龙虎印内。道人手指一回，龙虎印掉落旗中，道人收回。

  老僧上前，打一稽首，口称："尝闻戊己杏黄旗，与西方素色云界旗，南方离地焰光旗，东方青莲宝色旗，北方真武皂雕旗，合为先天五方旗。戊己杏黄旗乃玉虚宫先天灵宝，金莲万朵，无物可破，诸邪避退，万法不侵。灵宝大法师得元始天尊亲授，上古金仙，阐教修为，今日得见，果真名不虚传。"道人上前，还了一礼，说道："虚名而已，早闻月支菩萨乃西方准提佛祖高徒，精通六经，涉猎百家，其译正法华经、修行道地经、阿惟越致遮经，遍通西域，行道东土，般若心经，教化众生；又得准提佛祖真传，贝叶昙摩印结叶成印，万化虚空，佛家修行，今日贫道开了眼界，方知一花一天地，一叶一昙摩。"

  刘渊、马隆二人分别上前，拜了尊师，灵宝大法师谓马隆："且将伏羲八卦图拿来。"马隆取出宝图呈上。灵宝大法师抬手一扬，图内现一八卦图像，八卦之中，有阴阳两极，阳极为火，阴极为水，两个小人儿，在八卦内东奔西跑，一会受阳火炙烤，一会受阴水侵蚀，也是受尽苦头。灵宝大法师手腕一抖，两个小人儿落下，复回成人模样，正是鸿远、图真。二人定了定神，晃晃脑袋，稍加清醒，睁眼一看，见马隆站在跟前，真是仇人相见，分外眼红，不由分说，冲上前去便要打，忽一声威喝："还不住手。"二人回头一望，见是月支菩萨，连忙退回，拜过尊师。刘渊在一旁，与二人低语一声，将二人拉至身后。

月支菩萨说道："两位徒儿不识法师真颜，又与令徒有些芥蒂，故冲了尊驾，还望见谅。"灵宝大法师回道："无妨，无妨。鲜卑树机能作乱造反，马隆请命平叛，被两位高徒阻拦，无奈之下，用伏羲八卦图暂且收服，现来交还。不想又与令徒起了争执，故有争斗，在菩萨洞府放肆，贫道回去，定会好生教训，还望法师莫要挂怀。"月支菩萨说道："法师言重了，老僧管教不严，无怪马隆。"即谓鸿远、图真："我命你等在洞内，好生抄写经书，为何趁我云游，私自出洞，又懵懵懂懂，不辨是非，以致被歹人利用，若非法师心有怜悯，网开一面，你二人早已魂飞魄散，形神俱灭。今后当好生反省，改过自新。"二人听此训诫，忙跪拜称谢。

灵宝大法师命马隆拿过流云幡，交与月支菩萨，说道："今奉还流云幡，望你我之间，莫因此失了和气。"月支菩萨双手合十，回道："法师哪里话，你我两教，千年渊源，虽说时光荏苒，沧海桑田，然佛道本为一家，怎会因这等小事，失了和气。"灵宝大法师说道："菩萨所言极是，如今事已了却，贫道这便去了。"遂相互作别，灵宝大法师领马隆驾上云头，径自离去。

刘渊见灵宝大法师去了，说道："老师如何这般了了此事，马隆欺我师兄，伏羲八卦图内水火折磨，两位师兄一身修为，怕是毁了，那灵宝大法师祖护门下，言语上又见轻慢，我见他也不过如此，若非老师念及两教情分，徒儿定要讨一个公道。"月支菩萨谓鸿远、图真："徒儿们起来。"又谓刘渊："方才见你使三阳烈冲剑，娴熟自然，剑气浑厚，修为精进不少，为师甚是欣慰。准提佛祖有云，分即是合，合即是分；取即是舍，舍即是取；退即是进，进即是退。凡事做而不争则为上，做而又争则为中，争而不做则为下。你等当好生领悟。"刘渊似懂非懂，应了一声，转念一想，又道："徒儿有一事请教。"月支菩萨说道："可是朝廷差你前往昆仑，求请南极仙翁为武帝治病之事？"刘渊说道："正是此事，徒儿想那昆仑山乃阐教道法元始天尊道场，虽说元始天尊移驾上清天弥

第八回
初相会两雄斗法　取灵根刘渊逢凶

罗宫，然昆仑山玉虚洞究竟阐教之源，南极仙翁更是地位尊崇，徒儿在外，虽说朝中之人，但终是沙门修行，又是小辈，恐贸然前往，失了礼数。想兹事体大，故来向老师请教一二。"月支菩萨回道："你此番去，为师有些不安，想算个吉凶祸福，却被那昆仑山上混沌元气所阻，参不透天机。你也不必着慌，天命所归，只须口不乱言，眼不乱视，心不乱动，事事遵礼，处处小心，应该无事。"刘渊说道："老师教诲，徒儿谨记在心，事不宜迟，徒儿这便去了。"遂作别驾遁，往昆仑山而去。

正行间，忽不得前，刘渊收起土遁，一看方知到了昆仑。一路行走，只见群山连绵，万仞云霄，江流澎湃，怪石峥嵘，幽壑纵横，奇松苍劲，仙草如茵，灵兽嬉闹。不觉古意苍凉，五蕴皆空，无限感慨，赋得一词：

　　平川卧龙，望苍莽，任那云消云散。遥指玉峰万丈雪，冰封星辰璀璨。九天倚下，五色莲花，再追忆千年。太公何在，只留一个传说。

　　而今重上昆仑，还有断山，还有不冻泉。谁言登顶是荆途，其实只分三路。一路激昂，一路困倦，一路随自然。旁人莫笑，英雄自有去处。

不觉之间，到了玉虚洞外。站立片刻，不见有人，又不敢擅入，于是坐于地上，口念佛家玄文。少时，一童子出得洞来，刘渊急忙上前，打一稽首，问道："敢问仙童，南极仙翁可在洞府？"那童子说道："你是何人，有何事见我师傅？"刘渊答道："我乃月支菩萨座下弟子，朝廷匈奴左部帅刘渊，今陛下病入膏肓，非南极仙翁不得解救，此来特奉命请南极仙翁下山，为陛下治病。"童子说道："实不凑巧，前几月，万寿山镇元子来了简帖，邀师傅前往精研长生之术，如今还未回来。"刘渊急道："那仙翁几时回来，可曾知晓？"童子答道："可说不准，少则三五月，多则三五年。"刘渊一听，惆怅不已。童子又说："若是不急，可在山中等候。"刘渊说道："如何不急，陛下危在旦夕，休说三五年，便是三五日，也支撑不住。"童子回道："若是急切，可去万寿山，或许有一线生机。"刘渊连声道谢，拜别童子，往山下走去。

刘渊急着赶路，无暇观看风景，越走越觉异常，再看前方，已非来时之路。

刘渊环视四周，只见环峰耸立，身处一片谷地，谷内空寂无声，草木繁茂，沼泽遍野，尸骨散落，眺望远处，总是迷雾缭绕，模模糊糊，似有无数人影攒动，待走近看，却又是一片空旷。刘渊心道："下山心切，莫非误入了死亡谷？老师曾言，死亡谷乃昆仑山地狱之门，只有进的，没有出的，谷中不知究竟？今日不备，身入险境，只有小心为是。"遂打起精神，往前走去。

约一炷香工夫，本来晴空万里，倏尔风云突变。远处有滚滚黑云，瞬间卷来，寒风凛冽，怪音四起，一会儿好似男人怒吼，一会儿好似女人嬉笑，一会儿好似飞禽哀号，一会儿好似走兽咆哮。待黑云压至头顶，电闪雷鸣，风雨交加，刘渊暗自道声"不好"，祭出霞阳剑，恰在此时，一道雷电，碗口大小，劈了下来，霞阳剑金光四射，迎面一挡，雷电散开，斜劈在两米开外，一座五丈余高山石上，只见山石崩裂，霎时夷为平地。刘渊心头一凛，心道："还好祭出法宝，否则后果难料。"遂加快脚步，欲出山谷，然每前走一步，黑云便跟上一步，始终摆脱不掉。

少顷，雷声轰鸣，刘渊有了防备，先祭起霞阳剑，护了周身，霞阳剑在头顶盘旋，"嘤嘤"作响。此时，周天仿佛被黑布笼罩，不见一丝光亮。黑云中，九声雷鸣，雷鸣过后，九道雷电同时而下，直朝刘渊击来。刘渊心下骇然，急驱使霞阳剑阻挡，未料才挡下三道雷电，霞阳剑便落了下来。刘渊见势不妙，忙祭出炎阳剑，火麒麟狂哮而出，扬起前臂，打掉四道雷电，不料其余两道雷电，来势太猛，火麒麟未及扬爪，已被生生劈中，只听得"呜咽"一声，从空中翻落下来。刘渊见状，心疼得直掉泪，忙将火麒麟收了。九道雷电过后，云开见日，雨过天晴，适才一幕，好似不曾发生。刘渊劫后余生，心有余悸，心道："这谷内果然凶险，往前更要处处小心。"即每走十步，便观察一番。

刘渊小心行走，眼见出谷，忽脚下平地，似消失一般，方圆十丈，竟成一片暗河，缓缓流动，未有波澜，没有水声，待至脚下，回旋开来，越旋越大，越旋越急，顷刻之间，竟成了一个无边漩涡，如同一张血盆大口，吞噬万物。刘渊回过神来，急忙抽身离走，然一股吸力吸来，将刘渊身子直往下拉，似要拖入无底深渊。刘渊心下着慌，然身不由己，眼见已过腰身，默念咒语，欲祭炎阳剑，召唤火麒麟。然炎阳剑毫无反应。刘渊登时汗如雨下，就这当儿工夫，漩涡已过脖颈，危急关头，刘渊顾不得许多，祭出梵阳剑。只见梵阳剑一出，时间仿佛停顿，空气好似凝结，四下梵音唱起，佛光普照，梵阳剑缓缓落于漩涡，所经之处，一切化为星尘粉末。顷刻之间，暗河烟消云散，不知所踪。刘渊收了梵阳剑，心道："梵阳剑威力无穷，不知可比堪伏羲八卦图？下次见了，定要分个高下。"

　　两次涉险，刘渊更加小心，所幸一路未有意外。刘渊走至谷口，忽停下脚步，原来谷口有座小池，池水清澈透亮，池边白雾弥漫，透过白雾细看，只见池中长着一株灵根，灵根上开一朵黄花，花有三影，状如金莲，上有"黄中"二字。刘渊大喜过望，心道："先天灵根，世间十种。青莲、蟠桃、人参果、黄中李、绿柳、苦竹、葫芦藤、仙杏、扶桑、月桂树，看此花形状，似那黄中李。此根一元会一开花，一元会一结果，一元会一成熟，一元会可食用。闻一闻花香，可得万载道行，吃一粒果实，可成大罗金仙。此根不曾现世，原来藏在谷内，今日得见，也是福分，虽未结果，闻闻花香，总有益处。"于是上前，双手扶住池栏，鼻子凑去，欲好生闻来，却未察觉，池边有丝丝白雾，悄然飘来，也不知怎的，刘渊心口，那三根红毛精光四起，耳边一阵轰鸣，眼前一片混沌，脑中似有万道电流穿过，随即不省人事，失了知觉。不知刘渊吉凶如何，且看下回分解。

第九回　临受命卫瓘辅政　纵爱恨杨后夺权

秋水不语寒霜暮，归雁折羽落霞天；
若晓身后千古事，泣言重来五十年。

话说刘渊失去知觉，恍然之间，来到一处灵台，灵台高约九丈，宽约七尺，前有白玉石阶，红纱布障；后有青花雕栏，龙凤呈祥；左有三眼桥拱，鱼跃金水；右有仙鹤唳时，声震九皋。刘渊沿着石阶，走了上去，每踏一步，便消失一级，待上得九百七十二级台阶，到达灵台，再往下看，竟是遍野枯骨。枯骨之中，忽飞起一只黄鸟，落于刘渊跟前，匍匐倒地，示意坐上其背。刘渊跨步坐稳，黄鸟一飞冲起，直达九霄，约半个时辰，望云际缥缈之处，有一銮殿，金碧辉煌，宏伟壮阔。刘渊欲下鸟背，哪知黄鸟视而不见，径直飞过。刘渊急得大喊"停下"，黄鸟兀的一个翻转，将刘渊从背上甩下。待刘渊跌落在地，已不见了銮殿，亦不见了灵台，只有那漫山遍野的枯骨，一具具站立起来，走向刘渊。刘渊吓得一个激灵，陡然睁开双眼，原来是一场大梦。立时，身旁有人言道："你终于醒了。"

刘渊撑起头来，登时头痛欲裂，身旁又道："不可妄动，你能平安归来，已是不幸中之大幸，当务之急，须好生休养。"刘渊见来，原是月支菩萨，问道："老师，弟子在死亡谷，如何到了此处，究竟发生何事？"月支菩萨叹道："此乃长安青门寺，沙门众人从西域来华，皆过往于此。也是你天命所在，恰有一人到此，救得你性命。"随即请来一人，只见这人身形枯瘦，周身赤红，着一身红袍，踏一双木屐，左手安日轮，右手执蔓朱赤花。有诗为证：

> 不动如动自形动，不静如静源心静；
> 大梦既觉动静晓，无生无灭三界诵。
> 空归何处净心土，无量琉璃持芸众；
> 日放千光破冥暗，普施三昧念悲咒。

月支菩萨说道："此乃药师佛祖座下，东方琉璃世界三圣者之一——日光菩萨。你贸然闯入昆仑山死亡谷，取先天灵根黄中李，岂不知那灵根，可是这般好拿？你见那白雾，便是混沌元气，如未有元始天尊许可，任你大罗金仙，若靠近黄中李所在，即被混沌元气撕为尘末。不说是你，便是为师，也不得近前。若非你八吉鱼童本体，又有三阳烈冲剑护身，早已魂飞魄散。你昏死之后，抛到谷外，幸有日光菩萨救你回来。"刘渊听了，领首说道："多谢菩萨搭救，伤病之躯，不能全礼，还望见谅。"日光菩萨回道："无妨，无妨，你且好生休养，虽说我用蔓朱赤花为你治伤，但有一言，你须知晓。"刘渊疑惑，见月支菩萨默然不语，急问："菩萨请讲。"日光菩萨说道："盘古开天地时，轻清者上浮为天，重浊者下沉为地，这清浊未分，便是混沌元气，天地万物皆由此生。你被混沌元气所伤，若无净琉璃灵药蔓朱赤花及时疗伤，又有大悲心陀罗尼经固本培元，早已不在世间，然此终不能治根，有三道元气侵入元神，已伤肺腑，从今日起，你不可再用梵阳剑，否则妄自催谷，元气透体而出，你将暴毙而亡。"刘渊一听，脸色灰暗，心道："终不能和马隆决一雌雄，乃人生一大憾事也。"转念一想，又道："菩萨告诫，弟子谨记在心，然大丈夫立世，当放眼天下，不争一时起落，一日朝夕，纵不能与马隆较个长短，也要建那千秋功业，不愧余生。"

月支菩萨见爱徒如此胸襟，笑道："趁你重伤未愈，且先回洛阳，向朝廷复命，免得招人闲话。"刘渊问道："徒儿未请到南极仙翁，天子定当殒命，如今回去，恐不好向朝廷交差。"月支菩萨笑道："你且莫急，回去之后，可拜见临晋侯杨骏，将昆仑之事说来，为师有晨曦露三粒，强身健体，补气安神，壮骨消痹，驱邪去病，你且拿与他，想来不会为难。司马炎时日无多，天下即将大乱，你要顺应天命，扬我般若，光我沙门，以救众生。"刘渊接过晨曦露，月支菩萨又道："你行动不便，我让法觉、法慧、法圆、法合四位护法随你同去，保你周全。"刘渊谢过，随四位护法，即刻赶去洛阳。按下不表。

　　话说武帝昏迷不醒，杨后令杨骏留侍禁中，方便行事，又命刘渊前往昆仑，请南极仙翁下山。未料刘渊才去，武帝苏醒过来。太极殿内，杨后正与杨骏商议诸事，忽见宫婢搀着武帝，走进殿来，面色一变，急忙迎上前来，扶住武帝。杨骏伏倒在地，老泪纵横，喊道："陛下终于醒了，可急坏老臣了，老臣才与皇后商议去请南极仙翁，陛下这便好了，真是天佑大晋也。"武帝摇首，说道："朕这会儿头昏体乏，你且与朕讲讲，近日有何要事？"杨骏答道："朝中政务按部就班，一切如常。前日臣见陛下昏迷不醒，请了太医令程据，束手无策，想来只有南极仙翁，方可解陛下之危，皇后命刘渊前往昆仑，如今已有三日了。"武帝听言，抚住杨后双手，说道："卿等如此挂念操劳，朕心甚慰。"又问："翾风何在？"杨后回道："陛下可问那贱女？那贱女迷惑陛下，危及社稷，妾已将其打入死牢，正想着碎尸万段，以解心头之恨。"武帝默然半晌，说道："无关她事，将她遣回金谷园，饶她一命罢了。"随即，走至案牍旁，翻看杨骏代拟诏令，说道："怎能如此写呢？"杨骏冷汗直下，偷眼斜看武帝，见武帝脸上阴晴不定，眉头紧锁，约半个时辰，武帝传旨："令汝南王司马亮还朝，菑阳公卫瓘，京陵公王浑，光禄大夫石鉴即刻入宫。"

　　菑阳公府，卫瓘接旨，急换了朝服，赶往宫中。太极殿外，见王浑，石鉴皆在等待，上前问道："你等也得了陛下传诏？"王浑、石鉴见卫瓘来了，悄声说道："传言陛下自从石崇府上游玩回宫，便昏迷不醒，宫中之事，皆由杨骏裁断。今陛下急召我等，究竟陛下之意，还是杨骏假言传召，不得而知。朝廷自陛下患疾，已是暗潮涌动，太子不能理政，太子妃凶悍阴毒，杨后居中弄事，杨骏专权跋扈，各王在外，虎视眈眈，朝中大臣，择选依附，谁又顾民生疾苦，也只我等，尚恪守本分，操持政务，却因意见不合，杨骏视我等眼中钉，肉中刺，如今仓促进宫，是福是祸，心下不定，故在此等候，卫公且拿个主意。"卫瓘说道："是福不是祸，是祸躲不过。我等为先帝臣子，今陛下虽患劳疾，却仍是天下之主，想那杨氏一门，虽把持朝政，私树心腹，还不至于胆大妄为，要你我性命，想来定是陛下召见，有要事托付。"王浑、石鉴听卫瓘之言，连连点头称是，随即一同进殿。

第九回
临受命卫瓘辅政　纵爱恨杨后夺权

卫瓘三人进到殿中，只见武帝高坐殿上，看着奏章，散骑常侍段广侍立一旁，杨骏匍匐在地，瑟瑟发抖，四下除几名宦官，再无他人。殿内一片安静，卫瓘三人走至阶前，伏地下拜，叩道："参见陛下，臣得陛下传召，急切赶来，不知出了何事？"武帝也不答话，仍看着奏章，卫瓘偷瞄一眼，见武帝脸色蜡黄，毫无血色，神色凝重，全然不似以往春风拂面，潇洒风流，心中哀叹："见陛下容颜，已是油尽灯枯，此次召见，恐有事交代。"果不其然，武帝开口："临晋侯且先回去。"杨骏连忙爬起身来，退到殿外，临走之时，往段广使了个眼色，段广见之，微微颔首。

武帝见杨骏退走，说道："你等且上前来。"卫瓘三人连忙起身，走到武帝身前。武帝问道："近日朝中，可有甚事？"三人相互而望。卫瓘禀道："司徒魏舒已于前日薨逝。"武帝闻言，一脸哀伤，长叹一声："魏爱卿宽泰宏毅，思量经远，忠肃居正，德声茂著，可谓朝之俊乂者，如今老臣尽去，只留下你等寥寥数人了。"即下令厚葬魏舒，谥号为康。卫瓘又道："太熙元年正月，兖州、豫州出现地动；如月，益州、梁州、宁州、幽州出现大旱，地方相继报急，民众流离失所，死伤无数，亟待朝廷赈灾。然奏章报入禁中，却迟迟不见临晋侯处置。"武帝也不答话，放下奏章，揉揉眉间，缓缓说道："今日召你等来，可知其意？"三人异口同声："为臣愚钝，还望陛下明示。"武帝说道："朕曾于凌云台宴请百官，蔚阳公手抚御座，言其可惜，爱卿可记得？"卫瓘回道："臣记得。"武帝又道："爱卿其中之意，朕早已知晓，只是国本不宜妄动。朕思来，若有能臣辅之，左右教导，太子可做个守成之君。"三人闻言，下拜泣道："陛下龙体康泰，万寿金安，臣等只盼着陛下好生休养，陛下又何出此言？"武帝摆手，说道："朕这几日，昏沉之中，见到武元皇后，在那云顶天宫，金台夕照，琼宇披彩，一派仙家景象，醒来之后，身感乏力，精神不济，然想起太子羸弱，不得不强打精神，思量一番。"言罢，手指龙案，段广拿起一份诏书，念道："蔚阳公卫瓘忠允清识，起为太保；京陵公王浑雅有器量，特进司徒；光禄大夫石鉴渊博雅正，加封司空。三人当同心秉政，匡扶社稷。"武帝说道："你等三人，皆朝廷股肱之臣，让你等辅政，朕也安心。"又道："朕之前回想往事，到底有些感慨，若齐王攸尚在，想他明德清畅，忠允笃诚，朕定然无忧也。可惜英年早逝，教人叹息。之前朕已封汝南王为大司马，又封了柬儿、玮儿、允儿，想着万里江山，在外有自家儿臣镇守，在内有忠直之士辅佐，纵是太子不美，也不会出甚乱子。适才朕已下诏，命汝南王入朝，与你等一同辅政，你等当用心秉事，匡合社稷。"话一落下，疲态尽显。三人听了，老泪纵横，连连磕头，齐声道："臣等定当鞠躬尽瘁，燮理朝纲，以报陛下洪恩。"武帝起了身来，说道："朕又感乏困，欲歇息一会儿，你等去吧。"段广连忙搀住，扶武帝走入殿后。有诗叹曰：

朝欢夕乐杯中影，年华蹉跎方知行；
一片帝心叹明月，奈何人去作古今。

三人退到殿外，却见杨骏迎来，原来杨骏并未离去，仍留宫中。三人见杨骏，怔了一怔，好不自然。杨骏径自上前，说道："三位先莫急切，可否到我府上一坐，品一品庐山云雾如何？"王浑答道："临晋侯如此盛情，我等本当前去，然陛下交代政事，不敢耽误，拂了侯爷好意，还望见谅，下次定当登门拜会。"杨骏也不着恼，笑道："三位如此匆忙，不知所为何事？"王浑支吾一下，看向卫瓘，卫瓘答道："陛下只问了些寻常政务，也未有要事。"杨骏笑道："原来如此，那便不叨扰了，陛下身子不好，我且前去照料。"

卫瓘见杨骏走得远了，说道："陛下此次召见，我心中总觉不安。"王浑、石鉴齐声道："适才见陛下气色，面容憔悴，相容枯槁，似乎……"卫瓘说道："不可妄论，今陛下已不视朝，宫内之事外臣难知详情，只有杨骏得皇后便宜，又兼领侍中、车骑将军，入宫留侍，如此一来，一切诏令，俱出自他手。今日陛下召见我等，嘱托大事，定有用心。适才陛下说起，让汝南王进京辅政，且待汝南王来后，商量不迟。我等先同心夹辅，整饬朝纲。"王浑、石鉴点头称是，三人同出宫去。按下不表。

这厢，杨骏进了昭阳殿，去寻杨后，见段广也在，遂问："陛下现在如何？"段广乃杨骏外甥，知无不言，答道："陛下召见卫瓘、王浑、石鉴之后，便说头昏，现在含章殿歇息。"杨骏又问："陛下召见，所为何事？"段广回道："陛下下诏，起卫瓘为太保，进王浑为司徒，加石鉴为司空，又诏令汝南王入朝，与三人共

第九回
临受命卫瓘辅政　纵爱恨杨后夺权

同辅政。"杨骏一听，大惊，谓杨后："陛下已起戒心，召汝南王入朝，为卫瓘、王浑、石鉴进位，乃是压制我等，平衡朝局。"杨后说道："这就奇了，程据说陛下已入膏肓，如何醒了过来，难道就此好了？"杨骏立即传令，命太医令程据到含章殿等候。左右急往太医院而去。

且说杨骏与杨后，齐至含章殿，程据已在等候。进了殿内，见武帝仍在昏睡，杨后说道："太医有言，陛下命悬一线，危在旦夕，方才陛下苏醒，是否已有好转，且好生看来。"程据走到龙榻旁，轻压武帝左手寸脉，约一炷香工夫，神色凝重，回道："陛下脉络搏动有力，然按之停跳，轻按则闪跳，已是死脉，如臣所料不差，方才陛下苏醒，乃是回光返照，若未请得南极仙翁，陛下大限，就在几日。"杨后一听，身子发软，泣道："刘渊该死，如何还未归来？"杨骏示意程据退下，说道："此时切莫伤悲，刘渊一时半会儿，恐难回来，况陛下已有布置，显然不信任你我，若汝南王入朝，加上卫瓘等人，我等如何自处。当务之急，则是阻止汝南王入朝。"杨后闻言，止住泪水，说道："父亲所言极是。"传令左右："召卫将军杨珧，太子太保杨济入宫。"

杨珧、杨济进宫，只见戒备森严，不知出了何事，连忙赶至含章殿。杨骏命左右退到，一家子围在一处，杨骏详述事情。杨珧听言："纵观古今，凡一族中有二后者，没有保全的，加之我等三人，又为三公，身处高位，富贵至极。而天变屡见，何不退而结网，辅佐太子继位，迎汝南王入朝，不失为保全安身之法。"杨后斥道："家叔好生糊涂，自古皇权之争，哪有退路，往往箭在弦上，不得不发。你不思来，我杨氏一门虽一心为公，却遭无数人嫉恨。太子纵然愚痴，可那丑妃阴毒狠辣，司马亮又是贪权之辈，且卫瓘等人，针锋相对，处处刁难。此时刀柄握在他人之手，岂能安稳。"一席话，杨骏三人醍醐灌顶，不再疑惑。杨后又道："从今日起，本宫日夜守候陛下，父亲可从府上挑选一百名侍卫、二十名婢女，即刻入驻含章殿。"谓杨珧："家叔自领宿卫军，严防宫门，非本后懿旨，任何人不得出入。"随即，取出白虎幡，令杨济："家叔速持虎符，赶至北邙牙门营，统领牙门军，任何人不得调动。"一切布置妥当，三杨各自去了。

殿中悄然无声，蜡烛荧光，映照杨后身影。杨后独坐武帝身旁，思绪重回，素眉低蹙，看着武帝双目紧闭，轻抚武帝双手，不禁掉下泪来，轻声说道："陛下可曾知晓，妾自继后位，初见陛下，乃是何等爱慕，想着今生今世，能与陛下一双一对。但见陛下遗情处处，抱归他人，也便心伤，也便心悲，也便心哀，也便心死。一切乃陛下咎由自取，莫要怪之。"有词为叹：

> 立枝头，独倚盼，余晖照金銮，红雀悲鸣扇。秋去冬来又一春，伊人空闺抚珠帘。落我相思泪，泛我相思怨，一朝复起刀剑急，不见昨夜拭妆颜。自古爱予是情仇，何必初识心依恋。

这厢，杨氏一门紧锣密鼓，布置停当；那厢，卫瓘三人尚蒙在鼓里，操持朝廷赈灾。好容易商议出个法子，卫瓘欲进宫禀奏。至宫门外，禁卫拦住。卫瓘火从心起，怒道："你等安敢拦我，岂知我有要事禀奏，误了国事，你等可担待得起。"禁卫说道："陛下有旨，任何人不得入宫，违令者格杀勿论。"卫瓘一听，细看四下，见把守森严，禁卫增加许多，且面容生疏，个个握刀在手。卫瓘何等人也，当年钟会破蜀，姜维与钟会密谋自立，且被卫瓘察觉，一计平叛，杨后这点动作，卫瓘岂会不知。

卫瓘也不纠缠，立马掉头，寻王浑、石鉴道："大事不好。"王浑、石鉴问道："出了何事？"卫瓘回道："方才我欲进宫，却被禁卫拦住，说陛下有旨，任何人不得入宫。陛下自登基来，从未有过这等旨意，此断非陛下之意，乃杨氏所为。杨氏胆敢闭了宫门，定是陛下不能理事，要夺宫擅政。"王浑说道："卫公言之有理，前日陛下召见，已虚弱无力，体力难支，如今看来，恐大限已到，杨氏才敢肆无忌惮，胆大妄为。当务之急，则是拥立太子，入宫听诏，以防杨氏擅权揽政。"石鉴说道："如今宫中已有防备，如何是好？"卫瓘说道："事态紧急，杨珧身为卫将军，统领宿卫军，非武力不能进宫。如今之计，先去东宫，向太子说明情由，我与太子带亲兵入宫听诏；王公曾为安东将军，牙门军各营官多是王公部下，可凭太子谕令，亲往北邙牙门营，调兵进宫；光禄大夫则选派亲信干将，速去许昌，请汝南王带兵入朝。"

鸣蜩之夜，南风和煦，繁星点点，月色照人。皇城静谧，匆匆闪过一队人马。太子东宫外，一阵马蹄急促，继而门环叩击之声，清脆响起。太子正要安寝，

第九回
临受命卫瓘辅政　纵爱恨杨后夺权

忽闻侍从急报："太保卫瓘，司徒王浑，求见太子殿下，现在宫外等候。"太子心下烦躁，口中嘟囔："这个时辰，二人来东宫作甚，且说本殿下睡下了，明日再来。"话未落下，只听一声厉喝："谁说不见。"太子一看，原是贾南风，两手叉腰，说道："此二人乃朝中重臣，卫瓘曾为太子少傅，现又是太保，此时仓促而来，定有要事禀报。"太子对贾南风言听计从，听如此说，即吩咐："传二人进宫。"

卫瓘、王浑进得宫来，向太子、太子妃行礼，详陈诸事。太子大惊，说道："父皇病危，这、这可如何是好？"贾南风心道："老苍宣淫无度，渔色成疾，若不是南极仙翁多事，早便归天了，可恨这杨氏一门，竟想坐收渔利，篡权擅政，真是岂有此理。"即道："依菑阳公之意，本宫这便拟好谕令，司徒即刻起身，赶往北邙牙门营调兵，卫公随太子马上进宫，毋让他人抢了先机。"

且说石鉴回到府上，挑选四个侍卫，乃是一母同胞兄弟，分别唤作太青、太羽、太常、太华，个个武艺高强。石鉴说道："你等技艺高超，忠心赤胆，如今有要事相托，只许成功，不许失败。"四人伏地拜道："司空尽管吩咐，我等赴汤蹈火，决不退避。"石鉴说道："今陛下临危，杨氏夺宫，陛下诏令汝南王还朝，今形势危急，你等冲出城去，赶往许昌，将此消息告知汝南王，请其速带兵进京。"四人领命，立马去了。

话说四人一袭黑衣，乘着夜色，奔马至西阳门。只见城头火光耀眼，城卫军五步一岗，十步一哨，来往之人左右盘查，防范极其严密。太青勒住马头，右手一扬，四人停在远处，仔细察看。太华说道："如今城门紧闭，守卫森严，想要混出城去，怕是不易，看来只能硬闯。"太青说道："我等只能速战速决，不可与之缠斗，三弟力大，且驾住马车，浇上火油，直冲城门；二弟善射，且从后掩护；四弟使锤，至前方将拒马桩砸开，与我冲杀出去。出得城后，不作停留，立马赶至许昌。"三人应了一声，各自准备。

深夜丑时，城门侯王佑站在城头，四下张望，见一片宁静，想如此防卫，应该无事，睡意即起，谓左右："你等好生守卫，我稍加歇息一会儿，如有异常，速来报我。"话未说完，左边卫兵面门中了一箭，一声不吭倒了下去，鲜血溅了王佑一身。王佑一下睡意全消，回首一看，见一辆马车，从五十米开外急驰而来，火光冲天,看不清究竟几人。城门前方,几个兵士还未回过神来,便已中箭倒下,王佑大喊:"有人欲闯城门,死活勿论,快与我拿下。"随即,提起大刀,冲了下来。守城兵士听到将令,连忙抽刀拔剑,冲了上去。

太青一马当先,大刀劈闪,人如猛虎,马似蛟龙,霎时将前面几员兵将斩于马下。太青大喊:"速将拒马桩砸开。"太华随后,举起铁锤,那锤有一百二十斤重,舞动开来,劲风四起,虎虎生威,兵士稍一靠近,便是沾上死,挨上亡。太华松开右手,朝前一掷,铁锤砸向拒马桩,那桩瞬间支离破碎。太常沿开口,将火车推至城下,门前登时一片混乱。太青乘隙冲至城门边,把刀一架,架住横木,往上一挑,太常上前拉住门环,往后一扯,打开城门。四人正欲出城,王佑已经赶到,见太华手无寸铁,一刀劈下,去势极快,太华躲闪不及,被劈在左肩,鲜血直流。王佑正欲结果性命,忽一支冷箭,从后而至。王佑听得风声,把头一偏,让过利箭,未料让得过第一箭,让不过第二箭。太羽算准方向,那第二箭如长了眼一般,朝王佑左臂而去。王佑闪避不及,被射了个正着,疼得哇哇大叫。太青趁机抓起太华,纵上马背,四人气贯长虹,冲出城去。有诗为赞:

古来城下斑驳隅,几度风雨几行泪?
纵马出函宇,奋蹄扬尘沙。
一血染红日,狂歌笑天涯。
飞骑渐行远,何时能还家?

王佑捂住伤口,气急败坏,命道:"快给我追。"待灭了大火,移开马车,追出城去,哪里见得四人身影。王佑吩咐左右,守好城门,遂骑上快马,朝临晋侯府而去。杨骏正欲进宫,忽闻王佑来报,见王佑捂着左臂,一身是血,连忙问道:"出了何事?"王佑回道:"适才有四人闯关,出了西阳门,往许昌方向而去。"杨骏怒道:"何不拦下?"王佑答道:"这四人武艺高强,臣竭力拼杀,却被人暗放冷箭,伤了左臂,故让他们逃了。"杨骏骂道:"真是酒瓮饭囊,无用之辈,众多人马,竟拿不住四人,要你等何用?"王佑羞愧,不敢出言。杨骏说道："往许昌方向而去，不好，许昌乃汝南王封地，有人欲联络司马亮。"欲命王佑追杀，然见王佑伤势，想来也是白追，急得来回踱步。

此时，左右来报："刘渊求见。"杨骏喜出望外，说道："叫他进来。"少间，见四人抬着木架，进得府来。杨骏诧异，原来刘渊躺在架上，脸色苍白，衣衫褴褛。杨骏问道："元海如何这般模样？"刘渊将昆仑之事说来，又取出晨曦露，献于杨骏，说道："刘渊有负所托，未能请得南极仙翁，上有负陛下圣恩，下愧对侯爷栽培，罪该万死，还望侯爷成全。"杨骏此时哪还管武帝死活，一心只想揽权擅政，巴不得武帝早死，刘渊文武全才，正要倚重于他，遂道："此非你之责，你为陛下冒死去取先天灵根，以致身负重伤，本侯何忍心怪罪。"刘渊答道："侯爷如此宽宥，刘渊感激涕零，愿誓死效劳。"杨骏叹道："部帅如此忠义，本侯甚为欣慰。如今有件要事，可惜你负伤在身，实令本侯左右为难。"刘渊即道："侯爷有何烦忧？"王佑立马将详情述来，杨骏说道："当务之急，则是截杀四人，莫让其进入许昌。"刘渊回道："侯爷莫要心烦，渊可为之分忧。"杨骏疑道："你重伤未愈，如何前往？"刘渊说道："虽说我行动不便，但同来四人，乃是沙门护法，修为精深，法力无穷，定能遂侯爷心愿。"杨骏打量四人，颇为满意，说道："贼人已去多时，可择选快马良驹，方能追上。"四人中，走出一人，乃是法觉，说道："勿需良马，贫僧自能去得。"杨骏只觉眼前一晃，这人已在五丈开外，随即隐于夜空。不知太青四人，命运如何，且看下回分解。

第十回　矫诏书杨骏擅政　留遗恨武帝宾天

残身倚望凋花落，倦目恨向夕阳斜；
古往今来人间事，随风一去尽了歇。

话说太青四人闯出城来，快马加鞭，直奔许昌而去。约走了一个时辰，本来月光皎洁，却被一层云雾笼住，夜色逐渐暗淡。太华捂着伤口，望着前方，忽道："小心有人。"太青忙勒住马头，朝前望去，只见一个人影，立于前方，隐隐约约，看不清模样，太青喝道："前方何人阻拦，意欲何为？"那人走上前来。四人定睛一看，原来是个僧人，身着海青服，面色淡然，左手执铃，右手执叉，口中作歌：

金光护持现般若，西来提婆因陀罗；
诸天成愿弘正法，不诤不灭降夜叉。

来人说道："我乃沙门月支菩萨座下，护法法觉，等候于此，特为你等。"太青问道："你我素不相识，何故等候？"法觉答道："凡事无因无果，你等不必问我，我无甚要求，只需你等在此，停留三日便可。"太羽轻声说道："哥哥为何与他废话，早日赶到许昌，才是正事。"太青点了点头，太羽挽弓搭箭，箭如流星，破空而出，直朝法觉射去。法觉移步换形，让过此箭，太常拍马上前，一剑刺去，法觉也不硬接，只往后退了一步，将手中铃铛晃了一晃，只听得"叮当"声一响，太常身子如定住一般，一道虚影从体内分了出来，消散于夜色之中。再看太常，目光呆滞，身子一软，从马上跌了下来，法觉上前一叉，取了太常性命。

　　太青与太羽在后，见太常身死，痛贯心膂，怒吼："你这妖僧，敢伤我弟性命，不将你碎尸万段，难解我心头之恨。"两人一左一右，这个举刀，那个拿箭，直朝法觉而去。法觉也不言语，待两人靠近，又摇动手中铃铛，太青、太羽身形一怔，两道虚影如抽丝剥茧，从各自体内分离出来，随即身子一歪，从马上跌落下来。法觉上前取了二人性命，又朝太华走来。太华心下大骇，不知法觉使了什么异术，赶忙掉转马头逃走，哪知身后一声铃响，霎时脑中一片空白，身体如抽空一般，径直倒了下来。法觉上前，正欲取其性命，身后传来一声："他已散了一魂一魄，何必赶尽杀绝？"法觉回首而望，见一道人，束发盘髻，顶别玉簪，身着青袍，脚踏云鞋，面白无须，目光如炬，知是道德之士，上前打一稽首，说道："这位道友，哪座名山？何处洞府？今到此处，有何盼咐？"道人回礼，说道："你不识得我，我有一律道来，你便知晓。"

　　　　翡翠戏兰苕，容色更相鲜；
　　　　绿萝结高林，蒙笼盖一山。
　　　　中有冥寂士，静啸抚清弦；
　　　　放情凌霄外，嚼蕊挹飞泉。
　　　　赤松临上游，驾鸿乘紫烟。
　　　　左挹浮丘袖，右拍洪崖肩。
　　　　借问蜉蝣辈，宁知龟鹤年。

　　道人说道："万法归一天师道，游仙自在逍遥间。我乃正一真人门下，郭璞是也，你身为沙门护法，应慈悲为怀。他们皆忠勇之辈，见不得杨氏一门篡权擅政，欲往许昌请人勤王护驾，你又何必枉害性命，置万民于水火也。"法觉回道："道友此话差矣，自古帝王将相，从来为名为利，真正几人心系万民。王朝更迭，皆权力相争。想那武帝荒淫无度，穷奢极欲，一班臣僚纸醉金迷，列鼎而食。如今苟延残息，怕那蠢子继位不稳，令汝南王辅政，殊不论，那司马亮又岂是好人？这四人若进许昌，汝南王必带兵入朝，到时兵戎相见，干戈四起，又是一场人间纷争。我欲扬沙门般若，解救苦难众生，何来枉害性命之说？"郭璞说道："真乃巧言令色、蛊惑人心之说。王朝自有更迭，人间自有大统，传承自有天道，因果自有循环。你教性空无我，既然四大皆空，为何执着世间，脱不得凡尘。我看只是妄借兴亡更替，以救苦难为名，兴你般若、扬你教义罢了。"法觉回道："我不与你作口舌之争，你且让开。"郭璞说道："如若未见，也便罢了，既然得见，上天有好生之德，你要取他性命，我却是不答应！"法觉回道："且要看你本事。"郭璞笑道："散魂铃能散人三魂六魄，贫道见过厉害。"法觉说道："既然识得厉害，那便好自为知。"郭璞回道："铃虽厉害，贫道倒想会上一会。"

法觉也不多言，踏前一步，摇动散魂铃，只见一道虚影晃晃悠悠，从郭璞体内走了出来，在身旁打转，却并未消散。法觉疑道："散魂铃散人魂魄，为何今日散不开来？"又晃一晃铃，郭璞体内分出第二道虚影，也未消散，只在两边走着。法觉自思："爽灵、幽精二魂已经离体，只有胎光尚未分出，郭璞如何还不倒下？"只听郭璞道一声"合"，两道虚影缓缓走拢，合为一体，渐渐成形，法觉见两个郭璞，大惊："莫不是我眼花了，如何有这般异事？"郭璞笑道："贫道这便去了，今后有缘再会。"说完消失不见。那厢，另一个郭璞，轻轻走至太华身前，将太华抱起，驾上云头，径自走了。法觉也不追赶，叹道："世间竟有这般奇人，也罢，想那救走之人，已失一魂二魄，成了痴人，随他去吧。"遂回去复命，按下不表。

却说北邙牙门营，王浑取了太子谕令，急来调兵。到营前，只见营内兵马，列阵齐整，刀枪林立，寒光闪闪，杀气腾腾，教人心中生悸。王浑手持谕令，命随从打开营门，却被兵士拦住，一名牙将喝道："谁如此大胆，敢擅闯军营，来人，将这一干人统统拿下。"王浑左右厉喝："你也不瞧来人是谁，竟敢随意拿人。可看清了，此乃王司徒，还不快快打开营门。"牙将听得司徒之名，也不胆怯，冷笑："我不识得什么王司徒，这里只有牙门将军，樊震樊将军。"王浑听此话，走上前来，手持谕令，说道："此乃太子谕令，见令如见太子，我不与你耗费口舌，且唤樊震前来。"牙将见太子谕令，倒也识趣，连忙入报。

少顷，一人出来，身长七尺，面方口阔，鼻偃齿露，身躯硕健，踏步而来，口称："原是司徒来到，末将樊震，有失远迎，还望海涵。"随即令左右打开营门。王浑也不睬他，打开谕令，说道："今圣上病危，临晋侯、车骑将军杨骏，卫将军杨珧，太子太傅杨济，闭锁宫门，擅权作乱，太子有令，樊震领牙门军速进京城，肃清奸佞。"樊震接了谕令，也不答言，只道："司徒夙夜劳顿，可先在营中，小憩片刻，再进城不迟。"王浑不知樊震心思，闻言喝道："太子谕令如同君令，樊震好大胆，竟敢违抗储君。"樊震沉下脸来，答道："司徒何出此言，事出紧急，兵马调动，人员选配尚未齐备，末将只是出于好心，请司徒小憩一会儿，哪里违抗圣令。"王浑无奈，领一干人等，随樊震走入中军营帐，樊震令左右备了酒菜，说道："司徒在此休息，末将前去调配，少时便回。"于是退到营帐，吩咐牙将，令三百兵士，将中军团团围住，不得放走一人。待布置停当，后有一人说道："樊将军材优干济，忠心贯日，当为你记上一功。"樊震回首，见是杨济，拜道："为太保效劳，乃末将之幸，只待太保吩咐，末将肝脑涂地，在所不辞。"杨济扶起，笑道："樊将军如此忠心，乃朝廷之福，社稷之福也。"樊震问道："王浑如何处置？"杨珧说道："王浑位列三公，乃朝廷重臣，切不可伤他性命，只需软禁于此。"又道："未见白虎幡，任何人不得调军。"随即领一队人马，出了营去。

王浑坐于帐内，约一炷香工夫，越发觉得不对劲，令左右掀开帐帘，见帐外全是兵士，背对而立，披甲执锐，围了个水泄不通。王浑惊起，怒道："樊震何在？安敢欺我，违逆圣意，不怕满门抄斩，株连九族否？"四下无人答应，王浑手举太子谕令，令左右向外走，喝道："太子谕令在此，如储君亲临，哪个敢违抗圣命，阻扰用兵，待太子继位，定杀无赦。"兵士听了此话，你瞧我望，有些退意，此时一名偏将，喝令众人："樊将军有令，除圣上白虎幡外，任何人不能擅凭信物，随意调兵，太子谕令亦是如此。"又道："王司徒，樊将军有令，司徒操持政务，尽心劳累，可在此好生歇息，待养好精神，再出去不迟。若执意不肯，休怪刀下无情。"众兵士得了号令，遂拔刀相向，齐声说道："请司徒回帐歇息。"王浑听闻白虎幡，知被人抢了先机，定是杨氏无疑，将自己软禁于此。再看四下，约有几百人众，严阵以待，无奈之下，只得转身回营，长吁短叹。有诗为叹：

洛水长波辞邑行，执剑随身向远山；

不见云天一色晚，孤帆遥对夜归人。

话说卫瑾在太子府中，点三千亲兵，与太子直奔宫城。至宫前，见火把通明，宿卫军把守宫门，刀枪剑戟，灿若霜雪，一字排开。卫瑾上前喝道："中护军张劭何在？"张劭出阵，见是太子，拱手作礼，说道："拜见太子殿下，末将甲胄在身，不能全礼，还望殿下恕罪。"太子支支吾吾，不发一言。卫瑾怒道："见太子还不让开，莫不是造反。"张劭回道："卫将军有令，今夜非陛下亲旨，任何人不得入宫，有胆敢闯宫者，一律格杀勿论。"卫瑾回道："好大口气，今太子亲临，你是听卫将军的，还是听太子的。"张劭答道："末将只听陛下旨意，如未得陛下亲许，末将不敢放一人入内，还望太子体谅。"卫瑾怒火攻心，面目通红，斥道："今陛下病势颇危，太子欲请父安，你竟敢阻拦，不怕将来太子继位，诛你九族？"张劭正要回话，忽一人道："蕾阳公何故动怒？张将军秉承陛下旨意，一片忠心，可鉴日月，不予嘉奖，反倒威胁要诛灭其九族，是何道理？"卫瑾一看，原是卫将军杨珧。

杨珧走上前来，拜道："参见太子殿下。"太子道一声："起来说话。"杨珧起了身来，太子说道："闻父皇病势沉重，你如何拦住本宫，不许入内？"杨珧回道："此非臣下之意，乃陛下亲旨，臣等遵旨行事，还望太子殿下莫要责怪。"卫瑾喝道："父病不许儿子探望，有悖天伦，教人难以信服，定有奸人作梗，我等前来，便要清君侧，正朝纲，你且让开，否则便是奸佞，难逃罪责。"杨珧冷笑道："臣只听陛下圣意。"又令左右："谁敢违抗圣旨，擅闯宫门，便是造反，人人可诛。"卫瑾也命左右："奸人假借圣意，擅权乱政，随我闯进宫去，勤王护驾。"一时间，这厢抽刀架盾，挽弓搭箭；那厢拔剑张弩，展戟持斧。两边棋布错峙，各不相让，一触即发，咫尺之间，即将枪声刀影，血流成河。有诗为证：

殿前起烽烟，皇城映火云；
不闻肃语声，但听刀剑鸣。
寒鸦惊夜梦，战马嘶华林；
将士跃杀阵，各为其主情。

第十回
矫诏书杨骏擅政　留遗恨武帝宾天

宫外形势凶险，宫内亦难清净。杨骏进含章殿，杨后问道："外头如此吵嚷，出了何事？"杨骏答道："女儿果有谋断，杨济取了白虎幡，坐镇牙门营，王浑带太子谕令设法调兵，已被软禁；卫瓘请了太子，调三千亲兵，欲进宫来，杨珧率宿卫军拦住，正相持宫外。"杨后正要发问，忽闻一声："这是何处？"原是武帝醒来，杨后说道："陛下，此是含章殿。"随即扶起，杨骏伏地叩头，不敢作声，武帝倚在杨后身上，问道："汝南王已启程否？"杨骏忙答："汝南王未至京城。"武帝说道："传中书监华廙、中书令何勖进来。"杨骏抬头，望一眼武帝，又望杨后，杨后使了个眼色，杨骏无奈，遂起身来，传令左右，唤华廙、何勖进殿。未几，华廙、何勖进殿，武帝命道："你二人速去草诏，着汝南王立朝辅政。"华廙、何勖领旨，出了殿去，赶往中书处拟诏。

此时，殿外金鼓之声，不绝于耳，杨骏冷汗直下，生怕武帝问及。杨后也有些慌神，用肩倚住武帝，令侍从关了殿门，武帝头枕香肩，卧在榻上，也是回光返照，偶现清明，少时，又闭上双目，昏昏睡去。杨后柔声软语："陛下，身子可否好些？"不见武帝应答，遂示意杨骏出去。杨骏慌忙出殿，马不停蹄，赶至中书处，只何勖一人在此。何勖见杨骏进来，以为催促，禀道："草诏已经拟好，我这便呈于陛下。"杨骏接过草诏，看也不看，放入衣袖，说道："草诏我先拿去，阅好再来还你。"何勖犹豫："此乃陛下旨意，万一亲览，如何是好？"杨骏答道："陛下正在休憩，我先阅看，少间便还。"说完，径自出去。

杨骏一走，何勖心中忐忑，坐立不是。这时，华廙进来，何勖赶忙说来，华廙眉头一皱，说道："敬祖糊涂，陛下令我等拟诏，万一御览，如何回复？"何勖哭丧着脸，说道："陛下神志不清，宫内宫外，全由杨氏把持。杨珧为卫将军，宿卫军由他节制，我等困在宫中，不能出去。人为刀俎，我为鱼肉，杨骏借看草诏，我又如之奈何？"华廙说道："如若陛下召见我等，阅看草诏，我等不能拿出，也是死罪。罢了，我亲去索要。"说完，便问杨骏去处，直奔昭阳殿。约一炷香工夫，见华廙垂头丧气归来，何勖问道："可要还诏书？"华廙叹道："那杨骏甚是可恶，我向他乞还原稿，他就是不依，还怪责我言辞有误，欲亲自改正。"何勖气道："他如何改正？不过借口罢了。"

097

说话间，含章殿来人，传唤二人过去。至殿内，见一班侍卫按剑而立，二人心中一阵慌乱，身子瑟瑟发抖，不敢妄动。一名侍从过来，将两人引至偏房，杨后坐在房内，房中置有书案，案上纸笔砚墨，一应俱全，旁边又放有玺印。二人面面相觑。杨后垂泪说道："陛下已陷昏沉，让我代宣帝旨，你等即刻草就。"华廙问道："不知陛下有何旨意？"杨后拭去泪水，声色俱厉，说道："陛下有旨，太子司马衷仁德素着，朴讷诚笃，可继大统。汝南王司马亮即归封地，不必来朝，安镇许昌。授临晋侯、车骑将军杨骏为太尉，兼太子太傅，都督中外诸军，侍中，录尚书事，临朝辅政。你俩可听明白了？"二人闻言，知杨后篡诏，却不敢违慢，当即草就，呈与杨后。杨后览毕，说道："你等且随我来。"于是起身，二人随行。

杨后轻步，至帝榻前，凑到武帝耳边，唤一声："陛下。"武帝不应，杨后再道："陛下，草诏已经拟好。"武帝本来昏睡，冥冥之中，似到了滚滚长江之上，浪花翻腾，惊涛拍岸，武帝傲立船头，看那水天一线，明日当空，不禁心生豪情，壮歌一曲，以江潮为节，以橹荡为拍，感怀这千古风流，万里河山。正兴致盎然，陡然风云变幻，雷电交加，狂风暴雨，扑面而来。武帝回首，船上空无一人，江面无数红鱼浮出，张嘴龇牙，密密麻麻，令人毛骨悚然。此时，耳边一声巨响，一道流星划过天际，一条黑龙从天而降，盘旋于顶。那黑龙，麟角残缺，龙须花白，双目无神，在空中似沉似浮，似起似落，待得一会儿，低鸣一声，从口中吐出一颗丹珠，丹珠飞升玄宇，化为星辰，黑龙似身心交瘁，力不能支，双目缓缓合上，从空中落了下来，栽入江中，登时掀起滔天巨浪，排山倒海，迎向船头，武帝惊骇，不禁双目一睁，醒了过来。

朦胧之中，见杨后在旁，华廙、何劭跪伏两侧，于是艰难起身，卧靠龙榻，问诏书是否拟好，哪知张口说话，已不能言。杨后见状，手拿诏书，递至武帝面前。武帝瞪大双眼，凑前详看。含章殿内，一片肃静，烛火忽明忽暗，映照武帝面容，只见一脸衰老。武帝看了良久，也不言语，只把诏书掷于地上，闭了双目，双手无力，垂了下来。杨后赶忙拾起诏书，交与华廙。华廙接了诏书，不敢多话，与何劭跪在武帝榻前，重重叩首三下，即出殿去。二人走后，武帝微微睁开双目，见两旁侍从，问道："汝南王来否？"却又发不出声。侍从看着杨后，杨后点头示意，侍从走到武帝榻边，俯身凑到跟前，仔细聆听，方知是问汝南王来否，于是答道："汝南王未到。"武帝仰天长叹，眼角一滴清泪，落了下来，呜呼一声，身子一软，龙驭归天。其在位二十五年，享寿五十五岁。有诗为叹：

　　三世武功承天下，六出雄师平江南；
　　五岳飞日尽图揽，八荒拱月登禅台。
　　劝课农桑兴水利，持俭宽众行户调；
　　春风吹得四海碧，太康盛治十方朝。
　　却望南国多妖娆，莺声燕语乱心娇；
　　立嫡封藩革兵制，前明后暗断萧墙。
　　终归是个浪荡子，半身浮名半身藏；
　　朝清暮倦临江叹，苍生何系一人皇。

　　话说万寿山，南极仙翁正与镇元子讲道，忽见北极上空，一道流星划过，仙翁凝神而望，原是紫薇帝星落了下来，再看紫薇垣内，左垣八星，左枢星、上宰星、少宰星、上弼星、少弼星、上卫星、少卫星、少丞星依次排开，忽明忽暗。右垣七星，右枢星、少尉星、上辅星、少辅星已昏暗不明，仅有上卫星、少卫星、上丞星尚还明亮。再看太微垣十星、天市垣二十二星，星光点点，闪闪烁烁。仙翁默然不语，镇元子说道："如今帝星陨落，紫气沉沦，而周星闪耀，此天象亘古未有，人间将有大乱也。"仙翁回道："人主不遵戒律，遗恨而崩，也是天意，但伏祸已生，苍生遭难，免不得坏了阐道气运。"镇元子又道："想当日你阐教大天尊元始门下，十二弟子犯红尘之厄，杀罚临身，又因昊天上帝命仙首十二称臣，故阐、截、人三教并谈，封三百六十五位正神。所谓五百年必有王者兴，其间必有名世者。如今已过一千三百年，天象不明，神仙犯戒，也是劫数使然。"仙翁说道："纵是劫数，但此天象，主星失位，客星争曜，明暗交替，变幻莫测，连我也看不清楚，可见凶险万分，我须上弥罗宫，禀明老师，再作处置。"遂辞别镇元子，唤过白鹤童子，牵起白鹿，驾上云头，上天而去。按下不表。

　　且说宫前，卫瓘领太子亲兵，与宿卫军相峙，约一个时辰，不见王浑消息，心知不妙。正犹豫不定，忽见杨后乘辇而来，华廙、何劭跟随在侧，又有杨骏全身披甲，腰佩宝剑，紧随其后。行至跟前，杨后哀道："陛下龙驭宾天，你等安敢在此，刀兵相向，莫不是要造反？"两边军士闻言，皆放下兵刃，伏叩在地，口喊陛下。杨后示意，华廙走上前来，诵道："华廙奉先皇遗命，宣读传位诏书。"众人跪听，华廙说道："太子衷仁德素著，深肖朕躬，必能克承大统，著继朕登基，即皇帝位。授临晋侯、车骑将军杨骏为太尉，兼太子太傅，都督中外诸军，侍中，录尚书事，掌理登基大典，总领百官，临朝辅政。各封王即归领地，非旨意不得入朝。诸臣同遵此诏，钦此。"卫瓘闻言，自思："陛下有诏，汝南王入朝辅政，如何成了杨骏，此定为伪诏。"然转念一思，太子继位，杨骏只是篡权，自己又无凭证，如今京师内外，全由杨骏掌控，三千太子亲兵，哪里是对手，只好跪拜遵诏。此时，太子忽瘫坐地上，大哭起来，嚷道要见父皇，杨骏见状，赶紧扶起太子，口称陛下，让左右引太子入宫，又令一百军士，护送卫瓘回府。卫瓘见大势已去，无奈长叹，只得起身回去。不知杨骏作何安排，且看下回分解。

第十一回　取神火太华还魂　统五部刘渊出征

危木难支大厦倾，更有梅雨浸檐亭；
倚楼怀叹寻万里，不见当年砌高人。

却说武帝驾崩，杨后令华廙宣诏，杨骏引太子，来到含章殿。太子见武帝遗容，放声大哭，两边好说歹说，太子方止住哭喊，谓杨骏："速让东妃进宫。"杨骏遂令左右去请东妃，又差人命在京文武职事五品以上臣官，至太极殿叩贺新帝，行登基大典。

贾南风在东宫，不知内城情形，也是忐忑不安，忽闻散骑常侍段广来报，急忙问道详事，段广回道："先皇已经宾天，留下遗诏，令太子继位，皇后即刻随臣入宫。"贾南风又问："谁为辅政大臣？"段广答道："先皇诏令临晋侯，车骑将军杨骏总领百官，临朝辅政。"贾南风心中一惊，急问："太保现在何处？"段广应道："杨侯已派人护送卫公回府。"贾南风心思一转，冷笑道："随你入宫，是新帝之意，还是杨骏之意？"段广回道："此乃新帝之意，皇后不必多疑。"贾南风闻言，思忖片刻，命段广先行，唤过侍女，令其上云梦山百兽壁唤张泓入宫，又换了衣裳，出了东宫。段广领二百军士，在宫外等待，个个披甲执锐，贾南风见此情形，心中有数，也不言语，遂上了凤辇。

且说贾南风随段广进含章殿，见武帝遗体已经入柩，司马衷在旁，遂上前伏地而泣，司马衷见贾南风到来，心生悲痛，不禁又放声大哭。杨骏过来，也不下拜，说道："陛下切莫哭泣，如今先皇宾天，众臣皆在太极殿，等候陛下即位，行登基大典。"贾南风止住哭声，问道："父皇始崩，依照古制，继位仪式需在月后，择选吉日进行，为何如此仓促？"杨骏也不理睬，只面朝新帝，说道：

"古制是古制，今时是今时，陛下快随我去太极殿。"不由分说，径自扶起新帝，又领虎贲百人，挟了贾南风，往太极殿而去。

群臣候于太极殿，只见侍卫环立，殿内肃然，不知出了何事。傅咸环视四周，不见太保卫瓘，司徒王浑，只有司空石鉴到来，正欲询问，只见杨后领了新帝皇后，又有杨骏、杨珧等人来到殿首，一身素衣，众臣见状，皆伏地叩拜。傅咸心知不妙，果真见华廙手托玉盘，来到殿中，打开诏书，口宣："今晋武皇帝驾崩，太子司马衷仁德素着，继皇帝位，改年号永熙，尊重后杨氏为皇太后，立贾妃南风为皇后，才人谢玖为太妃，其子司马遹为皇太子，大赦天下。钦此。"又宣："昔日伊尹、吕望做辅国大臣，功勋永垂不朽；周勃、霍光受命护国，为古代名臣之冠。临晋侯、侍中、车骑将军、行太子太保、领前将军杨骏，德厚而智高，见识明远，辅翼皇上与太子，以忠贞严肃著称于世，应做朝廷宰辅，比于商代伊尹。现以杨骏为太尉、太子太傅、假节，都督中外诸军事，侍中、录尚书、领前将军如故，主持国政。"诏令一出，殿上哗然，一片泣声。

傅咸悲道："先皇始崩，何不先主持国丧？仓促登基乃与礼制不合。"杨骏说道："自汉朝高祖以来，新皇登基选为先皇崩后月旬行典，但此制久远，如今政务繁多，仍仿古制，恐不合时宜，有负江山社稷。新帝即时登位，也是为苍生百姓着想。"杨后也道："太尉所言极是，司马不必过虑。"傅咸见新帝、皇后皆不言语，又望石鉴。石鉴使了个眼色，傅咸心中顿悟，遂不再言语。其余臣僚，多是趋炎附势之辈，哪敢生事，皆跪拜行典，很是一番热闹，全无先皇驾崩悲痛。

司马衷继位登基，称作孝惠皇帝，立广陵王司马遹为皇太子。杨骏入居太极殿，主持国政，也不纳谏人言，擅易公卿，私树心腹。诏令张劭为中护军，主管禁兵；杨邈与段广并为散骑常侍，管理机密政事；刘豫任左将军，掌京师兵卫；樊震任积射将军，掌宿卫军。另封蒋陵为中书令，李斌为河南尹，武茂为尚书。又令司空石鉴，中护军张劭监造峻阳陵。宫廷内外，无人与之抗衡。如此恣意横行，有诗为叹：

　　白玉为阶绢作屏，春风得意乱己心；
　　行来不望归时路，临渊方知到穷形。

第十一回
取神火太华还魂　统五部刘渊出征

且说郭璞抱了太华，驾上云头，来到一处仙山，名曰紫云山。此山巍峨峻峭，云峰凌霄，紫气缥缈，玉树凝霜，端的是钟灵毓秀，水木清华。郭璞落下云头，太华跟随在后，两眼无神，四肢迟缓，左肩伤口仍出血不止，也无甚痛感，如行尸走肉一般。郭璞见状，拿出一物，名曰九卷青囊，将囊打开，只见红、黄、橙、绿、青、蓝、紫、黑、白九色神光发出，照在太华左肩，那伤口被九色神光所笼，瞬间愈合，少时完好如初。郭璞又领太华，到了一处炎洞，上书"六丁神火洞"。两人进了洞去，只见洞内蜿蜒曲折，如入八卦，两人沿五行方位行走，进乾南，向坤北，往离东，来到一方突岩，高约百丈，上观浩瀚玄宇，星罗棋布，点点闪烁，下见岩浆地潭，炙浪翻滚，熔浆喷发。每约半时，便有六道火柱，破潭而出，直达云霄，后又合为一柱，化为朱雀，盘旋而下，没入岩潭。好生壮阔，有诗为证：

先天混沌分天地，后天八卦出五行。
风雨雷电幽冥暗，太极无定玄化机。
南门朱雀守丙丁，真火无量照离明。
一焰乾坤扫妖邪，直炼紫云人间清。

郭璞现九卷青囊，九色神光射出，待火柱喷发，化为朱雀之时，绰住朱雀神火，不让下坠，又见九色神光急速内旋，化作太极图样，忽散开来，中间现一火人，飘飘荡荡，移至身前。郭璞将太华往火人身上一推，喝声："太华还不还魂，更待何时？"只听响一声，跳起一个人来，身长一丈三尺，面红如枣，赤眉髯须，双目无瞳，只两颗火珠，此正是太华魂魄，已是六丁神火化身。太华不知就里，自思："我如何成了这般模样？"又见郭璞，问道："你是何人？此乃何处？"郭璞笑道："我乃正一真人门下郭璞是也，此地名曰紫云山六丁神火洞。你被那散魂铃散了爽灵之魂，失了天冲、灵慧二魄，也是你命不该绝，让我遇见。那散魂铃厉害非常，魂魄一经离体，即刻烟消云散，我只有取了这神火，复你魂魄。"太华遂匍匐倒地，叩首泣道："老师救命之恩，请受太华一拜。"郭璞受了一拜，又道："你与我有师徒之缘，合该你的造化，只可惜你三位兄长，尽皆枉死。"太华说道："师父在上，此仇决难与休，徒儿定要找那恶僧做个了断。"郭璞说道："你随我到红石林来。"

两人出了洞去，七转八折，来到一片石林，郭璞走到一处石壁，探手取出一锤，拿与太华，说道："你善使锤，这柄破天锤，能出风火雷电，能打世间妖邪，现授与你。"少顷，太华将锤法精熟于心，便要下山报仇。郭璞说道："此非寻仇之时，你兄弟四人受托于人，且先去许昌，了却尘缘，见过汝南王，即刻回来，切莫接受司马亮请邀，今后自有你下山之时。"太华记于心中，拜别老师，提起破天锤，下山直往许昌而去。怎见得，有诗为证：

奇门遁甲演九宫，神火还魂下凡尘；
劫后余生应天命，双瞳怒焰洞世明；
杀尽人间凶魔将，拷打幽府恶鬼兵。
待到罗浮炼丹日，保得华夏俱安宁。

此时，许昌汝南王府，司马亮来回踱步，心中盘算。前番宫中有消息传出，武帝临危，令其入朝辅政。然一直没个确信，也不见来人传诏。司马亮早晚巴望，派人去洛阳打听，可城门封锁，不得进入，去信问太保卫瓘等人，皆是石沉大海，杳无回音。正焦急，忽听门人禀道："门外有一异人求见。"司马亮心中疑惑："哪里来的异人？"门人答不出所以，于是传了进来，见来人金甲红袍，手执火锤，双目之内不见瞳孔，只两团真火，大为惊叹，赶紧迎了上去，问道："敢问道者尊号，哪处名山，今至府上，有何指教？"来人打一稽首，说道："我本司空石鉴府上侍卫太华，陛下弥留之际下诏，令汝南王还朝辅政，然杨骏一党闭了宫门，篡权擅政。我兄弟四人，受司空嘱托，闯出西阳门，赶来许昌相告，却在半路被人截杀，三位兄长皆已遇害，我本已半死不活，幸得高人相救，收之为徒。如今特来府上告知，请汝南王即刻发兵，清君侧，诛杨骏，勤王辅政。"司马亮叹道："真乃忠义之士，本王这便点兵，讨伐杨贼，如正朝纲，定当上表，为你兄长追封，以慰三位义士在天之灵。"太华闻言，神色黯然，偷拭泪水，说道："有汝南王此话，我三位兄长泉下有知，当颔首了，太华在此谢过，这便去了。望汝南王廓清寰宇，重振朝纲。"司马亮急道："义士莫走，那杨贼老奸巨猾，其弟杨珧握有兵权，手下能征善战者众多。本王讨逆，正是用人之时，观义士一身本事，何不留在府内，辅佐本王，也好建立一番功业。"随即使一眼色，左右见了，从后房捧出一盘，上置黄金百两，珍珠十串，放至太华面前。司马亮又道："此乃本王心意，为义士安家所用，如若有需，尽管来取。"太华正色回道："下山之时，尊师有言，见到汝南王后，即刻回山，不得停留。师命难违，何况太华非贪图钱财之辈，汝南王不必如此。"司马亮心道："此乃奇人，得其相助，本王无所忧也。软得不行，便来硬的，定要将他留下。"正要吩咐左右动武，太华看穿心思，道一声："太华这便去了，还望汝南王好自为之，以天下为重。"说完，使了火遁，径自往紫云山而去。

司马亮见太华去了，好不懊悔，左右见了，说道："这等奇人，说来便来，说走便走，不得强求。如今大事要紧，汝南王当即刻发兵，除去杨党，入朝辅政。"司马亮闻言，如梦初醒，遂点一万将士，一路烽烟滚滚，黄尘漫漫，旌旗赫赫，铁甲铮铮，直奔洛阳。如此心急，有词为叹：

　　沙场点兵，出莲城，不尽风雨。看前路，干戈四起，是非几多。滚滚烽尘望故里，疾疾马蹄向君侧，不承想，将士别家眷，无人说。

　　王侯乱，自相残。何时休，中原夺。论孰好孰坏，全凭成败。一心只想假黄钺，谁为社稷谁为民。到头来，断了自家根，叶凋落。

杨骏虽掌朝权，然汝南王不除，终为心头大患。寻杨后商议："如今先皇宾天，惠帝登基，天下尽知。我录朝政，总摄百官，汝南王司马亮定然不服。且先皇曾有诏令，让他入朝辅政，百官当中，亦有人知晓。再过几日，梓宫出殡，六宫出辞，如司马亮带兵吊唁，里通外合，与我争权，如何是好？"杨后说道："父亲所虑甚是，自古相斗，先下手为强。可先让司马亮入城，不许带兵，再诬其谋反，令陛下下诏，治其死罪。"杨骏笑道："妙计，那卫瓘、王浑如何发落？"杨后答道："两人皆开朝元老，先皇重臣，杀之不妥，将其软禁府中便可。"杨骏额首，遂定毒计。

司马亮率军，一路奔驰，赶至中途，忽闻惠帝登基，杨骏辅政，心道晚了一步，当下就有退意，谓左右："杨骏匹夫，竟敢矫诏擅政，这如何是好？"左右回道："杨骏素无威望，朝中定未满人意，汝南王可以吊唁为名，联络群臣，悉数杨骏之罪，以兵伐之，定然天下响应。"司马亮也觉半途而归，不甚妥当，前去尚有转机，遂令扬起白旗，全军素服，至洛阳城下。正待进城，城门校尉令道："陛下有旨，汝南王只身临丧，所带人马，皆不得入城。"司马亮一听，心中惶恐，不敢进入。正犹豫间，左右上前，说道："城内消息，杨骏欲令王爷入城，再诬其谋反，致你死地。"司马亮大惊，说道："如何处之？"左右答道："可令全军扎营城外，表求送葬山陵，延得时日，联络朝中大臣，里应外合，夺取朝权。"司马亮遂令全军扎营城外，竖起哀旗，放声恸哭，又写下表书，上求送葬山陵。

杨骏得知司马亮上表，正中下怀，即刻上告惠帝："司马亮闻先皇驾崩，却不进城吊唁，重兵集结城外，分明图谋造反。"惠帝一脸茫然，说道："依太尉之见，如何是好？"杨骏上前一步，答道："陛下立即下诏，发兵讨贼。"惠帝问道："令何处兵马讨之？"杨骏回道："司空石鉴正在督造陵墓，可令石鉴暂停造陵，发兵讨贼。"惠帝说道："暂停造陵，恐为不妥。"杨骏喝道："有何不妥，司马亮拥兵作乱，以先皇陵兵讨贼，乃名正言顺之举。"惠帝见太尉发怒，即道："就依太尉之意。"于是下了手诏，令司空石鉴、中护军张劭率军讨伐。

张劭知杨骏心意，得了手诏，立即召集部属，至石鉴帐前，见了石鉴，说道："今司马亮造反，陛下有诏，令我等讨伐。望司空赶紧发兵，我愿为前部先锋，擒拿逆贼。"石鉴看一眼张劭，说道："你如何知晓汝南王作乱？"张劭答道："陛下诏令在此，司空何来疑虑？"石鉴笑道："陛下如何知晓汝南王作乱？"张劭怒道："司空竟敢疑惑陛下？抗旨不遵。"石鉴一拍案牍，怒道："司马亮乃宣皇帝之子，武皇帝皇叔，当今圣上的皇叔祖，武皇帝宾天，汝南王临丧，不得入城，只好滞留城外，也不见举兵攻伐，如何确认造反。若我等贸然行事，引起杀戮，一来有负先皇，二来混乱朝局，岂是你我能担待的？"张劭见石鉴讲得在理，心中也有虚怯，说道："依你之见，如何是好？"石鉴说道："按兵不动，静观其变。可令斥候日夜监视，如汝南王有动，我等再征伐不迟，如自退，也可免去一场无妄干戈。"张劭回道："就依司空所言。"于是出了营帐，又转念一想，谓左右："你等速速进宫，报于太尉。"左右得令，赶往宫中。

杨骏得张劭密报，气急败坏，说道："石鉴老匹夫，竟敢抗旨不遵，按兵不动，待除了司马亮，再来对付他。"杨后说道："石鉴自恃先帝功臣，两朝元老，向来不将父亲放在眼内，此人需寻个时机，好生惩治。眼下讨伐司马亮，还要另择他人。"杨骏思道："命杨珧征伐如何？"杨后答道："家叔非征战之人。"杨骏又道："刘渊如何？"杨后说道："刘渊文韬武略，骁勇善战，手下能人辈出，司马亮定非其对手。"杨骏说道："刘渊除贼有功，可加官进爵，使其死心塌地，为我杨家卖命。"杨后说道："父亲所言极是，若笼络好刘渊，我等可高枕无忧矣。"杨骏点头称是，遂让中书令拟诏："任刘渊为建威将军、五部大都督，封爵汉光乡侯，征讨司马亮。"

刘渊接了诏令，拿与法觉、法慧、法圆、法合观阅，四位护法见之，齐声道喜："恭贺部帅擢升侯爵。"刘渊打一稽首，立于堂前，言道："建威将军，汉光乡侯，我皆不在意，独在意这五部大都督。前汉末年，匈奴大乱，五单于争立，呼韩邪单于失国，携率部落，入臣于汉。其孙醢落尸逐鞮单于建南匈奴，创庭五原塞，威震西域，后世却内讧不休，至败于魏武，分成左、右、南、北、中五部，散居并西，每部置帅，让汉人监管。我继父位，统领左部帅，然右部、南部、北部、中部，仍居于祁县、蒲子、新兴、大陵，四分五裂，难成气候。今杨骏篡权，晋室操戈，杨骏想笼络我心，卖命于他，加封我为五部大都督，岂不知，此乃我一统五部之大好时机，我定不负师命，立业兴族，复我山河，扬我沙门，拯救众生。"法觉等人皆道："纵观当下，司马炎立蠢子悍妇，大封宗室，奸臣当道，诸王各怀鬼胎，天下即将大乱，民不聊生，大都督有此宏图，我等全力辅佐，救万民于水火，扬教义于中原。"刘渊说道："堂祖刘宣，现居太原郡，素有威望，法觉、法慧两位护法，可前往太原，与其联络，以待时机。法圆、法合两位护法，可随我征讨司马亮。"

城外，司马亮上表送葬，迟迟不见朝廷回复，后得了消息：杨骏诬告自己谋反，迫天子诏令石鉴前来讨伐。心中有些畏怯，召集亲信商议。司马亮问道："今得消息，杨骏诬告我谋反，陛下已下诏，令石鉴前来讨伐我，该如何应对？"廷尉何勖回道："司空石鉴素来处事光明，静重镇浮，乃先帝托孤之臣，之前正是司空遣太华相告，此次朝廷令公讨伐，却未见动静，可见其心向汝南王也。以此论断，今朝野皆唯汝南王是望，我等不去讨伐杨骏，难道还等杨骏讨伐我等？"司马亮道："话虽如此，然杨骏挟天子以令诸侯，杨后居内宫用事，杨珧掌京师诸军，恐敌之不过。"何勖见司马亮心生怯意，急道："杨骏素无威望，总领百官，不服者大有人在；太后居中任事，却有皇后与之相争；杨珧掌握军权，死心卖命者寥寥无几。臣僚皆慑于威权，无人领头，汝南王乃众望所归，又掌冠军、步兵、射声、长水等营兵力，何惧不敌？当高举义旗，振臂一呼，宣告先帝遗命，讨伐杨贼，匡正朝纲，天下定当响应。"一番义正词严，激起司马亮斗志，正待下令，恰在此时，斥候来报："杨骏授刘渊为建威将军、匈奴五部大都督，进汉光乡侯，前来征讨。"司马亮大惊失色，急令："全军连夜退兵，撤回许昌。"何勖问道："为何退兵？刘渊纵然厉害，汝南王何须如此惊恐，况我军兵强马壮，猛将如云，如今尚未交手，连夜回兵，恐寒了将士之心。天下形势如此，此时正是搏浪击水之际，还望公潮头勇立，莫轻言退却，一篙松劲，便退千寻，时机失去，追悔莫及也。"司马亮回道："你等有所不知，我留守京师时，与司徒王浑、仆射李憙等人交好，对刘渊略有耳闻。此人才兼文武，识迈华夷，师承沙门高僧，一身异术，本领高强，备受世人推崇。刘渊平日常对人言，周勃、灌婴随汉文帝而不能开创教化大业，甚是可惜，可见其志不小。我等与之相斗，势难取胜，如相持过久，难免生变，到时进退两难，全军覆灭，还不如早退，保存实力，以图将来。"众人欲谏，司马亮摆手，堵住众口，令道："全军夤夜出都，驰还许昌。"何勖见司马亮执意退避，暗自叹息，无奈作罢。如此智小谋大、胆怯懦弱，竟想重振朝纲，廓清寰宇，真是痴人做梦，有诗为叹：

　　一剑击浪舞沧海，直踏灵霄御长空；
　　莫见飞雨寻遮蔽，枉叹天命不由同。

　　刘渊命法圆领一千精兵，披挂衔枚，马蹄裹布，趁着夜色，绕道后方，偷袭敌营，又亲率五千人马，待偷营得手，蓄势而上，欲生擒司马亮。准备妥当，法圆艺高胆大,手拿一琴,领着将士,如疾风闪电,冲进营来,直扑中军。正要一番厮杀,却不见一人,营内寂然无声,法圆怕有闪失,令全军堵了耳朵,将琴横放胸前,手拨五弦,不见动静,于是收了法宝,谓左右:"司马亮已退,我等迟来一步。"继而放出响箭。刘渊率军赶到,见疑:"此处为何如此平静?"法圆禀明情况,刘渊下马,察看营灶,确已退兵,说道:"试量营灶冷热,司马亮退兵,已有两个时辰。两军未战便已退却,可见司马亮乃庸碌之辈。如今庙堂之上,朽木为官;殿陛之间,禽兽食禄。晋室气数将尽也。"法圆请道:"司马亮尚未走远,可追杀之。"刘渊说道:"随他去吧,司马亮乃宗室之长,受杨骏诬害,我等以图大业,志在远方,不宜处处相逼,以犯众怒。"法圆也道:"大都督所言极是,杨骏为人专权刚愎,志大才疏,树敌无数,朝廷暗礁四伏,我等还是趋避为好,此番退敌,在外只说是石鉴之功,与我等无干。"刘渊笑道:"护法所言,正合我意。"于是退兵回营。

司马亮退去,杨骏掌控朝权月余,送武帝遗体出葬峻阳陵,又自知平时威望未满人意,欲效仿魏明帝即位旧例,大加封爵,笼络众心。于是惠帝下诏:"凡中外群臣,皆增位一等;参与丧事之臣,增加二等;二千石以上统封关内侯,免除租调赋税一年。"诏令一出,满朝哗然。左军将军傅祗贻书:"自古从未有帝王崩殂,臣下论功加封,还望收回诏令。"杨骏不理。散骑常侍石崇、散骑侍郎何攀上奏:"先帝立位东宫二十余载,如今承继大统,颁布奖赏,晋升爵位,却胜过开国功臣及平吴诸将,马隆扫虏功绩,更与之相差一等,他日何以善后?还望收回成命。"杨骏皆不听从。

尚书左丞傅咸见杨骏冥顽不灵,质问:"当今皇上谦逊,将朝政托付临晋侯,然天下未必认为此举得当。遥想西周周公辅佐成王,如此圣人,尚招来闲言,何况当今圣上,已经成年,臣下以为,先皇陵墓修治完成,临晋侯应知进退适宜,何苦刚愎自用,不纳谏言,招致非议,恐怕祸不久矣。"杨骏听罢,怒从心起,心道:"招致非议,还不是你等闲言碎语,自我总录朝政,你处处与我作对,今日定要好生处置。"于是不答一词,待傅咸走后,便拟遣其出京,作为郡守,幸有杨骏外甥河南尹李斌从旁劝阻:"傅咸乃正直之士,驱逐正人君子,恐寒了众人之心。"杨骏听李斌之言,方消心头怒火。然经此一回,加之卫瓘、王浑一班

109

重臣搁置一旁，其余老臣多已凋谢，宫廷内外，再无人敢与杨骏相抗。杨骏乐得作威作福，恣意横行。有诗叹曰：

  日上三竿逐西落，月出十五不成圆；
  人事无常须自省，莫到临涯方知明。

  杨骏辅政，所有诏命，先示于惠帝，再呈于太后，然后颁行，其实皆由杨骏一人主裁，独断独行，专擅严愎，此话不表。且言大罗宫玄都洞玄都大法师，乃人教太清道德天尊老子座下大弟子，自姜子牙助周伐纣，斩将封神，天尊移驾离恨天兜率宫，玄都洞由法师执掌。法师门下，有四位天师，乃正一真人张道陵、冲应真人葛玄、天枢领位真人萨守坚、许真人许逊。这日，玄都大法师闲坐洞中，忽觉心血来潮，遂唤来景风童子，命门人于洞前等候，不知所为何事，且看下回分解。

第十二回　大罗宫葛洪下山　吉家巷稚川降鬼

山中不知一二事，枝头又现满红春。
闲云几度飞鹤影，人间往来道心情。

话说人教太清道德天尊，因商周封神，众神归位，八荒布道，九州朝中，故离了玄都洞八景宫，往离恨天兜率宫通玄太初。又因西王母蟠桃绝收，神仙再临杀罚，应昊天上帝之命，寻那混沌开辟时先天抟铸之物八卦紫金炉，以炼金丹，布道兴教，度神仙杀劫。老子见元始封神，而天、地、神、人、鬼五界之仙无成一统，无列一序，故此阐、截、人三教共宴元都玉京，请了昊天上帝、西王母、女娲三仙，并邀伏羲、神农、轩辕三圣驾临，商谈金丹正果，定品列位。此时八王乱国，五胡纷起，西晋合灭，东晋南迁，老子炼丹御道，葛洪辅佐司马睿，衣冠南渡，延续华夏，恰逢其会，此乃定数。

一日，老子坐于玉局宝座，命牧牛童子："随我往玄都洞去。"牧牛童子牵了板角青牛，先至大罗宫通报。张道陵同葛玄、萨守坚、许逊四位天师正在洞前等候，忽见牧牛童子先行，后面祥云缭绕，瑞气盘旋，赶忙上前。童子在云头呼道："速报于玄都大法师，快来接老师圣驾。"张道陵忙入洞禀报。玄都大法师正闭目凝神，忽感一阵清明，起得身来，见张道陵来禀，知是老师驾临，急出洞来，率众弟子俯伏道旁，口称："弟子愿老师圣寿无疆！不知老师大驾下临，弟子有失远接，望乞恕罪。"老子现了法身，一时大罗宫氤氲遍地，馥郁满香，红霞耀目，瑞气千条，彩莲叠叠，玉磬悠鸣。

老子说道："自商周封神，已经一千三百年，只因神仙运逢杀劫，华夷相争，天下又将大乱，我欲以金丹渡劫，延道续脉，葛洪是时下山，寻八卦紫金炉，引炉之人，你可曾寻到？"玄都大法师回道："弟子往南海而寻，那敖广三女与敖明三子，便是引炉之人，现已化为罗浮山上两块青石，但凭老师教诲。"老子颔首笑道："双龙也是至情至性，情之所至，金石为开，正因如此，方能引得宝炉出现。待时机到来，自让葛洪相救。"玄都大法师答道："老师所言极是。"老子又道："葛洪现在何处？"玄都大法师回道："葛洪现在后园。"老子命道："将他唤来。"玄都大法师急令葛玄去唤葛洪，葛玄不敢迟缓，忙至后园唤道："稚川，大天尊召你。"

葛洪急至洞前行礼，拜道："弟子葛洪，拜见大天尊，愿大天尊圣寿无疆。"老子问道："你自幼上山，如今已历七载，可曾学得什么道术？"葛洪回道："回天尊话，弟子上山七载，无身池旁挑水洗浆一载，无形峡间锄地垦田一载，无名谷内生火烧饭一载，无隅林里磨刀砍柴一载，无离崖前栽花修树一载，无为洞中念经持咒一载，无有峰上静功打坐一载，未曾学得什么道术。"老子笑道："道生之，德畜之，物形之，势成之。心中有道，术自有成；心中无道，术难有形。我教与别教不同，千变万化，无穷无极，皆源于心道。你居大罗宫七载，清净无为，修身养性，已入道门也。"葛洪闻言，如饮醍醐，茅塞顿开，脑中一阵清明。

老子望一眼玄都大法师，法师即唤葛洪："你且上前一步，我传你奇门遁甲之术。"葛洪遵行。法师右掌按其百会，有日、月、星闪烁其上，金、木、水、火、土，五象现于眉间，霞明玉映，熠熠光彩。周开八门，又现六甲六仪符印，葛洪只觉一股清气，流转胸中，已是脱胎换骨，印现烟霞，拜道："多谢老师教诲。"老子微微颔首，又道："无名天地之始，有名万物之母。故常无欲以观其妙，常有欲以观其徼。此两者同出而异名，同谓之玄。如今华夏有厄，五胡祸乱，晋室南迁，你代我之劳炼丹，下山扶助明主，南渡衣冠，可成一番正果。此地非你久居之所，即时下山去吧。"葛洪怅然若失，心有不舍，说道："我自幼上山，亦有七载，今得天尊指迷归觉，正待好生修习，望天尊许留时日，在此清心明玄，不负天尊一番教诲。"老子回道："修心为道，修行亦为道，人间自有万道。以道度人，乃是太清本真。你今日下山，原是天数使然，不可违逆。"又有葛玄说道："稚川，修道不在居于何处，而在心向何方。山中可修道，山外亦可修道。见世间百态，是为道行；度万物苍生，乃为行道。你身负天命，自要红尘一走，不可逃避。"葛洪听罢，只好下山，于是伏地叩拜天尊，又拜了玄都大法师与众位道友，问道："弟子领天尊法旨下山，将来有何归落？"老子回道："我有十二句偈子，你可牢记于心：

东回西去洞世事，北往南来知人间；
平叛镇乱持心志，淡看荣辱守安然。
他年自有帝王至，问策访贤落云川；
历劫一七渡衣冠，披难七二开元年。
双龙而出神火现，宝炉炼丹布道玄；
功遂身退应天命，抱朴归真列仙班。"

老子说道："今日你虽下山，还有上山之日。"葛洪再行辞拜，清了行囊，出了大罗宫。有四位天师送葛洪至飞仙崖，吩咐道："稚川，今日一去，须抱朴守一，持修大道，日后若有难处，可及时知会，我等自会相助。"葛洪谢了四位天师，又被葛玄叫住，趁三位天师不察，拿出一木匣，交与了他，也不言语，只微微颔首，葛洪会意，遂拜别下山而去。

葛洪行走山间，只见一路千岩竞秀，水木明瑟，虎斑霞绮，林籁泉韵，令人目酣神醉。有诗为证：

百灵鸣空谷，玉蝶舞松山；
飞瀑入潭碧，蝉音绕梁椽。
新雨点青叶，梅红现枝帘；
小径蜿蜒处，清风挽夏鹃。
踽步沿溪走，望蟹把石掀；
鱼嬉逐流去，遥现景在前。
问君天涯路，何日向家园；
漫行桃源地，乐在水云天。

美景在前,葛洪却无心赏玩,踌躇不定,暗自思忖道:"孝子之至,莫大乎尊亲。我自幼离家,一别父亲,已经七载,如今父亲在广平肥乡为官,不知近况如何。我当前往服侍,以尽孝心。"思忖已定,遂借土遁,至司州广平肥乡,到了肥乡令府,看门前已非从前红叶满目,幽香扑鼻,绿柳成荫,清新淡雅,而是雕栏玉砌,丹楹刻桷,长戟高门,金碧辉煌。葛洪心道:"父亲府第,何以装扮如此奢华,令寻常人家心有胆怯。"随即,上前叩门。

良久,府门开出一道缝隙,门房双目半眯,朝外瞅了一眼,慢声问道:"你乃何人?有何事上门?"葛洪回道:"我乃肥乡令葛悌之子葛洪,幼时上大罗宫学道,一别七载,今日下得山来,故回家侍奉父亲。"门房"哼"了一声,说道:"此乃肥乡令毕老爷府第,不是什么葛悌居所,你这山野小道,敢到此胡乱认亲,还不快快走开。"葛洪又道:"如此说来,我父定是离了肥乡,敢问现在何处?"门房烦道:"我哪里知晓,你到别处问去。"说完,作势关门,葛洪上前又问:"既来此地,可否让我进府拜见县令,也作当面请教?"门房听得此话,想了一想,开了半扇府门,朝葛洪上下打量,慢条斯理,说道:"老爷可是你想见便能见的?"随即,也不看葛洪,只是斜倚门框,眼珠上瞅,双手抱前,右手从腋下摊出,手指上下而动。葛洪不明其意,又问:"那如何才能见到?"门房瞥了一眼葛洪,说道:"看来你这小道,上山久矣,不懂世间人事?"葛洪诧道:"何为人事?"门房笑道:"人情世故,即为人事。你想见老爷,我去通报,这上下跑腿,也是辛苦,些许酬劳,也是应该。人间皆有人事,人情不达,世事难成。"葛洪听罢,只道:"我学道下山,随身只带一些衣物,并无黄白之物。"门房听到此言,面色一沉,只听"咣当"一声,府门即被关上。

葛洪立于门外,叹息一声,心思:"山中不知山外事,只道山外仍相是;一日出得山外来,世事已非从前事。"本想穿门而入,可转念一想:"观此府第,修葺如此富丽堂皇,门房又是弄权索财,可见其主定非善类,即使见得一面,也是枉然。"想到此,转身欲离走,忽被一人叫住:"你可是找葛县令?"葛洪见眼前之人,乃是位老汉,身着短褐,腰系巾带,脚打赤足,知是位庄稼人士,于是回道:"老人家可识我父?"老汉回道:"葛县令在肥乡之时,向明而治,爱民如子,且材茂行洁,清廉正直,将肥乡治理成全司州百县之首,如此好官,哪个不识？"葛洪又问："老人家既识得我父，可知他现在何处？为何离开此地？"老汉叹息一声，答道："太康五年，肥乡大旱，葛县令开仓济民，救了全县百姓，却不知何故辞官不做，离了肥乡，现在何处，我也无从知晓，你再到别处问问。"

葛洪谢过老汉，未行几步，却见一人仆童装扮，神色慌张，匆匆而过，葛洪好奇道："此人如此慌张，不知出了何事？"于是定神一看，见仆童身后左肩地火已灭，只有头顶天火与右肩人火，也是黯然无光，心知定有鬼祟作怪，便跟上前去，一看究竟。那仆童直往城南而走，约一炷香工夫，到了一家医馆，进入堂中，问道："请问王老先生在否？"少时，出来一老者，与仆童言语几声，拿了药箱，随后急急而出，朝城东而去。葛洪跟随在后，七拐八绕，到了一个巷口，拱门上书写"吉家巷"三字。

葛洪进了巷中，只见巷子十尺来宽，百米余长，青石铺路，路旁遍插杨柳，左右皆有店肆。仆童领着老者，到了巷子深处，向左一拐，不见踪影。葛洪随即上前，遂觉一阵凉风袭来，待至前方拐角处，赫然见偌大两间商铺，上挂一匾，写着"吉家糖坊"四字，数人围聚门前，嘀嘀咕咕，交头议论。葛洪上前，在人群中寻一人问道："敢问这位兄台，此店出了何事？"那人见葛洪年纪虽轻，却一身道服，眉目清澈，举止不凡，回道："我也不甚知晓，只道昨夜寅时，这店内一个刘姓伙计如厕之时，不知撞上什么东西，竟昏死在前院，若不是叫别的伙计看见，怕是早已命丧黄泉，此时说是气若游丝，性命难料。这不，吉老爷请了神医王郎中过来，瞧瞧有得救否。"旁边一人，见两人问答，也道："这吉家三世经商，价格无二，童叟无欺，靠着勤劳节俭，攒了这份家业，平日更是乐善好施，扶倾济弱，不知哪里作孽，遇上这等祸事。"

葛洪听罢，也不言语，趁人不察，使个木遁，进入铺内。铺后乃是一个作坊，堆放麦芽谷物，中置铁锅，锅上立着无底陶缸，为糖料制造所用。作坊后面，连着一处院落，中间有一空坪，四面则是十余间厢房，两旁栽种玉兰紫薇，阳光直照，清风微拂，院内清香怡人，倒是幽静别致。南面厢房内，聚有数人，王郎中也在其中，此刻正坐于榻旁，为一年轻小哥把脉。那小哥躺在榻上，两眼紧闭，脸色苍白，嘴角抽搐，浑身发抖。右侧站一老爷，抓耳挠腮，也是焦急万分。那王郎中把了下脉，又翻看眼睑，陡然脸色一变，吓得老爷忙问："刘吉此病，可否有治？"王郎中摇首叹道："吉老爷，你这伙计并非生病，而是受了惊惧。依老夫多年行医断定，乃是见了什么骇人景象，以致魂魄离位，人事不省。恕老朽无能，此症无药可治，这便告辞。"吉老爷听罢，赶忙留住郎中，不让其走，说道："大夫如此一走，刘吉只有死路矣，还望大夫见怜，想个什么法子，救得性命。"王郎中回道："非是老朽不救，实是邪祟之事，非人力所为。当下只有一法，便是寻个阴阳术士，看能否有治，且要赶快，如耽搁久了，恐性命难保。"吉老爷顿足搓手，急道："片刻之间，哪里寻得如此异士？"口上虽说，却也不愿放任，即令伙计出门寻找。

葛洪见状，察看四下，见院落正前有一角门，门后尺树寸泓，郁郁葱葱，又有高墙遮蔽，一团雾气弥漫其中，久不得散，心中有数，遂退到深院。恰在此时，原先寻那王郎中的仆童，出得门来，急急往外奔走，葛洪上前问道："这位小哥，见你行走如此匆忙，所为何事？"那仆童听得有人言语，转头相看，见是一位道人，连忙作揖答道："实不相瞒，家中出了邪事，老爷令我等出门，寻个术士，驱邪救命。"葛洪笑道："既如此，可领我去，为你家老爷消灾除厄。"仆童见葛洪模样，心存疑虑，说道："方才王郎中说过，万不可耽搁，如若久了，家中病人，有性命之忧。恕小的直言，我见小哥年纪，未必大我几岁，这邪祟之事，先生以己道行，可有把握？"葛洪听言，长笑一声，说道：

有道不在年高，无道空言百岁；
莫笑志学不揣，老知皆由少怀。

仆童见葛洪纤余为妍，吐属不凡，忙礼拜作请，说道："恕小的眼拙，不识道德真士，先生高世之度，还望屈进院内，救刘吉性命。"葛洪说道："天将救之，以慈卫之，你家老爷仁心待人，广布善缘，贫道自当相助。"仆童大喜，遂领葛洪进了院内。吉老爷正坐立不安，心急如焚，忽见仆童，领了一位道人进来，好齐整，有诗为证：

第十二回
大罗宫葛洪下山　吉家巷稚川降鬼

云冠着顶去清尘，青袍素身凌紫轩；
海下双目敛精气，足蹑玄波蕴温颜。
来人本是罗宫客，空空行囊负穹天；
内藏万般无相法，意除不尽世间难。

　　吉老爷见道人朴实无华，却气度不凡，遂迎上前来，作揖问道："敢问道者姓甚名谁，何处仙山？"葛洪回道："我乃大罗宫玄都洞炼气士，姓葛名洪，字稚川，特来解你家之难。"吉老爷观葛洪相貌，若有所思，自道："上任肥乡葛县令，生有一子，也唤作葛洪，你与其同名，又年纪相仿，莫非？"葛洪笑道："葛悌正是家父。"吉老爷听言，慌忙下拜，泣道："原是公子驾临，恕老朽招呼不周，还望海涵。"即唤人搬座端茶。葛洪止道："你家之事，我已知晓，当务之急，乃是救人，速领我去。"说罢，随吉老爷到了南面厢房。

　　葛洪走至榻边，见刘吉魂魄离体，奄奄一息，眼看便要咽气，遂令："速端一杯清水，点一支烛火。"少顷，仆童拿来。葛洪中指点水，在刘吉百会、印堂、曲鬓、太阳、承浆五穴各按一下，见水没入穴内，又以指截火，放于泥丸之上，口中默念玄咒，片刻，一道浊气出了泥丸，葛洪道声："刘吉还不醒来，更待何时？"言毕，刘吉悠悠睁开双目。吉老爷见状，长舒一口气，喜道："公子真乃神仙也。"葛洪也不答腔，只道："速让家中所有人等，来此房间。"吉老爷虽不知缘由，却知必有深意，忙吩咐仆童将上下老幼，连着丫鬟伙计几十余口，皆唤过来。

　　众人齐至，葛洪将其分为两行，以指取火，各放于每人左肩之上，再端了水杯，口中道声"起"，只见一道水线，缓缓升起，贯入指尖，未几，化为白烟。葛洪一挥衣袖，那白烟弥漫开来，将吉家上下人等，笼于其中，各人肩头指火，倏尔腾起三尺之高，转而又不见踪迹。也是怪哉，只见白烟之中，隐现丝丝黑气，葛洪又将衣袖一挥，白烟飘荡屋外，霎时散开，众人皆感浑身无力，似虚脱一般。

　　葛洪走到刘吉身旁，说道："你勿须害怕，可将夜里所见，如实讲来。"刘吉心有余悸，缓缓说道："昨夜我内急，至后园茅厕方便，蹲下未有片刻，尻子忽被拍了一掌。我想这深更半夜，哪个有这等闲心，与我玩笑，回头一看，却不见有人，再看四周，月黑风高，鸦默雀静，不觉寒毛卓竖，心惊胆战，再不敢如厕，直往外走，刚出后园，想着将至前院，应该无事，喘一口气，却听后头窸窣之声，心下着慌，脚下不知如何着绊，倒在地上，正待爬起，猛见一白衣女子，披头散发，口中吊舌，约有半尺来长，颈上套一绳索，正阴森森笑着，走将过来，吓得我心胆俱裂，再不知人事。"众人听罢，皆是头皮发凉，背脊发冷，毛骨悚然。同房另一李姓伙计也道："我见刘吉深夜如厕，久不归来，恐其出事，便出来寻之。才进院门，见其倒于地上，以为受了风寒，即背回厢房。幸未见得这般骇人景象，否则也是一般无二。"

葛洪听罢，即问吉老爷："家中后园，可曾有人自缢？"吉老爷毕竟一家之主，虽有惊骇，待听得葛洪之言，随即镇定。回想片刻，似有所悟，忙将葛洪请至屋外，说道："公子一说，我倒是记起一件陈年旧事。儿时常听母亲吩咐，莫要一人去后园玩耍。那时好奇，便问母亲缘由，母亲却顾左右而言他。愈不肯说，我便愈是好奇，缠着乳母相问，乳母疼我，说是祖母在世之时，不见了一支金钗，疑是丫鬟秋葵拿了，便唤来询问，秋葵抵死不认。祖母也是心善之人，见秋葵不认也便罢了，未作深究。哪知秋葵性格刚烈，次日凌晨，作坊师傅进后园如厕，见秋葵已缢死在左侧一株柑橘树上。因是深夜自缢，吊得久了，舌头伸出老长，将作坊师傅吓个半死，病了数月。祖母闻知，很是伤心自责，即依礼厚葬秋葵，另给其家百两纹银，又吩咐下人，将柑橘树连根挖去，再请人作法，超度秋葵。自那之后，从未发生异事，故而家中早将此事忘却。莫非刘吉所见，乃是秋葵。"葛洪听吉老爷所言，笑道："原来如此，方才令你全家上下而至房内，乃是见其左肩地火皆灭，如未及时作法，定然与刘吉一般。我想如此怨念，定有缘由。现既知事情始末，我便去后园走一遭。"吉老爷恍然大悟，忙道："天色已晚，何不明日再去，或是唤些伙计，一同前往。"葛洪摆手，笑道："区区鬼魅，我一人即可，不劳他人。你在此等候便是。"说罢，进了院后角门。

此时月上梢头，夜幕初垂，一入角门，隐约见一空坪，两侧十余株盆景，小巧别致，中间有一青石小径，连着九级石阶。上了石阶，乃是一座花园。花园正中，有一小池，池水映月，幽深冷清。池塘左侧，栽种二十余株柑橘果树，右侧为一仓廪，似才修缮，仓廪之后，连着茅厕。一到此处，阴风袭袭，树影幢幢，青叶沙沙作响，月光忽明忽暗，模糊之中，忽现一白衣，飘飘荡荡，着实可怕，怎见得：

  阴风大作，暗影叠重；园池幽水雾朦胧，冷树清叶湿秋梦。白衣牵索，饮恨只化游魂荡；红舌长吐，怨愤积作馁魄霜。鬼步森森，煞时间万籁俱寂；魅彪迷迷，一会家上下齐崩。正是魑魅魍魉来作祟，光显吉巷鬼物凶。

  葛洪叹息一声，对着白衣说道："我念你生前可怜，度你往生，你可愿意？"那白衣也不答话，只现了鬼身，血口长舌，探出森森白爪，径自抓来。葛洪用手一指，道声："孽畜不落，更待何时！"登时雷鸣空中，女鬼慌忙褪去恶相，现了本貌，原是一楚楚女子，跪倒泣道："上仙道心仁慈，小女秋葵，受诬枉死，魂魄滞留此间，一时不识上仙真颜，冒渎天威，望乞怜救，今一旦诛戮，可怜魂飞魄散，永不往生。"葛洪收了法术，叹道："宥之也者，恐天下之迁其德也。吉家祖母因失了金钗，就此一问，纵是有错，你也不该如此执念，枉送了性命。这便也罢，又何苦怨气不散，在此祸害无辜之人。"秋葵答道："小女知错，还望上仙饶恕。"葛洪又道："可怜之人必有可恨之处，可恨之人也有可怜之身，罢了，我且饶恕于你，然不许在此扰害，城南王郎中家里，有孕妇临盆，你这便往生去吧。"秋葵连忙磕头，葛洪往空中一指，现一符印，遂贴于顶间，只见一道火光腾起，秋葵化为轻烟，径自去了。

  葛洪度了秋葵，沿茅厕转悠一会儿，又进入其中，目视墙头，略有所思，遂出至前院。吉老爷在外，来回踱步，见葛洪出来，忙迎上前，问道："方才听到雷响，情形如何？"葛洪将降鬼之事说来，吉老爷谢道："幸得公子驾临，否则我这一家上下，皆死于非命。"又叹："秋葵生前死后，祖母皆不曾薄待，祖母在世之时也未有异事，何故到我这里生祸。世间有言，好人好报，我勤俭持家，一生行善，从不敢气盛凌人，却仍招来鬼怪，终究是好人多磨难，恶人行千年。"葛洪正色说道："最善之人，居善地，心善渊，与善仁，言善信，正因不争，故而未有过失，也未有怨咎。而圣人常善救人，故无弃人，常善救物，故无弃物。你且随我过来。"随即，往后园而去。吉老爷不知其意，跟走在后。

两人行至后园茅厕，葛洪手指墙头，说道："你且看来。"吉老爷左瞧右望，回道："未见有甚？"葛洪一掀瓦片，赫然见一血手印，分印于五瓦之上，鲜红醒目，令人不寒而栗。吉老爷惊恐问道："哪里来的手印？"葛洪说道：

鬼神皆不害人，唯有人之相害；
一念虽是一瞬，善恶自有两分。

葛洪又道："此墙乃是新砌，瓦亦是新铺，做工之人，你可有怠慢？"吉老爷思忖半晌，恍然说道："前些日子，我见这后园仓廪已有年月，处处破败，便寻了个泥瓦工匠，修缮一番，之前已量定用料，商好价钱，哪知这匠人今日加瓦，明日添砖，做工懈怠，却只顾拿钱，我见他为人不实，故将其辞退，另寻他人。"葛洪说道："你家祸事，正由此生。这瓦上血印，便是此人怀恨在心，故而所为。此法唤作聚怨术，以己鲜血印于房顶，可召聚枉死之人生前怨念，凝魂结魄，纵怨害人。"吉老爷方才明白，不禁动容，气道："这等匠工，心思如此歹毒，本是自己不济，反倒怪我责处，使如此卑鄙手段，枉自害人。我即差人寻来，问个不是。"葛洪笑道："此人已离肥乡，再难寻回。"吉老爷即道："那如何是好？这等不正之人，未得教训，终归还要害人。"葛洪回道："你方才说，好人多磨难，恶人行千年，却不知冥冥之中，自有安排。你行善积德，虽遭此劫，自有解之，而那人害人害己，殊不察以鲜血聚怨，怨气入体，已时日无多矣。故得道多助，失道寡助，善人者不善人之师，不善人者善人之资，此乃大道。"吉老爷俯仰唯唯，嗟叹不已。

葛洪揭了瓦片，一挥衣袖，血印即刻不见，又将其埋入深土，遂出了后园。葛洪说道："邪术已除，鬼魅已去，吉家上下，已无忧矣。老爷以仁义为本，助弱济困，自有太平，贫道这便去了。"吉老爷听罢，忙率众人俯地叩拜，问道："公子将去何处？"葛洪回道："我学道下山，故回家中，侍奉父亲，却不知父亲已离了此地，即往寻之。"吉老爷忙道："近日听人说起，葛县令辞官之后，又获朝廷征召，几番辗转，现在荆州任邵陵郡太守之职，想那邵陵久未开化，荒无人迹，可难为也。"葛洪闻父亲消息，起身欲走，吉老爷忙令下人拿了钱银，说道：

"公子慢走，邵陵山高路远，这有一些盘缠，以备不时之需。"话未说完，葛洪身形已经远去，只传来几句言辞，道是：

> 世人皆羡神仙好，唯见钱财全忘抛；
> 金玉满堂累身己，莫如空空乐悠迢。

霎时不见了踪影。不知葛洪寻父如何，且看下回分解。

第十三回　镇洪灾葛洪会父　察端倪父子缉凶

千里不急归故里，平川偶会孝难长；
相逢亦是别离日，家国大义赴沧桑。

话说葛洪出了吉家巷，捏了一撮土，往空中一撒，驾土遁往邵陵来，迅速如风，不日已到邵陵境地。忽见天色暗黑，抬眼一望，一道闪电，划破长空，轰轰雷声，噼啪作响，空中阴云密布，毒泷恶雾，四面狂风肆虐，淫雨如珠。山洪汹涌，泥沙俱下，赧水猛涨，濆旋倾侧，直往邵陵郡城。怎见得：

赧水北上决云口，山川失色混波流。浪滔天，湍奔地。尘沙卷惊愁，神龟不知去。极目尽苍黄，哀声纵千里。阡陌漫雨，稼穑莫计。回岸可者栖危所，魂梦杌陧听虚命。昨夜幽幽田园曲，今日惶惶无故心。

眼见这等景象，葛洪不禁动容，心叹："皆言邵陵乃是龙荒蛮甸，偏乡僻壤之地，又遇如此天灾，实苦了百姓也。"又思："洪水势大，父亲身为太守，不知如何应付，我得前往相助。"遂往郡城赶去。

少时，葛洪到了一处江口，听前方隐有人声，落下尘埃，见一班衙役正领着一众百姓，填土埋沙，垒石砌泥，好不匆忙。葛洪走至一簇人前，正要说话，一衙役上来说道："这位小道，莫在此地逗留，大水将至，速速离开。"葛洪答道："我从上方而来，见汪肆浩渺，怀山襄陵，特来救之。你等效仿共工与鲧治水，用壅防百川，堕高堙庳之法，如何能挡住这滔天大水？"衙役见葛洪相貌清奇，出口不凡，知是道德之士，忙让其等候，自己速去禀报。

少顷，一干瘦老者从里出来。葛洪见其头戴斗笠，身着油衣，里套深绯圆领横襕官袍，须白鬓霜，脸色蜡黄，面容憔悴，腰背佝偻，一步一咳，蹒跚走来，赫然是父亲葛悌。又见衙役上得前来，从旁说道："此乃邵陵郡葛太守。太守勤勉高洁，爱民如子，眼见大水临近，心中挂念百姓安危，不顾病体，非要亲临江口督促。"言毕，葛悌已至，作揖问道："敢问道者何处仙山？哪处洞府？方才衙役言及，道者说我等这般，定然挡不住大水，如真有防洪治水之法，还望念及一郡苍生，助一臂之力，我代全郡百姓，多谢道者恩德。"葛洪见父亲七载时光，竟已是鸠形鹄面，病骨支离，不禁垂泪，跪伏地上，说道："父亲，我非别人，乃是您三子葛洪。"葛悌听罢，瞪目哆口，半晌方回过神来，连忙扶起葛洪，细细端详，看了许久，老泪纵横，喃喃说道："果真是我三儿，一别七载，陡然见面，却已不识矣。"父子重聚，相拥而泣，怎见得：

七载流光一朝会，老父欣望少年郎；
执手莫道同心语，两泪已诉世沧桑。

两人正在说话，忽地风雨大作，天空登时暗淡无光，远处一声咆哮，漫天大水涌至，浊浪滔天，势不可当。众人见此景象，皆毛发悚然，惊骇万分，连连向后奔逃。葛悌大急，说道："如此大水，如何能挡，一城百姓难逃此厄。"随即，又是一阵剧咳。葛洪忙道："当务之急，乃是掘地疏流，引大水入他河，方能解邵陵之难。"葛悌恍然忙道："这赧水右侧有一水，名曰夫夷水，从西南而来，可引入此水。眼下大水已至，怕是来不及也？"葛洪自思学道七载，虽能五行遁术，问卜揲蓍，炼服符箓，但若论呼风唤雨，移山填海尚且不能，眼见大水漫至，心中甚急。正苦恼间，忽脑中灵光一现，想起下山之时，天师葛玄交付之物，忙拿出来，打开木匣，原是一粒壤土，黄豆一般大小，惊思："莫非乃是息壤。"

思忖之间，又是一声轰鸣，滚滚洪水翻腾汹涌，摧树折木，奔泻而来。众人呼天喊地，撒开两腿，仓皇四逃。葛悌颤颤巍巍，立于江口，说道："我为一方太守，不能尽我之力，保全百姓，愿自谢于前。"葛洪回过神来，说道："父亲何出此言？保全一己之身，方能造福社稷苍生。若是朽木禽兽、狼心狗行之辈来此为官，岂非祸坏了邵陵百姓。父亲不必着急，我已有镇水之法。"言毕，遂捧出息壤，掰为两段，取一段，往空中一撒。那息壤陡现珠华，晶光夺目，登时眼前一片通明。霎时，缓缓没入土中，不见踪影。九地之下，一声彻响，直透云霄，地动山摇，声震寰宇。葛悌遂觉眩晕，脚不能立，坐于地上，随之转侧。葛洪见状，披发仗剑，先往大罗宫而拜，后画罡斗，行玄术，以剑指符，腾于空中。但见：

葛洪作法，瞬时长空裂帛，雨横风狂。只听得山崩河啸，骇波虎浪。一指符化飞尘，二语乾坤震荡。卷沙如漫云雾，垒土似结渠梁。口念大罗玄妙诀，移山填海显真章；大水至此回龙走，一纵烟流汇成江。

葛洪剑指之处，土壤自生，乃成一道，引赧水往西北，入夫夷之水。两江汇流，顷刻间一水平阔，烟波浩淼，全然未见方才那般汪肆浩渺，惊涛骇浪。葛洪在上空，见西北坦荡如砥，辽阔无垠，又在城外，且无人迹，遂剑指西北。那息壤随剑而动，生生不息。片时，一条河道绕城而走。葛洪口中念念有词，只见赧水、夫夷水合二为一，齐灌入河道，连绵数里，碧江盈盈。好江水，怎见得：

霞塘云水汇，粼波映天舒；
极目纵千里，万壑倒悬河。
层雾荡平阔，展布向北歌；
一江绕城走，沃野尽余泽。

众人在江口，见此异象，皆赞葛洪法术精妙。葛悌见儿子本事了得，更是喜上眉梢，欣慰不已，待其落下云头，连忙上前，抚住肩头，说道："我儿治水平川，保得一城百姓，立此功德，实乃我葛门之幸也。"又道："你自幼被一道人带去，从此一别七载，杳无音信，不知其间在哪处名山学道，得了一身本领？"葛洪见众人在旁，遂将葛悌扶往一侧，回道："孩儿在大罗宫玄都洞，太清道德天尊见孩儿有道家之缘，令玄都大法师把孩儿带上高山。今遵师命，下山扶助明主，造福社稷。"葛悌闻言，喜从心来。葛洪又道："此非说话之地，大水才退，灾民流离失所，父亲可速回府衙，安排赈灾事宜。"葛悌说道："我儿所言极是。"遂令回府。

葛洪随往，一路将修道经过说来，听得葛悌唏嘘不已。不知不觉，已到府衙，葛洪抬眼一望，只见阴阴翠润，竹影参差，一座白砖青瓦院落置于其中，一对石狮，左雄右雌，立于门前。两扇红门，红漆斑驳，后放一照壁，径入其中，有一甬道穿过仪门，吏、户、礼、兵、刑、工六房分列两侧，虽有些年头，但也齐整。甬道尽头，乃是府衙大堂，堂中匾额上书"清慎勤"三字，赫赫醒目。葛悌见葛洪看得出神，说道："此乃晋文皇帝训言，意在为官者，当清正，当谨慎，当勤政，为官一任，造福一方。"葛洪也不说话，只叹息一声，趁着葛悌布置灾后诸事，在衙内走走，见院东有申明亭、公廨房、督捕厅，院西有重狱、女狱、轻狱，大堂两侧又分赋役房、钱粮厅，处处井然有序，不禁思来："父亲任事，果然居官守法，可这一府诸事，事事操持，父亲年事已高，也是难矣。"思忖间，忽闻一阵咳声，葛悌走至面前，说道："我儿过来。"即领葛洪进了内堂。葛洪环视一周，只见屋内摆设简单，一榻、两案、三杌子而已，倒是案上烛台后一副楹联夺人眼目，乃是：

　　来一人，去一人，来来去去，来去皆是浮生；
　　成一世，败一世，成成败败，成败只求安然。

葛洪说道："见此楹联，尽知父亲心境，却不知父亲如何到此？"葛悌干咳一声，答道："葛氏一门，本为吴国世臣，我原为建城、南昌县令，会稽太守，后武帝伐吴，危难之际，吴主令我转为五郡赴警，任大都督，总统征军，戍遏疆场。而天之所坏，人不可支。武帝一平东吴，封吴主为归命侯，吴之旧望，随之擢叙。我随主降晋，是为降臣。虽任为郎中，迁太中大夫，又历任大中正，肥乡令，却受王室权贵忌惮，迁往这不毛之地。一生沉浮，一寸丹心，偶见镜中，却已是他乡白发。我也不求长戟高门，掇青拾紫，唯愿在此为社稷、为百姓尽份心力，无愧天地足矣。"葛洪回道："官不在高，只在于心；权不在重，只应于责。勿以官位高低论得失，勿以政事大小论成败，修官心，守权责，即为官之道也。父亲臣心如水，脂膏莫润，勤政爱民，思报君国，无论宦海浮沉，孩儿眼里，便是功成也。"葛悌听葛洪一番言语，连连点头，正待说话，却又是一阵剧咳。

葛洪见状，连忙挽住，问道："父亲久咳不止，究竟是何缘故？可否看过郎中？"葛悌摆手答道："自放至这荆襄之地，胸口便似有郁结，吐之不出，咽之不下，身上忽冷忽热，好不难受。郎中也找了一些，皆说不出个所以然，故不得祛除。"葛洪眉头紧皱，上前细看，又号住左脉，闭目静察，约一炷香工夫，忽睁开双目，以指点压华盖穴，一道黑气现了出来。葛悌见状，问道："此乃何疾？"葛洪回道："父亲身患之疾，乃疠气所为，疠气之中，隐有尸注，尸注藏于胸口，一分二，二分三，三分万千，毒浸入华盖，致痰浊阻肺，损人肌体，久之丧命，而世间药物，难以拔除。"葛悌说道："如此说来，此疾不可治也。"葛洪答道："闻东海有一岛，名曰蓬莱仙山，山上有一仙草，名为薰草，可祛除尸注。然此山终年隐于云雾，不知其踪，孩儿这便前去寻找。"葛悌连忙止住，说道："我半生浮沉，已过不惑，早已将生死置之度外，眼下大水方退，灾民无数，勘灾救荒之务甚重，我儿当助我，勿因些许小疾，误了黎民百姓。"葛洪正待说话，忽有吏员来报："夫彝县令徐云之求见。"葛悌说道："让他在印堂等候，我即刻便来。"遂换了具服，正了衣冠。

到了印堂，葛悌说道："徐县令不在夫彝县勘灾，急来我这，定有要事，速速讲来。"徐云之回道："太守果然料事如神，夫彝县内出了异事。"葛悌与葛洪对望一眼，问道："出了何等异事？"徐云之回道："遵太守之令，卑职在域内勘灾，经崀山扶夷江之时，发现百余具尸首陈于岸旁。"葛悌问道："可是溺毙的灾民，让大水冲上岸来？"徐云之回道："非是灾民，死者皆身着素衣，左脚鞋白，右脚鞋黑。"葛悌疑道："据衣着来看，这些人皆为商贩，此事确实蹊跷。可勘察商贩死因？是否溺亡？"徐云之回道："卑职令仵作察看，皆非溺亡，却未见身上伤痕。深觉兹事重大，又匪夷所思，故封了场地，前来禀报。"葛悌听罢，眉头紧锁，神色凝重。葛洪从旁说道："父亲莫要着急，还是往夫彝走一遭再说不迟。"葛悌也觉如此，便唤了郡丞、功曹、主簿、督邮等一干僚属过来，将府衙诸事嘱咐一番，即与葛洪前往夫彝。翌日，一队人马到了崀山扶夷江，只见奇峰异石，山水相依。有词为证：

　　一眼江清，万里无惊。泛烟舟、入画悄行。长篙划镜，闲鱼吐芯。将军试剑，乱飞雨，竹笛鸣。

　　流霞泻崀，木鸟翔集。荡涟纹、水走山来。千秋已去，空归有情。此生梦长，人易散，柳常青。

　　置身诗画一般山水之中，这队人马却毫无赏观之意，一路沿江而下，到了龙口石附近，葛洪忽立于舟头，目视前方，只见一团雾气弥漫，似有似无，飘飘荡荡，自道："怨念集聚，必有缘由。"言毕，徐云之手指一处淤滩，说道："太守，前方便是陈尸之地。"随即，吩咐靠岸，众人下了轻舟。

　　葛悌上前，一众衙役行礼。葛悌吩咐令史答话，令史禀道："此间有尸首一百三十七具，大多身着素衣，左脚鞋白，右脚鞋黑，身上无见伤痕，更无肿胀。死者脸色平常，无挣扎之状，只眼眶稍有迸裂，非是溺亡。"葛悌问道："如非溺毙，死因为何？"令史答道："恕小的无能，暂未查明死因。"葛悌眉头一皱，又问："此些人乃何方人氏？"徐云之禀道："卑职令此地百姓辨认，皆不认识，想来应是远行客商。"葛悌俯下身子，只觉一股恶臭，扑鼻而来，也不在乎，仔细察看，见有些面色如初，衣衫完好，有些却渐成白骨，衣衫褴褛，问道："既为客商，身上必有黄白之物，可否见来？"徐云之回道："尸首发现时，便未见财物，卑职推定，此案乃是谋财害命。"葛悌又问："这些人死于何时？"令史答道："据血坠来看，死者或死于两三月间，或死于一年半载。"葛悌沉思良久，问徐云之有何见解？徐云之回道："卑职以为，这些人皆是远使客商，已可断定，死于谋财，也是大有可能。而死者如此众多，且面色平常，此地又远离官道，乃偏僻之所，可见并非作案之地，应是随大水漂流而至。卑职差人往上游寻查，看有何发现。"葛悌微微颔首，干咳一声，说道："此言甚是，不过却有一点，这些人死因未明，谋财害命无有凭据，乃是忖度。"徐云之一脸难色，回道："卑职也是困惑于此。这些人既非溺毙，又无伤痕，更非毒亡，真是奇哉怪哉。"葛悌也是不解,又唤了令史,俯下身来,问道:"还有何法,可验死因?"令史答道:"从外验看,尸体未见伤痕,今只有剖开肚腹,查验脏腑,方可知晓。"徐云之忙道:"这些尸首不知姓氏,无告亲属,又是偏僻之地,未有百姓见证,贸然剖腹查验,恐为不妥,还是运回县衙,从长计议为好。"葛悌起身,道一声洪儿,不见回话,抬眼一望,见葛洪立于江滩,目视前方。

葛悌走上前去,问道:"我儿在此作甚?"葛洪听父亲问话,回过身来,反问:"父亲可查出头绪?"葛悌说道:"大致有些脉络,但有一点不解。"葛洪说道:"可是死因不解?"葛悌忙道:"我儿是否知晓?"葛洪指向前方,说道:"父亲往前方看。"遂口中念念有词,衣袖一拂,只见一团白雾,星星点点。葛悌问道:"这是何物?"葛洪答道:"人有三魂,胎光、爽灵、幽精。人死则爽灵、幽精即散,而胎光会停留数日,如有怨念,少则月旬,多则数载。这些便是死者胎光,积聚于此。"葛悌恍然说道:"如此看来,必有冤情。我儿可知死因?"葛洪回道:"这倒不难。"言毕,走到一丛树旁,摘一片青叶,拈于手中,又含一口清水,喷于叶上,遂默念玄语,画一人形于叶中,喊一声"去",只见青叶缓缓飘起,直向那团胎光去。葛洪朝前一指,胎光之中,现一人形,青叶霎时透体而过。葛洪喊一声"回",收青叶于手中,定睛一看,见青叶人形鼻窿之处,有一破损,如针尖般大小,不禁说道:"原来如此。"葛悌忙问:"我儿可知缘由?"葛洪回道:"可在死者鼻窿处验看。"

葛悌忙唤令史,照此而行,果不其然,片刻工夫,令史从一具尸首鼻内取出一物,乃是一根细钉,长约三寸,择尸再看,皆是如此。众人恍然大悟,令史禀道:"死者俱是被人用钉钉入鼻内,戳破颅底所害。"徐云之惊道:"原是如此,无怪死因难解。若非令子神通,我等纵是用尽脑汁,也查不出这般端倪。"葛悌不发一言,径直走到令史身旁,拿过细钉,仔细察看,只见细钉原为铅制,通体暗灰发亮,良久方道:"此钉乃是铅钉,入鼻则使人神志模糊,再钉入颅底,致人死亡。寻常之人难有此物,加之凶犯心思缜密,劫杀客商如此众多,可见非一般人也。"徐云之一听,忧形于色,说道:"此乃大案,况尸首皆是大水冲至,不知姓甚名谁,又不知案发何地?如不在邵陵境地,还须上告州府,全州查凶。"葛悌听罢,说道:"你所言极是,然尸首终是现于夫彝,你我有缉凶之责,当下既不知尸首来历，又不晓案发何地，贸然上告，公之于众，一来势必民心惶惶，二来恐会打草惊蛇，三来州府定责怪我等推脱。还是查出头绪，再上告不迟。"徐云之答道："卑职定当竭尽全力，然只恐力不从心，耽搁时日，误了大事。"

葛悌听言，也觉如此，却又难理头绪，葛洪从旁说道："父亲莫要忧虑，如今大水刚退，灾民无数，亟待父亲处置，查案之事，交给孩儿便是。"葛悌微微颔首，说道："我儿本事，为父已知，然你非公门中人，只可从旁协助徐县令。"徐云之忙道："公子神通，世所罕见，我等随公子查案，已是有幸，岂敢盼咐。"葛洪笑道："徐县令不必推辞，也不必劳师动众，此案由我一人查之，勿需他人相助。如有头绪，再行相告。"徐云之答道："那便劳烦公子，然此间尸首，如何处置？"葛悌说道："待到晚间，将尸首运回县衙，切莫走了风声。"葛洪又道一声："徐县令可找一顶席帽，拿来与我。"徐云之也不多问，答应一声。葛悌回身，问道："我儿一人查这无头之案，不知有何法子？"葛洪答道："此法不可说也，父亲莫要再问，如今府上诸事繁杂，父亲当速速归去。"葛悌叹道："也罢，我儿千万小心。"葛洪应下，葛悌回府不提。

待到二更时分，徐云之令人将尸首抬上方舸，正要回衙，葛洪道声："可留下一尸。"徐云之心下疑惑，却不敢违命，遂留了一尸，率众而回。葛洪待其走后，将尸首打扮齐整，又走至岸边。此时夜色朦胧，弦月隐于云雾，忽明忽暗，林木森森，江水潺潺，四周鸦默雀静，万籁俱寂，只那些白雾，仍未散去，弥漫一团，似有呜咽之声，窸窸窣窣。葛洪走到近处，自道："我知你等必有冤情，不肯离去，此事不为我知，也就罢了，既为我所知，定当还你等一个公道。"话音刚落，霎时一片莹火，照得江水透亮。葛洪又道："岸边尸首，乃是何人？速引我至身死之处。"随即，白雾之中，飘出一人，隐隐绰绰，虚虚无无。葛洪见状，衣袖一拂，将胎光裹入其中，又走至尸首旁，俯下身来，手按百会穴，口中念咒，衣袖之中，点点莹光飘荡出来，汇入百会穴内。葛洪喝道："还不起身，更待何时！"忽地，那尸首笔直立起，双眼紧闭，缓缓迈步。葛洪拿了席帽，戴在尸首头上，遮住脸面，遂与之同行。一人一尸，日落而走，日出而息，穿梭于崇山峻岭之间，跋涉于险滩恶峡之上，不觉已是月余光景。按下不提。

话说零陵郡洮阳城，南门往西四十里处，有一座高山，名为猫儿山，奇峰罗列，连绵不绝，万木葱茏，怪石嶙峋，春暖夏爽，秋静冬幽。山脚之下，驿道左侧，有一家温庐，乃过往官吏食宿之所，平日里也供应些商客百姓。虽说不上轩昂，倒也不失别致。远见一簇松影，内藏几间房舍，着实淡雅。近处但见：

  门垂青柳，旗展云天。篱边菊灿灿，桥下水丹丹。几颗鹅石点泥路，一株藤蔓绕飞檐。粉泥墙壁，砖砌围圈。马嘶唱归意，日斜别炊烟。不见游人作新赋，尽望过客愁故眠。

温庐正首，有一匾额，上书"停马驿"，进去乃是门楼，内置别邸，房舍，厅堂，外有马厩，高仓，庖屋，绿树成荫，错落有致。

门楼外有一男子，身长七尺，戴笠冠，着黑服，眉如新月，目若朗星，面如冠玉，端的是风流倜傥，玉树临风。只听得男子道声："且将马料放好。"随即一驿夫疾步而来，将马料放至马槽内。男子衣袖一拂，正待入内，忽闻马铃声起，转身一看，原来是一队人马，鱼贯而入。为首一人，方脸阔眉，厚唇浓须，着素衣，鞋黑白，风尘仆仆，满脸疲惫。后跟牛车，随行数人。这人见男子，拱手而道："敢问驿丞在否？"男子问道："你等何人？来此作甚？"这人见男子气度，连忙作揖答道："小的有眼无珠，驿丞在上，请受一拜。"驿丞说道："不必多礼，你等是何来路？"这人答道："小的乃是广州始兴人氏，姓田名筹，此番与人结伴，同往洮阳贩些货品。因天色已暗，无处歇息，四下山贼出没，故来此地，望驿丞容我等留宿一晚。"即往后摆手，随行奉上一贯钱。驿丞斜眼，瞅了一眼，又向后睬望，遂干咳一声，说道："此处只留宿朝廷官吏，闲杂人等，不得入内。"田筹连连作揖，急道："望驿丞看在我等奔劳之苦，又无投宿之地，发些慈悲，来个安歇之处，小的感激不尽。"又让随行奉上钱一贯。驿丞摇首，说道："你等不必如此，也罢，谅你等远途奔苦，且容住上一宿。钱财可拿回去，留些食宿牛草之费便可。"众人听之，皆为感动。驿丞即令人收拾客房。众人入内，驿丞嘴角一撇，正待回房，忽闻门外有脚步之声，定睛一看，原是二人。前头一人，年纪尚轻，相貌清奇，着一身道服，神态自若，步履轻盈。后头一人，头戴席帽，笼纱遮面，着一身素服，身体僵直，步履沉重，甚是奇怪。

第十三回
镇洪灾葛洪会父　察端倪父子缉凶

驿丞心道："今儿个奇了怪了，如何这个时辰，还有人来。"正疑惑间，二人已至跟前。前头道人还好，后头那怪人，却忽地躁动不安。驿丞见状，面色不喜，令驿夫上前驱赶。道人拍打怪人肩臂，怪人即安静下来，道人上前，打一稽首，说道："贫道葛洪，因与这位施主赶路，见天色已晚，而方圆之地又无人家，无奈之下，只得向贵驿借宿一晚，望驿丞收纳。"驿丞一挥衣袖，回道："此乃驿站，只与过往官吏方便，你等方外之人，不得入内。"葛洪笑道："既是方便官吏，如何先前商客，也能借宿？"驿丞怒道："你这道人，好生闲事，管别个商客作甚，我不与你闲话，快快出去。"葛洪见驿丞驱赶，随即将手伸入袖内，拿出一两纹银，奉道："还望大人可怜我等风餐露宿，一路辛劳，来一间下房，有个安身之处即可。"驿丞见之，嘴角上扬，微微笑道："也罢，这荒山野岭的，也是没个去处，既如此，那就与你一间下房，明早即刻上路。"言毕，拿了纹银，令驿夫引葛洪二人至下房。

且见下房里头，摆设简陋，一榻、一案、一机子而已，葛洪也不多话，待驿夫走后，即刻关上房门。怪人随即又躁动起来，脑袋晃个不停，身躯微微颤抖。葛洪过来，指点印堂，口道："我知此地乃是你身亡之处，如今来之，且不必狂躁，我定还你一个公道。"怪人呜咽一声，即退入房角，不再走动。葛洪走至牖旁，牖外，一点月光，两点烛火，清风徐徐，内透一丝凉意。四下逾静，偶听几声人语，再无别的声响。葛洪正当出神，忽有窸窣脚步声起，一个人影，闪过眼前。不知后事如何，请听下回分解。

第十四回　劫客商驿丞就擒　寻仙草葛洪返心

天花难解尘喧意，谁执牛耳谁执缘；
修行不堕凡情起，浮生一断方成仙。

话说葛洪听窸窣声近，一道人影掠过，遂出了门来，隐了声息，尾行于后。只见那人一身黑衣，身材短小，步履轻盈，沿墙角而行。少顷，到了上楼，左右客房灯火已熄，内有轻鼾声起，只中间屋内，有荧荧烛火，牖户微开，一方脸男子，坐于室中，胸前放一簿册，两手笼于袖中，正使着袖里吞金之术。那人探头张望，约半盏茶工夫，退了下来，七拐八转，来到后院，进了一间屋内，报了一声，即反手掩扉。

葛洪走到近处，只听屋内一人说道："禀驿丞，那田筹随行六人，所带七口大箱，八辆牛车，想是白日赶路疲乏，现皆已睡下，只有田筹一人，尚在屋内盘账。"另有一声问道："箱内有甚财物？"葛洪听得此声，赫然乃是驿丞，心道："此地果有蹊跷。"又听驿丞说道："你且小心察看，莫让他人起了疑心。那后来两人有甚发现？"随即有答："箱内不知何物，但抬起沉重得很，想来内中钱财颇丰。后来两人，倒是奇怪得很，未见带有行李，且其中一人不知模样，举止异于常人，进屋之时听到一阵嘈杂，后再无声响。"良久，驿丞说道："那两人先莫理睬，明日你且将田筹等人，引至彼岸林，再依例行事。"随即，压低声音，两人嘀咕起来。

葛洪听罢，微微摇首，负手而回，走至院中，见轻纱薄雾，笼于月上，如织如画。驻足聆听，树间虫语，塘中蛙鸣，直入心田，好一份幽宁安静。葛洪踱步而行，自语：

第十四回
劫客商驿丞就擒　寻仙草葛洪返心

朗朗明月窥暗影，潺潺幽水藏惊涛；
无风自觉天意冷，苍狗欲弄几番潮。

随即，走进屋内，按下不提。翌日，东方吐白，晨光熹微，田筹心里念着赶路，一闻牝鸡司晨，赶忙起了身来，唤醒同伴，方把行李收拾停当，便听外头有人叩门，田筹上前，开门一看，原是驿夫，说道："驿丞怕你等匆忙，故备了酒菜，好填了肚皮，有气力赶路。"田筹听言，作揖回道："驿丞如此体恤，我等实是感激不尽。"众人交口称是。驿夫笑道："驿丞向来箕风毕雨，与人为善，你等收拾妥当，下来便是。"田筹打躬作揖，遂与同伴拿了行装，下了楼来。

田筹吩咐众人将箱子抬出，装了牛车，回到厅堂。一进堂内，便见食案在列，上置酒菜，驿丞坐于上方，连忙作揖说道："有劳驿丞如此挂怀，我等实是不敢当也。"驿丞笑道："哪里话，为官一方，自要造福百姓。我官卑职小，也只能做些这等力所能及之事。你等快来进食，待会到那洮阳，还有数十里路。"田筹谢过，吩咐众人进食。驿丞又道："此去洮阳，须翻过猫儿山，山中再无人家，你等牛车行路，一日二三十里，怕是难走。前方官道之侧，有一小道，穿炎井，绕天湖，半日之内，可达洮阳。"众人听言皆喜，田筹忙起了身来，作揖问道："驿丞之言，解我等一大难也。敢问小道如何行走？"驿丞笑道："那小道羊肠九曲，隐于灌丛之中，你等外来之人，怕是难以察知。罢了，我令驿夫送你等一程。"遂唤了一人，身不足五尺，短眉细眼，鹰瞵鹗视。驿丞说道："此人姓李名恃，熟知方圆地形，由其带路，且管安心。"田筹铭感五内，众人起身，再次谢过驿丞。进食完毕，田筹别了驿丞，与众人出了驿站，李恃于前方引路，众人随后，徐徐而行。驿丞见众人走远，收了笑容，走进后院，不提。

众人说说笑笑，行了八九里路，忽见李恃停了脚步，走到一处灌丛，一阵扒扯，即现一小道，小道蜿蜒曲折，两旁皆是参天大树，遮天蔽日，深处雾气腾腾，不知景象。田筹说道："果真有一条小道。"李恃回道："正是，此道虽是崎岖，到洮阳却少了一半路程，你等可随我来。"众人依言，遂进小道。又走了四五里路，只觉一股清香，扑鼻而来，教人心旷神怡。

田筹一路未言，只觉四下不妥，却又说不上来。不觉之间，到了一片丛林，绿意极浓，伴有一阵水声，再往里看，尽见红色之花，五朵一簇，茎如洋葱，却无枝叶，花瓣反卷，犹似龙爪。众人走近，满目彤云，红花漫地，乍一眼望，如一条火照之路，煞是妖异。田筹见状，停下脚步，喊了一声"李差人"，却无回音，四下察看，早已不见人影，遂令众人止步。众人奇怪，皆问何故，田筹说道："我半生行走，也算殚见洽闻，却从未见过如此奇花，且四下安静过甚，毫无鸟鸣虫语之声，此地不祥。不知这李恃引我等到此，有何用意？"众人听田筹如此说，皆感惊恐，欲掉转牛车，沿路返回。

未走几步，忽有一阵风起，红花随风而动，花瓣似开似合，丝丝白烟从中腾起，弥漫开来，霎时朦胧，朦胧之中，传出怪异之声，时而欢笑，时而哭泣，时而怒号，时而细语。如此景象，有词为证：

花无叶，叶无花，一席残红展衍那，彼岸赤团华。开千年，落千年，众度忘川泣弱水，生死总相差。

霎时，众人眼中一片火红，如血如荼，景色逐渐模糊，天地扭曲混沌，归路何方全然不晓，只闻阵阵花香，愈加浓郁，丝丝入鼻，随即身子不能动弹，脑中现过种种往事，各自如痴了一般，沉浸其中。约莫片刻工夫，两眼翻白，浑身瘫软，横七竖八倒于地上，不省人事。

待白烟消散，一队人马现于林间，共有四人，皆着黑服，蒙头脸，跨下黑马套一笼头，笼中置叶，灰绿色泽，远而望之，行踪诡秘莫测。只听一人道："这曼珠沙华果然非同寻常，不知石刺史从何处寻来这接引之花？"为首之人斜了一眼，轻声说道："再敢妄言，说出刺史名号，定斩不饶。"那人浑身一抖，噤若寒蝉。

为首之人左手一摆，四人即刻下马，又道："田筹等人现在如何？"其余三人仔细察看，皆道："已是昏迷。"为首之人微微颔首，说道："速速行事。"三人道声遵命，各自从袖中拿出一针，俯下身来，往田筹等人鼻内扎去。正当其时，忽闻一人作歌而来：

第十四回
劫客商驿丞就擒　寻仙草葛洪返心

彼岸有三途，接引坠四花；

本是有情物，何故染朱华。

众人回首望去，乃是一位道人，道人说道："佛语身心不动，是时乱坠天花，有四花，分为天雨曼陀罗华、摩诃曼陀罗华、曼珠沙华、摩诃曼珠沙华。其见曼珠沙华者，恶自去除。你等不去恶念，却以此花迷杀过往客商，不怕堕入轮回，万劫不复？"为首之人喝道："哪里来的小道？在此胡言乱语。"道人笑道："驿丞好忘性，昨夜到你驿馆投宿，还拿我一两纹银，今日便不记得我矣。"为首之人闻言，怔了一怔，遂摘下面巾，赫然乃是驿丞，说道："你究竟何方人氏，怎识得我？"道人答道："我乃大罗宫玄都洞葛洪是也，今见你送走田筹等人，神色匆忙，行事诡秘，故随你至此，不想撞见此等人神共愤行径。"驿丞冷笑一声，说道："你跟随到此，意欲何为？"道人又言："这是哪里话，你将客商引到这彼岸林中，杀人劫货，反倒问我意欲何为，可笑，可笑。"驿丞横眉冷眼，哼道："我看你乃方外之人，无意与你为难，可你自寻死路，休怪我矣。"葛洪正色道："你身为驿丞，虽未有官秩，却也是司职县吏，掌管驿馆仪仗、车马、迎送之事，食朝廷俸禄，不思造福一方，更盘剥勒索，祸害百姓，如此禽兽行径，我岂能饶你！"驿丞仰天长笑，说道："你在这彼岸林中，已是自身难保，还敢妄言。"遂令众人拨弄红花，那花随即摆动，腾起一阵白烟。

葛洪笑道："区区曼珠沙华，能奈我何。"只见那烟缓缓而绕，却近不得身。驿丞大惊："此花乃梵天之花，致人迷幻，往常确应，今日为何不准？"葛洪说道："你以为用毛果芸香解毒，却不知身在其中，作茧自缚矣。"遂一拂衣袖，一阵狂风忽起，将驿丞等人面巾卷走，面巾之中，几株灰绿枝叶散落出来。随即，白烟还转过来，众人尚未回神，已与田筹一般无二，只驿丞稍加清醒，从腰间抽出鸾刀，朝葛洪杀去，半途一阵迷晃，支撑不住，昏倒在地。

葛洪拾了枝叶，走了过来，白烟徐徐而退，倏尔消散，只有遍地红花，逞娇呈美。葛洪掂叶，在田筹等人鼻前轻放，约一盏茶工夫，只听众人喊一声"好辛苦"，相继睁开双目，醒过神来。田筹坐起身来，恍然之间，见面前立一道人，顶发巾，挽大袖，着麻履，轩轩霞举，不禁脱口："莫不是到了阴曹地府，道者又是何人？"葛洪回道："贫道葛洪，见你等入这彼岸林，身受曼珠沙华之毒，故而救之，哪里是什么阴曹地府。"又将详情说来，众人方知此花乃是曼珠沙华，上前谢了道人，后听闻驿丞诱骗客商，杀人劫货，皆愤慨不已。田筹见驿丞横陈于前，说道："原道其临财不苟，爱民恤物，哪晓得如此笑里藏刀，狗行狼心。"葛洪说道：

人行千里路迢迢，世现百态声萧萧；
笑亦哭时哭亦笑，善恶藏心难分晓。

葛洪又道："且将这四人绑了，交由官府问罪。"众人依言，拿了四人，往洮阳城而去。一行进了洮阳县，到了县衙，递了诉状，候在门外。少顷，衙役出来，退了状纸，令众人将驿丞四人解下，置于衙内。众人不依，衙役喝道："你等擅拿官吏，本该言罪，县令不与之计较，反倒进尺得寸。"田筹愤道："驿丞杀人劫货，为祸一方，不知多少客商死于他手，如今东窗事发，被我等拿住，如何县衙反来责怪我等？"衙役也不多语，只解下驿丞，不理众人。

田筹无法，只问葛洪："官府如此袒护，还望道者使个神通，惩治恶人。"葛洪摆手，说道："以道为常，以法为本。官吏犯恶，自有国家法度，不得以术惩之。况区区驿丞，断不敢擅作此大案，背后定有主谋，这县衙也有蹊跷。如今之计，你等且去泉陵，报于零陵郡府，我随后便到。"田筹从言，与众人往零陵去不提。葛洪随即捏土成遁，驾在空中，直奔邵陵，怎见得：

九州莫惧山水遥，来去只需心有道；
半日西东一念起，玄天无际任游遨。

倏至邵陵，落下尘埃，进了府衙，时方申时，不见有人，只听内堂有悲切哭泣之声。葛洪忙走进去，一衙役见公子到来，赶紧禀道："自夫彝归来，加之赈灾劳累，太守身体越发不适，咳嗽不止，今日更甚，已不能下榻矣。"葛洪闻言，大惊，慌忙入内，仔细察看，只见葛悌卧于榻上，双眼紧闭，面色蜡黄，胸口起伏，喘息不得，昏昏沉沉。

　　葛洪见此情形，不禁双目垂泪，即默念玄语，以指点肺俞穴，压尺泽穴，走中府穴，再移膏肓穴，贯五行之气，不消片刻，葛悌气息如常，缓缓睁开双眼。见葛洪立于榻前，支起身子，说道："我儿独行查案，是否已有头绪？"葛洪不答所问，只言："观父亲面色，可见尸注浸入肌体，痰浊阻肺，五脏俱损，如再未寻来薰草，性命堪忧。我这便去往东海。"葛悌闻言，厉声喝道："那蓬莱仙山隐于东海，你当下去寻，须要多少时日。夫彝出了如此大案，你既查出头绪，不知为民申冤，却为了些许小疾，本末倒置，父亲身为一郡太守，理应鞠躬尽瘁，还世间公道，否则有何面目见黎民苍生。还不快快道来。"葛洪无奈，只得告之。

　　葛悌听了详情，愤然作色，怒目切齿，一口气堵在胸中，又是一阵剧咳。葛洪赶忙上前抚息，葛悌摆手，说道："闻汉武元鼎六年时，析长沙国置零陵郡，设洮阳，阿弥陀佛示现湘山，落曼珠沙华，讲无量寿经，教世人了生死，出三界，生净土，成佛道。不想时过境迁，佛光普照之地，竟有这等暴戾恣睢行径。那驿丞身为朝廷命官，杀人掠货，枉害性命，实该千杀万剐，却使天花蒙尘。"葛洪答道："如今驿丞有洮阳县衙庇护，孩儿让田筹先往泉陵，告之零陵太守，先回来向父亲禀报。"葛悌说道："法莫如显，而术不欲见。我儿虽道术精深，却知圣人能生法，不能废法而治国之理，实是难得。当务之急，我须将案情上告州府，请刺史许我两地查案。"葛洪思忖片刻，说道："洮阳县衙如此庇护，上下必有牵连，邵陵离襄阳千里之遥，一去一回，必耽搁时日，恐中间生变。而泉陵尚近，父亲可一面上书，一面差人往零陵郡府告之。"葛悌点头称是，又道："田筹等人恐有差池，我儿当速去相助，我即修书一封，令郡丞李矩与夫彝县令徐云之同往零陵。"葛洪听之，若有所思，不舍言道："父亲重疾在身，孩儿如此离去，心难安也。"葛悌会心一笑，说道："我儿坐下。"葛洪忙坐于榻旁，葛悌不语，只是目视良久，似有千言，又抚住肩头，轻轻摩挲，摆摆手，道声："去吧，去吧。"

　　葛洪知父亲心意，叹息一声，跪下磕头，哽道："孩儿不孝，这便去了，父亲保重。"遂退到内堂，纵土遁，往零陵而去。驾至中途，转念暗思："洮阳至泉陵，脚程约有两三时日，我先为父亲寻药，料不会迟。"拿定主意，借土遁直奔东海。

一路迅速如风，半日工夫，已至东海。葛洪在空中，见云雾之下，碧波浩渺，白浪滔天。青光海色，熠熠生辉，鸢飞戾天，鱼跃于渊，不禁赞叹自然景象，鬼斧神工，又急寻蓬莱仙山，放眼而望，四海茫茫，不见影踪。葛洪也不着恼，心知仙山难觅，于是落下土遁，借水遁往深海寻找，不觉之间，又是半日光景，兜兜转转，来来回回，眼见夕阳西落，仍未寻得。葛洪心道："闻仙山虚无缥缈，沐日而隐，沐月而现，莫非须到夜阑之时，方得显露。"想到此处，便使个避水诀，静候原地。

待到了三更时分，海挂明月，雾锁云空，葛洪忙驾水遁，疾驰向前，四下探寻，约莫一个时辰，突觉不妥，眼前景象又似变换，又似相同，遂收了法术，仔细察看，心头却是一惊，原来耗了气力，又回了原地，再来试探，仍是如此。葛洪思道："何方神圣？竟有这等法力，使我原地打转，不能向前。"屈指一算，却是朦朦胧胧，不知天机，心中不禁暗急。转眼之间，东方泛白，天色微明，葛洪又借水遁，欲离此处，哪知总不得前，心道何不往东海龙宫一走，正此时，忽听空中一声巨雷，彩云霞飞，祥光霭霭，落下一张帖子。葛洪接下细看，上书：

说不清，道不破，聚聚散散为何心，离离合合归重行；
想不开，看不透，哭哭笑笑为何人，悲悲喜喜终无定。
得不休，失不尽。是是非非为何物，曲曲直直亦难平；
生不息，死不灭。来来去去为何情，虚虚实实了凡境。

葛洪见字，良久不语，半晌工夫，长出一气，望三十三天而拜，拜后，遂捏沙一撒，借土遁往泉陵而去。不提。

话说田筹等人听从葛洪之言，急往泉陵，到了零陵郡府，其中一人道："只恐官官相护，猫鼠同处，我等以白衣之身，上诉官吏，反遭祸端。"田筹正色回道："驿丞劫杀客商，县衙包庇歹人，蛇鼠一窝，盘踞洮阳，我等如未得葛道人相救，早已死于彼岸林中。如今既知祸患，却因畏惧权势，一味忍让由避耐敬，无非权宜自保之计，却不知放纵恶行，恶果循环，终会再害自己。"经此一说，众人顿悟。

田筹径自走到登闻鼓前，拿槌击鼓。片刻，府衙之内，出来一班衙役，将众人引进大堂，一长者坐于堂前，面颊清瘦，慈眉善目，着深绯色圆领横襕官袍，问众人："你等哪里人氏？有何冤情？可从实禀来。"旁边站有一人，又道："此乃太守唐谌老爷，老爷为官，素来刚正不阿，执法如山，你等有何冤情，尽管道来。"众人伏倒在地，田筹答道："我等皆是广州始兴客商，往洮阳贩货，离城四十里地有山，名为猫儿山。我等路经此山，因天色已暗，不得已在山下停马驿歇脚，却不想驿丞毒辣，将我等诱骗至一片林中，杀人劫货，幸被道人葛洪相救，擒拿歹人。想来驿丞为害多时，我等送往县衙问罪，哪知县衙庇护，我等无法，只得前来郡府相告。"唐谌听罢，心头一惊，眉头一皱，忙道："你可仔细道来。"田筹遂将前事说了一通。

唐谌捋须，望一眼身旁主簿。主簿沉思片刻，俯身轻道："久闻猫儿山中，常有客商莫名失踪，几番查寻，均无结果，洮阳本商贾往来之地，正因为如此，而今贸市渐落，想必是有蹊跷。"唐谌问左右，那驿丞姓甚名谁，左右翻看册籍，回道："无有记载。"唐谌"咦"了一声，也不追问，又对田筹道："你等状告洮阳驿丞，可有凭据？"田筹正欲答话，忽有衙役报来："邵陵郡丞李矩，夫彝县令徐云之求见。"

唐谌令二人进来，李矩拿出葛悌书信，呈于唐谌。唐谌细阅，方知夫彝大案，立觉兹事体大。徐云之随即呈上一物，唐谌打开来看，原是一根三寸铅钉。徐云之禀道："一百三十七人，皆是失去知觉，遭歹人以铅钉钉鼻枉害，终为葛太守之子葛洪所察。"田筹听言，即道："葛洪正是救命恩人。"唐谌一听，心中透亮，问道："葛道人现在何处？"李矩答道："葛太守令公子来零陵查案，如今未到，想是路上有些耽搁。"唐谌细思片刻，又问田筹："可记得去往彼岸林之路？"田筹道声："记得。"唐谌即令客商居于驿馆，田筹引令史，与徐云之同往彼岸林勘察，又令郡丞与李矩同引衙役往洮阳，缉拿驿丞。不提。

走了两日光景，田筹等人到了猫儿山，徐云之道："扶夷江源于此山，怪不得尸首现于夫彝。"田筹答道："我等入彼岸林中，听得一阵水声，想来必有小河，驿丞杀人劫货，将尸首抛于河中，尸首顺流而下，直到夫彝。"令史接道：

"此案已然清晰，只需寻到曼珠沙华，那驿丞纵有通天本事，亦难脱罪责。"众人说话之间，到了一片灌丛，田筹走上前去，左看右望，前寻后找，却未见小路，不禁疑道："灌丛之中，明明有一小路，为何今日了无踪迹？"众人闻言，皆上前寻找。约有半日工夫，众人遍寻不着，徐云之说道："看来此地蹊跷，那彼岸林非知情之人，终是难寻。"令史答道："徐县令所言极是，今番寻之无果，如之奈何？"徐云之冥思片刻，说道："唐太守已差人缉拿凶犯，田筹乃当事之人，须回去指证。我等非得道人士，想是难寻，不如回郡府，再作打算。"令史深以为然，遂留些人马，与徐云之、田筹同回泉陵。

一路快马加鞭，待至泉陵，三人进了郡府，将事情禀报老爷。唐谌默然不语，恰在此时，郡丞求见，唐谌即唤入内，问道："凶犯可缉拿归来？"郡丞愧道："未能拿来，只唤了县令吴陵。"唐谌怒道："你堂堂郡丞，竟拿一凶犯未果，难不成吴陵敢抗命不成。"郡丞面露难色，回道："其中内情，吴陵可以作答。"唐谌即令三人退下，又宣吴陵进来。吴陵进府，忙匍匐倒地，口称老爷。唐谌不睬，怒道："好大胆，洮阳境地，出了如此凶案，小小驿丞，胆大妄为，杀人劫货，你身为洮阳县令，不能管束，竟敢包庇，该当何罪？"吴陵哭丧着脸，回道："非是下官妄为，实是不得已而为之，那猫儿山本无驿馆，乃是新任刺史石崇，差人而设，这驿丞好来头，正是石刺史连襟，虽说县衙辖管，却向来不听宣调。"唐谌沉思片刻，又问："这驿丞姓甚名谁，如何不早早报我？客商既将其拿住，你为何不审，却行袒护。"吴陵无奈答道："州府参军王弘有言，设驿之事不许旁人知晓，县衙无权过问驿馆。那驿丞，卑职也不知姓名，且莫说审他，连稍加询问亦是不能。否则……"唐谌瞥一眼，心知此人乃胆小怕事、懦弱无能之辈，说道："既如此，那驿丞让你接入衙内，可有说辞？"吴陵回道："我看了状纸，且问了几句，驿丞反说哪里有什么林，什么花，什么杀人劫货，乃是客商行凶，也不知是真是假，我正要寻客商来问，不想却在郡府。"唐谌"哼"了一声，又问："那驿丞现在何处？"吴陵支吾回道："已回驿馆。"唐谌面露愠色，唤左右进来，带吴陵入督捕房，不许随意外出。

待押走吴陵，唐谌手捋长须，来回踱步，自道："如今仅凭田筹证言，虽有邵陵郡府佐之，却未见案发之地，加之石崇在后，恐难定案。欲追查此事，须要寻到彼岸林，找到曼珠沙华，人证物证俱在，方可使真相大白，凶犯伏法，否则反受其祸。"正苦恼间，闻一声传来："太守莫要苦恼，贫道自有法子，让那凶犯交代。"唐谌抬眼一望，原是一道人，相貌清奇，形容非俗，立道："仙家可是葛洪，葛太守令子？"道人回道："正是在下。"唐谌大喜，问道："如何法子？"葛洪说道："太守可点一班衙役，随我同往停马驿，定当令此案大白。"唐谌遂点头称是，依计而行，不提。

话说驿丞四人回了驿馆，驿丞惊魂未定，遂向众人嘱咐一番，牵了马匹，往荆州襄阳而去。不觉之间，天色昏暗，薄暮冥冥，眼前景象，似有似无，教人看不清前路。驿丞心下犯疑，只得下马，缓缓而行，不过一炷香工夫，只觉四周阴风阵阵，死气沉沉，不禁毛骨悚然。正在此时，见一人在前，着一身白衣，脑后束发，插一玉簪，飘飘而行。驿丞赶忙上前，问道："我欲去襄阳，如何行走？"那人也不答话，驿丞疑惑往前，欲看清面目，却总是追之不上。如此追追赶赶，到了一方黄田，那人停了脚步，驿丞喘了口气，怒道："你这厮好生无理，如此叫你，为何不答？"那人两肩一耸，嘿嘿笑出声来。驿丞也是胆大狠毒之人，火从心起，眼现杀气，即抽出刀来，道声："装神弄鬼，吃我一刀。"那人随即转过身来，驿丞大叫一声，瘫倒在地，原来此人转身，仍是背面，一身白衣，束发插簪，驿丞颤颤问道："你究竟何方鬼怪？"那人仍不接话，即往前走，口中笑道：

百年似一梦，一梦终难存；
万般无从去，唯有业随身。

随即，往一小路拐去，少时不见影踪。半晌，驿丞回过神来，好容易爬起身来，往前一看，原是一条小道，约十步之远，有一片开阔之地。驿丞沉思片刻，壮起胆子，向前走去。毕竟不知向后如何，且看下回分解。

第十五回　断阴案石崇显形　请民愿葛洪朝京

陇上耕者听风雨，阁中雅士品清茗；
自古庙堂多高论，少有王公知民情。

话说驿丞壮胆前行，约十步，一片开阔，中间现一小庙，庙前有一横匾，上书"土地庙"，庙中置一红案，上坐一人，乃是位老者，着五鹤衣，面无表情，也不言语，拿一大印往案上一戳，即现一批票，乃是黄纸一张，长三尺，宽二尺，往驿丞跟前一扔。驿丞赶忙接住，却不知上书何云，再抬头时，那庙与人，皆无影无踪，不禁心下着慌，快步前行。

此时，前方影影绰绰，多了好些路人。驿丞加快脚步，走上前去，拍一人肩，那人却毫不理会，只是低头前赶，再左右看，皆是埋头匆匆赶路之人。驿丞心知不妙，只觉诡异得很，连忙后退，欲逃离此地，却似有无形之墙，挡了归路。正懵懂间，一座牌楼映入眼帘，上有横书"鬼门关"三字，苍劲有力；下有十八鬼王，面目狰狞；两边立有楼柱，高约九丈，左右刻有：

鬼门关下千魂来，任你世上何雄哉；
此去黄泉无回路，生前百事落尘埃。

驿丞心下大骇，心道："我如何来了阴曹地府？"正惶恐间，忽听一声："淳维，既来鬼门，还不将路引拿来？"随即，一小鬼幽幽走来，淳维一看，那小鬼面如蓝靛，发似珠砂，手中执一大锤，端的是凶神恶煞，遂脚下发软，跪倒在地，口称："我阳寿未尽，如何到了此地？还望鬼爷开恩，放我回去，我定当烧纸拿钱，供之享用。"小鬼也不理睬，扯过淳维手中黄纸，校对片刻，又返回关下，交与其中一鬼王。那鬼王名曰劈山鬼王，头大如斗，眼似铜铃，巨口獠牙，上下无衣，只腰间围一蔽膝，手中执一大刀，有千斤之重。鬼王看了路引，哼道："我生前虽说是个贼寇，打家劫舍，滋扰百姓，却从未乱伤性命，不似你身为吏差，却是个杀人劫货，谋财害命之徒。不往黄泉路走，更待何时？"即令小鬼走至淳维跟前，拿出大锤，往淳维脑后一打。

淳维一个踉跄，进了门中，霎时鬼门不见踪迹，只前方现一小路，上不见日月星辰，下不见土地尘埃，周围一片混沌，灰灰蒙蒙，分不清东西南北。耳畔不时有人号哭，有人轻泣，有人叹息，有人狂叫，却只闻其声，不见其人，不禁心惊胆战，赶紧往前，忽见一片血色，细细看之，原是一丛红花，蔓蔓延延，绚烂妖冶，罗列一段诗句：

黄泉有路亦无路，一承一负纵横途；
莫到临来思对错，百年易去何消说。

淳维见花，赫然乃是曼珠沙华，心知已到黄泉之路，惊慌失措，丧魂落魄，也不管路在何方，手脚并用，乱奔乱跑起来。不知过了多久，筋疲力尽，欲歇息一下，忽脚下一绊，倒在一座石前，抬眼一看，乃是一座高台，上宽下窄，面如弓背，背如弓弦平列，中间有一石径，弯弯曲曲，两旁尽是刀山剑树，虎牙桀立，险峻异常。淳维后退不得，只得起身，费力爬上高台，见高台置有一石，上书"望乡台"三字，赤红醒目，发出阵阵阴光，煞是瘆人。未等回过神来，又听到咔咔作响，高台缓缓反转过来。淳维一望，忽见自己躺于猫儿山间，已是死人，山中无人，只有花开叶落，孤鹰盘旋。又一望，驿馆之中，一众驿夫正议论驿丞故后，当由何人接替此职。再一望，妻儿老小坐于屋内，有小女在旁，问道父亲如何还未归家，不禁泪如泉涌，脑中泛起缕缕思绪，儿时嬉戏，少年游学，中年误入歧路，为非作恶，往事历历在目，如在昨昔。正所谓：

望乡台上望故乡，故乡却无乡友望；

唯见家亲满瞳泪，不知人情在何方。

　　淳维心道："想我一生只望富贵，不惜依附权势，劫掠客商，如今虽有金银万千，却莫名到了阴间，看来害人害己，终有报应。我这一去，外人喜，家人悲，早知如此，还不如侍奉双亲，伴妻教子，自炊自造，粗茶淡饭，也是福祉。"正想到此，眼前景象云彻雾卷，无影无形，又是一片灰蒙。高台缓缓而转，脚下现一石径，却非来时之路，与原先不同，笔直而下，陡峭得很。淳维战战兢兢，欲下高台，走至半途，一阵狂风忽起，站立不稳，跌将下来。

　　淳维两眼一闭，心道不好，待跌落着地，却是一片松软，毫发无伤，于是爬起身来，四下张望。身后望乡台已是不见，前方尽是岩山，无有草木，层峦叠嶂，高耸入云。淳维沿岭而行，岭中无光，头顶黑云密布，脚下不知深浅，一步一绊，甚是艰难，心中难以释怀，不禁哀道："明明去往襄阳，为何来了阴间，莫非此是梦境乎？"于是手掐左臂，一阵痛楚。淳维掩面泣道："上天为何如此待我，在此受尽煎熬。"正哭泣间，前头有声声低号，忽远忽近，不甚清楚。淳维心道："莫非到了丰都鬼城。"遂硬起头皮，走上前去。未走几步，见前路立一石碑，淳维凑上细看，原来上书"恶狗岭"三字，再往下看，霎时一个激灵，冷汗直冒，眼前堆满残肢破体，污血淋淋。淳维心知不妙，抽出刀来，只闻那低号声，声声入耳。

　　淳维回头一望，见万千恶狗，目露凶光，满口钢牙，幽幽发亮，皮毛如针，倒竖开来。淳维见此情形，大惊失色，欲往后奔逃，又不敢妄动，窘迫之间，急中生智，遂弯下身子，目视群狗。恶狗见状，也停下脚步，眈眈相向。淳维身子微微前倾，作势欲扑，脚下却缓缓后退，待退了数米之远，蓦地暴起，转身撒腿，舍命奔逃。恶狗皆一怔，遂缓过神来，一阵狂吠，三两成群，紧追不放，其中一只，眨眼之间，已蹿至身后，裂开钢牙，猛地跃起，咬向肩头，淳维也是身手了得，连忙一个侧身，却晚了半拍，衣裳即撕开半边。淳维也不管它，仍旧拼命往前，可一个照面工夫，群狗已追至。随即又有两只跃起，淳维见甩开不掉，陡然止步，右手执刀，一个回身，刀劈狗首，只见寒光一闪，两只狗首落下。群狗见同伴被杀，眼冒红光，呜咽声起，左右扑了上来。淳维右手挥刀，左手打拳，三两回合，已是难以招架，手臂腿脚，肩头面庞，尽是抓痕咬伤，鲜血直流，不禁心道："想我淳维刀头饮血，杀人无数，不想今日却魂飞魄散于狗嘴之下。"万念俱灰，遂放下屠刀，闭目等死。

群狗上前，正要饱食，却听一声鸡鸣，振聋发聩，响彻云霄，遂弃了淳维，慌不择路，溃散奔逃。淳维睁开双目，见恶狗退去，死里逃生，暗自庆幸，又歇息片刻，起身拾刀，往那鸡鸣之处走去。不过数里，现一座山，危峰兀立，笔直耸峙，上山无路，只有些凹块，隐现"金鸡山"三字。淳维心道："定是菩萨怜悯，令金鸡救我，看来爬上此山，当有佛光普照，度我回阳。"不禁暗喜，见凹块可以下脚，遂手脚并用，沿字而攀，好容易到了顶上，未见菩萨何方，却见公鸡漫山遍野，迎面而来。那公鸡铁喙利爪，浑身金黄，端的是雄纠气昂。淳维正要下拜，哪料金鸡翅膀一扇，登时狂风大作，飞沙走石，迷了双眼。隐约之间，淳维察觉胸口似有一道气劲，还未缓过神来，一阵刺痛传至全身，以手抚之，直觉黏黏糊糊，费力睁开双眼，见胸口血肉模糊，再往前看，原来领头金鸡，昂首翘尾，嘴上啄物，赫然乃是心肝，那心肝也怪，并非红色，乃是通体为黑，中间带红，却无血迹。淳维大叫一声，赶忙追赶，金鸡得了心肝，四下而散，转眼不见踪迹。正所谓：

恶狗岭，金鸡山；
山上岭，岭上山。
岭上听犬吠，山上闻鸡鸣；
犬吠通阴路，鸡鸣报阳关。
阴阳分两界，不见漫步人；
谁能从容过，唯凭善恶因。

淳维追了一程，寻之不得，无奈停步，欲歇息片刻，忽听到前方敲锣打鼓，热闹非凡。一路孤身涉难，处处担惊受怕，此时听到人声，心中稍安，赶忙迎上前去，原是一座村庄。四下黑雾漫漫，阴风飒飒，村中却是张灯结彩，人头攒动，甚是诡异。淳维急盼有人同行，哪里细看，忙走进村内，好一番景象。

只见村中有一大坪，升一篝火，人皆聚于此，围成一圈，其中一班人马，正舞狮耍龙，跳丸顶竿，吞刀吐火，五案七盘，好不忙乎。旁人也是掌声如雷，喝彩连连。淳维心道："不想阴间，也有如此热闹之处，正好歇脚。"于是凑上前去，正待搭讪，忽觉不安，这村庄众人，皆是脸色惨白，两腮淡红，面无表情，嘴角似笑非笑，半面灰暗，半面油亮，阴恻恻望向自己。再定睛一看，原是些纸人，皆行走如常，同鬼魂无异。淳维心中惧怕，无心看戏，欲绕道而走。哪知人愈聚愈多，相互簇拥，难以动弹，又听一人道："这野鬼村又来了个无心无肝之人，必是金鸡啄了去，也罢，我看左臂尚可，拿来接上，也得个全躯，好见那东岳大帝。"淳维闻言，心胆俱裂，忙推搡旁人，忽觉左臂不听使唤，低头一看，袖笼中空空如也，左臂已不翼而飞，却也不知疼痛。再抬眼一望，一人拿着淳维手臂，往村外匆匆而走。淳维挤出人群，向那人追去，却总是追之不上。约半袋烟工夫，人影不见，现一座城池，拔地参天。城外有一河，名曰六天青河，青河有六色，青白赤黑玄黄，六色即现六光，将城池笼于其中。过了青河，见一道城门，上有两盏灯火，一盏光亮无比，一盏昏暗黑沉，各照两行楹联，分别为：

生与死，死与生，生死无常；
人与鬼，鬼与人，人鬼有分。

楹联之上，未有横批，只一块黑匾，上书"酆都城"，淳维正看得仔细，城头一声大喝："城下阴魂，速速进城。"一众亡魂在前头，排成一列，手持路引，左右皆有阴兵，正挨个检查，未有路引者，即打入六天青河之中，路引不全者，即发回野鬼村，任其徘徊飘荡。

淳维随众前行，一阴兵上前，拿了路引来看，仔细校对无异，遂带到一眼井泉，舀一口泉水，放置口边，猛地一灌，霎时天旋地转，昏昏沉沉，迷迷糊糊间，到了一处殿中。阴兵举大棒朝后背一击，瞬间脑中又复清明，抬眼一望，见一人端坐殿首，星目含威，身披青服，戴苍碧七称之冠，佩通阳太明之印，两旁立有阴卒。茫然之间，一卒喝道："哪里来的残魂，见东岳泰山天齐仁圣大帝在上，

第十五回
断阴案石崇显形　请民愿葛洪朝京

还不跪下！"淳维赶忙下拜，口称："小的有眼无珠，不识东岳老爷在上，还望海涵，请老爷为小的做主。"大帝问道："你姓甚名谁？有何冤屈？从实禀来。"淳维说道："小的淳维，乃洮阳县驿丞，阳寿未尽，今日赶去襄阳，却无故走了阴路，到了这酆都城，还望老爷明察。"大帝说道："你可知其中缘由？"淳维摇首回答不知，大帝接道："实是你阳世有案未断，阴间有人续告，要断你阴案。"淳维磕头泣道："回老爷话，小的向来本分，从未做伤天害理之事，定是有人诬陷，老爷莫要听信诓言。"一卒喝道："东岳大帝掌人间善恶之权，司阴府是非之目，案判七十二曹，刑分三十六狱，惩奸罚恶，录死注生，鉴空衡平，洞见古今，莫说诓骗，就是半句虚言，即有地狱之刑受之。"淳维心惊肉跳，又闻大帝说道："我阴司审案，与那阳世不同。阳世之事，或受权势，或受钱财，或受人情，纵有一两个清流雅望之士，也难经得起千熏百染，终有偏差。而阴司则以法正道，我等只是循规判案，度量自有定论。欺言诓语，瞒说假话，自有天鉴，皆不得以左右我。"

淳维拜道："老爷在上，不知何人状告？索我来这阴司。"大帝说道："唤陶源进来。"淳维即道："我认不得此人。"大帝回道："不忙相认，你见后便知。"淳维回首而望，见一人进来，戴席帽，遮面纱，着素服，赫然乃是同葛洪一并投宿的怪人。淳维瞪大双眼，嚷道："你究竟何方野鬼？竟诓骗老爷，来断我阴案。"那人身子一抖，猛地掀开面纱，怒道："驿丞好忘性，可是杀人太多，不记得有陶某人矣。"淳维细看那人，心头一震，恍然记得半年之前，有始安客商投宿，怀揣千金，自己率人将其劫杀于彼岸林，姓名便是陶源，惊道："原来是你，你如何能请动东岳老爷？"陶源从鼻内拔出铅钉，示之于众，喝道："你身为县吏，不思与民行善，为非作歹，劫杀过往客商，阳世未有衙门断你，自有阴司审之。"

淳维闻言大骇，心知罪责难逃，忙匍匐在地，不敢起身。大帝听完陶源诉说，令其退下，问道："淳维，陶源所说，可否属实？你又知罪？"淳维回道："确有其事，小的知罪。然小的却非主谋，实乃受人指使。"大帝又问："何人指使？"淳维答道："荆州刺史石崇。"大帝说道："详细道来。"淳维回道："我乃石崇连襟，石崇此人亦官亦盗，平日侯服玉食，骄奢淫逸，初到荆州，明里任我为洮阳驿丞，暗中则令我劫远使客商，夺取财物。每有客商投宿，我便将其引入彼岸林

147

中,以曼珠沙华迷倒,再使铅钉,钉入鼻内,外无伤痕,将尸首抛于河中,杳无踪迹,神鬼不知。"大帝说道:"你自以为神鬼不知,未料三界之内,五行之中,却有三知,天知,地知,自知。其中自知乃心,心知则天地神鬼同知。善恶有报,无分阴阳。你助石崇为恶,终是害人害己。那曼珠沙华乃佛门天花,你如何寻得?"淳维答道:"乃是石崇得到,其中内情,小的不知。"大帝直视淳维,说道:"当真不知?"淳维连连磕头,回道:"小的确实不知,只隐约听闻石崇曾往湘山,后得到曼珠沙华。"大帝沉思片刻,厉声喝道:"淳维,你助桀为虐,可记得多少性命惨死你手?"淳维见大帝发怒,栗栗危惧,答道:"客商人来人往,已记不得加害几人。"大帝怒道:"一百三十七人,皆亡于你手,又有其妻儿老小,皆因你家破人散,你行如此人神共愤之事,天地不可恕也。"随即,令左右签字画押,又判:"谋财害命者,下血池狱、阿鼻狱、秤杆狱,脱皮露骨,折臂断筋,堕落千年,沉沦永世。"淳维闻言,身子一软,瘫倒在地,遂有牛头鬼、马面鬼架起,出了大殿,到了一山,只见:

　　阳世无形,阴司有名;远望无色,近听有声。那里山无水,峰无林,崖无兽,岭无禽。魄不得度,精不得解,魂不得散,鬼不得生。左右只闻鬼号,前后尽起黑风。勾司冥卒厉声喝,魍魉魑魅满地走。勿言恶人活千年,一到阴山永沉沦。

　　淳维看得骨寒毛竖,畏缩不前,问道:"此是何山,欲领我去往何处?"有牛头鬼在旁,见淳维停步,喝道:"此乃阴山,山后便是一十八层地狱,还不快走。"即拿出铁简一抽,抽得淳维后背血肉模糊,不敢怠步,片刻到了一池,那池尽是血水,腥臭难闻,甚是可怖。又有马面鬼在后,说道:"此是血池狱中血水池,一入池中,腐骨蚀肉,痛不欲生,你下去吧。"淳维尚未回过神来,即觉背后有人一推,跌入池中。

　　一沾血水,淳维全身剧痛,不禁叫声:"痛煞我也。"忽身上痛感全无,眼前一变,已不见血池。淳维打量四下,漆黑一团,不知身处何地。正诧异间,听一人道:"驿丞淳维,你可知罪?"淳维惊问:"何人说话?"霎时,蜡烛火起,

第十五回
断阴案石崇显形　请民愿葛洪朝京

淳维揉下双眼，自觉身体无恙，心肝犹在，左臂也在肩头，再左右看，原在一堂内，两旁皆立衙役。再往上看，一长者坐于其中，戴冠着袍，不恶而严，赫然乃是零陵太守唐谌。左边又有一人，双目含星，衣袂飘飘，原是道人葛洪。

淳维大惊失色，说道："你等如何在此？"唐谌喝道："我等若不在此，如何知晓你滔天罪行。"淳维也是聪黠之人，略加思索，已知大概，说道："原来这黄泉之路，阴司判官，阴山血池皆是幻化。"葛洪说道："虚乃实造，实乃虚往，虚实皆由心起，思行自有天鉴。你与石崇狼狈为奸，以为无人审你，未料心魔生景，断你阴案也。"唐谌又道："如今供词在此，你可有话说？"淳维闻言，恼羞成怒，气道："敢诓骗欺我，吃我一刀。"登时抽出刀来，左右衙役早有预备，未等上前，已拿下淳维。唐谌怒道："如此歹人，万恶难恕，速将此贼押回，收监待判。"

到了零陵郡府，唐谌请葛洪入内，说道："此番得小侄相助，终使真相大白。"葛洪拱手回道："未料一州刺史石崇，竟是个劫杀客商、夺人钱财之徒。"唐谌说道："上不正，下参差，荆州灵秀之地，竟使此贼为治，民之不幸，国之不幸也。"葛洪又道："如今言证、物证、书证俱在，不知老爷作何处置？"唐谌思忖良久，唤来李矩、徐云之，说道："此案案发之地在洮阳，客商尸首在夫彝，如今凶犯已擒，洮阳县令已拿，然事涉刺史，虽有佐证，郡府亦无权审断，为今之计，小侄与李郡丞、徐县令速回邵陵，将案情报于葛太守，且往益、宁、交、扬四州告知，凡家中有经商不归者，家人速来夫彝辨认尸首。田筹等人暂留郡府，我欲往洛阳，上御史台，举告石崇。"葛洪回道："老爷所虑周全，我等依计而行。"

三人出了郡府，李矩叹道："闻石崇钱财无数，极尽奢靡，洛阳置一别馆，名曰金谷园，其间金碧辉煌，宛如仙宫，又与王恺争豪，更是世人皆晓，我道其家财从何而来，原来玄妙在此。"徐云之也道："国之腐朽，世之沉沦，生民涂炭。"葛洪一路不语，回了邵陵，三人将前后之事，陈于葛悌，葛悌又是一番雷霆怒火，连咳不止，待稍平复，遂令徐云之回夫彝辨尸，葛洪同去，又令李矩修书一封，寄尚书左丞傅咸。

葛洪、徐云之一道往夫彝，遂差人告知四州，夫彝大案公之于众，百姓皆知，一时神怒人怨。数日之间，陆续有邻县百姓到县衙认尸，县衙内哭声震天，

149

哀号四起。这厢壁，有寡妇抱子，痛不欲生；那厢壁，有老父撞墙，撕心裂肺。衙役忙前忙后，询问记书；差官跑上跑下，百般抚慰。徐云之看在眼里，痛在心头，自道："客商皆为一家之主，撒手一去，如花失甘露，木失盘根，可怜上下老小，今后如何生活？"葛洪也叹："百姓纵有失，不过使自家遭殃；然朝官有过，则使一方遭难。"徐云之应道："如今淳维招供，唐太守进京举告石崇，定要还百姓一个公道。"两人正说话间，有门房来报："李郡丞已至衙外。"两人出迎，李矩匆匆进来，人不沾杌，口不茗茶，急道："前日有零陵来人，说什么唐太守郡治不力，受贿枉法，已让州府革职拿问，唐太守年老体衰，一急一气，竟撒手人寰。"两人闻言，俱是大惊，徐云之跌坐地上，口道："这如何是好？"葛洪即问："父亲可有话说？"李矩答道："葛太守得知此信，气急攻心，身子越发疲弱，此番唤你回去，共商举告事宜。"葛洪心头一紧，欲回郡府，忽听门外哭喊，三人出了门去，即见一众百姓伏地哭泣。

徐云之上前说道："众位这是何故？"为首一人，乃是位长者，白发皓首，老泪纵横，涕道："老夫家有三女，独子一人，行走市尘，贩货为生，老小生计全靠我儿，如今遭歹人所害，死不瞑目，望县令为我等做主，使凶犯伏诛，还之公道。"众人皆是此意，一时嚣闹起来。徐云之见民声沸腾，忙抚慰道："众位悲怒之情，我深理解，如今凶犯已拿，押于零陵，然身后尚有主谋，此案大白仍须时日，我等定赴全力，还众位公道。"言毕，又有人言："这世道，官官相护，尸位素餐，既拿凶犯，何不同拿主谋，却说仍须时日，定是敷衍我等。"徐云之也不气恼，手指葛洪，说道："众位虽有疑虑，然葛公子在此，却非虚言。凶犯正是公子所拿，葛太守欲唤公子回去，便是设法举告主谋。"为首长者见葛洪鸾姿凤态，仙家气象，问道："敢问公子可是邵陵大水之时，拈指成土，引洪除灾的那位？"葛洪搀住长者，轻道："正是小可。"众人闻言，方知眼前之人，乃是葛悌之子葛洪，皆相顾颔首，不再哭闹，长者引众人伏拜："既是葛仙家做主，定能洗雪诬负，还我等公道。"

葛洪听众人之言，心觉不安，又是一番抚慰，待众人去后，与徐云之知会一声，忙驾土遁，不日至邵陵郡府，才进府门，见葛悌坐于堂前，不禁心下一沉，原来葛悌面色暗灰，眉心隐现黑气，已是积重难返，来日无多。正蓦然间，葛悌唤之进来，说道："我儿可知零陵情形？"葛洪应道："已知。"葛悌又道："唐太守临终之时，差人将淳维供词送来，为父欲亲往洛阳，举告石崇，如何？"葛洪止道："父亲不可，荆州之地，尽在石崇之手，邵陵离洛阳千里之遥，依石崇毒辣心性，父亲独往举告，恐遭不测，况父亲身子有恙，万万去不得矣。"葛洪思道："我儿言之有理，如今我一举一动，石崇必有所察，如何是好？"遂一阵剧咳，葛洪见父亲模样，心疼不已，连忙搀住，说道："父亲莫要心急，孩儿欲代父入京，举告石崇。"葛悌听罢，笑道："我儿深知我心，为父正有此意。"葛洪又有不舍，葛悌似知所思，又道："一百三十七人，皆须你洗雪沉冤，莫要挂念父亲。我有书信一封，内有诉状，你可去洛阳，求见尚书左丞傅咸。"葛洪知父亲心意，也不再言语，遂伏于地上，连磕响头，又拿了书信，出了府门。有道是：

　　明镜照秋霜，岁更替，月下倾黄。一沐雄心叹千古，风吹草木，沉浮几可，坎坷几多。

　　宦海饱经过，无赢输，更无对错。纵是世事难评说，前人咏志，后者执戈，笑问如何。

葛洪捏土，往空中一撒，遂驾土遁，往洛阳而去。一路出衡阳，过武陵，越武昌，经江夏，陵南阳，不觉之间，已近洛阳。连日奔波，葛洪也有些疲乏，欲歇息片刻，遂收了土遁，落下云头，到了一处山峰，也不知其名，只见峰峦耸翠，直入云霄，风光无限，尽入眼底。正流连间，脑后忽有人言："道友请了。"葛洪回头一看，见一僧人，遂上前作揖。不知来者何人，且看下回分解。

151

第十六回　弘教理佛道辩法　怙权势杨骏伏祸

　　僧说来客空自静，道语去鸿一身孤。
　　云山径晚谁行远，月上南枝啼老乌。

　　却说葛洪闻有人在后叫喊，回首一看，原是一年长僧人，身长八尺，风姿娴雅，端的是：

　　顶现金莲照四野，目运经纬洞十方；
　　迎风七衣吐云雾，麻鞋九曲御三常。
　　胸内尽揽玄机术，神杵在手震凌霄；
　　如来门下帛家子，坐看佛图现云光。

　　葛洪认不得此人，上前打一稽首，问道："请问高僧尊姓大名，哪座名山？何处洞府？"僧人道："贫僧乃大伾山摩崖洞佛图澄是也，你不识我，我却识得你。"葛洪问道："你如何识得我？"佛图澄回道："我俩同出一脉，如何不识？"葛洪奇道："何出此言？"佛图澄笑道："商周武王伐纣，三教封神，西方接引、准提二位佛祖，东度三千有缘客，玉清元始天尊座下燃灯，得二十四定海珠，往西方衍二十四诸天，始成佛国。你乃太清道德天尊门下弟子，而太清、上清、玉清三教一家，燃灯亦为我师，如何不是一脉。"葛洪闻言，恍然说道："教中有言，昔时万仙阵一役，燃灯师叔祭定海珠，伏金灵圣母后，往西而去，不想佛国二十四诸天，乃定海珠衍化，原是燃灯师叔所为。如此看来，我俩道虽二门，理却同一也。"

第十六回 弘教理佛道辩法 怙权势杨骏伏祸

佛图澄打一稽首，回道："不然，我佛国教义，与贵道不同，清净无为，以花开见我，我见其人，乃莲花之像，不沾红尘，不惹是非，是为菩提之心。"葛洪答道："天地自然之道，皆一而二，二而三，三而万物，万物皆源一，岂有不同之理？"佛图澄盘膝而坐，说道："道友既有不同之见，恰逢其时，何不坐下论之。"葛洪回道："既如此，高僧请了。"于是同坐。

佛图澄问："何为一二？"

葛洪答："道为一，乃自然之始祖，万物之本源。此一，非人、非物、非识、非心，无象、无形、无精、无真，渺渺茫茫、绵绵延延，然天地寰宇、日月星辰、云雨光华、万物生灵，皆由此生。夫玄道者，得之在内，守之在外。外为二，此二在于见，也在于不见；在于知，也在于不知；在于形，也在于不形；在于在，也在于不在。大千世界，芸芸众生，无不离一二之理。然一二不可分，一可证二，二亦可归一，且一二不可止，一可创二，二亦可溯一。"

佛图澄应："道有一二之说，佛却是本一之说。一即是二，二即是一，前生、今世、明日，六大五蕴，四禅三界，皆为空相，空相源于本一，故一可见二，二可见一。形为空形，名为空名，一即我心。心有天地，天地即我心；心有人间，人间即我心；心有万物，万物即我心；心有我心，我心即我心。一为实，二为虚；一为本，二为体；一为真，二为幻；一为恒，二为瞬。一乃大宗，虽演万物，然万物皆为一也。"

葛洪答："我道家之理，不在我心，只在道法，自然有大道，大道成自然；然闻高僧之言，方知佛家之义，只在我心，不在道法，我心即自然，自然即我心。可是如此？"佛图澄回："亦是如此。"

佛图澄又问："何为有无？"

葛洪又答："道非有无，而是无有。一切本无，有源无定，无中生有，有中藏无，有道则有，无道则无。大道无形，始有天地；大道无情，始有日月；大道无名，始有万物。苍生有别，阴阳有分，所谓无有，只在于道，故成得失，积祸福，得成败，存悲喜，见聚散，了生死。亦如人生，人生本无，有道而修其身，养其神，正其气，善其行，故虽无却有，长于永世；无道则乱其心，失其缘，伤其数，恶其为，故虽有却无，没于尘埃。"

佛图澄又应："佛非无有，而是有无。无即是无，有亦是无，有无皆归于空。红尘世界，万千生灵，非是实有，而是幻象，只一个因缘了得。未曾有空不从因缘生，是故一切法无不是空义。以有空义故，一切法得成，若无空义者，一切则不成。缘起性空，当下即空。同以人说，人本性无，有缘而成。缘为何物？六识、六尘、六根，身、识、感，皆称之缘。然缘无永恒，也无主宰，更无独立，缘聚则生，缘散则灭。一切法不空，无道无果，无所谓有，无所谓无。"

葛洪又答："我道家之理，道体虽无，却不同无，此无非空，无能应有，有不在于形，不在于象，而在于知常道，修可道。然闻高僧之言，方知佛家之义，有乃空相，无乃空体，皆因缘聚合而成。缘生而现，缘灭而散，相由缘现，本性为无。故菩提无树，明镜非台，可是如此？"佛图澄回："亦是如此。"

佛图澄再问："何为来去？"

葛洪再答："道之来去，来从去来，去从来去，来为下一去，去为下一来，然来亦不同上一去，去亦不同上一来。如此，来去不在来，亦不在去，而在来去之间。花开花谢，来去只为灿绽；云卷云舒，来去只为荫泽；潮起潮落，来去只为奔腾；日出日落，来去只为人间。万事万物也好，万人万世也罢，乾道变化，各正性命，来去皆是道化而成。道，生生不息，长流不止，执着来去，则迷茫当下，莫如抛开来去，循大道，修今生，自有来去也。"

佛图澄再应："佛之来去，从来处来，到去处去。来即是去，去亦是来，来与去同，去与来通，不同之处，只在相也，而本性却是同一。寰宇苍穹，生灵万物，自有来之性，有空相，去本性；自有来之如，有空是，去本如；自有来之理，有空事，去本理。故来去不在之间，而在之外。之外即为因果，因果自有缘定，周而复始，轮回不已。来只为知何来，去只为知何去，明心见性，参晓来世，方知今生之苦，来非来，去非去，来去自有也。"

葛洪再答："我道家之理，来去不在来去，忘却来去，乐在来去，来去只在今生；然闻高僧之言，方知佛教之义，来去只在来去，参悟来去，苦在来去，来去只在明世，可是如此？"佛图澄回："亦是如此。"

葛洪说道："道有道家之玄，佛有佛家之妙，今日得遇高僧，实是幸哉。"佛图澄回道："遇与不遇，皆是一场缘分，你我因缘际会，乃是天意。"葛洪笑道："天意难测，妄自揣度，徒增烦恼。敢问高僧欲往何处？"佛图澄答道："云游四方，到何处，便是何处。"葛洪抬眼，见日已西斜，即打一稽首，说道："我俗务在身，不能同游，就此别过。"佛图澄合掌，回道："你从邵陵而来，欲往洛阳而去，此去山高路远，何不了脱尘缘，以成大道。"葛洪应道："高僧神通，知我欲往何处，然大道虽是无形，却实在脚下。事关百姓生死，使我脱不得尘缘。"佛图澄又答："苦海无边，你去与不去，众生皆是苦的，不看那武帝去后，痴儿为皇，悍妇居后，左右上下，尽是奸佞之臣，你纵是去了，也是无用。"葛洪疑道："你怎知无用？"佛图澄回道："道友且看。"遂从怀中拿出两盒，一盒麻油，一盒胭脂，掺涂于右掌之中。少顷，右掌现出五彩霞光，再看掌中，人影晃动，似有嘈杂之声，又见一片刀光剑影，血雨腥风。

葛洪欲上前细看，掌中景象随即不见，只听佛图澄道："世事将乱，王侯纷争，世人皆顾自家之事，又有谁管百姓生死，你纵去无益。"葛洪回道："益与无益，为他人之事；去与不去，乃自家之理。世事有存有亡，有始有终，虽大体如此，却各有变数，混同而谈，非通达之理。"佛图澄又道："木已成朽，何以芥燃。司马氏得位不正，治政不严，传子不继，择辅不明，朝运已去，此乃天道，不可逆也。"葛洪又答："昔时汉室，虽有武帝好战，国力衰落，然昭宣二帝励精图治，中兴朝局；后又经王莽乱权，始帝怠政，而再有光武力挽狂澜，复振朝纲。如今廊庙虽浊，我等自当清之，切莫放任自流，也是为百姓着想。"佛图澄合掌说道："你不听我言，定有曲折。"葛洪回道："我为民请命，自在我心，纵有曲折，又有何妨，就此别过，后会有期。"遂打了稽首，驾起土遁，往洛阳而去。

佛图澄伫立峰上，见葛洪身影远去，自道："道在修，佛在破，我欲以破而立，与他倒是相左矣。"遂转身下山而去。正是：

孤雁不知几时重，只影向南空。风云再望何处？中原又争锋。华夏乱，神话出，万古同。一语佛论，一语道说，各言千秋。

却说葛洪驾土遁，自思："万事万物，虽存兴亡，有更替，然一味破立，不重修补，终是月圆月缺，依旧枉然。"正冥想间，不觉已至洛阳。葛洪在云头，往下一看，见皇城东西七里，南北九里，通都大埠，峥嵘轩峻。城外一渠环绕，由东往西，再东回入洛水，蜿蜒流淌，碧波盈盈。城内接十二桥，开十二门，东三门，南四门，西三门，北二门，其宣阳门乃正门，城门皆有楼，分两层，接三路通道，中为御道，百姓左入右出，不得相逢。城东城南设马市羊市，民居分布其外，再定睛细看，宫城坐落城中偏北之地，葛洪再寻官衙，原在皇城之南，与宫城遥望相对，遂下了云头，落至城中。怎见得这城中景象：

　　九州腹地，洛水之阳，通门十二，华林满芳。灵台辟雍，明堂卧虹，楼观并列，碧池凌霄。驰道纵横，店肆林立，酒楼舞榭，绛纱裹妆。绿芳翠滴，柳帘映霞，钟鼓鸣乐，落花飞香。琉璃瓦砌照壁，白玉雕栏连垣，五里路见鱼龙变化，十方亭现神工意匠。祥云霓色笼紫阁，瑞霭丹光抱神都。

　　葛洪走在城中，虽觉风光无限，却见行人稀少，不似京都繁华，且多有兵士巡备，不免疑惑，欲寻傅咸府第，于是上前问路。有路人手指南面告之，葛洪谢过，步行往前，约一炷香工夫，见一处小院，上有一匾，书名"虞清苑"，再看门前，一株绿萝，两棵杨柳，甚是别致。葛洪上前叩门，少顷出来一人，乃是位少年，容貌清秀，文质彬彬。少年打量来人，揖礼问道："敢问这位道者，如何称呼？有何事来此？"葛洪打一稽首，从袖中拿出书信，交与少年，回道："贫道葛洪，乃大罗宫玄都洞太清道德天尊门下弟子，荆州邵陵太守葛悌之子，今奉家父之命，特来拜见左丞。"少年收了书信，施礼说道："道者稍候。"遂转入院内。

　　少时，少年出来，拱手说道："家父有请。"葛洪随其入内，穿过廊庭，到了正堂。一人坐于堂前，头戴帛巾，衣着宽袍，腰系素带，三绺长须飘于胸前，双目却透着疲倦，见葛洪进堂，起得身来。葛洪赶忙上前，打一稽首，说道："贫道不才，何劳大人亲迎。"傅咸摆手回道："修行无分老少，有道者居上。你乃葛悌之子，颇有家父之风，邵陵治水，夫彝查案，为国为民，我已有所闻，钦佩之至，起身相迎，也是应该。"葛洪即道："大人过奖。"傅咸又道："你父书信，我已阅知，石崇身为荆州刺史，矜奢不极，寇害成赘，我道他何以致富，流靡金谷别苑，原来是劫杀客商，抢夺财物所得，实乃人神共愤。"葛洪回道："法为正道，术为诡道，治国以法为要，石崇乃一方刺史，自有国法处之，我此来洛阳，便是状告石崇，为民行道。还望大人相助。"傅咸思索片刻，问道："宪台乃百官举察之地，你已去否？"葛洪回道："家父交代，一到洛阳则寻老爷，请老爷指点，故未去之。"傅咸捋一捋长须，叹道："你幸未去，那石崇与贾谧一班人交好，共称"金谷二十四友"，贾谧乃当今皇后外甥，此事不易。"葛洪疑道："如此滔天罪行，且众证皆有，竟弹劾不下？"傅咸苦笑，说道："自先帝崩后，朝中已是混浊不堪，国事日非，外有杨骏专权，内有贾后营私，又有几人独善其身，仗义执言。"葛洪想起城中景象，问道："我见城中行人稀少，不知是何缘故？"傅咸回道："杨骏虽为辅政，却与贾后不和，贾后内权在手，欲出预外政，偏上有太后，下有杨骏，事事牵掣，不能随心，二人积怨成仇，杨骏知贾后生性阴鸷，心有忌惮，为防不测，宫内宫外加派人手，又严令城中百姓，不许随意行走，其中详情，说来话长，非三言两语可以道清。"葛洪即问："如此说来，便任由石崇逍遥法外？"傅咸思忖良久，说道："你且将证物交与我，明日朝会，你等候在外，我在朝上弹劾此贼。"葛洪见傅咸不惧权势，愿挺身直言，心下不禁钦服，又感朝政如此昏暗，薄暮冥冥，心下又是怅然。

翌日未时，葛洪早早起身，欲候傅咸，待至堂外，见傅咸早已穿戴齐整，傅咸见葛洪到来，起身同出。一路经铜驼街，过衙署，进洛阳宫。至阊阖门，有兵士拦住去路，傅咸嘱咐葛洪在外等候，遂进了宫去。

葛洪立于门外，此时天已泛白，朝官入宫，相继不绝，忽一阵嘈杂，人群闪于两旁，见一队兵士驰步而来，后有一车，驾马四匹，皆为西域良种，车上坐一人，目光阴鸷，昂头天处。到了门外，即有侍卫相迎，这人下了马车，朝官皆上前拜道："恭迎太傅。"葛洪听众人言，方知此人乃是杨骏，不由得细看眉目，暗叹一声。

杨骏下车，也不理众人，旁若无人，径自入内，众朝官见杨骏进后，方鱼贯而入，一班人至太极殿，白玉阶前，文武两列，惠帝高坐殿首，问当驾官："有奏章出班，无事朝散。"言未毕，只见右班中一人出班，俯伏金阶，高擎牙笏，山呼称臣："臣傅咸有事请奏。"惠帝未言，杨骏在旁，问道："公有何事？"傅咸禀道："臣欲弹劾一人。"杨骏疑道："何人？"傅咸即道："荆州刺史石季伦。"此言一出，众人哗然。杨骏心中一喜，忙问："何事弹劾？"傅咸回道："石季伦身为一方刺史，不思造福百姓也罢，竟丧尽天良，指使连襟、洮阳驿丞淳维，劫远使客商，杀人掠货，一百三十七具尸首皆陈列夫彝。事情败露，又令洮阳县令吴陵将淳维庇护衙内，栽赃零陵太守唐谌，以致唐谌身死，实是天理不容。"遂将来龙去脉，前因后果，详尽道来。百官闻言，窃窃私语，殿中中郎孟观、李肇二人见状，向黄门令董猛使一眼色，董猛微微颔首，即转入后殿。

惠帝听罢，义愤填膺，竟口不能言。杨骏上前一步，喝道："傅左丞所言属实？"傅咸回道："句句实情。"杨骏又问："可有旁证？"傅咸即道："人证已在宫外。"杨骏再问："人证哪里人氏？"傅咸回道："乃是荆州邵陵太守葛悌之子葛洪。"杨骏疑道："小儿之口，怎可为凭？"傅咸即道："葛洪非是凡俗，乃是高山之士，太尉见过便知。"杨骏听罢，遂令镇殿官宣葛洪进来。进宫门，过九龙桥，走大道，大袖渺渺，宽袍绦绦，飘飘徐步而来，走至滴水檐前，打个稽首，口称："陛下，贫道稽首了。"

惠帝问道："道者师承何处？"葛洪见惠帝眉心，隐有黑气，又非命格所为，不致危及生死，究其缘故，一时半会儿却也不知。惠帝见葛洪久不答话，心中不悦，愤道："朕问你话呢，何故不答？"葛洪回神，即道："望陛下恕贫道慢君之罪，实是方见陛下面色，似有妖气扰其心志，一时分神所致。回陛下话，贫道葛洪，乃大罗宫玄都洞太清道德天尊门下。"惠帝自思："怪不得朕常感头疼，原是妖邪作祟。"忙问："原是三清座下高徒，依道者之言，可有解除之法？"葛洪回道："一时半会儿难以查知，须些许时日，方知端倪。"惠帝闻言，又道："先生明于阴阳，能察妖魅，何不保辅朕，官居显爵，岂不美哉？"葛洪回道："陛下若令贫道除妖驱邪，贫道定当竭尽所能，然居官任事，贫道则是汲深绠短。山野之夫，不识庙堂乾坤。"杨骏立在一旁，见葛洪相貌，卓尔不凡，知是道德人士，心下虽喜，却恐葛洪辅佐惠帝，赶紧插话："陛下，葛洪乃清净之客，不涉红尘，强求不得。"又问："方才左丞弹劾荆州刺史石崇，你为人证，可详细道来。"葛洪闻言，遂将查案详情，一一道来，众臣皆是瞠目结舌，傅咸即将物证呈出，杨骏见此，怒道："司隶校尉何在？"一人闪出右班，原是司隶校尉傅祇，拜道："臣在。"又道："廷尉何在？"一人右班闪出，原是廷尉刘颂。杨骏令道："你二人速往荆州，将石崇拿下。"言未毕，忽闻一声："一方刺史，岂是说拿下便拿下的！"

众人循声望去，见一人走入惠帝身后，垂帘而坐，赫然乃是贾后，帘外立一人，原是太子舍人张泓。贾后言道："陛下，石崇乃石苞之子，功臣之后，先帝爱臣，博学多闻，风流豪俊，治政有方，如今仅凭左丞之词，方士之言，便要断一方刺史之罪，岂非儿戏？"言毕，孟观、李肇随即拜道："皇后所言极是，我等向来闻石崇为治阿之宰，荆州一地，已成长治之业，今日听左丞之言，实难信服，还望陛下三思。"傅咸回道："人证物证皆在，如何不信？"又有散骑常侍贾谧禀道："仅凭小小驿丞之供，安可断刺史之罪，方士常以幻术惑人，所得证物，不足为信。"葛洪打一稽首，说道："信与不信，审过石崇便知。"贾后闻言，怒道："你这匹夫，好生无礼，太极殿上，岂容你胡言乱语，来人，将这匹夫打出殿外。"

两旁护兵未动，皆望向杨骏。杨骏此时，已是面色通红，七窍生烟，也不作声，只走上前去，一把将珠帘扯下，手指贾后，怒目横眉，骂道："陛下聪慧，何须你这妇人，指手画脚，干预朝事。"又道："石崇恶行，我早有知晓，你深居内宫，不知外政，今后尽好分内之事便可，来人，送皇后回昭阳殿，未得陛下准许，不得再入前殿。"殿中护兵得令，上前请皇后离殿。

贾后面色铁青，斜眼看一眼张泓，张泓正待作法，忽感一道凌厉目光，从后而至，遂不敢妄动。殿中众臣见此情形，面面相觑，哪敢作声，再看惠帝，似受惊吓，默然无语，未有他言。贾后知难抗杨骏，不得已起了身来，走入后殿，张泓随之跟上。转角之处，贾后眼中含泪，瞥一眼杨骏，目光阴鸷，又拂一拂衣袖，少顷不见踪影。

殿堂之上，霎时鸦雀无声，杨骏仍在气头，忽觉有一人悄至身旁，正欲发火，斜眼一看，原是主簿朱振，只听低声言道："古来一姓二后，少有不败，贾后阴险多谋，太傅如此拂面，必定怀恨在心。而今太傅大权在握，一不做，二不休，废了此女为好。"杨骏闻言，心有迟疑，回道："时机未到，还须从长计议。"朱振又道："若太傅心决未下，不宜撕破面皮。"杨骏微微颔首，问道："事已至此，如之奈何？"朱振回道："不如顺个人情，严惩驿丞，轻责石崇，以抚众心。"

杨骏深以为然。散骑常侍段广知其心意，禀道："石崇乃一方刺史，名臣之后，仅凭几人供词，便要断罪，实难服众，不如先拿下驿丞淳维，县令吴陵，详加讯问，再定案不迟。"杨骏闻言，禀明惠帝："段常侍所言极是。"惠帝准奏。傅咸悲愤填膺，欲再进言，却见葛洪摇首，虽不解其意，也不再多言。

　　散朝回府，傅咸即问："小侄为何阻我进言？"葛洪面露忧色，回道："我来洛阳之时，遇一僧人，身怀异术，其掌中见景，中原之地，呈混沌之象，必有刀剑之乱，我未信之，如今看来，此象必将成真。"傅咸不解，又问："此话怎讲？"葛洪回道："我因石崇一案赴京，却见悍后权臣相争，又观陛下眉目，有妖邪作祟，那贾后身边之人，似为妖孽，朝堂之内，已非正道，今日杨骏驱赶贾后，明日贾后必害杨骏，一番杀戮，不可避免，又有谁理会石崇罪恶，如今之急，便是廓清庙宇，匡扶社稷，不然，莫说小小石崇，便是晋室江山，也是难以预料。"傅咸闻言，大惊失色，说道："小侄思虑过甚，为今之计，如何是好？"葛洪沉思良久，答道："石崇一案，难有进展，我见陛下非蠢顽无救之人，乃受妖术所惑，我欲深夜进宫，除去妖孽，助陛下恢复神志，鼎掌乾坤，以正朝纲。"傅咸忙道："小侄一人进宫，千万小心，且待我差人接应。"葛洪笑道："无妨，无妨，我一人，来去自如也。"又道："杨骏今日见我，随后必会遣使征召，老爷可替我回话。我手书一帖，望交与杨骏。"言毕，寻来纸笔，上书：

　　　　光光文长，大戟为墙；
　　　　毒药虽行，戟还自伤。

　　书完，打一稽首，出门而去。少时，太傅府中来人，传太傅令，征召葛洪，傅咸自思葛洪道术神妙，对来人道："葛洪离开多时，不知去向。"又拿出书信，交与来人。不提。

　　话说贾后回殿，问张泓："先生见我殿上受辱，如何未有所动？"张泓回道："那葛洪在后，如芒在背，不敢妄动。"贾后疑道："此人道术如此了得，竟使先生为难？"张泓回道："葛洪乃三清门人，与我同一路数，不敢轻示玄术，以免师尊知晓。"贾后说道："原来如此，然今日杨骏辱我，决不得轻易罢休。先生可施玄术，除去杨骏？"张泓皱眉，说道："杨骏有刘渊相护，刘渊法术精妙，手下又有能人，此计难成。"贾后问道："先生有何良策？"张泓回道："可传董猛等人进宫，从长计议。"贾后点头称是，即传董猛、孟观、李肇三人。

　　三人入宫，见贾后怒容满面，知道心思，禀道："皇后有何吩咐？"贾后切齿说道："今日受辱，我欲杀杨骏，你等有何良策？"三人默然不语。良久，孟观回道："如今杨骏外甥段广为散骑常侍，执掌机密，私党张劭为中护军，督领禁兵，朝中心腹遍布，我等无兵无权，欲除杨骏，唯借外力。"李肇忙道："孟中郎所言极是，杨骏心腹遍布京师，我等不可与之争锋，唯以封王之力，借刀杀之。"贾后问道："借谁之力为好？"孟观回道："汝南王司马亮，乃先帝叔父，兵强马壮，又有人望，可除杨骏。"董猛、李肇一致称是，贾后望向张泓，张泓微微颔首，说道："如能使汝南王举兵入朝，我等为内应，此计可成。然我尚有一虑，便是刘渊，如能说服此人，此事万无一失也。"贾后即道："此计甚好。"言毕，李肇欲争其功，自告奋勇："我愿往许昌，游说汝南王。"贾后大喜，望向张泓，又道："刘渊恐须先生亲往，方能说服。"张泓点头称是，四人告退，各司其事。不知杨骏命运如何，且看下回分解。

161

第十七回　正本源葛洪除妖　肆妄为楚王入朝

　　月潜古井夜方静，花伴闲蝉幽自鸣；
　　却是人间秋寒至，一场风雨一场惊。

　　且说葛洪出了傅咸府第，见城中戒备森严，不想惹人注目，远望城北有一高山，遂向北而行。出广莫门时，忽一人从旁问道："来者可是葛道长？"葛洪回首，见眼前之人容貌志气，有将相之器，即伫足道："先生何人，怎知我姓？"此人拱手回道："在下王导，字茂弘，琅琊人氏，今日道长朝堂状告石崇，天下尽知。我有一主，乃天子宗亲，琅琊王司马睿，仁德宽厚，高情远致，现居城中，心慕道长之名，欲请府上一叙。"葛洪心中有事，不便明说，只道："山来必有水去，有缘自会相逢。"遂打一稽首，作别王导。

　　出城门，到山门，旁有一柱，名曰"北邙山"。葛洪信步上山，一路峰峦起伏，风光绮丽，树木葱茏，苍翠如云。到了山顶，一峰耸立，名曰翠云峰，登阜而眺，见伊洛二川之胜，尽收眼底；洛阳城中之景，一览无遗。远处，城郭巍峨，宫殿宏丽；近前，皇陵森列，松柏挺拔。不禁嗟叹：

　　北邙山上今古路，英雄终归黄土。洛城依旧对青嶂，后庭花犹在，断碑倚松梧。
　　一朝繁华一夕落，明日又听来歌。谷水不复太白原，仰首望轻鸿，低头见苍波。

　　正感慨间，一道妖气现于皇宫，直冲云霄。葛洪放眼看时，点首自道："原是百年貂鼠作怪。"又道："此妖潜匿于皇宫后庭，如此看来，贾后身旁之人，必是这貂妖无疑，若不早除，定为祸患。"见夕阳西斜，天色近晚，也不求远，四下一看，往前折一枝松木，削为木剑，下了山去。

进了皇城，已是亥时，城中更阑人静，葛洪念一个"隐字诀"，到了宫城，寻妖气而行，走至一处殿外，抬首一看，原是昭阳殿。东西两侧各有两阁，中间连有长廊，廊阁之间，流水潺潺，香草萋萋，别有天地。殿后乃一长巷，两旁皆是深院，隐有说话之声。葛洪见殿内房屋连墙接栋，鳞次栉比，恐撞见他人，遂口念玄语，将木剑祭起。那剑缓缓升起，浮于空中，少时，似长眼一般，疾往东阁而去。

东阁含光殿内，张泓踱着方步，正思量如何游说刘渊，忽心神不宁，猛然回首，发觉一人已至身后，定睛一看，原是今日殿上的道人，厉声问道："葛洪，你如何进来，来此作甚？"葛洪回道："你这妖孽，假托人形，潜于皇宫，祸乱朝纲，还来问我作甚。"张泓见葛洪有备而来，知今日之事决计不能善罢，心道先下手为强，也不答言，手背身后，拢袖拿出两根金针，即口念玄语，将金针祭起，只见两道白光，直射葛洪双目。葛洪心中犯疑，寻思此妖怎会太清玄功，又见来得突然，不知何物，心恐有失，遂一拂衣袖，侧身让过，两道白光一射不中，又掉转回来，直射葛洪后脑。葛洪凝神一看，原是两根金针，喝道："好歹毒！"急忙掏出一符，默念玄语，再把手一放，雷鸣空中，将两根金针打落在地。张泓大叫一声："好葛洪，怎敢坏我宝物。"葛洪也不言语，遂祭起木剑，那剑虽说随手而成，却也是北邙山上百年松木，内蕴皇陵浩气，从空中打将下来，隐有风雷之声，张泓如何能敌，被打了个四脚朝天。木剑复起空中，作势又打，张泓大惊，化了貂形，口吐一阵迷雾，将身罩住，落荒而逃。葛洪怎肯放过，紧追不舍。一前一后，不觉出了殿外，离了城去，往云梦山而走。怎见得：

迷雾漫漫笼四野，飞木直直破空行；云梦妖魅奔归路，玄道真人扫乾清。这一个红尘寻烟火，那一个入世扶社稷；这一个失道显颓象，那一个得道浩气存。任你变化多端，怎挡长剑诛邪；管你狡兔三窟，定要拿你是问。

163

张泓被追得急切，喊道："葛洪，我与你无怨无仇，何故逼人太甚？坏了同门之情。"葛洪听言，心中犯疑，身形一顿，张泓趁此良机，蹿至一断崖边，纵身下跳，眼看便要逃脱，葛洪大喝一声："孽畜哪里去！"只见木剑嗖嗖作响，陡长三尺，化为一道白光，直打张泓后背。眼看便至，忽一片霞光现出，耀眼夺目，光芒之中，飞起一柄长剑。木剑往下打，长剑往上迎，剑打剑，那木剑本为松木，如何能挡，被一打两断，落下尘埃。趁着这当儿工夫，张泓已逃之夭夭，没了踪影。

葛洪止住身子，环顾四下，说道："道友法术精奇，还请现身说话。"言罢，崖边林间，现出一人，身材魁梧，高八尺有余，两臂奇长，仪表威猛，三尺长须飘于胸前，内藏三道红光，端的是雄姿英发，神采飞扬。葛洪见此人气宇清奇，不似中原之士，不由得问道："敢问道友，哪座名山？何处洞府？今到此间，为何阻拦？"那人打一稽首，回道："我乃西方月支菩萨门下刘渊是也，路经此地，听有争斗之声，故来看个究竟。"葛洪知眼前之人乃是刘渊，又细观眉目，见其日角隐隆，枕骨突起，心道："老师有云，华夏有厄，五胡祸乱，我应运下山，乃是天数，今日见刘渊，观其相貌，乱华夏者，必是此人。"口曰："你虽说看个究竟，却毁我木剑，以致妖孽脱逃，其意何在？"刘渊回道："上天有好生之德，此妖百年修为，一朝毁之，甚是可惜，还望道友垂怜，放一条生路。"葛洪正色说道："此妖藏于深宫，祸乱朝纲，若不早除，定然复回，后患无穷。"刘渊笑道："道友言重，朝廷自有法度，如今新帝承位，太傅辅政，又有一班文武，小小貂妖，有何作为？你教天尊有云，是以圣人常善救人，故无弃人；常善救物，故无弃物，是谓袭明。道友何必赶尽杀绝，有违教义也。"葛洪回道："你只知其表，不知其里，有道是知常容，容乃公，容即是不容，不容即是容，我为天下除妖，而容天下矣。"刘渊又道："一物不容，岂容天下，今日未让我知晓也罢，既已知晓，决计不让你坏这貂鼠。"葛洪回道："你本为救此妖而来，何必寻这托词。想你身为臣子，既知此妖，不向天子禀明，却有意隐瞒，居心不良，今日之事，更可见不臣之心。"刘渊似被说中心事，登时变色，怒道："你为降臣之子，胡言乱语，诽谤朝臣，今日便要拿你问罪。"葛洪也道："你为匈奴后裔，得朝廷厚恩，不思图报，暗藏祸心，我见你项生反骨，日后必反，今日便要替天行道。"

刘渊闻言，心生杀机，又知葛洪非常人，长啸一声，东南现二人，呈三面合围之势。东面那人，戴碧玉冠，穿淡黄服，面如枯木，手执一琴。南面那人，戴九扬巾，穿大红服，头陀打扮，手执一钹。葛洪说道："原来还有他人，皆是躲躲藏藏之辈。"刘渊应道："此乃我沙门护法，执琴者法圆，执钹者法合，今日教你插翅难逃。"往前一步，执剑来取葛洪。两人战三五回合，刘渊祭霞阳剑，霎时一片霞光，耀眼夺目。霞光之中，飞出一柄长剑，直打葛洪面门。葛洪一符祭出，手一指，平地现出一座火墙，登时熊熊烈火，燎发摧枯。霞阳剑止了去势，不能向前。法圆见状，大喝一声："好遁术，且看我色法琴厉害。"遂将琴横于胸前，那琴有青、黄、赤、白、黑五弦。琴弦拨动，乱音四起，眼前景象，天非天，地非地，山非山，水非水，怎见得？有诗为证：

大象迹喻成色法，地水火风四界同；
五弦一奏玄天变，不在人间在幻空。

葛洪听弦一动，身子一滞，面无表情，外人看来，似入定一般，实则到了一片虚空，那里无天，无地，无声，无色，只有一行人，列为一队，缓步前行，前方似有一洞，乌漆墨黑，暗无天日，未见一丝光亮，人皆往洞里跳。葛洪身处其中，感觉一股吸力，让人不自觉往前而行，待至洞前，往里一跳，如坠深渊，不知过了几时，跌了下来，四下而望，又似回了原点，一众人等，朝一黑洞，缓缓向前。葛洪心道："原是如此，此琴以音惑人，教人身陷幻象，不得自拔。"遂发手一雷，雷鸣上方，平白现一金轮，登时金光四射，一阵白烟腾起，眼前景象消失无踪。恰见法圆疾步而来，欲取性命，葛洪祭出一符，默念玄语，用符收了法圆。那边有法合喊道："休要伤我师兄，且看我坏劫钹厉害。"祭起金钹，那金钹在空中，陡然变大，罩住葛洪身形，咫尺间天昏地暗，日月无光，转一次，寒风凛冽，沁人心脾；转一次，暴雨滂沱，银河倒泻；转一次，雷奔云谲，天打雷劈；转一次，神挟电击，山川失色。怎见得？有诗为证：

雨儌风偬舞狂龙，雷惊电绕鬼神匆；
坏劫无情万般灭，虚空无量世从容。

165

只见风雨雷电齐至，鬼哭神号，惊天动地，葛洪手中空空，挡不得此宝，忙使个土遁，逃离开来。刘渊在旁，看得明白，祭出炎阳剑，化为火麒麟，直奔葛洪而去。葛洪见火麒麟来势凶猛，连忙退至崖边，使个水遁，登时一道水柱从崖下腾起，犹如白练当空，煎盐叠雪。那水柱回天运斗，将火麒麟裹在其中，不得自出。然一波未平，一波又起，转瞬之间，坏劫钹又至，葛洪首尾难顾，身形一滞，着实受了一击，登时五内俱焚。三人见葛洪被打，心下大喜，连忙上前，要取性命。葛洪往崖下一窜，把水打了一个窟窿。三人急往下看，水星儿不见一个，刘渊叫道："不好，葛洪定是借水遁去了。"法合笑道："任他去吧，他受我一钹，虽眼下逃脱，然风雨雷电，已入体内，纵是大罗神仙，也是难逃劫数。"刘渊颔首说道："葛洪甚是了得，今日如未有你等相助，我一人恐难敌也。"法圆回道："奇门遁甲乃三清密法，星移物换，变幻莫测，我观葛洪此术未知尽然，今幸除之，否则他日再遇，结果难测。"

三人正说话，忽有一人从崖下而出，蹒跚而来，打一稽首，说道："今幸得众位相救，此德此恩，不敢相忘。"刘渊见是张泓，忙回一礼，答道："道友哪里话，我路经此地，听有打斗之声，不禁好奇，故来一看，却见葛洪相逼甚急，恼恨其行，不觉出手，此时方知乃是先生。"张泓嗟叹："你我同朝为臣，本是缘分，我早有拜见都督之意，今日与葛洪一场厮杀，反倒成全。"刘渊笑道："英雄所见略同，我亦有一见先生之意。"张泓也是见微知著，心细如尘之人，见刘渊如此说话，遂单刀直入："我有一言，不知当讲不当讲？"刘渊即道："先生但讲无妨。"张泓遂望向法圆、法合二人，刘渊知其心思，说道："二人皆为自家之人，先生勿要生疑。"张泓问道："太傅待你如何？"刘渊回道："太傅待我恩重如山。"张泓嗤笑："太傅何恩于你？"刘渊回道："太傅任我为建威将军、五部大都督，赐我汉光乡侯，如何不是有恩？"张泓问道："建威将军，汉光乡侯皆为虚名，不足为道，五部大都督虽是实授，然太傅不许你回五部之地，得其名不得其实，何恩之有？"刘渊闻言不语。张泓又问："先帝待你如何？"刘渊答道："皇恩浩荡，不可言喻。"张泓又道："晋室乃司马天下，天子承先帝大统，天下之主，你不投天子，却投太傅，殊知太傅结党营私，专权放纵，素无威望，不得人心，大祸将至，你如何自处？"刘渊作惶恐状，即道："望先生指点一二。"张泓说道："我有一言，你且听好。"

　　紫陌红尘风云变，我自独赏寒江天；
　　烟波垂纶斜卧柳，长线悠得鱼满衔。

　　刘渊听罢，打一稽首，即道："多谢先生指点。"张泓回礼，答道："都督颖悟绝伦，实乃当世英雄也。"二人寒暄几句，相互别过，不提。

　　且说李肇欲往许昌，说汝南王举兵入朝，轻车简从，出洛阳，过伊阙，越崇高，经阳翟，行走七日，一路昼夜兼行，鞍马劳顿，也是辛苦。好容易到了许昌，进了城中，至汝南王府，李肇令随从拿一贯钱给门房，让其通禀，门房忙入内报于司马亮。司马亮闻李肇前来，疑道："李肇为殿中中郎，同孟观二人与贾后来往甚密，此人不在洛阳，到我许昌作甚？"长史刘淮在旁言道："且看李肇如何说话？"司马亮令门房传其入内。

　　李肇疾步入堂，司马亮见其笑道："郎中不在朝廷任事，如何有闲心来此？"李肇环顾左右，悄声说道："汝南王可到偏殿说话？"司马亮闻言，领李肇到偏殿，李肇见殿中无人，作惊恐状，说道："汝南王大难临头，我特来相告。"司马亮大吃一惊，栗栗问道："我有何大难？"李肇疑道："汝南王全不知情？"一惊一乍，司马亮霎时失了方寸，忙问："郎中既知内情，快快讲来。"李肇说道："太傅杨骏，欲除你而后快。"司马亮问道："此话怎讲？"李肇回道："昔日先帝临终之时，曾有意传公侯入朝，与杨骏共同辅政，后杨骏专权，公侯举兵吊丧，有人告之谋反，杨骏发兵讨伐，公侯虽退许昌，然杨骏对公侯甚是忌惮，因先帝驾崩，权位不稳而作罢。如今杨骏结党营私，私树心腹，朝中无人敢掠其锋，公侯又得天下之心，令杨骏寝食难安，正欲削之。公侯处境可谓池鱼幕燕，稍有不慎，便是万丈深渊。"司马亮即问："依公之见，我如何自处？"李肇回道："高举义旗，举兵入朝，清君侧，诛杨骏！"司马亮一惊，忙道："莫要说此忤逆之言。"李肇急道："公为天下诸侯之首，非寻常之人，只可进，不可退。"司马亮摆手说道："杨骏势大，都督中外诸军事，我贸然举兵，岂非飞蛾投火，自取灭亡？"李肇又道："杨骏一外戚，你乃宣帝之子，景、文二帝之弟，晋室宗亲，为天子举兵，何惧之有？"司马亮闻言，沉思片刻，李肇见有所动，即道："我此次来，乃奉皇后之命，皇后之意，即为天子之意。你尽管前去，自有宫中接应，事若有成，公侯则为辅政，一人之下，万人之上。"司马亮心头一喜，却又觉不妥，遂眉头一皱，借口如厕，让李肇稍等片刻，出了偏殿。

司马亮即回正堂，见刘淮仍在等候，遂将李肇所言道来，问如何是好。刘淮思忖良久，说道："皇后与太傅向来不和，闻数月前，因石崇一事，二人在太极殿上互有争执，李肇此番奉皇后之命前来，定是皇后起了杀心，然手无兵权，便要借刀杀人，公侯万不可答应。"司马亮问道："即便如此，我亦可从中受益，入朝辅政，有何不可？"刘淮回道："公侯不可，其因有二：一、先帝驾崩，曾传言择派公侯辅佐朝政，杨骏篡诏专权，公侯举兵吊丧，天下归心，然当日公侯不讨伐，如今再去，无由可立；二、皇后如能诛杀杨骏，公侯定可入朝辅政，勿须亲往。杨骏同党遍布京城，与之相抗，不免一番厮杀，何不让皇后与其相斗，事若不成，则无关公侯之事，事若已成，天子愚钝，皇后又是女流，定要择选德高望重之士辅政，公侯身为晋室宗亲，又有先帝遗命，众望所归，何必轻染血光？"司马亮一语惊醒，恍然大悟，说道："长史所言，甚合我心。"遂返回偏殿。

李肇等候良久，心中着急，见司马亮进来，忙上前道："事态紧急，望公侯早作决断，以成大事。"司马亮干咳一声，说道："中郎风尘而来，报信于我，本王感激不尽，然此等大事，须从长计议为好，万一行事不周，你我皆难逃杨骏毒手。"李肇接道："自古成大事者，临机立断，如瞻前顾后，大事难成，公侯切莫错过良机！"司马亮摆手说道："凡事当知进退，仓促起事，后果难测。中郎可先回京，容我琢磨几日，再说不迟。"李肇又道："我此行虽是隐秘，可杨骏耳目遍布朝野，不日定然知晓，耽搁几日，公侯纵是有心，我却无此胆量也。"司马亮不为所动，抚手说道："中郎言重，你我不对外人讲起，何人知晓。"言罢，一随从进了殿来，手托一盘，上罩红绸，司马亮将绸掀起，满盘黄金，金光闪闪，说道："中郎披霜冒露，为本王而来，本王甚是感激，此乃小小心意，且收下之。"李肇还要再劝，却见有送客之意，遂拿了钱财，谢过拜别。

出了府门，李肇长叹一声，心道："孟中郎此计虽妙，却不知司马亮言过其实，不堪大任也。"遂唤过随从，打道回府。一路愁眉不展，忧心忡忡，自思："不能劝动司马亮，如此回去，皇后定会责难。"令随从放缓脚程，冥思苦索。正一筹莫展，忽闻一人作歌而来：

青山不改苍翠意，欲寻幽木缈无间；
曲径行来清流转，水尽云开路在前。

李肇循声望去，见是个僧人，身长八尺，眉须皆白，顶现金莲，执杵而至。左右喝道："哪里的野僧，速速让开。"李肇止住，拱礼问道："我有要事在身，不知高僧有何赐教？"老僧合掌道："你我有缘，今日途经此地，观你面相，天中低垂，日月二角紧凑，凌云不舒，紫气下沉，龙宫起伏，凤池波澜，定有重重心事，又含隐隐祸事，心中不忍，特来为你解难。"李肇见老僧道德之士，心中大喜，忙问："高僧可知我心事？"老僧笑道："你有心托月，然明月无意，纵观四海，不知月照何方，欲往不能，欲回不可，进也不是，退也不是，实是两难。"李肇伏地拜道："望高僧指点迷津，恩德定铭记于心。"老僧说道："我有一言，你且听好。"

九子龙生九子唱，凤歌一曲到荆襄；
平湖月望西楚客，白首何奈少年郎。

李肇也是聪颖之人，闻此言，如拨云见日，似雾中见明，一片透亮，又道："敢问高僧法号？哪处仙山？何处洞府？日后好当拜谢。"僧人说道："你我相见而语，终是一个缘字，如今缘尽，你我自当别过，何必在乎一个谢字，更无须知晓姓名，去吧，去吧。"遂一拂衣袖，转身而走，少时不见影踪。李肇知高僧有道之人，不可寻得，即吩咐左右往荆州去。

又是一路驰骋，朝登紫陌，暮踏红尘，半月有余，几人到了荆州，装扮一番，进了城中，至楚王府，依旧拿一贯钱与门房通禀，少时门房迎其入内，李肇径上大堂，见一人端坐堂上。此人弱冠之年，丰姿清秀，风华正茂，意气飞扬，怎见得？有诗为证：

面如芙玉星目朗，齿白唇红鼻口方；
　　飞凤彩结烟霞顶，仪容不凡貌堂堂。
　　头戴金镶盘龙冠，身披银丝大红袍；
　　腰束羊脂白玉带，麒麟自无寻常装。
　　武帝膝下第五子，金枝玉叶贵胄潢；
　　两度封王镇楚地，年少果锐世无双。

　　此人正是楚王司马玮，见李肇进堂，问道："你不在天子左右，到我荆州来作甚？"李肇拜道："我奉天子之命，与楚王共商国事。"司马玮说道："既是国事，为何不遣使召见，而唤你来？"李肇回道："此事不可明说，只可密语。"司马玮心中好奇，喝退左右，忙问："但请道来。"李肇徐徐言道："先帝宾天，杨骏越诸王而独掌朝权，改换侍臣，私树心腹，专权跋扈，刚愎严苛，凡是诏令，明虽天子阅审，实为杨骏独断，朝廷内外，对其皆深恶之，却又无可奈何，只得听之任之。杨骏无惧众臣，独惧诸王，不许皇族参与政事，更怀猜疑之心，欲逐一剪除。特来相告楚王。"司马玮闻言，怒发冲冠，暴跳如雷："杨骏匹夫，欺我宗室无人也。"李肇又道："天子欲除老贼，然禁军为党羽把持，须借公侯之力讨之。"司马玮急问："陛下欲令谁举兵？"李肇接道："我既已到此，当是楚王也。"又道："天子知楚王年少果敢，胆识过人，欲请楚王举兵，清君侧，讨杨骏，废太后。"司马玮听此夸赞，轩轩甚得，转念一想，又问："谅杨骏一苍髯老贼，太后一无知女流，何足道哉，然我举兵入朝，有何益处？"李肇见司马玮有应允之意，忙道："大王为天子除贼，还权于天子，又是天子之弟，晋室宗亲，天子自当令你入朝辅政，还须多言。"司马玮听罢，眼中一亮，抚肩说道："此话当真？"李肇即答："兹事体大，不敢虚言。"司马玮又问："有何凭证？"李肇又答："天子口谕，又有皇后八宝龙凤如意在此，楚王莫要心疑。"司马玮目放光华，叫道："如此甚好，我即刻表请入朝。"李肇见楚王满口应允，遂与其密谋一番，返回洛阳，向贾后复命不提。

　　未出二日，司马玮上表，三百里加急送于洛阳，杨骏得楚王请表，大喜，对左右言道："楚王少年气锐，性又狠戾，昔时先帝封之始平王，后先帝为固太子，遣秦王、淮南王与楚王分镇要地，我本欲征召此子，又恐其勇悍难制，故未成也，如今却主动请表，正合我意。"主簿朱振从旁点道："太傅须要三思，楚王手握重兵，雄居要地，且我行我素，敏锐果敢，此时上表入京，恐有图之。"杨骏笑道："主簿只知其一，不知其二，楚王坐镇一方，手下兵强马壮，方是我心头大患，请表入朝，恰在我掌握之中。"朱振不语，杨骏遂报于天子，劝其诏从所请。贾后早告知天子，天子知其心意，又顺了杨骏人情，即下诏令，命楚王择时入朝。

司马玮得诏，大喜过望，即传令下去，整束三军，备足粮草，又自思一人之力，恐有不足，欲再寻一人，先修书一封往秦王司马柬，约其举事，然司马柬心有胆怯，不愿多事，无奈又修书一封，往淮南王司马允，约其共同举兵。未出半月，司马允差人回报，愿与同行。二人遂约定时日不提。

再说葛洪受坏劫钹一击，借水遁逃离，顺流而下，至千里开外一处林间。见无人追来，即收了水遁，只觉体中五内俱焚，有风雨雷电之气，上下而窜，耳中一片轰鸣之声，眼前渐而模糊，自思："此钹好生厉害，看来劫数难逃。"强撑片刻，着实不支，昏死过去。那风雨雷电肆虐体内，竟将一魂一魄逼了出来。魂魄飘飘荡荡，晃晃悠悠，往大罗宫而去。恰有天师张道陵云游下山，见前方一人杳杳冥冥，渺渺茫茫，仔细观看，方知是葛洪魂魄，不由得大惊，拿三五斩邪雌雄剑一指，定了魂魄，又祭了平顶冠，将魂魄收于冠内，念动玄语，那冠晃动不止，天师将冠托于掌中，驾云而起，霎时飞至。

天师落下云头，走到葛洪身旁，见双目紧闭，脸色青黑，有四气笼于其身，已是气若游丝，暮景残光。天师把手一放，平顶冠悬于泥丸宫之上，一道金光现出，风雨雷电四气即出体内，收入冠内，天师又轻叩金冠，魂魄缓缓而出，没入窍中，道一声："葛洪还不起来，更待何时？"登时葛洪叫声："痛煞我也。"即睁了双目，起身看时，见天师在前，遂问："师兄如何到此？"天师说道："你教人所伤，然天不绝你，一魂一魄虚游大罗宫，我收你魂魄，寻你至此，恰救得你性命。"葛洪愧道："我根行尚浅，幸得师兄搭救。"天师即道："你不必自惭，然前因后果，却要说个明白，随我上山去吧。"葛洪哪敢多言，随天师往大罗宫玄都洞而去。不知后事如何，且看下回分解。

第十八回　明空性葛洪了缘　咎自取杨氏赤族

我本世外青衫客，无恨枫晚了凡缘；
浮云高卧醉望眼，红绿蓝紫百花嫣。

且说葛洪随天师上大罗宫，驾云而起，不消片刻，到了山下，欲往玄都洞，忽身子不稳，一个踉跄，跌下云头。葛洪高喊师兄，不见答应，四下一望，空无一人，心下不觉诧异，驾云上山，却提不起气，纵不得身，左思右想，不得其解，只好徒步行走，见大罗宫光景，甚是嗟叹，自思一别数日，又是一新。走至半路，上有长虹当空，山野如洗；下有怪松盘旋，宝树林立；前有希有展翅，耳鼠探头；后有蛊雕摇舞，白泽长吟。端的是：

山在云中坐，云在山中行；
无限风光景，风光景无限。

葛洪一路直上，不觉之间，到了一处小道，那小道似羊肠一般，盘盘曲曲，蜿蜿蜓蜓，隐于林间。林间云雾缭绕，瑞霭氤氲，无分日月，不见斗星，不免心下疑惑，自思："我自幼上山，寻常采芝觅药，遍走山中，却不知此路，今日为何到此？"不得答案。待行了五六里远近，忽听得嘤嘤叫声："救命！"葛洪大惊，自道："这等仙山祥境之中，有什么人呼喊，待我前去看看。"疾步向前，穿千年柏，越万年松，近前视之，见东西南北各有一泉，叮咚有声，宏细疾徐，汇成一池清潭。那潭宽约一丈二尺，不知深浅，四面竹树环合，水面碧绿澄澈。再定睛细看，原来潭中有一女子，手脚扑腾，水花四溅，似作溺水，沉浮不定，甚是危急。葛洪大惊，欲使水遁相救，却不灵验，一时无法，也不多想，忙跳入水中，游至女子身旁，从后搂住身子，划向潭边。那女子也是情急，不知有人相救，仍是乱喊乱扑，葛洪喊道："姑娘莫要慌张，我来救你。"女子方一动不动，任凭搂住。葛洪奋力游水，好容易到了岸上，长吐一气，口称："姑娘莫怕，已上岸矣。"女子起身，一丝不挂，转头半侧，美目直视，被葛洪看见，登时面目羞红，原来光景：

乌丝轻拢沐晨露，蓁首蛾眉流月潮；
星眸半合点云水，美目含笑拂春梢。
朱唇一启荡飞雪，香肩婀娜衬妖娆；
秀体曲韵摇浪叠，冰肌清浅玲珑娇。
惊鸿照影梦几许，天人落尘破霓裳；
今朝弄姿示君前，何上罗宫伴孤黄。

葛洪赶忙掩面，背身急道："姑娘速将衣物穿上。"女子也不着衣，娇声说道："多谢先生相救，小女感激不尽。"葛洪回道："济世救人，乃道者本分，勿须言谢，你姓甚名谁？为何孤身一人？又如何溺水？"女子不答问，只是柔声说道："今日有缘，得遇先生，为何背身说话，此非待人之礼。"葛洪说道："非是贫道无礼，只是姑娘未着外衣，不敢妄加视之。"女子呵呵笑道："赤身乃人之本貌，先生若不见我，如何见本貌也。小女得先生相救，无以为报，欲以身相许，共剪西窗红烛。"葛洪即道："你我萍水相逢，我见你危难，故而救之，非有他念，莫再说这等结好之言，如今你已无碍，就此别过，今后需多加小心。"女子闻言，脸色一变，厉声说道："你平白看了我身子，却不愿结百年之好，教我如何有脸，再见世人。"言毕，转身投水。

葛洪只听得"扑通"一声，心知不好，转头看时，见潭中几点水花冒出，霎时没了踪影，赶忙复入潭中，来回探寻，哪里找得到人，不免焦急，大声呼喊，未有回音，再看四下，水波不兴，安若明镜。葛洪又是惶恐，又是懊悔，呆立潭中，许久，哀首嗟叹："此女始为我救，终为我害，我有心而为，却无心而失，

173

乃是我之过也。可怜不知女子哪里人氏，有何家人，无从相告。"心有不甘，再一番寻找，终是无果，只得作罢。复回岸上，望一眼清潭，叹息一声，转头离去。殊不知，未有片刻，潭中浮起个人来，赫然乃是葛洪，面目和善，盈盈欲笑，一朵金莲而出，将葛洪包裹其中，霎时不见踪影，只化了九颗莲子，落入潭中。

葛洪不知景象，一路向前，见青松碧桧，仙鹤对舞，煞是奇境，却无心赏观，只是行走，又有七八里远近，忽听"哗啦"声传来，近前而视，一片瓦堆，一人端坐其上，左手拿一瓦片，右手执一泥刀，正埋头敲打，那瓦片也是奇怪，任凭如何用力，却是敲打不碎。葛洪好奇，上前问道："这位小哥，此山并无人家居住，你抹泥弄瓦作甚？"那人不回话。葛洪欲再问，那人猛地抬头，怎见得样貌：

稀疏疏两道眉，残叶飘火；阴恻恻四白眼，鸦鸟张望。赤红脸，蓬头面，尖嘴猴腮；招风耳，朝天鼻，锯牙凿齿。身着一件泥黄衣，五指血手印额间。想是人间多作恶，相由心生受咎罚。

葛洪见此人相貌凶恶，心中甚疑，自思："大罗宫乃洞天福地，此人如此凶恶，何以到此？"于是又问来历，那人将泥刀一扔，忽嘤嘤哭泣，说道："我本广平肥乡一泥水匠，姓王名斩，平常到这户人家、那处当口，做些活儿，日子倒也安定。一日叫位老爷请去家里修缮仓廪，不知怎的，回来便身子不适，日益不济，恍然之间到了地府，判官说我作恶，责我到此，令将眼前瓦片敲碎，方可转生。我日夜敲打，然瓦片坚硬无比，敲之不碎，可怜我积德行善，却百口莫辩，受此煎熬。"葛洪闻言，问道："你说有位老爷请你做活，可是吉家巷，吉家老爷？"王斩即道："正是这老匹夫，不知施了何术，令我染疾。"葛洪哼道："此乃你的报应，可笑在此满口积德行善，吉老爷请你做工，你今日加瓦，明日添砖，只顾拿钱，吉老爷将你辞退，你却怀恨在心，以聚怨之术害人，幸让我遇见，否则吉家上下，皆亡于你手。你以鲜血聚怨，反噬自己，怪不得别人。"王斩听罢，青筋暴现，拾起瓦刀，口道："我道谁破我法术，原来是你这小道，今日得见，定要你好死。"葛洪心中火起，喝道："你恶性不改，身死仍不自知，定要好生教训为是。"

王斩不答，一个箭步，蹿至葛洪身前，劈面就打，葛洪一个闪身，泥刀落空，又是一个转背，手指上空，欲收王斩，却不灵验，不由得心头一慌。王斩趁葛洪身形一滞，回过身来，一拳直捣胸口。葛洪侧过，心知法术不灵，敌不过王斩，连忙退后。王斩哪肯放过，穷追不舍，欲取性命。两人一前一后，不觉间到了一处崖边。怎见得好景色：

  重峦隐曲径，忽见林霏开；月傍云归处，风斩万仞裁。仰望长虹起，俯看白练依；一崖悬绝壁，平地没天齐。百丈寒藤挂，千尺绿萝披；烟翠笼四野，别鹤飞涧离。黛色收脚下，负手说黄庭；身在红尘外，八面不动心。

葛洪在前，忽见断崖，即收了脚步。王斩在后，不知景象，见葛洪停步，以为力乏，大喝一声："教你还逃，快纳命来。"即身子一扑，作势要打，葛洪赶忙侧身，王斩扑了个空，一个踉跄，收不住脚，直往崖下跌去。葛洪见王斩坠崖，无暇思索，忙身子一探，伏在地上，伸出右手，抓住王斩左臂。王斩悬在崖下，见葛洪相救，诧异万分，口言："我欲取你性命，你为何相救？"葛洪虽抓到王斩，却使不上劲，又无法施术，非但救不上来，倒还身子渐斜，心中暗自叫苦，脸憋了个通红，哪里顾得上答话。眼见两人将齐落悬崖，王斩面露愧色，倏地把手一抖，挣脱开来，人如断线风筝，落下悬崖，霎时不见踪影。

一切皆在电光石火之间，葛洪眼见王斩坠崖，呆若木鸡，半晌才回过神来，不免心中一阵惆怅，五味杂陈，伫立崖上，嗟叹不已。好久方离去，殊不知，那崖下，忽伸出一段桃木，将王斩托起，只见王斩面色一变，换了一个模样，赫然乃是葛洪，面目狰狞，发指眦裂，霎时桃木上开起一朵桃花，将葛洪裹于其中，只化了九颗红桃，落下悬崖。

葛洪继而向前，经此二人之事，心中不免嘀咕，自思："大罗宫之地，如何有这些凡夫俗子到此，一女一男，皆因我而死，老师教我法术也不灵验，究竟是何缘故？"遂停了脚步，四下观察，方觉不妥，自觉上山七载，从未到过此地，只见云雾氤氲之中，有一片松林，松涛如箫，翠绿如茵，中有一径，穿林而过，复行数十步，又见一小山，山下现一小口，其中有光。葛洪进去，只觉明光烁亮，不能视物，估摸再走了数十步，豁然开朗。面前立一府衙，白砖青瓦，一对石狮，两扇红门，看着眼熟，原来到了邵陵府衙，不禁大惊失色，忙擦拭双目，以为眼花，再定睛一看，仍是原样。葛洪忙上前，不见有人出来，四下万籁无声，呼唤一声，更无人答，甚是诡异。

正疑惑间，只听"吱吱"声响起，大门徐徐而开，葛洪径步入内，转照壁，过甬道，穿仪门，至大堂，空无一人，堂前左右二柱挂丧幡，正中置一棺柩，下点长明灯，灯火忽明忽暗，地上随处散落些纸钱，冷冷清清，凄凄惨惨。葛洪见此景象，心知不妙，三步并作两步，上前一瞧，登时脑中嗡嗡作响，头晕目眩，站不稳身子。原来躺在棺中之人，正是父亲葛悌，此时模样，已是形容枯槁，骨瘦如柴，令人心痛。

葛洪自思作别数日，竟是天人永隔，手足无措，悲从心来，泪如泉涌，哭得如痴如醉，只恨既知父亲病情，却不早寻那薰草祛疾，又是懊悔，又是自责，正悲悲切切，人事不知间，忽耳中响起一声：

三尸不斩难为道，六情一祛方成仙；
凡来尘往莫如此，登舟离岸作别年。

葛洪闻言抬眼，景象一变，府衙棺柩全都不见，天乐遥闻，仙音嘹亮，祥光照照，瑞气条条，已是身在大罗宫玄都洞内。上有玄都大法师，左右分立张道陵、萨守坚、许逊三位天师。葛洪心神一怔，少时匍匐在地，拜道："弟子拜见大法师。"玄都大法师道："葛洪，你下山之时，天尊曾有吩咐，令你代劳炼丹，辅佐明主，你办得如何？"葛洪心中惶恐，口中支吾："弟子未曾去得。"法师问道："既未曾去，这些日子你作甚了？"葛洪答道："弟子下山，挂念家中，先至肥乡，后至邵陵，寻了父亲，恰牵入一桩案子，又往洛阳请愿，故以致此。"法师又道："你一魂一魄游至大罗宫，幸让你师兄遇见，救得性命，我且问你，何人将你打伤？"葛洪不敢隐瞒，回道："乃是五部大都督刘渊所为。"遂将前因后事，细细道来。法师颔首，说道："你可知为何有这一难？"葛洪回道："遵听大法师教诲。"

玄都大法师言曰："道为一体，天为一体，地为一体，人亦为一体。人效法地，地效法天，天效法道，道随遇自在。世间万物，可任之独行，也可任之从随；可任之恬柔，也可任之迅疾；可任之强盛，也可任之衰颓；可任之安稳，也可任之消亡。故修道之人，须以道为循，戒出手过分，戒自奉过奢，戒行走极端。当日你下山，不遵师命，牵情家中，吉家巷降鬼，邵陵郡镇灾，扶夷江查案，洮阳县寻凶，洛阳城降妖，岂知天道有定，圣人不可违，何况你我。方才你上山，斩你善恶两念，然脱不得一个情字。你既负天命，却执着私情，以致世人皆知你名，泄了天机，故有此难。"葛洪闻言，开雾睹天，如梦初醒，即道："弟子知错，但凭大法师责罚。"法师叹息，说道："你既已知错，我也不责罚你。如今你父病逝，俗缘已了，也不必再往邵陵，天尊让你代劳炼丹，须寻混沌开辟先天抟铸之物八卦紫金炉，你且谨记心上，莫再轻染红尘，待到风云际会，自有明主相请，还你功成之日。"葛洪跪泣，问道："大法师教我往哪里去，可有明示？"法师道："当日天尊十二句偈子送你，你全然忘却，还来问我。"葛洪心中悔恨，惭愧不已，拜别众位，下山而去。有诗为证：

凡情未尽违师命，千里寻父续俗缘；
尘世奔忙空悲切，东西南北叹连颠。
一朝自有云烟散，苍松仁月抚清泉；
闲居罗浮守心志，待逢明主度人间。

葛洪下山，忆天尊当日之言："东回西去洞世事，北往南来知人间。"自思："天尊此言，乃是教我向南而行，心守安然。"思忖已毕，定一下神，胸中五行之气，徐徐流转，遍布其间，遂捏一撮土，空中一撒，驾土遁往南而去，不提。

话说楚王上表入朝，天子准奏，楚王暗邀淮南王联袂举兵。待到次年，惠帝下诏，改元年，号为永平，二月春光和煦，万物复苏，绿柳成行，莺飞草长。司马玮准备停当，见时机已到，交代下去，点人马五千，一声炮响，进兵洛阳。夜住晓行，怎见得？有诗为证：

177

> 五色旌旗蔽空展，错马金刀向天关；
> 平沙莽莽不见日，红缨紫雾现戈寒。
> 羽书昨夜出南国，孤楼今闻号角传；
> 骍弓拂影照淮水，人间又起白骨山。

未出一月，人马已至洛阳城五十里开外，司马玮下令，马不卸鞍，人不解甲，全军待命。不日，淮南王司马允亦至。司马玮差舍人歧盛乔装百姓，混入城中，告知李肇。李肇得信，马不停蹄赶往宫中，贾后传入，李肇禀道："楚王已至洛阳，现在万安山下，但凭皇后差遣。"贾后斜眼望张泓，张泓说道："楚王既至洛阳，杨骏耳目众多，皇后还须速决，以恐生变。"贾后问道："先生有何良策？"张泓思道："今日杨骏在府中大宴宾客，正是举事良机，皇后当速禀天子，告其谋反，奉诏除贼。"贾后闻言，思忖片刻，又问："老贼党羽遍布，如何应付？"张泓答道："皇后过虑，张劭、樊震虽掌京中兵事，然未得诏令，加之老贼现在府中作乐，急切之间，不得调兵。杨珧、杨济虽为杨骏之弟，然老贼刚愎专权，已令二人闲居，不足为患。如今楚王已至城外，可请得诏书，令其速进城来，驻军司马门。另使淮南相刘颂接武茂之职，任三公尚书，驻军殿中。遣东安公司马繇领殿中兵讨伐，可除杨骏。"贾后喜道："先生果真高见，甚合我意，两位中郎可速进宫去，夜奏天子，请诏除贼。"

二人得旨，即出宫门。贾后又道："刘渊现在何处？"张泓回道："刘渊闭了门庭，托病在家，已有月余。"贾后微微颔首，再问："万事俱备，唯患一人，左军将军刘豫，掌京师兵卫，此人引兵来救，如之奈何？"张泓笑道："我保举一人，可绝此患。"贾后忙问何人，张泓回道："右军将军裴頠，曾得四明山真人刁道林指点，身怀秘术，可除刘豫。"贾后大喜，说道："裴頠事成，可任左军将军，今夜定使老贼，死无全尸。"

孟观、李肇奉贾后嘱令，连夜赶往明阳殿，启奏天子："太傅谋反。"天子不信，说道："杨骏乃皇戚，国之肱股，如何谋反？"孟观拜道："太傅每日召集亲士，于府中密议谋反之事，卑职观察多日，千真万确。"李肇也道："昔日先帝驾崩，

第十八回
明空性葛洪了缘　咎自取杨氏赤族

入殓盖棺，六宫上下出宫告别，唯杨骏不下殿，其心已显不轨。陛下登基之后，内外之人，皆是杨骏同党，上朝议政，尽是虎贲护卫，哪里有天子在上，还望明鉴。"天子闻言，沉默不语。孟观见天子不言，急道："陛下，杨骏作乱谋反，还望速决。"天子见二人说得急切，却也言辞凿凿，半信半疑，正犹豫不决之间，忽见一人进来，原是贾后。只听贾后喝道："陛下不想汉时王莽，如今皇权皆在杨骏之手，已是无异，若不早除，先祖基业岂不毁之。"天子闻言，如梦初醒，即问如何是好。孟观、李肇二人忙将计策告来，天子点头称是，下诏除贼。

天子正下诏，有宫中直日闻知，忙报于散骑常侍段广。段广大惊，急差人告知太后，自己驰入见天子，此时孟观、李肇早已离去。段广拜倒泣问："臣闻陛下下诏，欲除太傅，可有此事？"天子喝道："太傅谋反，朕已令人讨伐。"段广跪伏座前，且泣且语："太傅受恩先帝，竭忠辅政，加之年老无子，岂有谋反之理？望陛下审慎后行，收回成命。"天子不理，段广心知多言无益，忙请辞出宫，报于杨骏。

此时杨骏府中，鼓乐齐鸣，轻歌曼舞，高朋满座，觥筹交错。杨骏高居上座，品美酒，赏佳人，张劭、李斌、武茂、杨邈、蒋俊一干亲士交杯换盏，兴致正浓，忽闻堂外有人喊道："大事不好。"皆循声而望，见段广跌跌撞撞，闯了进来。杨骏问道："发生何事？你竟如此失态？"段广急道："宫中急变，殿中中郎孟观、李肇二人，受皇后指使，诬陷太傅谋反，陛下已下诏，令楚王进军司马门，东安公率军四百，前来讨伐，事发甚急，太傅须速决。"众人闻言，大惊失色，杨骏大叫："司马玮请表入朝，原是丑妇设谋，可恶至极，我中计矣。"遂匆匆下座，撤了歌舞，急巡视四下，问左右："刘渊现在何处？"左右即道："大都督患疾月余，现居府中不出。"杨骏闻言，汗出浃背，即差人速往大都督府，请刘渊率众前来。又令张劭调禁兵护卫，张劭哭丧言道："调动禁兵，须有诏令，如今公等皆在此地，司马玮把守司马门，宫中兵士，皆不能出，我等入宫，亦不能进。"杨骏心急如焚，问一干亲士："这可如何是好？"太傅主簿朱振献计："眼下禁兵难调，为今之计，只有一法。"众人皆问。朱振正色道："太傅应一面速领家甲，火烧云龙门，使楚王兵士不得出，且向天子索求作乱之人，一面令左军将军刘豫速开万春门，引东宫与外营兵，拥皇太子遏入宫，捕拿奸人。此法定使奸人自乱。天子恐惧，则杀奸人送与太傅，太傅方可安然无恙。否则，难脱大难。"众人闻言，群情激昂，皆赞妙计："拥太子，师出有名，太子东宫有兵士万余，足可与楚王相抗，若能把持宫中，太傅即与天子无异也。"此时杨骏却犹豫不决，众人皆道："事不宜迟，请公速决。"杨骏沉吟许久，方言："云龙门乃是魏明帝所造，花费甚巨，烧之可惜。"众人听此话，一片哗然，侍中傅祗自思："未料杨骏平日不可一世，却是个多疑怯弱之人，与此人为伍，定不能成事，还是速离此地，以免引火烧身。"思忖已定，忙起身道："我愿入宫观察事势，再向太傅禀报。"又对众人道："宫中不可无人，在此聚议，亦是无益。"众人闻言，皆明其意，均起身告别，唯尚书武茂，仍坐未动，傅祗瞪道："季夏莫不是朝廷大臣，今宫中内外隔绝不通，天子不知何处，你怎安心坐于此处。"武茂闻言，似梦初觉，起身离去。一干人等，作鸟兽散。

　　杨骏见众人离去，心知适才失言，悔恨交加。正懊恼间，忽闻府外人马声起，料知不妙，搓手顿足，五内如焚，问左右："刘渊来否？"左右回道："大都督闭门不见外人。"杨骏大骂："竖子误我。"遂急差家丁从后门出，令刘豫带兵前来，又率家甲把守府门，严阵以待。

　　家丁出了后门，一路急驰，赶到万春门，恰遇刘豫，忙将太傅嘱令告知。刘豫遂点人马，赶往太傅府第。未行数里，见一队人马在前，定睛一看，原是右军将军裴颜，驾三角兽，执方天戟，神威凛凛。刘豫上前拱手，问道："将军为何在此？"裴颜回道："杨骏谋反，你为同谋，我奉天子诏令，特来取你性命。"刘豫大怒："凭你几人，焉能挡我去路。"言毕，拍马上前，挺枪便刺，裴颜举戟相迎，二人好一场大战，怎见得：

　　　　昔日同袍今时变，二将阵前把脸掀；不论输赢道生死，却是利字当心前。长枪一摆龙出海，画戟抖擞蛟腾渊；这一个狮子摇头，那一个怪蟒出洞；这一个奉诏讨逆贼，那一个遵旨除邪奸；这一个指望青史把名标，那一个唯愿身留金銮殿。从来恶战无善果，宫门几度鲜血溅。

　　刘豫使得性起，长枪如梨花带雪，裹住裴颜，直杀得人仰马翻。裴颜掩一

第十八回
明空性葛洪了缘　答自取杨氏赤族

戟就走。刘豫追赶，裴颁挂住画戟，把身一定，左肩一抖，现一人，右肩一抖，又现一人。只见三个裴颁，立在面前。刘豫大惊失色，叫一声："此乃何术？"裴颁不答言，三人拍马而上。刘豫见前头裴颁来得甚急，举枪便刺，枪头一扎，直扎入心窝，却既不见血，也不见伤，匪夷所思。那裴颁似无疼痛，挺戟打来，刘豫连忙撒手，从腰间摘下宝刀，往上一迎，架住长戟，不料后头裴颁拍马如风，迎面赶上，似飞云掣电，到了面前，未等刘豫回神，拿戟一割，刘豫只觉脖颈一凉，即人首分离。裴颁收了法术，提起刘豫人头，对众兵士道："主将已死，你等还不放下兵刃，弃暗投明。"众人见刘豫身亡，遂纷纷归降。裴颁即领兵，扼守万春门。

话说东安公司马繇率殿中兵，至杨骏府外，围了个水泄不通，又令兵弩手等，择高处而往府内环射。府中家甲如瓮中之鳖，霎时死的死，伤的伤，哀号之声不绝于耳。杨骏见状，急赤白脸，家中上下老小，亦是慌作一团，往东西南北四门乱窜，皆被弓箭挡住。府外，司马繇喊道："杨骏老贼，你妄图谋反，陛下有诏，令我拿你。刘豫现已伏诛，今日你插翅难逃。"杨骏闻刘豫身死，又不见刘渊来救，张劭等人亦是各奔西东，喊道："天亡我也。"家人在旁，哭作一团。

少顷，忽闻府门"咣当"一声，司马繇率众掩入，随手捕戮，又令左右："死活勿论，拿住杨骏者有赏。"众兵士四下搜寻，见人便杀，约不下百人，却独不见有杨骏。兵士报于司马繇，司马繇执剑而寻，前堂后厅，左房右院，实不见踪影。司马繇奇道："莫非老贼上天入地乎？"又问左右："尚有何处未寻？"左右禀道："院后马厩，尚未搜到。"司马繇率众到院后，四下一望，见厩隅之内，似有动静，上前细看，原是有人蜷伏其中。众兵士呼道："何人在内？"不见人答，司马繇将手一摆，兵士各用戟攒刺进去，随即听得几声惨号，已是溅血成红，死于非命。兵士将死尸拖出，司马繇仔细辨认，不是别人，正是杨骏。司马繇面无表情，口中说道："老贼赫声濯灵，焉知也有今日！"又令左右，将杨府上下满门抄斩。堂堂太傅，权倾朝野，顷刻之间却落得如此下场，正应当日葛洪帖言，不胜唏嘘，有诗为叹：

西风吹笛花满阙，玉宫珠华照未央；

最是人间风光好，多少英雄恨无常。

杨骏身死，消息传入宫中，贾后闻报大喜，即令分收杨珧、杨济、张劭、李斌、段广、武茂、朱振，另有散骑常侍杨邈、中书令蒋骏等杨骏余党。且说司马玮驻守司马门，宫中内外，不得人出入。司马玮带兵巡查，忽见慈宁宫内射出一箭，遂拾起来看，箭上绑有一书，上有太后帛书："救太傅者有赏。"司马玮笑道："凭此欲救杨骏，乃痴人做梦。"遂拿了帛书，往贾后宫中而去。不知太后性命如何，且看下回分解。

第十九回　斗心术三权治朝　施诈计贾后夺宫

待抹浓妆戏高台，悲喜无定空自哀；
帘外看客不知味，一曲方尽一曲来。

且说司马玮拾得太后帛书，急往中宫，待见贾后，呈上禀道："方才巡查之时，见慈宁宫内飞箭传书，乃是太后欲救杨骏，请皇后处置。"贾后见太后字迹，心下大怒，自思太后身处后宫，终是个祸患，遂令道："太后与杨骏同反，大众不得妄从。"又令司马玮送太后往永宁宫，不得天子诏令，不许出宫。司马玮得令，退到中宫，急往慈宁宫去。

贾后问张泓："如今老贼已除，然太后尚在后宫，楚王又手握重兵，二人在此，令我如鲠在喉，不得适从，敢问先生有何法拔除？"张泓正待答言，忽闻裴頠来报："汝南王已至城外。"贾后、张泓俱是一惊，张泓即问："司马亮何时到来？所带人马多少？"裴頠禀道："司马亮称朝中有奸人谋反，带兵马两万，欲清君侧，正朝纲。"贾后大怒，骂道："老匹夫奸诈之徒，欲坐收渔利，可气可杀也。"正待令裴頠严守宣阳门，张泓忙道："司马亮所带两万部众，借勤王之名，有备而来，且昔时先帝临终之时，欲传其入朝辅政，颇有声望，眼下杨骏虽除，同党却在，楚王年少气锐，亦是手握重兵，此时与司马亮相斗，得不偿失，应避其锋芒，先诛杀杨骏同党，再作计较。"贾后听道："先生之见，果真高明。"遂令裴頠迎司马亮入城。

司马玮奉贾后懿旨，到慈宁宫，见杨太后。太后急道："楚王可是前来解救太傅？"司马玮冷笑道："皇后有旨：太傅杨骏，承蒙天恩，不思尽忠为国，竟聚众妄行谋反之事，枉为人臣，今已伏诛，太后杨氏为杨骏同党，现移居永宁宫，再作圣裁。"太后闻杨骏身死，心口一痛，颤声道："太傅家中如何？"司马玮道："东安公司马繇已将老贼府中上下满门抄斩。"太后闻言，痛入心肺，只觉两眼一黑，登时昏厥过去。两旁婢女见状，急忙扶起太后，有稍懂医者，则以拇指重力掐按水沟、合谷、内关三穴，好半天工夫，太后醒转过来，见司马玮未走，又问："太傅谋反，可有真凭实据？即使谋反，也应明正典刑，岂有枉杀之理。"司马玮道："此乃皇后懿旨，我等皆是奉命行事。"太后骂道："丑妇蛇蝎为心，何其毒辣也。"遂起身往中宫去。左右兵士正待阻拦，见司马玮使一眼色，皆往后而退。

太后直奔中宫，左寻右找，有宫女出来，见是太后，皆不敢阻拦。太后寻不到人，柳眉倒竖，揪住一宫女，怒道："贾南风在何处？"宫女恐道："皇后现在凌云台。"太后遂奔向凌云台，恰见贾后出来，上前一甩耳光，打在贾后左脸，骂道："你这贱妇，昔日先帝在时，欲将你废之，若未有我说话，你岂有今日。然你不思感恩，小人得势，竟灭我全族，我要你血债血偿。"言毕，又扑向贾后。贾后也非等闲之辈，受杨后一掌，心头火起，抬脚一踹，将太后踹倒在地，骂道："你这老贱妇，你父谋反，自取其祸，干我何事？岂容你在此撒泼。"太后怒不可遏，爬起身来，欲打贾后，两旁宫婢回过神来，赶紧拉住太后，贾后又打太后，张泓见状，心觉不妥，也拉住贾后。两人虽近不得身，然口中皆骂骂咧咧，吵闹许久，方觉疲惫，各自回宫。

贾后余怒未消，对张泓道："太后深居宫中，终为祸患，莫如与杨骏一道除之。"张泓回道："此事从长计议为好，当务之急，乃是诛杨骏余党，召汝南王入朝，安楚王玮之心。"贾后惊道："为何召司马亮入朝？难不成我等忙碌一番，却使他人渔翁得利。"张泓言道："如今汝南王、楚王皆重兵在京，又是宗亲，皇后欲独揽朝权，为时尚早，以退为进，共治朝权，不失为上策也。"贾后恼道："也罢，就依先生之言，宣汝南王进宫。"

翌日朝会，天子下诏，太傅杨骏谋反，余党杨珧、杨济、张劭、李斌、段广、武茂、樊震等人与杨骏同罪，夷灭三族，凡诛杨骏有功者，皆加爵赏。征召汝南王亮为太宰，与太保卫瓘一同录尚书事，辅佐政事。楚王玮任卫将军，兼领北军中侯。东安公繇任尚书左仆射，进封爵位为王。加封董猛为武安侯，孟观、

第十九回 斗心术三权治朝 施诈计贾后夺宫

李肇皆拜爵有差，傅咸任御史中丞，裴颜任左军将军。

东安王司马繇奏请："东夷校尉文鸯乃杨骏同党，理应同罪。"众卿闻言，各自心道："这厮好生无理，明明其外祖与文鸯有杀父之仇，自己忌恨，却借口杨骏同党，而行诬告，公报私怨。"心有所想，却不敢道破。贾后居惠帝身后，问道："哪个文鸯？"孟观回道："文鸯乃东羌校尉、西平太守马隆帐下先锋官，因破树机能有功，先帝赐封东夷校尉、关内侯，现居洛阳。"贾后斜一眼司马繇，遂道："既是杨骏同党，不可放过，速速拿下，夷灭三族。"司马繇赶紧应承，出了宫去。众臣见罢，皆是摇首。

惠帝坐于殿上，说道："今反贼杨骏已诛，国享太平，汝南王等众爱卿，须尽心辅政，安治社稷。"众臣拜叩。汝南王司马亮出班禀奏："今杨贼已除，有功者皆须封赏，方不失众心。"遂呈上人名，都督将军封侯共一千零八十一人，其中更有石崇，转任徐州刺史，出镇下邳。傅咸进言："如今封爵奖赏之气，日益兴盛，自古从未有之，无功而授赏，后人则喜变乱，更有甚者，石崇荆州之案尚未查清，不究罪责，反而进阶，实乃乾坤颠倒，灾祸必无穷无尽。望陛下明断。"贾后即道："中丞此言差矣，奖罚分明，既可鞭挞顽逆，又可匡扶正气，使人有规可循，有德可依。石崇一案，早已查清，乃是驿丞作乱，与其无关。今除去杨贼，皆众臣之功，如不封赏，何以服众，陛下当允汝南王之请。"楚王司马玮也道："皇后之言甚是，望陛下明断。"惠帝问众臣，众臣皆不作答，惠帝遂下诏封赏。按下不提。

且说司马繇出宫，领军五百，直奔关内侯府，四面围住，不许放走一人。司马繇径入前堂，见文鸯立于堂中，头戴卷叶金盔，身挂九吞银甲，手握金枪，腰挎弯弓，百步威风，杀气飞扬。文鸯恼道："司马繇，你来我府作甚？"司马繇冷笑道："文鸯，你追随杨骏老贼，欲行谋反之事，今杨贼伏诛，我奉天子诏令，拿你归案。"文鸯金枪一摆，怒道："我与杨骏素无交情，岂有追随之理。你诓骗天子，诬陷于我，天子受你蒙蔽，待我禀明天子，治你欺君之罪。"司马繇仰天长笑，许久方道："文鸯，你死到临头，还在痴人说梦，今日夷你三族。"话音未落，只听堂外声声惨叫。文鸯瞋目切齿，疾言厉色："司马繇，你安敢如此。"司马繇也不答话，眼色一使，一班兵士执刀仗剑，欲拿文鸯。文鸯乃沙场猛将，岂会束手待毙，端枪便扎，如金鸡点头，似蛟龙出水，转眼两人死于枪下，众兵士见文鸯骁勇，皆不敢上前。文鸯舞动金枪，一个箭步，杀向司马繇。司马繇见状，吓得魂飞魄散，屁滚尿流，连忙退后，惊呼左右放箭，登时万箭齐发，文鸯身在堂内，闪展腾挪，终是不及，又无处躲避，可怜一代名将，死于奸人之手，落得个满门抄斩，株连三族。有词为叹：

  百丈雄心，一朝成骨；将军难善终，徒叹空如何。悲喜总无定也，望青云归处，逝水来说。

  沙场饮虏血，琴剑孤寒人未还，生死由我。日暮苍途远，万世功名身，不敌小人度。

  司马繇令兵士仔细搜查，尽斩府中上下，又监斩杨珧、杨济等人，共三千一百五十六人，一时专断杀伐，众人皆惧。事毕，司马繇上书，凡诛杨骏有功者，皆行封赏，其有部属亲朋，多达三百余人。

  章表呈太宰处，司马亮阅后良久，问左右："诛杀杨贼，我方为众臣请功，如今东安王又来表奏，如何处置？"左右皆不敢言，司马亮扫视众人，见司马繇之兄司马澹在内，遂问："东武公有何话说？"司马澹素来嫉恨司马繇，即道："司马繇任意行事，显然未将公放于眼内，独断专行，如此下去，恐欲专擅朝政。"司马亮不语，令众人退下，独留长史刘淮，问道："方才东武公之言，长史以为如何？"刘淮回道："司马澹虽为司马繇之兄，却一向厌恶之，言语有毁谤之嫌，然自除杨骏之后，司马繇权势加身，且为人专横，太宰欲治朝政，此人必生阻碍，何不趁此良机除之。"司马亮笑道："长史之言，甚合我意。"即上书奏请天子。

  天子得太宰章表，问于贾后："太宰陈请，司马繇擅用刑赏，言辞背理，奏免其职，如何处置？"贾后细阅，良久方道："陛下不忙应允，待我问个清楚。"即宣司马亮进殿。天子困倦，起驾回宫，司马亮进殿，不见天子，只贾后在内，心有蹊跷。贾后说道："太宰章表，陛下已阅，然东安王平杨骏之乱，其功甚巨，如此罢免，恐失人心。"司马亮回道："司马繇应诏除贼，专断刑赏，目中无人，又欲专擅朝政，我为朝廷社稷着想，上表陈请，皇后勿要迟疑。"贾后笑道："太宰所言，本宫岂会不知，然本宫也有一虑。"司马亮自思："这悍妇果有心思。"遂问："皇后有何虑也？"贾后说道："杨贼虽除，然皇太后居于内宫，图危社稷，同恶相济，理应除之。"司马亮会意，遂道："皇后所言极是，我定当相助。"贾后点头称是。

翌日朝会，天子下诏："东安王司马繇言辞背理，专行诛赏，欲专擅朝政，人神共愤，今免其尚书左仆射之职，废东安王之位，迁徙带方，即日离京。"群臣闻诏，皆暗自欣喜，又有孟观、李肇、贾模、郭彰、陆机、陆云一班臣子请奏："皇太后阴渐奸谋，图危社稷，飞箭系书，招募将士，欲救反贼，可见与其同恶，自绝于天。奉守祖宗遗训，以公心待天下臣民，陛下虽心怀孝思，然臣下不敢奉守诏命。"惠帝闻奏，方知众臣参奏太后，自思太后待朕如己出，心有不忍，说道："事关重大，当妥议后行。"贾后闻言，忙使眼色，散骑常侍贾谧即奏："杨骏造反，太后同谋，怎可曲赦？"有太子少傅张华在旁，见众臣附和，知太后性命堪忧，思忖片刻，奏道："太后非得罪先帝，不过与父同恶，有悖母仪，依为臣之见，可效仿汉时废赵太后为孝成皇后故事，贬太后为武帝皇后，以全始终。"贾后闻言，即道："少傅此言差矣，赵太后虽废，罪不过其妹所累，然太后之罪，乃为与父同反作乱，怎可相提并论？"司马亮闻言，遂道："皇后之言甚是，太后与父同谋，不可轻饶。"众臣闻贾后之言，皆随声附和，惠帝无可奈何，只好退步，不久下诏："逆臣杨骏，借外戚之资，居冢宰之任，先帝既居谅暗，委以重权，至乃阴图凶逆，布树私党。皇太后内为唇齿，协同逆谋，祸衅既彰，背捍诏命，阻兵负众，血刃宫省，而复流书募众，以奖凶党，上背祖宗之灵，下绝亿兆之望。昔文姜与乱，《春秋》所贬；吕宗畔戾，高后降配。宜废皇太后为峻阳庶人，以为大逆不道者戒。"

诏令一出，即命后军将军荀悝，送太后往金墉城，又催促司马繇离京远去，自此，贾后、司马亮、司马玮盘踞朝廷，三权治朝。贾后族兄贾模、从舅郭彰、外甥贾谧俱得邀宠，乘势干政。司马亮自专自用，伞盖车马，黄金铺道，盛气凌人。司马玮更掌军权，刚愎自用，动辄杀人，天怒人怨。贤士隐于草野，权贵居于高堂，百姓处于水火，有诗为叹：

公子王孙堂前花，来来去去落谁家；

自古将相本有种，莫道人间尽朱华。
镜中水月镜中流，陌上枯杨陌上愁；
长门一曲清商乐，不知几许夜悠悠。

朝来暮去。贾后、司马亮、司马玮共治朝政，虽各得其所，然终不及一人舒畅。日久月深，三人自有芥蒂。司马亮见司马玮刚愎好杀，心生厌恶，对长史刘淮言道："楚王目无法纪，贾党权焰日盛，二人在朝，令我寝食难安。"刘淮知司马亮心思，回道："气盛不过少年郎，贾后虽然乖戾，却不及楚王悍勇。杨骏开门揖盗，引楚王入京，以致招祸身死，如今楚王掌握军权，太宰不可不防。"司马亮说道："长史之言，甚合我意，然有何法，除去祸患？不妨直言。"刘淮回道："楚王贵为卫将军，然以北军中侯为重，北军中侯掌宿卫五营，此职居轴处中，太宰可另遣他人取而代之，楚王纵有手段，亦不能与太宰相持。"司马亮问道："谁可任之？"刘淮遂道："临海侯裴楷与公有姻谊，可任此职。"司马亮颔首，即上表请诏。

裴楷得诏，遂至太宰府上，哭道："太宰垂爱，楷感激涕零，不胜言表，然北军中侯之职，实不敢受。那楚王鞭挞官吏，践踏人命，好于刑杀，我若取其代之，焉有命在，还望太宰体察。"言毕，又是号啕大哭。司马亮见裴楷如此惧怕，也是无奈，令其退下，又宣太保卫瓘商议："楚王暴戾，目无纲纪，滥施刑罚，众臣皆惧之，我欲收其军权，罢其官职。然楚王手握军权，只恐强来生乱，故与太保商议。"卫瓘回道："太宰所患极是，这楚王自恃功劳，我行我素，手下长史公孙宏、舍人歧盛，皆是反复无常、附势骄横之辈，莫如向天子请诏，遣楚王回封国，另以杨骏同党之罪，收捕歧盛、公孙宏，方可免去后患。"司马亮点头称是，两人商榷良久，共同上表请诏。

楚王宫中也有亲信，得知消息，勃然大怒，口中直骂。公孙宏、歧盛闻知卫瓘欲行收捕，也是心急如焚，歧盛谏道："司马亮欺人太甚，将军若不先发制人，东安王便是前车之鉴。"司马玮问道："司马亮势大，如之奈何？"公孙宏言道："司马亮目空余子，却独惧皇后，将军何不与皇后结好，先除了司马亮，将来亦可进揽朝纲。"司马玮踌躇不定，只道容后思量。公孙宏、歧盛见司马玮犹豫，相

第十九回 斗心术三权治朝 施诈计贾后夺官

互使眼，退了出去。歧盛说道："楚王思前顾后，事若不成，无非遣回封国，我等则不同，卫瓘老贼，向来与我等不和，此番落于他手，岂有命在。"公孙宏点头称是，说道："我等岂能坐以待毙，还须想个法子。"两人商议片刻，遂急赴积弩将军李肇府上。

李肇正要歇息，闻歧盛二人拜见，迎进府内，歧盛也不多言，急道："楚王得知消息，太宰与太保商定，今夜欲废立天子，故令我等前来相告，将军速报知皇后，讨伐叛逆。"李肇闻言大惊，急出府门，至内宫报于贾后。贾后宣张泓，说道："太宰表奏方至，又闻楚王言报，二人相互倾轧，先生以为如何？"张泓拿过司马亮表奏，又听了李肇之言，思忖片刻，喜道："皇后鼎掌乾坤，指日可待。"贾后不解，忙问缘由，张泓笑道："皇后素来嫌二公执政，不能乾纲独断，卫瓘又曾进言，欲另立太子，与皇后有隙，我有一石二鸟之计，可除三人。"遂低语告于贾后。贾后听罢，眉开眼笑，速出宫见天子，写下手诏："太宰、太保，欲行伊霍故事，王宜宣诏调兵，分屯宫门，并免二公官爵。"手诏写就，贾后交与黄门宦官，令连夜交与楚王。

司马玮得惠帝手诏，心有迟疑，对黄门宦官言道："拿手诏收捕，似有不妥，还望陛下发一明诏，也好名正言顺。"黄门宦官驳道："兵贵神速，事宜急行，太宰耳目众多，往返辗转，一旦漏泄消息，也非密诏本意，楚王但去无妨。"司马玮细细想来，也是如此，即辞了黄门宦官，令公孙宏、歧盛统领本部军马，又思："陛下手诏，只是免二人官爵，若他日复起，后患无穷，此时天赐良机，除去二人，我即可专权。"思忖已定，遂矫诏，召入三十六军，说道："太宰、太保暗中图谋不轨，我受天子密诏，都督诸军，讨伐叛逆。"又令淮南王司马允、长沙王司马乂、成都王司马颖驻军宫门，长史公孙宏、积弩将军李肇收拿司马亮，侍中清河王司马遐收捕卫瓘。

公孙宏、李肇领兵直赴司马亮府，司马亮帐下督李龙恰在军中，得知消息，趁乱离队，先至司马亮府，踉跄入报："天子下诏，公欲叛逆，楚王已令人前来拿公，公当速派兵士，严拒外变。"司马亮闻言，笑道："我方上表，司马玮即回封国，天子如何拿我，此定为讹传，勿要理会。"李龙焦急万分，说道："我方在军中，司马玮传诏，亲眼所见，亲耳所闻，公勿要迟疑，迟则悔矣。"司马亮犹豫片刻，传长史刘淮过来商议。

未有多时，府外人声鼎沸，公孙宏、李肇已领兵到来，顷刻围府，有兵士登上墙头，高呼："天子有诏，太宰妄图谋逆，速出来受擒。"司马亮又惊又恼，走至堂前，问道："我未有二心，如何获罪？"公孙宏答道："奉诏讨逆，不知有他。"司马亮又问："可否将诏书示之？"公孙宏不理，麾众打开府门。司马亮慌忙入内，恰见刘淮到来，连忙询问。刘淮见事紧急，直言："此必是宫中奸谋，公府中尽有才德贤士，可背水一战。"司马亮闻言，又生迟疑，言道："我一片赤心，可鉴苍天，如率众抵御，难证清白。"刘淮急道："公好生糊涂，从来是非忠奸，出自权口，奸人欲置公于死地，岂容公辩白。"司马亮仍是不听，恰在此时，公孙宏、李肇攻入府内，未等司马亮开口，即令："斩司马亮者，赏布千匹。"众兵士闻利动心，一齐下手，或割鼻，或劈耳，或斩手足，霎时司马亮送命，投尸北门，世子司马矩、长史刘淮一同身死。有词为叹：

　　一马快意啸长空，来时欢梦。来时欢梦，山河如图月如瞳；无情总把多情送，去时悲风。去时悲风，八龙冢前又相逢。

这厢，清河王司马遐率众，至卫瓘府第，宣天子诏令。司马遐非作恶之人，知卫瓘三朝元老，也不强逼，只是令卫瓘安顿家中，束手就缚。左右皆疑司马遐矫诏，劝卫瓘道："公何不上表自诉，待天子宣判，再就擒受戮不迟。"卫瓘言道："我世受皇恩，白发丹心，世人皆知，天子虽有诏，必不致我死地，我若抗旨，便是叛逆无疑。"遂坦然出来，束手待缚。此时，一人出来，骂道："卫瓘老贼，你焉有今日。"卫瓘定睛一看，原是司马玮帐下督荣晦，厉声回道："当日我为司空之时，你这厮强夺民财，随意辱女，被我斥责，调遣出去，今日尚有脸在此。"荣晦脸色通红，不发一言，上前一步，拔出利刃，手起刀落，将卫瓘挥作两段，又令兵士闯入府内，顷刻间，拿住卫瓘三子六孙，一并杀死。司马遐制止不及，见事已至此，只得作罢。有词为叹：

　　世事总是匆忙，飞叶难免无常。花好月圆正当时，谁忆青灯孤上。当

第十九回　斗心术三权治朝　施诈计贾后夺宫

年岁月峥嵘，为君把酒言愁。一语国事招祸殃，莫如结庐两忘。

司马亮、卫瓘受戮，司马遹、公孙宏、李肇三人，皆至司马玮军前复命。司马玮喜上眉梢，起身欲进宫缴旨。歧盛见状，赶紧上前，低语谏道："楚王虽诛司马亮、卫瓘二人，然贾后一党仍在，何不宜乘军势，诛贾后一党，方可保平安，正王室，安天下。"司马玮虽年少刚勇，然此时闻歧盛之言，心却犹豫，说道："容我细细思量。"歧盛急道："今日若不杀贾后，他日必被贾后所杀，楚王勿要迟疑。"司马玮仍是不许。歧盛见司马玮不听己言，叹息一声，退了下来，对公孙宏言道："楚王不听我言，危在旦夕。"公孙宏不解，问道："公此话怎讲？"歧盛道："太宰、太保已除，楚王威权在手，贾后如何能善罢干休，从来权力相争，你死则他活，岂有相容之理，楚王若诛，我等亦难脱其祸。"公孙宏失色言道："公有何良策？"歧盛思道："楚王即赴宫中，我陪同左右，公可领一支人马，驻军司马门，若有危急，可速来相助。"公孙宏依计而行。

公孙宏领兵先行，至宣阳门，忽闻一声："公孙宏往哪里去？"公孙宏勒马细看，前方有一人拦住，面似银盘，眉分八彩，头戴九曲簪缨黄金盔，身披锁子大叶黄金甲，胯下驾三角兽，右手执方天戟，赫然乃是左军将军裴颁。公孙宏喝道："我奉楚王之令，收捕叛逆，驻守宫门，你拦我去路作甚？"裴颁回道："楚王假借诏命，擅杀王公，我奉天子诏令，拿你等归案。"公孙宏大怒，言道："贾后一党，果真阴狠毒辣。"遂一舞长枪，催马杀去，裴颁看准枪势，拿戟一磕，公孙宏也是武艺了得，顺势一个回马，使个白蛇吐芯，枪往前胸一扎。裴颁镫里藏身，躲过枪尖，双手执戟，使一个单凤贯耳，朝公孙宏颈上劈来。公孙宏俯身贴在马背，让过戟势，即在马肚鹿皮囊里，抽出四棱银装锏，直打裴颁。裴颁躲闪不及，正中面门，说来也怪，也不见裴颁跌下马来，似无事一般。原来裴颁早已暗施玄术，未等公孙宏回神，背后又现一裴颁，方天戟拦腰一劈，公孙宏即为两段。

司马玮不知公孙宏送命，仍领歧盛入宫复旨。此时东方吐白，天色微明，司马玮刚至宫门，一队人马拦住，原是殿中将军王宫，手持驺虞幡，宣道："楚王矫诏，擅杀王公，穷凶恶极，歧盛、荣晦从恶作逆，即刻缉拿，其余人等受楚王诓骗，情有可原，一概不究。"驺虞幡乃天子解兵之用，司马遹等众位将士闻言，皆面面相觑，不知所以。歧盛见状，大喝一声："楚王奉天子手诏行事，王宫怎敢妄言？"王宫喝道："既无明诏，便是矫诏！"歧盛大怒，拍马上前，举刀便砍。王宫未留神，眼看性命危急，忽从身后刺出一戟，正中歧盛前胸。歧盛怒目圆睁，见是左军将军裴颁，随即喉头一甜，喷出一口鲜血，跌下马来。

裴颁缓缓走至队前，高举一物，众人细看，乃是公孙宏首级，皆大惊失色。裴颁说道："诸人还不退下，欲与楚王共谋乎？"众人闻言，皆放下刀兵，各自逃散。司马玮见歧盛、公孙宏皆亡，困窘急迫，不知如何是好。王宫令左右拿下，又有尚书刘颂出宫，宣诏："楚王矫诏，擅杀王公，又欲诛灭朝臣，谋图不轨，罪大恶极，即押赴市曹，以正大典。"

宣诏完毕，即令左右将司马玮推出市曹。司马玮从怀中拿出天子手诏，高举在顶，仰天泣道："受诏行事，怎为擅权？可怜先帝子女，受此冤屈。"刘颂也知事有蹊跷，然皇命难违，只得喝令行斩。一道寒光，司马玮人头落地，霎时狂风骤雨，卷入刑场，电光似火，雷声如鼓，一股怨气，冲上九霄。有词为叹：

> 西风送洛水，古道鸣长笛。不知少年何处去，唯见落花雨。天意常弄人，人难随天意。心机一场终徒劳，双华空叹息。

刘颂监斩司马玮，回宫复命。贾后闻司马玮身死，喜道："司马亮、司马玮既除，朝中无人再敢违逆也！"张泓亦道："皇后鼎掌天下，可喜可贺。"贾后回道："我有今日，全仗先生，本宫即封先生光禄大夫，加金章紫绶，兼领五营校尉，统掌禁兵。"张泓拜谢。贾后又下诏，诛杀荣晦全族，追还司马亮爵位，谥号文成；追封卫瓘兰陵郡公，谥号成。任贾模为散骑常侍、加侍中，贾谧为散骑常侍、领后军将军，郭彰为卫将军，石崇为卫尉，陆机为太傅祭酒，陆云为尚书郎，和郁为尚书令，裴颁为侍中，裴颁从叔裴楷为中书令、加侍中，与左仆射王戎并掌机要。又有贾模谏言："太子少傅张华出自庶姓，未有逼上之嫌，且温文尔雅，富有谋略，乃众望所归之人，宜以朝政相委。"贾后采纳，任张华为侍中、领中书监，自此得志专断，把持朝政。不知贾后执政如何，且看下回分解。

第二十回　寻本原天师收妖　应天数元始止讲

曾得春光几日好，落红难觅蝶西东；
山家夜问浮生语，帘外孤松对苍穹。

且说贾后持政，委派亲党，担当重任，又令张泓纵行三山五岳，广邀奇人异士入朝，有十九人先后来投，乃是渤海人欧阳建、荥阳人潘安、清河人崔基、兰陵人缪征、京兆人杜斌和挚虞、琅琊人诸葛诠、弘农人王粹、襄城人杜育、南阳有邹捷、齐国人左思、沛国人刘瑰和周恢、安平人牵秀、颖川人陈眕、高阳人许猛、彭城人刘讷、中山人刘舆和刘琨，与郭彰、石崇、陆机、陆云、和郁均拜于贾谧门下，共称"金谷二十四友"。贾后得二十四人相助，又有张华辅政，内外独揽，无人违逆。

一日，贾后散朝回宫，心念一转，问左右："废太后现在如何？"左右回道："现居于金墉城内，不得出来，每日定食两餐，有侍女十二人。"贾后怒道："日短心长，汲汲忙忙，倒忘了这贱妇，传我口谕，撤去身边侍女，停贡膳食。"左右得旨遵行。废太后无人侍奉，更无人进膳，一连八日，滴水未尽，粒米未食，蝉腹龟肠，奄奄一息，也不见有人探看，孤身一人，蓬头垢面，自感大限将至，时日无多，蜷缩榻上，眼瞅窗外，只见得一缕春光，透过枝栊，折进窗棂，清风挽柳，叶随风动，树影婆娑，几只青鸦，低鸣几声，径自飞走。未过片刻，废太后呜咽一声，长吐一气，缓闭双眼，一代权后，竟活活饿死，年方三十有四。有诗为叹：

盛世红颜，乱世草木；
别来春发，朝去无我。

云寒晓度，曲断更阑；
残宫暮飞，烟澹水泊。
伊人若雨，太白知否？
人间莫换，西子如故。
雁回夕照，萍归何所；
世事苍茫，空自评说。

薨逝当晚，废太后一缕魂魄幽幽出城，飘飘荡荡，行至后宫，寻贾后不见，厉声叫嚷："丑妇害我，我誓死不得与你干休！"句句怨愤，声声凄凉。贾后在深宫，闻太后鬼叫，毛骨悚然，胆战心惊。翌日，寻来张泓，说道："太后虽死，魂魄未散，昨夜来宫中寻我，着实可怖，先生快使个镇压之法，以安我心。"张泓问道："尸身现在何处？"贾后回道："尚在金墉城中。"张泓说道："废太后入土之时，可以镇魂之法，使之不得超脱，永锢于此。"贾后喜道："如此甚好，只是不得让人知晓。"张泓言道："我自有处置。"

张泓出宫，径往金墉城，城内空无一人，落叶满阶，阶上有一小屋，隐于林间。张泓定神一看，见屋内朦胧，似有一缕煞气，不得消散，遂推门入内，废太后侧卧榻上，衣衫褴褛，形销骨立，双唇微张，两眼鼓暴，右手捂腹，左手指门，想是心有不甘，含恨而逝。张泓唤来两名侍从，将废太后尸身抬出，置于一棺，放上马车，出了城来，趁天色昏暗，一行人匆匆而行。

张泓恐废太后阴魂作祟，遂画一符，贴于棺首。一夜赶路，至鳌子山后，寻一无名土坡，令侍从掘一坑，长九尺，宽九尺，深九尺。待坑掘毕，张泓也不说话，两指各在侍从颈后哑门穴上一点，两人不发一言，倒地而亡。随即，张泓推两尸至坑底，一人在东，一人在西；一人朝上，一人朝下，又揭去符箓，打开棺盖，翻转尸身，使废太后覆面朝下，身上铺一层灰布，从袖中拿出七根长钉，钉了侍犬、伏豕、雀吟、噬鲫、绯独、畜慧、雏飞七魄；三把横锁，锁了胎光、爽灵、幽精三魂。棺上、棺下、棺左、棺右，分置四面铜镜，如此布置，方盖了棺盖，将棺放入坑中。张泓也不着急掩埋，又拿了四张符纸，咬唇沾血，以指代笔，往符上一画，分贴于木棺前后左右，如此完毕，遂立于棺上。霎时，

第二十回　寻本原天师收妖　应天数元始止讲

棺内一阵闷响，随即颤动不止。张泓指点棺盖，画一符印，口念：

> 旭日西起，明月东沉；
> 天地倒转，坤在乾前。
> 咫尺寸心，万物一元；
> 红尘莫扰，方见云山。

念毕，棺内遂没了动静，张泓见法术已成，跳出坑来，黄土埋棺，眼见便要没平，忽空中一声炸雷，惊得张泓心神一颤，遂匆匆掩土离去。

殊不知，这一离去，引得晋室崩析，天下大乱。你道为何？原来这鏊子山，前见伊、洛平原，后倚邙山主脉，两端各立山头，成三面环绕之势。有一陵在其中，背靠此山，乃是晋武皇帝司马炎安葬之所峻阳陵，故鏊子山为龙脉所在，峻阳陵为龙首，呈抬头之势，而张泓葬废太后之地，则为龙尾，呈下摆之势。张泓为不使废太后与先帝相见，故背选此地，却不知那炸雷一响，惊得张泓匆忙离去，不曾留意冢后一角土未填实，竟塌了下去。沙石纷纷滚入，不巧正将棺前符贴打落，废太后本有冲天怨念，让张泓覆面入殓，以法镇压，魂魄不得而出，这一符所在，正压着天灵百会。如今打落，那怨念虽不得出，亦不得上，却往下而走，转眼之间，土坡之上，方圆百里，花草树木尽皆枯死。怨念沿山势龙脉而走，由后至前，从尾向首，不知不觉贯延至龙口，只闻峻阳陵上一声巨响，一道白气猛然腾起，直冲九霄。龙首抬头之势，因泄了龙气，故垂下三分，龙尾下摆之势，倒是扬起三分。尾高于首，龙脉遂改，天下运势变幻，那怨气冲在九霄，久久不散，倒惊了两位天尊。

离恨天兜率宫，老子坐玉局宝座上，闭目通玄，忽睁开双眼，命牧牛童子："唤你玄都师叔过来。"童子即往大罗宫玄都洞来请大法师，口称："师叔，天尊有请。"大法师忙离了玄都洞，驾云至宝殿座前行礼，拜道："弟子玄都拜见。"天尊说道："人间诸事，你可有知晓？"法师回道："晋室新帝昏聩，全凭后言，宗亲相互倾轧，社稷晦盲否塞，人间已是水火。"天尊言道："混沌有两分，大道有一统，世间之事，本就分分合合，治治乱乱，无分无合，有治有乱，自有天数，不可人为。"法师

195

即道:"谨遵天尊教诲,弟子已令诸弟子各宜紧守,不可妄出。"天尊又言:"东南九霄之上,有怨气积聚,你可知晓?"法师忙道:"弟子方已知晓。"天尊说道:"既已知晓,你速去处置。"法师出了兜率宫,径往洛阳上空,见一道白气,沉于云中,又拨云视下,见鳌子山寸草不生,后坡新添一冢,掐指一算,心中透亮。法师上前一步,袖袍一拂,散去白气,遂驾云回宫。

至玄都洞,法师命景风童子:"唤张道陵来。"童子领旨,至白云崖见张道陵道:"师兄,老师唤你。"张道陵忙下崖,至玄都洞拜见玄都大法师。法师言道:"方才九霄之中,有怨气冲天,虽是人间恩怨,却与我教有源。那作梗之人,你可识得?"张道陵默念玄功,少时禀道:"此人非人,乃一黄毛貂鼠,当日我在云台山布道,念与此妖有缘,许其从旁听讲,故得入道门,然此妖贪恋红尘,向外走耳,不想投了那贾女,无端造孽,残贼生灵,不行正道,也是我失察所致。"法师微微颔首,说道:"大道虽平坦宽阔,然人君却喜入邪径,故天尊常说,大道甚夷,而人好径,人皆如此,更何况一妖耳。此妖红尘作乱,且缘起于你,便由你了却。"张道陵回道:"谨遵老师吩咐。"遂出了宫来,往洛阳去。

且说张泓施镇魂法,葬了废太后,回宫见贾后,贾后闻张泓之言,方安下心来,说道:"怪不得昨夜太平无事,先生果然神通。"正说话间,忽一阵寒风袭入,贾后打一冷战,只觉周身冰冷,自道:"何故六月如此寒风?"话音未落,有太史令来报:"弘农雨雹,深约三尺。"贾后闻言,说道:"六月怎有雨雹,况弘农离此四百余里,山高路遥,竟寒意如斯,真是奇哉怪哉。"又问张泓:"莫不是出了纰漏,乃贱妇阴魂作怪。"张泓知贾后多疑,遂道:"风云本来无定,皇后莫要过虑。"贾后见张泓如此说,心中虽有疑惑,却也不再多言。

翌日朝会,天子登殿,贾后居旁,设聚文武。天子问当驾官:"有奏章出班,无事朝散。"言未毕,只见太史令出班,禀道:"臣待罪太史,夜观星象,北斗晦暗无光,三垣时隐时现,天降灾祸,弘农雨雹,而洛阳大旱,淮南寿春大水,山崩地陷,上谷居庸上庸,亦遭水灾,东海大雨雹,有五寸深,荆州、扬州、兖州、豫州、青州、徐州洪水泛滥,天下荒乱,百姓流离失所,无米充饥。"众臣闻言,面面相觑,惠帝问一言:"百姓无粟米充饥,何不食肉糜?"太史令闻天子言,不知如何作答,众臣皆是无语。又有右民尚书报:"秦王柬、下邳王晃、太尉石鉴、司隶校尉傅咸薨逝。"天子闻言一惊，贾后令道："可依制安葬，不得怠慢。"言毕，见卫尉石崇携武库令慌张来报："武库失火。"众臣大惊，贾后忙问："火势如何？还不赶紧差火师灭之。"武库令回道："火势已灭，只是累代藏宝，军械器物，付之一炬。"天子惊起，群臣哗然，贾后气道："武库看管甚严，如何以致火起？"武库令哭道："昨夜二更巡查，本来无事，未料三更时分，一道白光从天而降，恰击在正堂之中，以致火起。"石崇说道："此乃天灾，非人为也。"天子问群臣："天灾不断，祸事连连，朝廷有何失德？人间何故致此？"群臣不答，殿内鸦雀无声，忽殿外有一人言："妖气贯于宫中，灾星升于太极，人间祸事，皆由此生。"

众臣闻言，面面相觑，不知何人作声，镇殿官进来报："大罗宫有一气士张道陵见驾，候于殿外，言宫中出了妖孽，望陛下定夺。"天子目视贾后，贾后自思："百官虽不明言，却皆以为我独掌朝权，有违阴阳，以致天怨。如今有道人说宫中出了妖孽，岂不恰证我清白。"遂传旨进殿。众臣探首，望向殿门，见一道人庞眉广颡，朱顶绿睛，隆准方颐，目有二角，飘飘徐步而来。好齐整，但见：

乾坤道生聚一元，阴阳二气散成仙；
三五斩邪雌雄剑，清目开合凝丹田。
平顶冠玉蕴霞彩，八卦红衣包万间；
都功玉印藏龙虎，六合无穷天师传。

道人右手执剑，左手拿印，走至驾前，打个稽首，口称："陛下，贫道稽首了。"惠帝见了道人，顿觉神清气爽，心下大悦，问道："道者从何而来？因何事而见朕，愿闻其详。"道人回道："贫道住大罗宫玄都洞，张道陵是也。因九霄之上，怨气冲天，又见妖气贯于朝中，心念慈悲，故下得山来，为陛下除此妖孽，以正朝纲。"惠帝言道："皇宫浩气长存，何以有妖孽作祟？"张道陵回道："陛下乃真龙天子，自有龙气护佑，妖孽虽不敢近，然借他人之势，乘机蛊惑，久而为之，大祸将至。"惠帝笑道："道者危言耸听，这宫中内有守卫，外有文武，戒备森严，到处有人，不比深山老林，妖孽何以遁形藏迹，先生此言差矣。"张道陵笑道："妖善变形，藏于人中，凡胎肉眼，亦难识得，我有诗为证。"

　　暮收云天人相顾，清风对面难识颜；
　　世上尽有真妖魅，不在品相在心间。

　　朝堂上，左班有一人闪出，乃侍中张华，禀道："昔日先帝在时，有南极仙翁临凡，言宫中出了妖怪。如今又有道者说及，为臣以为，妖孽之事，无论有无，何不信之，如今张道人在此，恰好降妖。"众臣皆附和，独贾后不以为然，心道："张泓道术高深，且随我久矣，亦不听说宫中有妖，此张道陵大言不惭，倒要看看如何本事？"不待惠帝说话，亦道："先生既说有妖，妖却在哪里？若查不出形迹，定治欺君之罪。"张道陵正色言道："小妖在野，祸予方圆；大妖在朝，危及社稷。此妖不在远处，便在这朝堂之上。"言出，众臣哗然，当驾官护卫天子左右，惠帝颤道："道者还不快快降妖。"张道陵望一眼右班，道一声："孽畜，还不现出原形，更待何时？"

　　右班之中，早有一人，浑身发抖，神色仓皇，原来便是张泓。张泓见天师驾到，心知不好，欲溜之大吉，畏于众目睽睽之下而作罢，当下天师道明，无法掩饰，情急之下催谷纳劲，只闻"扑哧"一声，一股黄烟腾起，霎时弥漫开来。众臣目不能视，晕头转向，正在慌乱间，忽有金光陡现，凭空升起一霞冠，那黄烟本是滚滚肆虐，顷刻聚为一团，收入霞冠之内。原是天师祭起平顶冠，登时殿上清澈见明。此时，有人叫道："张大夫不知所踪。"群臣循声望去，果真不见了光禄大夫、五营校尉张泓，只一件袍服散落在地，面面相觑，不知何故。贾后颤声问道："先生所说妖孽，莫非乃是张泓？"天师打一稽首，应道："正是，此人非人，原是云台山上一貂鼠，有缘于我座下听讲，修了些道术，不想下山之后，贪恋红尘，化名张泓，借势入朝，惹下种种因果，如今现了原形，逃到宫外，贫道这便收妖，今后望陛下开张圣听，廓清朝纲，以安天下社稷。"随即，祭起平顶冠，那冠嘤嘤作响，盘旋至惠帝天灵之上，射下一道金光。惠帝只觉天灵有一物破出，登时一片清明，再抬首看时，金冠已回天师手中，又见天师身形渐渐隐去，片刻之间，无影无踪。贾后默然不语，众臣皆是惊惧，一时朝堂私语窃窃，莫知所措，不提。

且说张泓原形已露，仓皇逃出，一路鼠窜狼奔，慌不择路，到了一处山门，抬眼一望，心下大喜，原是回了云梦山，心道："此山万壑千岩，山长水远，隐匿其中，天师必寻不到我。"正当此时，空中一声传来："孽畜，哪里去？"张泓大惊，撒开四腿，七拐八拐，寻到一处洞前。那洞口高七丈，宽七丈，玉润璘珣，气象万千，又有寒风凛冽，呼啸而出，其内乌漆墨黑，伸手不见五指。张泓知天师在后，心中着急，不假思索，赶忙钻入洞内。初始那洞尚平坦宽阔，越往里走，越发崎岖曲折，狭长窄小，身子腾挪不开，不得不猫腰而行，约有半炷香工夫，忽见前方似有光亮，寻思："这洞穴也怪，既无岔道，又无岩石，只是一径直走，不知通往何处？前方光亮，似是尽头，且待我看看。"走了两步，洞内已是狭小至极，张泓匍匐在地，缓缓上前，那光亮愈加夺目，好容易到了跟前，将头一探，豁然开朗，原是一片苍穹，好景色，有诗为证：

　　无分天地，渺渺茫茫。星河放霞彩，日月竞流光。沧海藏玉落翠盘，飞云吐丹虹叠浪。龙出尘，凤起霜，仙音寥寥；鹤如雪，龟呈祥，碧雨遥遥。不是人间，却胜人间。又见春一色，江山更万象。大道通达为自然，鸿蒙初辟是穹苍。

张泓见眼中美景，惊愕万分，欲往前去，却是不能，再往后退，亦是不可，方觉身子无法动弹，心中只觉不妙，定睛一看，原是头颅已出洞外，然身子却仍留洞内，那洞口与碗口一般大小，卡在脖颈处，前不能前，后不能后。再往下看，原是一条石龙，拔地而起，盘旋而上，立于苍穹之间，自己所处之地，正在龙首之上，不免又是焦急，又是疑惑，心道："此乃何地？我如何到了这里？"又有一声传来："你可记得当日誓言否？"张泓抬首望去，原是天师来到，听闻此言，方记起下山之时，起了个誓愿："如违天师之言，愿身子化了虬龙眼。"心下大惊，问道："此处可是九天之上，虬龙之眼？"天师应道："尚有些眼力，我用阳平治都功印压你在此，你可有话说？"张泓急道："天师在上，小的自入凡尘，未行什么恶事，不知所犯何罪，望老爷明鉴。"天师正色说道："天道昭彰，岂容你在此诓言。我数你七罪：贪慕虚华，离道堕尘，其罪一也；不择明主，助纣为虐，其罪二也；听从妇言，暗害天子，其罪三也；挑拨宗亲，无端造孽，其罪四也；背教纵恶，以伤同门，其罪五也；邪术镇魂，遗祸苍生，其罪六也；为臣不正，天怒人怨，其罪七也。有此七罪，你还有何言？"张泓默然不语，少顷泣道："弟子知错，今后诚心改过，志心朝礼，一心向道，不沾红尘，望天师开恩。"天师说道："早知今日，何必当初，你既起了誓，岂知真假亦难有改，祸福无门，唯人自召，善恶之报，如影随形。"言毕，遂祭起阳平治都功印，那印升起，现万道霞光，伴震天雷鸣，如重山压顶，有千钧之势，凌空打下，只打得张泓脑浆迸裂，化为一摊血水。有词《御街行·风光难有千日好》为证：

孤楼望断南飞雁，思来去，伤怀远。残云暮雨弄晴天，东风悄拭眉闲。年年如是，如是年年，青上缀红嫣。

风光难有千日好，春易休，恨归早。三分颜色若拾得，欲画水阔山遥。芳菲一洗，一洗芳菲，人间景又换。

张道陵长叹一声，收了阳平治都功印，驾云离去，不提。且说上清天弥罗宫，元始天尊坐八宝云光座上，闭目止息，神游太虚，忽见九霄上有一丝怨气，飘来荡去，久不得散，不由得稍作停留，又见张道陵来到，遂回神张目，袖袍一拂，眼前现浩渺星空，然三垣不分，四象不全，东方七宿之中，亢氐房心尾箕六宿辉映，唯独缺角；北方七宿之中，斗牛女危室壁六宿交织，虚位却无；西方七宿之中，奎娄胃昴毕参六宿暗淡，觜座陡亮；南方七宿之中，井柳星张翼轸六宿排列，鬼星突兀。

天尊袖袍一拢，卷了星云，命白鹤童子："唤南极仙翁进来。"白鹤童子出宫，见南极仙翁道："天尊命老师进去。"南极仙翁忙至座前，倒身下拜："弟子南极，愿老师圣寿无疆。"天尊说道："好了，你也起身罢，既已到来，为何不早通禀？"南极仙翁回道："弟子不敢打扰老师清净，故等候在此。"天尊微微颔首，说道："昆仑之事，已由你主持，如今上得弥罗宫来，可是出了要事？"南极仙翁回道："人间自晋武死后，蠢子继位，女流临朝，弟子观三垣之内，星象紊乱，人间又逢大乱，恐坏了我教气运，故向老师请教。"天尊说道："燃灯可在？"南极仙翁回道："师兄云游四海，不知所踪。"天尊说道："前程莫问，明月清风，你且唤众门人至昆仑来。"南极仙翁忙出宫去，祭瞳云幡起九霄之上，三山五岳、五湖四海尽皆有感。

少间，昆仑山玉虚宫前，白练飞虹，霞云飘展，祥音排裛，氤氲浮蒙。有终南山玉柱洞云中子、九仙山桃源洞广成子、太华山云霄洞赤精子、二仙山麻姑洞黄龙真人、乾元山金光洞太乙真人、崆峒山元阳洞灵宝大法师、五龙山云霄洞文殊广法天尊、九宫山白鹤洞普贤真人、普陀山落伽洞慈航道人、玉泉山金霞洞玉鼎真人、金庭山玉屋洞道行天尊、青峰山紫阳洞清虚道德真君，纷至沓来，群仙毕集。

广成子望左右道："不知老师唤我等前来，所为何事？"众仙皆不知，黄龙真人又问童子："大师兄可在？"童子回道："师叔去万寿山已有多日，不在宫中。"言未毕，忽闻空中有人呼道："众弟子速接老师圣驾。"原是南极仙翁到来。众仙闻言，皆伏道左迎接，有童子引道，酌水焚香，元始天尊现了法身，一时玉虚宫琼香缭绕，霞光缥缈，彩雾缤纷，仙乐玄歌，青鸾丹凤，宝节幢幡，有诗为证：

浑沦未判冥妙本，虚无一点结元神；
无因无始无穷极，五行分更先天生。
手拈乾坤判阴阳，脚踏日月开混沌。
顶负圆光聚三花，七十二色披霞乘；
青玄祖炁真上帝，紫虚元皇大道君；
化育群方万仙祖，造物立心掌轮回。

众仙俯伏道傍，口称："老师万寿。"元始天尊上了芦蓬，说道："昔日你等犯红尘之厄，杀罚临身，故三教封神，众神归位，如今已有一千三百年。正所谓百年见因果，千年一轮回。西王母蟠桃无收，神仙再临杀罚，大天尊应命，寻炉炼丹，度神仙杀劫。而人间乱象已现，八王乱国，五胡纷乱，晋室危倾，华夏多难，天象不明，变幻交替，你等切记，见素抱朴，现其本真，守其纯朴。

从今日起，我当闭宫止讲，你等回去，且教众弟子宜紧闭洞门，静诵黄庭，不可为外物所牵，以免生了是非，坏了我教气运。今日唤你等过来，正是为此。"众仙皆道："谨遵老师法旨。"天尊说道："既如此，你等好自为之。"遂起身下了芦蓬，众仙起立拱候，只见元始天尊冉冉驾祥云而去。

众仙见天尊去后，来拜南极仙翁，云中子说道："原来师兄应老师之命，召我等至此。"南极仙翁回道："神仙再临杀罚，本是劫数使然，也是天命，然我观星象，三垣不分，四象不全，人间大乱，恐有损我教气运，故上得弥罗宫问道老师，方召你等至此。"太乙真人道："大师兄所言极是，我看那紫薇垣中，紫气沉沦，周星闪耀，众生不听道讲，人间争杀不止，也是可怜、可悲、可叹也。"南极仙翁又道："老师有言，大师兄寻炉炼丹，自有炼丹之人辅佐人主，我等切要谨记师命，莫轻惹红尘，以生是非。"众仙皆道："谨遵老师之命，但凭师兄吩咐。"南极仙翁说道："你等且回去吧。"众仙辞别，纷纷驾云而去。按下不提。

且说张道陵进宫除妖，张泓畏惧逃走，朝堂一片哗然，有臣子私下议论："妖生怪出，浊乱朝廷，为国不祥。"也有人言："张泓素来仗恃皇后，如今却为妖怪，莫非皇后以妖术，惑于天子？"一时人心惶惶，风风雨雨。贾后亲信遍布朝中，如何不知人言，却也心疑："莫非张泓果真妖怪？"又转念想："管他是人是妖，张泓助我，纵是妖怪，又有何妨，只是那道人来此，张泓离去，不知祸福凶吉，如这般走了，今后教我如何是好？"思忖半晌，也无结果，心中不免郁烦，即传左右："唤黄门侍郎潘安进宫。"左右接旨，即刻出宫，约莫一个时辰，左右引一碧玉男子进宫，不知这男子何人，贾后唤之何事，且看下回分解。

第二十一回　谋正嫡贾午借子　草逆书太子遭废

姚黄魏紫斗闲春，东风一夜扫秋声；
英雄无道是草莽，图王霸业几人真。

且说贾后召潘安入宫，这潘安何许人也？原是荥阳人，字安仁，少年时以才名闻世，弱冠之年入仕，历任河阳县令、怀县县令、太傅主簿、长安县令，后谄事贾谧，与石崇等二十三人拜于贾谧门下，共称"金谷二十四友"，又因容颜至美，独得贾后专宠，升为黄门侍郎。这潘安何以颜色，足可称之"俊美绝伦冠天下，人间阅尽已千年"。曾有三月春日，潘安挟弹出游洛阳道，春光似绣，繁花如锦，翩翩少年容颜，洛阳城内，无论老妪还是少女，皆是一见倾心，神魂颠倒，竞相追逐，连手萦绕，有手捧鲜花者，有怀抱香果者，尽将花果投入少年马车，一时洛阳群芳舞动，潘安得"掷果盈车"之美誉，闻名天下。

贾后虽然貌丑，却向来欢喜美男，自鼎掌乾坤，愈加看不上惠帝那痴呆相，先是太医令程据，状貌顾晰，为贾后所爱。贾后借看病为名，一再招诊，留宿宫中，颠鸾倒凤，如此半年，仍不满足，后令侍婢寻觅貌美少年，装入箱车载进宫来，供其宣淫，事后杀害，以免张扬。此法本来隐秘，只因一张姓小吏，贾后怜其端丽美容，不忍杀之，小吏也是聪慧，他人问起，只说是进了仙宫，见了仙女，方保存一命。然众人皆知为贾后，只是不说罢了。贾后也不羞愧，又闻潘安之名，心生向往，有意招来，恰潘安投入贾谧门下，捉刀《晋书断限》，贾谧见潘安才貌俱佳，故引为"金谷二十四友"之第一友。贾后趁机得见，惊为天人，心神荡漾，当即命其侍寝，一夜春风，爱不释手。潘安得贾后宠爱，一路升迁，也乐得如此。话说贾后召潘安入宫，那潘安进来，登时满堂春风，怎见得好样貌，有诗为证：

203

神若夕雾，形似木兰；静一分，秋水墨画；动一霎，飞雪蹁跹。只见那长发束冠，霜鬓风裁；面同满月，流霞溢彩；眉色如黛，浓淡总是相宜。玲珑耳，琉璃目，玉峰鼻，卧弓唇。轻衣袅绕，烟笼出尘；明动幽瑟，龙章凤姿。韶光无情，少年已非年少；月华有意，人佳依旧佳人。

贾后见潘安到来，欢喜非常，忙迎上前去，执手而坐，身子微倚。潘安闭目吐纳，少顷睁开双眼，即拿出一物，原是个青瓷药瓶，倒出些散剂，又令宫女盛盏热汤，和之服下，俄而面色红润，浑身躁动。贾后好奇："此乃何物？"潘安回道："此为五石散，有助阳防寒、延年健体之效。"贾后调笑："最好用以房事，更可如虎添翼也。"潘安不敢妄言，贾后却早已欲火难耐，赶紧宽衣解带，登床抱玉，宫中虽是更深人静，却听得风过龙庭，鸾歌昏帐。两人唇齿抚弄，蝉影笼钗，好半晌方云消雾散。两人起得身来，潘安服得五石散，仍觉燥热得很，遂赤着身子，行走宫内，贾后也随之左右，亦步亦趋。

潘安见贾后面色不好，小心问道："皇后眉头紧蹙，似有心事，不妨直言说来，小臣愿与皇后分忧。"贾后不言，潘安思忖片刻，又问："皇后可是为张泓一事烦心？"贾后轻声叹道："本宫得张泓一路扶持，早已视其为股肱，却不知哪来什么个天师，竟于朝堂之上言其妖孽，张泓若为妖孽，本宫岂不是祸首，如今张泓不知去向，众臣说长道短，心实难安也。"潘安言道："小臣亦有此虑，皇后虽执掌朝权，看似安如泰山，实则却是迎风秉烛。"贾后心头一怔，即问："你可从详道来。"潘安回道："皇后之危有三：其一，皇后一向倚重张泓，不想却是妖孽，虽未查证，然下落不明，众口铄金，积毁销骨，如今天灾连连，外人皆迁罪于皇后也，此乃言危；其二，皇后鼎掌乾坤，然诸王环视，坐拥天下，汝南王、楚王虽除，却仍有封王在外，精甲锐兵，且早对皇后怀有异心，一旦发难也是棘手，此乃势危；其三，皇后与陛下并无子嗣，就如无根之水、无本之木。当今太子非皇后亲生，其母仍在宫中，太子年幼尚且无事，然日渐长大，今后继统大位，皇后何去何从？皇后一旦有对错，众臣是尊皇后，还是尊天子，恐未有几人再听皇后之言。此乃本危。皇后有言、势、本三危，危在旦夕也。"贾后听此言语，脸色一沉，勃然变色，问道："依你之见，有何法解此三危？"潘安思道："此三危若一一解之，则是江流奔月，追之不及。皇后虽有三危，其根却在本危，皇后若有子嗣，子嗣若为太子，则言、势之危自然而解，皇后深根固柢，必得万世之安也。"贾后听言，良久不语。

二人又走上片刻，待药性散去，潘安穿戴齐整，告辞出宫。贾后闭目沉思，琢磨潘安之言，越发觉得有些道理。许久，方唤左右进来，令道："传贾午进宫。"这贾午又是何人？也有一桩往事。贾午乃贾充小女，贾南风母妹，自小生得光丽艳逸，端美绝伦，虽说姊妹二人容貌大相径庭，其性却是一样，恣意妄为，果敢泼辣。贾充在时，家中常宴宾客，贾午好奇，便在门外窥之。偶然之间见到一人，容貌俊俏，神采飞扬，打听之下，得知原是汉朝韩王信之后，魏司徒韩暨曾孙，名曰韩寿，系出华胄，年少风流，也是家道中落，投入贾府做了个司空掾，不由得心生爱慕，竟瞒了家父，私令婢女穿针引线，前往说媒。婢女辗转见到韩寿，说明来意，竭力撮合，韩寿心有所动，当晚翻墙入府，夜会贾午。两人相见，卿卿爱爱，共结鸳鸯，欢娱之时，韩寿闻贾午身有奇香，非兰非麝，另有一种沁人雅味，好奇问之，贾午回答乃是西域进贡的奇香，天子特赐家父，自己因而得之。韩寿极为称赏，贾午为讨情郎欢心，暗自记下，悄入家父房中窃得奇香，次日幽会送与韩寿。韩寿得了奇香，揣于怀中，殊不知此香一经人身，经月不散，旁人皆有疑惑。

一日贾充与韩寿相对，闻得身上奇香，暗自忖度："此香莫非西域奇香，然此香除六宫外，唯大司马陈骞与吾得天子赐予，他却从何而得？定是受人相赠。"又转念一想："韩寿不识陈骞，且向来在我府中，然此香我只分给小女一些，莫非是小女所赠？"左思右想，只觉得疑窦丛生，即宣召女儿侍婢，秘密查问，一吓二骗，果得实供。贾充得知内情，又羞又愤，然对贾午不忍加责，如何处置二人？一来贾午放言除韩寿之外，宁死不嫁，二来为保贾家名声，不得已便将错就错，索性招韩寿为婿。韩寿借贾充权势，青云直上，授官散骑常侍，妻荣夫贵，故外人引为笑谈，称作"贾午偷香"，也是奇闻。韩寿虽有情运、官运，然气运却短，天命不长，只留下两子，长子便是贾谧，深得贾南风喜欢。贾午也是心术不正，挟贵倚势之辈，自韩寿逝后，便一心一意扶助贾后，以享殊荣。

且说贾午进宫，见贾后神色凝重，问道："皇后可有烦心之事？"贾后见妹妹到来，眉头渐舒，令左右退下，低语："传你进宫，正为一件大事。"遂将天灾频现，天师言妖，臣子非议，潘安谏言，告于贾午。贾午听贾后言语，叹道："潘安之言，甚有道理，贾氏一门自老爷去后，全仗皇后，方得享满门富贵，然皇后无子嗣，他日若陛下龙驭归天，太子继位，生母谢淑媛又在宫内，皇后如何处置？莫如早做打算。"贾后哼道："唤你过来，正是为此，小妹有何良策？"贾午又道："前些日子，小儿与我有言，太子积蓄私财，结交小人，无非是欲害我贾氏一门，如今趁太子羽翼未丰，予以废黜，另立个仁慈孝顺之人，方可求得平安，保长久富贵。"贾后闻言，连连称是，问道："计策虽好，然哪里去寻个方圆之人？"贾午即道："千好万好，不如自家的好。"贾后疑惑，问道："自家哪有？"贾午低语："皇后不知，拙夫虽去，却留下一种，仍在腹中，我未与他人说，旁人也不知晓。皇后可算好时辰，假称有了身孕，待小子瓜熟蒂落，若是男儿，到时李代桃僵，一来可取代太子，二来也未便宜了外人。"贾后大喜，即道："此计甚妙。"贾午接道："太子若无失德，也无废黜之理，还须想些法子，宣扬太子过失，待时也好有个由头。"贾后连连点头，赞道："妹妹思虑周全，可先回去，收拾些衣物再来，便在这宫内待产，本宫自有安排。"二人又嘀咕一番，贾午方离去。

贾午走后，贾后又传贾谧。约一炷香工夫，贾谧进宫，贾后忙问："张泓可有消息？"贾谧回道："小臣多方探查，只知张泓出城往云梦山而走，之后再无任何消息。然听山中人讲，前些日子五里鬼谷一声巨响，虬龙当空而现，甚是奇观。"贾后又问："百兽壁可曾去过？"贾谧回道："看过，百兽壁现已是茅封草长，未有人迹。"贾后闻言，闷闷不乐，心道："那张天师是个得道仙人，张泓恐怕难逃此厄。"沉思良久，方道："张泓之事，且放一旁，这段时日看看太子，有无失德之处，时时报于本宫。"贾谧也是七窍玲珑之人，闻言心底透亮，即领旨出宫。

贾谧方走，婢女报天子入殿。贾后连忙卧于榻上，口中哼哼哈哈。惠帝进来，见贾后模样，忙问："今日清静，正好玩耍，皇后如何卧于榻上？"贾后回道："臣妾身子不适，故歇息片刻。"惠帝笑道："既如此，好好歇息罢了。"贾后气道:"陛下也不问臣妾,身子哪里不适?"惠帝恍然大悟,即问:"皇后如何不适,可否看过太医?"贾后佯作羞状,说道:"陛下只知玩耍,可曾在意臣妾?连臣妾有了身孕也不知晓。"惠帝大惊:"皇后有孕,未有人与朕说起,实不知晓,此乃何时之事?"贾后哼哈一声,略显疲倦,回道:"前日宫内行走,忽感身子倦乏,恶心欲呕,后太医来看,方知是怀了身孕。"惠帝闻言,又笑:"既如此,皇后好好歇息,朕要去玩耍了。"贾后哼道:"去吧,好好玩乐,莫再来扰。"惠帝忙起身出宫。贾后又传侍婢:"且去太医令府,便说本宫有孕,要程据莫乱声张,照此说话。回来之时,且带些稻草产具。"如此心计,有诗为证:

腹内空空如也,袖里包罗万象;
人心真真假假,世事迷迷茫茫。

且说贾谧会意,往东宫而去,途中自思:"太子素来与我不睦,使我屡遭白眼,若今后继位,我焉有出路,此番定要拿他把柄,早做打算。"片刻工夫,至东宫外,正要进去,忽见一人一瘸一拐而出,面色铁青,大汗淋漓,贾谧好奇上前,定睛一看,原是太子中舍人杜锡,遂问:"杜大人这是为何?怎如此模样?"杜锡见是贾谧,连忙施礼,喘一口气,断续答道:"小臣不慎,方才跌了一跤,故成这般模样。"贾谧即道:"小心为好。"杜锡谢过,径自出宫。贾谧望一眼,见杜锡臀部,满是鲜血,心下疑惑:"跌倒怎会如此?"未走两步,又见两侍从匆匆而行,一人手拿毛毡,另一人窃笑不已,互道:"太子这般弄巧,那杜锡老儿也是活该,平日里絮絮叨叨,太子早就厌烦,今日令我等针插毡中,放在那杜锡老儿座上,且教他知道如坐针毡,看他血染裤裆,好笑好笑。"两人言语,全入贾谧耳中,不由得暗道:"原来如此,杜锡尽忠劝学,太子却不尊师道,背礼违教,无端伤害,可要好好记上。"遂往里走,忽听一阵吆喝,吵吵闹闹。

贾谧也是精明之人,忙隐了身子,把头一探,正见太子与侍臣在宫内,摆设集市,有人切肉卖酒,有人看菜买瓜,太子手提度量斤两,说出轻重,竟然分毫不差。贾谧侧耳细听,太子吩咐左右:"速去西园,拿些葵菜、蓝子、鸡、面发卖。"贾谧自笑:"太子年幼虽聪慧,年长却不好求学,放纵游乐,竟秉承生母家传，喜好这屠夫买卖，如此下去，怎可承嗣天下？"正思忖间，忽有人道："谁在外头鬼鬼祟祟？"贾谧闻言，忙现身进来，自报："小臣贾谧，特来拜见太子。"太子见是贾谧，也不答言，衣袖一拂，竟撇下众人，径往后庭嬉戏去了。贾谧坐也不是，站也不是，走也不是，留也不是，尴尬万分，又待了片刻，仍不见有人搭理，自觉无趣，遂出了东宫。

这厢，太子知贾谧离去，不由得冷笑两声，詹事裴权在旁，劝道："贾谧为中宫宠侄，殿下如此待他，一旦交恶，两相结怨，祸事不远矣，愿殿下屈尊相待，以免生变。"太子闻言，勃然变色，厉声说道："多言可恨，着实可恨。"裴权见太子发怒，自知失言，原来太子与贾谧早有嫌隙，当日太子择太子妃时，欲聘尚书令王衍之女，王衍有二女，长女貌美，少女貌丑。太子欲纳长女，然贾谧亦看中此女，偏来作梗，求贾后做主。贾后明知太子欲纳王衍长女，却偏向自家人，为贾谧迎娶长女，使太子纳王衍少女为妃。太子得了丑女，既恨贾后，更恨贾谧。裴权想起这般事，故不敢再言，俯首辞去。贾谧出了东宫，逢人便说太子失德，又令亲信四下散播，败坏太子名声。未出几月，朝中上下，皆知太子顽劣，不堪任重。

贾后在宫中待产，掐着时日，往衣内填充稻草，以掩人耳目。春去秋回，窗间过马，转眼已有九月。一日，贾后正在歇息，忽侍婢匆忙来报："夫人弄璋之喜，可喜可贺。"贾后喜道："妹妹果然生子也，快引我去。"侍婢连忙引贾后至凌云台，贾后见贾午，忙问："小儿何在？"贾午无力作答，婢女赶紧抱新儿过来，贾后瞅一眼，见粉雕玉琢，甚是可爱，心中颇为满意，不由得眉开眼笑，说道："从今日起，小儿抱入中宫，由本宫抚养，他日立为太子，光我贾家门楣。"贾午勉强起身，说道："小子有福，得皇后垂爱，小妹谢过。"贾后随道："一家人犹如一叶舟，当同舟共济，莫要说这两家话来。"即令侍婢抱新儿去中宫，又密令潘安，将知悉贾午分娩之人尽皆毒杀。

处置妥当，贾后一面令太医令程据召医官二人，坐婆二人，收拾产房，布草三四处，悬绳系木，下铺软毡，做足了样子，一面差人告知天子，产期已至，疼痛发作，即将临盆，天子虽知晓，却只顾玩乐，无暇看望，贾后也不气恼。当晚，宫中传了消息，贾后生子，取名慰祖，有寄慰宗祖之意。惠帝下诏，大赦天下，普天同庆，朝中大臣尽来拜贺。贾后好不得意，令人好生抚育新子。也叹此子命数，有诗为证：

本应驷马高车行，襁褓难违父母心；
小儿无意弄青史，一了平生留空名。

贾后以为他人不知，群臣却多已瞧破阴谋，只是不敢明说罢了。有些忠直之士，心中焦急，斗胆谏言。中护军赵俊劝太子设法废了皇后，太子道："皇后虽不贤，然未有大咎，如何废得？今后莫再出此言，若让旁人知晓，甚为不美。"又有太子左卫率刘卞，至宰辅张华府上，问道："皇后生嫡子，欲取太子之位，公可知晓？"张华回道："闻所未闻，君从何而知？"刘卞又道："我本为贫寒之士，任须昌小吏，得宰辅栽培，方有今日，士为知己者死，今日我无所不言，公是否疑我？"张华不答卞言，只是婉转问道："若有此事，君如何应付？"刘卞即道："东宫才高德正之人众多，四卫率且拥有精兵万人，公居宰辅之位，有阿衡之责，我等若得公之钧令，太子上朝，总领尚书事，废皇后至金墉城，只需两个宦官足矣。"张华心知贾后常遣亲信，探听众臣私语，故不敢乱言，口中推脱："当今天子仍在，太子亦是人子，老夫不堪阿衡重任，未得废立诏命，唐突行事，乃目无君父，明告天下不孝，即便事成，也免不得获罪，况且外戚权臣满朝，权威不在一人，怎可保安然无事。"刘卞闻言，心知张华不能成事，悻悻退去。殊不知，窗外有人，早已将二人言语听于耳中，报于贾后。

贾后得知消息，心下大怒，恰贾午在旁，即道："当日潘安说皇后有言危，果真如此，可见心怀不轨者，大有人在，为今之计，宜早废太子，以固权势，断他人假借图谋之心，方无惧也。"贾后亦道："小妹之言，甚合吾意。"遂令贾谧、潘安、董猛、李肇、孟观进宫商讨，又令裴颜罢刘卞左卫率之职，迁调雍州刺史。刘卞得令，心知言语泄露，遂服毒药自杀，以免连累他人，且不提。

太子不知贾后使坏，恰长子司马虨病重，太子在府中祈祷求福，忽有内廷密诏："天子染疾，令太子入宫朝见。"太子虽顽劣，却是个孝顺之人，遂换服进宫，却不想让一人拦住，原是詹事裴权。只见裴权声泪俱下："太子不可前往？"

太子不解，问道："为何不可？"裴权拉住太子衣角，即道："臣观星象，有妖星现南方，白日可见太白星，乃女主当昌之象，而中台星拆离，乃正本失位之象，其象不祥，太子若去，恐有祸事。"太子拂袖说道："星象之说，虚无缥缈，不足为信，父皇有疾，怎可不去。"裴权仍道："天子不豫，宣殿下进宫，自有明诏，何须密令，且左卫率因言获罪，服毒身亡，世人皆知乃皇后所为，皇后欲害太子，此时若去，如羊入虎口也，太子执意要去，可领右卫率同去。"太子斥道："一派胡言，引兵入宫，岂非谋反，我尽人子之道，进宫服侍父皇，乃寻常之事，你等莫要多想。"言毕，未理众人，径自入宫，已是日冥时分。

过太极殿，至东堂，不见天子，再到式乾殿，亦不见天子，太子正心疑，有内侍出来，禀道："陛下正在昭阳殿歇息。"遂引太子过去。此时天色已晚，夜阑人静，四下空无一人，太子跟随在后，少顷至昭阳殿，蓦然抬首，那昭阳殿前，一对铜龙铜凤平日绚丽瑰奇，精致巧雅，此时再看，却是面目狰狞，张牙舞爪，教人胆战心惊，望而却步。太子心神一凛，欲折返回去，却又不敢，只得硬起头皮，进了宫来。至殿内，内侍引入别室，道声："殿下暂且小憩，静待后命。"遂退下不见影踪，太子无法，只得等待。约莫一盏茶工夫，仍不见有人，于是小声道："父皇。"连叫三声，忽别室门帘一掀，进来一位女子。

太子定睛一看，这女子好一番模样，只见头插镂空金簪，青丝紫玉点缀，双鬟浅黛，春水流盼，杏眼莞尔，摄人心魄；颈肩如削，一席烟衫款款，腰系锦织，摇曳生花，端的是风情万种。那女子手托一盘，上有一斛酒，至太子跟前，道声："奉天子诏，太子至仁至孝，特赐酒三升。"太子见女子貌美，不由得问道："你叫何名？"女子答道："小女陈舞。"太子又道："好名字，想来你天生喜舞，故有此名。"陈舞即道："小女为太子舞上一曲，以助酒兴。"言毕，云袖一摆，即舞起来，身姿妙曼，鸾回凤翥，有词为证：

  杯中有美酒，醉里看红颜。清影自弄月下舞。一步浅笑云宫燕，半窗人，满天仙。

  素手剪兰芷，霓裳拂幽弦。谁家女子在人间？昭阳殿上对无言，君莫笑，且行乐。

第二十一回 谋正嫡贾午借子　草逆书太子遭废

太子且饮酒,且赏舞,不觉之间,三升酒入腹,那酒后劲甚足,太子不胜酒力,顷刻烂醉。陈舞见太子醉倒,忙走至身旁,唤一声"殿下"。不见答应,遂退了出去。又有二人进来,原是贾后与黄门侍郎潘安。贾后见太子不省人事,笑道:"引君入彀,真妙策也。"潘安亦道:"愿为皇后分忧。"贾后喜道:"你快些行事。"潘安答应一声,拿来纸笔,略加思索,挥毫而就,书写一纸:

陛下宜自了,不自了,吾当入了之;中宫又宜速自了,不自了,吾当手了之。

随即,又写一纸:

吾母宜即刻两发,勿疑犹豫致后患。茹毛饮血于三辰之下,皇天许当扫除患害,立道文为王,蒋氏为内主,愿成当以三牲祠北君,大赦天下。要疏如律令。

贾后在旁细看,潘安释道:"可令太子抄写,再呈于陛下。陛下阅后,必定大怒,皇后可趁此除了太子。"贾后即道:"如此甚好。"于是唤来婢女,令拿好纸笔,趁太子酒醉,逼抄原稿。婢女待贾后二人走后,过去唤太子。太子醉眼蒙眬,见有人轻唤,哈欠一声,说道:"且让我歇息一会儿,莫来烦扰。"婢女遂大声道:"天子有诏,令太子抄写祷文,以感上苍。"太子闻言,即端正身子,少时又瘫软下去。婢女倚住太子,将原稿拿住,太子两眼模糊,也不加辨认,只看原稿上为何字,便依次抄录,字迹歪歪斜斜,残缺不全。好容易写完两稿,太子把笔一放,又沉沉睡去。婢女拿了抄稿,赶忙出了别室,交与贾后。贾后得稿,大喜过望,遂往凌云台,呈献惠帝。太子仍昏睡宫中,潘安令内侍拥掖出宫,扶太子上寝舆,自返东宫。

翌晨,惠帝驾临式乾殿,召令公卿入宫。众臣见天子面有怒色,不知发生何事。惠帝怒道:"太子大逆不道,竟生图谋之心,罪无可赦。"众臣不解,面面相觑,张华禀道："太子虽放纵游乐，荒废朝中陪侍，然至仁至孝，陛下何出此言？"惠帝摆手，少时黄门令董猛出来，拿出二纸，遍示群僚。惠帝说道："此乃不孝子遹所书，那第一张纸，要朕自行了断，如不依言，则进宫了断朕，皇后也须自行了断，如不依言，则亲手了断皇后。那第二张纸，更与谢妃约好时日，两边发难，莫要犹豫，好自己为皇，蒋美人为后。如此悖逆，天理难容。"众臣接连瞧看，皆面面相觑，不敢发一言。惠帝又道："言由心生，太子其心可诛，理当赐死。"张华闻言，按捺不住，禀道："由古至今，国运往往因废黜正嫡而改，太子乃国之储君，何须谋反，此事甚是蹊跷，陛下不可妄动国本，还须查证核实。"张华一言，满朝议论，惠帝本来依贾后所授言语，然张华此番说辞，竟不知如何作答，似痴哑一般，默不作声，一时式乾殿内，吵吵嚷嚷。

贾后在屏后，听得殿上动静，知道不妙，赶忙趋内侍，取了太子平日手书十余笺，上殿说道："奉皇后懿旨，取太子手书，比对字迹，以鉴真假。"遂令群臣核对。群臣你拿一张，我看一张，反反复复，横竖校看，笔迹大略相符，然有一点不同，平日手书虽说字体不美，却也是工整，而两纸逆书，因太子醉酒，字迹歪曲，姿势潦草。众人不知其中原因，一时难辨真伪，无从指驳。张华又道："东宫如若真有此书，那究竟由何人传入，可召太子入殿，当面对质。"潘安即道："太子写此谋逆之书，其心已昭，安可再传召入宫，如若趁机带兵进来，难以收拾，陛下还须速决，以免生祸。"张华说道："太子废立，岂可如此草率，如今前因后果，皆未明了，怎能赐死太子？"惠帝仍不发一言，众臣有赞潘安者，有同张华者，你一言，我一语，争执不休，终是未有定论。

贾后在屏后，听得前面聒噪，早已是坐立不安，心急如焚，恨不得走出屏后，喝令众人，好自己独断专行，只是碍于大庭广众之下，不好越礼，以免徒生口实，然眼见日影西斜，如此下去，等太子回过神来，事便难办，遂召董猛入内，令道："事宜速决，为何议了半日，仍不得结果，你且出去，传我懿旨，哪个臣子若不肯传诏，则军法从事。"董猛奉旨出宣，张华驳道："国家大政，当由天子主裁，你是何人？胆敢妄传内旨，淆乱圣听，如今天子在上，你不传明诏，乃置天子于何地？"董猛又羞又愤，赶紧掩面，复回屏内，返报贾后。贾后见张华等人心意坚定，心道："这老匹夫，若非有本宫说话，你安有此高位，竟忘恩负义，处处与我为难。"又恐事情有变,眉头一纵,眼珠一转,计上心来,即令侍臣过来,草表上请保全太子性命,免除太子之位,废为庶人。

此表一出,惠帝即依议应允,遂拂袖退朝。众臣见天子准请,且保得太子性命,也未敢多言,只盼从长计议,三五成群,退到宫去。贾后见事成,忙遣尚书和郁,与东武公司马澹一道秉持符节,前往东宫,宣读诏令,废除太子,成为庶民,幽禁金墉城。不知后事如何,且看下回分解。

第二十二回　诛太子贾后易储　传假敕赵王起兵

青山只埋浮云半，绿水更入长林幽；
谁言高楼难独上，遥对江天共孤愁。

话说太子昏睡一夜，好一场大梦，午时方醒转过来，方忆起昨日之事，隐约有些不安，自道："我如何醉成这般模样？又如何回得宫来？"正思索间，忽见裴权跌撞进来，口呼："殿下，大事不好。"太子闻言，心中一惊，忙问："出了何事？"裴权跪道："天子下诏，殿下逆书妄言，图谋不轨，丧君臣之礼，失人子之道，故革太子之位，废为庶人。尚书和郁持符节，已往东宫而来。"太子大惊，问道："一派胡言，此话从何而来？"裴权遂将朝堂之事相告，太子细思片刻，忽有所悟，自道："昨夜醉酒，恍然之间，不知写了什么。"又骂："昨日父皇传我入宫却不见，又有侍女斟酒使舞，甚为蹊跷，而今想来，定是那毒妇设计害我。"裴权即道："殿下宜速请表，上陈详情，以告天子，明天下。"话音未落，忽闻宫外有车马之声，和郁已进宫来。

太子见和郁领兵，知大势已去，长叹一声，不再言语，遂改常服，拜受诏书，出承华门，乘坐牛车，又有东安公司马澹引太子妃，与三子司马虨、司马臧、司马尚同至牛车。太子望一眼车外，不见一人，遂问："保林如何未见同随？"司马澹答道："天子有诏，淑媛谢玖、保林、蒋俊蛊惑太子，即行杖杀。"太子闻母、妾均遭难，胸口一痛，大叫一声，跌下车来。司马澹见状，忙差人扶太子起身，放至车上，迁徙金墉城。和郁即收捕太子余党，有詹事裴权，洗马江统、潘滔，舍人王敦、杜蕤、鲁瑶等人，尽皆下狱。太子妃之父，乃司徒王戎，闻太子有变，唯恐祸及株连，赶紧上表离婚，天子准奏，太子妃痛哭一场，与太子作别，辞归娘家，东宫上下，作鸟兽散，也是凄凉。

太子被废，朝中鸣不平者，比比皆是，众人心中愤怒，有西戎校尉司马阎缵，身着素服，一路哭泣，抬棺至宫门上书"汉时戾太子发兵抗拒皇命，尚且有议事之人主张轻减，上谏罪不过鞭笞而已。如今太子受罚，罪不及戾太子，何不另择太傅，严加教诲，若再不悔改，废黜不迟"。

书虽呈宫中，却如石沉大海，杳无音信。又有右卫督司马雅、常从督许超、殿中中郎士猗等人，常聚一处，欲废贾后，迎太子。一时群臣异议沸腾。

贾后岂有不知，即唤来贾午，说道："不想废黜太子，竟招来如此非议，眼下如何是好？"贾午回道："人处于世，如搏浪击水，或沉或浮，沉浮取于自己，若认定前方，便莫望身后。事已至此，只有诛太子，立储君，他日登大位，掌乾坤，天下莫敢不从。"贾后拍案而起，说道："自古功成一条道，直上青云人言消。太子废黜，尚有众人说话，我若不赶尽杀绝，他日必受其祸。"如此妄执，有诗为证：

  陌上草露濯春尘，牖间蜉蝣梦秋温；
  只享生前安乐事，何问身后哪般名。

贾后再行设计，以家人要挟，令黄门宦官自首，诬告与太子同谋作乱，黄门宦官不得已写下表文，贾后即将表文颁示公卿，群臣愕然，明知有诡，却又证据确凿，不能多言。贾后见众人不语，自是得意，遂令司马澹领一千卫士，押徙太子，迁至许昌宫，一时朝野哗然。右卫督司马雅，乃是晋室疏亲，曾为东宫给事，得太子信任，如今见太子遭难，也是心痛，欲为太子效力，设法复位。

这日，司马雅寻来许超、士猗，说道："太子幽禁许昌，乃皇后之计，旨在远离京师，以避众人之目，方好设计害之，我等若再迟缓，太子危在旦夕。"许超亦道："皇后心思，满朝皆知，然我等位卑言轻，不足成事，还须借助他人，方能为之。"士猗接道："可寻宰辅之力。"司马雅即道："君不见刘卞之事乎？那张华贪恋禄位，不足与图大事，还须寻个心狠之人，方能图谋。"三人左思右想，亦想到一人，乃是司马懿第九子，赵王司马伦，因亲近贾党，故接替裴颜之职，任右军将军，手握兵权，又天性贪财，胆大妄为，可借力行权。司马雅思忖片刻，又道："赵王虽可借势，然冒昧进言，恐有不美。"士猗回道："此言甚是，我识得一人，乃赵王谋士，姓孙名秀，字俊忠，深得赵王之心。那赵王蠢钝，诸事皆依秀言，若说动孙秀，此事可成。"二人齐声道好。

　　士猗径往孙秀处，孙秀出来，模样甚是别异，只见头戴混元一字巾，左眉白如雪，右眉黑如墨，两眼斜吊，鼓鼻梁，塌方海，身穿青灰色开氅，腰系杏黄色丝绦，端的是殊形诡状，古古怪怪。士猗知孙秀乃三山五岳之人，上前施礼道："俊忠别来无恙。"孙秀打一稽首，回道："士猗此来，可是为太子之事。"士猗忙道："俊忠料事如神，我正为此而来。"孙秀笑道："太子废与不废，与我何干？"士猗又道："普天之下，莫非王土，率土之滨，莫非王臣，你我皆为臣子，如何不无相干？"孙秀又笑："天子家事，岂是你我能管的。"士猗劝道："皇后凶狠妒忌，与贾午、贾谧等人诬废太子，甚是无道，人所共知。如今国无嫡嗣，社稷垂危，朝中不满者众，大臣欲将起事，然赵王与公奉事中宫，素与贾谧亲近，外人皆道，公为贾氏一党，一旦大事发动，必会株连公等，何不事先预防。"孙秀脸色一变，问道："如何预防？"士猗即道："废皇后，迎太子，正国本，赵王有擎鼎之功，为当朝第一人，可得世人称颂。"孙秀闻言不语，来回踱步，良久方道："士猗所言甚是，我即告主公，看其意如何。"士猗见孙秀答应，大喜，一番寒暄方辞。

　　孙秀待士猗走后，遂往赵王府上进言。司马伦听得孙秀言语，只问："先生意下如何？"孙秀只答："主公意下如何？"司马伦回道："我无有其他，只于我有益便好。"孙秀即道："既如此，主公可依士猗之言，废皇后，迎太子，一来顺天命，博众望，得名声；二来反后党，避祸事，立大功，主公又是宗亲，必为人之上人，不比这右军将军益哉。"司马伦大喜，遂道："如此甚好，先生速知会通事令史张林、省事张衡，以做内应，我等须要好生谋划。"孙秀摆首笑道："垂纶不见鱼，方得满载归。"司马伦不解其意，孙秀释道："钓鱼之时，若见鱼扯线，鱼儿挣扎，必不成功，只有眼中无鱼，心中有鱼，相机而动，见时而起，方能成功。太子为人，聪明刚强，若复还东宫，定会放纵性情，不受人挟制，何况主公乎。太子得志，必生报复，主公一向侍奉贾后，街谈巷议，皆以为贾后一党,今虽为太子建功,太子却以为主公惧于人言,不得已而相助,以求将功折罪,心中定无甚感激,他日主公旦有过失,仍不免被诛。不如延缓时日,我观贾后必会加害太子,待太子被诛,主公再为太子报仇,起兵入废贾后,天下响应,主公乃功首,到时一人之下,万人之上,何不美哉。"司马伦顿悟,拍手赞成,连称好计。此一石二鸟之计,有诗为证:

山深六月犹觉冷,水静八分更幽清;
长叹人心不见外,也无恨来也无情。

孙秀与赵王商定,使人在外散布谣言,称有殿中之臣欲废皇后,迎太子,又亲往贾谧府上,劝早除太子,以绝众望。贾谧闻孙秀言,也知外面传闻,信以为真,即赴中宫,禀报贾后。贾后怎不知风言四起,也觉甚有道理,说道:"太子失德,未料保驾之臣众多,不杀之,恐后患无穷。"贾谧也深怕众臣迎太子复位,即道:"外头议论纷纷,既是如此,皆非空穴来风,皇后须当机立断。"贾后闻言,遂唤来程据,令配制毒药。程据接旨,未出三日,即用巴豆、杏仁研末为丸,交与贾后,贾后问道:"此丸有何效?"程据答道:"臣取巴豆浆,可使人发赤,又掺苦杏仁,则使人惊厥,二物合用,可教人暴亡而不察。"贾后甚是满意,拿了毒丸,令黄门孙虑赶赴许昌,毒杀太子。

孙虑隐秘出宫,单人单骑,悄至许昌,令监守官刘振到来,说明来意,交代将毒药放置太子饭食中。刘振言道:"黄门有所不知,那太子自来许昌,甚是小心,所有饭食,皆是令宫人置于眼前烹煮,方才食用。"孙虑闻言,面色一变,刘振即道:"不如将太子迁至小房,断其饭食,使其自毙,一来可复后命,二来我等也脱得个鸩害太子之名,以绝天下之谤。"孙虑应道:"此法甚好。"刘振遂迁太子至小房,绝不与食。太子何等聪明,知刘振有歹心,更不敢大意,然接连数日不食,只饿得头昏目眩,浑身无力。孙虑至房外偷看,见此情景,冷笑不止,心道:"看你还能挨上几日。"

正当太子饿得难以支持,忽听墙上有动静,少顷探出一头,原来是一个宫人,平日素来待之不薄,未料竟是个知恩图报之人。只见宫人塞进一个蒸饼,又拿一个竹筒，内盛清水，悄声说道："太子快些食用，莫让外头知晓。"太子也是饿急，忙接了过来，三两口下肚，方缓过劲来，连声道谢。宫人又道："皇后差黄门来许昌，要致太子死地，黄门怕落人把柄，故绝你饮食，我每日送些过来，太子千万小心。"

两人约好，如此半月，孙虑心道："数日未食，想来已是饿绝。"遂至小房，透窗而看，却见太子容颜尚好，精神亦是不减，反更加神采奕奕，不由得大惊失色，赶紧寻来刘振，问道："太子如何还未气绝？"刘振往里一瞧，见太子模样，也不知何故。孙虑气道："瞧这般行事，不知何日是个头，皇后那边催促甚急，顾不得许多，还是毒死太子，也好交差。"刘振也无他法，二人打开房门，孙虑上前宣诏："庶人司马遹虽目无君父，然圣上却深仁厚泽，知你在许昌不习水土，身子不适，特赐药丸一粒，以养精神。"遂拿巴豆杏仁丸出来，令太子服下。

太子见药丸，心下大骇，又不知如何是好，只得闭口不语。孙虑见太子不作声，又未见所动，索性一不做二不休，拿了药丸就灌。太子急中生智，倏忽倒地，手捂小腹，脸憋得通红，来回翻滚，口称："我小腹胀痛，甚是内急，亟待如厕。"孙虑迟疑一下，望向刘振，就在这当口，太子陡然弹起，夺门而出，撒腿便逃，孙虑大怒，赶紧跟出，即从袖中拿出药杵，使劲一掷，打在太子后背，只闻一声惨叫，太子中杵倒地。孙虑三步并作两步，至太子跟前，拿起药杵，喝道："庶人安敢诓我。"太子手指孙虑，颤道："你胆敢谋害太子，必不得好死。"话音未落，孙虑一杵打在太子后脑，太子闷哼一声，全身抽搐。孙虑又是一阵猛捶，太子哀号不止，血溅宫阶。少顷，声息渐弱，没了动静，上前探查，早已气绝身亡，年仅二十有三。孙虑见太子已死，对刘振道："你且整理尸首，我即回都复命，再作处置。"

孙虑牵绳上马，一路奔回洛阳，至中宫，见贾后，详报太子消息，贾后闻言大喜，重赏孙虑，一面差人告知天子，请示以庶人之礼安葬太子，一面唤来潘安代笔，上表陈情，书云：

　　遹不幸丧亡，可怜其迷惑悖逆，又早夭折，妾内心悲痛，不能自己。妾望遹刻骨铭心，更思孝道，极度虔诚，以正名号。此志不成，更使人酸心遗恨。遹虽有罪过，然却是帝王子孙，若用庶民之礼送终，情实怜悯，故请求天恩，赐以王礼安葬。妾愚昧浅见不懂礼仪，不胜至情，冒昧陈闻。

惠帝见贾后陈情，遂依后言，命用广陵王之礼，厚葬太子。贾后乘势进言："帝王绍基垂统，长治久安，必建立元储，以固国本。如今太子虚位，而国不可无储。春秋有云，立嫡以长不以贤，立子以贵不以长，嫡子慰祖，乃妾独子，可继储君。"惠帝对贾后言听计从，岂有不答应之理，遂下诏，宣嫡子慰祖为太子，正位东宫，以重万年之统，以系四海之心，于永康元年五月，行册封大典。

太子薨逝，举朝哗然，又闻慰祖继任储君，众臣更是不平。司马伦得知消息，大喜过望，遂唤来孙秀，商议起事。孙秀说道："四月辛卯初一，有天狗吞日，主公可四方联络，约定初三夜晚三更一点，以鼓声为号，起兵入宫。"司马伦连声称是，遂差人告知司马雅、许超、士猗等人，联络通事令张林、省事张衡等草伪诏，令右卫佽飞督闾和闻讯开门，引兵入城，使华林令骆休迎天子，驾东堂。诸事准备妥当，又有翊军校尉、齐王司马冏，梁王司马肜来商，通谋起兵，入废贾后。

转眼便是辛卯朔日，正如孙秀所料，到了未时，本来晴空万里，忽天色一变，那日光霎时暗了下来，万物一片混沌，正是日蚀，如此景象，有词为证：

日月共一时，天地上下无分。眼前虽有奇景，欲画笔难寻。三足金乌衔黑子，玉兔追若行。举头旦看盈亏，明暗总相替。

日蚀出，天子惊，诚惶诚恐，下诏停朝三日，吃素斋、避正殿、焚香敬天。臣子闭门不出，街肆关门歇业，司马伦、孙秀趁机联络，安排妥当。待到初三，得张林伪诏，即召三部司马，集前驱、由基、强弩三军兵士于武库。司马伦手托诏书，命道："天子有诏，皇后与贾谧杀害太子，命我兼领车骑将军，入废中宫，你等皆当从命，事成之后，赐爵关内侯，如若不从，诛杀三族。"众人哪敢不从，但凭赵王调遣。

晚三更一点，三军越明堂，过灵台，早有闾和等候，三声鼓响，开宣阳门，大军陈列御道之南，孙秀进言："皇后门下有金谷二十四友，或使钱财，或有容颜，或有言谈，皆文才俱佳之辈，然其中有十二人，又兼修清真道德之法，得皇后倚重，分守皇城四门，裴頠居中调度，不可不防。我举荐四人，皆身怀异术、本领高强之人，可分攻四门，严禁内外，以防不测。"司马伦应允，孙秀遂令牙门将军赵奉攻正门，太平将军胡沃攻东阳门，上军将军孙辅攻西明门，折冲将军李严攻大夏门，又令司马冏为前部，直杀宫中。

司马冏引兵入内，至宫前，又击鼓三声，早有张林、张衡二人等候，即开宫门。司马冏正要进宫，忽闻一声："齐王夜开宫门，引兵而来，莫不是谋反作乱？"司马冏抬眼一看，见来人身如松、面如霞，两道重眉斜入天苍额角，一对大眼皂白分明，颔下五绺短髯，手执钺斧，身着箭袖，腰束缚带，足蹬油履，端的是相貌堂堂，仪表不凡。司马冏问道："你乃何人？敢在此拦我。"来人答道："我乃金谷二十四友，渤海人欧阳建，奉皇后之命，巡守宫门，齐王犯上作乱，速宜下马受缚，以正欺君叛国之罪。"司马冏大怒，正要上前，有一人冲出阵列，头戴凤翎盔，身着大红袍，外披锁子甲，腰束狮鸾带，手执环首铁刀，口称："齐王莫恼，待末将拿了此人。"司马冏认得是偏将曾同，即道："将军拿下欧阳建，便是首功一件。"

曾同纵马执刀，杀将过去，欧阳建举钺一架，说道："我不杀无名之辈，可报上名来。"曾同回道："我乃偏将曾同，你欲强抗天兵，为虎傅翼，是自取灭族之祸矣。"随即拍马舞刀，劈胸砍下，欧阳建用钺一磕，反手一削，直奔曾同面门，曾同连忙把头一偏，躲过来钺，二马一错镫，又是一番厮杀，但见：

阵前二将斗龙虎，阵后擂鼓响天关。一个环首刀，鬼神莫测；一个重钺斧，勾魂摄魄。宫门刀兵易相见，英雄驰骋试身手。这一个横戈跃马保凤驾，那一个贯颐奋戟夺首功；你拿我军功簿上显名，我擒你太极殿中画像。

二将酣战，未及十五合，欧阳建右手虚空一抓，大叫："曾同往哪里走。"话音未落，平地竟伸只手来，抓住曾同左腿，如铁钳一般，丝毫不得挣脱。曾同大惊失色，不知是何缘故，还未缓过神来，欧阳建已纵马来到，曾同动弹不得，只见寒光一闪，人头落地。司马冏在旁看得清楚，知欧阳建道德之士，身怀异术，忙令人报于孙秀。

欧阳建枭了曾同首级，也不回马，又执钺杀将过来。司马冏正要迎战，忽有一将当先，斜刺里纵马摇叉道："慢来。"欧阳建问道："你又是何人？敢来阻我。"那人道："我乃裨将张环，休伤我主公。"遂飞来直取，欧阳建举钺相迎，两马盘旋，约有三个回合，欧阳建见齐王欲逃，也不纠缠，只道一声："张环往哪里走。"张环听得言语，正要作答，忽平地伸出一只手，钳住左腿，拉下马来，欧阳建骤马摇钺，枭了首级。

司马冏大惊失色，连连后退。欧阳建乘势向前，一钺劈面而下，眼看便要杀至，斜里挺来一钩，救下齐王。欧阳建定睛一看，见来人面如死灰，海下赤髯，眼如铜铃，头戴盘龙冠，身穿连环甲，套大黄袍，束白玉镶，也是奇异之人，不由得拨马问道："你姓甚名谁？也来阻我。"来人道："我乃牙门将军赵奉，欧阳建，快快下马受死！"欧阳建闻言大怒，举钺斧劈面砍来，赵奉将手中金钩急架相迎，两马相交，一场恶战。怎见得：

  钺斧急，金钩忙，二人宫前逞刚强。犀牛去望月，白蛇来吐芯。这个单凤猛贯耳，那个卧牛狠蹬蹄。钺削前心两胁，钩挑眼角眉丛，一个是三山五岳士，一个是鬼道修真人。这场朝堂相争处，各为其主各非良。

两人斗了数十回合，不分胜负。欧阳建心道："来人鬼道之士，若不先下手，恐反遭其害。"遂右手虚抓，口道："赵奉往哪里走。"平地伸出一手，赵奉笑道："言意换形之术，怎难得住我。"言毕，从袖内拿出一袋，往空中一抖，现出一物，外形如狗，足长体瘦，黄毛竖立，额前有一菱形白斑，双目血红，尖牙森森，落地入土不见。少顷，地下闻吠声，即喷起一阵鲜血，那怪物衔手，破地而出。欧阳建大叫一声，右臂鲜血淋淋，痛得跌下马来，口呼："地狼好生凶狠。"赵奉纵马上前，金钩一舞，取了欧阳建性命。司马冏拍马叫好，遂令赵奉为先行官，直入宫城。

话分两头，且说太平将军胡沃，攻东阳门。这胡沃也是鬼道之士，道法通玄，擒人拿将，莫不成功。胡沃乘夜色，引一支兵马，疾驰至东阳门下，见城头灯火通明，有守备来回巡视，三将坐于城楼，正饮酒作乐。胡沃问左右："那三将为何人？"左右答道："此三人为金谷二十四友中人，居中穿白袍者，名曰杜育，襄城之士，有一叶绿茶，甚是奇妙，入水则清香四溢，入口则伤病全消；居左穿红袍者，名曰崔基，清河之士，有一匹白绢，也是玄妙，散落在外则柔软至极，一缚人身则坚硬如铁；居右穿黄袍者，名曰缪征，兰陵之士，有一对钢鞭，更是威猛，可打有形之物，人若受一鞭，顷刻毙命。"胡沃闻言，说道："此三人皆是异人，我等不宜强攻，只可偷取。"

胡沃令兵马止步，掩于夜色，一人悄至城下，见无人察觉，即从袖中拿出一袋，往空中一抛，现了一物，长七尺，色如墨，蛇头蛇尾蛇身，尾长尺许，而人手人足，长三尺，甚是怪异。原来此物名曰人蛇，直立行走，遇人嬉笑，笑后吃人，凶恶无比。胡沃放出人蛇，即沿城墙而走。城楼上三人，不知城下之危，仍在饮酒对歌，正兴致处，忽闻一声嬉笑，杜育问道："为何有女子笑声？"崔基对缪征笑言："哪有什么笑声，想是将军饮酒无趣，欲寻个女子作乐。"缪征附笑起哄。杜育正欲说话，又有一声嬉笑，三人闻声，面面相觑，不知就里。杜育心下起疑，出门寻找，崔基跟随在后，只留缪征未出。

缪征在房中，忽有一影，从梁上扑下，未等缪征反应，张口叼了人头。杜育、崔基二人，寻找未果，复回阁中，方见缪征尸首，大惊失色。崔基欲取白绢，以备不测，忽一影从后而至，无声无息，随即蛇口一张，叼了崔基人头。陡然生变，杜育见眼前怪物，吓得魂飞魄散，拔腿便逃，那人蛇也是迅疾，三步两跨，转眼即至身后，往前一扑，跃至杜育后背，一张蛇口，叼了人头。可怜三将，一身本领，毁于一旦。胡沃见人蛇回来，即率军攻东阳门，城门守军见主将已亡，纷纷弃甲投戈。

西明门，上军将军孙辅，领一支兵马，卷甲衔枚，急行至城下，令众人卷旗息鼓，避影匿形，又见夜色皎洁，月朗星稀，遂一人出列，不许旁人跟随，悄至无人处，从袖中拿出一袋，往空中一抛，现了一物，原是一猫，碧眼乌圆，通体金黄，煞是好看。那猫纵身一跃，跳至树上，仰头张嘴，遥对空中之月，一吞一吐，只见星星点点，汇成一束光芒，尽入口中，登时金光闪闪，甚是奇异。

第二十二回
诛太子贾后易储　传假敕赵王起兵

孙辅说道："金华猫儿，还不过来。"那猫似懂人语，即跳下来，落在孙辅肩头。

此时，前方有人喝道："何人在此，鬼鬼祟祟？"孙辅望去，见有四五人过来，为首一人，头戴束发紫金冠，散发披肩，身穿麒麟铠，外罩大红袍，鼻朝天，口朝地，手拿一物，孙辅看得明白，知此物名为乾坤日月刀，可合可分，变幻莫测，遂把肩一抖，金华猫跳下，呜咽一声，即变为一女子。那四五人走至近前，又有一人道："陈将军问你话，还不如实回答。"孙辅闻言，知来将陈晔，乃是金谷二十四友中人，赶忙回话："小的乃是贾将军府中管事，将军言及陈将军守卫辛苦，特赏赐歌女一人，令小的送来。"陈晔闻是贾谧府上之人，遂收了法刀，上前一看，见女子一头青丝盘珠翠，鬓角斜插玉簪，上着百花衫，下束百褶裙，肌肤如脂，眉若轻烟，杏眸流光，琼鼻红唇，夹面桃腮，端的是亭亭玉立，妩媚动人，不由得心花怒放，赶紧道："美人过来。"那女子一步三摇至跟前，陈晔正欲揽入怀中，陡然女子双目通红，张嘴一扑，两颗獠牙如若尖刃，即插入陈晔喉管，一股鲜血喷薄而出，登时毙命，两旁兵士未及反应，皆丧于其手。

事毕，金华猫摇身一变，又化作陈晔模样，拾起乾坤日月刀，走上城头。至城楼中，见有二将，其中一人问道："陈将军方才巡视，可有异常？"金华猫摇头，那人笑道："陈晔将军的乾坤日月刀，刘瑰将军的子午鸳鸯钺，加上我的鱼龙错金钩，纵有敌兵千万，也难过此门矣。"刘瑰也笑："杜斌将军所言极是。"杜斌斟酒，说道："今夜明月当空，如此良辰美景，我等共饮一盏。"三人遂举盏，金华猫趁二人不备，目露红光，往前一扑，霎时撕开二人喉管，可怜二将，糊里糊涂，枉自送命。金华猫得手，长嘶一声，孙辅闻信，即引兵攻下西明门。

大夏门，折冲将军李严，引一支兵马，攻打城门。城上有三将，乃是金谷二十四友之琅琊人诸葛诠，彭城人刘讷，高阳人邹捷，见李严引兵前来，遂顶盔挂甲，罩袍束带，点队五百，一字排开。诸葛诠一马当先，上前喝道："此是皇城北门，你乃何人？竟敢纵兵而来，莫不是作乱谋反。"李严手执连殳，拨马回道："我乃折冲将军李严，天子有诏，皇后谋害太子，赵王入废中宫，令我接掌大夏门，你等宜速下马受缚，莫等天威一怒，死无葬身之所。"诸葛诠大怒，扬起金锏，纵马便打。

李严举殳相迎，两马盘旋。只见二人，这一个好似雪舞梨花，那一个如同风卷柳絮，李严使一个金鸡点头，直奔诸葛诠，扎前胸带两肋，诸葛诠连忙闪身，险险避过。邹捷在旁，看得着急，催马执尺，打了过来。李严以一敌二，也不着慌，手中连殳乱舞，上护其身，下护其马。诸葛诠、邹捷二人近不得身，李严正要拿人，诸葛诠忙祭起金铜，那金铜在空中，金光灿灿；邹捷忙祭起铁尺，那铁尺在空中，嘤嘤作响。二物从空中打下，直打在李严肩头，只听得大叫一声，跌下马来。二人大喜，上前欲取性命，李严忽从袖中拿出一袋，往空中一抛，现了一物，原是一兽，外形如虎，豪长三尺，人面虎足，口齿一丈八尺，甚是凶恶。这兽一出袋口，一声狂嚎，"嗖"地蹿至诸葛诠、邹捷面前，未等二人反应，张口一咬，取了二人首级。刘讷在旁看得清楚，大叫一声："原是倒寿。"即掉转马头，慌不择路，仓皇退遁。李严复上战马，在后紧追不舍。不知刘讷性命如何，且看下回分解。

第二十三回　饮鸩酒贾后退幕　登大位赵王逞凶

夜来人闲听风雨，穿林打叶闻秋声；
谁能先觉好大梦，风雨夜来听人闲。

且说李严追杀刘讷，刘讷打马狂奔。那倒寿在后，紧追不放，未出片刻即至，正要张口咬下，刘讷在马上，听得背后风声，忽把头一转，面朝后，脑朝前，颠倒过来，也是诡异，那头转过来，只见两眼一睁，登时一道金光闪现，明晃晃一片，使人目不能视。倒寿被此光一阻，身形一滞，待复见外物，刘讷早已遁去，不见踪影。李严追来，见刘讷逃走，遂收了倒寿，口称："不想此人竟通金光之法，如若早知，定要先取性命。"不禁懊悔不已，只得回去。

刘讷使金光遁逃，一路奔走，至裴頠府上。裴頠见刘讷到来，神色慌张，血染战袍，忙问缘由，刘讷答道："赵王假称天子有诏，欲废中宫，令李严攻大夏门，诸葛诠、邹捷二位将军誓死抵挡，不料那李严放出倒寿，二位将军不幸身死，我拼死逃回，特来相告。想来赵王定早有预谋，侍中须早做决断。"裴頠闻言，大惊失色，忙令刘讷入宫，禀报贾后，又令人拿来披挂，牵了战马，率众而出，直往宣阳门而去。

话分两处，且说赵奉斩了欧阳建，先行入宫。至宫前，令左右上前，打开阁门，忽迎来一队人马，为首二将，一人身高过丈，面如冷霜，两道浓眉，一对环眼，身挂宝甲，外罩白袍，跨下骑黄黯马，使一根游龙金蛟棍；另一人身高七尺有二，面如清月，重眉大目，戴二龙斗宝金盔，穿红白麒麟战袍，坐下闪电白龙驹，使一柄天荷凤尾镗，口称："赵奉贼子，竟敢擅闯内宫，今我周恢在此，还不下马受缚，可保你全尸矣。"赵奉打马上前，宣道："贾后丧心弑储，赵王受天子诏，令我等夜入中宫，捉拿毒妇，你胆敢违抗天命，还不下马受降。"另一人即回："赵王伺传伪敕，妄图废立，你等拥乱作反，还敢假称天命，实乃乱臣贼子，吃我一棍。"遂拍马上前，举棍直打赵奉。

赵奉大怒，口称："王粹，你依附权后，骄纵豪奢，二十四友尽皆浮竞之徒，岂不知祸端一发，埋恨已长，竟尚在此，大言不惭，今遇我赵奉，教你有来无去。"遂举起金钩，迎上前去。二人二马，纠缠一处。这壁厢，王粹好生了得，长棍飞舞，上剃下滚，左右翻腾，力不虚用，只见棍影如山，环护周身，棍势如虹，惊若雷电；那壁厢，赵奉也是本领高强，去起如浪，来伏如霜，钩走美势，钩刺自如，只见钩随身转，身随钩走，快慢相间，吞吐开合。二人实是棋逢对手，将遇良才。

王粹大喝一声，迎面往天灵打下，赵奉用钩一封，二马错镫，一个马头冲南，一个马头冲北，赵奉回身一甩，王粹听得脑后风声，赶忙缩颈藏头，哪知头低得慢些，只闻"咔嚓"一声，头盔削去，惊出一身冷汗。周恢在旁，看得心急，见形势有危，忙祭起天荷凤尾镡，那镡在空中，嗡嗡作响，随即化作一叶绿荷，中间莲蓬之中，吐出无数金镡，细小如针，迅疾如电，直射向赵奉。赵奉见状，叫声"不好"，忙狼狈一滚，弃马而逃，可怜座下战马，闪避不及，霎时金镡透体，斩为几段，化成一滩血水。

赵奉未及起身，王粹早已祭起游龙金蛟棍，那棍在空中，化为一物，身是龙，头为蛟，呼啸而下。赵奉见来势凶恶，不敢多想，遂祭出地狼。那地狼一出，电光石火之间，驮了赵奉，忙往地下一钻，随即不见踪影，游龙金蛟棍未打着，只将地面打出个大坑来。王粹、周恢上前，面面相觑，不知何故，王粹正要发问，未料身后地狼破地而出，疾步如电，身形如风，不待二人反应，张口一叼，取了王粹首级，周恢大惊失色，遂取天荷凤尾镡，早已不及，被地狼扑在后背，张口叼了首级。两旁兵士，见此怪物，不由得心胆俱裂，又见主将身死，哪敢恋战，四散而逃，赵奉率众而追，尽皆杀死。

待赵奉收拾停当，司马冏已至阁门，见此光景，赞道："将军道术了得，锐不可当，我亦无忧矣。"赵奉忙道："齐王过誉，我等替天子分忧，人人奋力，个个争先，故有所成，也是齐王号令有方。"司马冏大笑，忽问："赵王平日待你如何？"赵奉不知齐王为何发问，只答："赵王位高尊崇，我等难以亲近，平日皆是孙秀管事，故往来多些。"司马冏又笑："将军一身本领，日后必会月放珠华，加官进禄。"赵奉即道："不敢，不敢。"司马冏也不多言，只令打开阁门。

赵奉率众上前，欲开阁门，忽闻一声大喝："皇宫禁地，焉敢擅入，还不下马受缚，可免九族株连。"众人循声望去，见一众人马杀将过来。为首一将，头戴九曲簪缨黄金盔，朱缨倒洒，身披锁子大叶黄金甲，肋下佩剑，胯下三角兽，手执方天戟，杀气腾腾，一马当先，赫然乃仆射裴颁。司马冏见裴颁到来，深知此人厉害，连连后退，赵奉见裴颁勇猛，心道："常闻人言，裴逸民文安天下，武定乾坤，今日得见，果不其然，须小心为是。"遂打起精神，换马持钩，全神戒备。

裴颁冲至阵前，执戟喝道："齐王纵兵作乱，今我在此，教你等有来无去。"齐王不敢答言，赵奉上前应道："皇后谋害太子，惑乱朝纲，赵王奉天子诏，令我等收捕中宫，你胆敢抗旨。"裴颁大怒，骂道："诏书何在？分明是赵王伪诏，你等助纣为虐，竟在此巧言如簧，吃我一戟。"言毕，一拨三角兽，如电闪雷鸣，直冲入阵内，方天戟一抖，只见寒光一现，漫天戟影，挑死兵士无数，好本领，有词为证：

太极殿上坐天子，百战将军守阁门。莫羡功名赐武士，沙场咫尺是生死。月下戟，夜孤鸿，一骑横行金甲动。纵使万般皆空相，今朝只看真英雄。

赵奉见裴颁，人如猛虎，兽如蛟龙，心知厉害，绕至斜里，瞅了个空当，举钩便打，裴颁也不闪身，待钩至身前，大喝一声，执戟一挡，将钩磕了出去。赵奉连人带马，倒退两步，直觉两膀发酸，钩把发热。裴颁不待赵奉回神，反手又是一戟，直奔前胸，赵奉不想戟势如此迅速，也不多想，连忙侧身，险险避过。那裴颁也不收手，一戟接过一戟，一戟快过一戟，罩住赵奉周身，惊得赵奉一身冷汗，心道："裴颁果真名不虚传，论武艺，我不敌也，打人莫过先下手，我可用地狼胜他。"遂一拨战马，跳到圈外。

裴颁不知就里，一拍三角兽，紧追在后。赵奉袖口一抖，祭起地狼，只闻一声狂吠，凭空现出，直扑过来。裴颁忽见一物现于空中，迅驰疾下，步带腥风，心知凶恶，遂拨三角兽，踏八卦步，施展十八路戟法，护住上下周身，那地狼近不得前，却也无惧，只左右游走，少时忽没入地下，不见影踪。裴颇乃四明山真人刁道林弟子，怎不知其中蹊跷，心道："射人先射马，擒贼先擒王，这地狼厉害，与其缠斗，甚为不美，莫如捣虚敌随，反客为主，先拿下赵奉。"思忖至此，一拍三角兽，疾如闪电，直朝赵奉而去。

　　赵奉未料三角兽如此之快，忙念念有词，只见裴颇身后，那地狼破地而出，直扑颈后，张口一叼，咬住裴颇首级，正要撕扯，忽又分出一裴颇来，也不管地狼，直奔赵奉杀去，那地狼虽是凶物，终是畜生，哪分得真假，只顾得眼前这个裴颇，取了首级。裴颇见地狼未追上来，大喝一声，挺戟一刺，直向赵奉心口。赵奉大惊失色，不知是何法术，又见戟势甚急，赶紧侧身让过。裴颇早料赵奉有此应对，一招不中，手腕一转，月牙锋刃顺势一割，赵奉闪避不及，右臂生生割下，登时血流如注，大叫一声，跌下马来。裴颇正要上前，欲取赵奉性命，忽斜刺里杀出一队人马，为首一人仗剑而来，口道："莫伤吾大将，我来也。"

　　裴颇侧目而视，见来人戴一字巾，两道重眉，左白右黑，斜吊眼，鼓鼻梁，塌方海，半身麒麟铠，半身灰开氅，手执青锋剑，跨下独目狮，端的是煞气森森，凶恶非常，不由得问道："来者何人？"那人回道："我乃赵王谋士孙秀，特来取你性命。"裴颇知是孙秀，哼道："常闻鬼道之士，尽皆刁滑奸诈、阴阳不轨之徒，今日得见，果不其然。"也顾不得赵奉，遂一拍三角兽，挺戟而上，两旁兵士抢了赵奉回营不提。

　　孙秀闻言大怒，回道："我不与你斗小儿之口，且看我手段。"裴颇不语，一催胯下兽，至孙秀面前，两人盘旋，战到一处，孙秀举剑劈下，裴颇执戟一架，磕开来剑，二兽一错镫，裴颇反手就是一戟，朝背后刺下，孙秀身子一倒，躺在兽背。一招不中，二人一转，又交缠一起。司马冏在旁，见二人缠斗，即一声令下，率兵掩杀，冲开阁门。裴颇见齐王人多势众，心下着急，心道："齐王势大，我须速擒孙秀，方可安定军心。"遂把身一定，左肩一抖，现一人，右肩一抖，又现一人。孙秀见狀，大喝一声："阴阳分身之术，能奈我何。"即从袖中拿出一物，抛于空中，原是一钟。这钟名曰太平钟，横侧为圆，衡甬中空，色黄如土，浑厚古朴，霎时五霞并出，旋转而下。裴颇见此情景，心中一惊："当日下山之时，师傅有言于我，此生见不得使钟之人，今遇此人，莫非天亡我也。"当下发怵，收戟便逃。孙秀喊一声"哪里走"，一声轰鸣，大钟罩了三个裴頠，使之不得而出，又赶忙上前，钟锤击打，只闻一声响，左边化身登时烟消云散；二声响，右边化身登时无影无踪；三声响，裴頠顿觉五内俱焚，可怜一代名将，少时化为一摊血水。

裴頠身死，左右纷纷弃甲投戈，司马冏大喜，整顿兵马，直入阁门，华林令骆休来到，引众人至内室。惠帝已就寝，正在酣睡，忽被扰醒，迷迷糊糊，让左右簇拥，至御东堂，方明白过来，心中大骇，问道："卿等无诏而入，欲意何为？"众人伏地而拜。司马冏奏道："皇后不合正道，废弑太后，擅杀太子，危及社稷，祸及天下，臣等故欲废置，匡正朝纲，以安王室。贾谧助后为虐，其罪当诛。"又呈上一册，禀道："此乃后党名册，臣欲一并收捕，望陛下允准。"惠帝自张泓去后，九曲迷魂针法力渐弱，已日益清醒，加之贾后管束甚严，心中早生不满，此时自觉无事，遂下诏，废贾南风为庶人，召贾谧上殿，收捕后党。

司马冏得天子诏，即令骆休至贾谧府中宣诏。贾谧不明就里，奉诏而至，刚到殿外，远望天子御座不见惠帝，只有司马冏手执宝剑，立于殿首，四面皆有甲兵，杀气腾腾，顿觉不妙，转身便逃。司马冏厉声喝道："小贼哪里走。"遂令左右拿下。贾谧心胆俱裂，夺路飞奔，哪知慌不择路，竟上了西面钟楼，无路可退，不由得张皇失措，又见甲兵拥来，情急之间，竟倚在槛上，手执钟绳，两泪纵横，放声哭喊："阿后救我。"一时宿鸟惊起，鸣蝉禁声，声音悠悠贯耳，响彻宫城。司马冏在楼下骂道："奸臣贼子，死到临头，竟还痴心妄想，那毒妇自身难保，怎来救你。"遂令兵士就地惩处。甲兵健步而上，至西钟下，拔刀便砍，贾谧早已身子瘫软，无意之间，手摇钟绳，一声钟响，首随刀落，尸体跌下钟楼，一代权臣，竟落得如此下场，有诗为叹：

二十年来富贵身，二十四友竟浮争；
金谷园中花间笑，太极殿前画朱门。
毕竟繁华梦一场，总把得意问平生；
开眼若见残红月，回首已是归尘人。

话分两头,且说刘讷疾驰入宫,将宫外变故禀报贾后,贾后闻言心慌,问道:"仆射何在?"刘讷奏道:"仆射已赶去宣阳门。"贾后心头稍安,自道:"裴頠本领了得,寻常人士皆非敌手。"又令刘讷:"传我懿旨,差孟观率右军入宫保驾,传东西北三门将士,速往宣阳门。"话音未落,忽闻西钟声响,隐隐有人呼喊:"阿后救我。"忙倾耳细听,原是贾谧,急问刘讷,也不知晓,遂出宫来看,正待详查,途中遇一队人马,为首者正是齐王司马冏,不由得大怒,问道:"此乃内宫,你何故到此?"司马冏上前,手拿诏书,喝道:"奉天子诏,特来拿你。"贾后气极,回道:"诏令由我发出,这是何处诏旨?"司马冏不理,令左右拿下。贾后见势不妙,忙返身后退,甲兵上前,欲行收捕,忽现出一道金光,众人目不得视,半晌方得散去,只见一人横刀立马,挡在跟前,地下五六具尸首。

司马冏定睛一看,原是刘讷,喝道:"金谷之徒,贾谧已经伏诛,还敢在此作恶。"刘讷闻言大怒,骂道:"你等身为王公,不尊天子,伪诏作逆,擅杀大臣,天理难容,今要拿你是问。"言毕,打马如飞,直入阵中,左右开劈,砍死无数。正杀得性起,忽一人挺枪架住,刘讷看此人,头戴紫红飞龙冠,银带银甲素罗袍,问道:"你姓甚名谁?报来送死。"来人应道:"我乃齐王帐下偏将,冯安是也。"遂抖枪便刺,犹如白蛇吐芯,来势甚猛,也是真本领。刘讷见冯安武艺出众,无意缠斗,遂一个错镫,背身把头一转,两眼一睁,放出金光,登时光彩耀目。冯安猝不及防,被晃了个正着,忙撤枪捂脸,刘讷瞅准时机,转身便是一刀,将冯安劈为两半。

刘讷也不停留,冲向齐王。正待得手,忽有一物,从后悄然而至,外形如虎,人面虎足,赫然乃是倒寿。刘讷只顾得眼前,未料倒寿来到。那倒寿张开口齿,一声狂啸,不等刘讷回神,即取了首级。此时,暗里走出一人,原是李严,只见左手一抖,抛出一袋,收了倒寿,口称:"前回让你逃过,今番插翅难飞。"即上前拜了齐王。

贾后远见刘讷身死,急冲向上阁,凭栏遥呼:"陛下之妇,尚使人废去,恐陛下亦将被废了。"司马冏怕有变故,忙率兵入阁,贾后身旁无有一人,也不见有人保驾,知大势已去,仰天长叹:"张先生若在,本宫不至于此。"司马冏

第二十三回

饮鸩酒贾后退幕　登大位赵王逞凶

喝令甲兵上前，扯出贾后，押出宫来。途经西钟，正见贾谧尸首，不由得悲苦，面上却无表情，只问："为首起事者，乃是何人？"司马囧不答，只引至建始殿，立于殿外。

贾后进殿，见一人坐于殿首，乃赵王司马伦，四下并无他人，不由得叹道："原来是你，系狗当系颈，却反系其尾，何得不然。"司马伦言："你贵为皇后，不尊庙堂，惑乱朝纲，杀太后，害太子，今我奉天子诏，特来拿你，废你后位，迁居金墉城，你还有何言？"贾后不答，只目视赵王，忽然发笑："司马伦，今日只你我在此，莫要鬼话连篇，别人不知罢了，我岂不知你心思。"赵王面色一变，回道："我自为天下，有何私心？"贾后闻言，更是大笑，直笑得前俯后仰，花枝乱颤，好半晌方道："自古言为天下者，皆为自己也。文臣为流芳百世，武将为扬名立万，学子为出人头地，天子为千秋万代，圣人更有言，众生皆为蝼蚁，几人实为天下乎？只是掩人耳目，欺世盗名而已。况你这等伪诏作乱者，终不过为一个权字。我纵揽朝权，见百官百态，早有见惯，百姓小事不得做，天下大事尽胡说。你今日除我，欲登大位，夺朝权，享富贵，图美名，却在此言为天下，可笑可叹矣。"司马伦闻言，把脸一沉，恼羞成怒，喝道："你这毒妇，日暮穷途，还敢胡言乱语。"遂喝令齐王入殿，派兵押贾后至金墉城，严加临守，不许他人接近。

当夜，司马伦奏请惠帝，收捕后党，惠帝全无主意，任凭赵王拿捏，于是诸军齐发，收捕贾后同党，将刘振、董猛、孙虑、程据等一体捕诛，又在后宫搜出赵粲、贾午，连同韩慰祖，赶入暴室，一顿杖责，打得皮开肉绽，一命呜呼。便是韩寿兄弟子侄，也共同连坐，诛黜有差。石崇、潘安罢职论处，此外文武百官，与贾氏素关亲信者，多被贬黜。独有孟观，因有灭齐万年之功，且重金贿赂孙秀，故网开一面，出为监督泲北诸军事。事毕，赵王又道："如今裴頠虽除，然张华、解系仍在，此二人与我素有嫌隙，可一并诛杀。"孙秀得令，当即发兵，遣张林收捕张华，士猗收捕解系。

梁王司马肜闻信而来，问道："张、裴二公辅政持重，皆为忠良，并无造逆，何故处死？"司马伦不悦，回道："张、裴二人身为辅政，不能抗节廷争，苟且自保，裴頠更依附贼后，擅杀臣子，故要处死。"司马肜又问："诸事皆不关解系，如何也要收捕？"司马伦咬牙切齿道："我在水中见蟹，犹谓可恨，何况解系兄弟，素来轻视于我，此若可忍，孰不可忍？"司马肜谏道："公今既掌国政，理当心怀宽大，岂能以公报私？"司马伦闻言大怒，反唇相讥："你以公心说我，岂当世人不知，昔日氐人齐万年反叛，你身为征西大将军，挟私报复，拨周处五千老弱病残，逼迫出战，又不予后援，坐看周处战死沙场。如此不堪，却有脸面说此等话来！"司马肜羞愤不已，拂袖而去。

却说张林引兵，至司空府，欲拿张华。张华大惊，喝问："你等欲害忠臣吗？"张林诘责："卿为宰相，辅佐社稷，上不能保全太子，下不能匡扶正义，又复不能死节，怎得称臣？"张华驳道："式乾殿中之议，臣尝力谏，皆有记载，可以复查。"张林立马接口："谏而不从，为何不去位？"张华闻言，无言以对，遂被收监，押赴刑场，恰有解系同至，嗟叹不已。张华长叹："臣乃先帝老臣，白发丹心，自不畏死，但忧王室之难，祸始赵王，天下有难也。"遂俯身就戮，死时六十有九，家无余财，只著有《博物志》十卷传世。

一切事毕，赵王托称诏制，大赦天下，自为都督中外诸军事，兼领相国，总领百官，置左右长史司马，及从事中郎四人，参军十人，掾属二十人，府兵万人。以世子司马荂为散骑常侍，兼领冗从仆射；次子司马馥为前将军，封济阳王；三子司马虔为黄门郎，封汝阴王；四子司马诩为散骑侍郎，封霸城侯。长子未曾封王，是欲为将来袭封起见。孙秀为侍中、中书令，受封大郡。司马雅、张林等人一并封侯，得握兵权。百官总己，皆听命司马伦，由孙秀从中主政，威震朝廷。齐王司马冏废后有功，升为游击将军。又下诏，追复故太子遹位号，遣尚书和郁，率领东宫旧僚，奔赴许昌，迎太子丧。太子长男司马彪，已经夭逝，亦得追封南阳王，次子司马臧为临淮王，三子司马尚为襄阳王。

众臣皆好，独齐王不喜，心生怨恨，对左右言道："赵王废后登位，我居功至首，却得个游击将军，如此功高赏低，怎教人心服。"言语传出，被孙秀知晓，于是报于赵王，将齐王出为平东将军，外镇许昌，免得在内生变。又有淮南王司马允，曾随楚王司马玮入朝，太子被废之时，朝议欲立司马允为太弟，复密促还朝，留于洛阳。哪知太弟未议，司马伦发难，司马允见机行事，两不袒护，置身事外，故受诏为骠骑将军，开府仪同三司，兼领中护军。

司马允素来刚毅果敢，为宿卫军上下将士畏服，见司马伦不怀好意，遂预养死

第二十三回
饮鸩酒贾后退幕　登大位赵王逞凶

士，密谋诛杀司马伦。司马伦蠢钝，哪里知晓，然孙秀却是狡诈，瞧得三分，劝谏道："臣观淮南王，平日不作声色，却是个图谋越轨之辈，若不早防，恐被加害。"司马伦不屑，言道："司马允有多大能为。"孙秀谏道："司马允虽势小，然却是宗亲，又掌握兵权，更有一人，贾后虽废为庶人，然同党众多，仍恐反复，若两人勾结，死灰尚可复燃。"司马伦闻言，方才惊醒，忙问："先生可有良策？"孙秀又道："养虎遗患，莫如斩草除根，我有两计，一为鸩死贾后，以绝后患，二为册立皇太孙，以绝人言。"司马伦庸愚无识，凡事听任孙秀，哪有异议，即道："俊忠所言极是，但由你行事。"孙秀依言矫诏，忙遣尚书刘弘持节赶往金墉城宣诏。刘弘领一队甲兵，赍金屑酒至金墉城，见贾庶人，宣道：

贾氏专权，废弑皇太后，无妇之道；谋弑皇太子，无母之慈。祸乱国家，淫恶昭著。至忠之臣见遭诛戮，谗佞之辈反授权柄，致使天下之人谤朕不君。谓天地所厌，人神共怒，今赐金屑酒一壶，赐其自尽，勿得推故。

宣毕，令左右将金屑酒放置牀上，退到屋外。贾南风得诏，一言不发，只缓缓踱步，走至牅前，只见天色渐暗，残阳似血，万物披霞。有鸟儿悄语，虫儿争鸣；有花儿自开，叶儿沾露。墙头之上，几分红，几分白；远处山峦，几分动，几分静。忽听得一阵扑腾，几只暮鸦飞起，掠过眼帘，映入烟云。如此景象，不由得轻叹一声，自道："家父曾言，昔日六路伐吴之时，宣皇帝神灵现身告诫，念我贾家尚有卫府之勋，所以延日月，授高位，然若再不俊慎，终当使后嗣死于钟虡之间，大女毙于金酒之中，小女困于枯木之下。家父置若惘然，如风过耳，到今日看，果然应验也。"遂复回屋内，捧起鸩酒，大骂一通赵王，随即一饮而尽。一代悍后，就此毙命。有《霜叶飞·行来亦是归处》为叹：

霞抱山晚。渐阑钟，城小院深楼重。云破月舞渔舟静，江汀随幕合。昨日远，明日无知，今日更与谁人说。曾天下只我，见千颜万色，衣冠尽拜妆梳。

行来亦是归处，晓星夜空，犹照家园故国。登高凌顶又如何，终有别时路。

再凭栏,林间鸟语,陌上花开一半歌。青松下,童子倦,心向炊烟,不问从前。

贾后身死,司马伦立临淮王司马臧为皇太孙,召还故太子妃王氏,令她抚养。所有太子旧僚,作为太孙官属。司马伦兼为太孙太傅,追谥故太子曰愍怀,改葬显平陵。那司马伦庸愚,只知享乐,凡事但由孙秀决断。孙秀得赵王言听计从,逐渐骄淫,闻石崇家有美妾绿珠,妖冶善歌,兼长吹笛,遂使人向石崇乞请,不知石崇如何应答,且看下回分解。

第二十四回　起刀兵绿珠坠楼　夺玺绶赵王篡国

此来桃源八九里，此去拈花三两枝；
十方风景看不尽，万丈红尘一寸心。

且说孙秀差人，至金谷园，只见那园中灼光华华，芳草依依，水声潺潺，鸟语悠悠，也是人间天堂。正沉醉其中，忽见石崇踱步而来，即道："侯爷虽赋闲，然在此园中居养，登高台，瞰清流，饮酒作诗，美人在怀，倒是比庙堂之人，逍遥自在，更为快活。"石崇回道："只是寄情诗酒，独自作乐罢了，使者前来，不知所为何事？"使者言道："孙公闻侯爷家有美妾，极善歌舞，心生向往，欲求取之，不知侯爷意下如何？"石崇闻言，忙道："既是侍中有意，哪有不答应之理。"遂尽出妾女数十人，说道："卿可随意择选，且有相中，即当奉送。"使者上前一步，定眼一瞧，只觉艳光四射，国色天香。那些个女子排为一列，个个飘长裙，翳轻袖，绮罗斗艳，兰麝熏香，端的是金谷丽妹，不同凡艳。使者看得是眼花缭乱，连连称赞，羡道："尝闻侯爷金谷春晴，护艳藏娇，园中女子宛若仙子，翩若飞鸿，今日一见，果真名不虚传。"石崇笑道："小园别馆，寻常女子，让使者见笑。"又问："是否看中了哪位佳丽？"使者摇首，说道："佳丽虽好，然皆不是孙公欲取之人。"石崇疑道："侍中欲取何人？"使者正要答言，忽闻前方百米，有一百丈高楼，高楼之上，有女子放歌：

我本良家女，将适单于庭。
辞别未及终，前驱已抗旌。
仆御涕流离，猿马悲且鸣。

哀郁伤五内,涕位沾珠缨。
行行日已远,遂造匈奴城。
延我于穹庐,加我阏氏名。
殊类非所安,虽贵非所荣。
父子见凌辱,对之惭且惊。
杀身良不易,默默以苟生。
苟生亦何聊,积思常愤盈。
愿假飞鸿翼,乘之以遐征。
飞鸿不我顾,伫立以屏营。
昔为匣中玉,今为粪土尘。
朝华不足欢,甘与秋草屏。
传语后世人,远嫁难为情。

歌声婉转动听,近乎天籁,使人如痴如醉,如梦如幻。使者也不说话,循声疾走,至高楼前,见上有一匾,名曰"崇绮楼"。进楼四看,内壁皆镶以珍珠、玛瑙、琥珀、犀角、象牙,实是穷奢极丽,富丽堂皇。登楼而上,至最顶层,放眼一望,只觉高耸入云,极目南天。有一女子,正在歌舞,只见左手提裙,右手拈花,舞蹈《明君》,口启珠华,端的是天仙下凡,风华绝代,急问道:"此乃何人?"石崇在后,答道:"此乃本侯爱妾,名曰绿珠。"使者大喜,急道:"孙公欲取之人,正是绿珠,今日得见,果真一貌倾城,百年佳人,侯爷可否相赠?"石崇闻言,勃然变色,怒道:"绿珠是我爱妾,怎得相赠?"使者见石崇气极,好言劝道:"孙公已经放言,若侯爷肯以绿珠相赠,即刻起复官职。"石崇即道:"绿珠乃我心头所爱,我宁失官职,也不失美人。"使者又劝:"今时今日,孙公已今非昔比,侯爷博古通今,为一美妾而招祸,也不值得,愿加三思,免贻后悔。"石崇连连摆手,喝道:"男儿不能下护爱人,何以上护天下乎?卿勿再多言。"遂传令送客。使者见石崇执迷不悟,不得已起身告退,至门外,又折返回来,欲再进言,石崇避之不见,长叹一声,回去复命。孙秀得使者归报,当即震怒,自道:"石崇如此欺我,我誓杀之。"

第二十四回
起刀兵绿珠坠楼　夺玺绶赵王篡国

石崇见使者归去，自知惹祸，忙唤过左右，驾辕疾走，至潘安府中，进门即道："安仁救我。"潘安忙问缘故，石崇遂将前事告知，潘安闻言，叹道："公之所忧，亦我所忧。"石崇即问缘由，潘安回道："孙秀此人，器小易盈，睚眦必报，早年为我不屑，如今靠卖弄玄术，善使诡计，独得赵王宠信，既得逞志，对我怀恨未忘，欲借机加害，我甚忧虑。"石崇忙道："既如此，我等须早做算计，以免受祸。"潘安回道："如今皇后薨逝，赵王大权独揽，朝中上下，莫敢不从，唯有一人，方有胆略。"石崇即问何人，潘安遂道："淮南王勇猛果敢，又兼有兵权，如能交结，一同起事，可除伦、秀二人，我等方无忧矣。"石崇闻言大喜，二人同出府去，拜会淮南王。那淮南王司马允早有除赵王之心，正思讨贼之法，见二人到来，恰中其怀，一拍即合，三人遂筹备诸事。

正在商议，未料隔墙有耳，那孙秀耳目，早探得虚实，报于其主。孙秀得知内情，然因淮南王乃是宗亲，又无有佐证，不便凭空加罪，遂使了个阴毒之法，下诏迁司马允为太尉，明为优礼，暗夺兵权。司马允如何不知孙秀伎俩，只是称疾不拜，暗中调度兵马，蓄势待发。孙秀见司马允不理，索性手书一诏，令御史刘机相逼。刘机奉诏，带随从令史二人，至淮南王府，宣诏："司马允抗旨拒命，大逆不敬，着收其官属，以儆效尤。"司马允趁刘机不备，抢过手诏，仔细审视，原是孙秀手书，遂大怒："孙秀何人，敢传伪诏。"言毕，返身取剑，欲杀刘机，刘机也是机警，见淮南王拔剑，知道不妙，大叫一声，狂奔出门。

司马允上前，刺死令史二人，追出门去，却见刘机走远，追之不及，自知司马伦必不相容，遂返身入府，唤死士七百，大声言道："赵王造反，我将讨逆，有从我者，速露出左臂。"兵士追随淮南王，皆露出左臂。司马允率军直奔皇宫，欲夺天子，恰遇尚书左丞王舆当值，这王舆依附赵王，见淮南王出兵，知道有变，即闭了掖门。司马允入不得宫城，请不得诏书，急得直冒汗，左右言道："公与其在此耽搁，莫如直奔相府，斩杀司马伦。"司马允点头称是，遂掉转马头，率众直杀相府。

赵王正在府中，饮酒作乐，忽闻来报："淮南王引兵杀至。"不由得大惊失色，慌忙起身，见孙秀不在，只主书司马畦在旁，遂命领相府兵出外御敌。司马畦乃一介书生，哪会用兵，且淮南王所率七百死士，皆奇侠剑客，兵精将勇，战力非常。两军交战，不过数合，相府兵已死伤千余。司马畦见状大骇，忙退回相府拒守。赵王急差左右，从后院出，唤孙秀前来护卫。左右刚出院门，淮南王已至府外，立时围住相府，令部众列阵门前，各持强弩，往里射杀。一时之间，箭如雨下，相府兵纷纷倒地，赵王始料不及，顷刻之间，左右侍卫尽皆倒毙，有一箭急若惊鸿，势如霹雳，直奔赵王胸口而来。赵王也是手快，顺势拉过司马畦，往后一躲，司马畦未及反应，已是一箭穿胸，透体而亡。

赵王见司马畦身亡，忙丢下尸首，往后遁逃，然漫天飞箭，却是难避，一众府兵，已是死伤过半。赵王不禁着慌，四下寻看，无有藏身之处，又是一阵箭雨而下，呼道："天亡我也。"恰时，五彩霞光顿出，上空现一古钟，缓缓直落，罩住赵王，护得周身，箭矢一沾钟身，即化为虚无，又闻府外厮杀声起，孙秀在外呼道："相国莫急，我等来也。"原来孙秀得报，知赵王有难，仓促调兵，马不停蹄，疾至相府，方救下赵王。赵王见孙秀到来，不禁大喜，遂令："司马允擅自称兵，意欲谋反，勿须他论，一律诛杀。"

淮南王知孙秀善使异术，为防先手，令部众弦不离手，箭不断发，射向司马伦，太平钟不得轻起，又率二百死士直冲敌阵。孙秀倚仗兵多将广，马壮人强，却也不惧，令旗一摆，前军散开，待淮南王入阵，遂从后合围，将二百死士困于阵中，欲一网打尽。然此二百人，皆为奇侠剑客，武艺高超，勇悍至极，只见虎跳龙拿，剑影刀光，挽弓射月，气贯长虹，有诗为赞：

> 淮南多奇侠，中州尽胡缨；
> 铁甲藏寒刃，拂衣别沧溟。
> 马上刀剑笑，一分家国身；
> 大梦见苍狗，只任平生行。
> 青锋出银鞘，啸叱舞长林；
> 白首非我心，我心杀不平。
> 抹血称快意，纵死何足惜；
> 了却恩仇事，断弓诉豪情。

孙秀见淮南武士骁勇，一时战之不下，欲使太平钟击杀淮南王，又恐赵王性命不保，左也不是，右也不是，怒道："气煞我也。"两军交战，喊杀连天，孙秀见势不妙，令部众撤入相府，合兵一处，内外相持，从辰时至未时，仍难分胜败。

此战起于仓促之间，又在城中，百姓关门闭户，远近官吏更是知晓，然皆是旁观，两不帮衬，静待结果。有一人在府中，也是知闻战事。此人非他人，正是五部大都督刘渊，又有觉、慧、圆、合四位护法，各立左右。法慧说道："自太傅杨骏伏诛，大都督称疾不朝，闭门不出，远离庙堂，如今贾后毙命，赵王当权，淮南王起事，大都督何不一纵才志，以为后事也。"刘渊思忖片刻，问道："我若出战，或助赵王？或助淮南王？"法圆回道："赵王蠢钝，淮南王英武，当助淮南王也。"法觉、法合皆望向刘渊。刘渊笑道："自古天子有名，臣子无名，是为福也；而天子无名，臣子有名，是为祸也。淮南王英武，自有决断，于我何益；赵王蠢钝，却有孙秀，亦于我何益？我观此二人，皆非长久之主，且静观其变，切莫木秀于林，堆高于岸。"四护法齐道："大都督远见卓识，我等随听调遣。"

宫城之中，也有一人，乃中书令陈准，早对赵王专权不满，此时入值宫中，见淮南王起事，有心助之，即进谏天子："二王用兵，相争多时，于国不利，陛下应遣使，持白虎幡予淮南王，令其解斗。"惠帝不知陈准话中蹊跷，原来司马炎在时，为号令诸王，故设二幡，一为白虎，二为驺虞。白虎为催战幡，驺虞为解斗幡。陈准正话反说，欲正淮南王攻伐之名，乃出圣上之命。惠帝只道："二王争斗，满城尽知，终是不美，中书令之言，甚合朕意。"遂令司马都护伏胤，持白虎幡，至淮南王军中，出解战事。

伏胤接旨，即取白虎幡出宫，路经门下省，恰遇一人，乃是赵王之子，汝阴王司马虔。那司马虔见伏胤持白虎幡，率骑兵四百，直奔相府，心知有异，忙拦住去路，问道："将军何往？"伏胤见是赵王之子，不敢怠慢，回道："奉天子诏，欲为二王解斗。"司马虔忙道："将军手持白虎幡，明明催战，怎是解斗？"伏胤答道："我乃奉旨而行，其余不知。"司马虔自思："此幡若出，相府之兵必以为淮南王起兵，实为帝命，如此我父危矣。"遂躬身上前，小声言道："将军可借一步说话。"伏胤会意，令部众原地待命，即与司马虔并入省门，司马虔见四下无人，说道："天子令将军持白虎幡，而言解斗，必出自小人之谋，我父向来待将军不薄，将军若能助我，定禀报家父，拜为大将军，富贵同享，誓不失言。"这伏胤乃贪杯怀诈之人，心道："救赵王于水火，得一世之富贵，此天赐良机也。"遂道："殿下且去相府，我自有变通之计，定不辜负相王。"司马虔大喜，又再三嘱托，方拜辞而去。

伏胤复回宫中，取了诏书录板，将白虎幡放置板中，即率众至淮南王军前，取板遥示，大呼："我今奉诏，来助淮南王。"司马允得报，打马远视，见伏胤手持笏板，心中大喜，直道："天助我也。"忙令开阵放入。伏胤率四百骑兵入阵，司马允下马受诏。伏胤行至半路，忽拔出利刃，大喝："司马允擅自称兵，罪在不赦，天子有诏，速斩勿论。"众人闻言，皆相顾错愕，立在原地，不知如何是好。

司马允迟疑片刻，待回过神来，伏胤已至身前，举刀便砍，遂举剑一挡，怒道："贼子安敢欺我。"言未毕，阵中已是大乱，伏胤所率四百骑兵，趁众人不备，一路砍杀，淮南兵折损甚重。司马允气极，喝令左右围杀伏胤。司马虔早报于孙秀，孙秀在内，瞧得明白，遂登楼作法，那太平钟嘤嘤升起，只闻凭空一声炸雷，现出五霞，直直打了下来，司马允不及反应，已被罩住，少时一声钟响，霞光四射，可怜司马允，乃武帝第十子，受制于奸诈之徒，顷刻化为一摊血水。

淮南兵见主帅身死，群情激愤，誓诛伏胤。伏胤大喝："我奉天子诏，诛杀司马允，你等不走，欲待灭族乎？"遂令四百骑兵集聚，那孙秀率相府兵而出，以成合围之势，孙秀知淮南兵厉害，即祭起太平钟，喝道："司马允擅自称兵，罪该万死，你等受惑蒙蔽，情有可原，如今天子明诏，除允家外，胁从罔治，你等欲抗旨作乱否？"众兵闻言大骇，又见太平钟祭于空中，知此宝厉害，无人能挡，且群龙无首，大势已去，遂纷纷奔逃。

相府之危既解，赵王出府，遂拜伏胤为大将军，犒赏三军，又令伏胤收捕淮南王同党，一体同罪。陈准忧惧而死，淮南王三子被诛，坐罪牵连者数千人。孙秀趁势进言："石崇、潘安皆奉允为逆，应该伏诛。"赵王当即应允，遂遣二队甲兵，擒拿二人。

石崇正与绿珠，在崇绮楼作乐，静候佳音，忽见大队甲兵破园而入，料知有变，长叹一声，颓然坐下，旁顾绿珠道："我今为你得罪了孙秀，奈何奈何。"绿珠心知不妙，大祸临头，即涕泣道："妾出自渔家，得君侯眷顾，荣宠至极，无以为报，当效死公前，不令公独受罪。"说罢，抢步临轩，纵身一跳，跃楼而下。石崇大惊失色，即时跳起，抢步去拉，却是一个扑空，眼见得绿珠，似断线风筝，悠悠直落，少时坠在地面，头破血流而死，远远望去，犹如杜鹃啼血，牡丹落红。后世杜牧有诗为叹：

  繁华事散逐香尘，
  流水无情草自春；
  日暮东风怨啼鸟，
  落花犹似坠楼人。

  石崇见状，悲从心起，号啕大哭，泣道："可惜、可惜，我罪亦不过流徙交广，爱妾何必如此。"正悲切间，甲兵已上楼来，押石崇驾车下狱。行至半途，又有使者传书，押石崇赴东市。至东市，石崇下车，见潘安也在，方知赵王要将二人处斩，长叹："奴辈欲图我家财。"旁有押吏应声而道："早知财足害身，何不散给乡里。你当日在荆州搜刮民脂，劫掠客商，聚不义之财，葛洪御前状告，让你侥幸脱逃，然善恶因果，终有报时。"石崇无言以对，于是回望潘安，呼道："安仁亦遭此祸吗？"潘安闻言泣道："可谓白首同所归。"临斩官一声令下，二人引颈受戮，并诛及三族，石崇家产籍没，有司按录簿籍，得水碓三十余区，苍头八百余人，田宅货财，连同金谷园，一并没收。
  司马伦既除悍后贾南风，又杀大臣张华、裴頠，更平淮南王司马允，权倾朝野，无人相逆。孙秀见机，嘱使群臣，皆至相府称道功德，言道："赵王为国除害，功德巍巍，当加九锡殊礼。"众臣齐声附和，司马伦摇首说道："我乃天子之臣，为天子尽忠，本来为臣之道，何敢以寸尺之功，而得上公九命乎。"众臣进劝，司马伦坚持不受。
  孙秀见状，立率百官上朝，进谏天子，齐称赵王功于社稷，当赐九锡之封。惠帝哪敢不从？即加司马伦九锡之封，又加孙秀为侍中兼辅国将军，仍领相国司马，相府增兵至二万，与禁中宿卫相同。孙秀投桃报李，为帝说合："庶人贾南风作逆，现已伏诛，如今皇后虚位，望陛下广选良女，以为继后，母仪天下，也是社稷之福，庶民之福。"惠帝闻言，喜笑颜开，即道："朕早有此意，只不知哪家女子为好。"孙秀谏道："尚书右仆射羊瑾孙女，侍中羊玄之之女，羊献容是也。此女姿容秀媚，倾国倾城，人言乃我朝第一美人，可为皇后。"惠帝大悦，遂道："如此甚好，册封之事，便由卿家殚虑。"于是退朝。赵王不解，问孙秀："如何为帝说亲？"孙秀释道："为天子选一女子，而使天子怠于朝事，赵王独美也。"赵王方解其意，称赞孙秀。

永康元年仲冬，曲尽客衣，朔风寒梅，岁云暮雪，蔼阳晴照，天子下诏，册封羊献容为后，赐白縠、白纱、绢衫，并紫结缨，令盛妆启行，入宫成礼。那羊献容换上翚衣，出得庭来，只见好样貌：黑发如瀑，挽牡丹髻，戴凤飞九天如意玛瑙镂空冠，左右翡翠相应，眉若轻烟，凤眸潋滟，朱唇皓齿，颈挂金丝飞云链，身披五色烟翚衣，手拈如意，步生莲花，端的是风华绝代，国色天香。侍女上前，扶皇后登舆，却不料足登舆车，忽翚衣起火，那火也是奇怪，非是红火，而是蓝色，火不灼人，只在衣上燃烧，腾腾而燃，吓得羊献容花容失色，魂胆飞扬，跌下舆车。左右侍女看呆，半晌方回过神来，赶忙扑救，又有人寻了布条乱打，好半天将火灭熄，扶起羊后，察看全身，所幸未有受伤，然一身翚衣，已是半成焦黑。羊后见时辰耽搁，心中焦急，忙脱去原衣，复回庭中，另寻得一身华服，赶紧出来，登舆入宫，与惠帝成礼。

惠帝见羊献容，花容月貌，不由得心花怒放，口称甚好，遂拜后父羊玄之为光禄大夫，特进散骑常侍，加封兴晋侯。天子成婚当日，皇后翚衣着火，一时举朝知晓，纷纷议论，皆称不祥。司马伦闻此怪事，也是称奇。孙秀在旁笑道："何奇之有？不过是流火之相。"司马伦闻言，忙问："何谓流火之相？"孙秀回道："流火之相，乃取于《诗经》，所谓七月流火，九月授衣。皇后翚衣着火，正是流火。此火从东宫七宿之心宿而来，由中天渐往西降。亦为天子失位，当有新皇。"司马伦大惊，即道："此言当真？"孙秀即回："千真万确。"司马伦又问："新皇当为何人？"孙秀闭目，口中念念有词，好半晌方道："未有明示，然数日之内，必能知晓。"司马伦忙道："如有明示，当速报于我。"

孙秀回府，召来赵奉，问道："将军伤势如何？"赵奉回道："已无大碍，只是有些不便。"孙秀颔首又道:"虽断一臂,然亦能许国,今日且须将军出走一遭,事成之后,可保将军余生富贵。"赵奉大喜应允,孙秀遂耳语密授。赵奉得令,至深夜,潜入赵王府第。司马伦酒醉正酣,忽然狂风大作,霎时一片漆黑,不由得心惊,忙唤左右,未有人答,遂起得身来,欲往外走。兜兜转转,不觉之间,至后园廊桥,闻得水流鱼跃,心道:"怎到了后园?"正要回走,忽闻一言:"吾儿不见父皇,欲去何处?"司马伦四下察看,不见有人,心中惧怕,口称:"何人说话?"言毕,湖中腾起一股白烟,少时散开,现出一人,司马伦定眼细看,此人魁杰雄特,威严允惮,双目精光,狼顾之相,赫然乃晋宣皇帝司马懿,不由得扑腾倒地,口称父皇。宣帝说道:"如今晋室疲弊,皇帝愚顽,天下已是不安,你乃宗亲,大雅宏达,材雄德茂,当固皇基,宜早入西宫,朕在北邙山暗中助你,你尽管行事,不必犹豫。"司马伦不知此乃赵奉所化,以为宣帝显圣,心头大喜,连连叩拜,说道:"儿臣定尊神旨,不负父皇期许。"再抬首,已不见宣帝踪迹,一切回复如常。

司马伦即召孙秀入府,告之宣帝显圣,孙秀闻言,遂倒地叩拜,口称万岁,司马伦大惊,忙道:"不可造次。"孙秀即道:"前日皇后入宫,翚衣着火,流火西降,今日宣帝显圣,命之早入西宫,正合天意。天意如此,不可违也,还望赵王早日登位,以固皇基。"司马伦仍有顾虑,说道:"但怕后世人骂为篡逆,如之奈何?"孙秀回道:"宣帝显圣,天降神旨,群臣焉能不服,且陛下尊皇上为太上皇,何为篡逆。"司马伦大喜,即道:"此言甚合我意。"孙秀又道:"陛下可在北邙山,建宣帝神庙,每日祷祝,当有神灵护佑。"司马伦称好,又迟疑片刻,问道:"群臣如何相告?"孙秀忙道:"权在陛下,但行无妨,来日可在相府聚会百官,正告其事,若有不从,则立斩之。"

翌日,司马伦相府设宴,会集群臣,又令太子詹事裴劭、左军将军卞粹,充当相府从事中郎,作为帮手。张林率甲兵千余,侍卫左右。更使义阳王司马威与黄门郎骆休,在内廷接应。令左卫将军王舆、前军将军司马雅,率甲士晓谕三部司马,护驾登极。

一切准备妥当,百官入府,推杯换盏,酒过数巡,孙秀拍案而起,道一声:"众位听我一言。"众人不知何故,面面相觑,孙秀按剑说道:"昨日相府后园,我晋宣皇帝显圣，降下神旨，言当今圣上，昏庸暗弱，无力国事，而赵王乃晋室宗亲，素有贤德，定能除弊革政，廓清朝野，当速入西宫，我等百官，正当尊奉宣帝神旨，改立赵王为帝，即登大位，以任社稷。当今圣上，即为太上皇，众位有何言语？"百官闻言，个个目瞪口呆，不发一言。孙秀见众臣不语，又道："赵王素有仁德，朝野仰识，天下共知，如今宣帝显圣，天意如此，众位不必犹豫。"遂令侍卫将宣帝旨意，传与众人，百官相看，仍是不敢答言，孙秀心头火起，拔出利剑，怒道："敢不从者，灭其三族。"百官皆知孙秀乃狠毒之人，心下大惧，有仆射崔随私议："这天下，乃司马家之天下，司马自家废立，关我等甚事，还是性命要紧。"于是伏地下拜，口称万岁，众臣见状，唯恐在后，纷纷倒地，向赵王称臣。

赵王见状大喜，言道："众臣有功社稷，皆有封赏。"遂令王舆、司马雅率甲士入太极殿，百官随后，张林屯守诸门，孙秀领司马威、骆休闯入内廷。惠帝上座，见众人入内，不由得惊起，问道："爱卿这是何故？"孙秀喝道："天下不安，人心不定，皆因你愚钝无能而致，今奉宣帝神旨，受群臣拥戴，尊赵王为帝，望你禅让帝位，交付玺绶，即为太上皇。"惠帝呆怔片刻，忽抓起玺绶，一把抱在怀中，叫道："玺绶乃先帝所授，不可予人。"孙秀上前欲夺，惠帝喝道："我乃先帝之子，你这逆臣，胆敢夺玺。"孙秀虽是毒辣，然闻此言，终不敢造次。

一时无所适从，正不知如何是好，忽一人厉声喝道："自古天子，天之长子，权得于神授，秉天意而治天下，你昏庸无能，不堪掌理天下。今日赵王得宣帝神旨，禅受帝位，你怎好强占尊位？"众人一看，原是义阳王司马威，只见司马威一个箭步，冲上御阶，伸手便夺玺绶，惠帝紧抱玺绶，死死不放，两人便在殿上扭打起来，惠帝虽愚顽，却有力气，司马威夺之不下，心下恼怒，竟掰住惠帝之手，张口来咬，惠帝疼痛不过，尖叫一声，放开手来。司马威见惠帝撒手，忙抢过玺绶，跳下御阶。惠帝失了玺绶，坐于地上，捶胸顿足，大哭不止。孙秀令甲兵架起惠帝，押至太极殿，又令骆休假作禅让之诏，即付尚书令满奋，及仆射崔随，一同送玺绶往相府，禅位于赵王。

一班王公大臣，齐至相府，满奋宣诏，赐玺绶，司马伦假作谦恭，固让不受，众臣伏拜，皆道："陛下功德巍巍，世人知晓，又得宣帝神旨，天与人归，望陛下早登太极，堪理天下，莫负天意。"司马伦遂道："既是天意，朕愧受之。"于是备卤薄，乘法驾，昂然入宫，登太极殿。惠帝见赵王上殿，号啕大哭，甲士上前，摁住惠帝，与群臣北面而拜，山呼万岁。司马威献上玺绶，赵王受百官朝谒，大赦天下，改元建始。如此篡国，有词为叹：

江山千古，阅尽人间百态；青史万卷，写透世事荒唐。君下臣上，人前鬼后，恩似朝露，心不如故。

纸间三言两语，手中一笔春秋。终归是，你来我往，风水轮流转；到头来，浮生梦影，都随风化土。

君臣礼毕，惠帝仍在殿下号哭，司马伦心头火起，喝道："废一帝，立一帝，古来有之，你虽无德，朕念你乃至亲，不忍加害，从今日起，改金墉城为永昌宫，太上皇宜速迁住，无诏不得入朝。"又道："哪位宗亲，愿送太上皇去？"诸王不答，司马伦正要发作，忽有一人道："臣愿护送太上皇。"众人诧异，不知此人为谁，且看下回分解。

第二十五回　传檄文五王起兵　问师语刘渊投诚

北天极星居云汉，四面飞蛾负南山；
行步离足在孤野，府相身当是朝垣。

且说一人请旨，愿送太上皇往永昌宫，众臣望去，原是琅琊王司马睿，这司马睿前额之左，生有白毛，鼻梁挺拔，眉骨突起，双目精曜，顾盼生光，端的是龙章凤姿，天质自然，也是好模样，有诗为证：

龙犀入发挂日角，双目生辉照非常；
凤仪不须依藻饰，太平无定见真章。
盖海东齐出琅琊，眉峰低语诉百华；
隆准一望山河秀，岁始开尽四时花。
和颜从面道恭俭，身端行治透温良；
翩翩公子王中相，今朝鹤舞鸣八荒。
三世袭封得基业，风光背后是飘摇；
衣冠南渡罗浮记，五马开朝过大江。

司马伦循声望去，见是司马睿，心道："此子向来少言寡语，不知今日为何说话。"又思："虽说此子平日，声稀味淡，却好歹是个宗亲，也算得体面。"即道："琅琊王有此意，朕心甚慰，如此，便与太上皇即刻起行，不得怠慢。"司马睿叩拜出宫。司马伦见去了太上皇，心中大悦，即行封赏，废皇太孙司马臧为濮阳王，立长子司马荂为皇太子，封次子司马馥为京兆王，三子司马虔为广平王，幼子司马诩为霸城王，皆兼官侍中，分握兵权。又命梁王司马肜为宰衡，何劭为太宰，孙秀任侍中中书监、兼骠骑将军、仪同三司，义阳王司马威为中书令，张林为卫将军，余党皆为卿将，越级提拔，不可胜数。下至奴仆士卒，也是封官加爵。孙秀进言："新皇开朝，理应普天同庆，皆行封赏。"司马伦喜道："爱卿之言，正合朕意。"随即颁诏："天下所举之贤良、秀才，孝廉无须考试，郡国计吏，及太学生年十六岁以上，皆为朝廷署吏；守令赦日，在职郡守县令皆封侯；郡属官吏，皆举为孝廉，县属官吏皆举为廉吏。"此诏一出，朝堂一片欢声，百官叩拜，皆大欢喜。不提。

且说司马睿送惠帝去永昌宫。惠帝一路哭叫，行至半路，已是口干舌燥。司马睿忙下马取水，为惠帝解渴。惠帝又哭："朕观察众臣，唯你宽厚仁孝，不似那奸邪狠毒之人，朕若复归宫中，定要好好待你。"司马睿闻言，心头一阵唏嘘，只言："陛下莫要他想，保重龙体，方是根本。"遂起驾上马，约有数时，至永昌宫。司马睿上前，见谷水东迤，三城相连，高楼入云，芳林如影，不由得赋诗为叹：

东起阊风西登台，重楼飞阁伴孤哀；
一城说尽前朝事，满目缤纷正当来。

司马睿下马，送惠帝、羊后入城，待安顿下来，已是日落时分。司马睿拜别天子，出得城来，正要上马，却见一老者拄拐而来，龙钟老态，颤颤巍巍，忽一个踉跄，跌倒在地。司马睿连忙上前，扶起老者，口称："老人家，可否伤到身子？"老者起身说道："无妨，无妨。"司马睿又俯身细看，见确无大恙，方安下心来，又问："老人家，此处乃永昌宫，四处并无人家，为何独自到此，你是哪里人氏？家在何处？我且差人送回。"老者也不说话，只目视司马睿，良久方道："公子相貌非凡，想必非寻常人家。"司马睿叹道："说非寻常，也是寻常，我乃宣帝之后，琅琊武王之孙，琅琊恭王之子，琅琊王司马睿是也，虽有虚名，却与常人无异。"老者说道："原来是琅琊王，公子宅心仁厚，高情远韵，且面生龙凤之相，日后必有一番作为。"司马睿慌忙作答："我承祖上荫德，袭封王侯，已感天子眷顾，朝廷大恩，只求安度一生，老人家莫再谬言。"老者笑道："循念而行，平心而事，但寻前路，莫问风雨。人间更替自有定数，天下大事皆是如此。"司马睿略有所思，又细看老者，见眼前之人面冠长须，慈眉善目，宽袍大袖，一尘不染，直觉神清气爽，正要问其姓名，老者知其心意，继笑："你莫要问我来历，我今番前来，只为解你一难。"司马睿诧道："我有何难？此话从何说起？"老者回道："莫问难从何起，人生怎会无难。我有一简帖，危急存亡之际，方可看简，亦可解救。"司马睿接过简帖，正要答谢，抬首看时，已不见了老者。司马睿慌忙礼拜，口称："是哪位仙家？我有眼不识神仙至，未能相认，还望留名，日后以塑金身，早晚焚香，茶果敬献。"喊了数声，未有应答，只得起身，小心收好简帖，上马返京。

司马睿返回洛阳，已是子时，不得入城，只好在外歇息。翌日进城，见街市尽卖狗尾，心中疑惑，寻一商家问之，商家答道："客官不知，新皇登基，改元建始，大封官爵，貂尾珍贵，而府库不足供给，以致貂蝉冠上貂尾奇缺，不得已用狗尾续之，故处处叫卖狗尾。"司马睿闻言，心中大怒，自道："貂不足，狗尾续，千古奇观，闻所未闻，如此下去，社稷危矣。"正在愤慨，忽有一人从后而至，叫道："殿下好找，原来在此。"司马睿回头一看，原是王导，忙道："茂弘有何要事？如此急切。"王导回道："赵王得登大位，今日要祭祀太庙，令宗亲同去，悉点人数，独缺公侯。"司马睿怒道："休说我方才回来，便是得闲，也不愿与那老贼同流，愧对列祖列宗。"王导忙道："殿下莫要意气，常言道，忍一时之气，成一世之功，司马伦大权在握，党羽遍布，殿下势单力薄，无兵无权，切莫违逆，以免生祸。"司马睿无言，思索片刻，遂与王导往太庙去。

至太庙，只见三千铁骑，八百御林，侍中孙秀保驾，满朝文武随行，太和钟起，司马伦离辇上殿，钟声止，鼓乐鸣，上悬天灯，下陈祭器，正案之上，设爵三、茶一、汤二、饭二、菜四、炙肉一、炙肝一、肉骨一、油饼一、角儿一、栗一、枣一、圆眼一、荔枝一、胡桃一、馒头二、羊肉一、豕肉二、汁壶一、酒壶一，左侧设司樽桌，放酒樽，右侧设祝桌，放祝板，烟云缥缈，烛影摇红。司马伦三上香，文武随班叩拜，读祝官捧祝，进帛官捧帛，从殿中门出，至神帛炉焚烧。司马伦与众官四拜，行三礼，祭仪完毕，出庙门，上金辇，群臣随后，未行几步，忽狂风大作，飞沙走石，有诗为证：

陌上穿林听萧飒，水中飞叶起波澜；
行走不见天边日，十里狂风漫尘沙。

众人不敢睁眼，皆以袖遮面，司马伦在辇中，不知外面情形，只觉有异，正要说话，忽闻头上一声响，麾盖吹折落下，吓得赶忙缩头，跳下金辇。也是奇怪，那麾盖一折，狂风即刻消宁，霎时风平浪静，众人皆面面相觑，甚是诧异。孙秀上前急道："陛下受惊。"司马伦惊魂未定，问道："麾盖吹折，主何吉凶？"孙秀略有所思，说道："此乃不祥之兆，陛下新登大位，恐有反复。"司马伦闻言大惊，忙问："如之奈何？"孙秀回道："今太上皇迁往永昌宫，且资质愚钝，料无大碍，然皇太孙司马臧，废为濮阳王，此子聪慧敏悟，甚得人心，恐有文章。"司马伦怒道："既如此，可速杀之，省却后患。"孙秀得令，遂唤过太平将军胡沃，面授机宜，胡沃悄然退下，单人单骑，往濮阳王府而去。

二更时分，濮阳王府，司马臧正在寝宫，秉烛夜读，有侍女进来道："天色已晚，殿下宜早歇息。"司马臧答应一声，抬首望一眼窗外，见明月高挂，万籁无声，不由得一丝睡意，袭上眉头，侍女见其疲惫，赶忙上前，熄烛侍寝。二人睡下，尚未合眼，忽闻窗外一声笑，凄凄惨惨，甚是瘆人。司马臧惊起，问侍女："何人发笑？"侍女不知，复点烛，临窗而视，未见有人，又左右而看，仍不见异常，遂放下心来，言道："想是风急打叶，似笑非笑，让人错觉罢了。"言毕，忽闪出一物，蛇头蛇尾蛇身，而人手人足，着实可怖，直骇得侍女面如死灰，心胆俱裂，两腿一软，瘫倒在地。

怪物探头张口，咬住侍女首级，往下一扯，即取了性命。司马臧听得动静，不知出了何事，赶紧下榻来看，恰见得这一幕，吓得魂飞魄散，直往外走。忽有一人现出，拦了去路，司马臧看不清模样，惊问："你究竟何人？意欲何为？"来人回道："我乃太平将军胡沃，今奉天子诏令，特来取你性命。"司马臧怒道："司马伦篡逆违天，不得好死，你等助纣为虐，亦难有善果。"胡沃也不着恼，只念动玄语，背后现出化蛇，疾如旋踵，未等司马臧反应，即取了性命。胡沃见司马臧身死，收了人蛇，悄然出府，回宫复命。

孙秀得了消息，忙报于司马伦，司马伦闻知大喜，令孙秀昭告世人："濮阳王本废皇太孙，心有怨恨，多有妄言，朝廷虽不究，然获罪于天，今暴亡府中，世人须谨以为戒。"此言一出，天下尽知，举朝哗然，众官心如明镜，皆晓乃司马伦所为，只是慑于威权，不敢言矣。可外镇亲王，却不尽然，司马臧之死，倒惹怒了一人。

只道此人是谁？原是齐王司马冏。齐王自被贬，外镇许昌，然心有不甘，时时探察京城动向，得知司马伦篡位称帝，本就按捺不住，此时忽闻皇太孙被害，勃然大怒，即唤来长史，草拟檄文，书云：

晋历宣景文三世，武皇承基，诞膺天命，握图御宇，一统八荒，创太康盛治，开天朝宏运。后传今天子，立皇太孙臧。

然有伪临朝司马伦，见识庸浅，天性贪炽，文不足安邦，武不足定国。昔时盗裘坐罪，侥幸得脱；镇守关中，刑赏不公，以致氐羌生乱，祸及苍生，犹不见思过。知贾后乱政，却谄媚中宫，欲蹿高位，实反复无常，凶暗至极。

贾后失势，伦为赵王，首鼠两端，亲小人，害贤臣，借公器行私权，除凶后进己位，不当辅弼之任，虚待王侯之责，潜权异图，煽成奸慝，竟窥九五之尊，夺玺绶于深宫，受朝谒于前殿，覆手足于阶下，托神鬼惑众民，移天子居金墉，诛皇孙断大统，颠倒纲常，天地不容，人神共愤，遄及严诛。

公等高祖之后，宗室亲王，四海神柱，九州屏障。今太极失位，五岳坍塌，存亡危急之际，顺天下之意，合宇内之心，共举义旗，以清妖孽，正是时也。

迎天子，斩篡贼，匡社稷，安太平，联兵同指，直向神都，风云变幻，十方归一。公等当建中兴之勋，留万古之名，单躯只藏意气，埋骨更葬平凡，山河同归，春秋同去。

齐王读罢檄文，连声叫好，遂遣使四出，传檄讨论，联结诸王。成都王司马颖在邺城，得齐王檄文，阅后即召卢志，说道："齐王传檄文于此，欲结我等讨伐司马伦，你等如何看待？"卢志细看檄文，说道："此檄文凌厉峻切，直切要害，实是大快人心，天下当共讨之。"司马颖说道："依子道之言，本王可联

第二十五回
传檄文五王起兵　问师语刘渊投诚

兵共讨？"卢志即道："如今天子有难，太孙被害，乾坤颠倒，苍生受缪，公既有大志，应振臂一呼，一马当先，可得天下之名。正义之师，百姓必箪食壶浆以迎公，则无往而不胜矣。"司马颖恍然大悟，即命卢志为谘议参军兼左长史，调发兖州刺史王彦，冀州刺史李毅，督护赵骧石超等为前驱，自率部兵为后继。又有常山王司马乂，河间王司马颙、新野公司马歆，皆起兵响应，五王联兵，分向洛阳，浩浩荡荡，声势夺人。

五王起兵，消息传于洛阳。司马伦、孙秀在宫中，急商应对之法，忽闻边报："齐王、成都王、常山王、河间王、新野公五路进兵，直近洛阳。"司马伦惊道："怎如此迅速？速报详情。"来人继道："齐王率精兵八万出许昌，已至颍阴；淮南王率部出邺城，行抵朝歌得众二十万，已至黄桥；常山王调发太原内史刘暾率众为齐王后继；新野公调发参军孙洵为前部，声援齐王；河间王遣振武将军张方相应，兵至华阴。"司马伦大惊，问孙秀："五路兵马来犯，势不可当，如之奈何？"孙秀思忖良久，方道："五王联兵，虽来势甚大，也非无懈可击。"司马伦忙道："此话怎讲？"孙秀回道："河间王虽兵精将广，然素性投机取巧，见风使舵，必不会轻进；常山王，新野公虽有同谋之心，却无同取之力，兵将寡弱，又非将帅之才，此三路皆不足惧，所惧者，唯齐王、成都王，我等只需集结精锐，拒此二路，待二王兵败，其余三路，不战自退也。"司马伦闻言，甚觉有理，啧啧称是，遂问："遣何将以拒之？"孙秀回道："我帐下四人，可分拒之，料无大碍。"司马伦又道："兵势甚急，侍中可居中调度。"孙秀应诺。

司马伦下旨，令上军将军孙辅、折冲将军李严、牙门将军赵奉，率兵七千，出延寿关；左军将军蔡璜、前军将军闾和，率兵九千，出堮阪关；镇军将军司马雅、扬威将军莫原，率兵八千，出成皋关，三路兵马，统拒齐王。再令太平将军胡沃为前部，孙秀之子孙会，督率将军士猗、许超，领宿卫兵三万，出敌成都王。宣召东平王司马楙为卫将军，都督各支兵马，又遣京兆王司马馥、广平王司马虔带领八千兵卒作为后援。分拨已定，大军开拔，两路兵马旌旗荡荡，杀气腾腾。

京师自闻五王起兵，一片震动，有言诛伦者，有言从赵者，众议纷纭。五部大都督府内，法觉、法慧、法圆、法合至刘渊座前，齐道："今赵王篡权，四海举义，五王起兵，大都督既有文武长才，拔山之勇，何不乘势而起，以图大业。"

刘渊思忖片刻，问道："我若出战，是助赵王？还是助五王？"法觉回道："天下，世祖之天下，太上皇承代已久，今司马伦篡权叛逆，海内惧恨，五王顺时举事，成败可见，当助五王。"刘渊又问："五王之中，谁可为主？"法慧即道："齐王传檄天下，唱义勤王，摧伪业，拯皇舆，有父风，可为明主，大都督当助之。"刘渊回道："我虽有五部大都督之名，却无一尺之基，又素为朝中忌惮，本欲借重太傅杨骏，以兴族业，然杨骏不堪大任，加之天下未乱，以致功亏一篑，此后我闭庭不出，正是静待时机。如今司马内乱，骨肉相争，五王起兵，天下动荡，此乃天赐良机。然择主更须慎重，不得再有闪失。且孙秀身怀异术，座下又有鬼道四将，所豢鬼兽，凶险万分。我须往西千佛洞走一遭，你等见我回来，再做决断。"四护法点头称是。

刘渊出府，捏了一撮土，往空中一撒，驾土遁往西千佛洞来，迅速如风，过觉河，越沙山，见一处滩地，红柳丛生，古木参天，小溪萦绕，水澄波静，滩上有一崖，正是西千佛洞。刘渊收了土遁，走至洞前，不敢擅入，等候半晌，见一童子出来，上前道："道兄！烦启老师，弟子叩见。"童子进去，不一时出来道："有请。"刘渊至台下，倒身下拜："弟子刘渊，愿老师圣寿无疆。"月支菩萨说道："你今来此，是为解心中之惑。"刘渊忙道："老师通达明彻，窥天地之奥，今司马内乱，为争权位，相互残杀，五王起兵，已近洛阳，司马伦调兵拒守，我欲助五王，图掌兵事，再择机谋动，以为建国传教之备。然不知五王之中，谁为明主？弟子才蔽识浅，故请老师赐教。"月支菩萨笑道："水无高低，势高则高，势低则低；风无缓急，气缓则缓，气急则急。然势不可太尽，太尽则失；气不可太盛，太盛则衰。你名为渊，渊同水，水无起落，平而生禾，异亩同颖，以成天下和同之象。"刘渊乃颖悟绝伦，听菩萨言语，即知其意，回道："多谢老师教诲，弟子明白了。"月支菩萨说道："你此去，必遇鬼道之人，那鬼道之术虽不得法，然素喜豢养鬼兽，却也不得小视。你且去终南山玉柱洞，洞内有一炼气士，名曰云中子，须借得照妖鉴来，方能治得鬼兽。"刘渊回道："弟子正患于此，云中子乃阐教元始门人，未必肯借宝物。"月支菩萨说道："云中子悲天悯人，乃福德之仙，你且与他说，司马伦篡位谋逆，五王义兵反正，孙秀以妖鬼相阻，他必肯相借。"刘渊俯地拜谢，辞别老师，出了洞来，借土遁往终南山去。

那终南山好景色，只见脉起昆仑，尾衔嵩岳，百里岭谷，千里茸翠；松柏古朴，画屏锦绣，宝泉如镜，素练悬空；五光摇色，道气纵横，蕴九州之险，藏天地之灵。实乃青山望断帝王梦，流水送来闲人居。不多时，至玉柱洞前，按落遁光，至洞门等候。少时，只见一童子出来，刘渊知是金霞童子，上前打一稽首，说道："道兄有请，劳烦通报，有刘渊要见仙尊。"金霞童子回一稽首，问道："你乃何人？哪处仙山，何处洞府，何事找我师尊？"刘渊回道："我乃西千佛洞月支菩萨座下弟子刘渊，今来是为天下苍生，借宝物照妖鉴一用。"金霞童子说道："原是西方教人，且稍待片刻，容我通报。"童子进洞，对云中子道："有西方教月支菩萨弟子刘渊，在外候见。"云中子命童子着他进来，童子出洞道："师父有请。"刘渊见云中子，宽袍大袖，相貌清奇，有诗为证：

一字头巾锁星斗，三点神光照额前；
方瞳清晓看日月，拈指幽坐现重玄。
大袍轻卷自飘洒，云鞋踏空点霞烟；
山中羽人阐天道，福德真仙在终南。

刘渊上前，行礼毕，禀道："弟子今到此，欲求仙尊，借照妖鉴一用。今乾坤倒位，赵王篡逆，天子被废，天下义兵相举，然有鬼道孙秀，鬼术害人，座下四将，以妖鬼为祸，我欲扶正义，然恐鬼兽无法相克，故上奉师命，特地至此，拜求仙尊。"云中子说道："昔时周武伐纣，杨戬借照妖鉴，收梅山七怪，得成正果。今日你上山借此宝，欲降妖鬼，也是天道循环，照妖鉴且借与你，望你降妖除魔，莫负今言。"又曰："待降服鬼兽，可将其收于照妖鉴内，交还与我，我留有他用。"刘渊应承，云中子遂令童子取了鉴付与刘渊，刘渊辞了终南，往洛阳而去。

话分两头，且说齐王兵至颍阴，正与孙辅、李严、赵奉三将相遇，但见：

立兵伍，定行列，正纵横。一字长蛇阵，旌旗招展，彩云驾雾迎风；二龙出水阵，刀剑并林，杀气冲天盖地。这壁厢，平川万里起春雷，滚滚兵山排头进；那壁厢，浩海千波锁天台，森森甲胄御鸿惊。宣花斧，明晃晃；硬弓弩，亮堂堂。九宫星中藏霹雳，八卦谱内索敌营。

齐王传令，人马一字排开，上前叫道："传将进去，请主将阵前答话。"言毕，一声炮响，孙辅、李严、赵奉三将出阵。孙辅言道："齐王，你贵为公侯，不守本土，联结诸王，擅自引兵，甘心祸乱，坏朝廷纲纪，深属不道，是自取灭亡。今天兵至此，还不下马受缚？天子念你宗亲，尚留你性命，若执迷不悟，犹自抗拒，直至踏平尔等，俱成齑粉，那时悔之晚矣。"齐王不理孙辅，直对赵奉道："将军，别来无恙！"赵奉打马上前，说道："齐王在上，恕我甲胄在身，不能全礼。"齐王说道："司马伦篡位，是为国贼，天下共讨，将军何故助纣为虐，宜速弃暗投明，以顺民心。"赵奉回道："我受天子宏恩，不能背弃，今我等在此，齐王莫再多言，宜速退去，莫再争杀。"齐王欲答，李严怒道："莫与他再作口舌。"拍马上前，来取齐王。左哨上，偏将王处穆纵马舞刀大喝："休要伤我大王。"

李严执殳来打，王处穆举刀相迎，二马往来，刀殳并举，只杀得寒风凛凛，杀气腾腾。那王处穆也是好本事，一柄钢刀，舞得水泄不通，皓月生辉。二人大战二十回合，王处穆将钢刀闪了一个破绽，李严不知是诈，钻将进来，被使个解数，把李严右臂，只一刀，划了个花儿，赶上前，欲结果性命。李严把手一探，放出倒寿，在空中现形，只一叮，王处穆未及反应，即被取了首级。孙辅在后，即放出金华猫，赵奉亦放出地狼，三兽在空中，任意食人，张牙舞爪，风火无情。

齐王众将遭此一败，三军尽受其殃。龙骧将军董艾，见黑风卷起，心知不妙，忙护送齐王，往后败走。鬼道三将，挥动人马，往前冲杀。可怜齐军叫苦，战将着伤，一路溃逃三十里，至颍水边，见追兵仍然不舍，纷纷渡水。孙辅正要下令追杀，赵奉上前止道："齐王虽败，然与天子至亲，且有乃父之风，甚得人心，天子欲笼络之。今我等退齐王至颍水以东，使之不得前进，勿要赶尽杀绝。"孙辅、李严闻言，甚觉有理，遂止住兵马，就地下寨，又令司马雅、莫原守阳翟，与齐王隔河对峙。齐王检点军马，死伤近万，辎重、渡船大半被夺，士气全无，不得已，先安下营来，再作计较。

且说另一路人马，成都王司马颖率大军，行抵黄桥，恰遇胡沃。那胡沃打马上前，说道："成都王，你本为晋臣，世受恩禄，为何附和齐王，纵兵作乱，恶大罪深。我今奉诏征讨，速宜下马受缚，以正欺君叛国之罪。倘若抗拒天兵，只待刀剑一起，玉石俱焚，那时悔之晚矣。"成都王问道："你乃何人？"胡沃答道："我乃太平将军胡沃。"成都王笑道："宵小之辈，焉敢在本王面前放肆。本王乃是武帝十六子，与司马伦同为宗亲，司马伦篡位叛逆，人神共愤，天下共诛之，你等违民心而拒正义，自取祸端，犹自狂言，岂不知为虎作伥，焉能长久。"遂令："先行官与我把胡沃拿下。"只见成都王门角下，一将连人带马，如旋风横扫断崖，纵马执镜，迎战胡沃，乃督护赵骧，不发一言，举镜便刺。胡沃见状心道："成都王兵多将广，声势浩大，须用雷霆之击，摧毁其心志，方能一战胜之。"思忖已定，也不闪避，只待赵骧近身，速将手往袋中一探，把物一抛，现了人蛇。那人蛇在空中，呼啸一声，扑将下来，未待赵骧反应，即张口叼了其首级。众将见此情景，骇得心胆俱裂。司马颖在阵中，惊道："这是何物？如此凶恶。"胡沃害了赵骧性命，也不收手，令人蛇在前，纵马引军，杀向敌阵。颖军见妖孽现形，哪有战心，忙丢盔弃甲，只顾逃命。孙会、士猗、许超见胡沃得势，一鼓作气，追杀颖军二十里，俘斩万余人，方才罢休。

成都王一路奔逃，至古灵山，方摆脱敌军，见无追兵追来，长出口气，对卢志道："司马伦有此异人，我军取胜，难于登天乎。我欲退保朝歌，再作计较。"卢志进言："我若退缩，士气沮丧，不可复用。"成都王道："不退如何？那胡沃岂是你我能克？"二人正懊恼，忽闻一人道："胜负乃兵家常事，今我军失利，敌新得志，势必轻我，贸然而退，二十万大军功亏一篑，不若更选精兵，出奇制胜，方可得志。"成都王与卢志闻言，即出帐外，不见有人，遂道："何人说话？快快现身。"言毕，有报事官来报："营外有五人，欲见公侯。"成都王传进，见五人进营。为首之人，阔步昂首，气宇非凡，后随四人，也是不同流俗。成都王见来人，迎上前去，喜道："我道何人，原是元海到来，有元海在，我心无忧矣。"来人正是刘渊。不知刘渊到来，如何制敌，且看下回分解。

第二十六回　刘渊持宝杀四将　王乔吐纳显神通

乾元资始开天地，品物流形通大和；
金乌御极成六位，玄门自有神魔清。

且说成都王欲退保朝歌，忽见刘渊到来，大喜过望，说道："我得元海到来，如绝渡逢舟，正是时也。"刘渊回道："我今此来，正要助殿下除逆贼，正纲纪，以迎天子，匡扶社稷。"成都王言道："赵王篡逆，齐王传檄，我起兵讨伐，远近响应，至朝歌得众二十万，本欲一鼓作气，一举功成，未料行至黄桥，有个太平将军，名曰胡沃，不知放出何方妖物，厉害非常，使我损兵折将，不得前进。"刘渊回道："殿下有所不知，此胡沃乃鬼道之人，豢养鬼兽，不足稀奇。"成都王与卢志面面相觑，问道："何谓鬼道？"刘渊答道："殿下且坐，听我大致说来。"

成都王坐下，刘渊说道："殷商时期，殷人重巫尚鬼。后商周封神大战，姜太公兴兵，伐西落鬼戎，俘二十翟王，使中原风清正廓，然巫鬼未绝。鬼王雍闿逃脱，退归玄都，即为古蜀，假言老君当治，李弘应出，天下纵横。其座下有鬼数万，称官设号，蚁聚人众，坏乱土地，为祸四方，蜀中生民久罹其害。太清道德天尊以汉顺帝时，谓世人不畏真正，而畏邪鬼，自号老君，授张道陵以三天正法，命为天师，后又授正一盟威要经、三业六道之诀，重命为三天法师正一真人。张道陵奉老君法旨，战六天魔鬼，夺二十四治，降雍闿为阴官，收鬼帅王长、赵升于门下，布道巴蜀。自此，蜀民畏罪迁善，盗贼不作，物无疵疠，百姓翕然。然时过境迁，不知孙秀如何而入鬼道，座下四将孙辅、赵奉、胡沃、李严皆豢鬼兽，实是难以对付。"

成都王叹道："这大千世界，无奇不有，不知胡沃豢养，是何鬼兽？"刘渊又答："这胡沃乃猰人蛇，此兽长七尺，色如墨。蛇头、蛇尾、蛇身，尾长尺许，而人手人足，长三尺。人立而行，遇人嬉笑，笑罢噬人。寻常法术，皆奈何不得。"成都王闻言，方晓其故，又知鬼兽厉害，心慌意乱，即问："元海即知妖物来历，可有降服之法？"刘渊笑道："若未有降服之法，我焉敢来见殿下。"成都王大喜："不知何法可以制敌？"刘渊言道："两军对垒，殿下自会知晓。如今我军首战失利，敌必轻我，如整肃三军，鼓勇再进，方能反败为胜。然我军虽有二十万众，皆为乌合。当选精兵，整装后发，乃是当务之急。"成都王即道："元海之言甚是。"遂传令，汰弱留强，选得精兵八万，又涕泣宣誓，激动众心。

三军整备，焕然一新。成都王令卢志引兵一万，趁夜抄道胡沃身后，又亲率大军七万，令刘渊为前部，直取胡沃。胡沃在营中，对众将道："司马颖虽有声势，却是乌合之众，一战则溃，一溃则败，今日我等酒足饭饱，养足精神，明日定要生擒司马颖。"孙会举盏赞道："将军本领高强，首战告捷，明日一战而定乾坤，高歌凯旋，名扬天下，我等加官进爵，全仗将军也。"士猗、许超齐声附和，胡沃笑道："此乃天子洪福，全赖侍中运筹，将士用命，非我一人之功。"

正言语间，忽闻报事官来报："司马颖引兵讨战。"胡沃诧道："小儿莫不是昏了头，我留他小命些许时日，不夹尾脱逃，反倒来战。"又问："领兵者可是成都王？"报事官报："非也，来将不知何人。"许超闻言，回道："兵法有云，虚则实之，实则虚之。司马颖既来讨战，却未亲临，我疑其故作攻伐之态，以便遁逃。你等把盏片刻，待我取敌首级，再来同乐。"孙会笑道："酒且斟下，将军快去快回。"许超提刀出帐，飞身上马。只听营外擂鼓震天，喊声大振，只片刻工夫，没了声息。士猗听得动静，笑道："想是许将军已取敌将首级。"话音未落，报事官进帐急报："许超将军一个回合，让敌将斩了。"众将大惊。胡沃掷盏出帐，引兵一看，来人是个步将，未曾骑马，光头，只穿一双芒鞋，再细眼看，甲胄之下内着海青，面色淡然，目敛精光，左手执铃，右手执叉，端的是危然独正，人神莫测。

胡沃怒道："我道何人搦战，原来是个和尚。世人皆道沙门慈悲，却也妄动刀兵，杀我大将，你什么名号？速报于我，我刀下不死无名之辈。"僧人回道："我乃西方教月支座下护法，法觉是也。僧人慈悲，也有金刚怒目。你身处道门，不思修身悟玄，静诵黄庭，明知赵王篡逆，仍然助纣为虐，逆天而行，已入歧途矣。"胡沃怒极反笑，说道："各为其主，休大言不惭，你西方教，不思安守一极，却来东土，枉入世间争杀，又何堪说我。"法觉回道："鬼道贻害世人，今日我要替天行道。"胡沃抽刀拍马，大叫："休作教义之争，手下方见真章。"言毕，举刀直奔法觉项梁而去。法觉见大刀已到，举叉相迎，往外一崩，磕开大刀，大步流星，上前一刺，胡沃纵马一跳，复转马头，二人盘旋，战存一处，你来我往，你去他迎，大战三十多回合，不分胜败，好争杀，有诗为证：

　　玄门阵前起争斗，个人造化在根行。一个鬼道人，一个沙门僧；一个马上将，一个步下星。刀去叉来真武艺，目见斜里漫天黄。这壁厢，飞身移步乃秘授；那壁厢，虎卷龙啸是仙传。些许形慢，方寸即坠千引崖；倏尔失神，咫尺便堕万丈渊。

　　话说胡沃大战法觉，法觉见久战不下，心道："打人莫过先下手，我可用散魂铃拿他。"遂跳到圈外，左手晃铃，口念咒语。胡沃心知不妙，忙弃马滚下，再一看，一道虚影分出，那战马霎时僵住，如死一般。胡沃大骇，叫道："这铃散魂夺魄，好生厉害。"遂抛出一袋，放了人蛇，只见怪风呼啸，卷土扬尘，那人蛇在空中现形，嬉笑一声，疾如雷电，奔法觉而来。法觉见得厉害，忙手摇法铃，要晃人蛇魂魄。人蛇乃鬼兽，本就只是一魂，哪里散得了三魂六魄，转眼已至眼前，要叨首级。

　　千钧一发，忽有一道光起，直射人蛇。那人蛇被光照住，顷刻定在空中，动弹不得，又有一人喝道："妖物还不进鉴，更待何时。"只见人蛇闻声而颤，翕忽变小，直至寸许，随光收入鉴内。胡沃见状，怒道："何人坏我鬼兽？"定睛一看，那执鉴者身形魁伟，容仪机鉴，三尺长须随风微动，炯炯双目闪烁精光，端的是妙绝于众，样貌非常。胡沃认得此人，大喝："刘渊，天子登位，不曾亏欠于你，如何行反叛之事？"刘渊拍马上前，说道："司马伦篡权叛逆，神怒人怨，海内所疾，我顺天下意而行讨伐，乃是人间正事。你今遇我，死期已至。"胡沃失了鬼兽，且识得刘渊厉害，虚晃一刀，转身欲逃。刘渊喝道："哪里走！"

遂默念口诀，心口即射出一道寒光，登时火点秋烟，霞光满天，胡沃置于其中，不知方向，忽一柄长剑从上而至，不及胡沃回神，直插入颅顶，可怜正是：鹄鸣修习若为鬼，百年道行也枉然。

胡沃身死，颖军士气大振，刘渊趋兵前进，好似江上秋潮，一发莫御。孙会、士猗皆平庸之辈，见来军厉害，不由得胆战心惊，步步倒退，战了两三个时辰，但见头颅乱滚，血肉横飞，部下士卒，皆是各自奔逃。孙会见势不妙，拨马先走，士猗见状，也要脱身，然身形慢了些许，被法觉在后一叉，正中背心，大叫一声，口吐鲜血，跌下马来。孙会听得士猗惨叫，骇得魂飞魄散，落荒而走，任那三万宿卫兵自生自灭罢了。刘渊见孙会逃走，也不追赶，鸣金收兵，各报其功。

孙会马不解鞍，一路逃回洛阳。孙秀见孙会奔还，大吃一惊，问道："我儿回来，可是战事不利？胡沃现在何处？"孙会泣道："我等出拒颖军，初战破敌，本欲一鼓作气，未料刘渊投奔司马颖，以异术杀胡沃，士猗、许超皆已阵亡，我幸得腿脚利索，否则已丧于其手。"孙秀闻言大怒，说道："不想刘渊闭门谢客，原来阳气潜藏，蛰伏待起，此次投奔司马颖，必有所图，沙门不可小觑也。"孙会回道："刘渊得胜，必进军洛阳，如之奈何？"孙秀思忖片刻，即道："孙辅、李严、赵奉已趋齐王，至颖水以东，可令三将速回，有蔡璜间和司马雅拒守，谅齐王不能渡水。"孙会称是，遂亲往颖水调兵。

且说刘渊得胜回营，成都王慰劳道："今日众将英雄可喜，先记一功，待破洛阳，再封行赏。"刘渊回道："天子洪福，殿下德辉，胡沃不识时务，失其利也。"卢志在旁言道："趁士气正盛，当速取洛阳。"司马颖遂传令三军，进兵洛阳。一路旌旗招展，绣带飘摇，真好人马，有诗为证：

金甲漫道古灵山，云海长驱过八关；三军直指向太谷，何堪故国两家园。红缨灿，紫雾盘，万马奔腾踏霄汉；旌旗展，令牌穿，千重呐喊震崤函。朱缨飘飘飞似雪，雁翎排排叠如浪。将精卒勇，伍列森严，诸营雄威，刀闪剑烁。宝纛下，遥看神邑九鼎；骑鞍上，一心反正除奸。

颖军风烟滚滚，一路疾走，至洛阳城外，方安下营来，成都王见天色已晚，将士劳顿，令三军歇息，养足精神，明日再战。且说三更时分，皓月当空，银盘高挂，中军帐中，刘渊与成都王正在说话，帐外有法觉四人把守。一人行色匆匆，闷声而来，法觉问来人是谁，那人也不答话，近前一看，原是卢志。法觉说道："参军深夜前来，可有要事？"卢志沉默不语，只是微微点头，便要往里而走。四人见状，皆感诧异，法慧上前道："参军面色有异，可是身体不适？"卢志摇头摆手，进了帐中。四人面面相觑，法圆嗔道："此人也怪，问他言语，却又不答，是何道理。"

且说卢志进帐，成都王见道："参军来时正好，元海与我商讨明日战事，可过来同听。"卢志也不答话，径自走来。刘渊正要说话，忽闻到一丝腥风，微微掠过，心下生疑，细看卢志，虽模样寻常，然两眼瞪圆，脚步轻盈，双手前屈，立觉不妙，大叫："何方妖物？还不现形。"那卢志闻言，一声轻哼，忽身子一伸，两腿一弹，高高掠起，往成都王扑去。成都王猝不及防，早已心胆俱裂，两腿一软，跌倒在地。

眼见卢志便要得逞，忽有一道光起，笼住卢志，原是刘渊眼疾手快，祭了照妖鉴。宝鉴一出，只见卢志一声嘶叫，不得动弹，身子剧颤，面庞扭曲。法觉四人，听得帐内动静，赶紧进来，恰见得这般情景，不由得瞠目结舌，问道："都督这是为何？"刘渊回道："稍候便知缘由。"言毕，听得一声长啸，那卢志化为一只猫儿，碧眼乌圆，通体金黄，甚是好看。刘渊即道："金华猫还不进鉴，更待何时？"金华猫闻声变小，霎时收入鉴中。刘渊收了宝鉴，扶起成都王，说道："殿下受惊了。"法觉四人拜道："我等未察妖怪，以致生祸，望都督治罪。"刘渊摇首即道："无怪你等，金华猫极善变幻，令人难以防备，若不是那一丝腥味，我定也着了道。"成都王问道："究竟发生何事？参军怎变为妖怪？"刘渊回道："此参军非彼参军，乃是孙秀座下，上军将军孙辅所豢鬼兽，金华猫所化。此妖白日伏匿，暮出魅人，善于变幻，想是孙辅令金华猫变为参军模样，借机加害殿下也。"成都王即道："原来如此，不知参军如何？"话音未落，真卢志疾步而来，进帐问道："我在帐中，听得这厢动静，连忙赶来，可是出了要事？"成都王见卢志无事，方舒了一口气，正要答话，刘渊又道："勿要多言，金华猫在此，孙辅必不走远。常闻金华猫蹲踞高处，伸口对月，吸其精华，方行变幻之术。

第二十六回
刘渊持宝杀四将　王乔吐纳显神通

可令将士尽燃火把，绕树察看，定要拿住孙辅。"法觉四人遂出帐外，依计行之。

约有半个时辰，法圆来报："右军外有一人影。"刘渊问道："可曾惊动？"法圆答道："未曾惊动。"刘渊疾步出帐，至右军，见一高树之上，隐约现一黑影，不甚清楚，遂冷笑一声，祭了霞阳剑。那剑一出，现万道霞光，照了个通明。那黑影见势不妙，向上一蹿，欲要逃脱。刘渊大喝："哪里走？"忙念动玄语，霞阳剑迎面打下，穿胸而过，那黑影大叫一声，跌了下来。法圆上前一看，正是孙辅，可怜其性命，正是：祸福有数随业障，多年功行付流水。

次日，成都王集大军鸣鼓而进，他乘马出阵，刘渊一人紧随其后。至洛阳城下，成都王扬鞭大呼："本王单骑至此，请赵王出来答话。"孙秀在城上道："天子容颜，岂可轻见，成都王不在邺城，引兵前来，实乃谋反，还不下马受缚，以留全尸。"成都王怒道："你等帮狗吃食，妄为篡逆，安敢在此狂言。"刘渊随即上前，手执一袋，用力一抛，扔至城头。孙秀令人拾起观之，原是孙辅首级，登时五内俱崩，又闻刘渊道："尝闻鬼道，善使偷鸡摸狗之术，今日得见，果不其然。"孙秀气得七窍生烟，叫道："刘渊，你杀我大将，誓要你粉身碎骨，化为齑粉，否则难解我心头之恨。"赵奉、李严在旁，早已按捺不住，说道："今鬼道四将，只有两人，全拜刘渊所赐，待我等一齐出战，生擒刘渊，剥皮拆骨，以报血仇。"孙秀应允，开城门，放吊桥，二人提兵出战。

赵奉大呼："司马颖哪里走？"刘渊纵马上前，呼道："断臂残躯，焉敢逞凶。"遂抖擞精神，酣战赵奉。连斗十二回合，赵奉独臂，渐招架不住，李严在旁，见势不妙，忙把马一拍，举殳便打，夹攻刘渊。三马交织，你来我往，厮杀三十回合，赵奉见战不倒刘渊，忙虚晃一钩，放了地狼。那地狼没入土中，随即不见，只闻地下有吠声。刘渊心知不好，忙弃马跳下，刹那间，地狼破地而出，尖牙一撕，把马头叼下，左右张望一下，随即复钻入地中。趁这当口，刘渊祭照妖鉴，神光一起，似长眼一般，直照在左上两尺开外，地中一阵凄叫。刘渊大喊："地狼还不进鉴，更待何时？"话音未落，神光复回，只见地下翻腾，沙土四溅，地狼随光出土，收入鉴中。赵奉见鬼兽被收，气急败坏，口道："敢收我鬼兽，怎肯干休。"恶狠狠执钩来砍，刘渊见势，说道："我欲留你性命，却不知好歹，莫要怪我。"胸口红光一现，霞阳剑风驰电掣，未待赵奉反应，早已穿胸而过，赵奉跌下马来，气绝身亡，可怜正是：奇术异兽又何为，争名逐利终无依。

李严见赵奉身死，大怒："坏我师兄性命，与你势不两立。"往袖中一掏，放了倒寿。那倒寿一出，震天一吼，直惊得地动山摇。众人齐呼："好凶恶。"刘渊闻声，有些失神，正错愕间，倒寿快如疾电，眼看蹿至跟前，刘渊方回过神来，忙就地一滚。倒寿哪肯放过，紧随其后。刘渊手忙脚乱，危急之时，忽有一钹祭在空中，罩住倒寿身形，一人大呼："妖兽莫要作乱，且看我法宝。"原来法合在旁，见刘渊遇险，忙祭起坏劫钹。那钹一转，四面寒风；二转，大雨倾盆；三转，瓦釜雷鸣；四转，星流电击。这若是寻常之人，早已殒身碎首，然倒寿乃鬼兽，本为魂魄，哪能克之，只一扬爪，把钹打了下来。刘渊得此空当，遂祭起照妖鉴，照妖鉴陡放光华，罩住倒寿，倒寿即刻不能动。李严见势不好，忙念动玄语，要收倒寿。刘渊冷哼一声："倒寿还不进鉴，更待何时？"倒寿闻声而起，身子缩为尺寸，即收入宝鉴之内。李严忙掉转马头，欲逃回城中，刘渊哪肯罢休，即祭起霞阳剑，只闻一声呼啸，霞阳剑穿膛而过，李严未哼一声，顷刻毙命，可怜正是：眼前纵有千般好，一片丹心似飞烟。

孙秀见二将俱身亡，大怒，驾独目狮仗剑而来。刘渊见鬼气森森，不敢大意，执剑相迎。二人打在一处，约三四个回合，不分胜负，只见二马一错镫，孙秀收了宝剑，往上一举，祭太平钟，要下先手。那钟在空中，霞光并举，紫雾盘旋，又如轰雷贯耳，打将下来，眨眼之间，已罩住刘渊。刘渊困在钟内，也不着慌，默念玄功，胸口红光一现，火麒麟呼啸而出，有夺天震地、气吞虹霓之势，那太平钟架受不住，只闻"噼啪"一声，登时四分五裂。孙秀失了法宝，心中大惊，忙驾独目狮凭空去了。刘渊见状，引兵掩杀过去，霎时间烽烟滚滚，夹杂着哭天喊地声，兵败山倒难复用，赵军众将各奔逃。脚快的死命跑，腿短的身遭殃；弃刀丢剑抛满地，尸横遍野闻哀号。大都督威震洛邑，四护法掌旗回营。

孙秀回城，见失了法宝，又死了四将，查点兵马，死伤五千有余，心中闷闷不乐，对众人长叹："我自学成下山，未尝有挫锋锐，不想今日遭此大败，殊为痛恨。"又自思无门，欲调别将，无奈难挡刘渊，不由得长吁短叹。孙会近前启道："胜败本兵家常事，父亲不必过分挂怀。父亲师从鬼道，何不请道门相助，大事自然可成。"孙秀闻言说道:"军务烦冗,紊乱心神,一时竟忘却这事。"遂盼咐孙会:"好生看守,不可轻战,任凭刘渊叫阵,莫要理会。我速去速回。"驾独目狮一拍,那兽起在空中,转眼无影。正是:三山五岳千里路,来去如风一日游。

话说孙秀驾独目狮,其日行至宣务山,见山中光景,不胜眷恋。怎见得好山:

宣务本虚无,平原起孤峰。长虹飞架,白练临空。青嶂叠翠,乌兔摇瞳。远出影,近生形。影中看山形,形中观山影。彩凤栖鸣秀崖,麒麟独卧峭壁,绿萝藤蔓藏灵鸟,瑶草怪花走玄禽。红拂啼笑描黛色,修竹几根接云青。苍苔碧,松柏奇,泉水幽,百合静。林深处处听风雨,陌上步步留氤氲;十里方圆无樵子,方寸洞天有仙人。

孙秀到了宣务山,下了独目狮,径自走到一处洞府,上书"别望洞",洞门紧闭,并无一人,不知往哪里去了。孙秀伏拜口称"师尊",未有人应,心中犯疑,沉吟半晌,自思:"莫非师尊云游去了?"正要往别处去,恰一人到来,叫道:"师兄怎到此?"孙秀回顾,见来者乃座前童子,打一稽首,问道:"师尊哪里去了?"童子回道:"师尊正在尸解崖,你自可寻去。"孙秀忙驾独目狮,往尸解崖去。远望一人,正在行气吐纳。此人戴鱼尾冠,穿大灰袍,面如土色,异相长须,乃是王乔,怎见得模样,有诗为证:

金阙有侍中,乘鹤谢时人;
行气躁轻举,吐纳登云鸿。
双目含朝露,足下漱正阳;
宣务出灵秀,尸解是真章。
一席大灰袍,元应生体道;
去留尘埃里,来离寻游踪。

孙秀不敢惊扰,从旁恭候,约莫一炷香工夫,只听王乔道:"你不在洛阳,到此作甚？"孙秀忙伏地叩拜，口称："师尊。"又道："我辅佐天子，欲成大事，不想五王作乱，那沙门月支座下刘渊，相助成都王，杀我四将，毁我法宝，不得已，上得山来，欲请师尊救我。"王乔愠道："我道与沙门素不相往，刘渊却仗恃玄术，杀我门人，坏我法宝，岂是欺我教无人？"孙秀即道："刘渊口出悖言，说我鬼道设教，人事不修，使国将亡而听命于神者，实是妄逆。"王乔哼道："他等是教，我等亦是教，各有玄通，岂可自名正宗。我便往山下走一遭，也教世人开化，以免诬我。"孙秀喜道："师尊若亲去，我可贻书天子，便说福祚灵长，也令天子安心。"王乔遂道："你先行便是，我自会前来。"孙秀应声叩拜，下山去了。

不说王乔往洛阳，且说刘渊自得胜后，与众将逐日议论大事，旁有法觉说道："孙秀新败，去了三日，我等每日讨战，皆不应战，想是别请高人，须要多加小心。"刘渊听罢，心下疑惑，乃同觉、慧、圆、合四位护法城下观看，忽闻喊声，有报事官来报："孙秀引兵出城。"众将闻言，披挂出营，刘渊至阵前见孙秀道："败军之将，焉敢复来？"孙秀怒道："胜败乃兵家常事，何足道哉，你借得照妖鉴，杀我四将，又坏我法宝，岂能与你善罢干休！"说罢仗剑来打，刘渊执剑相迎，约五六个回合，刘渊虚晃一招，拨马跳到圈外，说道："孙秀，你多行不义，若再执迷不悟，莫怪我下手无情。"孙秀回道："休要说教，手底下见真章。"刘渊默念玄语，登时祭了霞阳剑，只见霞光万道，目眩神迷。那剑正要打下，忽空中一人道："刘渊少得无礼。"霎时白雾缭绕，天接云涛，霞阳剑笼罩其中，只悬于半空，打不下来，又闻人声："收。"那白雾裹了霞阳剑，缓缓收入，不见影踪。刘渊大吃一惊，忙往上看，见一人乘鹤，袅袅而下。刘渊不认此人，上前打一稽首，问道："道者高姓大名，何处名山洞府？何故收我法宝？"道人答道："你认不得我。我有一律，说出你便知端的。"

　　　　大道虚寂无状貌，人神鬼怪难解分；
　　　　体行明理开各自，太上一脉出鹤鸣。

吟罢道人说道："贫道乃宣务山王乔是也。"刘渊回道："久闻道者行气吐纳，乘鹤成仙，有幸得见，实乃高明之客。然今日我大战在即，不知上仙到来，收在下法宝，意欲何为？"王乔答道："你杀我门人，毁我法宝，今日正为此而来。"刘渊即道："上仙有所不知，孙秀暗害天子，辅佐篡逆，危及社稷江山，我代天行道，助成都王平乱，鬼道四将以邪物相阻，不得已杀之。"王乔道："门下有错，自有为师惩处，你仗恃道术，借宝行凶，分明欺人太甚。"

　　旁有法觉说道："休要与他多言，战场厮杀，胜败方见真理。"遂祭散魂铃，正要摇起，只闻王乔笑道："区区小铃，能奈我何？"口中吐一白气，盈盈绕绕，将散魂铃笼罩其中，摇不得声，又道一声："收。"那白气裹了散魂铃，无形之中，吸扯之力陡起，法觉使不得劲，眼见法宝缓缓被他收去。又有法圆祭色法琴，法合祭坏劫钹。王乔面不改色，气定神闲，口吐白气，一吐一纳，只见白气轻蒸，渺渺冉冉，笼了色法琴，似冻住一般，五弦弹拨不开；罩了坏劫钹，如垢住一样，钹身转动不起。又闻王乔道一声："收。"登时色法琴、坏劫钹皆收入白气之中，不见去向。

　　法慧在旁，见众友法宝被收，怒道："竟敢欺我同门，见好打。"遂祭起一物，那物非是其他，原是一件袈裟，非金非银非铜非铁，非锦非纶非棉非麻，法慧将它披在身上，登时不见踪影。王乔见状，大吃一惊，自道："世间竟有如此奇物。"又道："纵是如此，亦难不倒我。"随即口吐白气，先是悠悠然然，飘于空中，后似长眼一般，兜兜转转，到一空处，忽打起捆来，包了个严严实实。法慧现了形迹，不得动弹。王乔笑道："隐袈裟纵然奇妙，却难逃我吐纳神通。"又令左右："将此人拿了。"刘渊见要拿法慧，心下甚急，怒道："休伤我护法性命。"不知后事如何，且看下回分解。

第二十七回　大法师收徒布道　成都王退求贤名

　　画中山水锦绣真，脚下人间路难行；
　　遥望指间云端处，一步登高一步心。

　　且说王乔行气吐纳，大显神通，又要拿法慧。刘渊大急，拼死相救，王乔见刘渊上前，笑道："你纵来何妨，无非步他后尘罢了。"遂口吐白气，欲缚刘渊。刘渊见状，识得厉害，忙祭炎阳剑，那剑瞬时化为火麒麟，呼啸而出，有雷霆万钧之势，直奔王乔去。王乔面不改色，扬手一指，登时白气蒸腾，如春风化雨，秋水点虹，火麒麟稍有沾染，烈火全无，一声呜咽，匍匐在朦胧之中。王乔道一声："收。"裹了火麒麟，上前一步，欲打刘渊。刘渊道声"不好"，借土遁去了。法觉也是机灵，趁二人争斗之际，抢了法慧、法圆，与法合借水遁去了。王乔失了法慧，也不着恼，只道："侥幸一时脱逃，难保日后好运。"孙秀见刘渊遁逃，遂令大小三军，掩杀过去。成都王部一路溃逃，败走十里之外。

　　刘渊回营，收住败退人马，结下营寨查点，十停只存一停，俱是非伤即残，不由得长叹："我自拜尊师，学得玄妙，战无不胜，攻无不克，今番却遇王乔。此人神通无穷，阻我进兵，如之奈何？"心下十分不乐。法觉从旁进言："大都督莫要心急，常言道，你有张良计，我有过墙梯。孙秀有师可请，大都督难道无师？"刘渊闻言，喜道："护法之语，如醍醐灌顶，令我茅塞顿开，一时心急，倒是忘却。"遂至帐前，吩咐四位护法："好生看守大营，我去去便回。"出营外，捏了一撮土，往空中一撒，借土遁往西千佛洞去。

　　不日而至，到洞前，刘渊伏地叩拜，叫一声："弟子刘渊，愿老师圣寿无疆。"童子出来，说道："老师云游出外，不在洞中。"刘渊又问："可知老师去往何处？"

童子回道："老师随心而往，不知去了何处。然临别之时，有过交代，若是刘渊到此，可往东去，千里之遥，有一座山，名唤净檀山，山中有个莲华洞，洞中有位菩萨，唤作宝檀华菩萨，能解忧烦。"刘渊谢过辞别，借土遁往东去，好半日方寻到，但见好山：

山色如洗，目放琉璃；川光似碧，一望蓝熹。千岩万壑，云长暮寒；峻峰秀崖，尽峙霞底。那青松挺拔，翠节青青；那绿柳飞絮，枝蔓摇摇；那香兰满地，五彩扑面；那瑞霭描空，红黄绕徐。萝径无人走，溪边奇珍戏；丹凤鸣千寻，白练披荷衣。半帘卷轴画，手捧见莲华；不归对如此，落脚还谁家。四时花开无叶落，十诵黄庭坐玄真。但看春去秋来好景致，却道山居三日心向佛。

刘渊收了土遁，径入山间，只觉水软山温，风光旖旎，不由得心旷神怡，陶然自得，忽有九朵莲花在前，各开一表，清香怡人，往里看，有一洞，上书"莲华洞"，静静悄悄的，不见人影。刘渊匍匐在地，叩拜称道："月支弟子刘渊，拜见师伯。"洞内有一人道："你且进来。"刘渊进洞，见一菩萨坐于莲台。你看他怎生模样：

头戴百福花蔓冠，颈挂锦绣五云裘；
身披罗霞金袍帔，臂安墨绿翡翠圈。
项后常光一寻相，面生莲华现瑞祥；
胸前佩红镶璎珞，足不着履行四方。
本来空不空如来，诸法无尘自入怀；
药师座下八菩萨，去忧解惑在宝檀。

刘渊近前，合掌低头，叫道："师伯，弟子向您请安了。"菩萨合掌回礼道："毋须多礼，你师尊前日路经此处，已与我说起，内情我尽知晓，本不当去，然你师尊亲临，不可枉了同源之情，这便与你走一趟红尘。"刘渊称谢了，说道：

"那个王乔，不知修得何法，只见吐一口白气，收宝拿人，不在话下，好生厉害。"菩萨笑道："行气吐纳之法，汲阴阳之和，食天地之精，呼而出，吸而入，着实道门一绝，又以王乔为圭臬，非寻常之法可破之。"刘渊问道："既如此，师伯如何对待？"菩萨笑道："不妨，不妨，你且与他相斗，我自有妙法。"

刘渊闻言，自安下心来，驾土遁往洛阳走，临近处，落下云头，入了帐中，众将皆来相迎，刘渊道："此一去，寻得破敌之法。"遂引兵出营，至城下，点名唤王乔出来答话。王乔出城，疑道："你这小儿，前日被我所败，今番仍敢前来，莫不是得了道法，还是寻了帮衬？"刘渊答道："我虽拿你不得，自有治你之人，且吃我一剑。"言毕，纵马使剑，扬手便打。王乔笑道："前番让你侥幸逃脱，今日看你如何遁形。"只默念玄功，一缕白气徐徐而出，道一声："收。"刘渊霎时如坠云雾，立失前足，千钧一发，忽闻空中玄歌妙乐，见一人宝花真香，清步而来，口中唱道：

根本无明众生相，大医王佛开善门；
自入琉璃得安乐，八侍为引去东方。

原是宝檀华菩萨驾临，那菩萨将头上一拍，泥丸宫现出一尊法身，怎见得？有诗为证：

面浮檀金，身如宝玉，体绕七色，足点莲花。二目一红一蓝，双手一拈一托。庆云盖顶，花蔓垂肩，瑞彩条条化千万，琉璃道道化万千，璎珞珠珠透祥，幡幢对对生光。正是：不空如来藏大法，六波罗蜜积善福。

话说宝檀华菩萨现出法身，把手中四禅檀香扇一扇，登时清风骤起，白气顿散，使刘渊脱了身来。王乔见法术失灵，嗔道："我道何人来到，原是东方上真。"菩萨合掌道："贫道有礼了。"王乔打一稽首，又道："尝闻东方净琉璃教主，药师琉璃光如来身旁日月二圣，座下八弟子，功德庄严，等无差别，说三乘法而教众生，度人往净土世界。岂不知，东方一个东方，西方一个西方，此东方非彼东方,此西方非彼西方。你等往生门,我等度鬼道,又何必相干?"菩萨回道:"世间凡心,有善念之人,愿往西方极乐世界无量寿佛所,然左右不定,我等当乘空而来,指引道路,使人于药师净土,自然化生。如今苍生荼毒,战祸四起,我为使者,不敢旁观尔。"王乔不由得嗤道:"上真之言,有所差矣,岂不知天地不仁,以万物为刍狗,且听我一律。"

  君不见,改朝换代夺天子,白骨荒冢绘皇图;
  君不见,封王觅侯拜将军,腥风醎雨拭残血。
  寒窗苦读勤学士,谁个不想上高阁;
  东奔西走买卖商,哪般不求把利藏。
  田间地头阡陌农,犹因寸尺斗口舌;
  甲乙丙丁平凡客,尚由苟且起计较。
  三山五岳和尚庙,入门缘来因果事;
  四海八荒道士观,出尘已是报应伤。

又道:

  你道世人皆为善,我道世人皆为恶;
  一念善来一念恶,一念道来一念魔。
  最是小善是大恶,最是有情是无情;
  非经炼狱非重生,非经磨难非极乐。
  你道世人皆可度,我道世人皆可堕;
  纵有一二菩提心,十之八九鬼道人。
  可笑世人种业障,痴向净土诵真经;
  天地不语随造化,万物独行任蹉跎。

  王乔又道:"我以鬼道立教,合乎天地,世人皆有原罪,净心须要修行。不受炼狱者,不得重生;不入鬼道者,不成完人。我此番下山,正要开化世人,以行大道。你何故阻我？"菩萨说声："善哉。"又道："世间之恶，无非贪、嗔、痴三毒，然纵观大千，天地造物，不过三类人：一类人，大奸大恶，大贪大杀，大淫大诳，大欺大诈，大邪大昧，此类却是少许；二类人，大慈大善，大戒大慧，大勤大定，大修大明，大正大爱，此类亦是少许；三类人，平碌虚度，浑噩苟且，奔波劳作，无正无邪，有善有恶，此类最是众多。故一类成因果，二类成舍利，三类则成缘法，而谓众生。我娑婆东方世界，尔时佛出于世，教化诸苦众生，于净土当得菩提，发大悲愿欲除一切众生病，令身心得安乐，是为善哉，亦成药师琉璃光如来，其有十二大愿，容我道来。"

且听医王第一愿：愿我来世得阿耨多罗三藐三菩提时，自身光明炽然，照耀无量无数无边世界，以三十二大丈夫相、八十随形，庄严其身；令一切有情，如我无异；

且听医王第二愿：愿我来世得菩提时，身如琉璃，内外明彻，净无瑕秽，光明广大，功德巍巍，身善安住，焰网庄严过于日月；幽冥众生，悉蒙开晓，随意所趣，作诸事业；

且听医王第三愿：愿我来世得菩提时，以无量无边智慧方便，令诸有情，皆得无尽所受用物，莫令众生有所乏少；

且听医王第四愿：愿我来世得菩提时，若诸有情，行邪道者，悉令安住菩提道中；若行声闻、独觉乘者，皆以大乘而安立之；

且听医王第五愿：愿我来世得菩提时，若有无量无边有情，于我法中修行梵行，一切皆令得不缺戒，具三聚戒。设有毁犯，闻我名已，还得清净，不堕恶趣；

且听医王第六愿：愿我来世得菩提时，若诸有情，其身下劣，诸根不具，丑陋顽愚，盲聋喑哑，挛躄背偻，白癞癫狂，种种病苦。闻我名已，一切皆得端正黠慧，诸根完具，无诸疾苦；

且听医王第七愿：愿我来世得菩提时，若诸有情，众病逼切，无救无归，无医无药，无亲无家，贫穷多苦。我之名号一经其耳，众病悉除，身心安乐，家属、资具悉皆丰足，乃至证得无上菩提；

第二十七回
大法师收徒布道　成都王退求贤名

且听医王第八愿：愿我来世得菩提时，若有女人，为女百恶之所逼恼，极生厌离，愿舍女身。闻我名已，一切皆得转女成男，具丈夫相，乃至证得无上菩提；

且听医王第九愿：愿我来世得菩提时，令诸有情，出魔胃网，解脱一切外道缠缚。若堕种种恶见稠林，皆当引摄置于正见，渐令修习诸菩萨行，速证无上正等菩提；

且听医王第十愿：愿我来世得菩提时，若诸有情，王法所录，绳缚鞭挞，系闭牢狱，或当刑戮，及余无量灾难陵辱，悲愁煎逼，身心受苦。若闻我名，以我福德威神力故，皆得解脱一切忧苦；

且听医王十一愿：愿我来世得菩提时，若诸有情，饥渴所恼，为求食故，造诸恶业。得闻我名，专念受持，我当先以上妙饮食饱足其身，后以法味毕竟安乐而建立之；

且听医王十二愿：愿我来世得菩提时，若诸有情，贫无衣服，蚊虻寒热，昼夜逼恼。若闻我名，专念受持，如其所好，即得种种上妙衣服，亦得一切宝庄严具、华鬘、涂香、鼓乐、众伎，随心所玩，皆令满足。

言毕，檀香四溢，三宝现身，霭霭祥云，巍巍紫气。众人见菩萨气宇，心生叹服，王乔喝道："你破我法术，我以礼相谕，仍在此诳言惑众，莫非以为我怕你不成？"菩萨回道："言语相争，终是无始无终，你既非好善之客，多说无益。我有一把扇，名曰四禅檀香扇，一禅离生喜乐，二禅定生喜乐，三禅离喜妙乐，四禅舍念清净。你若有本事，脱了四禅，我即刻回去，不再问世，刘渊任凭你处置。"王乔道："既如此，你可用扇扇我来。"菩萨道："你且受住了。"即把扇晃一晃。一扇清风袭人，身无知觉，脑中一片空明，五欲俱消；二扇清风入体，身静心宁，脑中无觉无观，四识俱灭；三扇清风入脑，无身无我，脑中混沌寂灭，悲喜不再。只三扇，王乔架受不住，已失了本体本心。菩萨道一声："且随我去。"见王乔悠悠而起，走至跟前。

王乔正要随去，忽听空中有天崩地塌之声，有一人道："王乔还不过来，更待何时？"登时王乔醒转，道声："痛煞我也。"话音刚落，一道魂魄脱体飞升，幽幽飘起，众人细看，眼前只剩一堆衣冠，人已未见踪迹，再往上看，空中现一人，引王乔至上方，来人明日悬顶，华光锦绣，祥云缥缈，天花乱坠。

菩萨抬头，见是玄都大法师，忙上前，打一稽首，称道："大法师，有请了。"大法师打稽首还礼道："我与道友无拘无束，不必过礼。"又道："我此番前来，正为王乔。"菩萨问道："五王兴兵讨逆，鬼道相阻，王乔轻信门徒，致生事端，我本欲引往东方，净琉璃以听如来法，未期大法师至此，不知如何处置？"大法师说道："名利浮华入俗世，贪嗔痴念满人间。纵是未斩三尸之仙，未赴蟠桃之客，未结金丹之缘，也要脱此苦恼。王乔虽起于门徒生事，终是自己的不是，也是劫数使然。"

大法师又告众人："纵是王乔千般不是，然鬼道之名，乃是诬言。天地无正之时，三五失统，人鬼错乱，六天故气称官上号，构合百精及五伤之鬼、败军死将、乱军死兵，男称将军，女称夫人，导从鬼兵，军行师止，游放天地，擅行威福，责人庙舍，求人飨祠，扰乱人民，宰杀三牲，费用万计，倾财竭产，不蒙其佑，反受其患，枉死横夭，不可称数。我掌教师尊患其若此，故令门下张道陵，登青城山，会八部鬼帅，大战众鬼，制伏外道邪魔，使诸鬼各各降服，皈依正道，从此人处阳间，鬼处幽冥，乃驱鬼降鬼之道，故称鬼道，而非怀鬼纳鬼之道。王乔初愿在此，本为好事，只是不守清净，根行浅薄，方才我助他尸解，入我道门，现押往青城下八洞受戒，从此改过自新，以成道果。"

众人听大法师言，方知鬼道之名。菩萨礼道："今日闻大法师教诲，方知鬼道始末。"大法师回道："今日之起，再无鬼道之名，道即为道，无分神鬼，乃自然也。方才你与王乔论证善恶，我从旁得听，沙门佛法，玄妙无穷，东方净琉璃世界，真是福地。"菩萨应道："大法师谬赞了。"大法师又道："沙门说一个缘，道门讲一个道，我亦有一律。"

日出东方天下白，月照西宫九州安；
一叶飘黄知秋去，满树花语迎春来。
草木四季无声长，禽鸟十方自在飞；
鱼龙变化归大海，鳞兽入林任驰还。

风云际会出气象，晴别雨过拂尘荒；
故国新园曲不定，千秋万代是空言。
金玉有缘刻离合，水火无情葬悲欢；
喜怒哀乐随心往，生老病死亦难全。
莫说前身与后世，各正性命在今厢；
见素抱朴守本我，还淳修真至通达。

　　大法师言出，登时祥云万道，瑞气千条，王乔倒身下拜，自责妄动嗔念。菩萨敬道："大道主宰，造化之源，果然神妙无穷。"大法师回道："佛有佛理，道有道论，始出鸿蒙，各表一枝。"遂作辞菩萨，又吩咐王乔："你随我去。"王乔不敢违命。刘渊上前道："大法师在上，弟子叩拜，本不当多言，然王乔吐纳，收我等法宝，不知可否奉还？"大法师对王乔言："既是他人之物，不称其手，当以奉还。"王乔依言，遂吐纳白气，送还众宝。大法师作辞菩萨，引王乔往下八洞而去。

　　菩萨见王乔已去，谓刘渊："我受你师尊相托，降服王乔，如今俱已了结，也是沾染红尘，这便去了，你好自为之。"遂作别而去。孙秀部众，见王乔收服，又知刘渊神通，皆心生怯意，不敢恋战。刘渊拍马上前，喊道："众兵士听我一言，天子克承大统，然赵王篡权叛逆，孙秀为虎作伥，而使天子蒙尘，令海内憎恨，如今义兵四起，五王聚天下之望，共讨二人，其败必也。你等不思为国尽忠，却助纣为虐，以阻天兵，是为不仁不义也。如若迷途知返，弃暗投明，我可进言，饶你等罪过；如若执迷不悟，一意孤行，必死于天责，株连九族。"众兵士闻言，皆惧刘渊天威，哪里还敢违抗，纷纷弃了兵刃，不战而降。

　　孙秀见大势已去，忙领亲兵，逃回城中。未料刚一入城，闻一片鼓噪声起，有一人大喊："反贼孙秀，往哪里去！"孙秀抬眼一望，来人披挂执戟，原是左卫将军王舆，引七百营兵，正等候在前。孙秀喝道："大胆王舆，你不在宫前侍卫天子，引甲兵到此，意欲何为？"王舆怒道："孙秀贼子，你蛊惑社稷，倾乱朝堂，暗害太子，获罪于天，今五王伐你，我顺天应势，与三部司马共迎天子，诛奸邪，前来拿你，骆休、王潜、孙弼俱已伏诛，你还不下马受缚。"未等孙秀回话，麾下孙会已是大怒，厉道："去爪猛虎，反被犬欺，你乃何人？焉敢放此大言。"遂拍马仗剑，欲取王舆，行至半途，忽见一道寒光，迎面而来，迅疾如电，孙会欲闪身躲避，已是不及，眨眼间首级落地，没了性命，原是王舆麾下赵泉，趁孙会恼怒不备，斜里舞刀劈下，恰得了功劳。

孙秀见失了孙会，心神俱裂，余下部众也觉无望，十之去了八九，孙秀众叛亲离，又没了法宝，不敢恋战，一拍独目狮，欲往南门而逃。未行二三里，忽觉身后炙热无比，回首一看，方见火麒麟紧追其后，不由得喊道："刘渊小儿，你不看佛道同源，竟如此相逼，不怕绝于天地。"刘渊回道："孙秀老贼，你逆天行事，虽修得道术，却是异轨殊途，我代天诛伐，乃天命也，莫怪我无情。"遂手中发劲，火麒麟陡地加速，一声呼啸，未待反应，已将孙秀吞入火海，烧得个干干净净，一了百了。正是：有术无心空为道，无识有学难为人。

刘渊诛杀孙秀，即还城中，禀报成都王。司马颖闻知大喜，说道："元海诛秀有功，我当为天下表之。"刘渊拜道："如今天子困居金墉，当速迎之，还驾太极，方使天下归心。"司马颖依言，令卢志随王舆，率二百甲兵，锁拿司马伦，迎还天子。卢志、王舆得令，一路无碍，得入宫中。那司马伦知孙秀伏诛，内外反叛，早吓得魂飞魄散，瑟瑟发抖，见二人前来，忙道："我为孙秀所误，激怒二王，今已诛秀，可迎太上皇复位，我当归老农亩，不问朝事。"卢志喝道："既如此，可速写诏令，罢兵解斗，退居私宅，以待责罚。"司马伦哪敢多言，遂使中书写诏，交给卢志，又使亲校执驺虞幡，至宫门外麾示罢兵。待一切事毕，便挈领家属，从华林东门而出，退归赵王府，不敢出门半步。

卢志令王舆持诏，领甲兵数千，直赴金墉城，迎还天子。不日，即至城中，见天子面容㒩偬，身着粗布糙衣，桌前食不果腹，甚是凄凉，不由得悲伏于地，泣道："臣救驾来迟，令陛下受苦，罪该万死。"天子见王舆至，喜极而泣，不能多言，幸有皇后羊献容在旁，问道："将军此来，可是迎太上皇回宫？"王舆答道："正是如此。"羊后又问："太上皇即回，天子如之奈何？"王舆回道："司马伦篡权，是为贼也，天下共讨，臣深恨老贼所为，故号营兵七百，拨乱反正，迎还陛下。"羊后叹道："将军深明大义，除逆反正，是为忠臣，天子回驾，当为将军首功。"王舆喜道："肝脑涂地，尽忠报国，乃臣之愿，今后鞠躬尽瘁，必不负皇恩。"遂迎天子皇后还驾。帝与羊后并驾入宫，道旁百姓，山呼万岁，成都王率百官相迎。

天子登太极殿，召集百官，群臣皆顿首谢罪，又有执殿官报："齐王入宫。"原来成都王入城，遣部将赵骧、石超至颍水，相助齐王。那赵王所部司马雅、莫原、蔡璜、闾和等人，见孙秀受戮，四将身死，赵王罢黜，没奈何向齐王乞降。齐王率部众数十万，直奔洛阳，一路浩浩荡荡，威震京师，恰于天子复位之时，入得宫来。天子见齐王至，忙唤入上座，又有河间王、常山王、新野公相继入殿，分居左右。

成都王见众王齐聚，说道："如今天子还驾，天下归心，始罪司马伦，不知如何处置？"梁王司马肜出班道："司马伦颠倒乾坤，逆天乱权，不杀不足谢天下。"百官闻言，皆伏拜叩首，共请诛伦。齐王问道："司马伦现在何处？"成都王回道："司马伦本退归私第，我心觉不妥，已送伦父子至金墉城，派兵监守。"齐王道："既然百官共请诛伦，不可违众，可差人持节往金墉，赐饮金屑酒。"天子本无言，忽见群臣中有一人，原是司马威，立马叫道："阿皮可恨，夺我玺绶，致揿我指，不可不杀。"阿皮乃司马威小名，原来天子仍记前事。司马威闻言，早吓得两腿发抖，瘫倒在地。殿中侍卫即上前，将司马威拖出殿，乱棍打死。待处置二人，成都王又进言天子，百官之中，凡与赵王牵连者，一律罢官。天子准奏。

天子改元永宁，大封功臣。齐王因传檄讨逆，是为首功，故封为大司马，加九锡殊礼，备物典策，辅政政事。成都王为大将军，都督中外诸军事，并假黄钺，录尚书事，亦加九锡。河间王为侍中太尉，常山王为抚军大将军，兼领左军。新野公亦进爵为王。授梁王为太宰，领司徒。立襄阳王司马尚为皇太孙。天子欲封王舆，齐王进言："天子蒙尘，屈居金墉，不见王舆除奸，待五王起义，兵临城下，方倡言反正，乃见风使舵、相机行事之小人，不可委以重托。"天子本无主见，闻齐王之言，也未有异议。至此朝纲重塑，太极正位，齐王下大司马令，大酺五日，普天同庆。

且说尚书袁敞，持节至金墉城。司马伦见袁敞掌酒而至，心知天子不能饶恕，恐惧万分，且泣且呼道："孙秀误我！孙秀误我！"袁敞见司马伦迟迟不愿饮酒，遂令甲士上前，拿住身子，使其不得动弹，又令人捏住口鼻，将毒酒直灌入喉。不一时，司马伦毒发而毙，自正月篡位，至四月败亡，不过百余日，四子皆被斩于东市，有诗为叹：

莫道凌顶美无限，另有景象在半山；
本已满目风光秀，何必贪足跋巍峦。

话表成都王与齐王同朝辅政，入朝不趋，剑履上殿，着实威风。一日逍遥回府，见卢志、刘渊二人，候于府中，不知何事，问道："两位爱卿，无宣而来，所为何事？"卢志禀道："大将军有难，特来急告。"成都王疑道："我有何难？莫要危言耸听。"卢志急道："大将军有所不知，前日新野王欲回荆州，诸王陪同，共拜祖陵，那司马歆借机向齐王谗言，说大将军为天子至亲，同建大功，当留与辅政，否则撤其兵权，以免生祸。齐王心有所动，二人言语，恰被我下人得知，故悉其详。"

成都王大惊，顿生忧虑，问刘渊："元海之意如何？"刘渊沉思片刻，答道："我有一言，不知当讲不当讲。"成都王忙道："但说无妨。"刘渊继道："退一时之争，得天下之名。"成都王不解，问道："此话怎讲？"刘渊说道："齐王称兵百万，却与司马雅等众相持颍水而不得胜。大将军长驱前进，渡黄河，诛孙秀，入京师，迎天子，功劳甚大。然齐王终是传檄倡言、首举义兵之人，且陈兵十万于京，如今，齐王与大将军同朝辅政。常言一山不容二虎，两雄不可并立，与其二人辅政，相互受制，不如将大权让于齐王，大将军退于封国，虽失一时之利，却得天下贤名。我观齐王乃骄奢放纵之徒，必不长久，那时大将军众望所归，再入京师，大权独揽，何不美哉？"成都王闻言大悟，却又有犹豫，问道："齐王若不能归政，如之奈何？"刘渊笑道："大将军不信我言？"成都王又问："以何借口归藩？"刘渊说道："如今太妃害疾，可借口侍奉。"成都王言道："既如此，元海须随我归国。"刘渊答道："我誓死追随大将军。"

成都王大喜，遂依计入朝，至东堂，见天子请求归藩。天子大惊，问道："大将军大功于社稷，如何说走便走？"成都王佯作悲状，说道："诛反贼，迎天子，此乃大司马之功，与臣下却无关系，陛下宜委大司马以万机，朝政自然安宁。"天子不舍挽留，成都王只说太妃有病，心神不宁，难以久留，坚请归国。天子无奈准许，成都王谢恩，辞别出宫，不回军营，便拜见太庙，从东阳城门出京，只留信于齐王，与之话别。刘渊率部众，与卢志早在城外等候，于是乘车疾往北驰。至七里涧，忽见齐王率数十骑追到。

齐王在后喊道："大将军且慢走。"成都王停车相见，齐王问道："本王欲与大将军同朝辅政，何故匆匆离去？"成都王泪如雨下，哽道："我非不愿留下，只因太妃染疾，深以为忧，故无暇与大司马面辞，望请见谅。"齐王心中大喜，却不改面色，说道："既如此，与大将军别过，好生保重。"成都王谢过，遂匆匆别去。待回到邺都，即依刘渊之言，差使者至洛阳，推让九锡之命礼仪，又谏言论述起义功臣，皆封为公侯。上表称："大司马前在阳翟，与反贼相持许久，以致百姓困穷，乞求仓米十五万斛，赈济饥民。"打造棺木八千余具，以武都国官员品秩，裁制衣裳，收敛祭祀黄桥战死将士，表彰功绩，且命温县埋葬赵王战死将士一万四千余人。自此，朝内朝外，皆称成都王敦厚，乃是贤王，一时天下美誉，尽归邺都。齐王大权独揽，不知为政如何，且看下回分解。

第二十八回　长沙王反杀成事　新野王讨逆遭殃

几番风雨度伊水，洛阳城头数梅花；
最是意气南归雁，不与落霞共天涯。

且说成都王退居邺城。齐王入都，心下仍是疑惑，谓众僚道："成都王放着大将军不做，却返回邺都，实乃咄咄怪事，天下竟有不恋权之人，奇哉，怪哉！"帐下葛旟回道："哪个将军不贪功，哪个士子不好权，只是两雄不两立，成都王也算有自知之明，退身避祸罢了。"齐王颔首道："言之有理，然东边一个王，西边一个王，一个王欲走，一个王欲留，如之奈何？"旁有路秀回道："大司马说的可是河间王？此人首鼠两端，阴鸷善变，不宜长留京中。"齐王问道："有何良策？"路秀答道："大司马可下一诏，令新野王回荆州，河间王回关中。成都王尚且回去，何况此二王乎。"齐王笑道："此计甚妙，如此五王可去其三，不知常山王，如何处置？"路秀回道："三王皆可放回，独不可放常山王。"齐王不解，问道："此话怎讲？"路秀答道："常山王才力超绝，且有声望，曾与成都王共祭先陵。常山王对成都王说道，天下乃先帝开创之基业，望公好生守护。足以见其心，不向于公，日后必反，不如留置京师，择机杀之，以绝后患。"齐王闻言，面含愠色，说道："若真有此言，必不轻饶。"遂依言下诏，令新野王、河间王接旨出京，不得停留。

新野王领诏，尚识大体，心知齐王不能相容，也不多言，即回荆州。河间王却不尽然，左右搪塞，迟迟不愿出京。齐王闻知大怒，连下三诏，叱责催促，河间王不得已，只能怏怏而走。

三王尽去，齐王得揽大权，欲收拢人心，表请天子，为张华、裴颁昭雪，复还官阶，拨归原产，且遣使吊祭。又于府中任命百官，以符命文书指挥三台，令车骑将军何勖，领中领军；封葛旟为牟平公，路秀为小黄公，卫毅为平阴公，刘真为安乡公，韩泰为封丘公，号称五公，委以重任。自己居于父王故第，日益骄奢，大起私宅，增造楼堂馆舍，所有邻近房屋，不问公私，一概拆除，命宫匠好生修缮，规制与西宫相等，又凿开千秋门墙壁，以便通达西阁。后房设置悬钟乐器，前庭陈列八佾舞蹈，沉迷酒色，常不入朝。封长子司马冰为长安王，次子司马英为济阳王，三子司马超为淮南王。如此一来，寒了众臣之心，令中外失望。

往复一年，冬去春来，宫中传出消息，皇太孙司马尚病毙，又有梁王司马肜去世。天子下诏，封常山王司马乂为长沙王，领骠骑将军，起东平王司马楸为平东将军，都督徐州军事，使镇下邳，召还东安王司马繇给复官爵，拜为宗正卿，再迁任尚书左仆射。

齐王在府中，召众僚道："皇孙夭折，梁王又去，天子一脉，子嗣尽失，人心惶动，若不早立太子，恐有生变。"葛旟回道："公所言极是，臣近日听了好些议论，朝野内外，皆有人言，成都王乃是天子亲弟，又有除赵大功，为人惠民礼士，尊贤爱才，按序当立皇太弟。"齐王闻言大怒，说道："若成都王为皇太弟，孤如何自处？"葛旟使一眼色，路秀忙道："成都王刻意求名，得笼众心，又有大功，故切不可立为皇太弟，否则引狼入室，乘风直上，公难以制之，须立一幼儿，懵懵懂懂，人事不知，方好驾驭。"齐王喜道："爱卿所言，甚合孤意，依众位之言，当立谁为太子？"葛旟接口："清河王司马遐，乃先帝第十三子，天子异母兄弟，楚王兴兵诛杀太保卫瓘之时，司马遐与荣晦同去，见荣晦杀尽卫瓘子孙而不能制止，受世人指责，郁郁而终，其长子司马覃袭封清河王，年方八岁，懵懂未知，可立为太子。"众人附和其意。齐王大喜，遂依众言，当即表请，立清河王司马覃为太子，择日册立，入居东宫，齐王为太子太师。如此立嗣，有诗为证：

青青禾苗破土出，节节风雨方成熟；
自古幼儿当天子，台前幕后终无歌。

司马覃立为太子，诏告天下，举朝哗然，皆言齐王私自废立，不尽人臣之礼。有侍中嵇绍，见天子昏庸如故，内权尽属齐王，不由得忧心忡忡，上书天子：

易经有言，身安而不忘危，身存而不忘失，今愿陛下莫忘金墉之困，大司马莫忘颍上之败，大将军莫忘黄桥之挫，则祸乱无从而起，天下太平矣。

天子本是糊涂之人，见侍中上书，却不顾不闻，随手束之高阁。嵇绍见天子不明，又致信于齐王，言道：

尧舜居茅屋而不修剪，故成圣明；夏禹居宫室不求显贵，而得美名。今大司马大兴府第，为三子立宅，乃当务之急否？

齐王得信，只是冷笑一声，未加理睬。又有南阳处士郑方，上书齐王，谏道：

今大司马有五过。处安而不虑危，沉迷宴乐，纵欲酒色，一过也；宗亲骨肉，理当亲融，然相互猜忌，心存芥蒂，二过也；四海八荒，蛮夷不静，却谓功业已隆，不甚忧心，三过也；兵乱之后，百姓穷困，赈救不济，四过也；传檄讨赵，盟约天下，事定之后赏不逾时，然今仍有功未论者，五过也。

齐王知郑方乃远近声名之士，心中恼怒，也不好发作，于是好言说道："非子之言，孤不闻自己有何过错。"口上虽如此说，却是不知悔改。更有主簿王豹，见齐王抗直敢言，上笺称道：

臣自思元康以来，宰相在位，未有一人可得善终，非其所行不善，乃时势使然。今公虽诛赵平乱，安国定家，却沿袭旧风，专政擅权，非长久之道也。今河间王根植关右，成都王盘踞邺城，新野王获封江汉，三王正当方刚强盛之时，掌握兵马，把持要害。而公凭难赏之功，挟震主之威，独占京都，进则物极必反，退则身陷荆棘，未见其福也。臣之见，可互调王侯之国，依周、召之法，让成都王为北州伯，统管邺都；公可为南州伯，统管宛都。以黄河为界，各统大小王侯，共同辅佐天子，当为上策，亦为公安身之法也。

齐王因众臣上书，本就心烦，此刻见王豹笺书，不由得大怒，心道："自古臣子，当为主公谋权。如今王豹这厮，倒要孤与成都王分治天下，其心可诛，其心可诛也。"旁有葛旟，察言观色，火上浇油道："小子敢离间骨肉，罪大恶极，何不拖至铜驼下，打杀了事？"齐王深以为然，遂奏请天子，将王豹推出东市，用鞭挞死。

王豹临刑，顾监刑官道："可将我头悬大司马门，方得见外兵攻齐矣。"朝中众臣见王豹冤死，皆不敢再言齐王过失，于是各思安身之道。掾属张翰，见秋风徐来，忆及江南家景，想念菰菜、莼羹、鲈鱼脍风味，慷然自叹道："人生难得适意，何必贪恋富贵。"遂上书辞官，飘然引去。主簿顾荣，故意酗饮，不问府中事务，葛旟闻知大怒，叱责嗜酒废职，于是徙为中书侍郎。颍川处士庾衮，闻齐王整年不朝，不禁唏嘘道："晋室将从此衰微，看来祸乱不远，我不便在此久居。"遂携妻儿老小遁入深山之中，以避乱世之祸。齐王虽知种种，然溺志玩乐，终是不能自悟，朝政无章，四海无序。

河间王返还关中，见齐王专政，中外失望，心中暗喜，自思："齐王失天下之心，我亦有望归朝矣。"于是加紧谋划。一日在府第，忽闻长史李含，从京都归来，不由得传问："卿不在关中任事，如何仓促回来？"李含急道："大事不妙，臣特来告之。"河间王惊道："何等大事？"李含回道："齐王越权专政，令天下侧目，葛旟、路秀等人，恐外王生变，意先除之。公深为齐王所忌，便要加害，欲召主公回京，以谋逆罪论处。"河间王闻言大怒，说道："我不去惹他，他反倒谋我，甚是可恶。"李含见河间王发怒，继道："臣有一计，可使公入主京师。"河间王问道："卿有何计？快快说来。"李含回道："成都王为皇室至亲，且有大功，却还政归藩，甚得众心。齐王越亲专政，朝野不满。今长沙王在洛阳，与齐王相互猜忌，各自防备，可檄长沙王讨伐齐王，齐王必诛长沙王，我等借机兴师，联合成都王，归罪齐王，师出有名，天下顺应，定当一举除之，再使成都王辅政，公岂非大勋一件？"河间王点头称是，但问道："为何助成都王，我怎不可独占此功？"李含劝道："成都王名望甚高，不可与其争锋，公只须主宰中枢，再徐徐图之，方为万全之策。"河间王深以为然，于是传布檄文于长沙王，令其为内应，又上表天子，细陈齐王之罪，且言："勒兵十万，欲与成都王司马颖、新野王司马歆、范阳王司马虓共会洛阳，请长沙王废齐王令其还第，以成都王代为辅政。"遂发兵点将，令李含为都督，出兵阴盘，张方为前锋，进逼新安。距洛阳百二十里，河间王遣使，联结颖、歆、虓三王。

成都王接报，召卢志、刘渊进府，问道："河间王传檄，欲结联兵，讨伐齐王，你等如何看待？"卢志闻言即道："主公千万不可，那河间王，为人阴鸷狡诈，出尔反尔，此番进兵放言，助公鼎掌朝权，欲使公居炉火之上，其心险恶。"成都王气道："太孙薨逝，众臣推举我为皇太弟，那齐王甚是可恶，从中作梗，以致众臣计划付诸东流，与其屈居邺城，不如举兵讨伐，以成大功。"卢志回道："凡事欲速则不达，公莫要心急。"成都王怒道："这也不急，那也不急，难道本王要终老此地吗？"刘渊在旁，本不作声，见成都王发怒，遂劝道："依臣之见，可佯作进兵，中途按捺，看河间王如何行事，以坐观成败。"卢志附和道："元海之言，也是良策。"成都王喜道："便依元海之计。"遂点兵拜将，行抵至朝歌，便不再前进。新野、范阳二王也是如此。

齐王在京，得了河间王表陈，不免惊惶，忙召集百官，在府中议事，对众臣道："孤首发义兵，扫除元恶，尽臣子气节，区区臣心，可鉴神明。如今河间王、成都王发难，如之奈何？"尚书令王戎应道："明公虽功高盖世，然有功之人未得赏赐，故使人怀有二心。如今二王联结，声势浩大，恐怕难挡，莫如出让朝权，隐退归藩，使二王无从借口，自然可得平安。"齐王闻言皱眉。

此时，一人闪出，乃是葛旟，厉声叱道："自古成者王，败者寇，居高位者，岂有进退自如之理？进则生，退则死。试想汉魏以来，王侯归藩，可有保全妻子否？昔日赵王听任孙秀，移天易日，遍观中原，无一人倡言反正，幸有我王传檄天下，攻围陷阵，以成大功。今日封赏功臣，之所以停顿迟缓，乃三台延误，非齐王之过。河间、成都二王起兵，本是作乱，理应征讨，尚书令之言，欲令

第二十八回 长沙王反杀成事 新野王讨逆遭殃

齐王入死路矣，可恶至极，实可斩首。"齐王闻言，怒发冲冠。

王戎也是机警，见事不妙，忙惶恐下拜，说道："禀大司马，臣忽感腹胀，容去如厕，稍后再议。"齐王见王戎老态，摆手说道："快去快回。"遂令侍卫跟随。王戎故作颤巍之状，刚入茅厕，便身子一晃，径自跌入茅坑之中，登时满身粪秽，臭不可闻。侍卫赶紧回报，齐王闻知，顿感恶心，气道："孤不愿再见他，可令王戎回府，夺去官职，安心养老罢了。"就此一出，百官莫敢置议，陆续退府。

转眼之间，只留心腹在府，齐王道："众位皆为孤信任之人，今日之事，如之奈何？"葛旟答道："臣等追随主公，誓死效力。"齐王大赞，喜道："既如此，孤便与河间、成都二王决一死战。"旁有董艾说道："京师之中，尚有一人主公不可不防。"齐王问道："可是长沙王？"董艾回道："正是长沙王，长沙王在京中，终是祸患，如今大战在即，莫如先发制人，除去此人。"齐王赞道："孤正有此意。"遂令董艾领兵五百，捉拿长沙王。

董艾得令，速点兵上马，往长沙王府而去。长沙王在府中，得知消息，拍案而起，叫道："齐王不轨，果真图我。"遂号令左右："齐王擅政作乱，可随我平乱立功。"左右响应。长沙王率亲信百余，砍断车前帷幔，弃了王府，直奔中宫，令人关闭诸门，自己急入太极殿，见过天子。

天子见长沙王无诏而入，不由得问道："大将军急来见朕，所为何事？"长沙王回道："大司马作乱，臣引兵护驾，保陛下安危。"天子将信将疑。长沙王又道："大司马平日坐拜百官，符敕三台，眼中可有陛下？今臣闻大司马陡然起兵，怕宫中生变，故仓促之间，不及细想，特来保驾，还望陛下恕罪。"天子闻言，也觉有理，遂道："大将军挂朕安危，实乃忠臣，朕授你临机处置之权。"长沙王得诏，忙号召宿卫军，出攻大司马府。

且说董艾至长沙王府中，不见有人，得报去了中宫，忙掉转马头，往中宫去，恰遇长沙王引兵前来。两军相遇，分外眼红。董艾陈兵宫西，纵火焚烧千秋、神武诸门，长沙王也不示弱，差部将宋洪率军放火，焚烧各座观阁。两军对峙，一时箭飞如雨，火光映天，人来刀往，死伤无数，有诗为证：

伊水悠悠向东流，宫门争杀几时休。才有东王怀恨去，又见西侯登高

283

楼。大言总是易出口，回首方叹山河忧。两军对阵无生死，各付性命到重头。火从心起，盈盈烈烈冲天绕；雾从云来，惨惨暗暗彻地走。舞刀的，只管白刃；射箭的，任凭流矢；骑马的，喋血袍衣；驾车的，身染鲜红。遍野尸横，难分你我；断肢残腿，哪晓前后。尘沙荡荡倒乾坤，黑风迷迷乱神州。闹哄哄百年得志，静悄悄千古难求。

二王大战，两军各不相让，城中喊杀震天，兵荒马乱，各路兵马闻讯而至，却见二王火并，不知其中情形，难断谁是谁非，与其犯难涉险，索性作壁上观，相机而事。

齐王差黄门令王湖，盗了驺虞幡出来，麾示大众，喊道："长沙王司马乂假称诏令，意图谋反。"长沙王听齐王如是说，心知不妙，立马拥天子上东门，御楼传旨，对众人道："大司马谋反，助大司马者，当诛五族。"董艾见天子上楼，心道："长沙王拥天子到此，对我王不利。"又思："莫如射死天子，长沙王必军心大乱。"于是不顾后果，命弓箭手仰射城楼。一时飞箭纷纷。天子在城楼，未及反应，两旁臣子宫女，转眼倒下一片，血流如注，哀声震天。天子吓得两腿发抖，瘫软在地，叫道："司马冏图谋害朕，快来救驾。"那齐王遥听入耳，又见部众往城楼射箭，不由得大惊失色，喝道："天子在上，怎可乱射。"忙令董艾住手，然为时已晚，诸路军马闻天子呼喊，皆断定齐王谋反，于是相继攻伐。

长沙王见齐王失机，哪肯罢休，于是乘势而进，喊道："司马冏专权谋反，助司马冏者，立斩不赦，罪及五族。"一路掩杀过去。齐军大败，齐王帐下长史赵渊，见如此情形，心知大势已去，自思："齐王失势，我若不反戈投诚，必死无葬身之地。"思忖到此，遂下决心，悄至董艾身后，大喊一声，"将军往哪里去？"董艾闻言，扭头看过，只见一道寒光劈下，登时身首异处，枉送性命。

赵渊斩了董艾，对部众道："司马冏谋反是实，我等切莫助纣为虐，宜速拿下反贼，送交天子，以免祸及妻儿老小。"众人闻言，皆以为如此，于是纷纷倒戈。赵渊引兵反杀，至齐王跟前。齐王早已方寸大乱，此时见赵渊引兵前来，怒从心起，喝道："大胆赵渊，你引兵作反，意欲何为？"赵渊回道："我等受你蒙蔽，不知谋反之事，如今天子受难，方知经过，特来拿你，送天子治罪。"齐王

第二十八回
长沙王反杀成事　新野王讨逆遭殃

忙令左右去拿赵渊，自己驾马退走，赵渊喊道："你等莫受齐王蛊惑，反抗天兵，若逃了齐王，祸之将至，到时悔之晚矣。"众人闻言，你看我，我瞅你，自觉有理，纷纷请降。赵渊引兵追杀，齐王慌不择路，竟自入城下，忽见前方喊杀震天，长沙王率众而来，齐王无路可走，长叹一声："天亡我也。"无奈下马受擒，葛旟、路秀、卫毅、刘真、韩泰五人一同受缚。

长沙王牵司马冏上殿，面见天子，司马冏心存侥幸，伏地涕泣，哀道："昔日赵王听任孙秀，为祸天下，臣首倡义兵，扫除元恶，事天子之心，可鉴苍天。自任大司马，虽怠慢职守，然并无异志于社稷，更无反心于朝廷，箭射城楼，乃董艾无知，非臣之意，望陛下恕臣之过，臣愿独归山林，终老余生。"天子闻齐王泣言，不觉心动，想齐王终是文帝之孙，献王之子，武帝之侄，又有大功，轻易刑杀，总是不忍，本欲赦免，长沙王不待天子多言，即叱左右，将齐王推到宫外，斩于阊阖门，枭首巡示六军，尸体暴于西明亭。同党葛旟、路秀等人，皆夷三族，戮杀二千余人，齐王三子，一并褫爵，幽禁金墉城。又复请天子登殿，下诏大赦天下，改元太安，进长沙王为太尉，都督中外诸军事。长沙王掌朝，即遣使持驺虞幡，分见河间、成都、新野三王，告知齐王已伏诛，令各自罢兵，返还封地。三王本来各怀鬼胎，乘衅入都，得知齐王受戮，长沙王掌权，乃是一番心思付诸东流，无奈作罢，只好怏怏退归。

且说新野王才返荆州，忽闻长史来报："义阳蛮人张昌，聚众为逆，乘隙作乱，已占江夏。"新野王大惊，问道："那张昌何许人也？竟如此大胆。"长史回道："张昌本为平氏县吏，借蜀地李流之乱，四处煽诱，招募流民役夫，于江夏八十里外石岩山屯聚。江夏太守弓钦，遣兵征讨，却为所败，逃往武昌。那张昌入据江夏，又造妖言，谓有圣人出世，为万民之主，竟招山都县官吏邱沈，改名刘尼，假托汉室后裔，奉为天子，设置百官，自封为相国，指野鸟为凤凰，伪造玉玺，拜天祭地，号为神凤元年，徽章服色，皆依汉制，使远近响应，乱徒四起，旬月之间附和三万余人，士卒皆戴红帽，用马尾作髦，若不加以剿除，荆州危矣。"新野王颔首称是，问道："可派何人前往平乱剿匪？"长史回道："可派骑督靳满平乱。"新野王依言，遂令靳满出兵江夏。

靳满点兵一万，即出襄阳，往江夏去，数日已至，距离不过百里，有探马来报:"前方乃是龙泉山,过了此山,便是江夏。"靳满令道:"三军急行,莫作停留,速过龙泉山。"左右禀道:"龙泉山山林茂密,地势险峻,恐有埋伏,将军须小心为是。"靳满笑道:"你等只知其一,不知其二,这龙泉山虽说险要,然古墓林立,阴气逼人,修道人家,尚不敢逗留过久,况张昌这等俗子。"遂快马加鞭,往山中而行。不过三里地,但见前方有一峡,一边云走山间,长松大柏,一边怪风呜咽,乱石嶙峋。两旁山岩,呈八字而开,上窄下宽,人过其中,如利刃在顶,深刺在喉。靳满也是久经沙场,能征惯战之人,见此情景,心知不妙,然三军已然深入,退无可退,只得硬起头皮,令军队速行通过。

未行几步,忽闻连珠炮响,喊声大震,一支军马从斜里杀出,为首一人,骑玲珑兽,执三角枪,再看容貌,只见赤灰脸,银白须,斜吊眼,头戴穿云盔,身着金甲袍,腰间挎玉带,胸前盘丝绦,抖擞擞一片精神,气昂昂八面威风。靳满见来人,问道:"你乃何人?何故阻我天兵?"那人应道:"我乃汉国张相国帐下先行官,石冰是也。你等冒犯上国,今奉圣谕,特来拿你。"靳满怒道:"几个流民,幻梦取乐,如同戏子演剧,还敢自称上国,可笑可恶!今我天兵到此,你等速速受降,莫待我发怒一指,踏平江夏。"石冰笑道:"天子高座如傻儿,司马掌朝只打架,戏小祸家,戏大祸国,你等今日到这阴阳峡,便是死期。"靳满大怒,命三军击鼓冲锋。

石冰见势,也不着急,只往怀里掏出一帕,舒而展开,帕中有些许红沙,往嘴前一放,深吸一口气,吹将开来。那红沙弥漫空中,顿时化成一片红雾,飘飘荡荡,甚是奇异。兵士不知何物,被红雾笼罩,登时全身红疹,奇痒无比,再一会儿毒火攻心,面色发黑,个个瘫软倒地,毫无战力,靳满也不例外,跌落马下,口不能言,脚不能立。石冰见法宝得逞,命部众上前,砍瓜切菜,杀得司马军七零八落,尸横遍地,靳满被一刀枭首,送了性命。三军上下,无一人脱逃,皆死于阴阳峡内。

新野王居襄阳,久不闻靳满战况,遣人打听,未过数日,探马回报:"靳满兵至龙盘山,轻敌冒进,以致全军覆没。"不由得大惊,召左右商议。新野王道:"靳满久经战阵,却死于流民之手,看来此等反贼,不可一般而论。"左右回道:"贼众势大,我等难以抵御,可上书朝廷,发兵平乱。"新野王依言,遂上书天子,详叙实情。

　　长沙王在朝中，得知荆襄之乱，笑道："新野王不过庸才，区区流民尚不能制胜，何况大事乎。"遂诏遣监军华宏征讨。然华宏引军，至障山处，正遇石冰，也是未逃厄运，败于其手，全军殒命。长沙王闻知大怒，即发兵三道，一命屯骑校尉刘乔，为豫州刺史，攻张昌东面；二命宁朔将军刘弘，为荆州刺史，攻张昌西面；三命河间王遣雍州刺史刘沈，率州兵万人，并征西府五千人，出蓝田关，攻张昌北面。三路齐进，欲平蛮贼。

　　且不说这厢，三路兵马，朝廷调兵遣将，一来二往，颇费时日。那厢，张昌部却是高歌猛进，一路摧枯拉朽，攻豫州，杀樊城，直逼襄阳。新野王在府中闻知战报，不由得心烦意乱，直喊道："反贼势大，如何是好？"左右回道："如此情形，公当亲自督兵，方能鼓舞军心，剿贼平乱。"正说话间，探马来报："反贼已至城外。"新野王即道："怎如此迅速？"左右回道："主公莫急，襄阳城高河深，城中兵尚有精兵五千，粮草充足，我等只须固守待援，料无差池。"新野王说道："且随我看来。"遂领左右至城头，未及往外探看，只见一阵红雾袭来，弥漫上空。士卒不知就里，甚觉奇异，相互议论。新野王问道："此乃何物？"却无一人作答，正要发作，忽闻一片哀号，原来那红雾散开，士卒稍有沾染，身上便起红疹，密密麻麻，奇痒无比，少时面呈黑色，呼啦啦倒下一片。

　　左右见势不妙，赶紧拥新野王退下城楼，哪知红雾弥漫散开，已至城中，所过之处，哀声四起，无人幸免。新野王见状喊道："我道蛮贼如此厉害，原来有妖人作祟。"话音刚落，只闻轰隆一声，城门已破，贼兵霎时拥进，好似狂风猛雨，见人便砍。司马部众毫无反抗之力，任其杀戮。那为首一将，正是石冰，大声喊道："拿住新野王，赏金万两。"新野王闻言，心胆俱裂，拍马逃奔，却忘了身着锦衣绣裳，甚是惹眼，恰让石冰见着。石冰一拍玲珑兽，三步两下便至跟前，不待新野王说话，只一枪，扎了个透心凉，把一位晋室藩王，收拾了性命，送往冥途。有诗为叹：

　　　　一日纵敌千秋患，八面藩屏太极安；
　　　　自古荆襄兵争地，庸碌何能当大材。

罗浮记

石冰斩下新野王首级，回营报功，张昌闻知大喜，遂占了襄阳。败报传至京师，长沙王大惊，一道急诏，令刘弘代为镇南将军，都督荆州诸军事。那刘弘领旨，即命南蛮校尉长史陶侃为大都护，开赴襄阳，讨伐张昌。不知陶侃如何破敌，且看下回分解。

第二十九回　寻葛根陶侃破敌　截后路周玘平乱

鼓角笙箫塞上曲，边关寒月照雁还；
将军身当披甲锐，百战成仁赴河山。

且说镇南将军、荆州刺史刘弘命陶侃为大都护，先行讨寇。陶侃率一万兵马，星夜兼程，不日赶赴襄阳城。这陶侃何许人也？乃是鄱阳郡枭阳县人，字士行，出身寒门，幼有大志，豫章国郎中令杨晫曾赞曰："坚固贞正，足以干事。"可见其人其才。

陶侃引兵至城下，呐喊叫战。探马飞报张昌："今有刘弘座下先行官陶侃叫阵，请相国定夺。"张昌闻报，说道："尝闻陶士行忠能非凡，今举兵前来，如何应对？"左右皆知陶侃之名，默默不语，只见石冰上前道："一将对一将，无非道高艺强，谅陶侃纵有万夫莫敌之力，有我在此，何足惧哉。"张昌闻言大喜，说道："有将军在此，我亦无忧矣。"石冰翻身上马，叫道："我此去，若不生擒陶侃，誓不回城。"于是开放城门，一骑当先，冲至阵前，只见对面一簇人马，按南方丙丁火，齐齐整整，好似一片乌云。中间一员将，头戴赤红鹤笑冠，身穿九兽吞天甲，腰束绿母子玉带，脚蹬风火踏云靴，面如满月，目若青兰，颔下长须，执七星龙渊刀，驾河曲乘光马，端的是相貌堂堂，威风凛凛。

石冰认得陶侃，拨马上前，说道："你莫非陶侃，今我主斩新野王，占武陵、零陵、豫章、武昌、长沙诸地，有荆江扬豫徐五州响应，天下震动，势不可当，你可速下马受缚，若道半个不字，立为齑粉！"陶侃怒道："好匹夫！张昌违犯天条，有五雷轰顶、万死不赦之祸；你皆是反贼逆党，敢出如此大言，自寻死路。"石冰冷笑："好个自寻死路，却不知是你还是我！"正要挺枪上前，忽闻后面喊道：

"将军何须多言，看我出手拿他。"霎时闪出一人，唤作羌毒，身高八尺，形貌凶恶，手持铁棍，飞马而上。

陶侃正要拨马，忽闻身旁一人道："杀鸡何用牛刀，将军且慢，看我的本事。"转头一看，原是都战帅皮初，举一对擂鼓响金锤，迎上前来。羌毒看来将，照头便是一打。皮初见棍势大力沉，不与硬接，只将头一偏，待棍势用老，举锤一敲，朝羌毒面门而下。羌毒也是敏捷，忙侧身让过，哪知皮初乃是虚势，锤至中途，只把手腕一转，变竖为横而打，如蹑影追风，似风驰电掣。羌毒大惊，下意识把头一低，电光石火之间，只闻咔嚓一声，盔缨飞落，直吓得羌毒魂不附体，落荒而逃。

陶侃见皮初得胜，士气大振，令道："中军勿动，左右军护住，前军随我破敌。"遂拍坐下马，四蹄奔腾，引兵杀贼。石冰在后，见羌毒大败而回，陶侃率军，气势如虹，心知不妙，忙掏出宝帕，置手中展开，吸一口气，将帕中红沙吹起，化为一片红雾，直往对面飘散。陶侃忽见异象，也是机警，忙止住去势，掉转马头，急命前军改后军，迅速撤离。腿脚有稍慢者，一沾红雾，即全身起疹，瘫倒在地。石冰令部众追杀，一时陶侃手忙脚乱，溃败数里，至真武山方才止住，可怜将士着伤，三军受苦。怎见得：

临危受命出中正，扶王创业到襄阳；白衣贯甲凌霄志，安邦定国名满香。临前三军擂鼓响，如今凋落漫苍黄。不闻号角起，但见旌旗伤。车无驾，鞍无人；马走残兵，林立败将。稀稀拉拉随地倒，哀哀叹叹空奔忙。十之去了八九员，遥寄亡魂送他乡。

陶侃点众将，死伤大半，伤悼不已，又闻哀声四起，于是上前察看，但见众人身起红疹，密密麻麻，更有甚者，已溃烂流出黑水，触目惊心。皮初见状大急，对陶侃道："不知石冰所施何术，甚是歹毒，若不及时救治，众将士性命难保。"陶侃默然不语，只踱步沉思，片刻登高而拜，口道："侃受朝廷之命，承刺史之托，到此平蛮，以求社稷稳固，天下大安。今将士用命，鸿志可鉴，不料遇妖人石冰，误中歹术，身受荼毒而不得进。万望神灵，念苍生无辜，启

第二十九回
寻葛根陶侃破敌　截后路周玘平乱

点一二，护佑三军。"祈祷完毕，起身欲寻解毒之法，但见山高林深，岚光霞黛，峦头伴日，云锁长峰。正观看间，隐隐望见一樵子挑担，作歌而来：

些许青春，一点夕晨，梦浅情真。看云来水去，红妖绿娆；过眼谁忆，春浓秋清。挑几担柴，换几升米，纵是人间多艰辛。笑谓己，无欲自潇洒，乐得闲情。

漫听空山小雨，上攀松崖下蹚石溪。凭劳作度日，挥斧行歌；对月斗酒，霜雪入鬓。侍奉高堂，荫妻教子，但愿平生莫欺心。大觉起，只身出茅蓬，不负光阴。

陶侃听得此言，心生欢喜，对皮初道："人皆常言，庙堂出才子，山野有高人。今闻此人歌声，外显朴雅，内通玄理，虽是樵夫，却不似凡夫俗子，我可问他一二。"即跳下石崖，近前唤道："高士在上，陶侃稽首了。"那樵子见面前一将军，口称高士，慌忙卸了担子，抱拳答礼道："不敢当，不敢当。我一山中樵子，不识大字，砍柴换食，不求大富大贵，但愿老小平安，怎敢当得'高士'二字？"陶侃回道："哪里话，哪里话。岂不闻，仙骨凡心寻常貌，你虽樵子模样，然听口中之言，却是清雅脱俗，非山野村夫所作，我料定高士必是隐居此处，今有幸得见，故来请教。"樵子闻言，哈哈大笑："实不相瞒，这词名为《沁园春》，非我所作，乃是一神仙所教。那一日，我卖薪得钱十文，误落门前井中，无法捞得，感伐薪辛劳，正望井而泣，忽有一道人言：'痴汉子，何必泣，我能为你取出。'遂见他于井上大呼：'钱出来，钱出来！'那钱一一从井中飞出，一文不少。我上前拜谢，他知我艰辛，每日忧烦，故教我此曲，当有贪嗔痴于心，便念上一念，不觉神清气爽。方才吟诵，恰让你听见。"陶侃释道："原来如此，你即是行孝君子，日后必定福寿绵长。但望你能指点神仙去处，我三军有难，亟待拜访。"樵子回道："也是你命里有缘，那是个过路神仙，见此山清幽，停留三日便走，今恰好第三日。你可向南去，不出三里地，见数株长松之下，有一块白石，神仙常坐于其上，静玩苍翠。快去，快去，晚些便见不着了。"陶侃又问："那神仙有何名号？如何称呼？"樵子回道："神仙姓葛，你唤葛仙人便是。"陶侃拜别，令皮初安营扎寨，遂引左右，拍马向南而去。

三人迤逦而进，入山间小径，行至三里，豁然开朗，只见满山苍翠，茂竹奇花，前方有一空地，七八棵长松，呈扇状而立，中间盘踞一白石，上坐一道人，口中正唱：

  身是山中客，随心入林间；
  浮光掠尘影，此色不复还。
  谁寄黄庭语，试问白石仙；
  坐看云归处，手捧一月圆。

陶侃下马上前，但见石上人，昂昂藏藏，丰神飘逸，不觉惊讶，对左右道："你看此人，虽是青年，却体态悠然，闲淡雅致。"左右定睛一看，也道："这少年面相富贵，然富贵之外，更有一件大过人处，将军且看，此人须眉秀异，清气逼人，两眼灼灼有光，而昂藏矫健如野鹤，此殆神仙中人乎？"陶侃喜道："此必是葛仙人了。"遂伏地而拜，口称："葛仙人在上，且受陶侃一拜。"

仙人见陶侃，说道："世事有担当，凡尘去洪荒；神仙虽为好，不得人人藏。你为经世将军，我为出世闲人，当不得你一拜。"陶侃回道："侃始有向道之心，无奈世事艰难，不敢推己之责，故在这庙堂之中，尽些许人事，但愿上不负黄天，下不负黎民。"仙人又道："宇宙内事，要力担当，又要善摆脱，不担当则无经世之事业，不摆脱则无出世之胸襟。你有此情怀，必成一番大业。"陶侃也回："仙人虽身出红尘，然心系苍生，非高居九霄，不问世事之仙，适才得樵子所言，在下寻仙到此，正是为荆襄生灵莫受荼毒，万望仙人指点。"仙人笑道："你且慢夸，仙人之名，愧不敢当，我只是个半尘之人。也罢，既与你有缘，当助你一臂之力。"陶侃喜道："多谢仙人垂怜，今有张昌作乱，陷荆襄于水火，我奉旨讨贼，不料遇妖人石冰，虽无甚本领，却有一帕，将帕展开，吹起一阵红沙，人畜稍有沾染便起红疹，全身发痒，不日毒发而死。我三军败于此处，正是受此所累，不得前进。若不得仙人相助，全军将有灭顶之灾矣。"仙人说道："我前几日入荆襄之地，已闻石冰之名。新野王之败，正是受此人妖术而致。石冰出处，我不甚知晓，然帕中红沙，我却略知一二。昔时封神大战，金鳌岛十天君摆十绝阵，其中张天君设红沙阵，陷武王于阵中百日，后被南极仙翁所破，红沙失落西岐山，不知为何让石冰所得，加以炼制，虽未有前人奇妙，却更是阴毒。"

陶侃得知出处，急道："原来如此。既知红沙来历，不知仙人如何破法？"仙人回道："若要破得此法，须借得清虚道德真君的五火七禽扇，方能成功。"陶侃更急："上古神仙，岂是容易相见，穷极一生，尚难寻得，将士危在旦夕，如何等待？"仙人笑道："莫要心急，虽借不得五火七禽扇，却还有一法。"陶侃大喜，忙问何法，仙人回道："此山深处，有一青藤，根如白茹，渣似丝麻，榨出白液，清香中略带甘甜，只需两三滴，便可清热解毒，祛燥消疹，你不妨寻来一试。"陶侃闻言，愁道："此山方圆千里，小小青藤，根藏地中，若要寻得，好比大海捞针，不知有何法子？"仙人笑道："你可往西，朝夕阳而走，当夕阳西下，余晖落芒，你所处之地，便是青藤生长之处。"陶侃大喜，连忙拜谢，仙人摆手道："去吧，莫要误了时辰，累了三军。"陶侃再拜，说道："待解了将士疹毒，再来问道。"遂上马，往西而去。

约三四个时辰，陶侃行至一山垄，此时红日西斜，晚霞如血，沿余晖而走，到一小坡之上，抬眼一望，恰见得金乌掩芒，眼前古藤缠绕，野趣盎然，那藤攀藤，叶叠叶，枝挂枝，树缠树，一抹翠色，万里碧妆，山风拂过，如青龙出海，似绿浪翻腾。虽有美景在目，陶侃却无暇赏观，忙令左右取根。三人选一松软坡地，见此处青藤粗壮，遂手抠棍撬，将一棵钵盘大小的藤根挖出，如此八九下，又至一山泉处洗净泥土，用布裹了，挂于鞍上，沿途标记，即回营中，令左右取锤敲碎，挤出白浆，架火煮熟，分于中毒将士服用。也是奇怪，将士服下根汁，少时体内清凉，红疹顿消，瘙痒全无，再一会痊愈如初，神完气足。众人皆感陶侃之恩，陶侃忙道："莫要谢我，此法乃是葛仙人所教，非我之功。"皮初奇道："此青藤以往从未见过，竟有如此功效，不知称为何名？"陶侃思忖片刻，说道："此物确未有名，然既是仙人所传，仙人姓葛，我为其取一名，谓之葛根，如何？"众人赞道："此名甚好。"正是：小叶绿茎黄土根，仙人传葛扬美名。

陶侃见众人疹毒已解，方宽下心来，又寻往白石之地，却不见仙人踪迹。

陶侃也是玲珑通窍之人，知仙踪缥缈无定，可遇而不可求，于是撮土焚香，朝白石拜了三拜，遂回到营中，差一队人马，沿标记又取了一车葛根，切成小块，分于将士，言于众人："我等奉旨讨寇，为荆襄众生，虽有石冰相阻，却得仙人相助，乃是上苍怜悯，也是三军之福。今疹毒已祛，我等当速平蛮逆，以安社稷。若石冰再施妖术，可口含葛根，定保平安。"将士闻言，随声响应，誓斩石冰，报仇雪恨。

大军一路风尘滚滚，杀气腾腾，至襄阳城下，布阵搦战。少时，城门大开，石冰提兵出城，勒马叫道："手下败将，害我好找，今不思遁逃，还敢前来，实乃自取灭亡。"陶侃回道："失道者得意一时，得道者得意一世。你纵然胜得一仗，却不知天道昭彰，今日便是你的死期。"石冰大怒，叫道："莫说你残兵败将，即使人强马壮，我亦不惧，前日让你侥幸脱逃，今日且看你哪里走。"陶侃也不多话，一声令下，三军摆开锋矢阵，陶侃举大刀，一马当先，引军冲杀。石冰笑道："你既找死，莫怪我无情。"遂展开宝帕，吹起红沙，霎时腾起一阵红雾，直飘向侃军。

陶侃见石冰又使歹术，忙一挥手，众人从怀中取出葛根，含于口中，那红雾沾身，一不起疹，二不发软。石冰见状大惊，叫道："为何今日对敌，法术全不奏效？"来不及细思，陶侃已至眼前，大刀一挥，如鹰拿雁捉，追魂夺命。石冰也是迅速，连忙把头一低，只打落盔缨，逃过一劫，已是魂飞魄散，不敢恋战，择路便逃。陶侃乘胜而追，却让一人拦住去路，定睛一看，原是羌毒，不由得大怒，破山一刀，羌毒举棍一挡，却不知陶侃这一刀雷霆万钧，如泰山压顶，哪里抵挡得住，被劈为两半。陶侃斩了羌毒，再看石冰，早已去远，正欲追击，皮初谏道："元凶张昌，尚在城中，将军莫误了大事。"方点醒陶侃。

众将士入城，搜拿张昌，却是早已弃城遁去。陶侃号令众贼，降者免死，贼党遂弃戈抛甲，悉数投诚。陶侃令皮初引一军，进取江夏，诛死刘尼，自己则引一军，剿捕张昌。大小数十战，张昌屡败，被斩俘数万级，逃至俊山，藏于深林之中。陶侃令三军团团围住，不放走一鸟一兽，又差兵士入山搜缉，连斗数次，只杀得张昌丢盔卸甲，一败涂地，不多日竟只剩得二十余人。张昌穷途末路，抽刀叫道："晋室大兴苛政，捶骨沥髓，汉国应运而起，不料陶贼作恶，

第二十九回
寻葛根陶侃破敌 截后路周玘平乱

国将不国，众爱卿追随自此，皆是擎天之臣，今番可随我杀出重围，若有来日，再言富贵。"众人闻言起誓，竟随张昌杀下山来。

陶侃见状，喊道："好蛮贼，今你道尽途穷，还敢妄思活路。"遂令部众射杀。张昌部众也是无惧，个个奋勇向前，傍木倚石，闪转腾挪，寻机图变。陶侃令左右合拢，呈包夹之势，张昌见状，大呼："此时不走，更待何时？"一语振奋众人，张昌却藏于其后，寻一凹地，匍匐身子，掩了声息。侃军见一众而来，抖擞精神，关门打狗，一阵搏杀，将二十余人尽斩马下。陶侃令左右察看，少时来报："独不见张昌尸首。"不由得大惊，呼道："张昌那厮，定是藏匿隐秘处，须好生搜寻，莫要放过。"此时天色已暗，兵士搜寻好半响，忽影影绰绰之间，见一人一骑，往清水而走，赶紧报于陶侃，陶侃说道："定是张昌蛮贼，乘夜而逃。"率兵急出，将至清水，终于追上。陶侃见张昌，说道："好匹夫，令我好找。"张昌死命冲突，哪里冲得出来，不由得万念俱灰，悲道："石冰误我，石冰误我。"陶侃怒道："你煽动远近，生乱作反，利欲熏心，胆大妄为，焉敢托言他人。"张昌回道："若非石冰诓我，言有九凤山真人相助，我焉敢图神凤大业！"陶侃斥道："自心不正，何怨他人。"令左右上前锁拿，张昌见不能脱逃，心下一横，遂拔小剑，自刎而死。陶侃取了首级，回向刘弘复命。

侃军回荆州，刘弘亲出城来，迎接陶侃，欢颜道："昔日我为羊公参军之时，蒙羊公器重，谓我他日必镇此地，今果应验。今日我观卿，亦非凡器，他日亦必继老夫矣。"陶侃回道："陶某不才，虽诛了张昌，却逃了石冰，此人不除，社稷仍是不安。"刘弘闻言，心头一紧，问道："将军有何良策？"陶侃回道："有探马来报，叛党石冰已入扬州，与乱徒封云相结。那议郎周玘，乃平西将军周处之子，强毅沈断，勇略无敌，现起兵江东，驻守临淮，我当修书一封于他，谓之详情，断石冰后路，以保社稷。"刘弘闻言，也道："我亦当上告朝廷，令吴兴太守顾秘讨贼平乱。"

且说石冰败逃，一路往东，至扬州境地，征召乱徒一万人众，气势汹汹，直指临淮。不料半途，忽闻战鼓擂鸣，旌旗招展，数路人马迎面杀出。为首一将，身高八尺，面宽耳阔，重眉大眼，通观鼻梁，四方海口，戴卷叶亮金盔，披麒麟连环甲，坐下白龙驹，手中火尖枪，站一处，形似天王，动一分，神若通判，百丈威风，杀气腾腾，直唤道："石冰，纳命来。"石冰拨马叫道："常言得志猫儿凶过虎，落毛凤凰不如鸡。本将军自学成下山，未尝一败，不料近日竟折于陶侃之手，哪晓得骡子毛驴，皆敢来欺，你乃何人，竟拦我去路？"来将回道："岂不闻好事不成双，坏事不单行，我乃平西将军周处之子，周玘是也，你今日遇我，乃是天不容你。"

话音刚落，石冰身旁闪出一人，正是封云，叫道："将军勿与小儿多言，且看我拿他。"言毕，举龙牙镐，拍马上前，挂动风声，往下就砸。那镐有一百二十斤，非猛勇之将不得其用，由上至下，犹如泰山压顶，势若千钧。周玘叫道："使镐之人，甚是少见，本将军看你有些气力，且随你走一招。"待大镐落下，双手撑枪，往外一磕，道声："开！"镐枪相碰，只闻"噌"一声，封云遂觉喉头一甜，喷出一口鲜血，大镐拿将不住，竟自飞了出去。周玘手上一紧，尖枪一挑，如奔雷去电，直扎封云胸口，封云躲闪不及，被扎了个透心凉，尸首跌下马来。

石冰见周玘如此本事，大吃一惊，不敢大意，遂展开宝帕，吹起红沙，那红沙化雾，漫漫扬扬，煞是凶恶。周玘不识厉害，大枪一摆，直往前冲，不料一沾红雾，顿起红疹，奇痒无比，心知不妙，忙掉了马头，引兵而退。石冰笑道："小儿无知，中我法术，必死无疑也。"遂令全军追杀，直逼得周玘损兵折将，退入临淮。石冰对左右道："周玘身中红沙之毒，已回天乏术，我等只需把守关隘，静待其死，临淮不攻自破。"左右皆赞石冰高明，遂依其令，按下不提。

且说周玘退入城中，已是面呈黑色，不省人事，众将皆是无策，正急切间，忽闻荆襄来信。庐江内史华谭问道："何人书信？"探马回道："乃是大都护陶侃亲书。"众人闻之，赶紧拆开来看，见信书曰："义阳蛮张昌聚众作乱，现已伏诛，然叛党石冰，侥幸脱逃，流窜扬徐二州。此贼本领虽微，但通玄术，扬起红沙，人但有沾染必起红疹，不消几日溃烂而死，着实阴毒。兄与贼人交手，曾不幸中招，幸得仙人指点，寻得葛根，方解其毒。今闻议郎起兵，扶危讨逆，乃皇天之幸，社稷之福，兄欣喜之余，为恐议郎受害，特此书信，以告详情，并附葛根数支，以备后患。"华谭见信，喜道："得大都护之信，真如暗室逢灯，绝渡逢舟也。"遂令左右取了葛根，熬出根汁，扶周玘起身服下。少时只见红疹褪去，周玘悠悠醒转过来，喊声："苦煞我也。"又歇息片刻，已面色如常，容光焕发。众人以叙详情，周玘叹道："若未得葛根，我命休矣，此物甚好，可取样培植，推广民众。"又道："既有葛根，我等不惧妖术，众将可随我出城，诛杀凶邪，以保社稷。"

众将服下葛根，披挂上马，斗志昂扬，周玘一马当先，率军冲出城来，见石冰道："贼子识得我否？"石冰大惊，自道："奇哉怪哉，为何法术又不奏效？"正疑惑间，周玘已是拨马上前，举枪便刺，石冰连连后退，令左右挡住来势。周玘叫道："几个毛贼，焉能挡我去路？"遂舞动火尖枪，上下翻飞，上护其身，下护其马，人如猛虎下山，马似蛟龙出海，横冲直撞，左右开弓，好英姿，有诗为证：

将门出虎子，寒室育英才；
云浮照金甲，九垓动风雄。
奔马去如电，单枪来似鸿；
杀袍溅房血，骁影画阁中。

周玘一路冲杀，追至石冰身后，石冰奔逃不及，遂使回马枪，待周玘枪势用老，掉转马头，顺势一枪。周玘早有防备，索性弃了尖枪，侧俯马背，躲过枪势，从鞍下抽出十八节铁鞭，反手一抽，正打在石冰后脑，直打了个破瓢倒水，葫芦开裂。余党见石冰身死，哪敢再战，皆下马投降。周玘平了叛乱，得胜回城，至城外，忽见一樵子在前，隐隐唱道：

孤光咏志几人在，且听我唱登云歌。林谷依依，流水潺潺，年少不知岁月愁，再回首，往事由风。晨霞掠影，鹰隼盘空，仰天长问，心中仍有梦？谁指嵩云立青峰，华发莫待万般同；大地回春从头始，一肩一担一程中。城关犹在，几多英雄故去；阑槛之外，又见儿郎寻来。莫倦怠，薄身何价？文章千古诵。

周玘听歌入神，好半响，醒转过来，连忙唤人去追樵子，却是不见影踪，直道："此人所唱，似有指点，不知是哪里高人。"无法得知，只得入城，不提。

　　吴兴太守顾秘，得知叛乱已平，遂联名刘弘，上告朝廷。长沙王司马乂闻报大喜，表彰功绩，进拜刘弘为侍中、镇南大将军，开府仪同三司；任陶侃为江夏太守，封东乡侯；太守顾秘，都督扬州九郡诸军事；周玘任临淮太守，封武安侯；其余众将，皆有封赏。周玘得赏，对左右道："张昌、石冰之乱，明里虽是贼子不轨，实则却是朝廷苛政，试想若社稷安稳，民可安生，何以思乱乎？我仗义讨贼，只为苍生，现乱党已平，我亦无牵挂矣。"于是散众还家，挂印而去。

　　且说这厢张昌、石冰之乱初平，那厢又生出乱来。洛阳都中，已是暗潮叠涌，一触即发。天子庸愚无识，忽东忽西，忽左忽右，任人摆布；河间王司马颙心有不甘，不服朝命，日夜思乱，加之长史李含，从旁挑拨，越发跋扈不臣；成都王司马颖，恃功而骄，目无朝廷。司马乂专政朝中，事事与成都王函商，又抚慰河间王，征李含入朝，任河南尹，望内外和解，以安社稷。然李含一入洛阳，便生事端，借河间王密旨，联络侍中冯荪、中书令卞粹，意图谋杀长沙王。事不凑巧，冯荪处事不周，走漏消息，恰被左将军皇甫商获悉。

　　皇甫商即报长沙王，长沙王闻知大怒，遂捕杀李含、冯荪、卞粹等人。李含余党骠骑从事诸葛玫，恐遭连坐，连夜逃赴长安，往报河间王。河间王闻报大怒，当下飞使邺城，约成都王会师讨乂，又令张方为都督，上书道："司马乂论功不平，且与右仆射羊玄之、左将军皇甫商，共擅朝政，杀戮忠良，请诛二人，遣司马乂归藩。"统率精兵七万，自函谷关而出，鼓角齐鸣，浩浩荡荡，东进洛阳。不知长沙王如何应对，且看下回分解。

第三十回　白毛儿贪功遇挫　长沙王招怨受擒

世事纷纭千般态，名利追求万古同；
前人复往前人路，后人更有后人逐。

且说河间王令张方为都督，兵发洛阳，又约成都王共讨司马乂。成都王得书，问计众僚，有卢志进谏："公侯曾有大功，而推辞尊荣，故得天下之心，如今司马颙一封书信，便要联兵入阙，岂非降格以求。依我之见，公侯只须陈兵关外，文服入朝，足可让天下臣服，长沙王必未敢反抗。"成都王闻言，不置可否，自道："箪食壶浆，以迎王师，乃是戏言，人皆以为文当治国，武当开国，岂不知乱世须武，盛世亦须武也。如今长沙王当政，哪肯轻易交权。"又望一眼，不见刘渊，遂道："且宣元海来府商议。"左右赶忙出府去唤刘渊。

少时，刘渊到来，成都王问道："元海近日闭门不出，安居府中作甚？"刘渊忙道："公侯天恩，授渊宁朔将军之职，不敢懈怠，故在府中研习治军之法，以备公侯之需。"成都王闻言笑道："元海有此心，我心甚慰。今唤你来，乃是商议出兵之事，河间王邀约会师讨乂，你以为如何？"刘渊回道："公侯退守邺城，乃是以退为进，无论退至何处，终还是要进的。如今长沙王专政，天下共愤，公侯得天下之心，又有河间王相助，切莫错失良机也。"成都王大悦，即道："元海之言，甚合我意。"参军邵续谏道："公侯与长沙王乃是兄弟，兄弟如左右手，不应自相戕害。"刘渊回道："参军此言差矣，公侯欲入京师，乃是为天下计，未有加害长沙王之意，只是遣其还镇，怎可说是戕害手足？"成都王颔首说道："元海所言极是，众卿可听明白。"众人闻言，不敢再议。

成都王又问众人："既然起兵，谁可为将？"刘渊看一眼众人，禀道："公侯起兵，渊当效犬马之劳，然近日堂祖差人来告，家中有丧，令我回故地会合，行送葬之礼，特禀报公侯。"成都王摆手道："孤正当用人之际，元海不宜离去，可差人代行。然元海身带孝事，领兵不祥，可助卢志共守邺城。平原内史陆士衡乃名将之后，三代传承，可为前将军都督，统率三军。至于先行官，孤闻元海有二子，一个唤作白毛儿，一个唤作白眉儿，皆有万夫不当之勇，果真如此？"刘渊回道："此言非虚，白毛儿乃我第四子，名曰刘聪，师承东达山薄云洞大通光菩萨；白眉儿乃我从子，名曰刘曜，师承米拉山盘木洞金海光菩萨，皆可为公驱使。"成都王叹道："有儿如此，为父足矣。可令白毛儿为先行官，随军征战，白眉儿代你奔丧，勿须再言。"众僚辞别，依令准备。

待出王府，刘渊径入家宅，见过四护法，又唤来两儿，说道："今番有大事将至，且听为父之言。"白毛儿，白眉儿齐至尊前，聆听教诲。刘渊命道："白毛儿听好，成都王封你积弩将军之号，出征洛阳，先行破敌，若遇长沙王部，只许小胜，不许大胜，只许小败，不许大败，莫要贪功争名，切记心上。"白毛儿不敢违命，即道："儿臣谨记于心。"刘渊又道："白眉儿听好，右贤王差人前来，秘密相告，言汉灭以后，魏晋兴起，我匈奴单于，空有名号，却未拥一寸之土，未得一尺之基，已与平民无异。如今司马氏骨肉相残，天下动荡，四海沸腾，正是我族复国兴业之时，五部众共推我为大单于，我借口奔丧，欲回左国城，奈何成都王不许，你代为父奔丧，与法觉、法慧二护法先回，联络各处，召集五部人众，以待时机。"白眉儿忙道："儿臣定当小心行事，不负父望。"刘渊又商法合、法圆："二位护法，可暗中相助白毛儿，再寻机离去，径回左国城，我自会归来。"二护法闻言，打稽首道："大都督且放心，有我等在，安保公子无事。"刘渊仰天叹道："成败只在此也。"隐忍之久，也是英雄，有诗为证：

无奈岁月催白发，独坐溪头望浮萍；
失意最把人消悴，但愿长风送一程。
男儿藏志莫心切，朝来暮去终有情；
他日守得大鹏至，十方翱翔登彩云。

第三十回
白毛儿贪功遇挫　长沙王招怨受擒

　　且说成都王令陆机为前将军都督，统率北中郎将王粹，冠军将军牵秀，中护军石超，以白毛儿为先锋，领兵二十万，南向洛阳。河间王、成都王两路人马，齐进京师，早惊动长沙王。长沙王禀告天子："河间、成都二王假言失政，兴兵中原，河间王以张方为都督，统兵七万；成都王以陆机为都督，统兵二十万，将至洛阳，不知天子如何处置？"天子闻言大怒，竟道："颙、颖二王若敢兴兵，内向京都帝辇，朕当亲率六军，诛讨奸邪。"遂令长沙王为太尉，都督中外诸军事，以御二王。长沙王自领大军，令司马王瑚为先行官，北拒成都王，又令皇甫商率一万精兵，往拒张方。烽尘滚滚，大战在即。

　　成都王行至朝歌，唤来白毛儿，见此子戴雉翎银翅冠，穿绣面素白袍，外罩麒麟吞云甲，背挎金手弯月弓，前发齐眉，后发披肩，目光如炬，形具神生，不由得问道："常闻刘渊有子白毛儿，不知此名何来？"白毛儿回道："报主公，乃是我左耳天生白毛，故得此名。"成都王细看，果真见左耳下生有白毛，长约二尺，甚是奇异，又问："既如此，那白眉儿想必是天生白眉，与你同故。"白毛儿回道："正是如此。"成都王说道："你父子三人，皆异于常人，尝闻天变异象，人变异相，可是如此？"白毛儿俯拜在地，回道："公侯恩高义厚，我父子肝脑涂地，万死不足报公侯也。"成都王笑道："孤随口一言，别无他意，你背上这弓，甚是稀奇，不知如何使用？"白毛儿闻言，卸下弯弓，捧于身前，说道："此弓名曰金手弯月弓，乃我师所赐，近可对打，远可射杀。"成都王疑道："此弓当用何箭？"白毛儿回道："我耳下白毛，正好为箭。"成都王叹道："三山五岳，奇人异土，不可量也，你既为先锋，可领兵五千出北邙山，务必取胜，壮我军威。"白毛儿应道："公侯放心，白毛儿誓死报效，定不负命。"遂出营跨马，领兵直向北邙山。

　　一路卷甲而趋，倍道兼行，至北邙山下，忽见前方旌旗似海，刀枪如林，一将带兵，势甚凶猛。白毛儿看来将，身高过丈，肚大十围，一双铜眼，两道秃眉，颏下络腮胡，掌中宣花斧，如狼似虎，煞是凶恶。来将看白毛儿，身形挺拔，英气勃发，却是小儿年纪，不免轻视，遂上前道："哪里小儿，竟犯天兵？"白毛儿扬手说道："我乃五部大都督之子，白毛儿是也，你且报上名来，莫作无名之鬼。"来将闻言大怒，说道："我乃长沙王帐下偏将，司马王珊，明年今日，便是你的忌日。"话毕，拍马举斧，那斧有百斤，一对就是二百斤重，劈将下来，势若千钧，声如雷霆。

白毛儿忙举弓一挡，斧弓相迎，只闻咣一声，二人各自后退，白毛儿心道："这厮有些力气，不可小觑。"司马王珊自思："小儿虽然年少，手上功夫，却也不赖。"思毕，二人又马打盘旋，战在一起。约二十回合，白毛儿见久战不下，心道："今番乃我头战，必要取胜。"遂脚踏马镫，将马头一错，一东一西往前跑，司马王珊掉马来砍，白毛儿反手拉弓，左手扯下白毛，认扣添弦，登时一道白气现出，变为一支银箭，嗖的一声，如流星赶月，一发破的，正中额心，银箭复回手中，又化成白毛。司马王珊跌下马来，已是七窍流血，气绝身亡。众兵见主将身死，军心动摇，哪敢再战，白毛儿引兵冲杀，大破敌军，正是：

　　十年深山人不知，飞鸟翔鱼自相识；
　　今日一箭冲云雾，少年英雄少年诗。

白毛儿大破司马王珊，回营请功，中护军石超赞道："少将军果然将门虎子，名不虚传。"众人称誉不已，又有北中郎将王粹说道："今日少将军得胜，大振军威，当趁我盈彼竭，长驱直入，一举破敌。"白毛儿回道："谅长沙王不足挂齿，我可引一军，卷甲衔枚，连夜行走，必得大胜。"都督陆机说道："少将军旗开得胜，先记一功，然不可因小胜而大悦，长沙王大军在后，以逸待劳，我等不可轻举，且安营扎寨，步步为进。"冠军将军牵秀说道："沙场胜败，只在瞬息，良机稍纵即逝，切莫踟蹰观望，陡增变数。长沙王未料少将军如此本领，定然无以防备，若不乘势而追，悔之不及。"陆机拍案说道："长沙王兵精将广，据城而守，岂能轻取，你等恃勇冒进，不计后果，欲置三军将士于死地乎？我意已决，勿要再言。"王粹三人闻言怒起，甩手出营。

这壁厢，陆机大军迟疑不前；那壁厢，张方率七万精兵，直指宜阳。皇甫商奉长沙王令，引兵相拒，天子亲自送军出都，驻跸十三里桥，以振军心。皇甫商素来倨傲，想张方出身贫贱，无甚大能，自不放在眼中，一路急行，恰遇张方。那张方身高九尺开外，方脸细眼，准头端正，四字海口，宽肩厚背，头戴火缨盔，身穿红袍甲，足蹬飞鸟履，手执九节鞭，仪表堂堂，威风凛凛。皇甫商认得模样，拍马叫道："张方，河间王阴鸷善变，图谋作乱，你东风助恶，还不束手就缚，莫待玉石俱焚，悔之晚矣。"张方笑道："皇甫老贼，似你见识浅薄，不知天高地厚，以逞狂妄，今番遇我，教你有来无回。"皇甫商大怒，拨马举刀便打，也是虎虎生风，张方执鞭在手，却不慌张，待刀势已近，用鞭轻轻一拨，一反腕子，一个青龙探月，直奔皇甫商前胸，鞭势甚急，吓得皇甫商回刀一磕，却未料张方乃是虚招，手腕一转，直打天灵。皇甫商再躲已是不及，只得把头一偏，鞭打在肩头上，登时肢骨断裂，血肉模糊。

皇甫商大叫一声，掉转马头，打马狂奔，张方哪肯罢休，引兵追杀，直至十里地，方才罢休。皇甫商逃回宜阳，已是魂飞魄散，口称："张方这厮，果真厉害。"左右扶下，看医敷药不提。至三更时分，忽闻城外大躁，皇甫商睡梦中听得金鼓喊杀之声，惊醒坐起，急问左右，回道："张方趁夜袭城，已杀进来。"皇甫商闻言，衣不及带，急从后门而出，驾马出城，连夜奔回十三里桥，也不停留，护了天子，直奔洛阳。

将及天明，君臣至西明门外，正要入城，忽闻喊杀震天，北面冲来一军，为首正是冠军将军牵秀，原来王粹、牵秀、石超三人不服陆机，心生嫌隙，见陆机按兵不动，自引人马，前来搦战。牵秀往西，恰遇上天子回驾，又见皇甫商残兵败将，喜道："踏破铁鞋无觅处，得来全不费工夫，今番若得天子，长沙王不攻自破也。"遂令部众劫驾，皇甫商大骇，忙率军抵挡。这厢是仓皇出逃，那厢是志在必得，哪里抵挡得住，一触即溃，牵秀大喊："射杀皇甫商者，重赏千金。"将士闻言，人人用力，个个使劲，皇甫商不着意，右臂又受一箭，跌下马来，天子见势，早已变貌失色，带了百余侍卫，也不管东西南北，见路便逃。

牵秀见皇甫商跌下马来，正要上前取其性命，却见城门大开，一支人马从里杀出。原来，长沙王在城上见銮驾回城，正要出迎，见牵秀杀至，急令骁骑将军司马王瑚率城兵来救，两军又是一阵混战。牵秀见司马王瑚兵雄将勇，心知难胜，不敢久留，遂令全军后撤，司马王瑚也不追赶，待长沙王出城，急寻天子，不见影踪。长沙王问皇甫商："天子何在？"皇甫商回道："乱军之中，不知去向，只隐约见往北而走。"长沙王令左右扶皇甫商进城，又令中书令王衍守城，自率一军去寻天子。

一寻数日，长沙王至北邙山深处，却见山高林密，渺无人烟，料想不在，欲寻他处，忽闻探马来报："前方见天子銮驾。"长沙王大喜，遂往前行，见一庄院，天子銮驾停于庄前，于是赶忙叩拜，喊道："臣弟恭迎圣上。"好半晌，方见天子出来，身后有一女子，容貌清丽，眉宇飒爽。天子问道："爱卿何故至此？"长沙王蒙道："臣弟见牵秀劫驾，急忙出城，遍寻不见，故率军四方查探，幸得上苍眷顾，得遇圣上，迎请圣上回京。"天子回道："此处乐，朕且暂住几日。"长沙王忙问缘由，原来天子慌不择路，到此缑家庄，庄主缑公，膝下无子，只有一女。天子见过，甚是欢喜，当夜便在庄上歇下，命缑氏侍寝，如胶似漆，恩爱不已，流连忘返。长沙王闻知，急道："张方、陆机兵马俱陈京外，圣上不在，军心不稳，请圣上速回，以安众心。"天子不得已，只得携缑氏同乘一辇，命长沙王引路，迤逦下山。

至建春门外，恰从陆机大营经过，探马急报陆机，陆机命全军勿动，不许惊扰天子。有小督孟超质问："天子近在眼前，且人马稀少，若劫下天子，大事可成。"陆机怒道："天子銮驾，岂可冒犯。"孟超怒喊："你时时按兵，处处留情，今日天赐良机，你仍不取，莫非欲图造反乎？"言毕，也不理陆机，自率所部万余，去断天子归路。

一时鼓角齐鸣，喊杀声起。长沙王大惊，命左右护住天子，急往城的方向走。白毛儿闻声一望，见天子銮驾在前，喜道："今日乃我扬名之时。"遂提弓上马，欲追天子。法合拦道："大都督有命，公子只可小胜，不可大胜，莫要争功。"白毛儿回道："人生百年易去，男儿立功在今朝，莫要拦我。"也不理法合，一马当先，率众而去。法合还要相劝，法圆止道："年少不懂进退，回首方知得失，由他去吧。"

孟超打马向前，眼看追至，忽见城门大开，一军杀奔出来。原来王衍在城中望见，即令司马王瑚出战。那司马王瑚身长一丈开外，膀阔腰沉，头戴宝象盔，身穿龙麟铠，座下黑风驹，掌中流星锤，面如头陀，形似金刚，神采奕奕，好不威风。引一军人马，有数千骑，马上各系大戟，大军直冲孟超而来。孟超欲擒天子，眼中哪顾他人，忽觉阵中混乱，定睛一看，原来自己所率人马，已是七零八落，身后有一将直追过来。孟超掉转马头，回身举刀便砍，哪晓得刚举起刀来，那将拍马而到，一锤甩来，快如流星，声若雷霆，砸在孟超天灵之上，登时脑浆迸裂，魂归无处。白毛儿在后，瞧得明白，怒道："来将何人？莫要猖狂，看我白毛儿手段。"来将知是白毛儿，大怒："原来你便是白毛儿，我乃司马王珊之弟，司马王瑚，杀兄之仇，今日必报。"白毛儿闻言，回道："今日遇我，便教你兄弟二人殊途同归，共赴黄泉。"霎时二马盘旋，打在一处。只见锤弓乱舞，八蹄奔腾，有诗为证：

行云藏杀气，厚土起战尘；过禽声不语，走兽避无停。一路逢二将，貔貅斗蛟龙；饿狼缠猛虎，紫电遇流星。这一个瞪眼龇牙手上紧，那一个挑眉咆口足下忙；这一个年少不惧跋山险，那一个岁老看尽满江苍。将军皆非平凡客，性命相争把名扬。

二人大战二十回合，不分上下，又闻一声鼓响，长沙王护得天子回城，率军反杀过来，来助司马王瑚。白毛儿见势不好，两脚一踹镫，把马头一错，取下白毛，弯弓扣弦，那白毛化为银箭，"嗖"的一声，追风逐电，直奔司马王瑚面门而去。司马王瑚大喝一声："区区小术，能奈我何？"遂发手一锤，如流星赶月，只闻"叮当"一声，那箭磕在锤上，霎时支离破碎。司马王瑚得势，哪肯罢手，又是一锤，打在白毛儿胸口，直打得他一口鲜血喷出，跌下马来。司马王瑚急忙上前，欲取其性命，忽闻嘤嘤之声，抬头一看，空中有一钹，悠悠转动，司马王瑚识得厉害，道一声不好，连忙闪身，那钹随即下落，托起白毛儿，霎时不见踪影。司马王瑚叹道："不想成都王军中，竟有如此异人。"此时长沙王来到，见司马王瑚得手，索性合兵一处，乘胜攻打陆机。

陆机在营中，陡听营外喊杀连天，出帐来看，见长沙王率众而来。司马王瑚一马当先，直奔过来，遂令马咸督领，抵御来敌。不想马咸才出营，司马王瑚已乘势而至，大军如潮，汹涌澎湃，哪里抵挡得住，霎时即被冲溃。马咸正要上前，忽见一道寒光，迎面打来一锤，未及反应，正中胸口，登时喷出一口鲜血，跌下马来，两旁兵士乱刀砍来，当即枭首。

陆机又令王粹出战，未料王粹竟撤阵而走，气得破口大骂，又寻牵秀、石超，亦率部早已遁去，不由得长叹："天命尽虚言，成败在人事。"知大势已去，忙引军后撤，长沙王杀入营内，中军立时崩溃，司马王瑚令全军追杀。偏将贾崇为保陆机，率军断后，又被司马王瑚一锤击毙。陆机全军大败，各赴七里涧逃生，多半溺死，尸体堆积如山，涧水被阻，为之不流，实是惨不忍睹。

成都王闻败况，勃然大怒，即召王粹、牵秀、石超回朝歌，喝道："你等以二十万众对敌，为何不胜反败？"三人齐道："陆机私通长沙王，心怀异志，军不速决，因此遭败。"成都王疑道："有何为证？"三人又道："孟玖可证。"孟玖乃孟超之弟，孟超之死，孟玖记恨陆机，此刻趁机进谗，将天子銮驾经过而陆机按兵不动之事娓娓道来，惹得成都王发怒穿冠，遂下令斩杀陆机，又收机弟清河内史陆云，平东祭酒陆耽，一并斩杀，夷及三族。于是亲率大军，杀向京师。

且说长沙王大破陆机，忽闻来报："张方率军，已至西明门外，攻势甚急。"遂转往西城，遥闻喊杀四起，但看烽火连天，张方大军兵临城下，正投石驾梯，擂鼓攻城，黑压压一片，齐刷刷上前，形势甚危。长沙王急令司马王瑚出战，司马王瑚率一队人马，从西阳门出，侧翼奔杀，直冲张方中军。张方见来将鹰扬虎视，万夫莫当，不敢小觑，亲率一军相迎，只闻来将喝道："张方匹夫，看我司马王瑚手段。"张方回道："原来你便是司马王瑚，本将非陆机之辈，岂容你在此放肆。"司马王瑚大怒，举锤便打，张方举鞭相迎，二马战在一处，你来我往，锤来鞭去，未及三个回合，司马王瑚把马一拍，祭起流星锤，那链如星光，锤似天雷，呼啸打将下来。张方笑道："区区小术，白毛儿虽着你道，能奈我何？"于是把鞭一抛，那九节鞭分九节，每节有一符，分写"上、缓、消、下、收、泄、乱、耗、结"九字，隐隐散出九气，在空中锤打鞭，鞭抽锤，闻得哐当一声，流星锤霎时化为齑粉。

司马王瑚看得明白，即道："原来是太平道人。"张方又要祭九节鞭，司马王瑚识得厉害，忙率军后撤，张方也不追赶，加紧攻城。长沙王在城上，见司马王瑚败回，不知如何是好，忽急中生智，想到一法，连忙亲赴宫城，进谏天子："张方重兵攻城，非天子亲御不能胜也。"天子应允，随往西明门上。长沙王大喝："天子在此，谁敢枉动。"张方抬眼一望，见天子麾盖，大惊失色，急令止战。

部下不解，询问缘由，张方说道："你等不见董艾齐王之事乎。"众人闻言，方知其意。然战势瞬息万变，一方不敢应战，一方奋起反击，守城兵将见天子亲御，士气大振，长沙王乘势出兵，把前来敌兵多半杀毙，共约五千人。

张方不敢攻伐天子，大败而归，退屯十三里桥，众心未定，人皆惶惶进言："天子守城，谁敢冒犯，既不能进，不如连夜遁去，以免受制。"张方回众人："胜败乃兵家常事，古来良将用兵，往往能因败为胜，今我连夜营垒，以此相持，看司马又如之奈何。"于是乘夜连进七里，夯土筑垒。有左右来报："土质疏松，难以加固。"张方笑道："这有何难，我自有妙法。"遂祭起九节鞭，那鞭上九符散出九气，陡然致冷，土地凝固，不多时起垒数重。

翌晨，长沙王请天子引兵杀至，见土垒数重，直道："一夜起垒，实是怪事，张方果有手段。"司马王瑚气道："张方筑垒相持，天子不可率兵攻垒，如之奈何？"长沙王思忖片刻，令三军攻垒，张方在垒上发令："只需固守，不必出战，违令者斩。"长沙王攻了一阵，不能破垒，反倒死伤不少，无奈之下，只得退兵。张方见长沙王后撤，趁机开垒，率兵追袭。长沙王见张方追来，又推天子上前，张方不敢进犯，长沙王反杀，张方又退回垒中。如此往复，一盈一竭，长沙王终究不能持久，于是败回都城。

长沙王在城中，正思破敌之策，忽闻来报："成都王引兵杀至。"不由得心慌，召群臣集议军情，众人面面相觑，你推我诿，不得一法，好半晌争执，中书令王衍方得一计，禀道："公侯与成都王本是同脉，成都王受河间王蛊惑，故而争权。公侯若能仿效周、召分陕而治，以成都王为北州伯，公侯为南州伯，谅成都王念及兄弟手足之情，退兵北归，成都王若退，凭张方兵力，纵有异术，也是独木难支。"长沙王说道："本公掌朝，并非独断专行，每遇大政，先禀明天子，后咨商邺城，然后施行。此次若能罢兵息怨，乃国家之福，社稷之福，分陕而居，也是美事。"遂令王衍与光禄勋石陋一道，同往成都王军中，以陈利害，劝使还镇。

王衍、石陋二人至成都王前，复述长沙王之言，请求罢兵。成都王斥道："长沙王斗筲之器，小人之见，以为孤欲来分权，孤此来原为整顿朝政，莫使社稷毁于逸臣之手。"王衍问道："公侯意欲何为？"成都王回道："斩皇甫商、司马王瑚,方可退兵。"王衍、石陋回城,报于长沙王,长沙王气道:"二人有功无过,怎可擅杀,杀之必失信天下。"王衍、石陋复回成都王,成都王怒道:"不杀谗臣,休怪无情。"遂兵临城下,把住各处通道,断城中粮运之路,欲困死长沙王。

长沙王见成都王不肯罢兵,也是焦急,又有臣子献策:"雍州刺史刘沈,忠勇刚毅,可令其袭河间王,河间王欲保全自己,必召还张方,张方若退,成都王不战自退也。"长沙王点首称善,遂令皇甫商西行,邀刘沈讨伐河间王。未料皇甫商行至新平,与从甥相遇,述及密计。从甥素与皇甫商有隙,遂差人告之河间王,河间王遣将来追,皇甫商负伤在身,不敌来将,被当场杀死。长沙王获知消息,捶胸顿足,悔不当初,见外兵难借,只得处事靠己,鼓众誓师,与成都王决战。司马王瑚虽失了流星锤,却仍有大戟高马千骑,率众而冲,长沙王引兵在后,成都王称兵二十万众,然皆是王粹、牵秀、石超之辈,哪敌得过长沙王上下勠力同心,众志成城,未多时已是大败,被斩六七万人。长沙王欲一鼓作气,乘胜直追,灭其主力,却闻张方进兵,恐顾此失彼,只得退回城中。成都王见长沙王兵退,复回城下,张方亦围住城西。

三方僵持,你来我往,春来秋去,夏暑冬寒,如此过了一年。城内缺衣少食,城外缺吃少穿,这厢心力交瘁,那厢也筋疲力尽,皆是登山过半,不得不前,行舟遇险,不得不进。长沙王在城中,虽将士用命,然不见得个个同心。东海王司马越,见京城被困日久,粮草匮乏,将士疲惫,以为必败,深恐城破之日,祸及自身,于是与殿中诸将及三部司马商议:"如今成都王、张方围困京师,城中内无粮草、外无救兵,一旦城破,外兵拥入,必遭大祸,不如除去长沙王,以保性命,众位以为如何?"众人惊道:"长沙王宽廉平正,甘苦同受,乃俊杰也,岂可枉废。"东海王斥道:"我岂不知长沙王无过,然我等在此,坐等城破,性命堪忧,形势所逼,不得不如此也。"众人闻言,皆起心思。

东海王见众人有心,遂率诸将,连夜至长沙王府第。长沙王不知所以,起身相迎,忽闻东海王一声:"拿下。"将其绑缚。长沙王怒道:"司马越意欲何为?"东海王回道:"公侯莫怪,此乃无奈之举,河间、成都二王兴兵,皆因你而起,如今城内空虚,粮食无继,与其等死,不如废你一人,得保上下安宁。"长沙王叱之:"河间、成都二王为己兴兵,本公代天伐罪,你等不思正义,反助奸邪,是为贼子。"东海王不理，即命："将司马乂押赴金墉。"全无宗亲之情，有诗为叹：

乍暖还寒三月春，浅翠浓绿一脉根；
雨打风吹花落去，姹紫嫣红总相争。

不知长沙王性命如何，且看下回分解。

第三十一回　成都王挟驾还邺　琅琊王连罪出奔

钻洞耗子窝里斗，排天雁儿家中和；
但听人间悲欢曲，最是无情帝王歌。

且说长沙王被锢置于金墉城，东海王连夜入启天子，天子惊道："长沙王才力绝人，忠概迈俗，你等如何私废？"东海王禀道："河间、成都二王举兵，乃是不容长沙王在朝，如今城外不得出，城内不得粮，若不废长沙王，一城皆要饿死，切不可因一人而失千万，请陛下定夺。"言毕，上前一步，天子又问："若废长沙王，卿可保一朝无虞？"东海王回道："臣定保陛下平安。"天子说道："既如此，便依卿言。"于是大赦天下，改元永安，废置长沙王于金墉，开城与颖、颙二军议和。

成都、河间二王得知长沙王被废，且羊玄之因疾而终，故无词可驳，于是内外议和。东海王开城，司马颖径入京师，令部将石超率兵五万，分屯十二城门。张方随同入殿。一朝臣子见颖、颙二军，个个面黄肌瘦，弱不禁风，方知城内城外皆是一样，只是东海王沉不住气，故而致败，皆后悔不迭，然事已至此，无可复回。司马颖将殿中宿卫一概处死，废羊皇后徙居金墉，废皇太子为清河王，自为皇太弟，兼职丞相，增封二十郡，都督中外诸军事；进河间王为太宰大都督，领雍州牧；加东海王为尚书令，表卢志为中书监，张方为右将军。王粹、牵秀、石超各进一级，刘渊为屯骑校尉。正大封群臣，忽闻长沙王于金墉上表：

陛下厚德宽仁，委臣以大事。臣小心忠孝，苍天可鉴。诸王受谗言蛊惑，率众斥责。众臣见处境困窘，各怀其私。东海王勾通殿中将士，收捕臣下于别省，幽禁臣下于私宫。臣死不足惜，但念大晋衰微，宗亲将尽，陛下有孤寡之危。若臣死社稷得安还罢，但恐使恶人大快心意，而无益于陛下耳。愿陛下明察。

司马颖闻表，不置可否，只道："长沙王虽擅朝政，然毕竟宗亲，也是手足一场，随他在金墉自生自灭罢了。"又道："洛阳湿热多风，我在此甚感不适，欲回邺城，今后朝中大政，须先至邺都，禀明本王，方可施行。"也不管众人意见，令石超镇守洛阳，自己径回邺城。

百官见司马颖骄恣，皆怪罪东海王。殿中诸将与三部司马，见外兵不盛，乃起悔心，私下密谋迎还长沙王，再拒成都王。不料事未成行，风声走漏，有黄门侍郎潘滔，暗中禀报东海王："众心将变，欲迎还长沙王，长沙王一旦得出，岂容公侯，公侯须早做决断。"东海王闻言大惊，即道："如今看来，只有早杀，省得人心悬悬。"潘滔摇首回道："公侯千万不可，若杀长沙王，终负恶名，于己不利，何不借他人之手除之。"东海王闻言，领首称是，遂使人密告张方："殿中诸将、三部司马欲迎长沙王，出讨成都王与将军，事态危急，望将军速速定夺。"张方闻言大怒，对左右道："长沙王甚得人心，若不斩草除根，恐后患无穷。"

张方派兵，至金墉城，押长沙王回营中。长沙王斥道："你等意欲何为？"张方冷笑，回道："押你至此，取你性命，好断众人念想。"长沙王怒道："本王金枝玉叶，谁敢杀我。"张方回道："杀你者，便在眼前。"长沙王指道："你肆行无忌，枉害宗亲，终有恶报。"张方不睬，遂命人锁长沙王于铁柱之上，剥去衣服，四周燃起炭火，可怜长沙王身被火炙，如烧烤一般，哀号震天，烧了一个时辰，全身乌黑巴焦，方才毙命，时年二十八岁。营中大小将士，目睹惨状，无不动容流涕。

张方既杀长沙王，得河间王呼召，欲回长安。临行之时，张方下令，允许军中将士大掠洛阳三日，掳得官私奴婢万余人匆忙而去，又因途中缺粮，于是将万余奴婢分批斩杀，与牛马之肉混杂一起，充作军粮。如此残暴行径，群臣激愤至极，加之成都王不知有君，愈加骄纵，任用小人，令海内失望，怨声四起，不免皆怪罪东海王，有右卫将军陈眕责道："长沙王奉国，虚心下士，始终靡慝，若非公侯急切，何致于此。"又有殿中中郎成辅叱道："成都王奢侈日益，不当为国，河间王任用张方，足可见愚鄙，公既招狼入室，驱狼亦责无旁贷。"东海王心知群臣怪责，于是召潘滔商议，潘滔献计："群情激愤，公何不借众怒之名，讨伐成都王，事若得成，公可掌朝权，总好过如今有职无权，万夫所指。"东海王点头称是，遂联络陈眕、成辅，及长沙王故将上官巳，商道："本王欲征伐成都王，众位各从之？"众人闻言，皆附和道："公侯既有匡复之心，我等誓死相从。"于是令陈眕率兵，攻打云龙门，收捕守将石超。

石超正在府中作乐，忽闻左右急报："右卫将军陈眕，奉东海王之命，勒兵入云龙门，欲收拿将军。"石超闻言大怒，说道："成都王不在洛阳，众臣便起他心，东海王一反再反，可恶至极。"遂披甲执戈，率军急援云龙门。至门下，见陈眕引一军袭来，石超怒道："好匹夫，竟趁我不备，谋袭云龙门，眼中可有成都王乎？"陈眕回道："成都王目无天子，骄奢恣纵，人神共愤，你等为虎作伥，我代天而诛，乃是顺天应命。"石超气极，挺戈便刺，陈眕也不示弱，拿刀便砍，云龙门前好一番大战，有诗为证：

一夜枫红秋来至，携风带雨满皇都；
云龙门下花不语，人如草木尽疮痍。

二人来来往往，大战二十回合，陈眕越战越勇，石超渐渐不支，于是鼓足一口气，举戈砸下，欲拼死一搏。陈眕道声："来得好。"用刀往外一磕，石超震得血气上涌，拿将不住，大戈霎时脱手，见势不妙，拍马欲走。陈眕哪肯放过，反背便是一刀，石超听得脑后风声，忙把头一低，也是及时，只闻"咔嚓"一声，盔缨打落在地，直吓得心惊胆丧，哪敢再战，也不顾他人，头也不回，落荒而逃。陈眕见石超败走，率军收捕残余，石超部众见主将逃走，皆弃甲投戈，拱手而降。陈眕收服众人，来报东海王。

东海王随即亲赴金墉城，迎还羊献容，仍立为皇后，清河王司马覃，亦复入东宫，再为太子。东海王禀天子："成都王移权邺城，另立中央，分明未将陛下放置眼中。陛下当御驾亲征，兴师问罪，严惩逆臣，以儆效尤，我等为先驱，

第三十一回 成都王挟驾还邺 琅琊王连罪出奔

效死陛下。"天子准奏，于是奉东海王为大都督，领兵十万，征讨司马颖。

且说石超败逃，一路奔向邺城，禀明经过。成都王闻悉大惊，遂召群僚问计，正说话间，又闻急报："天子亲征，东海王为大都督，发布檄文，令天下共讨公侯，现人马二十万，已至安阳。"群僚闻报震恐，议论不一。成都王问道："如今事急，卿等有何良策？"无人应答，成都王再问，有东安王司马繇回道："天子亲征，臣下当释甲缟素，出迎请罪。"成都王闻言大怒，斥道："此言欲盼孤自寻死路，好让你等继享富贵。"怒目睁眉，吓得司马繇噤如寒蝉，连忙退下。

卢志知成都王心意，悄声禀道："东海王虽挟天子，然忌克少威，且人马乌合，外强中干，有屯骑校尉在此，不足为虑。"成都王道："卿所言极是，然白毛儿战死，又不见尸首，恐刘渊为亲情所累，无必战之心。"卢志回道："自古臣子当竭股肱之力，效忠贞之节，死不足惜，何况一儿乎。刘渊若战，则可鉴其心，若不战，其心必定有二。"成都王点首称是，遂命刘渊为冠军将军，以石超为先锋，率兵五万，前往迎敌。

刘渊接命，唤来石超。石超问道："久闻将军文才武略，万夫莫敌，此番一战，可让属下一睹风采，大开眼界。"刘渊笑道："此战我欲成全将军之功，以为如何？"石超深恨东海王，欲报驱杀之仇，闻言喜道："但凭将军差遣，石某万死不辞。"刘渊说道："你可唤陈匡、陈规来我帐中。"石超去唤二人。

少时，二人到来，刘渊问道："司马越怂恿天子北征，帐下右卫将军陈眕，你二人可识得？"二人回道："如何不识，陈眕乃我二人之兄。"刘渊说道："成都王待你等如何？"二人又回："成都王泽深恩重，我等万死难报其恩。"刘渊说道："既有效死之心，如今成都王有难，我奉命迎敌，想出一计，须你等相助，方可成功。"二人齐道："但听将军吩咐。"刘渊继道："你二人只须假投兄处，告之邺城空虚，人心思变，便是大功一件，事成之后，成都王必有厚赏。"二人闻言喜道："如此而已，我等定不负将军之命。"刘渊正色道："计虽简单，然需留下家眷，只你二人前往。"二人应允，出营而去。

刘渊对石超又道："你可精选死士百人，或三五一队，或数十一群，三日之后，可佯作逃兵，投于东海王处，便说天子亲征，邺城上下惊惧，军心涣散。十日之后，你率一万人马，内外相联，乘夜劫营，务必一举成功，切莫失了天子。"石超回道："将军果然高明，有将军在，我等何愁不胜。"

不说刘渊如何定计，且说东海王率军至荡阴，忽闻陈匡、陈规来降，令左右带至帐前。东海王问道："你等既在成都王帐下，来此何干？"二人回道："天子御驾亲征，以兄长陈眕为将，成都王恐我等为内应，便要诛杀，幸早得消息，故而逃出，未知公侯肯容纳否？"东海王疑道："既然出逃，为何不带家眷？"二人闻言，止不住泪眼婆娑，痛哭流涕，泣道："事态紧急，我等逃出已是万幸，家人不及安排，此时只怕已断送于成都王之手。"又是一阵大哭，东海王见二人情见于色，不由得信以为真，沉思片刻，问道："成都王虚实如何？"二人回道："成都王得知天子亲征，惶恐至极，城中人心不固，将士皆有离散之心，公只须号令天下，徐徐前行，邺城不战自溃。"东海王大喜，自道："果真如此，我亦无忧矣。"遂令二人与陈眕相见，后营休息不提。

又有三日，邺城陆续有人来投，三五成群，皆道："东海王随驾讨逆，成都王大失人心，我等愿弃暗投明，效力天子。"东海王闻知，心花怒放，对左右道："成都王之败，指日可待，我等且在此安息几日，待将士养精蓄锐，再破敌不迟。"左右皆以为无患，附和称好。

这厢，东海王驻军荡阴，不加防备；那厢，石超奉刘渊之命，率精兵一万，抄小路悄至东海王身后，使人潜入营中，联络陈匡、陈规，以及假降众将，约定时辰，点火烧营，内外夹攻。

当夜子时，待天子归寝，将士解甲，石超命擂鼓吹角，冲杀越营，霎时四面火起，喊声震天。那假降诸人，见石超率军杀至，各为内应，互相煽动，大叫："敌军破营，东海王弃逃。"营中将士不知虚实，互相乱窜。石超率军冲入营中，四处砍杀，越军大溃，个个哭爹喊娘，人人弃械逃奔。东海王听得帐外鼓声大作，忙出帐来看，见营中已是乱作一团，有军务官来报："石超率军来袭，我军不加防备，难以抵挡。"东海王恍然大悟，怒道："本王中计也。"见大势已去，敌军逼近，哪里顾得上天子，赶紧率百骑，杀出重围，自寻逃路，仓皇往东海国而去。

陈眕见事危急，赶紧自领亲兵，寻护天子，恰遇陈匡、陈规，怒道："你二人贪图富贵，诈降投我，致天子蒙尘，社稷遭殃，有何面目立于人世！"遂挥刀一斩，取了二人性命，正要再寻天子，忽一阵箭雨射至，躲闪不及，身中数箭，落马而死。

天子在辇上，前无一人，后无一人，左也不是，右也不是，又有流矢射来，避无可避，面颊被射中三箭，大哭大叫，痛苦万分。百官侍卫，见东海王逃走，陈眕战死，早已纷纷窜去，不暇顾及天子。唯有侍中嵇绍，见天子受难，忙朝服下马，登辇护在身后。石超军见天子御辇，一拥而上，左右围住。嵇绍见众兵，喝道："此乃天子，不得无礼。"众兵闻言大怒，将嵇绍拖下御辇，举刀便砍。天子急道："这是忠臣嵇侍中，不可杀，不可杀。"众兵齐道："奉成都王之命，但不犯陛下一人，其余皆杀。"遂将嵇绍一刀砍死，霎时鲜血狂喷，溅至天子身上，可怜一缕忠魂，尽付尘土，有诗为叹：

嵇家有贤后，抱竹抚清弦；
岑岑入四海，峨峨出白渊。
束冠承先志，正身事君前。
矫矫闻遐迩，诤诤呈谏宣。
国伤赴危难，蹈节拒锋镝；
天子衣沾血，洗浣莫可惜；
言死多壮语，付躯能几人。
大行垂兰质，明月照芳枝。

嵇绍受戮，吓得天子浑身乱颤，兀坐不稳，一个倒栽葱，跌落辇下，僵卧草中，随身所带六玺，悉数抛脱，尽被众兵拾去。恰时石超赶至，见是天子，当即喝令部众不得侵犯，自己下马相救，扶天子上辇，迎入营中，令郎中疗治，又问："陛下有无痛楚？"天子答道："痛楚尚可忍耐，只是腹中饥饿。"石超忙亲自进水，令左右奉上秋桃，天子吃了数枚，聊充饥饿。

石超安置天子，禀报刘渊，刘渊令石超向成都王报捷。成都王闻报大喜，对卢志道："石超英勇，为孤立一大功。"卢志亦道："若非刘渊妙计，安得如此大功，此人超群拔萃，此战又可见忠心，乃公之福也。"成都王闻言不语，只是面中带笑，思忖片刻，即命卢志速往迎驾。卢志不敢耽误，率一军马不停蹄，奔赴石超营中，奉迎天子，同回邺城。成都王率群臣伏于道左，拜迎天子，天子见成都王，忙下车慰劳，二人涕泣交并，好不欢喜。入城以后，又有一班朝臣相继入邺，天子颁诏，大赦天下，改永安元年为建武元年。

成都王大封群臣，独不忘东安王，殿上斥道："司马繇可知罪？"东安王闻言，早已是浑身战栗，颤颤回道："为臣多嘴献浅，乱语胡言，望皇太弟恕罪。"成都王怒道："昔日你为汝南王所贬，投身于孤，今孤为群小所逼，大难之时，你瞽言妄举，动摇军心，欲使孤束手就刑，岂是枉言之罪，明明是里通外贼，乃不臣贼子。"即命左右："拿下司马繇，立斩不赦。"东安王闻言，大哭大叫，使劲求饶，成都王哪肯罢休，令侍卫将东安王拖到宫外，一刀了事。成都王仍不解恨，又令夷灭其三族，甲士随即出宫，各奔东西。其间，殿上一人，乃是王导，见此情形，趁众人不察，溜到殿外，直往城南一处小居而去。

那小居之主，不是别人，乃是琅琊王司马睿，此时正在读书，忽闻叩门之声，甚是急促，不由得放下书卷，令书童开门。王导抢步进屋，见司马睿急道："殿下好闲心，可知大事不好？"司马睿不解，问道："茂弘如此急切，所为何事？"王导扯起琅琊王，便往外走，口道："不及细说，快随我去，否则性命难保。"司马睿知王导素来沉稳，此时如此慌张，定是出了大事，也不多言，拔腿便走。王导又道："莫从前门出去，且从后门行走。"二人才驾马出门，只闻前门马蹄声起，一人喊道："拿住司马睿，立斩不赦。"司马睿听得言语，吓得面如土色，悄声低语："幸得茂弘及时相救，否则必死无疑。"王导说道："莫要多话，快快出城。"二人急奔南门，即至城下，见城门已关，设置关卡，严查出入行人。

王导对司马睿道："殿下且随在后，只道是我家亲。"二人下马，缓缓行走，守将兵士上前，拦住二人，说道："奉皇太弟之命，东安王司马繇惑乱军心，里通外贼，满门抄斩，夷及三族，令我等严加盘查，不可放走一人。"司马睿闻言，方知叔父遇难，全家遭殃，肝胆欲碎，脸上却不敢显露，王导回道："你不识得我，我乃尚书郎王导，欲往城外一走，与东安王无干。"兵士又问："虽无关系，然身后何人？"王导回道："乃我兄王敦，与我同行。"兵士看司马睿，见神色从容，无有异常，遂不心疑，正要放行，忽闻一人喝道："且慢放过。"原是城门校尉。

校尉上下打量司马睿，又从怀中拿出一画，仔细比对，左看右瞧，愈加生疑，好半晌喝一声："司马睿，你叔父全族受诛，却侥幸让你一人脱逃，如今胆敢假称他人，混淆视听，妄图蒙蔽过关，岂不知城内四面，早已绘你画像，只待自投罗网。"又令左右，将二人拿下。城门兵团团围住，水泄不通，二人手无寸铁，又无救兵，急得心忙似箭，意忽如云，正是：四面楚歌无生路，五内如焚见迷茫。

司马睿见四面人马，料无生路，长叹一声："可怜我司马之后，上不能中兴社稷，下不能安抚黎民，志不得舒，身不得展，今日竟要死于此地乎？"正无计可施，束手待缚之时，忽记起永昌宫老者言，若有危急，可看简帖。遂从怀中拿出简帖，打开来，见一道金光，直冲霄汉，惊动了一位道姑。

且说神居山东陵洞有位上真，名曰杜姜，闲游至此，忽被司马睿怨气拦住，拨开祥云，往下一观，见二人受困，再一细看，见司马睿萧萧肃肃，爽朗清举，龙章凤姿，天质自然，叹道："此人帝王之相，今番有难，也是成全贫道之缘。"于是命青鸟："且送二人出城。"青鸟领旨，扇动双翅，只见司马睿二人正待被擒，忽一阵狂风，平地而起，怎见得好风：

平地之上，骤然风起，以无形之势，扫有形之间。出混沌，开寰宇；接日月，御太极。雷鸣其外，电闪其中，一柱旋蹱，寸心不定。上吞吐星图穹苍，下呼吸四海五行。龙出尘，凤呷津，龟问鼎，雀开屏。所经之处，摧枯拉朽；所到之地，击水拍云。但看忽来忽去，而后遁迹难觅；只道世事如此，刹那雨过天晴。

风骤然而起，呈龙卷之状，天不见天，地不见地，一时飞沙走石，播土扬尘，众人睁不开眼，匍匐倒地，少时风过云收，烟凝雾敛。再看时，二人早已不知何往，踪影全无，皆称怪事，有校尉前往禀报不提。

且说怪风连人带马卷起，司马睿、王导浑浑噩噩，迷迷糊糊，只听得风声飒飒，不一时霹雳陡响，二人跌落在地，细看四周，已在邺城之外。司马睿说道："定是神灵护佑，助我二人脱逃。"忙伏地而拜，口称："是哪位道家？我弟子愚钝，不能相识，千乞留名，日后好谢！"半空中响起一声："殿下勿惊，我乃是神居山东陵洞杜姜，方见杀气连绵，愁云卷结，才知殿下蒙难，故而解救。"随即现了真身，司马睿定眼一看，怎见得模样：

旭日初照五彩身，异乐殊香动心真；
广陵住家寻仙子，蹑虚同升迎凤晨。
秀额小月展新眉，高隆碧落点双星；
肤骼纤妍鄙尘爱，霓裳飘摇显神仪。
头翔青鸟照奸邪，手持葫芦顾凡间；
上清降庭杜姜女，一朵莲花成圣元。

　　司马睿见仙姑真颜，慌忙又拜，口称："蒙仙姑相救，今后当宝烛高烧，焚香满斗，朝上礼拜，日夜供养。"杜姜回道："举手之力，何必言谢。"司马睿回道："有恩不报，何以为人。"杜姜笑道："我原本凡女，后得刘纲传道，故承上清一脉，殿下既有心，他日若得大功，且留些香火于道家，便是福祉。"司马睿即道："他日若得大功，定尊仙姑为东陵圣母，设庙焚香，供奉上仙。"杜姜回道："言既已出，不可忘却，你今日去，还有受难，当志心朝礼，自有福报。"言毕，把云一收，遂不见影踪。司马睿伏地三拜，与王导向南而行。

　　二人恐追兵在后，不敢停留。王导说道："如今王室变故，诸侯相杀，天下已不太平，殿下宜速返回封国，一可远避战祸，二可伺机而动。"司马睿点头称是，即道："须先往洛阳，迎太妃同归。"于是二人变服急驰，日夜兼程，途经河阳，看城下告示，方知成都王下令，各路关卡渡口，不得轻放贵人。司马睿低语："成都王先敕关津，严行检查，如何是好？"王导回道："殿下莫要慌张，可收放神态，佯称小吏，你前我后，定然混过。"二人依计入城，果然无人察觉，心中暗喜。

　　少时，至黄河边上，但见大水狂澜，浑波涌浪，司马睿待王导跟来，急道："横波无际，如何过河？"王导四下察看，遥指一处，说道："殿下且看，那边有一渡口，可以过河。"司马睿先行，正要上船，恰走来一队人马，原是河阳津吏。那津吏见司马睿，令左右阻下，上前打量片刻，问道："你姓甚名谁？从何而来？欲往何处？"司马睿正色回道："我原洛阳小吏，姓王名兴，随尚书郎王导入邺，今欲返洛阳,迎阿家团聚。"津吏闻言,冷笑一声,即道:"将此人绑了。"左右上前缚住,司马睿怒道:"为何绑我?"津吏说道:"你诓得了别人,却诓不得我,皇太弟敕令,不得轻放贵人。你假言小吏,然观你样貌,清新俊逸,举止清雅,不似凡俗,近日闻东安王受诛,却走了琅琊王,莫非是你,先且监下,明日解去邺都请赏。"正要拿走,忽行来一人,乃是王导,用鞭拂睿,佯作笑语,口称:"舍长官,成都王严禁贵人来去,你何故被拘在此?"津吏闻言,不由得生疑,问道:"你又何人?"王导诓道:"我乃尚书郎门下,从吏宋典,与王兴同往洛阳。"又上前一步,挽住津吏,拉至一边,从袖中掏出一物,塞入津吏手中,说道:"些许心意,不成相敬,我二人实乃小吏,并非贵人,山高路远,赶路匆忙,还望大人通融。"津吏暗自一瞥,心中掂量,约十两白银,不由得眉开眼笑,说道:"邺都敕令,在下奉公行事,不得已而为之,我见你二人,也非贵人,也罢,便放你等去。"王导再三谢过,与司马睿登舟渡河。

司马睿立于船头,但见层层洪浪,叠叠黄波,江风漠漠,云水迢迢,想叔父受祸夷族,念自己惧祸出奔,恐前路茫茫,叹流年似水,不由得心生感慨,赋词一曲:

> 三山渐远,一水两分,东风暗送云华。舟迎江上,江别舟下,白浪尽淘黄沙。千波横眉度。苍鹭起汀遥,暮日半归。无限辜负,几许春光还人家。
> 谁知我心如絮。看九曲同渊,万丈狂澜。前寻旧都,后怀故国,只言片语难说。独身隐烟暝。待扬帆极目,静听涛歌。撑篙泊岸,男儿抱负又重头。

二人渡河,欲往洛阳。司马睿问道:"前路如何行走?"王导回道:"往前数十里,便是巩县,后经偃师,再过孟津,方达洛阳。"司马睿止步说道:"此乃大道,关津甚多,盘查甚严,麻烦得紧。"王导也道:"殿下所言极是,可不知是否另有小路。"正说话间,迎面走来一位采药老汉,白发入鬓,形容枯瘦,身背药篓,竹杖芒鞋。王导眼见,喜道:"正好问。"于是上前施礼,口称:"老伯慢行。"老汉止步,说道:"小哥唤我何干?"王导言道:"我二人欲往洛阳,然大道路遥，费时甚久，不知有何小路，可就近到达。"老汉笑道："恰是让你问到，小老儿山中采药，识得一条小路，只是峡谷巅崖，不知你等可走得。"王导忙道："走得，走得，老伯可指点。"老汉手指前方，说道："此去向北五里，可见两路，一条乃大道，可至巩县，一条为小道，可至青龙山，由青龙山间往西走，可至洛阳，此路极为隐蔽，外人不得而知。"言毕，也不寒暄，迈步即走，少时没了踪影。二人打马疾驰，约有五里，果真见一岔路，依老汉之言往小路而行，不知前路如何，且看下回分解。

第三十二回　康家洲金银埋祸　镜子岩璧女试心

不见娇娥不知色，不见黄白不知心；
　世人皆称真君子，诱惑临身自有分。

且说司马睿二人，行走小路，沿途无有人踪，不见人迹，尽是叠岭层峦，陡崖峭壁。眼前茂林修竹，树影斑斑，虬枝盘旋，蓊蓊郁郁。脚下隐隐有路，隐隐无路，如此七回八转，竟不知东西南北。二人停下脚步，司马睿道："此地山高林密，荒无人烟，我等兜兜转转，寻不得路。"王导回道："殿下莫要慌张，老汉有言，此路极为隐蔽，本不是寻常得走，我等只须小心仔细，定有出路。"二人又往前约三里，王导止步说道："殿下且听，似有水流之声。"司马睿倾耳细听，说道："果真有流水之声，便在前方。"

二人行走几步，但见一片开阔，乃碧波千里，绿水如带。伫马细看，司马睿手指前方，说道："河中央有片绿洲，似有人家。"王导遥望，见一活水，透迤而下，有一洲在其中，将一水两分，一分湍急，一分清浅。浅水处卵石如玉，河沙如雪，那洲上郁郁葱葱，炊烟袅袅。王导颔首，也道："殿下所言不差，此地宁静清雅，若有人家，真是人间天堂也。"司马睿叹道："此地虽好，然如何渡河？"王导正待答话，忽听得一人歌唱：

一篙撑船谋生计，两手划桨不求人。
　度山度水度你我，度来度去度此生。

王导喜道："听此言，似有人摆渡，看来确有人家。"二人循声而去，行走数步，忽见一石碑，上书"康家洲"三字。王导说道："想必河中小洲，便是康家洲了。"话音未落，下溜中有一人，中等年纪，身材瘦小，皮肤黝黑，粗布麻衣，挽裤撸袖，口中吆喝："贵人安好，快快上渡。"王导疑道："船家，你怎言贵人？又怎知我要渡河？"艄公笑道："贵人不知，我在此摆渡谋生，前几月，忽来了位道人，我渡他上洲，他说身无分文，我见他修道人家，也不收他船钱，一来二去，他见我心好，便说今日黄昏，将有二人来此，乃是贵人，我渡其过河，自有一番福分。我以为道人虚言，也不往心里去，不想今日果真到来。"王导笑道："我二人本是小吏，哪里是什么贵人，也罢，恰要渡河，不少你船钱。"

二人上船，王导问道："方才听船家歌唱，只觉清新脱俗，不知是什么曲子？"艄公笑道："此乃那个道人所教，也不知什么曲子，直觉得朗朗上口，每每唱来，杂念全消，烦恼全无。"王导又道："船家，我有一事相问，你要实诚回答。"艄公回道："贵人但讲无妨。"王导问道："此地可名康家洲？"艄公答道："正是康家洲。"王导又问："我等一路行来，方圆数里，不见人家，此处与世隔绝，不知这康家洲如何而来？你等又如何过活？"艄公笑道："贵人不知，且与你说来。康家洲祖上康老太爷，本是颍川人士，因先秦战乱，百姓流离失所，老太爷为避祸，举家迁徙于此，生息繁衍，往来种作，也与外头交易，各得其所。只是行事隐秘，不与世外知晓罢了。"王导叹道："如你所说，康家洲乃世外之地，安宁度日，也是福分。"司马睿笑道："听船家之言，倒要上洲，好生看看这清净方圆。"

艄公道一声："且坐稳。"便要起篙离岸，忽闻一声叫唤："施主慢行，且渡我等过河。"艄公瞧一眼，原是十个僧人，五人身着黄色法服，五人身着白色法服，不由得说道："今儿个真是怪事，我摆渡多年，从未见僧人上渡。"又问："不知法师渡河，欲往何处？"为首一僧答道："洲上有康老施主，请我等去，为故母做个法事。"艄公又问："可是康浮，康老员外？"僧人答："正是，快渡我等过河，莫误了时辰。"艄公闻是康老员外相请，赶忙下船，让僧人一一上去，随即跳上船头，一声吆喝，撑篙划水，载着一船人，向洲上驶去。

约半个时辰，船至洲头，司马睿放眼望去，但见四面环水，一洲叠翠，田连阡陌，鸡犬相闻。艄公放下艓板，僧人们也不拿钱，只一一下船，为首那僧人说道："出家之人，并无钱财，施主可去康老施主家中，自有渡钱。"艄公回道："既是康老员外，我自去要便是。"僧人合掌施礼，随即离去。司马睿问道："方才船家所言康老员外，是何人也？"艄公回道："贵人不知，康老员外名曰康浮，乃康老太爷玄孙，为洲上首屈一指的大户人家。"王导拿了一两银子，说道："这可抵得上渡钱？"艄公接住，喜道："二位果真贵人，还有得多，还有得多。"司马睿笑道："既然有得多，船家可领我二人，在洲上走走？"艄公连忙道："使得，使得。"于是捆桩抛锚，引二人入洲。

洲口立有两株客松，一条石阶折转而上，三人漫步洲里，只见暮光斜照，万物披黄。有十步一舍，五步一柳，家家清爽，人人自得。田夫收锄，妇女晾衣，老人倚杖望孙，小儿嬉戏玩乐。三人行走一阵，忽然开阔，一处大坪映入眼帘，大坪之中，立有一棵参天大桂，枝繁叶茂，煞是怡人。艄公说道："此处名大地门，乃是洲里集聚之所。"司马睿一望，见一处大宅坐落于旁，不由得问道："此宅青砖白瓦，清新雅致，非一般人家。"艄公说道："此便是康老员外住所，康老员外待人谦和，乐善好施，洲里大小事情，皆请教于他，今恰巧至此，贵人可随我一同拜访，我也好去拿渡钱。"于是上前叩门，少时门房出来，见道："原来是渡工，有何事来此？"艄公作揖回道："今儿个有十位僧人渡河，给康老员外做法事，说是船钱到员外家中去取。"门房奇道："今日我家老爷并无法事要做，也无十位僧人到来，此话从何说起？"艄公闻言大惑，司马睿与王导面面相觑。司马睿上前道："船家所言不假，今日确有十位僧人渡河，说是给康老员外做法事。"门房打量一眼，问道："瞧这位公子，不似洲里人家，可是外头而来？"司马睿答道："我乃邺城小吏，欲回洛阳，择小路而走，不知如何到了康家洲。"门房说道："也罢，你等快快进来，见过员外再说。"

三人进宅，别有一番天地。大门后是一处草坪，中铺一条青石板路，两旁栽有梧桐，路前是一道围墙，中有一个大拱门，从拱门进去，有一个戏台，戏台左面有一个月亮门，司马睿说道："此处设计，别具一格，门中门，乃福中福也。"从月亮门而入，又是一处小草坪，中砌一座假山，假山之中长有一株石榴，门房说道："这石榴树也是奇怪，只开花，不结果，一年开三次，三次各不同，先是红花，次是黄花，再是白花。"王导奇道："倒是个稀罕事。"绕过假山，后有一个大月亮门，门里进去，别有洞天。眼前乃是一片池塘，池中有一座榭亭，亭旁几只假鹤，姿态各异，或展翅，或扑腾，或翘首，或啄泥，栩栩如生，青石桥栏连接池边柳树，满塘绿萍浮于碧水。门房说道："此水与河水相通，故长年不涸，清澈如许。"沿桥栏而过，后是一片花园，繁花似锦，芬芳入鼻。

花园之中，有六间平房，门房引三人上前，有一人道："何人来此？"门房答道："回老爷话，乃是渡工到来，还有二位客官。"那人出来，只见大袖大袍，头戴平顶帽，腰系白丝带，须发花白，双目炯炯，面色和蔼，举止有礼，正是康老员外。员外道："渡工今日来此，所为何事？二位又是何方人士，来康家洲作甚？"艄公将前因后事细述一遍，又有司马睿说道："我二人乃邺城小吏，我姓王名兴，这位仁兄唤作宋典，此番欲回洛阳，经过此地，见风光旖旎，景色幽绝，故渡河上洲一看，方才船家所言非虚，确有十位僧人同渡，说是往员外家中为亡母做场法事。"员外闻言，见司马睿仪表堂堂，品貌非凡，不似作假之人，于是沉思不语。

好半晌，员外忽有所悟，口道："你等随我过来。"于是往西面而走，到了一处平房，开锁而入，只见里头虽家具陈旧，倒还干净雅致。员外说道："此乃故母居所，皆生前摆设，未有擅动。"司马睿赞道："员外是个孝子，我等倒要好生修行。"员外细看四周，见木匣似有动静，于是打开一看，众人皆大吃一惊，原来匣内黄澄澄、白灿灿一片，五个金菩萨、五个银菩萨分别坐在里头。员外见菩萨赐福，慌忙倒地跪拜，感谢神灵。

司马睿见此异事，不由得说道："想是员外平素周急继乏，积下善缘，故得此财富。"员外起身，唤门房拿把斧子过来，施礼对艄公道："你既是渡财之人，菩萨说要给你渡钱，这有斧子一把，你可朝菩萨身上砍十下，砍下多少金银，即为渡钱。"艄公闻言，也觉是个道理，于是上下打量，来回捉摸，盘算砍哪处地方，可多些金银，想来脑袋太粗，怕一砍不下，又想脚是盘坐，怕使不上劲，半晌方决定砍手掌，十斧子下去，十个手掌，也算发了大财。于是拿起斧子，用力砍下，说来也怪，那斧子下去，到菩萨身上一偏，只刮得一片皮来。艄公心中纳闷，明明砍手掌，怎么刮到皮，于是又拿斧子一砍，仍是轻飘飘刮下一片皮。艄公不甘心，使出全身力气，朝第三个菩萨手掌狠狠一砍，结果还是一样，如此十下，刮了十片金银片片。众人皆疑，司马睿悟道："人自有福禄，你那渡钱，能收得十片金银片儿，已是极致，再要多得，只怕无福消受了。"众人一听，恍然大悟，艄公心满意足，欢喜离去。员外对司马睿道："既是远道之客，此时天色渐晚，可在府中安歇，明日我摆宴席，广邀洲里人家，二位务必赏脸。"司马睿见薄暮冥冥，已是酉时，于是道声："那便叨扰了。"员外安排住地，一夜好眠，不提。

翌日，康老员外在大地门摆上宴席，广邀洲里人家，无论富贵穷苦，来者即食，管饱管足，好丰盛，但见：

宝香回龙宴，美味流水席。酸萝卜，臭豆腐，小笼包，灯盏粑，马打滚，甜烧饼，山核桃，糯米糕，油炸丸，蒿菜饭，眼前不尽红黄绿，口水哈喇溢满筐；橘子汁，菠萝蜜，芝麻糊，绿豆粥，折儿根，凉拌面，排骨汤，桑叶泡，清果粉，白糖焦，鸡鸭鱼肉样样有，荤素搭配件件全。见食开吃，家家来往一餐饱；抹嘴称快，人人往来一品茶。

好一日热闹，转眼便至申时，食客渐散，员外吩咐下人收拾残羹冷炙，司马睿与王导正待辞别，忽闻得吵闹之声，近前一看，原是一个老道，衣衫破烂，邋里邋遢，正和下人争吵。员外忙问缘由，老道说："贫道云游至此，听闻康老施主积善好客，今日宾宴四方，恰好饥肠辘辘，于是慕名而来，只为一餐饭饱。可这位伙计却说宴席已了，不再造饭，难道要贫道饿死。"员外一听，也不思索，忙道："好说，好说，你此时到来，还不算晚，且休息片刻，这里饭菜剩下许多，我叫下人蒸炒一下，管你吃饱喝足。"老道一听，满脸不悦，口道："老施主为人欠缺，贫道远道而来，虽晚些时辰，却不受残汤剩饭打发，施主既然广邀天下，便要守心如一，切莫有头无尾，草草了事。理应再置一桌酒席，否则有违善名。"员外一听，心中来气，自思好你个老道，乞食尚如此讲究，于是言语有些怠慢，只道："老师父不可将就一下，虽说剩饭剩菜，然蒸炒一番也是极好，况只你一人，再置酒席确实糜费，何必非要如此。"老道冷笑一声，说道："既是如此，贫道告辞了。"说罢破衫一甩，拂袖而去。员外见老道不通情理，也是愠怒不已，司马睿说道："道人所言，似有所指，员外不应如此。"员外闻言，忽有所悟，赶忙差人去寻老道，然遍寻洲上，哪里还有踪影。员外无奈，只好返回家中。至门前，忽见院墙一行字：

  三山抱一洲，两边水儿流；
  有来自有去，富贵不到头。

  员外见字，懊悔不已，急令家人上炉备香，祷告神灵。司马睿二人不好多言，与员外辞别。员外也无心思，寒暄几句，就此别过。二人行至河边，见艄公等候，疑道："船家既得金银，也该享些清福，如何仍摆渡于此。"艄公笑道："虽得些钱财，然人不可失了本业，况二位乃是贵人，更不可忘恩，今日特在此渡二位过河。"司马睿也笑："世人若如船家，何致纷争四起。"二人上渡，艄公撑舟，王导问道："船家今日可见一位道人上渡？"艄公问道："哪位道人？"王导将员外之事说来，艄公即问："那位道人可是须发皆白，衣衫褴褛。"王导回道："正是这般模样。"艄公大惊，说道："我之前所说道人，便是此人。"王导闻言，惊诧不已。司马睿问道："那道人临走留有一诗，其中一句'富贵不到头'，意味深长矣。"艄公回道："贵人有所不知，那康老员外膝下有二子，大儿为人厚道，勤俭持家，小儿却游手好闲，不务正业，员外平素又格外溺爱，此时看来一家富贵，然风云变幻，人生无常，难保今后不败于其手。"二人唏嘘不已，感慨万分，司马睿对王导道："此次康家洲一行，幸见僧道之事，倒有意思，且听我一言。"

  秋去春来即为道，春种秋收即为佛；
  前生后世何所谓，我心无论在今朝。

  王导闻言说道："殿下有如此感悟，日后必将抱志登云，得一番圆满。"司马睿叹道："前路漫漫，焉知祸福。"待舟至对岸，二人与艄公道别，离了康家洲。
  沿小路而走，又是满眼旖旎，但见峰峦连亘，涧溪萦回，千山一碧。行至一峰，王导忽道："前方有霞光万道，不知是何景象。"司马睿道："过去便知。"于是二人上前，有一石碑立于道旁，上书"返照峰"，放眼一望，只见峰似雪莲，峭壁生辉，云蒸雾绕，山川米聚。那峰上金光闪闪，走近一看，原是块岩石，高约三丈，宽约十尺，表面光滑如镜，晶莹夺目。二人啧啧称奇，王导说道："此岩浑然天成，好似玉落凡间，真是稀罕。"正说话时，忽夕阳斜照，一缕晚霞映在岩上，登时璀璨耀眼，又听得轰隆一声，那岩中忽泛涟漪，少时竟现一道门，门缓缓而开，里头更有世界。司马睿说道："此等奇事，倒要瞧瞧。"二人进门，却是一处花园，园中莺飞草长，万紫千红，花木成荫，柳絮盎然。王导说道："此园美不胜收，令人如痴如醉。"真个是：

返照峰上处所，镜子岩中人家。
正好寻幽探胜，不觉玉蟾笼花。
每见云山入暮，自有荷塘鸣蛙。
青石桥栏几转，又期阙台明霞。
何必千里逐梦，此间长乐清风。
醉与飞鹤共舞，对月画帘卷纱。

二人正叹满园景色，忽闻一人道："哪里来人？到我园中。"转眼看，原来是一老妪，踱步而来。瞧穿着模样，鬓发如银，插一支鸳鸯金丝簪；眉眼如炬，戴一对双凤宝香坠；形无老态，穿一身结彩锦绣袍；步履轻盈，蹬一双高底朱翠鞋，也是精精神神，抖抖擞擞。司马睿见问，上前回道："老夫人，打扰了，我名为王兴，此兄名为宋典，我二人乃邺城小吏，欲回洛阳，途过此地，有缘得入园中，还请见谅。"老妇人闻言，只"哼"了一声，说道："既来我镜中之园，又何必假言诓我。"司马睿惊问："老夫人何出此言？"老妇人说道："我这园中与别处不同，乃心镜之地。所谓镜可照万物，然不可照真心。真心无相，独心镜可照。在我这里，一切虚假无处遁形。方才你说话时，可见眉间一团黑气，便是其心所显。"司马睿恍然大悟，说道："老夫人莫要责怪，非是我等存心相欺，实是不得已而为之。我乃琅琊王司马睿，兄乃尚书郎王导，我二人受祸，逃难至此，不敢以真名相告。"老妇人笑道："原来是天子宗亲，既是受祸逃难，也是情有可原。老身见你虽一时虚假，却能圆通真言，也是睿智宏达之人。"王导从旁说道："殿下茂德齐圣，仁义非常，还望老夫人莫怪。"老妇人又笑："我岂不知你二人品行，如若大奸大恶，怎能入得园中。"司马睿道："此园别致清雅，不是仙宫，更胜仙宫，今有缘得见，已是三生有幸，不敢打扰清净，这便告辞。"老妇人说道："既是有缘来此，何必匆匆辞行，此时恰该进食，我已吩咐下人，备下酒菜，以慰你二人赶路之劳。"司马睿见如此周全，不便推辞，于是见礼随主。老妇人面露欣喜，邀入厅房，叙坐看茶。

二人坐下，那屏风后，忽转出个婢女，但见好模样。秀发轻拢，插一支银玉紫月簪；眉弯如柳，遮一双玲珑俏美目。齿如含贝，领如蝤蛴，腰若约素，肌若凝脂，端的是婀娜多姿，浅笑流苏。手托黄金盘，有香果芬芳，清茶幽醇，对二人一一拜了。老妇人偷瞧一眼，见二人正襟危坐，并无轻薄，不由得心喜，问道："方才听殿下所言，欲往洛阳去，不走大道，却走小路，故得来此园。岂不知，我这镜中之园，非一般人可入，也是缘分。老身一言相问，殿下今后有何打算？"司马睿回道："自先帝崩殂，天子承统，庙堂之上，历经杨氏生祸，贾后乱政，诸王纷争，已是世道变迁，乾坤失位，天下不堪。如今宗室凋敝，我不敢妄自菲薄，夙夜忧叹，欲庶竭驽钝，兴复晋室，然茫茫四海，势孤力单，不知前路遥遥，何日匡志。"老妇人岔开话头，吩咐置膳，笑道："美酒佳宴，岂能无舞。我有小女，名曰璧柳，年方二十，可让她舞来助兴。"不待二人答言，朝里唤一声："女儿还不见来。"少时一女轻步而出，笑吟吟相见，怎生得模样：

  梅簪绾梳晓，眉黛抚云遥。双瞳点秋水，朱唇抿春梢。额上一帘五色浅红镶璧玉，身着一件深兰织锦七宝衣。盈步轻轻舞，铅华淡淡移。美人月下花间影，把酒一盏醉今宵。

女子上前，欠身见礼，斟酒先奉司马睿，次奉王导，然后举茶浅酌，对司马睿道："佳客远方，璧柳有礼了。"说罢，凭空一抬，现一柳枝，于是悄起莲步，轻歌曼舞，口中唱道：

镜中一段缘，水月照无颜；
相逢身是客，别来心有间。
鸳鸯厌单影，去鸿羡双衔；
红烛寻故梦，云屏弄溪山。
前世种杨柳，今生共缠绵；
只恐君浅顾，回首忘白渊。
长发结思许，晓妆待依然；
愿采花两瓣，各取作风簪。

　　女子吹花嚼蕊，娓娓动听，翩跹而舞，翩风回雪，真是个美艳多姿，赏心悦目。二人观舞，不由得赞叹，老妇人笑道："方才听殿下所言，有匡时济世之志，却是逃难至此，前路茫茫，不知阡陌。老身有一语，还望殿下倾耳。"司马睿回道："老夫人但讲。"老妇人说道："自古有言，浮华万千，富贵烟云一场梦；流光过眼，是非成败一场空。庙堂纷争，人心险恶，权来利往，世事无定，在老身看来，终是尘间污垢，臭不可闻，莫不如寸心结庐，高隐山居，在我这镜中之园，不愁吃穿，不烦用度，不惹利害，不沾凡尘，偷人间余闲，享天地安乐。且殿下有缘到此，也是天定。老身意欲坐园招夫，将小女许配殿下，婢女雅竹许配王导，成全你两对之好，今后终此一生。卿爱园中，安放身心，莫再理那王权车马，人间劳碌。不知殿下肯否如何？"话音刚落，璧柳止了舞步，抿嘴浅笑，羞面而退，不觉又偷瞄一眼，遂隐入屏后。

　　司马睿闻言，思忖片刻，正色回道："蒙老夫人垂爱，小女天颜相许，睿实是感激，只是睿身为宗亲，眼见天下纷扰，乾坤失位，百姓受苦，不思救困扶危，上报国家，下安黎庶，却在此儿女情长，避祸遁世，非君子之意，丈夫所为。岂不闻，一代人一代事，自有天命，各有担当。美人厮守，清风做伴，确是春山见善，人间天堂，然此等人，终不过修身安己，与世无益。睿虽不才，却心忧社稷，志在千里，不惧粉身碎骨，不愿空度百年，恐辜负老夫人美意，实请见谅。"老夫人听言，遂变了颜色，愠道："你这小子，好不识抬举，小女虽不比月宫嫦娥，天河织女，却也是瑰姿艳逸，绝色佳人，我有意许配，你倒借口推辞，岂不知，老身所言，答应也答应，不答应也答应，我这园中，进得容易，出得便难，你在此好生思量。"遂推门而出，不再理会。

二人见老妇人离去，坐也不是，站也不是，王导说道："这老夫人好生强全，哪有这般姻缘。"司马睿说道："老夫人一片好心，勿要怪责，只是困于此处，如何是好？"王导说道："脚在你我，只管走便是。"于是二人推门，见园中清清幽幽，并无他人，司马睿问道："我二人从何而来，茂弘识得否？"王导说道："桥栏之后，便是来处。"于是过桥细看，却并无出口，只见到处花红柳绿，落英缤纷。

如此七回八转，竟晕头转向，又回到原地。司马睿复入厅房，酌一口茶，急道："小园不过方圆，怎会寻不着出路，此地定有古怪。"王导说道："殿下所言极是，我看这园中女子也非常人，还是快快出走，以免生祸。"司马睿不免惴惴，说道："看来老夫人所言非虚，此园怕是难出。"王导左瞧右看，走至牖下，喜道："殿下来看，此间倒有蹊跷。"司马睿上前，探头一看，原是牖外有一小径，隐于茂密之间，尽头通一小门，不由得喜道："那小门如此隐秘，十有八九便是出路。"二人遂爬身过牖，奔至小门，忽闻身后传来老妇人之声："你二人甚是大胆，竟敢私自寻觅，擅闯禁地，看老身如何整治。"二人闻言，不由得心慌意乱，忙推开小门，迈脚而入，未料门外乃是万丈悬崖，收之不及，遂跌了下去。

二人跌下悬崖，以为必死，不想至半空，忽腾起一团烟云，泛起一道水花，眼中模模糊糊，耳中嗡嗡作响，不多时烟消云散，一切宁静，二人揉眼定神，左右一瞧，原来就在返照峰镜子岩外，诸景如常，哪里有甚花园，不由得面面相觑，仿佛梦境一场。正疑惑间，忽听得一声莺莺，司马睿抬眼一看，见镜子岩上角，似有三个人影，再一细看，正是老妇人，左手牵着璧柳，后头跟着雅竹，腾云驾雾，缓缓而去，那璧柳一转头，嫣然一笑，少时没了踪迹。司马睿回首忙道："茂弘且看，那三人便在岩中。"王导顺眼一瞧，镜子岩光滑如镜，并无异样，不由得说道："哪里有甚人影。"司马睿转头一看，一切复回原样，人去不在，只那镜子岩静静矗立眼前，不禁叹道："怪哉，怪哉，今日奇遇，不可言说。"王导说道："殿下，此地不宜久留，速离为好。"司马睿依言，于是匆匆离去。

行走数时，约三四十里，司马睿问道："可过了青龙山？"王导回道："方才在返照峰上，一览群山，想是青龙山主峰已过，再往西便是洛阳了。"司马睿喜道："这荒山野岭，使人不宁，我等加些脚力，待到了洛阳，才能心安。"二人正说话，忽觉一阵寒风袭来，又闻前方一声长吼，煞是瘆人，不知是何景象，且看下回分解。

第三十三回　黑风谷石勒发难　紫仙山太华救主

吹羌鸣羯出世龙，五胡乱华第二雄；
幸逢将军复颜色，保得真主祛危容。

且说司马睿二人正在言语，忽闻前方有人嘶吼，声音如雷贯耳，响遏行云，不由得变色道："何人长啸？此声激越非常，想来非是善类。"王导说道："是福不是祸，是祸躲不过，此去洛阳，终究是要往前，我等更须小心。"二人前行，至一片深谷，两旁陡峭幽深，谷内尽是黑松，风过林间，呼啸声声，如鬼哭狼嚎，煞是骇人。少时，到一处空地，忽闻女子哀叫，王导止住脚步，蹲下身来，司马睿在后，见王导如此，亦俯下身子。

二人躲在草丛，拨叶一看，见空地之上，有女数十人，皆赤身露体，一丝不挂，手脚被缚藤条，成排而坐，抽泣不已，可怜非常。又见中间置一口大锅，下生薪火，锅中沸水腾腾。司马睿小声说道："这些女子受困于此，怕是凶多吉少，我既然撞见，应当解救。"王导忙止道："贸然行事，恐为不妥，且看清恶人，再思解救之法。"话音刚落，一阵马蹄声起，尘土飞扬，转眼见十八人打马而来，皆两鬓留发，编成步摇，皮肤白皙，眼窝深陷，黑发黑眼，不似中土人士。其中一人下马急道："肚饿饥肠，正好杀两只双脚羊，填我胃口。"遂上前选了一个女子，从腰间抽出斩马刀，女子连声求饶。那人丝毫不理，只一刀，便将女子头颅砍下，登时鲜血四溅，惨不忍睹。口中嬉笑，手上麻利，又连续几刀，将人剁成数块，一块块抛入锅中。

众女子见状，吓得魂飞魄散，哭爹喊娘，更有昏死过去。另十七人一一下马，皆哈哈大笑，又有一人嚷道："呼延莫，你这刀法差矣，莫打了十八骑的脸面。"呼延莫闻言,气道:"郭黑略,且莫讲大话,空口嗤我刀法,你要子来看。"郭黑略闻言,也不含糊,大步走上前来,顺手提了两个女子,叠在一处,霎时抽刀斩为两段,横尸当场。众人高呼:"好刀法。"呼延莫不服,又要斩杀女子,忽一人走来,止道:"兄弟之间,莫要比气,快将死羊炖了,好与小帅一同进食,况你将羊儿全杀了,大伙如何取乐。"呼延莫闻言,遂收刀入鞘。众人忙着在锅中炖煮起来。又有几人上前,选了几位貌美女子,二话不说,便在光天化日之下,行暴凌之事,可怜众女子叫天不应,喊地不灵,实是生不如死,惨不忍言。

司马睿看在眼中,气得毛发倒竖,冲冠眦裂,欲行解救。王导大惊,忙止道:"殿下若去,岂不是枉送性命,切莫露了身形。"司马睿也知凭二人,手无缚鸡之力,难敌众手,只是如此惨景,让人不堪忍受,于是埋首掩面,充耳塞听。约半盏茶工夫,又闻一声长吼,那十八人立即起身相迎,司马睿循声望去,见一人驾火焰马,戴金色盔,扎蓝丝巾,肩上铠甲护肩,身披金色麾袍,额头高耸,眉骨突出,上唇轮廓清晰,下颚须鬓浓密,双目有两环,外环灰蓝,内环棕褐,更为奇异的是两道眉毛,左高右低,不同寻常,相学有言:

　　两眉有高低,后贵先微贱;
　　高眉弯如镰,收获有粮钱。
　　低眉直如箭,咸平诸战乱;
　　面相有傲骨,必成中州主。

十八骑见此人,皆毕恭毕敬,齐呼小帅。那人下马,问道:"午食可备好?"众人答已备好,于是拢在锅旁,将人肉捞起,每人分一块,风卷残云,不多时便吃得残渣不剩。那人待众人吃饱,遂道:"不想我石勒沦落至此,使众兄弟一同受难,在这偏僻山林,食人为生,也是惭愧。"原来此人名曰石勒。

众人道:"我等誓死追随小帅。"又有呼延莫问道:"不知小帅有何打算?"石勒道:"荡阴之战,成都王得胜,迎天子入邺城,号令天下,众位兄弟可随我去投成都王,建功立业,可成一番大事。"众人闻言,皆道:"但凭小帅驱使。"石勒道:"成都王乃天子宗亲,我等投靠他处,须立个功劳,方好接纳。"又朝其中一人道："支屈六，你有何话讲？"支屈六回道："想我羯人，居无定所，任人欺辱，若能得一番基业，也是本族之福。小帅有意投效成都王，岂不知成都王虽挟天子，却也四面受敌，正是用人之时，我等一展武力，必受重用。"众人闻言，点头称是，石勒说道："既然众家兄弟赞同，且各自出去，探点消息，也好商议门路。"呼延莫道："既是如此，这些羊儿如何处置？"石勒说道："且留在此地，待到晚食宰杀。"于是各自上马，出林而去。

司马睿见恶人走远，忙招呼王导起身，急出林来。众女子见有外人，纷纷呼道："公子救命。"二人示意勿出声响，赶紧为众女子解开藤条，又找了些树叶蔽体，王导问："你等是哪里人氏，为何被恶人掳掠至此？"众女哭诉："我等皆是巩县蔡家庄人，半月之前，忽来了这伙恶人，烧杀抢掠，凶残野蛮，见男子便杀，见女子便虏，我等被驱此地，白日凌辱，饿时蒸煮，视为猪狗，求生不能，求死不得。"司马睿怒道："禽兽不如的羯胡，本王有朝一日，定要杀尽此类蛮族。"王导忙道："殿下，此地不宜久留，须速速离去，若恶人折回知晓，我等危在旦夕。"司马睿点头称是，遂领众人离去。

行不过数里，忽闻身后长吼，王导大惊，说道："想是恶人已经回来，勿要停留，赶紧逃命。"司马睿催促加紧脚步，然众女子一来受困多日，行动迟缓，二来内心惊恐，慌不择路，一行人踉踉跄跄。未走数步，听得嘶吼愈近，王导急道："我等携带众女子，脚步不便，莫如弃了，方能脱困。"司马睿正色说道："既然相弃，何必相救；既然相救，绝不相弃。"王导知司马睿为人，于是叹道："如此看来，走是走不掉了，只有寻个隐处藏身，方为上策。"司马睿也觉如此，二人望一眼四下，尽是芊芊草木，尺树倒根。司马睿说道："莫如寻个繁枝茂叶，躲避藏身。"王导回道："若一两个人，倒是个妙法，然如此多人，恐易现形。"又细看四处，忽喜道："殿下且看，那厢有个山洞。"司马睿顺眼望去，果真见二十步开外，两株大树交错而生，郁郁葱葱之后，隐有洞口，也不多想，赶紧吩咐众人入内，不许发出声响。

众人才入洞内，一阵马蹄声声，果真见十八骑到来，直吓得大气不敢出。只闻一人道："那些个双脚羊乃我亲自绑缚，如何能脱，定是有人相救，待抓住此人，定要碎尸万段，以消心头之恨。"又闻一人道："山高林密，羊儿众多，想来定未走远，且须仔细搜检。"窸窸窣窣好半晌，渐渐没了动静。王导小心翼翼探出头来，四处一望，不见人影，又待了一会儿，方道："恶人已经走远，我等速离此地。"司马睿问众女："可识得路？"众女皆道："我等被掳此地，已是丧胆亡魂，在林中七转八回，不识得东西南北。"司马睿问王导："不识前路，如何是好？"王导回道："若往前走，我等人众，行动不便，身形难藏，且林中曲折，易被恶人所擒，不如原路退回，至返照峰方有生机。"司马睿点头称是。

众人往返照峰而走，兜兜转转，来来回回，不觉有半个时辰，仍旧找不着去路。司马睿不免焦躁，急道："如何寻不到来时之路？"众女子也是心慌，王导连忙抚慰："殿下莫急，来时无心，故寻不着归路，乃为常事，只待用心便可。"正此时，忽闻一声长吼，一人现了身形，喝道："哪里来的小儿，敢在本帅眼皮底下行事，教你等有来无去。"众人抬眼一看，正是石勒，皆惊心吊胆，又闻马蹄声声，十八骑现了身形，支屈六喝道："好小子，令我等好找，今日定要抽骨扒皮，烹炖煮食。"也是司马睿反应迅速，大喊一声："速走。"于是四散而逃，那些个女子一路尖叫，如无头苍蝇，四处乱窜。十八骑三人一队，各自追杀，只闻得林中哀号声声，惨叫凄凄，转眼间，众女子尽被斩杀，血染山野，有诗为叹：

空山荡惊雷，黑云卷金乌；
鹊雀知风雨，小潭起澜波。
横眼看万里，方知人间书；
不为乱世女，生死尽无歌。

司马睿与王导无暇他顾，一路奔逃，十八骑紧随在后，穷追不舍，至一处深崖，眼见脱不得身，司马睿仰天长叹："宁死于万丈峭壁，不屈于蛮胡之手。"便要纵身跳下，忽见一骑飞来，腾焰出芒，正是石勒，转眼便至跟前，右手勒缰，左手一扬，将司马睿提起，往后一甩，又如法炮制，将王导抛出。

二人只觉身子一轻，腾空而起，随即重重跌落在地。未及二人反应，十八骑已簇拥而上，绑了个严严实实。呼延莫喝问："姓甚名谁？莫做无名之鬼。"司马睿不睬，王导亦不答，呼延莫气极，举刀欲取性命，被石勒喝令退下。那石勒踱步上前，细看二人，忽哈哈大笑，众人不解。司马睿怒喝："要杀便杀，莫在此故弄玄虚。"支屈六抽出斩马，喝道："既要求死，这就成全。"石勒摆手说道："退下。"又道："金枝玉叶，岂能擅杀？"王导闻言，即道："我二人乃是小吏，此话从何说起？"石勒笑道："此话瞒得过他人，却瞒不得我，琅琊王别来无恙。"司马睿问道："你怎识得本王？"石勒说道："我曾事东嬴公司马腾，故认得殿下。"司马睿又问："既知我名，你待怎样？"石勒笑道："闻成都王四处拿你，我等兄弟，欲投成都王，正愁无功，今番得遇殿下，实乃天助我也。"王导怒道："你这暴贼，穷凶极逆，无理奸诈，不得好死。"石勒喝道："再敢胡言，免不得皮肉之苦。"遂令押解在后，往邺都去。

不说琅琊王危急，且说紫云山郭璞正静诵黄庭，忽心血来潮，屈指一算，早知吉凶，于是唤了太华。太华不知就里，下拜而问："师尊唤我何事？"郭璞回道："今番你主有难，速去紫仙山搭救，保得你主平安，立即回来，日后还有你下山之时。"太华又问："我主何人？"郭璞回道："你主乃琅琊王司马睿，快快去吧。"太华答应一声，便要动身，郭璞唤来又道："此去不可妄杀，否则乱了定数，于你无益。"太华说道："师尊且安心，徒儿去去便回。"遂驾火遁，往紫仙山去。不多时已至，太华收了火遁，但看此山：

  风过千树，雨涤枫晚，水抱万山。喧阘极顶教岸，腾云汉，拾步通欢。采灵摘星铸鼎，龙象出天坛。暮纷乱，叶落花开，好颜一色芊芊漫。

  行来匆匆忘悠然，更无心，枕石沐秋岚。何不坐看归处？朝觐道，荣枯草木。雾断横图，应是桃红荆紫入目。便纵有别家柔情，挥毫难成书。

太华望四下，不见有人，自道："我主有难，却不知何处，教我如何相见？"正忐忑间，忽闻一阵马蹄声，于是端眼遥看，见一队人马疾驰而来，人人威猛，个个凶恶，又见中间一马上驮有二人，手脚皆被缚。其中一人，龙犀入发，隆准龙颜，目光精曜，遂大呼："此乃我主也。"于是拔腿而去。

石勒不知有人来到，领十八骑疾驰，但见岔分九岭，两旁石壁凌霄，荆紫生岚，正要探路，忽闪出一人，赶紧勒住马头，十八骑见状不妙，纷纷止步。郭黑略往前一探，见来人一丈三尺，面红如枣，赤眉髯须，双目无瞳，甚是奇异，于是大呼："来者何人？胆敢拦我去路。"太华回道："我乃紫云山太华是也，特为我主而来，你等放了琅琊王便是，否则休怪宝锤无情。"十八骑闻言，大笑不止，呼延莫拨马上前，说道："不知死活的小儿，竟在我等眼前卖弄，待我试试斤两。"遂抽出斩马，只见马似猛虎，人如蛟龙，举刀朝太华便砍。

太华见刀近前，从旁一躲，呼延莫一招走空，反手又是一刀，太华只是招招架架，也不还手。郭黑略笑道："原是个绣花枕头，中看不中用，也敢妄谈救人。"石勒冷眼旁观，轻声令道："我观此人，实不简单，众位兄弟莫要怠慢，呼延莫若有闪失，一齐上手，将其拿下。"又朝呼延莫喊道："莫要轻敌，小心为好。"呼延莫打不着太华，气得哇哇大叫，哪里听得进去，左一刀，右一刀，上三下四，砍起来没完。太华待呼延莫气竭，举锤一磕，只闻"砰"的一声，呼延莫拿将不住，刀飞了出去，直惊了一身冷汗。十八骑见势不妙，一拥而上，只留支屈六，其他人围住太华，转灯儿厮杀。太华在中间，也不惧怕，来一人打一人，来一双打一双，面不改色，泰然自若，只见锤来刀往，战三十回合不分胜负。十八骑战之不下，气得哇哇大叫，也不管什么招式，只管把兵器往身上招呼。太华手上一紧，暗中加力，把锤往空中一抛，登时狂风大作，锤身变得通红，太华抓过锤柄一舞，烈火骤起，随风而漫，远远望去，好似一条火龙，上下纷飞，打得十八骑丢盔弃甲，抱头鼠窜。

石勒在后，见得厉害，忙喝退众人，一拍火焰马，呼的一下，蹿上前来，大喝："莫伤我家兄弟，石勒特来讨教。"快如闪电，举刀便砍。太华见得身手，心道："此人好本事。"遂举锤相迎，刀锤相交，只闻"咣当"一声，各自退一步，太华心道："石勒真神力。"石勒亦道："此人天神下凡，怪不得十八骑不敌。"

二人心中虽犯嘀咕，手上却不敢闲着。石勒仗着火焰马，在太华四周游走，偷个空隙便是一击。太华也不急于对打，看准来势，方使锤相迎。斗十五个回合，太华忽弃了石勒，身形一闪，以迅雷不及之势，蹿至支屈六眼前。石勒道一声不好，就要追赶，却是晚了。太华举锤便打，也是支屈六机警，忙滚鞍下马，逃之夭夭。太华收了宝锤，解开司马睿二人手脚，道声："主公受惊了。"司马睿忙道："哪位义士，如何认得我司马睿？"太华回道："且打发了恶贼，再来详禀主公。"司马睿说道："贼人凶恶，须多加小心。"太华回道："主公且走远些，莫惊了你。"遂往马后一拍，二人往西去了。

石勒见失了司马睿，登时火冒三丈，恨不得将太华抽骨扒皮，猛拍火焰马，那马奋蹄跃起，石勒举刀砍下，如泰山压顶，势若千钧。太华举锤一架，磕开大刀，喝道："石勒，你好不识抬举，我遵师尊之命，不行杀生，故让你半分，你莫以为本事了得，得寸进尺，若惹我火起，定取你狗头。"石勒闻言，气得七窍生烟，骂道："太华，好狗头！"说罢抡刀又砍。太华火从心起，索性祭起破天锤，只闻空中一声炸雷，风火雷电齐发，直将将打下来。石勒见得此景，面色一变，叫声不好，赶紧弃马而逃，那火焰马虽是宝马，却也架不住宝锤，登时长嘶一声，化为灰烬。石勒失了爱马，好不心痛，十八骑见得厉害，赶紧扶住石勒，择路奔逃。太华杀得性起，早将师尊之言，忘得一干二净，奋力追击，欲将石勒一伙赶尽杀绝。

石勒等人在前，见太华紧追不舍，皆是心胆俱裂，哪敢再战，至岔口，各自分散开来，往九岭而走。太华也不顾其他，只看住石勒，一个在前亡命地跑，一个在后死命地追。约有数里，至一片峡谷，名曰龙潭峡，那峡内嶂石跌宕，潭瀑交错，甚是迷人。二人追追赶赶，太华至身后，大呼："石勒，今日教你葬身此地，以赎你滔天罪恶。"遂祭起破天锤要打，石勒见避不过，仰天长叹："不想我石勒功业未就，竟死于此地乎？"那破天锤在空中，风火雷电齐发，便要打下，恰此时升起一瓦钵，钵杂色而黑多，四际分明，厚达二分，四边灿然，在空中溜溜直转，有万道金光祥云笼罩，紧护其身，把破天锤悬在空中，不得下来。太华见状，大惊失色，遂收了宝锤，喝道："谁人破我法宝？"前方忽现一人，口中唱道：

　　水往高处走，龙潭任遨游；
　　一线天无色，诸法尽虚空。

太华定睛一看，只见是位年长僧人，身长八尺，上披七衣，下穿麻鞋，手持神杵，端的是超尘拔俗，脱凡出世。那僧人合掌说道："无缘大慈，同体大悲，你本为救人，何故又行杀生，岂不知，如来成正觉，众生堕三途，皆不出因果之外。"太华打一稽首，问道："敢问高僧名号？"僧人回道："老僧名号，无足挂齿，云游之人，有缘相遇，与你一般，只是救人罢了。"太华见僧人不言名号，心中不快，说道："高僧有礼了，沙门因果之说，太华略有耳闻，只是此贼恶贯满盈，杀一人而救众生，是为仁也；为一人而毁万人，是为不仁也，高僧意欲成仁，还是成不仁？"僧人回道："此言差矣，杀一人而救众生，乃是妄言。岂不知，众生不由一人，自有天命，若众生不得救，而一人已杀，是为业障。今日你杀他，明日他杀你，杀人是为有形，怨恨是为无形，有形可灭，而无形不可灭，此乃恶之本源，还望施主三思。"太华闻言，思忖片刻，怒道："我不知天道轮回，因果报应，只知善便是善，恶便是恶，惩恶扬善，除奸诛邪，乃我道家根本，莫要妖言惑众，乱我心智。"僧人叹道："只准胡人立庙，不许汉人出家，故众生不听教化，不论诸法，以致人间纷争不止，杀伐不休。如今看来，行我大道，任重而道远矣。你且去吧。"太华手指石勒，说道："此人交与我，自会离去。"石勒闻言，大呼："高僧救我。"僧人说道："行善不可求来生，我不见便罢，既已遇见，怎能见死不救？"太华怒道："此蛮胡杀人为乐，千刀万剐亦不为过，你却一心保他，如此看来，你这僧人，心无是非，好无道理。今番不论如何，我亦要拿下他！"遂举锤便打，僧人也不言语，只祭了瓦钵，见一道金光，将石勒收在钵内，驾了祥云，冉冉而去，只道一声："你乃太清门下，我不伤你，且好自为之。"

太华见僧人一语道破来历，知是高人，无奈作罢，只得回头去寻司马睿。不多时，见司马睿二人，于是遥呼主公。司马睿见是太华，心中大喜，待太华近前，说道："今日若不得义士相救，我二人难逃一死，在此多谢了。"王导亦上前谢过。太华抱礼回道："主公哪里话，太华拜过。"于是伏地而拜，司马睿赶忙扶起，疑道："你口口声声称我为主公，不知从何说起？"太华回道："下山之时，师尊有言，道我主琅琊王有难，令我前往解救，正相认也。"司马睿闻言大喜，说道："有你相佐，我亦无忧也。"太华问道："主公往哪里去？"司马睿回道："欲往洛阳，你可愿随我去？"太华回道："师尊命我事成回山，日后自有相逢之时。"司马睿不舍，王导劝道："师命难违，有缘自会相见，殿下莫要忧烦。"太华作别二人，驾土遁去了，按下不提。

且说僧人出了紫仙山，将瓦钵祭起，一道金光缓缓而出，石勒现了身形，只觉浑浑噩噩，晕晕乎乎，问道："多谢高僧相救，不知方才如何施法，只是眼中一花，便不晓人事。"僧人手捧瓦钵，笑道："此钵名曰波罗钵，乃佛陀初成道时，四天王各献頞那山之石钵，佛受此四钵，置于左手中，右手按其上，以神力使合为一钵，载纳十方，万法不侵。"石勒拜道："高僧何处来，敢问名号？"僧人合掌道："云游至此，见施主有难，故相救尔，我从何而来，不说也罢，只是你往何处去，方为要紧。"石勒说道："我困惑至此，请高僧指点一二。"僧人回道："闻其声，观其貌，将军志度非常，其终不可量也，日后不得久居人下，只可惜命运多舛，路途坎坷，须择一明主，审时度势，方可一展手脚，成就大业。"石勒问道："我欲投成都王，不知是否明主？还望高僧明示。"僧人说道："内有心源，外有造化，你自当去便是，山高路远，莫忘初心。"石勒又道："高僧既有神通，当随我同去，日后若遂其志，当广建寺庙，以传教义。"僧人笑道："有缘自会相见，不在一朝一夕。人总当独自前行，方能识世间五味，阅万家烟火，成菩提之心。"于是作别而去，石勒寻了十八骑，一行直奔邺城，按下不提。

且说荡阴大战，成都王挟天子还都，号令四方。岂不知，天下已是大乱。河间王曾遣张方救邺，半途得知司马越败走，于是令张方折回，往踞洛阳。张方至洛阳城下，恰遇长沙王故将上官巳与别将苗愿，两方大战，上官巳哪是张方对手，未走三个回合便引兵而逃，张方也不追赶，遂入京师，太子司马覃至广阳门拜迎，张方下马扶住，一同入城，即派兵分成城门。

才过两日，张方将羊皇后与太子废去，居然与皇帝无二，作威作福，独断专行，实是天下无道。那司马越荡阴大败，逃回东海，不甘失利，即遣使者往两路去，一路往幽州，邀安北将军、幽州都督王浚起兵。王浚乃已故尚书令王沈之子，因不附成都王，素为之忌惮，常有吞并之心。王浚亦视成都王为心头大患。正好司马越使者到来，正中下怀，于是联络乌桓，乌桓单于遣部酋羯朱，引兵相助，还有王浚之婿，鲜卑部酋段务勿尘率众相从。王浚得两部番兵，势焰大盛。另一路往并州，邀宁北将军、并州都督、东嬴公司马腾起兵。司马腾乃东海王亲弟，哪有不肯之理，凑巧王浚遣使到来，自然答书如约。

第三十三回
黑风谷石勒发难　紫仙山太华救主

幽、并二州将士，联合乌桓鲜卑胡骑，合得十万人，直向邺城杀去。成都王探得军情，遂与僚属日议军事，成都王道："司马越逃奔东海，贼心不死，联结王浚、司马腾来犯邺城，不知众卿有何良策？"众僚闻言，面面相觑，不发一言。成都王怒道："你等日食粟米，月拿俸禄，养尊处优，得享富贵，如今大敌当前，岂能不思报效，置身事外？"众僚见成都王发怒，皆惊恐万分，有司徒王戎回道："幽、并二镇兵强马壮，且胡骑凶恶，恐难抵挡，不如讲和。"成都王闻言，面露愠色，又有石超谏道："我等宿卫将士，加之近郡兵马，不下五万，只要坚壁不出，以逸待劳，绝不致落败。"成都王闻言，心有犹豫，半晌不言，群僚你一言，我一语，正闹哄哄间，忽有一人到来，声若洪钟，禀道："臣有一计，可退来敌。"不知何人，且看下回分解。

第三十四回　大都督龙入沧海　成都王兵退洛阳

黄昏约客一杯酒，醉里看花几春红；
才见青山兜残日，又有明月探西楼。

且说幽州都督王浚、东嬴公司马腾合兵一处，杀向邺城。成都王召群僚商议，苦不得破敌之策，忽有一人，走入会议厅中，谏道："今二镇跋扈，有敌众十余万，恐非宿卫将士及近郡兵马，所能抵御。我有一计，可为殿下解忧。"众人相看，原是冠军将军刘渊。成都王问道："元海有何妙策？"刘渊回道："我曾奉诏为匈奴五部都督，今殿下有难，愿还说五部，同赴国难。"成都王闻言，半晌不语，沉思良久，方问："五部人马，果真可调发吗？就使调发得来，亦怕难挡鲜卑、乌桓。我欲奉天子，还都洛阳，再传檄天下，以讨奸逆，不知将军如何看待？"刘渊忙道："殿下乃武皇帝亲子，有功于社稷，恩威远著，天下皆知。四海以内，何人不愿为殿下效死？况匈奴五部，受朝廷恩抚已久，一经调发，无患不来。王浚乃一小人，东嬴公虽是宗亲，却是疏远，怎能与殿下相提并论。今天子在邺，若殿下出城，则示弱于贼子，到时追兵在后，恐洛阳亦不能到了，就使得至洛阳，威权亦被人夺去，未必再如今日。依臣之见，邺城有三台之固，兵士五万，足以固守，不如抚勉士众，静镇此城，待我召入五部，驱除外寇，以二部摧东嬴公，以三部枭除王浚，高悬二贼之首，指日可俟，殿下有何可忧？"成都王闻言，如梦初醒，不由得大悦，遂拜刘渊为北单于，参丞相军事，又令孟玖随同，速往左国城，调五部匈奴，前来助战。

刘渊暗自心喜，忙拜谢，匆匆而去。成都王正要发令，忽闻一人禀道："调发匈奴，无异引狼入室，一患未平，又生一患。殿下放走刘渊，乃是纵虎归山，万万不可！"定神一看，原是王戎。成都王问道："司徒何出此言？"王戎回道："匈奴戎狄，素性残暴，人面兽心，见利则弃君亲，临财则忘仁义，如今我朝疲敝，更当严加防备，不可使其趁机作乱。刘渊文武兼长，昔日先帝在时，树机能作反，而先帝不令其领兵，非不识其能，实防患于未然也。依臣之见，无论东海王、东嬴公，终不过一家之事，如今殿下委刘渊以兵权，令其归去，殊不知天下祸首，必此人矣。望殿下三思。"成都王苦笑一声，说道："卿所虑自有道理，但如今大敌当前，若不调发匈奴，何以抵挡？司徒可另有良策？"王戎回道："邺城有五万兵马，又有河间王作为后援，当可一战。"成都王说道："打仗不是凑人头，司徒不晓军事，故有此说。"遂不理睬，转头而去。

刘渊出了邺城，恐成都王反悔，快马加鞭，直奔左国城。一路神清气爽，风驰电掣，有词为证：

半生年华若飞鸿，越沧海，过重楼。风雨万千，任尔乱西东。自古英雄多磨难，藏悲喜，看鱼龙。

少时美名不足夸，镜中人，鬓已白。此去归来，挥刀断银霜。山河一担好得意，上鞍马，奋蹄扬。

孟玖在后，直呼："将军等我。"刘渊回道："大敌当前，若不早回，恐成都王危矣。"孟玖心道："刘渊果然忠臣。"遂纵马疾驰。不多日，至左国城，但看好城：

暮云萧萧过方山，秋风乍起荡北川；
内外双城皋狼邑，饮马池边离胡安。

刘渊行至城外，见一队人马相迎，原是匈奴右贤王刘宣引五部众，又有白毛儿、白眉儿、四护法在侧，皆伏拜道旁，高呼："恭迎大都督归来。"刘渊忙下马，搀住刘宣，领众人入城。

孟玖在后，见白毛儿，疑道："人言将军战死，为何在此得见？"白毛儿见孟玖生疑，遂道："昔日我受司马王瑚一锤，身负重伤，幸得法合护法相救，将我送至左国城，疗伤至今，故在此也。"孟玖闻言，不再有疑，遂至刘渊身旁，问道："大都督当召五部人马，发兵相援？"刘渊回道："此言不差。"遂示众人："我族世受皇恩，今天子有难，成都王拜我为北单于，调发五部人马，往邺城救驾。"刘宣高呼："自古汉廷发兵，当以天子之名，召天下人马；我族亦是如此，既调五部人马，当以单于之名，方能行事。成都王拜大都督北单于，如何服众，依我之见，当加封大单于位号，方能一统五部，号召离胡。"刘渊闻言，陡然变色，怒道："大单于位号，当由朝廷封赐，岂能自授，你等所为，欲陷我不义。"于是拂袖而去，众人惶恐，独刘宣不惧。

　　翌日，刘宣率众人至府前，求见刘渊。刘渊闭门不见，刘宣伏拜于地，高呼："大都督若不受大单于之号，难服众心。今天子蒙难，邺都告急，再有迟疑，恐为时晚矣。"众人依言附和，一时山呼海啸，震天动地。再看府中，却是寂然不动，悄无声息。

　　如此三四个时辰，众人跪于府外，仍不退去。有白毛儿出来，搀起刘宣，对众人道："尔等所为，乃陷家父不义，朝廷知晓，如何看待？天下知晓，亦如何看待？知者以为家父为保朝廷，故不得已自封大单于，方便人马调发；不知者以为家父乘乱作反，口诛笔伐，天下共讨。我等岂不作茧自缚？众位速速退去，莫授人口实。"又悄声对刘宣道："家父有言，若不得朝廷首肯，万不敢受大单于位号。如今邺都告急，天高地远，往返不易，叔祖还需请得一人，以朝廷之名相授为好。"刘宣闻言，恍然大悟，亦小声回道："所言极是，我已知晓。"遂引众而退。

　　待众人散去，刘宣独自一人，疾往孟玖府上。孟玖得知刘宣到来，赶忙相迎，问道："不知右贤王屈尊驾临，有何要事？"刘宣叹道："天子危矣，故相求内侍。"孟玖疑道："我岂不知天子危矣，故成都王令大都督调发五部兵马相援，你不去催促大都督，求我何益？"刘宣回道："大单于乃我匈奴天子，五部人马，皆听命之。如今大都督执意不受大单于位号，故五部不得一统，又如何相援朝廷？孟公乃天子近臣，成都王嬖人，若亲往相劝，大都督必肯受之。彼时号令五部，众人相随，必枭贼人首级，以谢天子。"孟玖迟疑片刻，回道："邺城离此，虽

第三十四回
大都督龙入沧海 成都王兵退洛阳

不说万里之遥，然一来一回，却也颇费时日。如今事态危急，若请得天子诏令，恐万事皆休。如何是好？"刘宣即道："此事说难也难，说易也易。孟公乃奉成都王之令而来，说话行事，自然视同朝廷。若孟公先往大都督处，劝其领大单于位号，调发五部，集结兵马，再往邺都告知成都王，两不耽误，是为大功也。否则邺都大军压境，这厢迟迟未能调兵，成都王怪罪下来，我等亦担待不起。"孟玖听刘宣如此说，点头称是，又问："我说话可管用？"刘宣回道："孟公之言，大都督必从。"孟玖沉思片刻，即道："事情紧急，此乃临机制变之法，便依右贤王。"遂与刘宣同往刘渊处。

刘渊知孟玖到来，起身相迎，问道："不知孟公亲临，有何要事？"孟玖急道："司马腾、王浚两路人马，十万之众，已近邺都，十万火急，大都督为何作壁上观，迟迟不发兵也？"刘渊叹道："匈奴五部，历来只听命于大单于，如今大单于虚悬，我虽为北单于，却不能调发五部众，除非继大单于位号，方能聚集人心，统揽兵马。"孟玖又道："既如此，大都督可受大单于位号。"刘渊大惊失色，忙摆手道："大单于位号，需朝廷赐封，岂能自领。"孟玖说道："大都督英雄一世，怎如此拘泥！我有一法，可先当着众人，宣你为大单于，再往邺都，禀报成都王补授，只要大都督兵讨二贼，成都王必不怪罪。"刘渊迟疑不决，孟玖急道："大都督若再迟疑，邺都危在旦夕。"遂示意刘宣，刘宣即召五部众。

孟玖当众人面，宣道："今贼子司马越，勾结司马腾、王浚，邀乌桓鲜卑共十万兵马，攻打邺都。我以天子之名，奉成都王之令，与大都督同来调发五部，特拜大都督为匈奴大单于，克日就道，引兵救驾。"刘宣忙联名部众，奉书致渊，上大单于位号，众人伏地叩拜，高呼："撑犁孤涂单于。"刘渊面露难色，半响方道："兵事紧急，我不得已受大单于位号，当誓死效命朝廷，待诛杀贼人之后，再亲往邺都，向天子和成都王请罪。"于是定都离石，封白毛儿为鹿蠡王，遣部将刘宏率铁骑五千，往援邺都。

刘渊对孟玖道："孟公可先行回去，禀报成都王，切记固守城池，不可轻敌出战，只待我军到来，里应外合，必退贼兵。"孟玖点头称是，遂辞别出城，赶赴邺都。数日方至，成都王召众僚正在商议，见孟玖到来，急问刘渊如何。孟玖将左国城之事详细禀来，成都王说道："也罢，只要援兵来救，便是授大单于

345

位号，也是无妨。"孟玖又道："临行之时，刘元海让我告之主公，只待固守，切莫出战。"言毕，有一人忽起，怒道："刘元海未免小瞧我等，反贼纵有十万，邺城兵马亦不下五万，有何惧哉。殿下可予我兵马一万，必枭王浚、司马腾首级于城下。"众人一看，原是北中郎将王斌。

成都王正要说话，又有石超谏道："王将军所言极是，殿下拥天子，镇邺都，反贼长途跋涉，远道而来，若固守不出，乃示弱天下。兵法有云，凡战者，以正合，以奇胜。可趁其不备，挫其锐气，方显我军之威。"王戎亦道："刘渊非我族类，其心不可测也。若指望其人，恐一祸未平，一祸又起。何不让二位将军一战，若胜自然是好，若败便退守此城，亦无忧也。"众人闻言道好，成都王听如此说，也觉可行，即令石超、王斌二人，率精兵两万，前去破敌。

二将出城，有探马来报："王浚大军已至韩陵。"王斌请战："将军可予我五千精兵，定杀王浚措手不及，献首级于帐下。"石超喜道："将军如此忠勇，便拨你五千人马，必要显我军神威。"王斌遂提五千精锐，一路奔至韩陵，令兵士穿青挂皂，每人口中衔草，战马去了铜铃，马蹄包裹布条，待天色暗下，乘夜劫营。

但见王浚营中，悄悄静静，灯火不明，更鼓点点，营门紧闭，守门兵卒斜里靠着，没个精神，不由得大喜，心道："今夜该得我立功。"于是令兵士上前，扔掷火物，自己一马当先，杀奔营中。却不见营中有人，不免生疑，道声："不好，我中计也，快撤！"话音未落，忽闻营外一声炮响，灯火通明，伏兵四起，喊杀震天。一将打马上前，只见面似银盘，目如朗星，点点须胡，戴亮银盔，插雉鸡翎，穿鱼鳞甲，跨火龙驹，掌中一杆追星流月枪，背后一个鹿皮囊，端的是龙威虎振，勇果敢猛。那将举枪指道："来将何人？胆敢半夜偷营。"王斌也是勇将，虽陷重围，却也不惧，拨马上前，怒道："我乃北中郎将王斌，今奉成都王之命，捉拿反贼，你是何人？竟敢阻扰天兵。"那将回道："我乃安北将军帐下部将祁宏，早知你等偷营，恭候多时了，今教你有来无回。"王斌大怒，挺枪便扎，祁宏亦不示弱，举枪相迎。二人皆是使枪，只见花挪崩砸压，刺挑盖打扎，这一个好似龙腾山河，那一个如同凤舞九天，来来往往，战三十个回合。祁宏枪法如神，指东打西，忽南忽北，王斌渐渐不敌，心知不妙，遂下令冲杀，五千兵马一拥而上。祁宏见状，一声令下，乌桓鲜卑胡骑即出，兵对兵，将对将，混战一处。祁宏哪肯放过王斌，一枪扎去，王斌赶忙匍匐马背，好容易躲过去，刚要起身，不料祁宏先前乃是虚招，一枪不中，遂使一个回头望月，追星流月枪如弩箭离弦、奔雷去电，直扎了王斌一个透心凉，遂手腕一翻，将尸首挑于马下。

众将官见主将被斩，又见乌桓鲜卑胡骑凶狠，哪里还有战心，纷纷溃败，但见人撞马，马撞人，各自逃命。祁宏率军追杀，如砍瓜切菜，将五千兵马杀了个十之八九。侥幸有二百余人逃回，将战情禀报石超。石超闻报大惊，即令全军于平棘扎寨，抵御来敌。祁宏得胜一战，也不歇息，即向王浚请战，被任命为先锋，率五千兵马，先行破敌。至平棘，见石超相阻，于是寨前下战。

石超引兵出战，两阵对圆，祁宏说道："久闻将军乃乐陵郡公之孙，名门之后，可否听我一言，你据守此小地，怎拒我大军威武？今不早降，后悔无及。"石超闻言大怒，说道："你虽事王浚，然本为乌桓蛮胡，故不知君道纲常，不辨混沌清浊，与你无有话说。"于是拍马舞戈而出，祁宏挺枪接战，石超举戈打下，祁宏闪身让过，唰的一枪，往石超心窝刺来。石超亦不示弱，执戈一挡，二人马转一处，大战二十回合，祁宏乃辽西名将，武艺高超，只见龙蛇飞动，出神入化。石超渐渐不敌，于是虚晃一戈，拨马便走，部众见主将败逃，纷纷倒退。祁宏趁这当口，令全军冲杀，五千人马汹涌而上，再看颖军，兵败如山倒，一直往后撤，石超领着几人，急急如丧家之犬，惶惶若漏网之鱼，不敢停留片刻，直奔邺城。

群臣见石超败回，大惊失色，忙问战事。石超只道："先锋祁宏武艺高超，万夫莫敌，更有鲜卑突骑，凶恶如虎，大军汹涌，难挡其威，故有此败。敌军现在城外五十里处。"此言一出，举朝哗然，众人交头接耳，面露骇色，更有甚者，已偷偷出殿，不知去向。

成都王急道："怎如此迅速？"又问孟玖："刘渊可派援军？"孟玖回道："刘渊已令部将刘宏率铁骑五千，火速赶来，估摸两日可至。"卢志在旁说道："王浚大军离此五十里，不出一日即到城下，刘渊援军想来不及。"成都王颓然一坐，问道："事已至此，如何是好？"卢志回道："殿下莫要慌乱，敌军虽势大，然我军尚有三万，邺都城高池深，粮草充裕，只要固守，不予出战，待援军一到，内外出击，可解此难。"成都王说道："子道所言极是，速部署军士，以御来敌。"卢志奉令，欲召集兵士，岂料上得城楼一看，十之去了四五，有一半人竟作鸟兽散，逃之夭夭，不由得大吃一惊，忙唤来部将问来，方知石超败回，言胡骑凶猛，全城怖慑，致使百僚奔走，士卒离散，各自逃命去了。如此不堪，有诗为叹：

> 蜗虫生两角，左右居触蛮；
> 相争羊肠地，伏尸方寸山。
> 世事由可笑，莫言晋风流；
> 内斗多壮士，外御无男儿。
> 为人当大义，功名是虚荣；
> 匹马敌胡寇，家国复从容。

卢志见此情景，不由得长叹一声："大势已去。"遂禀报成都王。成都王闻言，手脚战栗，只道如何是好，卢志劝道："眼下邺都难保，不如奉天子还洛阳，暂避敌锋，再传檄天下，以顺制逆。"成都王问道："眼下还有军士多少？"卢志回道："约有万余。"成都王命道："且集结军马，整装备粮，速奉天子回洛阳。"卢志领命，令部将分头而行，远近召唤，清点人头，尚有军士一万五千人，遂仓促备装，忙乱一宿。

至次日卯时，全军集结，待命启行。卢志禀报成都王，成都王半晌不语，卢志急道："外敌将至，若再迟疑，恐生祸乱。"成都王方吞吐道："我母程太妃，久居邺都，一花一木，百般不舍，故不愿离去。"卢志哭笑不得，又道："性命要紧，岂有不舍草木之理。"成都王叹道："母命难违，且稍候片时。"如此不决，有诗为叹：

> 雄剑入土沉光彩，玉管清音弄高阁；
> 母命难违虽孝理，家国有别但凭君。

又是半日纵逝，卢志欲再劝说，忽闻城中一阵警报，报事官来报："敌兵已近城下，众将士久不得令，心生异志，各自散了。"卢志大惊失色，急禀报成都王。成都王惊愕失措，也顾不得其他，只得带帐下数十骑，与母乘一牛车，天子乘一牛车，南走洛阳。一行人出逃仓皇，既未带钱粮，又未备日用之物，忍饥挨饿半日，天子实在难挨，问道："可有饭食？"众人你看我，我瞧你，不发一言，忽有中黄门道："臣有些私蓄，可买些米粮充饥。"遂打开被囊，取钱三千文，向道旁购买饭食，分于众人。天子得填肚饿，赏道："幸得黄门献财，朕也不薄待于你，此三千文算朕借你，待回洛阳，赏黄金万两。"中黄门拜谢，又展开被囊，为天子抵御风寒。

翌日，成都王令从人至市上，购得粗米饭，又买些瓦盆，以备不时之需。沿途百姓风闻天子至，纷纷献食。有一老叟献来蒸鸡，天子顺手取尝，只觉色香味俱全，比那御厨珍馐，更胜百倍，不由得啧啧称好，一时心喜，即道："老翁忠心，可鉴日月，朕免你赋税一年，作为酬赏。"老叟本性淳朴，哪里多想，得天子一言，喜上眉梢，拜谢而去。

天子行至温县，依稀觉此地熟悉，问成都王："此地为何处？"成都王面露悲色，答道："此地乃先帝陵寝。"天子恍然说道："父皇在此，朕当面谒。"于是下车，方觉右足失了一履，无法行走，正不知如何是好，幸有从吏脱履奉上，方纳履下车，与成都王一同至武帝陵前，拜了数拜。天子看眼下光景，不觉悲从心来，号啕大哭："孩儿愚钝，治国不堪，以致父皇基业千疮百孔，愿父皇在天之灵，护佑孩儿。"成都王在旁，亦触目伤怀，潸然拭泪。

少时，卢志奔来，急道："恐有追兵在后，速回洛阳要紧。"天子闻言，不敢停留，忙起身赶路，过黄河，忽闻马蹄声声，一将引骑士三千，奔赴过来。卢志大骇，速令将士警戒，遥呼："哪路人马？"那将回道："臣乃河间王帐下都督张方之子张熊是也，奉家父之令，特来奉迎天子。"卢志闻言，方安下心来，于是禀告天子，众人大喜。少时，张熊至天子驾前，行拜跪礼仪，又见天子乘坐牛车，遂将青盖车让与天子，自己骑马相从。一行人至北邙山下，见张方自领万余骑等候，张方见御驾，欲跪拜相迎，天子忙下车搀扶，张方也不谦逊，随即上马，引天子还都。成都王在旁，见张方如此无礼，心有不安，面生愠色，然寄人篱下，不比往昔,只好忍气吞声,同入洛阳,不提。

且说王浚大军追赶成都王不及,于是将邺城洗掠一空,见男便杀,见女便奸,好一番作恶,方退兵北归。那鲜卑部更是可恶,专掳妇女,约八千人,只因王浚下令不许带归,于是将八千妇女沉入易水,尸陈满江。刘宏奉刘渊之令,率铁骑五千,日夜兼程,往援邺都,待入城一看,已经一片狼藉,残破不堪。四下打听,方知成都王兵退洛阳,王浚也与司马腾一同北归。已是来迟,只好掉马引归,报知刘渊。

刘渊得刘宏归报,感慨万千,对部众道:"司马颖不听我言,弃邺都,还洛阳,岂不知兵权一失,寄人篱下,人为刀俎,我为鱼肉,不能长久,如此看来,真是庸才。然我受他知遇之恩,保荐冠军将军,居邺城之时,司马颖总算待我不薄,如今他既有难,我不可不救之。"于是命右于陆王刘景,左独鹿王刘延年,率步骑兵二万,欲讨鲜卑。刘宣见状,赶忙止道:"大单于不可,晋人无道,待我匈奴如奴隶,我正恨无力报复,今晋室骨肉相残,自戕根叶,乃是天厌晋人,授我重兴的机会。鲜卑、乌桓,与我匈奴同类,正好倚为外援,怎能发兵攻伐?况且大单于威德方隆,名震八荒,当怀柔四海,控制中原,就是呼韩邪基业,也能从此恢复了。"刘渊闻言,哈哈大笑,说道:"爱卿所言,亦颇有见识,但尚是器小,不足喻大。试想大禹出西戎,文王生东夷,帝王哪有常种?今我有十万之众,人人矫健,个个英勇,若鼓行向南,与晋争锋,一可当十,摧枯拉朽,上可为汉高祖,下亦不失为曹孟德,呼韩邪亦何足道哉?"刘宣闻此言,与众人叩首道:"大单于英武过人,明见万里,原非我等庸碌所能企及也。"话音刚落,忽闻一阵惊呼,不知出了何事,有殿前侍卫来报:"天有异象,请大单于观之。"

刘渊与众人急急出殿,只见南郊上空,云翻滚滚,雾涌迷迷,有一物在空中飞腾穿梭。那物也是稀奇,头如龙,身如蛇,背生两翼,乘雾而飞,直冲九霄,又忽地落下,平地而翔,所过之处,风卷雨倾,所到之地,电闪雷鸣。少时,那物扑腾一下,隐入云雾,不见踪影。又见云开雾散,日挂当空,一切如常。刘渊问道:"方才空中为何物?"刘宣拜道:"臣读《韩非子·十过》,书中有云:'昔者黄帝合鬼神于泰山之上,驾象车而六蛟龙,毕方并辖,蚩尤居前,风伯进扫,雨师洒道,虎狼在前,鬼神在后,螣蛇伏地,凤凰覆上。'观方才之物,应是五方神兽之一的螣蛇，螣蛇乃龙类，能兴云雾而游其中。今见螣蛇，想是大单于龙腾沧海之兆。大单于既有大志，还请乘势称尊，筑坛即位，立国纪元，慰我众望。"众人闻言，伏地叩拜，请大单于称尊。

刘渊笑道："众人之心，与我相同，既如此，何必去相助司马颖。昔汉有天下，历世久长，恩结人心，所以昭烈帝刘备仅据益州，尚能与吴魏抗衡，相持至数十年。我本汉甥，约为兄弟，兄亡弟继，有何不可？我就称为汉王便是了。"于是命就南郊筑坛，告天祭地，以登大位。登坛那日，五部胡人，统来谒贺。刘渊令竖起大汉旗帜，祖述汉朝，下令谕众道：

> 昔我太祖高皇帝以神武应期，廓开大业。太宗孝文皇帝重以明德，升平汉道。世宗孝武皇帝拓土攘夷，地过唐日。中宗孝宣皇帝搜扬俊义，多士盈朝。是我祖宗道迈三王，功高五帝，故卜年倍于夏商，卜世过于姬氏。而元成多僻，哀平短祚，贼臣王莽，滔天篡逆。我世祖光武皇帝诞资圣武，恢复鸿基，祀汉配天，不失旧物，俾三光晦而复明，神器幽而复显。显宗孝明皇帝、肃宗孝章皇帝累叶重晖，炎光再阐。自和安以后，皇纲渐颓，天步艰难，国统频绝。黄巾海沸于九州，群阉毒流于四海，董卓因之肆其猖勃，曹操父子凶逆相寻。故孝愍委弃万国，昭烈播越岷蜀，冀否终有泰，旋轸旧京。何图天未悔祸，后帝窘辱。自社稷沦丧，宗庙之不血食四十年于兹矣。今天诱其衷，悔祸皇汉，使司马氏父子兄弟迭相残灭。黎庶涂炭，靡所控告。孤今猥为群公所推，绍修三祖之业。顾兹尪暗，战惶靡厝。但以大耻未雪，社稷无主，衔胆栖冰，勉从群议。

此令下后，即改易正朔，称为元熙元年。国号为汉，立汉高祖以下三祖五宗神主，筑庙祭祀，追尊安乐公刘禅为孝怀皇帝，一切开国制度，皆依两汉故例。立妻呼延氏为王后，长子刘和为世子，鹿蠡王白毛儿仍守故职，白眉儿授建武将军。又命刘宣为丞相，其他人如刘宏、刘景、刘延年等，并授要职，不消细说。却道那厢，张方迎帝入洛阳，却又是一场祸乱，不知详情如何，且看下回分解。

第三十五回　劫帝驾张方迁都　得仙授刘琨显名

门掩庭芳十步庵，槛外太白沉西山；
小舟一叶入江海，闻鸡不眠下阑干。

且说张方迎帝入都，领中领军、录尚书事，兼任京兆太守。敬奉不过两日，凶相毕露，内外事务，全凭自己心意，哪里有君君臣臣，上上下下。不但公卿百僚，无权无势，连成都王亦削尽权力。一班朝臣，皆忌惮张方凶威，不敢有只言片语。真乃是：乱世英雄出四方，有枪便是草头王。那手下兵将，更是肆无忌惮，为所欲为，只当这偌大的洛阳，当作别国都城，终日剽掠，一月之间，竟然十室九空，市无买卖，田无耕种，街无行走，园无游客，十步之内，尽是哭哭啼啼；百里之间，到处残垣断壁。如此景象，有词为叹：

长亭不思来客，老鸦别去枝头。桥边野草平江楼，陌上风雨依旧。十里炊烟寥寥，匆匆几人行愁。尝闻多难而兴邦，终是百姓遭受。

满朝文武，如行尸走肉，毫无生气，一任张方肆行无忌，播弄朝纲。倒是豫州都督、范阳王司马虓，徐州都督、东平王司马楸，从外上表，委婉进言：

臣等以为太宰悖德，不失为社稷柱石，国家栋梁。张方受其指教，为国效劳，乃太宰之良将，陛下之忠臣。但此人秉性强毅，不能变通，成一事而败一事，虽有迎驾之功，更获天下之罪。臣闻先代明主，皆能护全功臣，荫萌子孙。自中叶以来，陛下功臣，无有善终，非是人才皆劣，实由朝廷驾驭失宜，不能宽容，以一旦之错，毁积年之勋，使天下人臣，莫敢为陛下忠孝。如今之计，当遣张方还郡，令太宰竭力捍主，我等屏藩皇家，则陛下垂拱，而四海自正矣。

未有几日，二人再上一疏，上言："成都王不能克当重任，实为奸邪所误，不足深责，可降封一邑，保全性命。"张方得见二表，大怒，对左右道："我奉迎天子，保全洛阳，明明是自守臣节，虓、楸二王反讥讽我不识变通，欲令我西还长安，我本无意在此，就变通一着，看他等如何小觑于我。你等守好洛阳，我往长安一趟，不过两日便回。"于是祭起九节鞭，九节生九气，张方腾于空中，往长安而去。

一路缥缥缈缈，行千山，过万水，大半日至长安，张方收了九节鞭，翻下云头，径自往河间王府，见过河间王。河间王诧道："将军如何到来？"张方回道："我迎天子入都，专制朝政，然范阳王司马虓、东平王司马楸联结诸臣，上言欲令太宰委以关右，让臣西还，故来向太宰禀报。"河间王闻言说道："将军所来正好，如今成都王兵权已丧，再无翻江倒海之能，我欲侍驾，入京掌朝，一人之下，万人之上，岂不美哉？"张方回道："此举万万不可。"河间王不解，张方释道："洛阳乃天下要冲，天子居于此，四方拱卫。太宰若去，乃居炉火上也。到时四方征讨，如之奈何？"河间王恍然大悟，问道："依卿之见若何？"张方回道："长安四面环山，易守难攻，可拒敌于国门之外。若将天子迁于此，一来太宰可在关中坐掌朝政，效魏武帝挟天子以令诸侯；二来天下干戈，太宰亦可以一方之地，拒四方来敌。此乃霸王之业，何必去那洛阳，明月无影，浮萍无根，反而不美。"一席话，说得河间王连连称是，遂道："迁都之法，甚合我意，将军可速回去，善处此事。"张方领命，即拜辞出府，祭九节鞭返去。

半日至洛阳，张方忙召京中百官，说道："洛阳残破，已不堪为都，今奉河间王旨意，奉请天子，迁都长安，众位各备行装干粮，不得迟疑。"一言既出，举朝哗然。有殿中监王聘驳道："自古得关中者得天下，得洛阳者安天下。洛阳乃洛水之阳，先帝定都于此，国运亦在此地，岂凭河间王一言轻易迁都，改弦易辙，于国不利。"张方闻言大怒，抽鞭在手，叫道："你何人也，竟敢妄议国政，该当死罪。"不容说话，一鞭打下，打得个天灵迸裂，一命呜呼。

殿前喋血，百官震惊，哪里敢再乱言，成都王亦不出声，张方见众僚臣服，遂道："众位先行收拾，待我请得天子，谒庙之后，一齐登程。"于是命左右去请天子，左右去了半晌，方回殿上，禀道："天子不肯亲出，属下无能，甘受责罚。"张方顿时盛怒，说道："他不出谒庙，以为我无可奈何，且看我的手段。"当下传令部兵，齐集殿门，自率亲卒数百人，跨马入宫，欲行劫驾。

张方入宫，左寻右找，不见天子踪影。部众告知张方，张方冷笑道："定是藏匿某处，看我法宝厉害。"于是祭九节鞭，鞭在空中，顿生九气，悠悠荡荡，盘旋在后园之上。张方看得明白，收了九节鞭，令士卒在后园搜寻。不多时，听得竹林之中，有窸窸窣窣之声，士卒上前一看，不由得大笑，只见天子匍匐在一丛竹中，身子被竹叶遮蔽，光留了个肥臀在外，战战栗栗，煞是好笑。士卒将天子拖出，哗声道："奉太宰之令，天子迁驾长安，张将军已驾好坐车，来迎陛下，不必多虑。"天子吓得面色如土，只道："好容易回了洛阳，为何又去那长安？"士卒不理，硬将天子拥出，扶掖登车。张方候在宫门前，见天子驾车出来，上前叩首称道："今寇贼纵横，洛阳兵少城破，臣请过太宰，示意迁至长安，愿陛下随臣西去，臣当竭尽死力，以保陛下无虞。"天子不语，左看看，右瞧瞧，也没有一个公卿，只有中书监卢志在旁，恐是张方党羽，不敢作声。卢志瞧得明白，为保天子性命，上前启奏："陛下今日，还是听从张将军为好。"天子听卢志言语，只好随张方同入大营，忽有所思，令张方："朕此一去，不知何日得归，这洛阳宫殿，甚是不舍，又恐长安无乐，将军须多备车辆，装载宫人宝物，以备后需。"张方心道："有这等美事。"即令部卒入宫载物。

部卒一入深宫，如狼入羊圈，虎进猪栏，见有些姿色的宫人，便任意调笑，奸淫取乐，所有库中的宝藏，值些钱的藏入私囊，单剩那破败杂物，搬至车上，甚至你争我抢，分配不匀，好好一顶流苏宝帐，被扯了个稀巴烂。一番闹哄哄，把个魏晋以来百余年积蓄，荡涤无遗。有诗为叹：

　　画楼明堂，一木一张；
　　古槐苍柏，一水一长。

流云无意，春泪秋伤；

百年创业，朝青暮黄。

张方更是心志俱丧，竟想将宗庙宫室，一概毁去，免得他人返顾，占了这洛阳都城。卢志在旁，赶紧止道："昔日董卓无道，焚烧洛阳，还敢大言，说什么我为天下计，岂惜小民哉，以致怨毒至今，遗臭万年，将军为何效仿此人？"张方闻言，思忖片刻，方才作罢。

三日之后，张方挟了天子与成都王，西迁长安。此时恰是仲冬，天降大雪，寒风呼啸，白茫茫一片，着实寒冷，天子在车上，手脚冰凉，冻得个口不能言，浑身哆嗦，一个倒栽葱，跌了下来，伤了右足，痛得哇哇大叫。尚书高光，行在身后，见天子坠马，大惊失色，忙下马搀扶，又见右足受伤，赶紧撕开衣裳，裹了伤口。天子哭道："朕实在不聪，以致连累众卿。"高光闻言，潸然泪下，却也无奈。一行人好容易到霸上，遥见一簇人马，站在道旁，天子以为又遇歹人，吓得大汗淋漓。张方上前启奏："太宰来迎车驾了。"天子闻言，方才安心，见太宰率兵至驾前，拱手拜谒，忙下车止拜，一番惺惺假礼，入了长安城。

安顿天子，分置百官，待一切收拾齐整，河间王问张方："如今迁都停当，大权为我掌握，只是一个天子，一个皇太弟，皆在长安，我虽为太宰，却是如鲠在喉，不得畅快。"张方问道："太宰之意如何？"河间王说道："天子有兄弟二十五人，相继死亡，如今只有成都王、豫章王、吴王三人尚存，吴王司马晏资质平庸，而豫章王司马炽聪明好学，我欲废成都王皇太弟之号，推立豫章王为皇太弟，以树威权。"张方闻言，谏道："此事万万不可。"河间王问其由，张方回道："成都王受皇太弟日久，贸然废去，恐引非议，加之迁都一事，反对者众多，此时正是安定人心之时，不宜节外生枝。"河间王思虑片刻，说道："天子不足惧，倒是成都王在此，易生忧虑，宜早废去，恐生祸患。"张方见河间王心意已定，不再言语。

河间王入宫中，禀告天子，议立豫章王司马炽为皇太弟，随后颁诏。诏云：

世事危乱，天祸晋邦，嫡长子无以为继，成都王司马颖，虽为皇太弟，然政绩亏损，四海失望，不可付于重托，仍以王归还封地。豫章王司马炽，勤德好学，八荒注意，今封为皇太弟，以兴我大晋。东海王司马越可进任太傅，入朝辅政；司徒王戎，参录朝政；光禄大夫王衍，为尚书左仆射；范阳王、东平王、东嬴公各守本镇。东中郎将司马模任宁北将军，都督冀州诸军事，镇守邺城。众臣各司本职，州、郡取消苛政，天子供物，三分减二，户调田租，三分减一。爱民为本，待政通人和，即返洛阳。此诏。

诏书既下，又大赦天下，改年号为永兴。太宰司马颙都督中外诸军事，张方为副。那司徒王戎，在张方劫驾之时，便潜回郏县，避祸安身，且年纪七十，哪里再肯出仕，当下称疾辞官，不过数月病故。光禄大夫王衍更是狡猾，当下致一书上表受职，却迟迟不肯西行。东海王司马越接诏，更是勃然大怒，说道："河间王劫驾迁都，竟在此巧言如簧，欲诱我至长安，好做个成都王第二。"中尉刘洽在旁，进言："河间王冒天下之大不韪，已失民心，张方穷凶极恶，人神共愤，殿下不如联兵勤王，代天伐贼。"司马越闻言，连连称是，遂传檄山东各州郡，纠率义旅，西向长安，奉迎天子，讨伐河间王。

檄文传至各地，先后有东平王、范阳王、王浚响应，推举东海王为盟主，联兵勤王。又有东海王之弟东嬴公司马腾、北中郎将司马模起兵。东海王于是授刘洽为司马，尚书曹馥为军司，留琅琊王司马睿屯守下邳，调度军需粮草，遂发兵西行，至萧县已招募兵士三万余人。范阳王自许昌出屯荥阳，东海王即命范阳王领豫州刺史，调原任刺史刘乔移至冀州，并令刘蕃为淮北护军，刘舆为颍川太守，六路大军，共发长安。

河间王得报，大惊失色，问张方："东海王联兵讨伐，声势浩大，如之奈何？"张方回道："殿下莫要慌张，我观东海王六路大军，声势虽大，然人心不齐，各怀其志，踌躇而雁行，那刘乔素与范阳王不合，怎能甘心调离。东平王反复无常，日久必见其心。司马模镇守邺城，却有成都王旧将公师藩在侧，虎视眈眈。王浚远在幽州，至长安尚需时日。殿下可起用成都王为镇军大将军，都督河北军事，给兵千人，授卢志为魏郡太守，联合公师藩，随成都王攻打邺城。再修书一封于刘乔，令他弃暗投明，进攻范阳王。至于东平王，可下诏安抚，许以厚禄，

第三十五回
劫帝驾张方迁都　得仙授刘琨显名

必能挽回其心。臣自领大军，镇守霸上，定保殿下无忧。"河间王闻言大喜，依计而行。

且说刘乔得知东海王之命，怒道："那司马虓何德何能，竟觊觎豫州，我如何得让。"遂一面上书长安，历陈刘舆罪恶，说他助范阳王为逆，应加讨伐，一面点齐兵马，径往许昌攻虓。至城下，已是深夜亥时，左右欲扎寨安营，刘乔不许，命点起火把，乘夜攻城。范阳王正要安寝，忽闻金鼓大作，大惊失色，有左右来报："刘乔趋兵前来。"不由得大怒，令部将向洪、黄冲提兵一千，出城御敌。

二将挺枪纵马，立于阵前，向洪上前，骂道："刘乔老贼，河间王无故迁都，张方劫驾作恶，天下共怒，你不思报君，反倒助逆，与禽兽无异。"刘乔大怒，回道："无名小卒，竟也口出狂言，范阳王不敢出城，倒差你等送死。"举剑便刺，那剑确也古怪，剑柄如毒蛇形，蛇口时开时闭，剑刃银光闪闪，锋利无比。向洪不识厉害，举枪相迎，未及相交，却见蛇口一开，剑尖有一小口，口中忽喷出一团紫雾，正中向洪面门。那向洪一声大叫，跌下马来，只见面部溃烂，浑身抽搐，不多时气绝身亡。黄冲大骂："好贼子，竟用如此阴毒手段，且吃我一枪。"于是挺枪便刺，刘乔举剑相迎，枪剑并举，战在一处，黄冲枪势甚急，一枪接过一枪，直扎得刘乔左躲右闪，渐渐不支。刘乔欲喷毒雾，黄冲却有防备，始终未近其身。刘乔见无机会下手，武艺又不如对方，心知久战不利，于是拍马一转，掉头便逃。黄冲哪肯放过，一圈战马，打马急追，却不料刘乔阴毒，待黄冲及近，剑柄蛇口忽开，一团紫雾喷薄而出，黄冲闪躲不及，正中面门，大喊一声，跌马身亡。刘乔杀了二将，乘势攻城。范阳王见失了二将，哪有战心，忙夺门出奔，往北面而去。刘乔哪肯罢休，率众追击。一前一后，至河南郡，倒引出了两位人物。

且说司州河南郡，有一人姓刘名琨，字越石，中山人，美姿容仪，人称"洛中奕奕，庆孙、越石"，乃"金谷二十四友"之一。昔日"金谷二十四友"被孙秀所覆，因其年少，故未深究，侥幸得脱。另一人姓祖名逖，字士雅，范阳人，为人生性豁荡，不拘小节，轻财重义，慷慨有志节。二人同为司州主簿，平日情同手足，常常同床而卧，同被而眠，志趣也是相投，见晋室操戈，天下大乱，只盼成为栋梁，复兴国家。祖逖常对琨言："若四海鼎沸，豪杰并起，我当与你相避于中原，然八荒萧条，英雄沦落，我等当为天下担当。"刘琨亦常对祖逖言："昔时年少，不慎误入'金谷二十四友'，如今悔不当初，当学成文武，报效天子，为国分忧。"

曾有一日，二人共寝，半夜忽闻鸡叫，祖逖惊醒，忙唤过刘琨，说道："可曾听到鸡鸣？"刘琨回道："尝闻晨鸡暮犬，司掌阴阳昼夜之变化，半夜鸡鸣，可见昼夜失序，必生异物，乃不祥之兆也。"祖逖反驳道："此非恶声，乃激励之语，意在人生苦短，莫负光阴。"又道："今后我等但闻鸡鸣，便起身练剑如何？"刘琨应道："兄长之言甚是。"从此二人闻鸡起舞，春去冬来，寒来暑往，从不间断。数年后二人终有所成，正思建功立业，那鸡却不再鸣。一日天明，祖逖起身，见东方已白，奇道："今日为何不闻鸡叫？"刘琨也是疑惑，忽闻屋外一人唱道：

小径通明月，晨鸟唱山空；
闲来居此望，江上半帘红。

二人出门一看，见一道人，鸾姿凤态，飘然出尘。有诗为证：

一点灵光聚百会，天龙成冠在额前；
二目开合放神水，黄袍无风自飘岚。
悠悠仙鹤盈盈舞，白鸾尾杖手中持；
负舟斩恶立功业，元始座下第五仙。

二人见道人模样，知是道德之士，不敢怠慢，上前施礼，拜道："敢问仙家哪里洞府？何处人家？有何指教？"道人打一稽首，笑道："闻鸡起舞赤子梦，男儿报国正当时。贫道乃二仙山麻姑洞，黄龙真人是也，如今晋室有难，人间危急，我观你二人已久，见你二人既有道根，又怀远志，故来此收你二人为徒，以全你二人建功立业、报国安邦之愿。"二人闻言大喜，刘琨问道："数年来半夜鸡鸣，激励我等习文练武，莫非老师所为？"黄龙真人回道："正是贫道。"二人恍然大悟，忙匍匐在地，齐道："徒儿刘琨，徒儿祖逖，愿老师圣寿无疆。"

黄龙真人笑道："既为师徒,当有见面之礼。你二人虽有武艺,然遇上修道之人,终难相持。"于是唤刘琨上前,拿出一笳,通身碧玉,晶莹剔透,说道："此乃百兽笳,吹动此笳,可随心鸣百兽之声,化百兽之形,驱百兽之利,战无不胜,攻无不克。"刘琨叩谢,接过宝笳,退在一旁。真人又唤祖逖,拿出一物,原是一个皮人,模模糊糊,轻轻飘飘,说道："此乃皮影人,若有来敌,可驱动其宝,能打他人,他人却不能打你,充其量打个影子而已,此宝不惧水火,不怕土木,乃影踪难觅,克敌制胜之宝。"祖逖上前接宝,二人又叩拜仙人。真人说道："你二人既得奇宝,当怀济天下,救万民于水火,切不可恃宝助恶。"二人回道："弟子不敢违师尊之命。"真人点头笑道："去吧,事在人为,路在脚下,当好生磨砺,成一番大事。"言罢,遂驾鹤离去。

二人得宝,心中欢喜,刘琨说道："学成文武艺,货与帝王家。我二人居此数载,闻鸡练剑,已有大成,如今又拜入老师门下,得仙家宝物,当行走天地,图一番作为。"祖逖亦道："不知贤弟欲往何处？"刘琨回道："闻河间王挟天子至长安,我当去长安保驾,正乾坤,复太极,迎天子还都。"祖逖说道："贤弟所言甚是,然兄有一惑,始终不得解,常言君正则臣贤,君心不正则奸佞当道。如今天子在位,虽不说无道,却是昏庸愚钝,未有人君之贤,亦未有人君之能,故朝纲不振,天下大乱。若辅佐此人,天下何安？"刘琨驳道："兄长此言差矣,自古只有天子择臣子,哪有臣子择天子之理。兄欲辅佐他人,岂不是作反。"祖逖释道："贤弟误解我意,如今天子无权,王侯持政,岂不知那河间王也罢,成都王也好,更不说东海王,皆浅薄鄙陋、无德无才之辈,若辅佐他等,百姓终是困苦,人间哪有安宁。为兄之意,欲择一明主,辅佐朝政,方可振举朝局,令百姓受益。"刘琨闻言,恍然大悟,说道："原来如此,兄长所言甚是。"又道："志不可改,既然兄有他想,可就此分别,各证其言。今后山转水回,再有相聚之时。"于是二人依依惜别。

刘琨往西走,一路千岩竞秀,百卉含英,不由得神清气爽,至一座山,名曰具茨山,但见层峦叠嶂,气象万千,山上有一峰突起,陡峭险峻,气势磅礴,极目东眺,天高云淡,风景如画。正心旷神怡间,忽闻一阵喊杀之声。刘琨聚目而望,只见数人落荒在逃,为首者着朱衣,绛纱袍,皂缘白纱中衣,白曲领,分明王侯服饰。又见数人紧追在后，为首者穿甲戴盔，策马执剑，大叫："范阳王还不下马受降。"

刘琨闻言，方知前面乃是范阳王，心道："范阳王讨伐河间王，行仁义之师，如今受困，我当助之。"遂仗剑而下。范阳王陡见来人，惊得跌下马来，刘琨上前搀住，忙道："殿下莫慌，我乃中山刘琨，光禄大夫刘蕃之子，特来保驾。"范阳王大喜，即道："那刘乔厉害得很，千万小心。"言毕，刘乔已追上来，喝道："范阳王往哪里走！"刘琨上前，执剑回道："欲拿范阳王，须问过我手中之剑。"刘乔瞅一眼，哼道："哪里小儿？且报上名来，莫做我剑下无名之鬼。"刘琨回道："你且听好，我乃中山刘琨，河间王挟驾迁都，我欲讨之，今日拿你，得首功一件。"刘乔闻言大怒，仗剑而来，刘琨挺剑相迎。二人战在一处，那刘琨练剑数载，早已炉火纯青，抽带提格击，刺点崩搅劈，剑若行云，势如流云，将刘乔罩住，分不得身。刘乔心中暗惊，一翻手腕，虚晃一剑，拨马便走，刘琨哪肯放过，紧追在后。刘乔见刘琨追来，嘴角一撇，暗自放毒蛇剑，那剑柄蛇口一开，喷出一团紫雾，哪知刘琨早有提防，见刘乔肩头一动，忙掏出百兽笳，那笳声鸣起，忽见头上现一金雕，扇动双翅，立时狂风大作，将毒雾吹得烟消云散。刘琨催动金雕，直飞在刘乔头顶，尖喙一叼，在肩头上撕开一片血肉，只痛得刘乔大叫一声，跌下马来。刘琨正要上前，却有兵士护卫，待一一打发，再来拿人，早不见了刘乔踪影。刘琨恐后有埋伏，也不追赶，于是收了宝笳，见过范阳王。范阳王大喜，说道："小英雄武艺非凡，如今张方奉河间王令，屯兵霸上，与东海王相峙，你可随我去会合东海王，杀张方，破长安，迎天子还都。"刘琨拱手道："在下正有此意。"二人遂拨马率众，往霸上而去。

东海王率众三万，一路浩浩荡荡，至霸上，与幽州都督王浚、淮北护军刘蕃、颖川太守刘舆会合，却不见东平王、范阳王到来。东海王问司马刘洽："二王如何不来？"刘洽禀道："东平王变易初志，投河间王去。范阳王被刘乔杀败，不知性命。"东海王闻言大怒，气道："东平王反复无常，实在可恶。"刘洽回道："殿下息怒，今虽东平王投敌，却也有三路大军到来，只要将士齐心，不愁长安不破。"东海王点头称是，遂发兵点将，直至霸上。

两军相对，东海王见张方阵前，摆二龙出水阵，将士个个盔明甲亮，门下

第三十五回
劫帝驾张方迁都　得仙授刘琨显名

面面旗幡招展。正中一杆珍珠嵌宝柱,上挂火红缎子大旗,绣着黑色斗大的"张"字。旗下一将跨马,身高九尺开外,手拿九节鞭,赫然乃是张方。张方见东海王阵前,摆一字长蛇阵,一对门旗分为左右,有好几十员大将压住阵脚,个个昂首挺胸,毫无惧色。

东海王居中喝道:"张方恶贼,劫驾迁都,私分宝库,残害苍生,天理难容,今我天兵到此,还不下马受诛。"张方嗤道:"尝闻东海王狡诈之徒,也敢妄称天兵,如今天子居于长安,你等不来朝见,竟发兵相攻,是为反贼,我替天行道,今日便是你等死期。"东海王闻言,气得七窍生烟,怒道:"哪位将军,替本王诛杀此贼。"言毕,刘蕃帐下有一将出列,喝道:"末将潘寿,愿取张方首级。"于是挺枪出战,张方举鞭相迎,未有三个回合,张方祭九节鞭,只见白蒙蒙一片,潘寿不识南北,正在迷糊之间,被鞭子从天打下,正在天灵盖上,直落得个脑浆迸裂,一命呜呼。众人大惊,又有刘舆帐下奔出一将,口称:"张方莫要猖狂,看我陈章厉害。"遂举锤打下,那锤三十斤重,一对便是六十斤,有雷霆万钧之势。张方不敢硬接,只拨马让过,陈章落了个空,又举锤相打,早被张方祭九节鞭,打在后背之上,一腔鲜血喷出,跌马而死。

张方连胜二将,复引兵搦战,催马而来,东海王大惊,正不知如何是好,旁里冲出一将,乃是王浚帐下大将祁宏,口道:"殿下莫慌,祁宏来也。"张方见来将,人才出众,仪表不凡,不由得抖擞精神,举鞭相迎。二人战在一处,也是棋逢对手,将遇良才。那祁宏乃是当世名将,枪法如神,三四十回合之后,已是攻得多,守得少,那枪如蛟龙,迅疾如电,扎得张方左躲右闪,冷汗直冒。张方心道:"此人武艺在我之上,今日不除,后有大患。"于是跳到圈外,祭九节鞭,祁宏见状,心知不好,掉马便走,那鞭在空中,呼啸而下,白气直追祁宏。祁宏躲避不及,被打在肩头,登时皮开肉绽,痛彻心扉,幸未跌下马来,于是策马狂奔。张方紧追在后,又要祭鞭,千钧一发之际,忽闻一声大喝:"张方休要逞强,中山刘琨来也。"原是正好刘琨到来,见此一幕,仗剑来救。张方见来人英气勃发,雄姿昂昂,口中唱道:

虹梁照晓日,渌水泛香莲。

361

如何十五少，含笑酒垆前。

花将面自许，人共影相怜。

回头堪百万，价重为时年。

　　张方知此人非等闲之辈，于是弃了祁宏，来战刘琨，刚一交手，那刘琨长剑在手，如御九空，张方哪里是对手，只得以宝制敌，又祭起九节鞭，鞭在空中，立生九气，朦朦胧胧，令人不得视物。刘琨在其中，心知不妙，于是吹动百兽笳，陡然现一大熊，护住刘琨。九节鞭破空打下，正打在大熊背上，大熊皮糙肉厚，被打一下，如同隔靴搔痒，毫发无伤。刘琨复吹宝笳，那大熊翻手一掌，将九节鞭打断。张方不知就里，以为刘琨必死无疑，于是上前，冷不防刺来一剑，正中手臂，登时鲜血淋漓，再一看，刘琨已至近前，举剑劈来。不知张方性命如何，且看下回分解。

第三十六回　呆皇帝暴毙宫中　河间王贪生得死

半日晴空半日雨，世事哪由两般心；
非才而据咎悔至，山河无路绝身行。

且说刘琨破了张方法术，张方臂受一剑，大吃一惊，心道此人亦非等闲，忙虚晃一招，跳到圈外，拨马便逃。兵败如山倒，部众见主将逃走，无心恋战，一哄而散。刘琨得势不轻饶，哪肯就此罢休，连忙拍马追去。一前一后，走了十余里，到一处谷内，遍地荆棘，枝枝蔓蔓。张方只得下马牵绳，徒步向前。

少时，刘琨追至，大喝："张方还不受死！"张方怒道："你我同道之人，何必苦苦相逼？岂不闻，道留一线，海阔天空。"刘琨回道："昔时大贤良师创太平道，为的是天下太平，而你目无天子，心无道义，残害朝臣，荼毒百姓，哪里还是修道之人。今番遇我，死期已至，还不束手伏诛。"张方失了九节鞭，不敢相持，只往前逃，刘琨见谷中荆棘密布，行走不便，恐张方脱逃，遂祭了百兽笊，笊中腾起一物，乃是一头云豹。那云豹扑腾树间，三步两下，已到张方身后。张方躲避不及，被叼了身子，刘琨赶至，举笊要打，忽闻一人道："师侄手下留情。"刘琨抬首，见一道人空中而来，清清瘦瘦，悠悠游游，好仙貌，有诗为证：

遐迩孤云常自在，松筠野鹤任纵横；
但依本分安神气，北斗天罡不等闲。
身披百衲伏魔衣，风雷运动斩妖邪；
手执五明降鬼扇，咒枣书符代天宣。

积行累功修至道，圆光附体阐威灵；

仰请碧云大教主，一元无上萨真仙。

　　刘琨上前打一稽首，问道："不知道家哪处仙山，何处洞府？如何识得我？"道人回道："贫道乃岷郡山玄风洞萨守坚是也，闻近日黄龙真人收了两位徒弟，今日得见，果真不凡。"刘琨拜道："原是天师驾临，恕弟子有眼不识泰山，不知天师有何吩咐？"天师说道："特为此人而来。"遂手指张方，又道："张方逆天而行，致生祸乱，罪不容恕，然念他乃太平道后人，与我教颇有渊源，且留下性命，容我带回，严加责罚，今后好生教导，不枉一番修行。"刘琨回道："弟子不敢有违。"天师遂祭起一符，符生五气，继而一声雷鸣，五雷轰顶，张方登时全身瘫软。天师收符，对刘琨道："我已废了他一身道行，今后从头修炼，改过自新，师侄前程无量，且须安神守气，不可浮夸纵逸。"刘琨回道："弟子别过天师。"天师轻叹一声，也不言语，遂领了张方，驾云而去。

　　刘琨回营，向范阳王请功，范阳王即领了刘琨，来见东海王。东海王大喜，抚手说道："将军得除张方，四海名扬，我能有将军辅佐，今后再无忧矣。"遂传令三军，摆酒设筵，刘琨止道："今虽除张方，然河间王在长安，成都王在洛阳，天子仍旧受困，还是待破敌之后，再表功不迟。"东海王闻言，说道："将军居功不傲，乃真英雄也。"于是传令，遣祁宏为前锋，直取长安，差部将宋胄往洛阳，索拿成都王。两路大军，分头而进，浩浩荡荡，声势滔天。河间王在长安，闻张方兵败，不知去向，急得是搓手顿足，五内如焚，召群臣商议，一番踌躇，只得令弘农太守彭随、刁默，统兵拒敌，仍不放心，又令别将马瞻、郭伟为后应，以防不测。

　　两军相进，会于关外。祁宏虽有肩伤，却是勇猛，一马当先，冲至阵前，双目圆睁，厉声大喝道："我乃辽西祁宏，谁敢上前，与我一战。"声若惊雷，气贯长虹。颙军闻言，尽皆胆颤。彭随、刁默见祁宏刚猛，未战先怯，只是踌躇不前，祁宏见状，不等阵势排开，即令全军冲杀，手下尽是鲜卑骑兵，纵横驰突，锐利无前。颙军本就心怯，见鲜卑兵如狼似虎，更加惊惧，哪里还有战心，被冲击一阵，分为数段，前不能顾后，后不能接前，祁宏一杆追星流月枪在手，如同雄鹰临壁，蛟龙出水。彭随、刁默见状，料想大势已去，骇散而走，祁宏率军追杀十里，伤毙多人，至霸水，恰逢马瞻、郭伟二将到来。彭随、刁默大喜，忙合兵一处，倚仗人多，反过来欲擒祁宏。

祁宏见四将上前，丝毫不惧，一拍火龙驹，挺枪而上。马瞻执子午钺，大喝："祁宏，纳命来。"举钺便刺，祁宏一个闪身，躲过来钺，顺势端枪便扎，直奔马瞻胸口，捎带两胁。马瞻举钺便挡，不料祁宏此乃虚招，枪至中途，陡然撤回，一翻手腕，往小肚扎去，马瞻躲避不及，只闻"扑哧"一声，枪扎肚中，祁宏手臂一抬，将死尸挑于马下。郭伟在后，见马瞻战死，气急败坏，挺牛角叉，拍马而来，要取祁宏性命。祁宏举枪一挡，佯作不敌，拨马便走，郭伟哪里肯让，紧追不舍。祁宏见郭伟及近，探手从后背鹿皮囊中掏出一镖，照准郭伟眉心打去，郭伟应声坠马，一命呜呼。

祁宏连杀二将，乘势而上，彭随使一眼色与刁默，二人一左一右，彭随拿上月钩，刁默举宣花斧，齐攻祁宏。祁宏面不改色，左一磕，右一挡，三人错马，旋在一处，祁宏锁喉三枪，"啪啪啪"直奔彭随面门，寒光点点，彭随只觉眼花缭乱，举钩相迎。祁宏三枪走空，甩手当棒奔彭随脑门砸去，彭随慌忙挺钩，往外一崩，将大枪崩开，刁默大喜，忙举斧在后，要劈祁宏。岂不知祁宏算准了刁默在后，故让彭随崩开大枪，使枪尖在后，顺势一捅，正中刁默胸口，直扎了个透心凉。彭随见刁默身死，心神俱裂，掉转马头便逃，那马虽说矫健，却难比火龙驹。祁宏在后，一拍火龙驹，三步两下即至身后，追星流月枪一挺，后背贯前胸，彭随大叫一声，跌马而死。

祁宏连杀四将，军心大振，一路摧枯折腐，势如破竹，直至长安城下。河间王在城中，闻悉战报，吓得变貌失色，急召群臣，却只到了两三人，问其他人等，方知走了大半，可谓树倒猢狲散。正焦急间，又有报事官来报："敌军已经入城，我军难以抵挡，殿下须早做打算。"此言一出，殿上朝臣也不顾君臣之礼，一哄而散，各自奔命。河间王亦不敢停留，忙吩咐备马，扬鞭疾走，有百余兵士相随，至西门，恰遇祁宏部众，好一番厮杀，百余兵士尽皆战死。河间王倚仗座下河曲马，侥幸得脱，只身出城，自思："本王孤单只影，不能远避，还是藏入山中为妙，免得露眼。"于是一拍坐骑，往太白山而去。如此仓皇，有诗为叹：

黄梅迎孟夏，竹春落桂华；

一夜寒园绽，牡丹不开花。

祁宏占了长安，迎东海王入城。东海王见城中大乱，遍地哀号，不禁眉头皱起，问祁宏："你率军入城，为何如此混乱？"祁宏汗流直下，回道："鲜卑骑兵灭贼有功，故放纵几日，以作休养。"东海王怒道："如此行径，欲置我比董卓乎？"遂让祁宏下令，止杀罢掠，还百姓太平。

且说天子在宫中，不知城外情况，忽见来了一伙鲜卑兵，见财物便抢，见宫女便淫，端的是豺狼恶虎，暴戾恣睢。天子喝道："哪里的歹人，竟如此无礼！"鲜卑兵不识天子，见此人敢捋虎须，不由得怒火中烧，上前围住，作势要打。天子见真要动手，吓得瞠目结舌，手脚无措，口喊救命。危急关头，一人怒喝："竟敢妄动天子，大逆不道，来人绑了。"天子抬首，方知东海王到来，口称："爱卿快快救朕！"东海王上前搀起天子，匍匐在地，禀道："臣下救驾来迟，万望陛下恕罪。"天子搀起东海王，一番唏嘘，东海王说道："河间王挟陛下迁都，罪不容赦，张方倒行逆施，获罪于天。臣传檄天下，召四方忠勇，前来救驾，如今张方已除，河间王遁逃，特迎陛下，以返洛阳，重掌太平。"天子闻言大喜，忙道："自入长安以来，朕身处行宫，一日不得安生，还是回洛阳的好。"东海王说道："陛下圣明。"于是下令寻觅百官，入朝觐见。

原来城破之时，百官奔往山间，数日来以野果充饥，个个哭爹喊娘，不堪忍受，忽闻东海王召见，陆续出来，入宫谒见。东海王待百官齐全，即命太弟太保梁柳为镇西将军，留戍长安，自率各军，奉帝还都，文武百官同随。仓促之间，不及备天子銮驾，只得寻一牛车，载了天子，往洛阳而回。幸得刘琨、祁宏一班将领开路，途中还算得安稳。一番颠簸，终至洛阳，趋入宫城，天子登阶，朝见众僚，但见两阶积秽，四壁生尘，仪仗七零八落，用度零碎不全，不由得悲从心起，唏嘘下涕。有词为证：

有也空，无也空，到头终是两空空。醉看夕阳千般好，总把明月添旧梦；

初升红日又一轮，昨夜星辰已随风。

来也罢，去也罢，人生不过见悲喜。朝发意气寻万里，暮归松下隐西东；银屏金屋乐舞起，寒云落叶清歌同。

司马越率众臣草草拜谒，也算是行礼，又趋入太庙，到处蛇鼠出没，荒草遍地，门窗破败，蟏蛸满室。天子居中，祷告先皇，司马越领众人伏拜，一番礼毕，又回宫中，天子下诏，大赦天下，改元光熙，宣东海王为太傅、录尚书事；范阳王为司空，镇守邺城；宁北将军司马模为镇东大将军，镇守许昌，守平昌公封爵；司马腾为东燕王；王浚为骠骑大将军，都督东夷河北诸军事，兼幽州刺史；琅琊王司马睿镇守下邳；刘琨进并州刺史。又下了一道赦书，免河间王、成都王之罪，令二人进京辅政。

一切安顿，天子返入内宫，但见三五个老宫婢，六七个小宦官，从旁服侍，再无他人，全无昔日繁花似锦，美女如云，不由得落寞得很，遂问左右："羊皇后安在？"左右回道："皇后废于金墉。"天子忙下诏，令宫使持至金墉，迎还羊后。羊后得天子诏书，又惊又喜，梳妆打扮，乘车入宫。天子见皇后，桃面无恙，人亦安康，不由得欣喜，两人相拥相泣，一番恩爱。天子复令皇后入主中宫，颁诏内外。苦日难挨，好日易过，一晃数月，天子沉醉安乐，越发不得自拔。皇后谏道："社稷荒芜，内外不安，陛下不可荒废朝政。"天子回道："朕东奔西走，好不容易回来，自当安稳几日，调养生息，皇后不必多言。"皇后闻言，喋声作罢。

又过了几日，天子在显阳殿，抬首望上，但见夕阳西下，和风弹柳。金色琉璃瓦顶，笼罩淡淡雾霞；凤阙云龙玉柱，两看西鼓东钟；有檐牙勾角，红桥碧水；有芳草如积，嘉木树庭；琼楼对日月，华宇灿舒虹。美景当前，天子不由得叹道："好一番景色，只是黄昏迟暮，未能久矣。"言毕，忽觉肚中饥饿，唤左右："速拿些膳食。"小宦应声而出，少时呈来一盘，上有肉饼数枚，金黄透亮，清香四溢。

天子按捺不住，立即上前，手抓一饼，狼吞虎咽便下了肚，也不及擦嘴，又拿起一饼，囫囵下肚，直呼："此饼软嫩滑爽，酥脆香口，好食，好食。"话音未落，忽眉头一皱，弃饼捂腹，不可名状。天子急道："扶朕上榻。"左右忙扶天子上榻，又去禀皇后。皇后进来，见天子满床打滚，辗转哀号，不由得花容失色，慌作一团，直呼御医。内侍忙出宫，飞召御医，待入得宫来，天子已是眼白口开，不省人事，御医赶忙上前，诊视六脉，知气若游丝，不由得连连摇首，长吁短叹。皇后问病情，御医伏拜在地，直道："臣不敢言。"皇后急道："如此时候，还不敢言，恕你无罪，快快道来。"御医回道："罢了，罢了，无可救药，回天乏术矣。"皇后大惊："方才陛下还甚好，如何这般危急，究竟是何病症，怎如此凶险？"御医犹犹豫豫，不敢明讲，皇后追问许久，方轻道一声："中毒。"还未等皇后回神，早已一溜烟出了殿去。皇后闻天子乃是中毒，心中大骇，欲追出问个明白，忽闻天子一声大叫，忙转过头来，见天子口吐鲜血，两眼一翻，脖子一歪，身子一撑，登时瘫软下来。皇后赶忙上前，用手一探，方知天子气绝身亡，不由得两泪纵横，大哭不止。惠帝少年即位，痴呆不能任事，由太傅杨骏辅政，后贾后夺权，又经八王之乱，诸王辗转挟持，沦为傀儡，受尽凌辱。于光熙元年驾崩，在位十六年，改元七次，享年四十有八。如此一生，有诗为叹：

　　生就一个痴呆儿，中宫嫡出胜英贤；
　　太极殿上坐檀木，从此君王不为乾。
　　四海何不食肉糜，园中蛤蟆问官私；
　　童昏笑言本无过，只恨身系万家田。
　　先有权臣揽朝政，后有悍妇夺宫廷；
　　八王挟驾转灯换，东奔西走付流年。
　　三马食槽开大业，一子无能断河山；
　　华灯夜下谁常在，笑迎风月两更澜。

　　皇后见天子身死，欲追查死因，差人告知东海王。东海王进宫，告慰皇后，进道："陛下归天，宜葬太阳陵。臣拟一谥号，当为孝惠皇帝。"皇后驳道："陛下龙体康健，忽然暴毙，定有缘由，太傅当查明详情，还天下公道。"东海王泣道："臣已问过御医，陛下乃是食饼过急，噎气而崩，实属意外，皇后莫要无端揣测。"皇后闻言,即知定有内情,东海王见皇后不再多问,又道:"国不可一日无君。如今陛下驾崩,臣议立皇太弟司马炽即位,不知皇后意下?"皇后心道:"若立司马炽为帝,本后不得为太后,只做得个皇嫂,司马越欺人太甚。"心有所想,却不露面色,只道:"大丧期间,不宜议立国主。"东海王驳道:"非寻常时,非寻常事。如今天下动荡,内外不安,若不早立天子,以正乾坤,只怕四海纷扰,天下不宁。"遂不理皇后,拂袖而去。皇后见东海王如此怠慢,气得柳眉倒竖,杏眼圆睁,骂道:"乱臣贼子,不得好死。"遂召清河王司马覃入尚书阁,欲当群臣推立。

少时,至尚书阁,清河王进得来,皇后上前,正要说讲,忽见后有一人,随同而来,原是皇太弟司马炽。正错愕间,一队甲兵排列,东海王踏步进来,说道:"请皇后与二位殿下,同往太极殿。"皇后见此情形,没奈何闭口无言,只得跟从。至太极殿,群臣已候在内,东海王剑履上殿,引司马炽上御座,又令甲兵入殿,请出诏书,念道:"陛下驾崩,四海而泣,然天下无安,不可一日无主。皇太弟乃武帝幼子,入承兄祚,乃天命也,故继大统,是为怀帝,大赦天下。尊谥先帝为孝惠皇帝,羊后为惠皇后,移居弘训宫,追尊所生太妃王氏为皇太后,立妃梁氏为皇后,太傅辅政,征河间王为司徒。"朝臣不敢发一言,皆伏拜受命。羊皇后即移居弘训宫,葬孝惠帝于太阳陵。一切事毕,东海王将诏书发往长安,令河间王入朝。

且说河间王遁入太白山,匿居多日,不敢出头。故将马瞻、梁迈,见东海王挟天子归洛阳,只一个梁柳留守长安,于是收集散卒,混入长安。梁柳不加防备,正在城中寻欢作乐,忽闻喊杀之声,见马瞻、梁迈率军前来,大惊失色,起身欲逃。马瞻在后,见梁柳欲走,哪肯放过,拍马追上,一刀劈下,将梁柳斩为两段,夺了长安。二将知河间王隐于太白山,于是差人寻觅,不多日寻得,亲临入城,河间王对二将道:"幸有将军驰援,不致孤困于山中。"二将回道:"殿下莫惊,梁柳已被枭首,长安城已无忧矣。"河间王又问:"天子何在?东海王何在?"二将答道:"东海王挟天子返回洛阳,近日得报,天子驾崩,皇太弟承继大统,已登大位。"河间王闻言,大吃一惊,咬牙切齿怒道:"东海王安敢弑君!"话音未落,有报事官来报:"弘农太守裴廙、秦国内史贾龛、安定太守贾疋,率军前来,已至城外二十里。"河间王六神无主,口道:"这如何是好?"马瞻即道:"殿下莫要慌乱,待我二人前去退敌。"遂率军三千,出城而去。

两军相会于霸水,马瞻上前,见裴廙、贾龛二将,也不多话,举刀相向,只见人似猛虎,马如蛟龙,直奔杀去。二将一人举锤,一人拿钩,合击马瞻。马瞻把刀往胸前一横,挡住来势,又把刀一举,劈向二将。刀至中途,二人忽然掉了马头,拍马便走,马瞻大喝:"贼子哪里走?"打马追去,梁迈在后,见二将败得蹊跷,高呼:"将军莫追,恐防有诈!"马瞻哪里肯听,只一个劲往前奔,梁迈无奈,率众而上,以防马瞻落单。

追了约十里,到了一处山口,马瞻勒住马头,但看两旁峻崖陡峭,甚是险恶,心知不妙,见梁迈到来,于是道:"此地不宜久留,还是退去为好。"话音刚落,忽闻山上一人道:"退是退不得了,今日此地,便是你等葬身之所。"马瞻抬眼看,原是贾疋,手持一旗,立于山头,不由得大惊道:"我中计也。"即令众人往山外退去。贾疋摇旗,登时山呼海啸,伏兵四起。数不清的枯枝朽木往下扔,又有数百雁翎兵放火箭,只见浓烟滚滚,烈焰飞腾。颙军既没处藏,也没处跑,烟熏火燎,分不清东西南北,人撞马,马撞人,吵吵嚷嚷,相互践踏,哭喊一片,死伤无数。可怜马瞻、梁迈二将,被活活烧死于谷中。约一个时辰,闻得谷中恶臭连连,人无声,马无息,裴廙、贾龛、贾疋三将方下得山来,收拾一番,率众杀往长安城。

河间王在城中,百感交集,坐立不安,好容易探得战报,方知马瞻、梁迈身死,敌军杀至城外,顿时双目一黑,瘫软在地。左右忙扶起,河间王好容易回过神来,泣道:"这可如何是好?"无人应答。此时,城外喊杀震天,城内人心惶惶,河间王见大势已去,正思如何奔命,忽有部将来报:"平北将军牵秀、镇守冯翊引兵相援。"河间王闻言,双目一亮,陡然腾起,大喜道:"随我城头观战。"遂上城头,见牵秀、冯翊领两千众,与三镇兵马混战一处。兵对兵,将对将,刀来枪往,人来马去,杀得难解难分。河间王对左右道:"可率城中兵马驰援。"左右领命,率众而出,里外相合,士气大振,一齐杀退来敌,裴廙、贾龛、贾疋三将落荒而逃。河间王得解其忧,心中大喜,召牵秀等将入城,一番相贺不提。

过了三两日,河间王正赏歌观舞,又闻来报:"督护糜晃,率一营兵马前来,已至城下，说请殿下出城，有话相商。"河间王怒道："安生日子，竟不得矣。"牵秀谏道："殿下听听糜晃之言，也是无妨。"河间王说道："也罢，将军可随我同去。"二人遂引兵马，出城相见。

糜晃见河间王出城，拍马上前，见礼："殿下别来无恙。"河间王说道："将军有话且讲。"糜晃随即下马，请出天子诏书，诏曰："河间王少有清名，轻财爱士，为诸国仪表，如今四海颓废，九州待新，朕得继大统，特征河间王为司徒，入朝辅政。"河间王闻诏书，不由得心头一震，随即下马，接了诏书，说道："且思量几日，再回朝廷。"遂令两军罢兵，返入城中。

过了三日，河间王召众将商议："如今我等困守长安，长安以外，皆听命东海王。孤立日久，终不得善罢。我欲应诏赴京，俯首称臣，不失为一条出路。"牵秀等将谏道："东海王弑杀天子，擅立君王，获罪于天，必不长久，且为人阴鸷善变，心狠毒辣，殿下若去，凶多吉少。"河间王回道："长安久守必破，东海王虽是险恶，然终为我兄弟，若称臣于他，必不害我性命，此去得一安乐，也是要得。"牵秀又谏："殿下可联合成都王，共举义兵。"河间王说道："成都王与我有嫌隙，且自身难保，何以共讨。"众将闻言，知河间王心意已决，不再言语。

当下，河间王携眷登车，出关东行，糜晃派兵，一路护送。牵秀不肯同往，留守长安。不料长史杨腾，欲归降东海王，于是诈传河间王之命，寻牵秀相商，牵秀不知是计，起身相迎，兜头遇着一刀，登时身首异处。杨腾既斩牵秀，又诳部众，说是奉河间王之令，取牵秀性命。部众闻言，皆以为牵秀无端受诛，心寒至极，竟一个个散去。杨腾手持首级，投奔糜晃去了。河间王不知长安情形，见一路侍候周到，对左右道："世事苍茫，高山幽寒，从此浮云野鹤，听乐吹管，做得个闲人，也是一番福分。"行至新安，路经一河，听得水声震耳，寒意袭袭，定眼来看，只见大水狂澜，浑波涌浪，有诗为证：

千波泛青澜，江水入云欢；
孤松悬晚壁，红枫寄辽原。
草木沉暗里，平川自生旋；
不闻渔歌唱，但见陌长渊。

滩头无人走，悲黄随空源；
道是相别处，谁至落河间。

河间王问道："此是到了何处？"左右不知，正茫然间，忽见岸上有一通石碑，上前细看，见有三个篆字，乃"落河间"，不由得心头一震，自思："我为河间王，此地落河间，是为不祥。"于是吩咐，打马快行。忽前头跳到一班赳赳武夫，人人拿刀，个个蒙面，拦住去路。为首者指道："夺金夺银，杀男杀女，今儿个撞上大买卖。"河间王令兵士杀贼，不想麋晃部众，竟四散而走，转眼不见踪影。

河间王逃无可逃，避无可避，只得硬起头皮，颤声说道："你等不似一般盗贼，究竟从何处差来，敢阻本王车驾。"蒙面人答："你是哪个王，快快道来。"河间王回道："我乃河间王，现奉诏入京，受职司徒，你等皆为大晋臣子，应该拜谒，怎能无礼？"蒙面人哈哈大笑，说道："今日杀的正是河间王，你死在眼前，竟还说王称帝，岂不可笑。"说至此，数人跃登车上，将河间王掀倒，扼住咽喉。河间王有三子在旁，见父亲有难，上前解救，哪里禁得起这班人拳打脚踢，被陆续打死，又有老弱妇幼，尽被诛杀。河间王被扼多时，气不能达，两手一抖，双足一伸，呜呼哀哉。有词为叹：

心无眼，道有缘。但看人人有心眼，遍寻处处无道缘。善无因，恶有果。善恶有形成诸法，因果无凭存世间。

河间王身死，消息传至洛阳，东海王闻知，脸上漠然，面色不变，只问左右："成都王现在何处？"左右答道："成都王出走华阴，折回新野，本欲往荆州司马郭劢处，因郭劢被刘璠所杀，故转投部将公师藩处，幸被顿邱太守冯嵩截拿，如今拘禁于范阳王处。"东海王又问："公师藩有何动向？"左右即答："公师藩白马渡河，欲救成都王，幸有兖州刺史苟晞，统兵迎击，二战斩杀于马下。"东海王愠道："好个成都王，竟还有一班故将相从。"遂拿出一书，吩咐左右："速至邺中，将此书交予范阳王，若范阳王迟疑，可交予长史刘舆。"左右领命，往邺中而去。不知成都王命运如何，且看下回分解。

第三十七回　八王之乱归东海　汉晋大战起平阳

暮云垂虹迎苑柳，行客不知路悠悠；
多少风帆江晚尽，明日烟波又从头。

且说成都王北渡黄河，逃奔朝歌，收拢旧部将士，聚集了几百人，欲寻故将公师藩，不想途中被顿邱太守冯嵩抓住，押送至邺城，交予范阳王处置。范阳王见成都王蓬头垢面，衣衫褴褛，不由得心生怜悯，自思："皇亲贵胄，何至于此。"轻叹一声，问道："侄儿如何这般模样？"成都王泣道："世事如此，无可奈何。"范阳王又叹："自家侄儿，我不欲害你，你暂且居于邺都，不得乱走半步。"遂令部将田徽送成都王往华容宫，精心伺候，好生看守。

成都王居华容宫一月有余，范阳王果不食言，好吃好喝相待，只是不得出宫。行走虽无自由，成都王却也乐得逍遥，心道："如此这般，能保得一命，已是不幸之大幸，有范阳王在，我亦无忧也。"本以为日子安好，就此而过，也盼着时来运转，他日翻身。然天有不测风云，人有旦夕祸福，范阳王突然暴病，医治无效，不日而薨。恰东海王使者又至邺城，将东海王书信交予长史刘舆。刘舆拆信来看，少时交还使者，说道："太傅之意，我已明白，你且回禀太傅，刘舆定不负相托。"使者离去，刘舆令田徽前来，问道："范阳王薨逝，成都王可知晓？"田徽回道："遵长史之命，未将范阳王死讯告之。"刘舆领首说道："成都王久居邺都，深得人心，范阳王若在尚可，范阳王若不在，终为后患。田徽且听令，今夜子时，可择一亲信，扮作台使，由你带入，宣天子诏书，赐死成都王。"田徽领命而去。

深夜子时，华容宫中。成都王心有忐忑，不得入眠，于是起身至院中，独自踱步。抬首见明月当空，繁星点点，云霭飘浮，万籁俱寂，不觉感慨，且生惆怅，既有憋闷，又有豁朗，于是盘膝树下，长吐一气，赋词一首：

  风尘洗残身。天下无客。一分月照不归人。小庭深深问国事，鸦语莺歌。枝头数梅红。三春清浓。草木荣枯自有时。回首锦绣长乐处，应是邺都。

  词作刚成，忽闻田徽到来，又唤了成都王二子，取天子诏书，由台使宣读。成都王闻诏，似有所知，却面色不改，只是问道："听说范阳王薨逝，将军知道否？"田徽答道："不知。"成都王又问："将军今年贵庚几何？"田徽回道："今年五十。"成都王再问："子曰，五十而知天命。将军可知天命否？"田徽说道："不知。"成都王笑道："我死之后，天下会不会安宁？"田徽思忖片刻，答道："天下不会安宁。"成都王一拂衣袖，说道："我自被王浚放逐以来，至今已经三年，终日疲于奔命，身体手足，甚少洗沐。今日将死，欲以清白之身而行。请将军取来几斗热水，可否？"二子在旁，似有所悟，于是号哭不已。成都王令二子返入舍房。田徽取来热水，成都王即行沐洗。约有半个时辰，成都王出来，散开头发，面朝东方卧下，闭了双目，一脸平静。田徽令台使取了白绫，上前将成都王缢死，年仅二十八岁。有诗为叹：

  生来晋家子，中原乱王侯；
  画堂一夜梦，横带入沉舟。
  江山付谁手，莫问少年头；
  登极复足下，散发面朝东。

  成都王身死，二子一同被害。三日之后，死讯方才传出，邺中举城哀悼，家家挂白绫，点香炉，焚黄纸，如此三日，以慰天灵。刘舆既杀成都王，又令四处搜捕余党，成都王部众闻讯，一一逃散，只有卢志未走，前去收了成都王尸身，含泪殡葬。刘舆令人拿了卢志，送往洛阳定罪。东海王见卢志如此忠信，倒是十分欣赏，不忍加害，对朝臣道："忠贞之士，不过子道也，天下当以为效。"于是召卢志为军谘祭酒。

第三十七回

八王之乱归东海　汉晋大战起平阳

河间王、成都王相继而亡，天下宗亲，只东海王独大。待到腊残春至，东海王陈请，怀帝御殿受朝，改元永嘉，颁诏大赦，除三族刑，又追复废太后杨氏尊号，依礼改葬，谥为武悼。怀帝年二十四，尚无子嗣，东海王因清河王司马覃未绝众望，于是倡议建立储君，即以清河王弟司马诠为太子。司马诠曾受封豫章王，年纪尚小，怀帝心有不满，然慑于东海王威权，不得不勉从，心下也是怏怏，于是暗用心思，听政东堂，每日朝见百官，留意政务，勤咨不倦，欲亲揽万机，免得军国大权落于东海王之手。东海王乃狡诈之人，自然看在眼中，于是请愿就藩，带百官至许昌，凡朝廷之事，需往许昌定夺，又将所有洛阳武官，全部罢免，以绝后患。

此一来，举城震动，怨言纷纷。其中一人，名曰朱诞，位列左积弩将军，也在罢免之列，一夜无权，故心怀怨恨，悄悄出城，自思："乾坤失位，王侯擅权，天下纷乱，晋室败亡之象，不可逆也。将沉之舟，何必久留。我观刘元海雄图内卷，当世人杰，昔日居洛阳之时，尚有些故交，可投他处，也得个富贵。"思忖至此，快马加鞭，竟投奔刘渊去了。

刘渊闻朱诞前来，忙迎入内，说道："兄不在朝中任事，何故到我这里？"朱诞回道："今四海生变，八王乱政，晋室不堪，腐朽至极，良禽择木而栖，贤臣择主而事，汉王仪容机鉴，文武全才，乃当世英雄。我甚是钦慕，特来相投。"刘渊闻言大喜，说道："我欲揽天下英才，兄此来可为天下表率，实乃大汉之幸也。"又问："朝堂之事如何？"朱诞回道："天子莫名暴毙，朝臣议论纷纷，十之八九，乃东海王所为。如今成都王、河间王皆死，东海王立新帝，录百事，独揽大权，为所欲为，人神共愤，天下共讨。"刘渊闻言叹道："豆釜相煎，骨肉相残，祸不远矣。"

正说话间，白眉儿进殿，禀道："有晋将王弥、刘灵来投。"刘渊问朱诞："此二人如何？"朱诞回道："恭贺汉王，得二虎将也。尝闻王弥算无遗策，且臂力过人，骑射了得，有飞豹之称。曾攻掠泰山、鲁国、谯、梁、陈、汝南、颍川、襄城诸郡。又攻入许昌，聚数万之众，朝廷不能制也。若非冒进洛阳，为王衍所败，不得来此。刘灵亦为虎将也。"刘渊闻言喜道："飞豹来投，使孤添一臂也。"于是遣侍中兼御史大夫至郊外相迎，待见过王弥，观相听音，言似狼嚎，目如豹眼，非常人可比，遂执手相道："将军有不世之功，超时之德，孤得将军，本以为如得窦周公，今番相见，乃是孤错了，将军可谓孤之孔明、仲华也。"王弥回道："汉王乃刘氏后裔，灭晋复汉，天之道也，臣定以命相趋，扶公大业。"刘渊一日得三将，心下甚慰，正要封赏，忽有报事官来报："司马腾率军两万，犯我边境。"刘渊闻讯大怒，说道："司马腾如此大胆，哪位将军与孤退敌？"王弥禀道："我此番来，未立寸功，今恰借司马腾首级，为汉王献礼。"朱诞、刘灵亦道："我等愿效犬马之劳。"刘渊大喜，遂命王弥为主将，朱诞、刘灵为副将，予五千人马，前往迎敌。

三将点齐兵马，出城而去，至大陵，恰遇司马腾。两军摆开阵势，司马腾斥道："刘渊目无天子，拥众自称汉王，罪不容恕，你等皆为晋人，却卖国投敌，可恨至极。今遇天兵，还不下马受缚，若道半个不是，立为齑粉。"王弥怒道："贤臣择主而仕，良禽择木而栖，晋室无道，天下尽反，岂在我等。汉王复汉灭晋，乃顺应天道，你若自取祸端，为时晚矣。"司马腾大怒，说道："哪位将军与我斩此狗头？"一人应声出列，原是大将聂玄，执环首铁刀，身高二丈，气势汹汹，往王弥杀来。王弥急用枪架住，大喝："好大胆匹夫，你自取陷身之祸，莫怪我也。"聂玄不理，举刀又劈，王弥相还，二兽相交，刀枪并举，两家大战三十回合，王弥卖个破绽，闪身似坠马样。聂玄不知是计，打马上前，横刀一劈，未料王弥从马肚子处拿出一镖，疾手掷来，躲闪不及，正中眉心，跌下马来，王弥上前复一枪，结果了性命。

司马腾见状，大吃一惊，命司马瑜、周良、石鲜三将拿敌。朱诞、刘灵怕王弥吃亏，也打马上前。三将对三将，王弥、刘灵乃是大盗，朱诞亦是不弱，司马瑜等三人哪是敌手，十余个回合下来，已是力不能支。司马腾见三将势危，忙令鸣金收营，王弥大喝："且随我破敌立功。"汉军闻言，士气大振，直冲腾营。司马腾吓得魂飞魄散，夺马便逃，腾军一败涂地。王弥乘胜而追，四战四捷，取了河东。

司马腾战败，不敢复战，于是书信向东海王求救。东海王问群臣："刘渊聚众作乱，王弥叛晋归汉，元迈不能敌也。现河东失陷，谁可前往拒敌？"群臣议论纷纷，少时一人出列，原是左长史刘舆，谏道："臣弟刘琨，可以拒敌。"

第三十七回
八王之乱归东海　汉晋大战起平阳

众臣附和，东海王闻言，连连点头，说道："庆孙之言，甚合孤心，越石有纵横之才，由他领兵，孤无忧矣。"遂表司马腾为新蔡王，任车骑大将军，移镇邺城，命刘琨接替司马腾，入驻晋阳。司马腾接诏，长吁一气，如释重负，竟不等刘琨到来，弃了晋阳，越太行，东下井陉，遁入邺城。百姓竞相出走，一时并州大乱，境内遍地盗匪，路断人绝。

刘琨接了诏书，有左右劝道："河东尽在刘渊之手，刘渊文武全长，妙绝于众，将军此去，恐两虎相争，于公不利。"刘琨回道："吾枕戈待旦，志枭逆虏，常恐祖生先我练兵，今能报国杀敌，万死不辞。"遂赴任晋阳。至上党，不能前行。于是就地招募兵士，约有五百，转战向前，待入晋阳，却见城中府寺焚毁，邑野萧条，白骨横野，豺狼满道，一派凄惨。刘琨即令收葬枯骸，加固城墙，安抚居民，招徕远方，逃亡之人闻刘琨驻守，奔走相告，相继返回家园。

王弥闻司马腾遁走，刘琨接管晋阳，不敢大意，即禀报刘渊。刘渊问群臣："刘琨乃何方人士？"刘宣应道："刘琨乃光禄大夫刘蕃之子，少负志气，自恃英雄，霸上一战，杀败张方，天下闻名，汉王不可小觑。"话音刚落，一人应道："区区刘琨，何足道哉，可予我一千兵马，必破刘琨。"刘渊一看，原是白眉儿，喜道："我儿如此胆识，其情可表，现予你一万兵马，王弥、朱诞、刘灵可为副将，同往晋阳，一战成功。"刘宣从旁又道："少将军此去，可要小心为是。"白眉儿面有不屑，说道："此去定取刘琨首级。"遂领兵而去。刘琨在晋阳，正操持政务，忽闻探马来报："汉军往晋阳杀来。"刘琨大吃一惊，急问："何人为将？"探马回道："领兵之人乃刘渊从子白眉儿，王弥、朱诞、刘灵为副将。"刘琨闻言，忙登城而望，果真见黄沙滚滚，铁骑汹汹，有诗为证：

胡骑动云晓，戍边暮寒微；
登楼独四望，孤城坐行围。

匈奴骑兵数路，杀至城外，刘琨见守兵不过两千，且多是老弱病残，心中不免忧急，自思："敌众我寡，不可力敌。"两旁兵士见城外黑压压一片，不由得倒吸一口凉气，皆惊恐万分，问刘琨："敌军势大，如之奈何？"刘琨面不改色，只道："我自有办法。"遂传令下去，四门紧闭，严加戒备，又修书一封，请求相援。

信使方走，胡骑已至城下，那白眉儿上前喝道："白眉儿到此，刘琨速来领死。"刘琨细观此人，见身长九尺三寸，垂手过膝，天生白眉，目有赤光，须髯不过百余根，而皆长五尺，两手空空，跨下云水吞金兽，端的是拓落高亮，与众不群。白眉儿城下又叫："刘琨匹夫，若有胆识，可与我一战。"刘琨自思："白眉儿如此张狂，我若不出战，倒失了大晋军威。"欲引五百兵士出城，左右劝道："将军不可力敌。"刘琨回道："我此去，乃是探他虚实，你等好生守卫，莫要分心。"遂开城门，放吊桥，刘琨一马当先，至阵前，坐名白眉儿答话，说道："白眉儿休要猖狂，想你父王食大晋俸禄，为大晋之臣，理当匡君辅国，安佐社稷，却自拥五胡，乘势作反，以致国乱岁凶，四方扰攘，生灵涂炭，百姓无安，岂不知天道昭彰？你助纣为虐，死期将至，还不下马受缚，若有半个不字，立为粉屑！"白眉儿闻言大怒，说道："庙堂无道，岂怪民变？自古一朝天，一朝地，商周不统，自有春秋。匹夫莫在此饶舌，成败再道英雄！"正要上前，忽闻一人道："杀鸡何用宰牛刀，末将先来头阵，献刘琨首级于军前。"白眉儿扭头一看，原是朱诞，于是圈兽回营，观敌料阵。

朱诞手执金锏，冲至阵前，刘琨望一眼，喝道："我道何人，原是潜身缩首、苟图衣食的反贼。"遂仗剑相迎。两马相交，二将酣战，正不分胜负，那刘琨神威抖擞，好似出林猛虎，腾海蛟龙，左一剑，右一剑，渐渐占了上风，朱诞暗叫不妙，遂摘下宝弓，走兽壶内抽出羽箭，认扣添弦，使一个"犀牛望月"，刘琨把头一偏，躲了过去，朱诞掉马便走，刘琨大喝："哪里走！"催动百兽筘，即现出金雕，扑哧一声，飞至朱诞头上，尖喙一啄，直啄得皮开肉绽，鲜血淋漓。朱诞大叫一声，痛得跌下马来，刘琨上前一剑，取了性命。

王弥见状，催动战马，欲要讨战，白眉儿止住："刘琨乃有道之士，你等恐非对手。"遂催动云水吞金兽，说道："刘琨莫走，某家到了。"刘琨见白眉儿两手空空，说道："我不斩手无寸铁之人，你且取兵器来。"白眉儿回道："兵器自在我手，你且放马过来。"遂两眉一抹，见两道白光，手上现了两剑。一剑长且直，约有二尺七寸，剑柄有一日环；一剑短且曲，约有一尺五寸，剑柄有一月环。两剑现出，光辉耀目，甚是奇异。

第三十七回
八王之乱归东海　汉晋大战起平阳

　　刘琨乃道德之士，一眼便知剑非凡物，不敢大意，挺剑一抖，往白眉儿前胸刺去。白眉儿右手执剑一架，挡住来势，左手举剑便劈，刘琨忙收剑闪身。趁这当口，白眉儿陡然变势，右剑直奔面门。刘琨急用剑磕开，立马一错镫，一个照面过去了，心道："白眉儿果然有本事。"白眉儿亦道："寻常人不过三招，刘琨果真厉害。"二人打起精神，盘旋一处，大战三十回合，白眉儿越战越勇，刘琨心道："白眉儿武艺高强，难以胜也。"一心不可二用，就在刹那，云水吞金兽到了，白眉儿挺剑往腰上横劈，刘琨把剑一封，二马打个错面，一个马头朝南，一个兽头往北，白眉儿回身使一招回马剑，刘琨听脑后有风声，道声"不好"，遂祭了百兽笛。白眉儿陡然听到笛声，怔一怔神，忽见一金雕袭来，忙祭起长剑。只见上空一道日光，收入日环之中，转眼一道白光，从长剑而出，正中金雕，那金雕哀叫一声，登时化为粉尘。刘琨见白眉儿如此法宝，赶紧打马掉头，引兵回城。白眉儿率军追击，刘琨令放吊桥，射羽箭，严防死守，不可出战。

　　白眉儿城下大骂，见刘琨只是不理，遂怒火中烧，下令围城，堵住东南西北四门，筑土山，掘地道，立炮架，搭云梯，四面攻打。刘琨率众奋击，兵来将挡，水来土掩，坚守七日七夜，两军皆是疲惫不堪，伤亡惨重。至深夜子时，刘琨见援军未到，寻来粮官，问道："城中粮草可有几日？"粮官答道："粮草已尽，无以为继。"刘琨闻言心惊，面色却是不改，说道："且让我思索片刻。"于是乘月登城，环顾四下，见胡骑四合，水泄不通，不由得皱了眉头，自道："孤城日久，粮草不继，军心动摇，如之奈何？"正忧愁间，忽听得一丝笛声入耳，若有若无，婉转清幽，登时一个念头，从脑中闪过："尝闻匈奴最好吹笛，此乃胡笛之声，与我宝笛亦有相通之处，昔日楚汉相争，汉高祖围霸王于垓下，四面楚歌令霸王军心尽失，我何不效仿此法，来一个吹笛退敌。"深加思索，越发觉得可行，遂谱一曲《胡笛五弄》，命城中懂得音律之人皆上城楼，取胡笛和声相伴，自己席地而坐，执百兽笛，同吹笛曲。

　　月光之下，那笛声轻轻而起，凄凉哀婉，愁远绵长，声声入心。寂静之夜，划破长空，直飘入胡骑军营，胡兵闻声出营，竟纷纷聚拢城下，听得如痴如醉，似想起慈母唤儿，如望见妻儿盼父，思乡之情顿起，归家之心陡生，人人流涕嘘唏，个个泣泪回营，军心骚动不安，有些竟结伴而走。

白眉儿不知就里，出营一看，见此情景，不由得大怒，唤来王弥，方知缘由，奇道："不想刘琨竟用如此之法，令我军心尽失，甚是可恨。"遂欲攻城，王弥劝道："人心尽失，如何攻城？将军纵有天大本事，亦难一人而上。"刘灵亦道："刘琨乃有道之士，身怀奇术，如今军心已散，城中不知虚实，若围城日久，援兵相至，腹背受敌，恐为不妙，将军需三思而行。"白眉儿本是聪慧之人，细加思索，亦觉是个道理，然心中仍是不忿，说道："只是可惜，未斩了刘琨，教我如何面目回去。"王弥回道："胜负乃兵家常事，况将军已胜刘琨，只是未到其时，汉王必不怪责。"白眉儿无奈，只得连夜撤兵。待至天亮，守兵往城外一瞧，胡兵尽已退去，无影无踪，只剩得白茫茫一片，不由得欢呼雀跃，喜极而泣，皆叹刘琨妙策。此胡笳退敌，方成千古佳话，后人一首《胡笳曲》为赞：

城南虏已合，一夜几重围；
自有金笳引，能沾出塞衣。
听临关月苦，清如海风微；
三奏高楼晓，胡人掩涕归。

且说白眉儿兵退左国城，见过刘渊，禀报详情。刘渊叹道："刘琨吹笳退敌，实乃千古奇闻。"白眉儿说道："儿臣初战不利，特请治罪。"王弥、刘灵二将拜道："少将军力败刘琨，若不是如此计策，定取了刘琨性命。"刘渊摆手说道："胜败乃兵家常事，那刘琨闻名天下，况败于我儿之手，亦不辱我军威，故不治罪也。"众臣附和，有侍中刘殷、王育进议道："汉王起兵以来，已经一年，却是专守偏方，王威未振，如今晋室腐朽不堪，朝堂离心离德，若不此时争天下，甚是可惜。"刘宣从旁亦道："侍中所言极是。汉王当命将四出，决机大举，枭刘琨，定河东，建帝号，鼓行南下，攻克长安，作为都城，再用关中士马，席卷洛阳，易如反掌。从前高皇帝建竖鸿基，荡平项楚，便是这般谋划，汉王何不效仿。"众臣齐道："汉王当争天下，我等誓死相从。"刘渊鼓掌喜道："众位之言，正合孤心。"再观殿前，旁立嫡子刘和，左有丞相刘宣、尚书令刘欢乐、御史大夫呼延翼，右有白毛儿、白眉儿、四护法、刘景、王弥、刘灵，端的是文臣武将，人才济济，不由得心下甚慰，遂命人撰写檄文，通告天下：

汉有天下世长，恩德结于人心。是以昭烈崎岖于一州之地，而能抗衡于天下。吾又汉氏之甥，约为兄弟，兄亡弟绍，不亦可乎？即今称汉，追尊后主，以孚人望。今东海王诛亲弑帝，擅立天子，倒转乾坤，致天下万物于水火，黎庶涂炭。孤为群公所推，绍修三祖之业，出兵于左国城，兴吊民伐罪之师，以行天道，还四海之安定，愿八荒之祥和。谨具表以闻。

此文一出，四方震动。秋高马肥，刘渊点兵十万，欲伐刘琨，刘宣谏道："刘琨一城之力，何以汉王亲往？檄文既表，大军既出，当先攻平阳，后定河东，直取邺城，方为大道。"刘渊称是，遂乘吉日良辰起兵。此正是晋永嘉二年七月甲辰。起兵点起号炮，兵威甚是雄壮。怎见得，有诗为证：

无端祸乱起萧墙，汉王出兵向平阳。君乱民变一朝苦，坐对夕阳意成伤。腾腾杀气，烁烁幡红，挡牌滚滚，长剑霜霜。袍铠悠悠舞，朱缨霍霍扬，锣鼓喧天，令旗招展，诸营奋勇，刀枪并立。十里但见金戈马，紫电银光盘飞龙。三军踊跃摧腐朽，将士齐心奋决张。

一路旌旗荡荡，杀气腾腾。非止一日，也行半月，探马报入中军："启汉王，人马已到平阳。"离城五里安营，放炮呐喊，设下宝帐，先行参谒。刘渊聚将，共议攻城之策。刘渊问："平阳守将何人？"王弥回道："平阳太守宋抽，武艺平平，为人庸碌，不值一得，然手下有一将，姓龙名伯诏，师承四明山真人刁道林，身怀奇术，不可不防。"刘渊说道："中原之内，必有精奇之士，众将须要小心。"正议时，见哨马报入中军："平阳城大队摆开，请汉王答话。"刘渊传令："也把大队人马摆出。"炮声响处，大红旗展，好雄威人马出来。

宋抽见刘渊，左右分开大小将官，一马当先，喝道："刘渊负国忘恩，无父无君之贼！你自立为王，今日反来侵扰天子关隘，实乃恶贯满盈，必受天诛！"

刘渊笑道："晋室无道，手足相残，百姓受祸，四海荒芜。今我替天行道，东海王亡在旦夕，覆巢之下，安有完卵？你等马前一卒，有多大本事，敢逆天兵。"遂环顾左右："哪一员战将，与我拿下头阵。"有偏将吴然应道："待我来擒此贼。"催开战马，摇枪杀来。宋抽掉马回退，一将从旁杀出，喝道："待我龙伯诏会你。"刘渊看此将，青脸红须，银盔素铠，白马长枪，怎见得：

　　顶上银盔分五角，锁甲铠素似冰霜。
　　白马长枪龙出海，青方托形显神芒。
　　胸中暗藏无穷术，胎气悠悠蕴玄黄。
　　四明山上学大道，平阳城下更雄张。

二将两马相交，双枪并举，来来往往，未及十五个回合，龙伯诏一枪刺中吴然心窝，吴然翻鞍落马。刘灵在后，挺马举刀，大喝一声："不要走，我来也。"龙伯诏瞪眼大喝："反贼还不受死，更待何时？"摇枪劈面相还，一场大战，擂破花腔战鼓，摇碎锦绣旗幡。来往冲突，战三十回合，刘灵乃大盗，刀法精奇，力大无比，那环眼双睁，把刀一拖，卖一个破绽，龙伯诏不曾在意，欲挺枪相刺，忽见一刀落将下来，道声"不好"，遂口念玄语。刘灵一刀劈下，却见一股白气腾出，连人带马不知踪影，目瞪口呆，不知发生何事。正错愕间，龙伯诏忽现身于后，一枪刺来，刘灵未及反应，被刺中右臂，鲜血直流，跌下马来。龙伯诏欲取其性命，白毛儿喝道："莫要伤我大将，待我来会你。"龙伯诏闻言，弃了刘灵，来会白毛儿。不知二人大战如何，且看下回分解。

第三十八回　龙伯诏魂游四明　支道林演绎色宗

丹山赤水通天境，日月星光开四明；
相待而有知本物，色游玄论见空心。

且说白毛儿大战龙伯诏，一人执弓，一人拿枪，一个少年英雄，一个英雄少年，只见弓去枪来，枪弓并举，战在一处，好一场大战，有诗为证：

阵前二将逞能，走兽无避鸟惊；金弓提手弯月，银枪走马出林。这一个为江山，那一个守国门；这一个灵鳌搅海，那一个怪蟒翻身；这一个赴汤蹈火争天下，那一个出生入死报君恩。平地见风云起，人间几多相争。

白毛儿举弓在手，上下翻飞，左右推进，杀个不停。那龙伯诏亦不示弱，挺枪走马，挂动风声，扎出去梅花千朵，撒回来冷气飞扬。二人战五十回合，不分上下，白毛儿心道："打人不过先下手，我且用法宝胜他。"遂拈弓在手，取白毛一扬，一道白气化为一支银箭，呼啸而出，往龙伯诏眉心而去。龙伯诏大喝："好法宝。"遂默念玄语，只见腾起一团白气，人已无影无踪。

银箭复回，白毛儿不知所措，正懵懂间，白眉儿一拍云水吞金兽，出得阵来，大喝："哥哥小心身后。"霎时，眉间现两道白光，手中现出两剑，遂将长剑祭起，一道日光从剑中而出，直射白毛儿身后，闻"砰"的一声，龙伯诏现了身形。原来龙伯诏施法，将身隐入白气之中，悄至白毛儿身后，正要下手，被白眉儿一阻，失了先机。白毛儿也是机变，闻身后有异，忙举弓便打，白眉儿亦举剑而来。龙伯诏见势不妙，催动法术，又是一团白气腾起，人已往营中而去。

宋抽见龙伯诏回营，只恐有变，遂鸣金收兵，退入城中。

刘渊在后，瞧得明白，见龙伯诏身怀异术，恐二子出了差池，也不追赶，下令收兵。回营升帐，刘渊道："今番大战，失了吴然，刘灵着伤，若不得白眉儿机警，白毛儿亦是凶多吉少。不想伐晋第一战，竟遇此等人物，此人修习何术？怎如此厉害。"法觉上前禀道："此乃胎气之法，平日养气于胎中，施法之时念动玄语，使气散于外，人隐于其中，无迹可寻，难以防备。"白毛儿也道："我使箭射他，只觉眼前白蒙蒙一片，他人已绕至身后，若不小心，稍有差池，便命丧黄泉。"刘渊说道："法慧护法的隐裂裟，倒是有相通之处。"法慧回道："隐裂裟，乃以物遁形，那龙伯诏却是以气遁形，虽有相通，又有差别。以物遁形，可至千里，然形随物走；以气遁形，不过方圆，然形无定也。"刘渊叹道："形踪无定，如何胜他？"法觉谏道："我有一计，可以胜他。"刘渊问道："如何妙计，护法且说。"法觉说道："明日出战，且让少将军打头阵，我与法慧护法暗中相助，必保得万无一失。"刘渊闻言，点头称是。

翌日再战，白毛儿一马当先，引兵城下，大叫："龙伯诏，敢再战否？昨日你暗施玄术，险些害我，今日定报此仇。"龙伯诏城头回道："白毛儿，昨日未斩你头颅，让你侥幸得脱，今日拿你不得，誓不回城。"遂点兵出战，二人枪弓并举，又是一场好杀，斗百余回合，两个精神倍加，白毛儿战之不下，忙取白毛，搭宝弓，要射龙伯诏。龙伯诏念动玄语，化气而走。白毛儿留了个心眼，只佯作要射，箭却不发，待身后异动，忙俯首转身，发出宝箭。龙伯诏未料此招，心下吃惊，嘴上念念有词，霎时又是一团白气腾起，人已消失不见。白毛儿一箭不中，心知不妙，打马回身，作势要退。未走几步，左侧一人喊道："白毛儿纳命来。"赫然乃是龙伯诏，举手一枪刺来，迅疾如风，眼看避无可避，电光石火之间，枪至中途，忽然止住，无法向前。

龙伯诏再发劲，却是刺不下去，似被卡住一般，遂大喝："何人作怪？"话音未落，忽觉一股大力袭来，顿觉不妙，忙化作白气，隐了身形，直退入五尺开外，方敢现身，喝道："何方神圣？莫要躲躲藏藏。"言毕，只见眼前右侧，一人现身，合掌说道："我乃沙门护法法慧，今日特来降你。"龙伯诏怒道："沙门中人，不在西方清净，却到我东土，借胡生乱，意欲何为？"法慧说道："天子为皇，亦为转轮王，乃佛陀入世。若天子遵循善法，功德积聚，做贤明之君，轮宝自会显现。如今天子无道，四海纷争，轮宝旋旋而去。汉王雄威天下，文武兼治，是为正法治化，七宝成就，我等应运而来，当为正道也。你逆道而行，还不弃恶从善，入我沙门，否则一身道行，毁于一旦，岂不可惜。"龙伯诏大怒，说道："中土之事，自在中土，与你外胡何干。我为天子守城，由不得你等蛊惑人心，为祸四方。"法慧说道："道友不听我劝，即堕轮回，可惜了一身道行。"龙伯诏怒道："孰生孰死，言之甚早。"遂念动玄语，隐了身形，法慧亦祭了隐袈裟，霎时间只闻打斗之声，不见其人何处。刘渊在阵中，不知胜败如何，正忐忑间，忽见眼前一团白气腾起，龙伯诏现了身形，一枪刺来，要擒贼先擒王。危急关头，一人喝道："龙伯诏还不伏诛，更待何时？"原是法觉在旁，催动散魂铃，随即一声铃响，龙伯诏猝不及防，只觉脑中一片空白，一道虚影分出，浑身似脱力一般，跌下马来。白毛儿赶上前，一弓打下，打得龙伯诏脑浆迸裂，一命呜呼。有诗为叹：

　　长门但见行乐舞，平阳一曲百战歌；
　　霜风犹含将军血，尽入梅花傲关河。

宋抽在城头，见龙伯诏殒命，痛得跌在地上，两泪纵横。左右忙闭了城门，严加戒备。白毛儿在城下，叫道："宋抽老儿，如今龙伯诏伏诛，你穷途末路，还是早早开城投降，以免生灵涂炭。汉王慈悲，且给你一夜思量，明日辰时，若不依言，莫怪刀枪无眼。"宋抽颤颤回道："龙将军为国捐躯，望汉王体恤，还尸首于我，以让逝人瞑目。"白毛儿应承，还龙伯诏尸首，城中军士见状，纷纷下泪，宋抽命好生安葬不提。且说龙伯诏乃有道之人，身虽殒落，魂魄却是不散，飘飘摇摇，幽幽荡荡，竟往四明山而去。只见好山：

　　八百里句余，三千尺金钟。东起惊浪，西腾奔牛，北走银蛇，南驱群羊。日月星光沐空秀，丹山赤水小洞天。晨观朝阳，夕眺晚虹，阴看云海蜃楼，冬赏雪景雾凇。飞珠溅玉鹁鸪岩，风骚独上覆船峰；三江源出大峡谷，仙客平坐白水宫。灵禽依古木，玄鸟绕藤萝；岚光收雨色，霞蔚笼芬芳。正是：

山中无我万般景，我有山中一眸同。

适有真人刁道林闲游山中，采芝炼药，忽心头一震，顿觉不适，猛眼一看，见龙伯诏魂魄渺渺而来，遂上前仔细观看，方知是徒儿魂魄，大惊道："伯诏绝矣。"不由得问："何人所为？"那魂魄失了本体，作不得声，只往西方摇一摇。刁道林闭了双目，拈指而算，不多时睁眼怒道："沙门之人，欺人太甚。"又长叹一声，对魂魄道："你本体已丧，留下这一魂一魄，超不得生，托不得世，终不为长久，为师将你寄在白龙潭中，今后成龙成蛟，全在修行。"魂魄悠悠伏拜，刁道林展开一宝，乃是丹山赤水图。图在空中，只见巍巍山峦，潺潺溪水，山水环绕，相成一体，一缕清风卷起，魂魄收入图内。刁道林拈图在手，驾云而上，至白龙潭，将图一抖，魂魄落入潭内，霎时平波起浪，一条大鲤扑腾而出，摆一摆身子，又钻入水中。刁道林拂一拂衣袖，道声："沙门中人，可恨可杀。"遂借土遁，往平阳而走。

一路追风逐电，不多时已至平阳。夜到三更，宋抽在城中，正愁如何应敌，思来想去，终不得其法，不由得唉声叹气，愁眉不展，忽闻一声："太守所患不过一众反贼，何必焦虑如斯。"不由得心惊，抬眼一看，见一人立于牍前，细看模样，松形鹤骨，相貌清奇，有诗为证：

上停倚苍崖，日月居西东；
玲珑开双目，天地无意合。
仙风吹佩玉，飘洒见贞独；
白衣挂北斗，烟云吐青鸟。
口中清歌唱，挥手现宝图；
四明洞天主，仙人化真珠。

宋抽见来人，知非寻常人士，忙尊于上座，伏拜叩道："道长不知哪处仙山？何处洞府？且听指教。"刁道林回道："贫道住四明山白水洞，刁道林是也。因徒儿伯诏为沙门所害，故下得山来，欲讨一个公道。"宋抽悲咽泣诉，泪雨如珠，说道:"龙将军为国而战,斩吴然,败刘灵,力敌白毛儿、白眉儿,却不幸遭沙门护法法觉、法慧暗算,失了魂魄,坠马被白毛儿打死,我已安葬尸首,立了碑牌,撮土焚香,以慰将军在天之灵。"刁道林面发通红,动了无明三昧,怒道:"待我拿了恶人,也散他魂魄,就此完恨。"

次日,白毛儿出营,刘渊掠阵,命四护法护卫前后。白毛儿城下大喊:"传与宋抽,早来会我。"宋抽城头回道:"你有待何说?"白毛儿喝道:"昨日汉王与你一夜思虑,你究竟降是不降?若降可速开城门,若不降,待我杀进城来,立为齑粉。"话音未落,刁道林驾云至空中,喝道:"白毛儿休得无礼,岂不闻莫舍己道,勿扰他心。你等作恶作反,却以为他人如是,迷沦有欲,淆乱本真,莫能返朴归根,与道同体。今日若知悔改,尚有生路,否则天谴难脱。"白毛儿不识真人,怒道:"哪里来的山野老道,口出狂言,且报上名来,再来说话。"刁道林说道:"龙伯诏乃我徒儿,你害他性命,却不知我的名号,今日定教你劫数难逃。"四护法闻言,即上前来,护了白毛儿。法觉合掌说道:"少将军不知四明真人驾临,言语急切,望莫怪罪。今日两军交战,龙伯诏战死沙场,乃是国事,我等无意冒犯,还请真人莫染红尘,徒生是非。"刁道林说道:"好孽障,竟敢以此虚妄之言,混淆视听,躲藏暗处,害我徒儿,反将利口强辩,料你毫末道行,有何能处?"遂负手而来,要取法觉。

四护法相迎,法慧披了隐袈裟,藏在暗处,欲擒刁道林。刁道林笑道:"此乃小术,终不为大道。"遂祭丹山赤水图,霎时山水相依,环环而绕,将法慧笼住身形,又一挥衣袖,登时一缕清风卷起,将法慧收入图内。法合在后,忙祭了坏劫钹,那钹在空中,悠悠转转,顿时天地无光,直笼了刁道林。刁道林也不着慌,只道一声:"此宝打得了别人,却打不得我。"遂行吐纳,化为一道白气而走,未及法合反应,祭宝图出来,收了法合。

法圆见状,道声:"老道休走,我来会你。"遂横色法琴于胸前,拨弦鸣音,天花乱坠。刁道林笑道:"岂不闻人间之音,至美却在山水之间。山中有流水,空谷出幽兰。"遂祭丹山赤水图,登时只闻鸟鸣雀啼,泉水叮咚,旁人听了,如痴如醉,色法琴黯然失色。刁道林一挥袖,一缕清风卷起,遂将法圆收入图中。法觉大喝:"休伤我同门。"忙摇起散魂铃。刁道林怒道:"此铃最是伤人,待我破来。"遂念动玄语，宝图一展，山水相绕其身，魂不得散，法觉再摇，亦是不灵。刁道林大喝："法觉还不进来，更待何时？"遂将法觉收进图内。刁道林将宝图一卷，对刘渊道："沙门护法入我宝图，闭天门，失道果，已成俗体，即为凡夫，总归是个报应。你不相争，何来杀戮。且收兵归去，莫要再起事端，以绝两教之缘。"

刘渊见刁道林神通，自忖不敌，莫敢造次，遂收兵回营，闷闷不乐，在帐中独坐无言。刘宣问道："汉王有何打算？"刘渊回道："刁道林果非等闲，那丹山赤水图好生厉害。我遍观营中，难有克制之人。如今四护法陷落图中，不知如何是好。"刘宣谏道："阐道虽有玄妙，沙门亦有神通。汉王可请得一二位来，大事自然可成。"刘渊恍然大悟，说道："我军务烦冗，又因损兵折将，紊乱心志，一时忘却。"遂令刘宣："好生看守大营，我去来。"出营帐，驾土遁，周游千里。

刘渊自思："大千世界，不知寻觅何处？"不觉之间，到了东方琉璃世界，刘渊见前方有一寺，名曰"玄法寺"，自道："竟到了日光菩萨之处，昔日菩萨救我，今日有缘到此，一来望一望他老，二来问一问前路。"止步上前，叩开寺门，有童子出迎，上下打量，问道："哪里来的老爷？"刘渊打一稽首，不答反问："此间可是日光菩萨讲经处吗？"童子回道："正是，有何话说？"刘渊说道："烦累传答，我乃月支门人刘渊，特来拜见菩萨。"童子依言，进寺传报。刘渊恭候门外，不多时童子出来，说道："师尊有言，此乃讲经之时，不宜待见外客，若施主有难事，可去那东峃山色游洞，寻白马道人，自可解难。"刘渊伏地叩谢，别了童子，往东峃山而去。半日工夫，但见一山峭拔，孤峰独秀，好景色，有诗为证：

苍蟠翠峙间，菩提挂星岩。四十里山水幽幽，千万年禅韵绵绵。接天台，望远尖；定龙象，无虚言。东直西下，一洞天开；秋瀑帘雨，若垂帘然。夕阳阿，菡萏泉；七丹井，紫萝烟。四檐花香，碧波清潭；灵马踏瑞，白鹤舞仙。眼底万般景象，心中即色本渊。

刘渊收了土遁，行走山间，直觉神清气爽，妙不可言。少时见前方有一洞，

第三十八回

龙伯诏魂游四明　支道林演绎色宗

上书"色游洞"，走将进去，一步一景，看不尽无穷的雅致。直入里面，没个人影儿，见静静悄悄的，刘渊心中暗道："此间无人，竟教我何处寻找？"正踟蹰间，忽闻一声鹤鸣，又前进数里，见一僧人坐在榻上。你看他怎生模样：

顶上有肉髻，项后生圆光；目光如净海，眉间现白毫。身披绛紫衣，足下踏金芒；面似秋霜老，声出震洪荒。宝手接十法，口中唱玄黄；双树倚白马，仙鹤冲凌霄。色不自色色非色，知不自知知本空。正是禅家支道林，演绎般若即色宗。

刘渊止不住脚，近前叫道："白马道人在上，在下有礼了。"那僧人即下榻，合掌回礼道："汉王亲临，不知何事请教？"刘渊回道："本不该叨扰清净，实乃晋室无道，生灵涂炭，我代天讨伐，不想兵至平阳关，刁道林因徒儿龙伯诏战死，迁怒挟私，持宝相阻，觉、慧、圆、合四位护法陷落丹山赤水图之中，无奈寻同门相助，得日光菩萨提点，到此来见解难人。"支道林说道："也罢，也罢，我本不当去，奈蒙日光菩萨荐举，汉王下临，不可灭了苍生之善，我和你走一遭。"二人同出，支道林驾白马，刘渊借土遁，往平阳而走。

一路迅疾，见平阳城，落下埃尘。支道林说道："你且去战他，有我在此，必保你周全。"刘渊应诺，遂调兵遣将，至城下喊话。探马报于府中，刁道林闻言怒道："刘渊不听我言，又生事端，且待我出去，擒来问话。"宋抽止道："刘渊退而复返，怕是求得高明之士相助，真人千万小心。"刁道林笑道："任他请来何人，也难识宝图之妙。"遂出城来，见刘渊道："你退而复回，又起刀兵，岂不知恶不可积，过不可长，今日难脱厄难。"刘渊回道："晋室无道，诸侯相争，天下困苦，你不见人间之难，而累于师徒私情，以阻天兵，必受因果轮回。"刁道林喝道："好利舌，我不与你斗嘴皮，且见过我手上功夫。"遂祭宝图，欲擒刘渊。忽闻一声鹤鸣，抬眼一看，见一人驾白马，口中唱道：

端坐邻孤影，眇罔玄思劬。
偃寒收神辔，领略综名书。

涉老哈双玄，披庄玩太初。
咏发清风集，触思皆恬愉。
俯仰质文蔚，仰悲二匠徂。
萧萧柱下回，寂寂蒙邑虚。
廓矣千载事，消液归空无。
无矣复何伤，万殊归一途。

刁道林不识来人，见模样亦僧亦道，确非凡人，打一稽首，问道："不知高士名号？哪处仙山，何处洞府？学得哪一方道，拜得哪一尊佛？"来人打稽首回道："贫僧乃东峁山色游洞，白马道人支道林是也。岂不闻，荷叶有风生色相，莲花无雨立津梁。贫僧师出准提一脉，今受汉王所托，特来红尘一遭。"刁道林讽道："既是沙门，却又自称道人，亦僧亦道，好不自在。"支道林回道："真人所言差矣，修行之人，何必在意僧道二字。岂不知，世人眼中所见，皆一个色字，僧也好，道也罢，亦是如此。然夫色之性也，不自有色。色不自有，虽色而空，故曰色即为空，色复异空。"刁道林笑道："贫道虽居四明山，却也有所闻，沙门有本无宗、即色宗、识含宗、幻化宗、心无宗、缘会宗、本无异宗，合为六家七宗，而成般若。今日得见即色，也是有缘。"又道："道友此来，怕不只是说讲，且直言来。"支道林回道："晋室无道，天下尽反，汉王出兵正义，龙伯诏逆命而强战，身殒而神灭。道友即为其师，理当严束门人，却挟私出山，恃宝相阻，拿我沙门中人，着实不该，还望及时回头，莫伤了两教和气。"刁道林闻言大怒，说道："我道你以心感色，以成大法，今日看来，不过浮光掠影，事理不一。刘渊原为晋臣，曾受恩禄，不思报国，却乘诸侯相争而行不轨，以晋室无道为幌，拥众作反，欲谋天下。若有福善之心，当臣子时，就当直言谏议，扫除弊端，如此看来，就是个暗藏祸心、乱臣贼子。你修习沙门，不当谏阻，反而相助，还在此口口声声，色不自色，色之非色，可笑至极。"支道林合掌回道："执迷不悟，难成大道，道友若不悔悟，恐殃及祸身。"刁道林嗤道："待你破我法宝，再言不迟。"遂上前一步，祭起丹山赤水图，登时一图而开，山水变化，见山是山，见水是水，前后相承，左右相连，将支道林笼于其中。支道林闭了双目，口中唱道：

  云岑竦太荒，落落英山布。
  回壑伫兰泉，秀岭攒嘉树。
  蔚荟微游禽，峥嵘绝溪路。
  中有冲希子，端坐摹太素。
  自强敏天行，弱志欲无欲。
  玉质陵风霜，凄凄厉清趣。
  指心契寒松，绸缪谅岁暮。
  会衷两息间，绵绵进禅务。
  投一灭官知，摄二由神遇。
  承蜩垒危九，累十亦凝注。
  玄想元气地，研几革粗虑。
  冥怀夷震惊，泊然肆幽度。
  曾筌攀六净，空洞浪七住。
  逝虚乘有来，永为有待驭。

  唱罢，即用指上放一道白光如线，长出一朵白莲，莲无心，有八瓣叶，分有"自、性、无、有、色、即、是、空"八字。白莲所至，山水自然消化。白莲霎时而长，一朵两朵三朵四朵，朵朵而出，转眼山不见山，水不见水，满目尽是白莲。支道林说道："此乃空心莲，莲无心，心生莲，而成万物，万物不可染莲。丹山赤水图虽说玄妙，亦不能浸染。"随手一指白莲，万朵而归其一，陡然增大，高有数丈，忽一阵清风拂过，八瓣莲叶脱落，随风而起，旋旋悠悠，将丹山赤水图卷了个支离破碎，法觉四人跌落下来，昏昏沉沉，不知出了何事。刘渊忙令白毛儿、白眉儿上前，抢了四人回营。刁道林见丹山赤水图被毁，大叫一声："罢了，百年修行，一朝尽去，我与你誓不干休。"遂借土遁而走。支道林哪里肯舍，紧随其后，一追一赶，约走了五六十里地。支道林把空心莲祭起，八瓣莲叶排成一列，如一条长蛇，锁了刁道林脚步，不得动弹，随即旋转而上，缠了全身。

支道林上前，欲拿回去，忽见霭霭香烟，氤氲遍地，抬眼一看，原是玄都大法师到来。法师打一稽首："道友请了。"支道林亦回礼道："大法师驾临，贫僧问讯了。不知大法师为何而来？"大法师说道："混元初判道为尊，炼就乾坤清浊分。太极两仪生四象，如今还在掌中存。我人教太清道德天尊承无为而为，为而不为，以教化众生。有三十六洞天、七十二福地，皆为众生之地。刁道林乃四明山洞主，根行深重，与我教有缘，特来度之。"遂把手一指，莲叶缓缓而开，支道林大惊失色，不得作声。刁道林跌落在地，大法师道："今后当好生修行，以成大道。"刁道林伏地叩拜，二人别过，刁道林径往大罗宫去了。

支道林回到营中，见刘渊道："刁道林已被降服，四护法已成俗体，贫僧领去修行，汉王当好自为之。"各自别过，领四护法出营去了。刘渊失了四位护法，心中闷闷不乐，好半晌，方打起精神，领众将至平阳关前，坐名宋抽，无人答应，遂引兵入城，亦无人把守，拿问几个老弱兵卒，方知宋抽见大势已去，已弃城南奔。众人举手相庆，刘渊传令："催动人马。"大军过了平阳，一路无词，兵至河东。探马报入，刘渊问："何人镇守？"探马回道："乃太守路述。"刘渊又问："此人有何武艺？"探马回道："此人武艺高强，性子更是强烈。"刘渊再问："师承何门，修习何术？"探马回道："家传武学，无门无派。"刘渊笑道："非三山五岳之人，倒也不惧。"遂传令安营，在城外扎下大寨。

且说河东太守路述闻宋抽败走，兵临城下，与众将上城，看刘渊人马，着实齐整。但见得：

营里号炮震天，寨中烽火连绵。面面红旗夺目，对对彩幡飞轩。盾牌手，弓箭手，短刀手，长枪手，挠钩手，人人凛冽；开路兵，压运兵，步足兵，攻骑兵，护卫兵，个个精神。画角林立，铁马寒戈；锦帐密布，鼓铃交响。三军排列千行雁，一团杀气向天冲。昨夜抚看水如月，今日满眼埃尘容。

路述看汉军大营，知刘渊非等闲之辈，不敢大意，遂下城来，与众将官修本，差官往洛阳告急。一面点将上城，设守城之法。刘渊升帐，众将参谒，刘渊道："兵行千里，不战自疲。谁可先往城下走一遭。"王弥应声："愿往。"刘渊许之。

遂提刀领人马一千，至城下搦战。

路述全装甲胄，手执金锤，拨马出城，往阵前一瞅，认得王弥，骂道："叛民贼子，丧家之犬，不想竟附了刘渊，实乃臭味相投，万世唾弃。今至我河东，教你有来无回。"王弥大呼："路述，谅你不过一宵小耳，你有何能，敢出大言。"纵马举刀直取。路述举锤赴面交还，朝王弥前胸就是一猛砸。王弥也是艺高人胆大，把刀一立，往外一挡，硬是将锤崩出去。路述更不含糊，见锤落空，甩手奔脑门打去。王弥一低头，躲过来势，路述的招数又变了，一转手，直奔后背。王弥也是敏捷，脚往马肚子一夹，立马一错镫，一个照面过去。二人拨马又打，大战二十回合，真乃棋逢对手，将遇良材。刘渊令两边擂起战鼓，人欢马炸，王弥打起精神，抡刀拦腰砍来，路述闪身一躲，不想王弥乃是虚招，刀至中途，陡然变向，往面门从上至下而劈。路述惊出一身冷汗，赶紧把马一调，往后便走。王弥大喝："哪里逃。"拍马而追，不知路述性命如何，且看下回分解。

第三十九回　石勒伏寇投汉王　路述死战守河东

长路犹连火烧云，冷月独照岭上峰；
更有一夜清风入，谁寄我心到河东。

且说路述大战王弥，交手二十余回合，力不能敌，拍马回城。王弥在后，紧追不舍，城头兵士见主将败回，遂拉弓放箭，阻住王弥来势。路述过吊桥，入城门，令兵众死守城池，拒不出战。王弥在城下大骂："三军之将，不思力战沙场，竟藏于城内，如缩头乌龟、草中山鸡，令天下人耻笑。若有胆量，再出城来，与我一战。"路述回道："若在平日，你我武艺论高下，我技不如人，胜败自有处置。今日两军对垒，各为其主，我为朝廷戍边，身负重责，不为你言语所激，你若有本事，自来攻城。"王弥又骂了一会儿，见路述不理，无奈回营，见刘渊道："路述死守城池，拒不出战。"

刘渊出营，率军来看，见城墙高不过五米，宽却有四米，马面上有射楼，其置强弩，后有高台，驾设床弩，城下羊马墙、护城河、拒马桩，严严整整，城门又小又多，门外各置堡垒，互为呼应。众人一看，皆道："路述治军严谨，守城有方，此城难攻。"刘渊问道："何人敢去攻城？"王弥回道："可予我三千兵马，必攻下此城。"刘渊说道："我观路述，虽武艺平平，然守城却有方法，将军不可轻心。"王弥回道："若不破城，甘愿受罚。"遂领命出营，令于城外堆设土山，又准备冲车、对垒、壕桥、云梯等物，三千兵士城外集结。路述在城上，见得明白，命将士各守要害，严阵以待。

两军相对，已至未时。王弥命五百弓箭手在后掩护，一百兵士上前，拔除拒马。大战即起，路述见敌，遂令强弩射杀，一时弩箭往来，如雨乱飞。王弥军举盾前走，不想那弩箭又密又猛，顾得了左，却顾不得右，顾得了上，却顾不得下，几步之内，便要倒下数人，王弥大叫："后退者死。"又令弓箭手往城头急射，众人拼死往前，至拒马前，已失了大半，正在开拔，不料城门一开，奔出一军，胯下快马，手执大刀，与来敌混战一处。王弥见状大惊，忙命一千兵士，驾冲车、拉壕桥、举云梯，往前冲杀，弓箭手增至一千，往城中乱射。路述遂命羊马墙后、城墙垛口、射楼高台四处齐射，霎时只闻哀叫连连，惨声遍遍。你来我往，互有损伤，王弥军架不住箭弩凶猛，损失甚重，只见满眼伤兵，遍地死尸，不消半个时辰，一千人马仅剩得个三四百。

王弥大怒："我军损失甚重，却还未拔拒马，此战若不得胜，我等有何面目去见汉王。"遂举刀策马，率一千兵士，气吞如虎，去势如虹，冲至拒马前，一刀一个，只杀得晋军心惊胆裂，连连后退。王弥乘势，率军拔了拒马，架壕桥横过护城河。正要过去，不想羊马墙后冲出数路人马，手端盆具，往壕桥倾洒。王弥不知何物，瞪眼细看，方知是油，心道："此时若贸然后退，则是死路一条。"遂大呼："速随我过河。"众人闻言，策马急走，忽见火箭四起，箭至油上，登时大火腾起，直烧得王弥军哭爹喊娘，死伤无数。有词为证：

　　古来城下多争杀，白头能几家。猎羽千骑，雕弓百甲，冷月葬风华。云断残枝啼老乌，行远更身孤。不见峥嵘，功业入土，无名写青书。

王弥见状，进退两难，前有来敌，后无退路。路述乘势而起，率众射杀，王弥高接低挡，不小心臂受一箭，跌下马来，路述大喜，下令杀王弥者，赏金百两。正当危急之时，忽现一人，驾云水吞金兽，呼啸而至，原是刘渊在营中，瞧得王弥有难，故令白眉儿相救。白眉儿也不言语，一抬手，拉王弥至身后，喝道："全军后撤，莫要强攻。"遂拍驾回营。路述哪肯放过，大呼："只怕你走不得。"出城率众追杀。

白眉儿一手横眉，现一道白光，霎时长剑在手，往空中一抛，收日光于剑中，瞬间打出，往路述而去。路述不知就里，举锤欲挡，正待相迎，偏将孙环见来势不善，道一声："将军闪开。"遂飞身抱路述下马，那白光打来，正中马头，只闻战马一声长嘶，登时化为乌有。抬眼再看，白眉儿已救得王弥回营。路述大骇，问道："此子何人？"孙环回道："此人乃刘渊从子，唤作白眉儿，先闻晋阳一战，刘琨与其相斗，尚且不敌，若非临机思策，晋阳难保。"路述闻言说道："原来如此，若此人再来相攻，定要弩箭射之，莫待有喘息之机。"二人商定，退入城中，整兵顿马，固防死守。

　　白眉儿救王弥回营，清点人马，三千只落得个百十来人。王弥见刘渊拜道："末将攻城不力，甘受责罚。"刘渊扶起，说道："将军言重，胜败乃兵家常事，路述守城有法，死守城池，非设法不能攻克也。"白毛儿从旁说道："我愿领兵，再去攻城。"刘渊思索片刻，说道："三千兵马估且不足，我予你一万，务必显我军威。"白毛儿回道："三千兵马足矣，且待我得胜归来。"刘渊说道："岂非儿戏，不可大意。"白毛儿说道："若不取城，甘受军法。"刘渊点头应允，白毛儿遂出营去，点兵发将，再攻路述。

　　至城外，白毛儿令三军擂鼓，五方纵旗，百人冲锋，先拔拒马。路述令四方集射，你来我往，双方俱有折损。白毛儿见状，拍马上前，手搭宝弓，扯下白毛，认扣添弦，一道白气陡现，化作银箭，呼啸而出，只闻砰的一声，拒马裂为两半。银箭折回手中，白毛儿复射，兵众乘势拔了拒马，架了壕桥。白毛儿下令，全军攻城，一排在后投石，一排在中射箭，一排在前冲杀。路述令守墙兵士出迎抵挡，城头兵众架弩射杀，孙环令一路人马从偏门而出，攻杀来敌。两军大战，城前一片混乱，白毛儿一马当先，左一箭，右一弓，前杀后挡，勇冠三军，如入无人之境。路述见得明白，问左右："此子又是何人？"左右回道："此人乃刘渊之子，唤作白毛儿，亦是有道之人。"路述叹道："刘渊有子二人，尽皆精奇之士，今日不除，大晋危矣。"遂下令射杀白毛儿。

　　白毛儿却是不惧，反举舞金手弯月弓，以弦相迎，将来箭弹回城上，又添一分劲道，众人纷纷中箭，跌下城来。路述自思："双拳难抵四手，一人难挡千箭。"遂令城头兵众齐射白毛儿。趁这当口，城下汉军已平羊马墙，路述军退入城中。白毛儿一面抵挡箭矢，一面下令攻城。汉军架起塔车，与城上对射，又搭云梯，要抢城头。路述令架起床弩，那弩利如长矛，箭头绑缚一包，里面装有硫黄，将火点上，从两侧发出。有数辆塔车不甚防备，被火点着，烧得里头

第三十九回
石勒伏寇投汉王　路述死战守河东

上百号兵士鬼哭狼嚎，欲出不得，欲跑不掉，活活烤死其中。

登梯兵士攀至半途，不见动静，正窃喜间，垛口间忽现闪出无数晋兵，将滚木、礌石、沥青、火油纷纷打下，又有持长勺者，不知里头放些什么东西，黑乎乎，热腾腾。只闻路述喝一声："放。"兵众将长勺翻转，往汉兵头上愣浇。那东西又臭又黏，稀里巴拉，倒在身上，可谓沾上即死、挨上就亡，落身上一点，皮开肉绽，惨不忍睹。汉兵一个个哀叫不已，噼里啪啦跌下云梯。白毛儿见状，问左右："这些是个什么东西？"左右回道："此乃金汁，名虽动听，实则却是人粪，用大炉沸腾，里头掺有毒药，搅拌一处，浇在身上，无药可治。如此攻城，损耗甚巨。"白毛儿说道："不可言退，便是死也要冲上城去。"遂命众人再攻。倒下一批，又上一批；一批倒下，一批再上。如此三四番冲杀，城未攻下，人马却是耗去一半，只见城下血流成河，尸横遍地。白毛儿仍不甘心，还要再冲，忽闻后营有鸣金之声，原来刘渊看得明白，知城池难破，恐白白损耗兵力，遂下令退兵。白毛儿无奈，只得退兵回营，问道："攻城甚急，父王何故鸣金？"刘渊说道："路述有勇有谋，攻城不易，还是从长计议。"白毛儿说道："路述武艺平平，死守不出，依儿臣之见，只能强攻。"刘渊不理，命人马围住四门，断绝粮草，截断水路，欲困死路述。

话分两头，且说石勒率十八骑，欲投成都王，不得引见，只好寻得成都王手下将领公师藩，封了个前队督兵。公师藩讨伐平昌公司马模，被其将冯嵩所败，南逃至濮阳，又遇太守苟晞，命丧其手。石勒侥幸逃脱，投奔贝丘人汲桑。此时成都王为东海王所杀，石勒、汲桑顺势起义，汲桑自号大将军，石勒为忠明亭侯、扫虏将军，讨伐东海王、东嬴公。一路所向披靡，败冯嵩，攻邺城，斩杀东嬴公，从延津渡黄河，南下兖州。东海王闻讯，令苟晞征伐。两军在平原大战数月，汲桑、石勒不敌，战死万余人，向南而走，又遇冀州刺史丁绍在赤桥相阻，折损人马大半，汲桑与石勒失散，汲桑逃往马牧，于平原被晋军擒杀。石勒领十八骑逃往乐平，辗转至上党武乡，不知前路如何。石勒叹道："天下之大，竟无我容身之处，时事命也。"十八骑闻言，皆道："当日高僧有言，将军须择一明主，方可一展宏图。"石勒问道："何人可为明主？"夔安回道："纵览四方，当为汉王。"石勒闻言一惊，思忖片刻，说道："听君一言，如拨云见日，

397

茅塞顿开，汉王文韬武略，当为明主。我等可投之。"众人称是，遂整束一番，去投刘渊。此一行，天高海阔，冲云破雾。有诗为证：

晴空当照欲远行，悠悠古道万里心；
逐日长鸿连天碧，三光五色画彩云。

一路风尘，至乐平，方知刘渊在河东，欲北上投之。夔安谏道："我等这般前去，恐汉王不喜，还是有个投名状为好。"石勒点头称是，说道："哪里寻个投名状？"夔安回道："此地有一匪，乌桓人，名曰张伏利度，手下兵众二千，驻扎历居山，常与汉王作对。汉王有意征讨，却因山高路远而不及。若我等擒了张伏利度，可谓大功一件。"石勒笑道："此计甚好。"遂领十八骑上山，至匪营前，令王阳、夔安、支雄、冀保、吴豫、刘鹰、桃豹、逯明绕至后面，又命郭敖、刘征、刘宝、张噎仆、呼延莫在左，郭黑略、张越、孔豚、赵鹿、支屈六在右，一拍紫电风露马，单骑横刀，立于营门，大喝："张伏利度可出来见我。"有喽啰忙入营相报。

少时，张伏利度出得营来。石勒观来人，身高过丈，肚大十围，身穿亮金甲，脚踏虎头靴，满脸横肉，两道秃眉，下生一双金鱼眼，颏连三寸络腮胡，座下黄骠马，手中镔铁棍，端的是凶神恶煞。张伏利度认不得石勒，喝道："哪里来的小儿，竟到此放肆，且报上名来。"石勒拨马回道："我乃上党武乡石勒，今到此地，有一事与你相商。"张伏利度奇道："我与你素不相识，你来寻我作甚？"石勒说道："汉王天下英雄，今在河东，我欲投之，与你同去，不知意下如何？"张伏利度闻言，仰天大笑，好半晌方道："刘渊屡次招纳，我不知他的本事，故不受之，今你前来，倒要看看你的本事。"石勒亦笑道："你划个道儿，我与你比试比试如何？"张伏利度回道："我见你也算好汉，今番且与你消遣消遣。"营中大小喽啰闻讯，皆纷纷出营来看。

二人分立营前，一南一北，张伏利度往前方一指，说道："你且看来。"石勒顺眼一看，只见云海落日，万道霞光，映入眼帘，着实幽美，又听山风穿林，如涛似海，一行白鹭腾起，煞是翔逸。张伏利度说道："白鹭齐飞，我俩一箭射之，射多者胜。若你赢，我同你去，若你输，留下首级。"石勒笑道："且应你来，让你先射。"张伏利度把手往后一摘，取得硬弓在手，双臂较劲，拉满弓弦，瞄好准头，见白鹭比翼，大喝一声，发箭射来，那箭急如流星，快如闪电，从前一只白鹭头颅穿过，复射入后一只白鹭腹下，正是一箭贯着双鹭，落下云头。众喽啰齐声喝彩，张伏利度大笑，说道："你且射来。"石勒笑道："倒是有些本事，然今日遇我，不是你逞能之时。莫说双鹭，便是五只十只，又有何难？"张伏利度怔道："莫开吹牛大口，你且射下再说。"石勒也不取弓，只一拍马，跃至一坡，见白鹭遥走，一声长啸，啸声响天彻地，摄人心神。众人直觉头痛欲裂，忙捂住双耳。人且如此，何况白鹭，那一行白鹭闻长啸之声，皆凄鸣呜咽，落下尘埃。

众人见此情景，皆目瞪口呆。石勒举手拉弓，一箭四鹭，笑道："此易如反掌也。"张伏利度怒道："此乃使诈，不为胜也。"石勒亦怒："你我只比谁射下白鹭为多，管我如何射来。"张伏利度喝道："奸诈小儿，看打。"遂令众喽啰上前，要拿石勒。石勒早有防备，即举刀拍马，那紫电风露马也是宝马，疾如流星，快如闪电，转眼上前，石勒大喝一声，未待张伏利度反应，左手一伸，拿住衣领，臂膀较劲，活擒了过来。

众喽啰见首领被擒，齐上前来，要拿石勒，忽见左右后方，跃出十八人来，个个凶神恶煞，人人如狼似虎，口中大喝，手中一扬，登时倒下一片喽啰。众人哪里见过如此阵势，皆为惊骇。石勒喝道："众人莫妄动。"拿刀架在张伏利度脖颈上，说道："今起大事，我与张伏利度，谁堪为主？"众人见石勒本事，心中佩服，皆道："我等愿随将军。"石勒笑道："我欲投汉王，你等随我同往，今后建功立业，自有一番富贵。"遂释放张伏利度，又道："你可愿同去？"张伏利度心服口服，拜道："如蒙不弃，愿效犬马之劳，誓死相随左右。"石勒大喜，扶起张伏利度，令十八骑至营中，取了金银钱财，一把火将营寨烧了，往河东而去。

且说刘渊率军围城，不觉已有半月，仍不见城中有乱，心中闷闷不乐，召众人商议，忽闻来报："营外有一羯人，名曰石勒，降服张伏利度，率众来投。"刘渊问众人："此人可知来历？"御史大夫呼延翼回道："石勒，字世龙，上党武乡羯人，乃羯族部落首领周曷朱之子，曾投效成都王部将公师藩帐下。此人壮健有胆力，雄武好骑射，为当世英才。"刘渊闻言说道："我屡次招抚张伏利度而不成，不想为石勒降伏，传令进帐，我倒要好生见识一番。"报事官出帐，少时石勒进来，众人相看，果然是状貌奇异，志度非常，皆相顾颔首。

　　石勒拜道："末将石勒，久闻汉王容仪机鉴，德才天下，早有相投之心，又恐汉王不纳，今知汉王起战河东，故降张伏利度来此，上下有众二千，特为汉王效犬马之劳，以供差遣。"刘渊见石勒样貌，心下甚喜，说道："将军来投，使孤添一臂也。"遂引众人相见，独王弥不悦，冷笑道："如今我军围城日久，若不早克，恐粮草不济，军心不稳。石将军既然到来，定能举良策，破城池。"刘渊闻言，亦叹道："路述死守城池，我军不得进也，将军可有良策？"石勒回道："汉王莫要心急，我等必当分忧，且让我城外看来。"刘渊点首，遂命石勒为辅汉将军、平晋王。石勒谢恩出营，率十八骑往城外探寻。

　　一行至城外，石勒抬眼望，但见城深楼密，防备甚严。军士尽皆披挂，分列队伍，伏在城上，只是不出，又有民夫来来往往，搬砖运石，相助守城，不由得口中称道："路述守城，确是得法。若是强攻，必然损耗甚巨。"遂领十八骑于四处察看。那座城子是个山城，周围都是乱山，其中有一峰，名曰断首峰，石勒自乘马登山，一路驰骋，上得断首峰来，驻步抬眼，看日月皎然，见山河一片，不由得心生感慨，无限豪情，当下赋词一曲：

　　　　青云与我同上，九霄更邀共赏。横空断壁盘飞鹞，一柱齐天相望。临崖瞰神州，峰峦叠叠如嶂。

　　　　寸碧芳华几度，万紫千红无数。百年人物话远近，谈笑北事高祖。丈夫非曹达，并驱光武谁顾。

　　往下一览，河东尽在眼底。石勒见四门井井有条，护城、拒马、射楼一应俱全，固若金汤，不由得眉头紧皱，冥思苦想。约有一个时辰，忽眼中发亮，摇头晃耳，遂领十八骑回营，禀报汉王："末将已有破敌之策，翌日汉王只管令一将，率军正面相攻，此城自然可破。"汉王喜道："将军已有妙策，孤亦无忧矣。"石勒出营，令十八骑分置牛皮数张，约三人长短，竹篾数根，用油浸之。画龙于牛皮之上，将竹篾穿插于牛皮之下,以成风筝之样,再用麻绳绑紧,尾端系棉纱,长有数丈,以为龙尾。一切停当,十九人至断首峰,石勒唤诸人道:"不入虎穴,焉得虎子?我与你等来到此地,待城下攻城,将龙尾浸油点火,皆乘风筝而出,无有归路,若得成功,富贵共之。"众皆应道:"愿从将军之命,我等誓死相随。"一行山上待命,不提。

  翌日巳时,汉王竖起纛旗,出令攻城,只闻一声炮响,白毛儿、白眉儿各领一军,齐出大营。此时红日初升,大雾迷茫,铠甲沾露,号角嘹亮。路述亦不示弱,擂鼓吹号,士气大振,个个打起精神,人人视死如归。白毛儿、白眉儿大喝:"今番攻城,不克唯死,众将士随我同往。"但见浓烟滚滚,箭弩齐发,三军将士刀剑如林,人马如浪,前一排而倒,后一排而上。路述亦立城头,大呼:"众家兄弟,保家卫国,便在今日,你等誓与此城共存亡。"晋军无人退缩,持刃而上,箭矢飞舞,滚木轰隆,礌石霹雳,那嘶喊惨叫,此起彼伏,烽火炽势,杀戮疯狂,处处刀光剑影,死尸伏地。

  两军对战,一方攻城山呼海啸,一方守城百炼成钢。白毛儿、白眉儿欲射人射马,擒贼擒王,奈何路述早有布置,只待二人上前,便是强弩弓箭招呼,使其分不得心,腾不出手。双方你争我夺,甚是焦灼。大战约一个时辰,两边互有折损,皆有疲态。路述大喝:"蛮胡残暴,不可退让,我等守土有责,虽死无愧于天地。"众将士抖擞精神,全力以赴。忽一人呼道:"空中有熊熊火焰,不知何物?正往城头而来。"路述抬眼一望,见空中有数只风筝,形似火龙,龙身着翼,龙尾着火,张牙舞爪,乘风而来。其势如龙出九天,虎奔山林,泰山压顶,力若千钧,转眼已至近前。再细眼看,原是石勒领十八骑,乘风筝从空中而来,要夺城头,不由得大吃一惊,忙令部众射杀,却是不及。那风筝御风而行,疾如雷电,长驱直入,卷起一阵狂风,将城头兵士带得东倒西歪,十九人顺势跳下,将风筝一甩,又洒火油,那火呼呼腾起,城头一片混乱。

  石勒举刀,纵身一跳,大喝:"我乃石勒,谁来见死。"声若洪钟,震人心魄,众人皆骇,不敢上前。十八骑上前,七砍八砍,一阵乱剁,登时砍倒一片。未及众人反应,石勒已至城下,见城门紧闭,上着木门闩,锁有大锁头,锁头约三十斤重,也不言语,照定大锁便是一砍,要开城门。路述大呼:"拿住此人。"

城门兵簇拥过来，却闻一声长啸，直觉刺耳扰神，目眩头晕。那石勒英勇非常，如入无人之境，打开城门，又跳上城头，一路砍杀，众人皆不能敌。白毛儿、白眉儿见城门大开，率军往里冲。晋军纷纷往外抵挡，白毛儿弯弓搭箭，射杀来人。白眉儿亦祭了法宝，沾上者死，挨上者亡。晋军哪里能挡，汉军如潮水一般，拥入城内。路述顾上难顾下，见汉军入城，不由得嘶叫："速速守住城门。"石勒在后，喝道："还不受降，立为齑粉。"孙环在旁，闻言大怒，说道："好逆贼，敢出此狂言，速来受死。"遂抡刀挺步，要取石勒。石勒头也不回，闻刀声渐近，大吼一声，取刀斜里一劈，如雷惊电绕，星流霆击，孙环哪里能挡，连人带刀，被劈了个两半。

路述见势不妙，率众退下城头，白毛儿、白眉儿恰入城中，两相打了个照面，白毛儿叫道："老贼，可识得我否？"路述怒道："你这小贼，不得好死。"白眉儿亦道："路述，汉王知你本事，你若归降，封侯拜将，不在话下，如若抗拒，今日便是你的死期。"路述哼道："大丈夫何畏言死，我誓与河东共存亡。"遂领众人上前，两家混战，杀得惊天动地，鬼哭神愁。汉军凶恶，汹涌而入，晋兵不能敌，渐渐失守，人马折损甚巨。

路述知大势已去，却不退缩，仍领着众人，左冲右突，力斩来敌。白毛儿道一声："还敢逞凶。"遂取白毛，化银箭，穿云破雾，正中路述左脚。路述一个趔趄，栽倒在地。汉军上前，将晋兵杀得一干二净，不留活口，独留路述一人。众人团团围住，水泄不通，白眉儿挺身上前，说道："良禽择木而栖，良臣择主而事。晋室无道，兄弟相残，天下陷于水火，百姓遭受荼毒。汉王爱贤惜才，体恤劳苦，将军何不早投，实乃弃暗投明，从顺弃逆，天下无不欣悦。"好路述，硬撑起身，举锤在手，全无惧怯，口道："我捐躯报国，尽命则忠，岂会贪生而损名节也。"挺步上前，杀退二人，却不能出，料无生还，大叫："我不能报国立功，唯一死以尽臣节。"举锤往天灵一砸，可怜英雄半世，一朝入土。有诗为证：

镝鸣弦惊破长晓，手满弯月射胡杀；
古来忠勇多壮死，心付国事难还家。

路述已死，汉军取了河东。汉王入城，见路述模样，血染战袍，面目全非，不由得赞道："此乃真英雄也。"命人厚葬，又入府上殿，各报其功。住兵三日，汉王传令："催动人马。"大军开拔，至紫荆山，汉王问："前方是何地？守将何人？"刘宣回道："前方乃蒲子城，守将名曰施融，亦是忠勇之辈。"汉王又问："此人武艺如何？"刘宣回道："此人武艺平平，手下却有一将，名曰刘政，道法通玄，旗开拱手，马到功成。与其交战，勿要小心，否则荆山失火，玉石俱焚。"众将闻言，皆有不服，有王弥问道："此人有何本事？"刘宣回道："此人于金庭山玉屋洞学道，有隐天遁地之功，能口吐五色之气，方广十里，气上连天，又能腾跃上下，去地数百丈。"汉王闻言，眉头一皱，说道："所虑不过道术玄通之人，今番又有恶战。"白毛儿上前，说道："父王莫要忧虑，儿臣愿领一千人马，前往破之。"刘渊回道："先去探阵也好，然切记小心为上。"白毛儿领命，遂点一千精兵，先往蒲子城，不知大战如何，且看下回分解。

第四十回　蒲子城刘政布法　上天山菩萨破阵

月隐烟华过东轩，散入高林穿云间；
十分心情寻桂子，一点踌躇问神仙。

且说白毛儿点一千精兵，往蒲子城探阵。一路马不歇脚，人不下鞍，浩浩荡荡，急行两个时辰，白毛儿唤探马来问："且到蒲子？"探马回道："此去前方五十里，便是蒲子城。"白毛儿命道："兵贵神速，众将士须并力攻之。"三军齐动，走约五十里，不见有城。白毛儿问左右："为何不见城池？"左右皆道："奇哉怪哉。"白毛儿四下而看，但见一抹尘烟，薄雾缭绕，看不清前后，分不清左右。

大军徐徐而动，似长蛇蜿蜒，兜兜转转，如笋蛭连绵，来来回回。白毛儿下意识不妙，命全军勿动，再细眼观看，那薄雾朦朦胧胧，似随人走，此时已是笼罩四野，遍布四方。白毛儿说道："我军误入迷阵，莫要轻举妄动。"遂取白毛，化银箭，弯手拉弓，一发即出。那箭闪白光，穿云破雾，直往前去，不多时却又折返回来，复化作白毛。白毛儿皱一皱眉，口称："此雾甚是奇怪，似不为自然之物，定是有人玄虚作祟。"左右回道："莫不是那刘政使然。"白毛儿诧道："刘政竟有如此神通，使我大军不得出也。"左右又答："丞相有言，刘政能口吐五色之气，方广十里，气上连天，此雾甚是蹊跷，该不是此人作法。"白毛儿闻言，心中迟疑，面色却是无改，只道："哪里有如此玄通，莫要长他人之志气。"遂一马当先，往前而行，停停走走，终寻不到城池所在，只觉得树影重重，隐隐绰绰，始终不得出。大军困入阵中，不提。

且说汉王驻军紫荆山，久不得前方战报，差人打探，回报："殿下人马，不知所踪。"大惊，急问："详细道来。"探马禀道："从行迹来看，殿下率部下紫荆山，未至大道，便消失不见，不知去往何处。"众人面面相觑，汉王正疑惑，白眉儿上前，说道："儿臣愿率人马，前往寻之。"汉王应允，白眉儿出营，率一千人马探寻，马蹄声声，旌旗扬扬，一路穿行山间。汉王见白眉儿去，坐立帐中，心下甚为不安，遂到帐外，率众寻一高地，放眼而望，但见层峦险嶂，相邻交错，蜿蜒数十里，似龙身盘旋，从高而低，逐渐下行，着实壮观，远看处处奇峰怪石，近看步步峭崖秀壁，众人正赞叹，忽见石勒手指一处，道一声："且看那面。"众人循声而望，见紫荆山东边，有一深谷，谷中阵阵阴风，四下弥漫缕缕轻烟，欲散不散，欲走不走，甚是奇异，但见景象，有诗为证：

  轻烟笼薄日，涧壑生暝茫；
  阴风动澜谷，乱树舞石涛。
  长川不思鸟，岑岭无兽摇；
  槐暗倚残柳，飞霞卷尘妖。
  一夕平波起，白草共萧萧；
  出入难自如，曲直作哭号。

汉王见状，不由得心中一沉，又有王弥叫道："西面亦有蹊跷。"众人转头再望，见紫荆山西边，有一高崖，金光陡现，丝丝轻烟冒起，四下而聚，又有飞鸟离走，扑扑腾腾。但见景象，有诗为证：

  迟日高台，云顶初开；
  氤氲暗生，虎踞龙盘。
  青山逶逶，阳气溶溶；
  翩然若羽，尘蒙西东。
  惊拔扰萃，游行太空；
  金光无定，本为玄同。

汉王大惊，即命王弥，召白眉儿回营。王弥乘马去追，来回半个时辰，禀报汉王："白眉儿领兵出山，亦不知去向。"众人闻言失色，皆不知何故。汉王说道："孤当亲往，方知究竟。"众人皆劝："凶吉难测，汉王万金之躯，切不可以身犯险。"汉王回道："此非两军相杀，以武取胜，乃天地玄通，白毛儿、白眉儿尚不能出，何况你等。"遂令刘和守营，自己亲率大军，往紫荆山脚去。

约行五十里，至一石口，石口上立一石像，汉王近前而观，分明乃一女子，头上玳瑁，鬓云齐腮，蛾眉淡描，花面相映，腰若素约，足蹑丝履，手中执一袋，端的是仙姿佚貌，幽娴窈窕。石勒奇道："此地怎有石女像？"汉王不语，目视良久，方道："此像乃是风神像，你等可识得？"众人不知，汉王继道："商周封神之战，有截教门人菡芝仙，与三霄共设黄河阵，以阻西岐大军，后因风袋被慈航道人定风珠所破，死于打神鞭之下，后封为助风神。此正是风神像也。"众人恍然大悟，石勒又问："为何风神像立于此处？"汉王说道："凡事必有因果，且往前走，再看如何。"令大军暂且休整，率一干将士前行。

又有二十里路，石勒驾马在前，忽然止步，手指斜上方，说道："汉王且看，此处又有一石像。"众人循声而望，果真见一石像，立于道旁，赫然乃是风神像，皆交头接耳，不知何故。汉王不语，上前细观，陡见轻烟袅袅，从石像之后而起，又有胸前红毛金光四射，即知不妙，忙令众人后撤。方走数步，原地已是轻烟笼罩，万物朦胧，又有阴风习习，令人不寒而栗。众人眼见，皆为惊骇。汉王大喝："究竟何人，在此布法，阻我天兵？"不见有应，遂默念口诀，心口精光一闪，霞阳剑祭在空中，登时万丈红光，如霞日东升，云开雾散。那剑身嘤嘤作响，陡然打将下来，只闻"砰"的一声，地面现一坑，不见有人。汉王收剑，喝道："哪里高人，何不现身相见？"话音未落，有一人声："尝闻刘元海文武兼长，八窗玲珑，今日有幸得见，果真名不虚传。"石勒怒道："汉王名讳，岂能直呼，何方宵小，藏头露尾，还不速来受死。"那人笑道："想你年过而立，竟说出如此话来，真不知天高地厚，可笑之至也。"石勒欲上前，汉王摆手示意，说道："阁下既知我名，还望现身相见。"只闻风神像后窸窣有声，少时出来一人，汉王细看，怪模怪样，着实稀奇，怎见得：

头儿尖尖插星斗，大口方方马蹄走；

半黑半白阴阳面，细细长长四肢勒。
荣贵须臾绝进取，勤寻异闻千里求；
金庭山上通玄道，玉屋洞前驾北辂。

汉王见此人模样，知非常人，打一稽首，问道："敢问道友，可是金庭山玉屋洞道行天尊门下？"来人回一稽首，诧异道："你怎知我的出身？"刘渊回道："有学之人，自名千里，岂有不知。尝闻蒲子城刘政，高才博物，身怀玄通，有隐天遁地之法，今日一见，果不其然。"刘政说道："既知我名，何必来犯，还望止兵罢战，两休干戈，也是苍生之福。"汉王摆手，说道："《司马法》有云，杀人安人，杀之可也；攻其国爱其民，攻之可也；以战止战，虽战可也。君不见晋室昏暗，乾坤失序，百姓处于水火，你等助恶，非善事也，孤代天征伐，方为苍生之福。你既有一身本事，何不弃暗投明，定有厚待。"刘政闻言不悦，驳道："此乃谬言，岂不知一朝一代，自有兴衰；一事一物，自有圆通。你等身为晋臣，不思拨乱世、反诸正，一味造反作乱，妄图自立，其行可灭，其心可诛。如今晋室气数未尽，你等逆天而行，纵是螣蛇乘雾，终将化为土灰。还请大都督三思，毋损威重。"汉王被此数语，说得面皮通红，石勒眼见，大喝："大胆贼子，汉王以礼待你，不想你反唇相讥，甚是可恨。休要在此说三道四，见过我手中之刃，再来言语。"即拨马上前，十八骑紧随其后，要拿刘政。刘政嘻嘻笑道："米粒之珠，焉放光华。"随即把身一扭，不知所踪。

石勒寻不到刘政，正称奇间，忽闻风声阵阵，白烟四起。汉王在外，见状大呼："速速退回。"却是不及，石勒等人已隐入其中，不见踪影。众人大惊，汉王说道："此乃异人，我等不知虚实，切不可冒进。"遂领众人原路而退。刘宣愁道："大军至此，却被一人而阻，失了三路人马，这可如何是好？"汉王坐营中，与诸将商议对策，默默不言，半筹无划。刘宣谏道："与其在此干坐，不如寻那三山五岳，定有相助之人。"汉王闻言，颔首说道："丞相之言甚是，你等好生守营，孤且走上一遭。"遂出营捏土，借遁而去。

不过数里，竟不能前，汉王收了土遁，探头一看，见盈盈白烟，笼罩四下，心知不妙，却已不能脱身，往前而走，兜兜转转，竟不知东西南北，越发迷糊。

汉王心道："定是个什么迷魂阵法，教人不得离走。"遂祭霞阳剑在空中，放万道霞光，白烟一时消散，汉王正要行走，未行数步，白烟复生，弥漫一团。汉王见法宝无用，左突右探，进退无路，心中不免焦急："身为主帅，竟受困于此，如何得了。"正苦闷间，忽闻仙乐响亮，五气朘空。汉王抬眼看，见白烟渐散，一人乘云而来，馥馥香烟，氤氲遍地，正是月支菩萨。

汉王大喜，口称："老师来也。"遂伏地叩拜。月支菩萨下了云头，令汉王起身，汉王侍立一旁，说道："晋室无道，沙门不兴，弟子代天征伐，不想有玉屋洞门人刘政布法相阻，弟子不知蹊跷，困于此处。"菩萨说道："你不识玄妙，难免受困。此乃玄风气象阵，为风神所创，后有玉屋洞道行天尊加以淬炼，收此阵于一幡内。此幡若起，可使风贯于地，四气催发，移山倒海，随心所致，变化无穷，人马入内，如堕云里雾中，不识天地，不辨南北，只在阵中兜兜转转，游游走走，若无解救，终不得出来，端的是乾坤无定，厉害非常。"汉王诧道："此幡如此厉害，不知称之何名？"菩萨说道："此幡名曰太无幡，与混元幡同为阐教至宝。想必道行天尊将此幡传于刘政，刘政知你大军来到，布法于紫荆山，故有此难。"汉王问道："既晓来历，非老师不可破此幡。"菩萨说道："你且随我走。"

汉王随菩萨在后，只觉迷迷茫茫，一路往上，不知所以。约有一炷香工夫，到达一处。汉王抬眼，豁然开朗，原来已至紫荆山顶，四处清清明明，万象更新。斜上有一石碑，书"上天山"三字。汉王问菩萨："此地有何玄妙？"菩萨不语，手指石碑处，汉王细眼一看，原来有一幡，立于碑上，那幡有七角，分书"度人、箓仙、制星、制魔、制水、镇五方、济法界"，旋旋转转，五色同光，甚为奇妙。菩萨说道："此幡立于峰顶，紫荆山尽在掌握，要破此阵，非拔了此幡不可。"汉王便要上前，忽一人现身，拦在前路，原是刘政，奇道："你明明受困，如何寻到此地？"往后一看，见菩萨真容，打一稽首，又道："原来有月支菩萨到来，不知冒昧，且望莫怪。"菩萨还礼，说道："刘渊秉我沙门，兴兵伐恶，你为何在此设阵，甚是不该。"刘政回道："菩萨此言，不敢苟同。殊不知，行恶之人，如磨刀之石，不见其损，日有所亏。庙堂虽有失德，然气数未尽，终须以塑为先，以刘渊之行，乃是以恶报恶，兴兵作乱，陷百姓于水火，沙门其善，何以为凭。我布法设阵，以顺天道，菩萨既明此理，宜早相劝，莫为螣蛇乘雾，悔之晚矣。"

汉王闻言，勃然大怒，说道："小儿之口，出此狂言，岂不闻，螳臂当车，不自量力，今我天兵至此，虽由你一时相阻，终不过焦熬投石，东野败驾。"遂上前便打，刘政面目通红，亦道："我设阵于此，看你怎破。"忽腾起一团烟雾，身子一扭，不知去向。

汉王寻不得人，径自往石碑而去，要摘宝幡。未行几步，忽腿上一绊，跌倒在地，望向四周，不见有人，又爬起身来，欲往前行，不料后背挨一记打，转身来看，亦不见人影，不由得大喝："刘政小儿，莫做此鬼祟之事。"话音未落，忽地里钻出一人，赫然乃是刘政，回道："今有我在，莫想踏前半步。"汉王大怒，遂祭霞阳剑，那剑在半空，放万道霞光，直照刘政，扑地打将下来，有雷霆之势。刘政把身一扭，腾起阵阵白烟，人入地中，登时不见。汉王喝道："区区地行术，能奈我何？"即从心口射出寒光，祭了炎阳剑出来。那炎阳剑化成火麒麟，呼啸而至，火浪滔天，把个方圆之地烧得个通红。刘政在地中，架不得受，出得身来。汉王喝道："往哪里走。"遂指剑相向，火麒麟直奔刘政。刘政见来势凶猛，把口一张，吐五色之气，又把身一扭，隐入空中不见。

汉王遍寻不得，骇然大惊，自道："隐天遁地之法，着实玄妙。蒲子城若有此人，我军必不能进。"正思忖间，忽闻刘政喝道："刘渊，你黔驴技穷，且看我的手段。"抬眼一看，见刘政立于石碑，手举太无幡，拨弄七角，登时五色齐现，四气游走，上下白蒙蒙一片，又有轰隆之声不绝于耳，原来刘政搬了五岳，要压汉王，虽无其形，却有其势。汉王大惊，欲出此阵而不得，不由得汗如雨下。千钧一发之际，却见一道绿光，闪烁其中。五岳被此光托住，压不下来，不消片刻，已是灰飞烟灭。又见那绿光和煦，登时五气消散，一片清明。

刘政瞪眼细看，原是一片贝叶，飘在半空。正诧异间，忽闻菩萨声起："有我在此，不可任你胡来。"刘政抬眼看，见菩萨手托一印，立于前方，不由得问道："此乃何物？竟使我太无幡无用。"汉王说道："此乃贝叶昙摩印，万化虚空，精妙绝伦，岂是太无幡能克。"菩萨说道："太无幡虽是玉屋洞至宝，然你持宝布阵，以违天数，今番留你不得。"遂祭宝印，那印从空中压下，万道绿光，好不神奇。刘政见状，道声不好，遂把身一扭，往地中而钻。菩萨喝道："往哪里走。"念动玄语，印中现出贝叶，如影随形，罩了刘政。刘政欲下，钻不得地，转而腾上，亦动不得身。那贝叶缓缓而落，叶中蕴一印，乃是昙摩法印，正中刘政后背，一口鲜血喷出，倒在地上，已是不省人事。汉王上前一探，禀道："此人尚有鼻息，老师何故留他性命？"菩萨说道："上天有好生之德，此人颇有根行，若能入我沙门，可上西方八德池边，谈讲三乘大法，脱胎换骨，自有圆满。"正欲收之，忽闻一人作歌而来：

红绿青蓝紫，五色绘奇石；
太上开无量，金庭落灵芝。
天地不能久，理无是非常；
圣人有所否，万物至达行。

菩萨见貌，来人仙风道骨，甚是逍遥。怎见得，有赞为证：

髻云两抓分日月，烟霞飞处落玄真；
五色袍紧带麻履，腹有道行身盈轻。
一点元气结根骨，两仪太极任纵横；
来人本是昆仑客，玉虚门下小天尊。

菩萨见人，打一稽首，说道："原是玉虚宫门下道行天尊驾临，这番请了。"道行天尊回礼，说道："菩萨本是清净之人，我知你道行甚深，为何沾此红尘？"菩萨回道："贫僧此来，亦是慈悲。晋室无道，诸侯相争，人间已是炼狱，刘渊代天征伐，以解大难，刘政乃你门人，仗你道术，布法相阻，执迷不悟，不得已而为之。"天尊说道："道友此言差矣，殊不知后周之乱，自有秦皇；王莽篡汉，自有光武。东方有东方悲喜，西方有西方祸福。刘渊非东方帝君，却逆向而行，此非天道，祸不远矣。你为师尊，不加矫正，反来相助，以大欺小，打伤我门人，是何道理？"菩萨说道："道友虽说道德清高，却是不明世事，天地之内，岂分东西；人间不平，万物责我。我管世人之事，解世人之难，有何违逆？今番打伤道友门人，乃是爱其根骨，度入沙门，也是缘分，有何不美？"天尊笑道："道

第四十回 蒲子城刘政布法 上天山菩萨破阵

友说辞，难以言论，平白之外，还来觊觎我教门人，岂不知好面相看，万事俱息；若道友执迷，只恐明珠弹雀，罗网捕鱼，反为不美。"菩萨说道："道虽一理，各有所陈，想你玉虚宫十二上仙，被截教三霄削了顶上三花，散了胸中五气，本当无忧无虑，无荣无辱，正好修持，何故轻动无名，自伤雅道。今番刘政在我手，且看你如何带走。"

天尊不再应语，只口中念念有词，把手一抛，有一圈现在空中，此圈分五段，着五色，红绿青蓝紫，闪闪发光，着实好看。那圈在空中转一转，忽而不知所踪，再一看时，已套于刘政身上，又是一转，连人带圈消失不见。菩萨转眼，刘政赫然立于天尊身后，那圈在天尊之手，神妙无穷。菩萨奇道："此乃何物？"天尊应道："此乃五色神行圈，五色五行，尽在此间。"菩萨说道："玉虚门下，果真名不虚传，今日得见此宝，甚为观瞻。"遂收了贝叶昙摩印，又道："道友爱护门人，贫僧不便强留，人间之事，自有定数，我等尘外之客，不当沾染，既然玄阵已解，贫僧这便离去，太无幡物归原主，也是你我二教方便。"天尊接幡，说道："道友既然退去，贫道自然不当留，刘渊逆天而行，福祸相倚，且好自为之。"遂领了刘政，驾云而去。菩萨唤过汉王，说道："玄风气象阵已解，三军出阵，你且回去，日后山高路远，当谋定而后动，方能一马平川。若有难处，莫要逞强，聚四海之气，借八方之力，才是上策。"汉王伏地叩头，说道："多谢老师教诲，老师远涉，弟子当送一程。"菩萨说道："你不消送，快快去吧。"汉王闻言，依依叩别。

菩萨驾云而走，汉王下了上天山，见天空澄碧，纤云不染，山色如洗，一眼万里。少顷至大营，有众将齐聚，白毛儿、白眉儿见汉王来到，上前拜道："恭迎父王。"石勒亦然在后。汉王示起，白毛儿、白眉儿齐声说道："我等奉命而出，不慎误入迷阵，幸有上天护佑，迷阵忽然散去，方才得回，所幸将士无损，还望父王责罚。"汉王唤来众人，将内情道来，众人各自嗟叹，刘宣说道："若无菩萨相救，三军皆止于此地。汉王洪福，自得庇佑。"白毛儿说道："刘政既除，我军当乘胜而上，儿臣愿领一军，前往蒲子城破敌。"汉王领首，说道："予你三千兵马，务要显我军之威。"白毛儿领令出帐，炮声大振，一路疾驰，至蒲子城外。三军布阵，一字排开，见一军从城内而出，为首者幞头铁甲，皂马长枪，

411

端的是一般赤胆，忠勇可嘉。

　　白毛儿挺马问道："你是哪里无名之兵，敢阻我大军？"那将说道："我乃守将施融，你又是何人，往哪里去？"白毛儿举弓相向，回道："你认得此弓，便知我名。"那将见此弓金手弯月，不由得怒道："我道何人，原是乱贼白毛儿，今番来此，莫欲再前。"白毛儿说道："我奉汉王之令，征讨而伐司马，刘政败走，你等已无所倚，还不下马受缚，弃暗投明，否则立为齑粉，正道难存。"施融大骂："叛逆小儿！据你所言，就如婴儿作笑，不识轻重，非智者之言。捐躯报国，尽命则忠，岂能贪生而损名节也。"又道："闻你在东达山薄云洞学艺，倚得玄术，方能逞威，今番敢否以真实武艺，与我一战？"白毛儿笑道："纵以武力相取，又有何妨。"话音未落，施融连人带马，如映金玛瑙，赤日飞鸿，纵马舞刀，迎敌白毛儿。白毛儿也不答话，刀弓并举，一场大战。怎见得：

　　　　司马守城将，汉家小先锋。这个锐不可当争大功，那个力敌千钧真栋梁。二人初相逢，各把生死忘。马前方识深与浅，刀光无面欲称雄。翻天覆地遁惊鸟，飞沙扬尘走兽消。这面持宝弓，赛蛟龙，恶狠狠，万万凶；那面凭胆气，似游凤，坚韧韧，鼓咚咚。一来一往无丝缝，左旋右抽怎相容。独木桥上争你我，正是性命相搏时。

　　话说二将交兵，只杀得红日西斜，飞鸟四散。且看大战三十回合，白毛儿暗想："丞相道施融武艺平平，倒是小觑了。此人刀法虽难称精妙绝伦，却也严丝合密，且英勇非常，若再久持，恐有损我军之威，还须速战速决。"思忖已定，遂掩一弓拨马便走，施融随后赶来，前走似疾风扫落叶，后随如暴雨冲残花。白毛儿回头一看，见施融赶来，遂取白毛，化银箭，弯弓拉弦，一道寒光射出，如鹰拿雁捉，击电奔星。施融未及反应，只觉胸口一甜，那箭已穿胸而过，化为白毛，复回白毛儿手上。施融怒道："你口是心非，胜之不武，非正道所为，今虽逞强，祸患不远矣。"遂喷出一口鲜血，跌下马来，一命呜呼。白毛儿说道："沙场征战，你死我活，岂缚于口头之约，今日有此败，可知你实为庸才也。"遂取了施融首级，至军前大呼："施融已死，众人归降，可保得性命，若再相违，莫怪刀枪无情。"

守兵见主将战死，士气全无，皆弃械而降。白毛儿拾点人马，差人至紫荆山报功。

汉王得报白毛儿取了蒲子城，大喜说道："我儿身不辱命，当记大功。"遂命大军出山，至蒲子城外，有白毛儿相迎。汉王颔首命起，抬眼一看，不由得叹道："好一座城池。"众人亦不绝赞叹，怎见得好城，有诗为证：

烟笼水寒木，群山抱川城；
石楼插云壑，举目平江舒。
大象隐龙泉，蒲耳出苍原；
春秋文公邑，重言古帝都。

三军入城，汉王入府上殿，各报其功，汉王道："自起兵以来，连克三城，众将英雄可嘉。"有探马入内，禀道："有上郡四部鲜卑陆逐延，氐酋单征请降。"汉王笑道："海纳百川，有四方来投，汉国可兴也。"刘宣谏道："事难而半，始终者成。我军连得三胜，大振王威，可喜可贺，然任重道远，仍要继持。如今粮草不济，尚要谋划。"汉王说道："此言甚是，卿有何策？"刘宣未答言，有石勒上前，禀道："可往邺城夺粮。"汉王问道："邺城守将何人？"石勒回道："守将和郁，乃是贪生怕死之辈。臣愿提一兵，前往取之。"汉王喜道："将军之言，甚合孤意。"又思忖片刻，命道："王弥、石勒二人，一主一副，可率本部人马，前往破敌。"二人领命，出兵寇邺。

未至城下，那守将和郁，得闻战报，心惊胆破，早已率众弃城而走。二将得此便宜，不由得大喜，入城好一番搜刮，方回报汉王。汉王闻讯喜道："应天顺时，汉国之福也。"有刘宣在旁，趁机谏道："离石地处偏方，浮寄孤悬，汉王鼓行南下，不可久倚。蒲子城乃兵家要地，重耳所奔之处，霸业由此而兴，可迁都至此，方为根本。"左右皆称是，汉王闻言大悦，说道："丞相所言极是。"遂把这蒲子城，号为汉都，公然称帝，大赦境内，改元永凤。命嫡子刘和为大司马，加封梁王；尚书令刘欢乐为大司徒，加封陈留王；御史大夫呼延翼为大司空，加封雁门郡公；同姓以亲疏为等差，各封郡县王；异姓以勋谋为等差，各封郡县公侯不提。汉王僭号，两河大震，晋廷得报，不知如何处之，且看下回分解。

第四十一回　东海王专务防内　白毛儿兵进上党

结叶妆梅横枝斜，散作云脂望春归；
不见飞雪福来报，只闻人间冬打雷。

且说晋永嘉二年十月甲戌日，汉王僭号，迁都蒲子城，两河大震，传于京师。怀帝闻报，不由得心忧，召一干亲信入宫，有散骑常侍王延，尚书何绥，太史令高堂冲，中书令缪播，太仆卿缪胤，齐聚太极殿。

怀帝问众卿："刘渊拥众作乱，僭号称尊，大举相犯，已取了平阳、河东、蒲子三地，贼势甚大，如何是好？"何绥忧道："陛下可否与太傅相商？"缪播愤然道："天子乾纲独断，何须问那藩王？"何绥说道："陛下天姿清劭，少著英猷。然根基未稳，军权旁落，如今东海王专政，虽不在京中，却党羽遍布，若擅自行事，必定遭祸。"王延亦道："尚书所言极是，然敌军将至，陛下若无声息，恐洛阳有变，社稷难稳，天下无安。我等可推举一人，商于太傅，亦是为大计着想。"怀帝问道："尝闻刘渊其才，当今惧无其比，朝中谁可相敌？"王延又道："此人一来须文武长才，二来须忠贞果敢，方为朝廷栋梁，日后天子所用，正当其时。"众人左思右想，不得人物。忽缪胤似有所悟，说道："臣举荐一人，有擎天架海之才，刚正忠勇，武艺神通，乃安邦定国之人。"众人皆问何人，缪胤回道："此人乃高县侯、平虏护军、西平太守，马隆是也。昔日河西鲜卑秃发树机能率众作反，攻占凉州，马隆三千精兵前往，擒杀反贼，一举平乱。朝廷恐陇右反复，令其戍边，已经十余年，如今刘渊作乱，臣遍观朝野，非马隆不能相御。"怀帝喜道："原是孝兴将军，将军之能，朕亦有闻。若先帝在时，召其还都，岂有今日之乱？"何绥面有忧色，说道："马隆远在陇右，难解近火，如之奈何？"高堂冲说道："事不宜迟，可速至许昌，一面令太傅发兵抵御，争得时日，一面差人速往陇右，征还马隆，马隆身怀神通，不日可来洛阳。"

众人闻言，连连称是。独缪播忽起得身来，伏拜天子，叩道："臣有一箭双雕之计，可令乾坤正位，朝廷规序，然此计甚险，不知陛下敢以施行否？"众人面面相觑，不知缪播有何妙计，怀帝亦道："爱卿平身，此殿无有外人，可当面讲来。"缪播环视众人，缓缓道来："天下失安，朝廷之祸，不在其外，而在其内，夫欲攘外者，必先安内。刘渊虽然作乱，岂不闻兄弟阋于墙，外御其侮。社稷直至今日，若非诸侯相争，兄弟反目，何以至此，故祸首非刘渊，乃太傅也。太傅不除，紫星移位，纵是刘渊去除，亦无用也。诛杀司马越，正在今时也。"怀帝闻言不语，若有所思。

何绥问道："司马越挟百官至许昌，而今迁居荥阳，把守森严，防备有加，如何除之？"众人相看，缪播继道："刘渊大兵压境，陛下可以此为由，召还太傅，便说形势甚危，天子年少，非太傅亲临，不得抵御。太傅必定回京。陛下令太傅入宫，商议马隆御敌一事，于太极西堂宫门之后，先伏刀斧手五十人，待太傅到来，立闭宫门，伏甲齐出，斩奸诛恶。"众人闻言，冷汗直冒，皆不作声。

好半晌，高堂冲方道："若司马越察觉不出，或带兵入宫，如之奈何？"缪播回道："皇城之中，纵是带兵，不过千人，而太极殿内，不过百人。西堂乃天子居所，更非随意之地。陛下可令外兵，至太极殿中等候，召司马越入西堂，即便随从几人，我刀斧手呼啸而上，必定手到擒来，一举击杀。"众人闻言，甚觉有理，又有王延发问："司马越为人骄纵，若是强行带兵，如何是好？"缪播伏地叩拜，说道："自古成事，九分运筹，一分天意。故谋事在人，成事在天，正是如此。如今内忧外困，若不趁此良机，冒险一搏，今后温水煮蛙，难有回头也。我等忠心社稷，纵然是死,亦无悔也。"怀帝闻言,毅然起得身来，说道："与其苟且偷生，毋宁高贵赴死。当作高贵乡公，不做亡汉献帝。诛杀国贼，便是此时。"众人闻天子言，皆伏拜叩地，齐声说道："臣等誓死，愿追随陛下，斩逆除奸，共赴国难。"如此决意，也是鲁莽，后人引诗叹之曰：

干戈随风靡，悲怆欲天齐；

深渊藏利甲，困龙徒太息。

怀帝定计，缪播又谏："可差人于朝野，说些太傅过失，以结众人之心。"怀帝依言，遂拟草诏，宣太傅还京。司马越得诏，哈哈笑道："小儿当政，顾此失彼，事到难时，方知深重。"遂点齐兵马，径入洛阳。

至府中，有平东将军王景来报。司马越宣入，问道："天子小儿，有何动静？"王景回道："天子在京，未见有逾越之处。"司马越又问："天子可有亲近之人？"王景禀道："未见与何人亲近，只王延交谈甚多。"司马越笑道："王延乃帝舅，亲近些也是应该。"再问："朝中可有些胡言乱语，非议本王？"王景禀道："朝中虽有些庙堂议论，倒也无碍，只近些时日，议论太傅之语，忽然传开，有蛊惑之势。"司马越双目一瞪，起身问道："都是些什么言语？"王景回道："皆说太傅调兵许昌，洛阳空虚，分明不顾天子安危。亦有人言，太傅志在拥权，专擅朝堂，天下难安。"司马越闻言大怒，问道："可曾查证，出自何人之口？"王景说道："也是近日传出，正在严查。"司马越思忖半晌，命道："你且去暗查，明日本王入宫，倒要听听天子言语。"王景说道："天子宣太傅，乃商议如何抵御刘渊，如今刘渊兵至蒲子城，天子所虑，正在此也。"司马越问道："天子有何思虑？"王景回道："天子欲征还马隆，率兵抵御。"司马越怒道："兵者，国之大事，乃生死之地，存亡之道也，岂容妄言，那马隆远在陇右，千山万水，怎能救得眼前？看本王明日如何说教。"

翌日，司马越领率甲士五百，欲往太极殿。才出府门，本是晴空万里，倏尔红云密布，翻腾缭绕。王景随在左右，说道："今日怪哉，如何凭空起云，变化莫测，人难料之。"司马越听王景言，心下一咯噔，不知滋味，正要说话，忽见红云散去，万里清澈。此等情景，瞬息之间，令人瞠目结舌。司马越不及多想，又有群鸦盘桓，叫声凄厉，好一会方散走。司马越说道："今儿个怪事多多，方见奇景，又闻异声，究竟是何缘由？"王景支吾半响，不知作答。

司马越思来想去，也不知其义，见时辰已到，正要起步入宫，忽有一人道："凭空起云，乃苦难聚散；群鸦乱叫，乃前路凶险。"司马越循声而望，原来斜上方有一老僧，身长八尺，眉须皆白，又见金莲现顶，执杵而立，端的是六根清净，清妙高跱。司马越见是方外之人，命王景上前唤来，问道："方才闻高僧所言，似有不祥之兆，可言本王否？"老僧回道："正是。"司马越又问："皇城之内，可有凶险？"老僧亦道："正是。"司马越即问："此凶险如何？"老僧又答："正如凭空起云，如书翻阅，一页而散。只是须要小心。"司马越笑道："本王洪福，多谢提点。敢问高僧哪处仙山，何处洞府，如何名号？"老僧打一稽首，说道："云游之僧，无名无姓，无居无所，乃是自在。方见天有异象，知太傅有险，故来相报，以成好生之德。这便去了，还望多加小心。"言毕，塞视高步，径自而走。

司马越笑道："尘外之客，倒是清净自在。"又道："今日果有凶险。"遂命王景，增调人马三千，往太极殿而去。待司马越走远，老僧回望一眼，自道："凭空起云，虽一散而见万里，然群鸦乱叫，却是丧气积聚，难回正途矣。"遂捏一撮土，借遁而去。可谓人生殊途，皆在一言一行，有诗为叹：

　　善有残缺，恶有玲珑；十方圆满，一方穷通。山不以云断为高跱，水不以夜月而明眸；物不以动静为性空，道不以来去而法同。无复返心，净业难存；应是假年，会见明中。

怀帝在西堂，问缪播："可否安排妥当？"缪播回道："万无一失，只待司马越到来，定教他有来无回。"怀帝心有迟疑，又道："切要小心，莫有遗漏。"吩咐王延等人于太极殿等候。倏尔便至辰时，通传来报："太傅已入宫城。"怀帝闻言，心中忐忑，缪播在旁，见天子心神不宁，说道："陛下不必焦躁，臣等俱已安排，百不失一。"怀帝方才安心。

且说王延等人，候于太极殿，忽闻得铁蹄铮铮，人马拥入，顿觉不妙，又见司马越佩剑着履，率众进殿，当头便问："本王已至，天子何在？"王延上前回道："禀太傅，天子忽觉不适，于西堂养息，吩咐臣等在此等候，只待太傅到来，齐至西堂，有国事相商。"司马越说道："既如此，你等随去。"正要抬步，王延说道："西堂乃天子居所，当解剑脱履，外兵不可擅入。"司马越厉声说道："佩剑着履，乃天子准许，你等何来说话，且此皆为本王亲兵，怎言外兵。"王延闻言，心中焦急，转念又言："太傅自当去，然天子居所，如此多人，恐为不美，若传至朝野，于太傅不利，太傅即便如此，可令甲士于西堂外等候。"司马越闻言颔首，遂带兵至西堂外，有黄门宣旨云："特宣太傅进殿，余人不许辄入。"司马越昂然直入，王延等人见状，心中不免窃喜，正叹上苍之福，殊不知司马越至宫门，却止住脚步，大喝："老臣出守外藩，尽心报主，不意陛下左右，多指臣为不忠，捏造蜚言，意图作乱，臣今日来，正是清君侧，不敢袖手矣。"遂大呼："甲士何在？"声尚未绝，一员大将从后而至，正是平东将军王景，领甲士三千，鱼贯而入，司马越随手指挥，命将王延、何绥、高堂冲、缪胤擒住，又命打开宫门。那五十名刀斧手伏在门后，哪里敢动，一股脑全被王景拿下。再看怀帝，早是战战兢兢，大汗淋漓，立于案前，未敢发一言，倒是缪播大喝："司马越，你专执威权，盛气指阙，目无天子，罪不容诛。"司马越不理，只令王景拿了缪播，问道天子："王延等人，讹言谎语，蛊惑圣心，妄害宗亲，还望陛下正法纪、施重刑、塑朝纲，以安天下之心。"怀帝闻言，不敢不从，却又不忍遽从，支支吾吾好半晌，就是不言。

司马越见天子迟疑，心下烦怒，竟暴躁起来，厉声言语王景："本王不惯久伺颜色，你可取得帝旨，将此些乱臣，交付廷尉，以正典刑。"言毕，掉头离去，实是凶恶跋扈，嚣张至极。怀帝不由得长叹道："奸臣贼子，哪朝哪代皆有，为何不自我先，不自我后，偏在朕矣。"当下起座离案，握住缪播之手，涕泣交下，不能言语。王景哪容得下悲悲凄凄，一再请旨，胁迫天子。怀帝惨然而道："卿且带去，为朕寄语太傅，此皆为忠良，可赦即赦，切勿用刑过虐，否则凭太傅处断罢。"缪播及五人伏地叩拜，泣声说道："天亡大晋，福不在我。臣等去矣，陛下切要保重，勿以臣等为念。"怀帝悲伤，不能言语，只目送王景将缪播等人一并牵出，出了西堂。王景将诸人交付廷尉，回禀司马越，司马越当即差人，命廷尉杀死诸人，一个不留。有词为叹：

  望帝啼鹃，风雪无痕万身死。枝别花泪，一缕暗香送忠魂；断碑刻字，代代皆有真壮士；乱石埋骨，丹心永当日月垂。

  怀帝闻缪播诸人身死，又是一番痛哭，却也无可奈何。司马越自解兖州牧，

第四十一回 东海王专务防内 白毛儿兵进上党

改领司徒，留居洛阳，命东海国将军何伦，平东将军王景，分领左右卫将军，各带部兵百余人，值宿宫廷，监制怀帝，不准外出，宫中无论大小政令，统统须由司马越认可，方能施行。

且说司马越了结内务，一人鼎掌乾坤，闻刘渊兵进，召百官问："刘渊率兵，直逼洛阳，如何是好？"百官不发一言，司马越环视左右，指刘舆道："左长史可有话说？"刘舆出班，谏道："刘渊势大，已取蒲子城，洛阳危矣。如今之计，当令豫州刺史裴宪，出拒白马；车骑将军王堪，出拒东燕；平北将军曹武，出拒大阳。派上党太守庞淳，死守城池；淮南内史王旷、将军曹超可为后援。另命弘农太守垣延加固城池，力保宜阳，方为妥当。"司马越闻言，思忖片刻，笑道："卿之言，甚合孤意。"刘舆又道："刘渊有桀骜难驯之才，此策不足平其乱。司徒须择一架海擎天之将，方可匹敌。"司马越问："四海之内，谁可担当？"刘舆回道："非西平太守马隆不得担此大任。"司马越闻言，愠道："此乃天子之意？"刘舆回道："既是天子之意，亦是天下之意。刘渊此番举兵，志不在一城一州，而在天下，如今兵近洛阳，若不召还马隆，恐晋室危矣。"司马越若有所思，半晌方道："马隆远在陇右，且用兵不足服众。孤不信普天之下，无人能敌刘渊。"又问群臣："还有何人举荐？"新蔡王司马腾谏道："幽州刺史王浚，有番兵相助，手下名将甚多，可敌刘渊。"司马越闻言喜道："此言甚好，可令王浚速援京中，以御叛兵。"刘舆谏道："王浚有一方之勇，未具四海之才，望司徒三思。"司马越说道："孤意已决，不可复言。"遂散朝而去。

且说刘渊僭号，欲再进兵，闻探马来报："司马越带兵入朝，专制洛阳，令诸将加紧关隘，严防死守，又命王浚领幽州兵马，驰援京都。"刘渊叹道："晋廷迸离，庙堂混淆，天子虚设，司马越不务防外，专务防内，朝中不睦，人心尽失，乃天助汉矣。"遂命白眉儿，领刘灵率众三万，攻取魏汲、顿邱三郡，又命白毛儿，领王弥率众五万，攻取上党。刘渊问众将："王浚率众驰援，哪位将军可挡？"将军刘景禀道："末将愿往。"刘渊见刘景，摆手道："王浚乃幽州名将，手下能人众多，恐非其对手。"话音未落，一人说道："末将愿提王浚首级，献于帐下。"刘渊抬眼一看，原是石勒，喜道："将军愿往，甚好。"遂命石勒提本部，再拨人马一万，出拒王浚。

兵分三路，且看白毛儿奉汉王令，率众五万，进攻上党。一路披霜带露，倍日并行，至上党城下，白毛儿策马行进，城前搦战，大呼："我乃汉国先行官白毛儿是也，城中军士且速来受降，否则天兵一入，立为齑粉。"言毕，城门大开，号炮连天，一队人马而出，摆一字长蛇阵，只见刀枪如麦穗，剑矢似麻林。晋兵手擎兵刃，盔明甲亮，人人精神，个个整齐。有两杆门旗分为左右，正当中有杆素罗坐纛，高两丈三尺，写个斗大"庞"字。旗脚下一匹战马，马上之人头戴亮银盔，身穿亮银甲，背负一根四棱银装锏，手掌一根碧玉海青枪。再往脸上看，面如黑漆，相貌魁梧，端的是开山力士，英雄无双。

白毛儿扬手问道："你乃何人？快通名来。"那将回道："某家非别，乃是上党太守庞淳是也。你等不思谨守臣节，反提无名之师，犯我城池，劳我师旅，是何道理？"白毛儿哼道："自古天下者，非一人之天下，唯有德者居之，晋室庙堂，你争我夺，肆行无道，去贤用奸，民怨天怒。故我主尊刘汉天命，兴仁义之师，救百姓于倒悬，你等若应天顺人，不失封侯拜将倒好，若执迷不悟，决意违逆，只恐上党一城，难以为继，至时踏为平地，玉石不分，悔之晚矣。"庞淳怒道："好小儿，休得胡言，且吃我一枪。"正要拨马，忽一人策马而出，原是偏将蒋龙，举钩相向，大呼："偏将蒋龙，特来会你。"白毛儿说道："米粒之珠，焉放光华。"遂劈面一弓。蒋龙抬钩招架，谁知弓重，招架不住，把头一低，被白毛儿把弓一扫，发断冠坠，吓得魂不附体，转身欲走。白毛儿大喝一声，随后赶至，举弓一砸，直砸得蒋龙口吐鲜血，堕马而亡。

晋军大惊，庞淳说道："尝闻白毛儿本领高强，乃反军第一先锋，今日一见，果真名不虚传。"言毕，一将挺马，说道："太守莫长他人志气，灭自家威风。且让我朱亮会他。"遂举叉向前，往白毛儿顶门上刺。白毛儿把弓往左首一隔，架开了叉。朱亮又一叉往腰上去。白毛儿将弓横倒，往右边架住。朱亮见白毛儿只守不攻，乘势上中下三路便打，白毛儿待朱亮招式用老，只举拉弓一弹。朱亮闻得弦声，连忙侧身，哪知此招乃是空招，白毛儿顺势举弓一砸，正中朱亮脑门，直打得脑浆迸裂，一命呜呼。

众兵将见朱亮身死，皆义愤填膺，又有将士搦战，庞淳摆手说道："白毛儿武艺超群，你等前去，枉送性命，且让我来，若得胜，全军一鼓作气，擒杀反贼；若败死，你等速退回城中，莫作停留。"遂拨马上前，说道："将军少年纵横，果然有些本事，然你阵前七八主将，全仗你一人相拼，岂不知双拳难敌四手，恶虎还怕群狼，本将前来会你，看你多大能耐。"白毛儿笑道："你等蝼蚁，纵是十个百个，也难撼于我。你前来送死，莫怪我无情。"二人打马上前，弓枪并举，战在一处，直杀得天昏地暗，有诗为证：

　　旌旗照耀，拼杀无光。这壁厢，随心变化；那壁厢，腾挪开张。汉家先锋宝弓舞，上党太守抖金枪。一声箭鸣惊云雀，两边锣鼓走兽藏。白虎出山探雄爪，黄龙倒海震八荒。那一个来去纵横实可夸，这一个上天入地更有样。狭路凭胆气，恶战不寻常。古来多少将士血，为国亡家尽逢伤。

　　二人大战五十回合，不分胜负。白毛儿杀得性起，心知庞淳身无玄功，便要施术伤人，遂大喝一声，跳到圈外，拉开金手弯月弓，欲射庞淳。那守城副将向宠、黄松在后，瞧得明白，忙拍马出阵，大喝："白毛儿休要暗箭伤人。"一人提刀而上，一人护在庞淳身前。白毛儿弓弦一弹，一道白光而出，疾如雷电，对着向宠穿心而过，向宠一声未吭，跌马而亡。

　　庞淳冲冠眦裂，便要拼命。黄松死命拦住，大呼："太守且撤回城中，再作计较。"白毛儿大喝："哪里走。"拍马拿人，黄松摇铜相阻，来往未及二十回合，早被白毛儿乘隙，随手带起宝弓，弦惊箭发，打将下来，正中面门，直打得金冠倒插，死于非命。白毛儿取了黄松首级，再来看时，庞淳已遁入城中，气得哇哇大叫，在城下大喝："庞淳老儿，且让你苟活一晚，明日再来取你性命。"

　　庞淳退回城中，见朱亮四将皆阵亡，不由得唉声叹气，愁眉锁眼，正苦恼如何退敌，忽有探马来报："淮南内史王旷、将军曹超，率五万人马，北渡黄河，前来相援。"庞淳闻报大喜，遂命将士加固城池，紧守不出，待援军杀至，再里应外合，一战而胜。且说王旷、曹超率军渡黄河，至太行山，怎见得险恶：

　　天地谈笑，卧太行，几经风雨苍黄。八百里云岑雾壑，拾级步步而上。马头看日，巉岩架鞭，任客衣羊肠。浮青不断，雁盘陉岘难张。松雪倒挂绝壁，纵攀崾崄，一脉好乘光。自古行路少平川，始终方为儿郎。当年愚公，移山心志，老气尚飞扬。过眼犹忆，莫负人间来去。

王旷命道："全军急速向前，驰援上党。"曹超谏道："太行山素乃兵要之地，川谷相连，形势险峻，我军不可贸然前进，可一面打探敌情，一面待敌军出山，于平川之地迎击，方为上策。"王旷斥道："两军相杀，何故畏首畏尾，如今上党告急，我等迟疑不前，必贻军机。"曹超闻言，不敢再谏。大军深入太行山二百里，至一山谷。但见四下山峰高峙，谷内一马平川，道旁立一碑，上书"碧渊谷"。怎见得好谷：

群山抱幽谷，水灵出碧潭；
小径穿林海，白日起旋渊。
雾散开天目，青崖峙平川；
高低在咫尺，无常本自然。

曹超见四下，心中不安，打马上前，谏道："此谷凶险，四面环山，地势空旷，若有伏兵，四面合围，我军危矣。"王旷怒道："将军何故如此小心，反贼现在围攻上党，怎知我军到此。"话音未落，忽闻喊声大作，四面擂鼓摇旗，杀出四支骑兵，围住前后左右。为首者，执金手弯月弓，赫然乃是白毛儿，只见大喝："王旷，白毛儿在此，等候多时矣。"王旷大惊失色，问道："你不在上党，如何到此？"白毛儿哈哈笑道："庞淳大败，退入上党，已经残兵剩勇，哪敢轻易再战，还指望你等来援。我设伏于此，杀败你军，上党不攻自破矣。今日你若归降，万事相商，若要抗拒天兵，万事俱休，那时悔之晚矣。"王旷怒道："刘渊不道，大肆猖獗，不知人臣之礼，恃强叛国，大败纲常，你不守国规，自有戮身之苦。早晚兵戎相见，此地便是你葬身之所。"遂命众人相搏。白毛儿亦率军相攻。两军杀在一处，天昏地暗，鬼哭神号。怎见得，有赋为证：

锣鼓激昂，号角嘹亮。战马奔腾如海啸，刀枪林立似山崩。枪迎枪，箭迎箭，纛旗招展卷寒风。兵对兵，将对将，三军将士射天狼。你来我往，死不旋踵无人退；左冲右杀，赴火蹈刃气若狂。只见得烽烟万里，四处望面目狰狞；哪里知寡难敌众，再不论血漫松林。正是：儿郎出征搏性命，断碑难刻众家名。

话说两家大战碧渊谷。白毛儿精神抖擞，命四面笼住，弓弩手在后射杀，骑兵来往冲砍，晋军前后难敌，左右难顾，渐渐不支，曹超见形势不妙，谏言撤军，王旷命众将往后杀出生路。白毛儿见王旷欲走，遂弯弓搭箭。曹超眼尖，见白毛儿欲使暗招，忙打马相救。那箭一离弦，奔雷破电，应声而去。曹超道声："内史小心。"拦在王旷身后，恰被一箭穿心，坠马而亡。王旷见曹超身死，痛得肝胆俱裂，老泪纵横。白毛儿乘势追杀，只打得晋军如风卷残云，丢旗弃鼓，将士盔歪甲斜，莫辨东西，真乃兵败如山倒。左右护住王旷，边杀边走。白毛儿哪肯善罢甘休，率众而追。

两军一面退，一面追，约走了十余里，白毛儿奋蹄扬鞭，至王旷身后，大喝："今日你插翅难飞，还不下马受降。"王旷闻言，见逃之不了，长叹一声："不想有心杀虏，竟死于此地乎。"言毕，命将士鼓胆壮气，要拼个鱼死网破。白毛儿正命剿杀，忽闻一声："两军相争，胜败则已，何必斩尽杀绝。"不知是谁来至，且看下回分解。

第四十二回　李少君太行阻兵　刘元海离垢谒佛

人我莫争终为愿，行晓方寸不知程；
何言凡俗困悲喜，神仙亦有爱憎分。

且说白毛儿追杀王旷，正要得手，忽一人相阻，现于身前，抬眼正见，来人大不相同，怎见得？有赞有证：

头戴碧玉莲冠，身披缕金羽衣。黄绦别腰系阴阳，朱舄合足踏乾坤。气御四海之象，神游八极之表。天地还老不曾老，如云如水李少君。

白毛儿识不得来人，只道奇骨清颜，物外烟霞，大袖之间，有两道光华，按黑白之分，不由得心下疑惑，将马一拍，来至跟前，问道："两军相争，刀剑无眼，胜败无常。我乃汉军先行官白毛儿是也，今追杀淮南内史王旷至此，料无差池。道者姓甚名谁？哪处仙山？何处洞府？为何阻我？"来人回道："你不知我名，亦无须知名，我本尘间一散人，云游至此，闻得谷中喊声不绝，金鼓乱鸣，移步方见，晋军败出。将军乘胜而追，岂不闻兵拿祸结，不为人间正道。还望将军手下留情，放他们去吧。"白毛儿怒道："兵无善恶，胜王败亡，岂能儿戏。念你世外之客，若识时而去，我不计较，若执意阻挠，莫怪宝弓无眼。那时玉石碎焚，悔之晚矣。"道人回道："阐者，明也。混沌之明，天地之明，自然之明。明在何处？只在心也。心明则见明，见明则行明，行明则法明，法明则万事万物明也，此乃阐家之道。你等不修阐法，懵懂于内，罪戾于外，终不为长久。今日若为不见，也便罢了，既已见知，不得许你杀戮。"白毛儿气极，说道：" 莫在此玄虚妄言，你拒逆天兵，情殊可恨。"遂纵马舞弓，来取道人。

道人见白毛儿近前，也不相斗，只游走半步，不使宝弓沾上。白毛儿左舞右打，不得逞强，心中不由得火起，遂眉光一现，取了白毛，举弓拉弦，只闻"嗖"的一声，白光流星赶月，直奔道人而去。道人大笑道："米粒之珠，有何光彩？"把袖口一张，顺手画一圆，有黑白二光现出，那光有吸张，箭至光前，登时止住，随即不见所踪。白毛儿大吃一惊，欲收回白毛，却是泥牛入海，难以复回。道人踏前一步，说道："你还有何能，皆可使出，今日有我在此，不得容你前进半步，你好好退兵，敬守臣节，可保家国；若半字迟延，定遭倾覆，那时悔之晚矣。"白毛儿失了法宝，又见道人神通，忙传令鸣金，匆匆归回。

王旷得道人相救，甚是感激，上前拜过，说道："刘渊原为晋臣，拥众造反，妄自称王，逆天欺心，不守本土。今上党被围，我奉诏征讨，不想白毛儿设伏于此，使我损兵折将，幸遇道长，否则生死难料。敢问名号如何？日后当撮土焚香，恳恳礼拜。"道人打一稽首，笑道："游鱼栖水，缘线其牵。贫道山野之人，不足挂齿。今日恰逢，见人间不平，故有此举，亦无须受你等香火，只待汉军退去，自便离去。"王旷闻言，感激涕零，伏地再拜，说道："今日有幸得遇上真，乃苍天垂幸，小老造化，且再受一拜。"道人示起，说道："刘渊作反，战乱生祸，天下受累，内史率军抵御，也是难得，不必过谦。"王旷又道："如今上党被围，洛阳有危，刘渊大军相逼，帐下能人众多，那白毛儿、白眉儿更是天下闻名，我等有心平乱，奈何人力难敌，冒昧拜愿上真，能否出山相助，以免强胡陵暴，中华荡覆。"道人闻言，叹一声道："师尊有言，太上元皇大道君闭宫止讲，命教中之人紧闭洞门，静诵黄庭。奈何外胡杀戮，中华倾危。也罢，便随你去一趟，也不枉修行一番，尽阐家本分矣。"王旷闻言大喜，与道人同往上党。

且说白毛儿败回，面见刘渊，禀道："孩儿率军至上党，斩蒋龙、朱亮、向宠、黄松四将，大败庞淳，又闻淮南内史王旷驰援，于太行山碧渊谷设伏，斩大将曹超，王旷败走，本可奋起直追，奈何一人相阻，此人道家模样，不知名号，我欲以宝弓取胜，只晓得袖中有黑白二光，箭至光中，似石投水，见道法玄通，变幻莫测，深浅难料，为保稳妥，收兵回营，特来相报。"刘渊坐下沉吟，说道："我儿英勇，斩四将，败庞淳，杀曹超，屡立战功，振我军威，实可嘉奖。太行

425

之败，不当责怪。此等异人，倒是烦恼，孤当亲提大军，方见究竟。"遂传令起兵，甚是雄壮。

人马正行，探马报入中军："王旷已进上党，会合庞淳。"遂驰往上党，至城下，刘渊传令问："谁人去城下，见头阵走一遭。"白毛儿欲打头阵，却见白眉儿出位，应道："末将愿先见头阵。"刘渊许之，白眉儿驾云水吞金兽，至城下搦战。

探马报至城中，庞淳说道："闻刘渊有二子，一子白毛儿，一子白眉儿，武艺超群，技艺神通之人。白毛儿我已见过，果然名不虚传，想必这白眉儿，亦有同曲之妙。"众人望道人。道人说道："且令一将出阵，方知此人门道。"言毕，一将出位，乃偏将王鹏，应道："末将愿往。"庞淳吩咐："务要小心。"王鹏答道："不必嘱咐。"忙手执银枪，提马出城，看见来将，两手空空，大呼道："我乃天朝大将王鹏，反贼可是白眉儿，你且取兵器来，不斩手无寸铁之人。"白眉儿笑道："量你鸡犬之辈，也敢与上将相拒，若有见识，速速退去，唤得上真前来，否则断送无常，悔之晚矣。"王鹏大怒，纵马摇枪，直取白眉儿。白眉儿眉光一现，两剑而出，赴面交还，马兽往来，枪剑并举。有赞为证：

二将龙虎相争，沙场各显其长。马上见招岂寻常，铜心铁胆哪堪无恙。这一个要三翻四覆，那一个欲倒海翻江。今日恶战定雌雄，狭路相逢一样。

二人斗十余回合，王鹏也是英勇，身灵似游龙，枪快似闪电，守得密不透风，攻得流星赶月。白眉儿打得心火如焚，大喝一声，祭起长剑，日环一转，一道白光破空即出，正中王鹏胸口，打得护心镜绽裂，一口鲜血喷出，坠马而亡。白眉儿得胜一场，气势昂然，复至城下搦战。众人在城上，皆是大惊。庞淳说道："此子本事，不差白毛儿。"有部将请战，道人止住："你等前去，亦是枉然。且由贫道会一会他。"王旷遂命点炮，率大队人马，出城迎敌。

道人闲庭信步，踱至阵前。白眉儿纵兽相迎，看道人来历大不相同，问道："来者究竟何人？何故阻我天兵。"道人回道："过路闲人，莫问来去。"白眉儿说道："既是闲人，何必沾染是非，轻涉红尘。"道人回道："身是天下人，管尽不平事。你等蛮胡，本不涉中土，现借机生乱，以致四海鼎沸，苍生受焚。贫道既来此，不容你等胡来。"白眉儿怒道："藏名隐姓之辈，不足道哉。你凭仗道术，拒逆天兵，情殊可恨。"遂纵剑来取。二人交兵，未及数合，白眉儿知来人道德之士，恐被所算，忙祭了长剑，白光随日环而出，直奔道人。道人笑道："料此米粒光华，有何明亮。"把袖一展，现黑白二光，画成一圆，白光入内，如堕长渊，不见踪迹。道人移步上前，复一挥袖，长剑亦被收走。白眉儿大怒，提兽奔来，大呼："还我法宝。"道人见来得近了，游走两三步，忽把袖展开，两光陡现，一阵黑，一阵白，把白眉儿晃得睁不开眼，登时连人收去，毫无影响，犹如沙石投海一般，只见得云水吞金兽。汉军左右大小将官，俱目瞪口呆。白毛儿见状，大呼："妖道莫走，还我舍弟。"打马上前。道人舞袖，把黑白二光往上一洒，连白毛儿收了，不知去向。正是：

率御飞龙凌八遐，周乘白鸿遍九陔；
黑白奇光无穷妙，谁知灵袖藏幽华。

刘渊在后，见得明白，不由得变色，忙传令鸣金。道人也不追赶，两边各自归去。且说刘渊升帐，坐下沉吟，自道："此人袖中藏黑白光华，不知是何法术？今将二子摄去，不知凶吉，如之奈何？"刘宣从旁说道："三路分兵，如今二位皇子皆被拿去，那道人神通玄妙，陛下不可力敌。"刘渊问道："若孤亲往，能否一战？"刘宣回道："斗胆揣测，当与二位皇子无异。"刘渊颔首，说道："既如此，只好向那五湖四海，寻得高明之士，方解此难。"刘宣思忖片刻，谏道："白毛儿、白眉儿皆让妖道摄去，不若往东达山、米拉山一遭。"刘渊闻言，说道："此言甚好。孤此去，多则三朝，少则两日，实时就回。"又道："你好生守护，不必与晋军厮杀；待孤回来，再作区画。"刘宣领命。刘渊吩咐已毕，随借土遁往东达山来。怎见得，有词为证：

一岚山，两阑珊。山高云低白头寒，日月心上安；梅花香，梅花残。飞雪连江了生缘，莫问几更还。

427

话说刘渊落下土遁来，见一座山，峰峦叠嶂，薄云袅袅，山下晶莹剔透，山上飞雪茫茫，行走数十步，又见一弯潭，天光云影，倒映其中，更显潋滟明动。刘渊过来，一洞豁然在前，上悬一匾："薄云洞"，曲径通幽、鬼斧神工，不觉立于洞前，看玩景致，忽闻得一人道："法身、般若、解脱，是为三德，三德各有常乐，而世人不得其一，更莫有三。若三德圆具，通透诸方，当入极乐。"又闻一人道："立志如山，行道如水，不如山不能坚定，不如水不能曲达。法性深广，不可测量，譬之以海。故人在一世，修行当无限矣。"

刘渊入得洞来，合掌说道："今日拜谒大通光菩萨，不想金海光菩萨亦在，有幸洞外听得高语，不觉神清气爽，妙用无穷。"两位菩萨回头见刘渊，俱起身相迎。大通光菩萨合掌回礼，说道："原是汉王到来，实乃万千之幸。闻汉王出兵伐晋，怎有如此闲心，到这东达山来。我那徒儿怎样？"金海光菩萨亦合掌回礼。刘渊说道："弟子正为此而来。晋室无道，灭绝纪纲，王气黯然，我代天而伐，白毛儿兵至上党，岂料被一道人所阻，失了法器，后与白眉儿城下搦战，二人俱被拿了，如今生死未卜。无奈之下，只得来此。恰有金海光菩萨同在，一齐禀报。想非二位师尊相助，不得解此难也。"二位菩萨闻得弟子消息，不由得动心。大通光菩萨问道："那道人可有来历？"刘渊回道："那道人不知来历，与其相斗，只见袖中有黑白光华，空中画一圆，人物俱被拿走，端的是变幻莫测，玄妙无穷。"大通光菩萨问道："袖中何物，竟如此神通？"刘渊回道："光华之下，未曾看清，不知是何宝物。"金海光菩萨说道："既然如此，你且回去，我等随后便至。"刘渊大喜，辞了二位，驾风云回营不表。

且说大通光菩萨问："那道人，何方人士？"金海光菩萨道："百闻莫如一见，且你我徒儿，皆失于其手，怎待也须走上一遭。"大通光菩萨道声："然也。"二人遂借金遁往上党去。不日到了营里，早有刘渊领众将相迎。上中军帐，与各位见了，大通光菩萨说道："可整点人马，往城下去。"刘渊令刘灵前队起兵，一声炮响，杀奔上党城来。

那道人在城中自得胜后，想汉军知难而退，正与庞淳、王旷议论天下大事。忽闻城外喊杀震天，有探马来报："刘渊率军，复至城下，坐名上真答话。"道人上城来观看，刘渊兵马大不相同，有两道金光冲于霄汉，笼罩阵中，不觉叹道：

"刘渊想必请得援兵至此，此战不得善终。"随调三军，摆出城来。看汉军阵势，刘渊驾马，后面有二位尊者，好菩提。

左一人，通达法性，怎见得，有诗为证：

顶上三星盘圆真，常光一丈耀法身；
宝珠如意执我手，莲花十瓣任浮沉。

右一人，金刚不破，怎见得，有诗为证：

金光如海面生慧，身具十方那罗延。
三丘五墓逢危厄，真知妙用尽消安。

道人上前，打一稽首，说道："原来是大通光、金海光两位菩萨相至，贫道有请了。"大通光菩萨合掌施礼，回道："道友慧眼，倒是贫僧眼拙，不知是哪座名山？何处洞府？"道人说道："云游之人，本来无名，生就散漫，到哪一处山便是哪处山，至哪一处洞便是哪处洞，若非刘渊作反，兵戎此地，贫道早已往别处去了，如今二位菩萨至此，恐又要耽搁些时日。"大通光菩萨闻言，也不气恼，笑道："既是云游之士，自由自在，红尘莫沾，何必陷于两军之前，以阻天道。"道人亦笑道："何谓天道？飞花作尘土，蝉鸣风雨和。天不与人相干，人亦莫谈天道。"大通光菩萨回道："天道不存，人道难为；因果不生，轮回难行，人亦莫谈，岂非笑言。"道人说道："笑言也好，危言也罢，今日你等假借天道，妄行征伐，有我在此，不许前进半步。"大通光菩萨回道："时事如轮，循序往前，此乃大道。晋室崩坏，颓势已成，好似夕阳西下；汉王有德，通明显达，便如旭日东升。道兄既为长生客，岂有不明道理。"言毕，又有金海光菩萨说道："你乃道门，我为沙门，你为何拿我徒儿，莫非你道家体面。我等今日下山，你且放了白毛儿、白眉儿，好自归去，权且罢了干戈，若依旧恃强，定要分个雌雄。"道人说道："我既来，岂有无端退去之理，方才所言，你尚要听清。"大通光菩萨回道："既如此，不复多言。我等非凡夫俗子，恃强斗狠，不是仙家之道。各以秘授略见功夫，甚好。"道人答道："然也。"

　　大通光菩萨上前一步，口中喃唱，登时梵音袅袅，祥光照照，头顶舍利，脚踏莲花，把手一抛，手中宝珠如意祭出，只见宝珠如轮，光照万里，如意劈面打下，声若云霆，势若摧枯，纵有金刚之躯，亦难受过。道人见来得凶猛，忙把袍袖往上一迎，黑白二光圆成一圆，宝珠如意径自落在其中。道人径自上前，把神光来洒菩萨。菩萨大惊，只觉一股吸力，如影随形，浩瀚澎湃，教人不得挣脱，遂大喝一声，将莲花裹起，借着一道祥光，好容易脱了身来，却失了两瓣莲花。金海光菩萨在旁，大喝一声："休得无礼。"遂把佛手金光印往上一抛，只见印在空中，佛手陡现，有万道金光展开，力如怒海，势若深渊，连绵不绝，纵有神仙之体，亦难阻挡。道人忙把袖口一张，神光一洒，佛手金光印落将下来，无影无踪。道人又要拿人，菩萨忙托起莲花，化金光而走，亦失了两瓣莲花。

　　刘渊见势不妙，忙鸣金收军回营。只见两位菩萨已在中军。刘渊说道："二位菩萨幸未有失，否则渊难辞其咎。"大通光菩萨回道："此人果然厉害，不知那袖中藏有何物，黑白神光竟不可解。我等幸预先而走，否则定然陷落其中。如今之计，不可力敌，且再作商议。"刘渊说道："不想大军至此，竟久不得前。此人不知姓氏，难理出身，倒是棘手至极。"正说话间，忽闻营外梵唱，莲花清香。刘渊听得动静，大喜道："老师来也。"遂同二位菩萨至辕门迎接，正是月支菩萨。

　　刘渊上前叩拜，月支菩萨示起，合掌施礼，对二位菩萨道："师兄有请了。"二位菩萨合掌回礼。刘渊问道："老师如何到来？"月支菩萨说道："闻得你困于上党，故有此来。"听刘渊将前后一一说来，又问二位菩萨："此人究竟有何玄通？"金海光菩萨回道："此人袖中不知藏有何物，能发黑白神光，夺目耀眼，有无穷吸力，又似一片虚空，直觉缥缈浩瀚，不动如动，不静如静，真是个神妙之至。我等俱不能解。"月支菩萨叹道："四海八荒，大千世界，真是无奇不有，能人俱在。此人若不知来历，设法相除，恐大军难进，天下无安。贫僧自往上党一遭，亲眼所见，方知究竟。"刘渊闻言，忙道："老师亲自前往，千万小心。"菩萨颔首，飘然而出。

　　话说月支菩萨至城下大呼："请上真答话。"少时，道人出城，见眼前说道："月支菩萨，你是清净之士，我知你道行甚深，亦知你乃刘渊之师，所谓子不教，父之过，教不严，师之惰。刘渊无君无父，逆天扰民，妄生战祸，你既为老师，可见管束不严，当为罪过。"月支菩萨回道："夏桀不德，方有商汤；商纣不仁，亦有周武。如今晋室无道，自出明主，此乃天道，不可违也。你既知兴亡，深通玄理，如何轻涉红尘，以身违道。"道人说道："东方自有天位，西方何以圆通，反口叛逆为正，人人当以诛之。"月支菩萨也不着恼，只道："也罢，自来人间相争，冥冥当有定数，我虽西方人，也知东方道，故一路云游，感叹中原神妙。"又道："道本虚无，因恍惚而有物；气元冲始，乘运化而分形。乾坤既辟，清浊肇分，融为江河，结为山岳，或上配辰宿，或下藏洞天。皆大圣上真主宰其事，则有灵宫阆府，玉宇金台。或结气所成，凝云虚构；或瑶池翠沼，注于四隅；或珠树琼林，疏于其上。神凤飞虬之所产，天骊泽马之所栖。或日驭所经，或星缠所属；含藏风雨，蕴蓄云雷，为天地之关枢，为阴阳之机轴。故有三十六洞天，七十二福地，贫僧无限向往之。"道人闻言，叹道："尝闻月支菩萨自敦煌至长安，译经一百五十四部，三百零九卷，德居物宗，博法天下。又闻游历西方，传道安息、月氏、大秦、剑浮、龟兹、于阗、疏勒、鄯善、焉耆、匈奴、鲜卑之地，敢问一言，不知菩萨所见，是那西方神妙，还是东土玄奇？"菩萨笑道："花开生两面，人生佛魔间；浮生若骄狂，何以安流年。西方有恶，东方有凶；西方有好，东方有妙。然若论风起灵秀，倒是比不得东土。"道人领首，笑道："方才菩萨所言，三十六洞天，七十二福地，便是精象玄著，幽质潜凝。不知菩萨可游一二。"菩萨说道："贫僧不曾去全，倒也见过一二，可与你讲来。"遂唱道：

地中有山绕百川，小泉无声入林欢；
樵子忘返儿孙老，棋盘石上坐九仙。

道人闻言，说道："此乃玉虚宫击金钟之仙，广成子居所，九仙山是也。当为人间蓬莱。"菩萨又唱：

离离芳草缀洪渊，逶逶霁峰挂云川；
太华之巅聚八景，山河一卷入眼帘。

道人闻言，说道："此乃玉虚宫赤精大仙，赤精子居所，太华山是也。当为天下揽胜。"菩萨再唱：

两崖相对卧龙虎，一猿攀鹤邀凤来；
不乘云风到故里，步虚无声上青天。

道人闻言，说道："此乃玉虚宫第三位，黄龙真人居所，二仙山是也。当为九霄紫府。"菩萨再唱：

松谷每听云中鹤，琼崖犹看龙飞天；
缤纷无尽四季好，对酒洗尘醉心田。

道人闻言，说道："此乃玉虚宫第四人，惧留孙居所，夹龙山是也。当为洗尘行乐。然惧留孙入于释教，玉虚宫已非故地。"菩萨更唱：

九天神云罩九山，乾元如蕊落平川；
青鸾朱鹤迎紫府，五莲池中化金丹。

道人闻言，打一稽首，说道："此乃东极青华大帝太乙救苦天尊道场，乾元山是也。山高水长，清拔雄峻，玲珑剔透，奇美华丽，金光洞神韵百般，莲花池流连忘返，教人不胜眷恋。当为清微福地，乾元统长。"嗟叹不已，如痴如醉。菩萨闻言，豁然一亮，笑道："还有那崆峒山，五龙山，九宫山，普陀山，玉泉山，金庭山，青峰山，山山清奇，峰峰神妙。"道人闻言，心下生疑，说道："此皆为阐家十二上仙之地，你可去全？"菩萨回道："未曾去全，只是心有向往。"道人愤道："既未去全，如何一一说来，前言不搭后语，岂非诓我。"遂舞袖上前，要拿菩萨。菩萨见势头不好，忙祭了贝叶昙摩印，不去打人，倒将自己裹了，化神光而走。道人大呼："月支菩萨，我知你玄通妙术，如何也逃走了？敢再出来会我。"已无回音，只好回城。

且说月支菩萨回营，众人上前相问。菩萨说道："天下道家，始出鸿钧，弘扬三清。商周封神大战，元始天尊阐法大兴，座下有十二上仙，各成一脉，传道天下。方才我以十二上仙道场相试，此人独对乾元山念念不忘，虔诚有加，想来必出自金光洞太乙真人门下。又闻汉武之时，有异人李少君，天下无人不知，无人不晓，修绝谷全身之术，能使物及不死，白日升天，后不知所踪。武帝以为化去，因李少君乃太乙真人门下，故于甘泉山建了甘泉宫祀奉太乙真人。我料此人便是李少君。"大通光菩萨问道："此言甚合道理。若是李少君，那袖中究竟何物？依贫僧所知，金光洞无此宝物。"金海光菩萨说道："太乙真人曾以九龙神火罩取石矶性命，得了其宝八卦云光帕，莫非此宝便是八卦云光帕。"月支菩萨摆手道："虽说异曲同工，却又有所不同。方才李少君舞袖来取，只觉虚空一片，无光无色，无时无间，非八卦云光帕可以相比。"刘渊闻言愁道："不知虚实，如何是好？"月支菩萨笑道："想来非一人不可解此难也。"众人问何人，菩萨说道："无尘无垢，无沉无浮，乃离垢地菩萨也。"刘渊不解，问道："离垢地，乃何地？"大通光菩萨说道："菩萨修行，有十境。"

一名欢喜地，菩萨既满初阿僧祇劫之行，初窥心性，破见惑，证二空理，成就檀波罗蜜，生大欢喜；

二名离垢地，菩萨断思惑，除毁犯之非，使身清净，成就戒波罗蜜，离一切垢；

三名发光地，菩萨灭无明暗，而得三明，成就忍波罗蜜，心光开发；

四名焰慧地，菩萨于三十七道品，圆满具足，进而修习力无畏，不共佛法，远离懈怠，成就精进波罗蜜，使慧焰炽盛；

五名极难胜地，菩萨为利益众生，外习诸技艺，内成就禅波罗蜜，极难制胜；

六名现前地，菩萨住解脱法门，修空无相无愿三昧，成就般若波罗蜜，使现前差别尽泯；

七名远行地，菩萨断诸业果细现行相，起殊胜行，广化众生，成就方便波罗蜜，备远行资粮；

八名不动地，菩萨住无生忍，断诸功用，身心寂灭，犹如虚空，成就愿波罗蜜，于涅槃心，湛然不动；

九名善慧地，菩萨灭心相，证智自在，具大神通，善护诸佛法藏，成就力波罗蜜，善运慧解；

十名法云地，菩萨广集无量道法，增长无边福智，悉知一切众生心行，依上中下根，为说三乘，成就智波罗蜜，有如大云，雨大法雨。

金海光菩萨亦道："离垢地，乃十地之第二地也。"月支菩萨命刘渊："且去请得离垢地菩萨来。"刘渊应声，懵懂问道："不知东南西北，如何去得？"月支菩萨说道："且往西南去，有一高山，名曰梅里雪山，山中有一洞，名曰净尸罗洞，入得此洞，方见离垢之地。当诚心诚意，好生拜谒。"刘渊领命，借土遁往西南去，正驾遁光，风声雾色，不觉飘飘荡荡落将下来。不知后事如何，且看下回分解。

第四十三回　少君失陷绝壶关　垣延诈降献美人

梅消雪里寒香故，春早宜把浓淡梳；
不堪蛾眉冷风月，拈花一笑醉芳孤。

且说刘渊借土遁，一路急行，半日玄功，已至梅里雪山。但见好景色，有词为证：

两江相对一梅山，飞雪总无还。卧听流寒白头欢，虹蜺扣禅关。晓声清，暮沧澜，明月憩小潭。万般景象随心造，离垢凭悠然。

刘渊落下土遁来，记老师之言，撮土焚香，敬拜成礼，方起得身来。往来数里，不见有人，茫茫一片，又向前数十步，听得隐隐梵音。循声而望，见一山洞，朦朦胧胧，不由得急步上前，果真是净尸罗洞，心下甚喜，径自入内。忽有一面水镜，陡然现出。刘渊猝不及防，撞了个满怀，只觉一阵大力袭来，身子竟轻飘飘弹到洞外。刘渊好半晌回过神来，不知缘由，复入洞中，依然如此，不由得心下甚急，进也不是，退也不是，只得大呼："敢问离垢菩萨在否？弟子刘渊，奉老师之命，特来拜谒。"不见人答，只得守候在外。

约有一个时辰，竟漫天飞雪，寒风啸急。少顷，刘渊愈觉身子发冷，有些坐立不安，又入不得洞，心下着急，抬脚便往洞中走，那水镜依然现出，刘渊留心，忙祭了炎阳剑，火麒麟迅疾而出，势如雷电，不料才至水镜，竟雨打炊火，烟消云散。刘渊眼见，不由得懊恼至极，想来不知如何，正要悻悻而去，忽一声传来："远尘离垢，得法眼净。不知施主此来，所为何事？"刘渊抬眼，见一尊者，立于洞外，好模样，有诗为证：

　　三十二般相，行唱嗡啊吽；
　　左手结定印，右手按苍茫。
　　体洁如雪晶，身黄似琉璃；
　　长消千劫罪，离垢自无殃。

　　刘渊上前，合掌施礼，禀道："弟子刘渊，师从月支菩萨，今见晋室无道，天下大乱，故举兵讨伐，以期四海太平。然至上党，遇一道人相阻，老师言语试探，乃知原是阐教太乙真人门下李少君，其人袖中藏宝，玄妙无穷，大通光、金海光二位菩萨皆不能破，老师见过虚实，告知众人，非离垢菩萨不得破解，故来拜谒，望菩萨相助。"菩萨说道："既是拜谒，为何不进洞去，反在洞外吆喝？"刘渊慌忙拜道："非是弟子无礼，实是洞中有一水镜，本欲向前，却被弹出，不得往前，无奈之下，惊扰菩萨，罪过罪过，望菩萨莫怪。"菩萨说道："你可知此洞为何洞？"刘渊回道："此乃净尸罗洞。"菩萨又道："何谓净尸罗？"刘渊说道："恕弟子无知无识，还望菩萨指点。"菩萨叹道："尸罗乃为戒，其有十义，清凉、安眠、数习、得定、隧蹬、严具、明镜、阶陛、增上、头首。净尸罗者，教人去尘去恶，去念去俗，熄灭贪、瞋、痴，方入菩提道。故非清清净净之人，入不得洞去。你既不得入，可见身有尘埃，心有妄念，须早消业障，方证大道。"刘渊沉默半晌，方道："菩萨教训得是，然人在红尘，身不由己，也是行一程，修一路，不求洁白如玉，但愿无愧于心。"菩萨说道："花开生两面，人生佛魔间。佛于魔上，善于恶前，当不失为一场修行。若离垢去尘，便是入大道者，世间却有几人也。你虽入沙门，终是杀孽过重，恐不为长久。"刘渊回道："花有一春之好，人生几个百年？建功立业，乃男儿本色。况自古成事，大破大立，大恶大善。沙门若兴，终须有人行前，做常人不能之事，故舍我身亦若何？"菩萨闻言，叹道："此言倒是情真意切，出自肺腑。自来说法，左也是理，右也是理，全在本心。人为万灵之首，亦为万恶之源。万恶之中，又具万善，只是正一面，反一面也。既无去亡，便为自然，既无结垢，何有离垢。也罢，今日红尘一走，解你之难，功罪由他。"刘渊大喜，又有忧色，说道："那李少君乃太乙真人门下，不知袖中藏了何物，老师亲身相试，只道虚空一片，无光无色，无时无间，菩萨此去，千万小心。"菩萨颔首说道："你且先回上党，我随后就来。"

　　刘渊离了梅里雪山，回到营中，入见众菩萨，禀报经过。言语方毕，左右来报："营外有一僧人来至。"众人迎出来，见是离垢菩萨，俱是欢喜。大通光、金海光二位菩萨见离垢模样，喜道："三身隐现，涅槃重生，具三十二般相，师兄将要成佛了。"离垢菩萨合掌施礼，说道："观二位师弟，亦福慧圆满，功德无量。"月支菩萨上前同贺，四人携手至殿，行礼坐下。刘渊报过军情，离垢菩萨命刘渊："且到城下，坐名李少君答话。"刘渊领法旨，率军出营。

　　至上党城下，刘渊大呼李少君。军卒报入中军。李少君闻报，心中诧异，出得城来，复会刘渊，问道："你如何知我名号？"刘渊回道："酒香莫怕巷深。李少君之名，誉满天下，饶是刻意相瞒，终是不为长久。"李少君闻言，也不追问，只道："你等三番五次前来，我每每放过，不与你厮杀绝尽，本想只阻住你不得过去，知难而退，已是看你我两教情面，岂料你一而再，再而三，如此往复，是何道理？"刘渊回道："想你出身道门，岂不知天时人事？今晋室无道，天下分崩，司马越篡权专独，人神共愤。足下不顺天地，欲以一人挽回天意耶？想来如何阻得住？若待我教高明之士出来，一旦你有失手，恐悔之晚矣。"李少君笑道："混沌不分，肉眼惠眉，识得什么天时，认得何方人事。今日你犹自前来，莫怪我放你不得。"遂移步上前，欲取刘渊。刘渊识得厉害，不敢相迎，忙跳马出圈。

　　李少君在后追，未行数步，忽现一人，只见光明莹澈，体似琉璃，忙止住身子，再细眼看，说道："我道刘渊凭何而来，原是请得离垢尊者，今日以我一人，使四位菩萨齐聚于此，也是荣光。"离垢菩萨合掌施礼，说道："贫僧此来，无为其他，只来相劝一言：天道有轮回，世事有因果。李真人既为道门，本是清净，何故浮沉人间？"李少君讽道："菩萨今番来此，莫不是远离尘垢，无沾因果。"菩萨叹道："离一切诸相，即名诸佛。凡所有相，皆是虚妄，若见诸相非相，则见如来。你道我今日前来，已沾因果，岂不知我身入红尘，亦非入红尘；我心入人间，亦非入人间；我身染尘垢，亦非染尘垢。刘渊吊民伐罪，以救生民涂炭，削平祸乱。我为扫垢而来，亦是功德。你若听劝，急急早去，乃归有道，若敢逆天以助不道，是自取罪戾也。"李少君闻言大怒，说道："你口出狂言，轻慢于我，怎能容下，今日你我之间，势不两立。"遂移步上前，来取菩萨。菩萨火速相迎，把手一指，现了水镜。李少君笑道："区区小术，能奈我何？"即把袖一展，只见黑白二光一闪，水镜登时不见。李少君又踏一步，现黑白二光，那袖陡然增大，笼了菩萨全身，把菩萨收去。刘渊不见了菩萨，不觉大惊。

李少君虽收了菩萨，袖却收不住，愈笼愈大，须臾间，轰的一声，袖袍粉碎，中间现出一物，晶莹透亮，乃是一晷，刻有日月星辰，分居四角，上白下黑，底部有一帕，一呼一吸，帕里漆黑一片，只中间一点光芒，旋旋转转，着实奇妙。少顷，那帕呼张愈急，一声雷鸣，吐出一尊圣像来，只见身着三衣，额、喉、心三处，唵、啊、吽三字庄严，结金刚跏趺坐，左手结定印，右手祭一物，乃是一把尺子，此物非金、非银、非铜、非铁，聚光成尺，无尘无垢。李少君见物，大呼："无量尺竟在你手，无怪我吞天晷无用。"言毕，那晷已是支离破碎，立时从帕中跌下几人，赫然乃白毛儿、白眉儿等众，随即又跌下几物，赫然乃宝珠如意、佛手金光印等宝。人宝既出，那帕吱吱作响，少时撕裂开来，化为粉尘。离垢菩萨手中不停，祭尺往李少君撒去。李少君失了法宝，心中着慌，不敢硬接，忙使土遁而走，四位菩萨亦驾神光而追，刘渊也不居后，率军相随。到壶关，至一峡，但见四面：

山绝横云度，林深隐水穿；
由来图画好，不知脚下难。

李少君往后望，不见有人，心中稍安，再往前走，忽见光芒万照，宝珠如意劈面打来，正是大通光菩萨出手。李少君大惊，忙口中念语，一道分身而出，宝珠如意顺势打下，直打得分身迸裂，化为尘埃。李少君亦不迟疑，赶忙往南而走，欲往乾元山去。不出片刻，正见万道金光，一印从天而降，直奔面门，原是金海光菩萨出手。李少君心知不妙，口中喃喃唱道，分出一道虚影，迎印而去，闻得一声轰鸣，虚影被打了个四分五裂。李少君本体亦不好受，只见眉

第四十三回 少君失陷绝壶关 垣延诈降献美人

头晦暗,步履踉跄。趁个当口,急步往前而走,忽觉脚步迟钝,抬眼一看,一片贝叶笼了周身,原来月支菩萨早候在此,祭贝叶昙摩印,阻了去路。再四下一望,四位菩萨站住东南西北,口唱梵音,莲花朵朵,灿烂光华。

月支菩萨说道:"李少君,你今至绝路,难逃一死。"李少君大笑,回道:"月支,你将我李少君当作稚子婴儿吗?我乃阐教大罗金仙,乾元山金光洞太乙真人门下弟子,你竟言我逢绝地。前番我念两教情面,不忍加害你等,故只让退去罢了。不料你等联手欺我,毁我法宝,断我归路,实是可恶。"离垢菩萨合掌,说道:"非是我等绝你,实是你有违天道,更改自然,故受天谴也。"李少君愤道:"我如何有违天道,更改自然,且说个明白。"菩萨回道:"吞天晷不出,无量尺不现。我本离垢无尘之人,此番来到,正为你手中法宝。吞天晷,可使时光静止,任何人何物入内,不知岁华,不随光阴,混混沌沌,与死无异。再加上八卦云光帕,包罗万象,两宝合一,实乃违背自然之道,若任由你胡来,如何了得。"又道:"天地本同根,万物源一体,法界自同融。我以慈悲看众生,众生方慈悲待我。故依正不二,时光不可逆,自然不可违。有违者,必遭天谴,必受天诛。人也好,仙也罢,亦是如此。"李少君大喝:"天谴也好,天诛也罢,岂由你来妄言。我今在此,看你有何法治我?"遂往上一升,驾遁光就走,月支菩萨一指,贝叶昙摩印朝下一打,李少君转身避过,却哪里得知,无量尺已至面前,正中顶门,大叫一声,跌将下来,可怜一身道行,毁于一旦,有词为叹:

一生花,一晨华,开落无惊几人察,软红落黄沙。一念空,一游鸿,去帆不归云水流,相逢在何舟。

话说无量尺正中李少君顶门,虽断了性命,亦闻得吱吱作响,少顷,竟断为数截。众人不解,看向离垢菩萨。离垢菩萨叹道:"以其人之道,还治其人之身,亦可解为,以其人之过,还治其人之过。我以你之过,治你之过,万般轮回,我亦有过也。吞天晷使时光静止,无量尺使空间无限,皆有违自然之道。世人谋行,终将自毁;神佛谋言,终将自灭。如今吞天晷已坏,无量尺再无用也。李少君身死,我虽为离垢,垢却在身旁,惭愧惭愧,这般归去,再不问世间之事。"

言毕，与众人礼过，驾神光去了。

刘渊命白毛儿、白眉儿上前，与二位老师见礼。好一阵絮叨，大通光菩萨、金海光菩萨辞了众人，各自离去。月支菩萨命刘渊："李少君乃太乙真人门下，今虽违了天道，身陨此地，然不可任意弃置尘间，你且将尸身送往乾元山金光洞，好说缘由，方能善止。"刘渊领命，月支菩萨遂驾神光而走。

刘渊召众人商议，忽闻喊杀大震，原来庞淳、王旷在城中，见李少君只身应敌，恐有差池，又见刘渊率军往壶关去，忙清点人马，出城相援。两军在一处，刘渊笑道："我不去寻你，你倒来觅我。今李少君身死，你等自投罗网，插翅难飞。"王旷上前，见李少君尸身，大惊失色，庞淳见状，心知不妙，连忙撤军。刘渊哪里肯舍，命白毛儿、白眉儿率兵四面冲杀，疾如闪电。王旷急令结阵，未有人听，已是一片混乱。霎时间，汉军横砍竖刺，纵横驰骤，势如破竹。王旷、庞淳尽皆战死，余下兵将，死的死，降的降，逃的逃，各奔去路，土崩瓦解。

刘渊乘势而行，取了上党，召众将于中军，说道："尊老师之言，孤欲往乾元山一走，然兵事不可废，我军当一鼓作气，直取洛阳。"遂命刘宣坐镇，白毛儿率前部军马，杀奔洛阳。白眉儿谏道："父王一人而去，又携李少君尸身，若有差池，如之奈何？不若孩儿同往，相互照应，方得周全。"刘渊笑道："孤一人前往，来去自如，若他人去，反而不便。再而言，乾元山乃静诵黄庭之地，太乙真人为大罗金仙，通理参玄，料不会为难。"又是一番交代，自驾遁而去。

且说白毛儿领命，越太行，渡黄河，至宜阳，兵锋直指洛阳。弘农太守垣延，见敌军锋锐，势不可当，忙修本往京师来。差官一路飞驰，不敢歇脚，将本至左长史投递。王舆看本，不敢怠慢，报于司马越。司马越闻奏大惊，说道："刘渊反叛，而今已至宜阳，覆军杀将，兵临城下，情殊可恨，有何人可为将？以除大恶。"刘舆谏道："平北将军曹武，可调宜阳，以拒汉军。"司马越也不细思，忙道："依卿所奏，速传旨，令曹武出拒宜阳。"旨意至大阳，曹武得令，不敢大意，忙清点人马，率军一万，往宜阳杀来。

两军相进，会于浚仪，三声炮响，人欢马乍。且看汉军，兜三山月儿阵，两千弓箭手压住阵脚，众将雁翅排开，中间舞一面大旗，旗脚下白毛儿带住战马，全身戎装，威风凛凛。再看晋军，齐齐整整，个个腆胸叠肚，耀武扬威。偏将、

第四十三回
少君失陷绝壶关　垣延诈降献美人

副将、牙将，一字排开，中间簇拥一将，正是曹武。只见他驾黑马，执大斧，膀大腰圆，力大无穷。白毛儿拈弓点指："晋将姓甚名谁？报来送死。"曹武厉声喝道："无知小辈，我乃朝廷钦定平北将军曹武，今奉圣意，特来伐你。"白毛儿笑道："晋廷无将，鸡犬上阵，我观你乃一草芥，今莽撞到此，速速早降，若负隅抵抗，恐死无葬身之地。"曹武闻言，怒道："大胆狂徒，且吃我一斧。"

正要出阵，有偏将吴华，策马奔出，执枪说道："杀鸡何用牛刀，且让末将取他狗命。"这厢，白毛儿未动，有王弥出阵，挺枪相会，说道："无名之辈，且做王弥枪下之鬼。"二马战在一处，吴华一摆长枪，分心便刺。王弥不慌不忙，见枪尖离心口几寸，料想招式已老，遂把枪一抖，使足气力，腕子一压，把枪磕在一边，顺势一刺，似闪电一般，奔小肚而去。吴华见势不好，忙闪身避过，却是晚了一步，大枪从软肋扎入，立时毙命。王弥两膀一较力，将死尸挑在马下。

王弥一个照面，刺死一员大将，汉军士气大作，白毛儿命擂鼓助威，晋军将士不由得胆怯。王弥大喝："曹武，可敢上前，会过我手中之枪。"曹武见吴华身死，又见士气有损，遂拨马举斧，亲赴阵前，大喝："王弥竖子，你心中无国，眼底无家，好乱乐祸，挟诈怀奸，助悖逆平阳，肆残忍晋地，生灵涂炭，四海无宁。可谓群妖伺隙，构兹多难。今日我斩奸除害，以匡正道。"几番言语，正气凛然，说得王弥倒有几分愧色，曹武又是大骂，王弥恼羞成怒，挺枪杀来，口道："你百般辱我，岂容满口胡言，今日不杀之，难消我心头之恨。"遂往前胸刺来，曹武一个闪身，举斧便劈，王弥接住，两马战在一处，有好杀：

将军本事大，来寇武功高。这个横出亮利斧，那个斜举舞金枪。旋风一扫明霞亮，寒星冷月落四方。挥鞭策马战沙场，生死度外把名扬。一个力劈千山岳，一个巧画万重霜。那个怒目睁眉展猿膊，这个咬牙切齿翻虎腰。四手八蹄交锋乱，斧架枪迎不相饶。三路齐发奔无定，六守上下护周遭。一个气吞山河为汉主，一个虎狼出林保疆图。棋逢对手莫可辨，将遇良才显荣光。

他两个战有五六十合，不分胜负。曹武心中暗道："这厮倒有几分本事，若再缠斗，恐涨他人志气，等丢个破绽与他，看他可认得。"遂双手举斧，使一个高探马的架势。王弥不识是计，见有空儿，舞着大枪，直往胸口扎。曹武急转了个平身，顺手一斧，也是王弥机警，连忙朝后一仰，稍稍慢了，战袍挑开，险些丧命，不由得大怒，道声："好手段，今日有你无我。"心性大发，挺枪使金鸡乱点，绽开朵朵梅花，曹武亦不示弱，见招拆招，又是好打。白毛儿见二人打得性起，悄然命弓箭手排开，拉弓上弦，突发箭雨。曹武猝不及防，未有防备，转眼之间，前排倒下一片，不由得大怒，又见王弥上前，遂虚晃一斧，跳到圈外。曹武一边拨打箭矢，稳住阵脚，一边命架起高盾，弓弩手反射，又命骑兵冲杀。

　　白毛儿早有所料，将四面笼住，分而对之，步步合围。晋军本就士气低落，眼见情形不妙，皆心生畏惧，步步后退。白毛儿得势，身先士卒，一马当先，冲入晋军之中，舞弓乱打，如狐入鸡舍，虎荡羊群。曹武见白毛儿，咬牙切齿，拨马就欲拿人，白毛儿早有准备，也不抬手，只待曹武近前，见斧奔顶梁砸来，不慌不忙，把弓一扬，那斧砸弓上，听得"噌啷"一声，却是飞了，战马震得"嘘溜"怪叫。曹武大吃一惊，自负力大，不想一招之内，竟失了兵器，心知不好，忙拨马一转，率军后撤。白毛儿紧追穷寇，晋军一万人马，死伤大半，仅余得五百，护了曹武，侥幸逃得性命，遁入宜阳。

　　弘农太守垣延，见曹武败入，连忙相迎，接至府中，问道："将军对敌，如何大败而归？"曹武回道："白毛儿六韬三略皆能，万夫不当之勇，寻常将领实难抵御，末将无能，亦是如此。"垣延闻言，面色堪忧，说道："想我宜阳之内，难有匹敌之人，若反贼来至，如何是好？"话音未落，有探事官来报："白毛儿兵临城下，请太守定夺。"垣延大吃一惊，忙率众往城头相看，那白毛儿阵营，按五方而出，左右连索，进退舒徐，纪律严肃，井井有条，兵威甚整，人马鹰扬，不觉点首嗟叹："果真话不虚传，无怪先来将士损兵折将，真劲敌也。"命紧闭城门，坚守不出。白毛儿命人城下呼道："垣延老儿，且来听好，汉军应天顺命，兵伐无道，摧枯拉朽，必在当时。若识得时务，速开城门，以迎天兵，若有半丝违抗，水火不容，即踏平此城，噬脐何及。"垣延思索片刻，命人城头回话："将军吩咐，极是明白，容我等考量，明日作表，敢烦带话，再无他议。"报事传入

第四十三回 少君失陷绝壶关 垣延诈降献美人

中军，白毛儿闻言大笑："垣延老儿，倒是识相，就与他一日。"王弥禀道："话虽此说，然营内防务，不可不慎。"白毛儿蔑道："我观晋军，兵微将乏，如土鸡瓦狗，不值一提，何必设防，待明日城门一开，探囊取物，自在手中。"遂饮酒作乐，不复言矣。

且话垣延回府，曹武怒道："太守若要降贼，何必待到明日，且缚了我去，以成富贵之道。"垣延忙道："将军多心，方才所言，乃权宜暂允，非有他意。反贼来势汹汹，士气正盛，不可力敌，故将计就计，再作他处。"曹武闻言，恍然大悟，又道："如此说来，太守必有良策？"垣延摇首苦笑，不发一言，径自步入后园，思来想去，不得其法，焦躁不安。

至黄昏时分，立于藤萝架侧，仰天长叹，忽闻有人在长廊之间，轻歌晚唱，婉转悠扬。好奇之下，不由得移步上前，见一女子，年方二八，异域风情，纤丽无比，美艳无双，遂问道："你这贱婢，好生面生，看模样不似中原人士，乃哪里出身？从实道来。"女子回道："回大人话，小女姓单，乃氐族人，因避战祸，失散家人，流落至此，机缘巧合，得入府中为婢，以谋生计。"垣延细瞧模样，半晌不语，来回踱步，忽眉头一挑，计上心来，笑道："明日府中贵客将临，我好酒相待，你且用心侍奉，歌舞助兴，若得欢乐，保你自由之身，再许你荣华富贵，如何？"单女应声好，垣延笑面捋须，自有分寸。

翌日，垣延命取明珠数颗，金冠一顶，带左右二人，自诣汉营。探马报于中军，白毛儿命入，垣延伏地叩拜，口称："良禽择木而栖，贤臣择主而事，见机不早，悔之晚矣。将军身具擎天驾海之才，四方孰不钦敬，今日来此，特意相投，一则保安身之地，二则谋进阶之身，望将军成全。"又往上一拜，白毛儿听得此话，眉飞色舞，拊掌大笑，说道："识时务者，当为俊杰，太守如此通理明达，甚是欣慰。"垣延即道："天兵至此，莫敢不从。今宜阳内外，皆愿臣服，还请将军入城，以示安抚。"白毛儿遂命拔营起寨，行进城中。沿路纳降，见兵士解甲，百姓相迎，心花怒放，毫不动疑。

垣延奉上军马集册，一一清点，又邀白毛儿至府中，于前厅正中设座，锦绣铺地，内外各设帷幔。白毛儿下马，左右甲士百余，王弥居右，簇拥入堂，分列两傍。垣延再拜，白毛儿命扶起，赐坐于侧，说道："自古有道伐无道，无

443

德让有德，太守弃暗投明，正合天心人意，汉若一统，卿当为元勋。"垣延拜谢，说道："将军沙场征战，身劳心累，府中有家伎一人，国色天香，敢使承应。"白毛儿喜道："甚妙。"垣延命放下帘栊，笙簧缭绕，朦胧之间，转出一女，好唱来：

原是青春俏佳人，月动凌波水兰身，画堂香棍桃李真。笙歌酒后君何往，燕子飞处落残灯，独上小楼泪几更。

唱罢，又来助舞，款款移步，身姿妙曼，绰约娉婷，有词为赞：

袅袅春幡舞飞芒，一片彩云到画堂。重山叠水满红叶，曲弦轻弄故人肠。雨打风吹万里路，男儿总归温柔乡。折枝投壶谁不见，移花开处染昏黄。

白毛儿竟看得痴了，垣延在旁，殷勤待酒，好兴致，一杯方尽，一杯又满，喝得个面目通红，眼花缭乱。垣延亦敬众人，独王弥清醒，加以推辞。白毛儿唤来垣延，问道："此女何人？"垣延回道："此女乃是氏人，单姓，人称单女。"白毛儿擎杯问："青春几何？"单女回道："年方二八。"白毛儿笑道："真神仙中人也。"垣延忙道："臣欲将此女献于将军，未知肯容纳否？"白毛儿笑逐颜开，喜道："如此见惠，我心何安？"垣延回道："此女得侍将军，乃是福分。"话音未落，那单女忽地大哭起来，泪如泉涌，声声悲凄。众人错愕，不知所为何事，且看下回分解。

第四十四回　白毛儿舍美折罪　北宫纯勤王显威

小词最爱江头柳，文客百章始有声；
马上离愁箫鼓乱，将军得胜一战名。

且说单女放声大哭，众人不解，白毛儿半醉之间，疑惑问道："今宵良辰，美酒佳宴，对月当歌，正是人生快事，为何悲悲凄凄，恸哭如此？"单女忍住哭泣，哽咽回道："将军实不相瞒，我本氐人，乃单徵之女，徒因战祸，失散家人，流落至此，见胡晋交恶，不得不隐去身世，顾全性命，入得太守府中为婢，安顿生计，也盼着有朝一日，可回故土，得见双亲。将军至此，实为天随人愿，不弃烟尘，故心中有喜有忧，杂织而泣，还望将军以遂人愿，成全故土。"白毛儿闻言，问道："家父可是氐酋单徵？"单女回道："正是。"白毛儿喜道："你有所不知，上郡鲜卑陆逐延、氐酋单徵已率部归汉，你我乃是一家人也。"单女闻言，不由得喜上眉梢，破涕为笑。那模样，真是个梨花带雨，秀色可餐。白毛儿眼见得如痴如醉，忙命人带下单女。

垣延在旁，心中有数，左右倒酒，好言相敬。白毛儿既得大功，又添美人，心中大乐，也不相拒，杯觥交错，把酒言欢，竟不知此酒乃名龙台酒，酒入喉中，清香无比，后劲无穷。少顷，竟醉得东倒西歪，瞳分双影，众将士亦是枕曲藉糟，烂醉如泥，唯王弥不饮，冷眼相看。至子时，垣延见机，立时跃起，将手中酒杯往下一摔，火光乍起，即从府外冲进一队人马，为首者赫然乃是曹武，见人便杀，如砍瓜切菜，剁肉削骨。白毛儿酩酊烂醉，不省人事，眼见便要得逞，忽王弥跳起身来，执枪在手，护住身前，大喝一声，有百余骑赶来，两边混战一处。王弥奋力向前，英勇非常，挑死二十余人，上下亦被刀剑所伤，兀自死战，

445

冲出府来，又命左右背起白毛儿，上马突围。

垣延、曹武哪愿错过良机，命四下围住，左右射箭。也是王弥眼快，见北面有缺，遂向北急走，一马当先，刺死数人，晋兵不敢上前。一行人且战且退，出了城来，白毛儿梦中听得金鼓喊杀之声，睁开双眼，见火光冲天，四面喊杀之声，此起彼伏，惊问："发生何事？"王弥回道："垣延诈降，我等中计也。"白毛儿闻言大怒："垣延匹夫，我誓将其碎尸万段，以报此恨。"王弥忙道："敌众我寡，宜保全性命，方为上策。"打马狂奔，直过了黄河，见后无追兵，方才停下。

路逢诸将，收集残兵，白毛儿命检点人马，死伤近万，粮草辎重皆被焚毁。王弥禀道："如今兵残粮毁，锐气尽挫，恐无以再战。"白毛儿懊恼至极，叹道："我一路兵锋，所向披靡，未免轻视晋军，总以为迎刃立解，不必加防，如今误中奸计，败落宜阳，还有何面目，再见父王。"王弥说道："自古胜败乃兵家常事，殿下不必自责。只是损兵折将，军法无情，若汉王怪责，我等难以担待。"白毛儿忧道："我之心烦，便在此处。父王命我先行，其战当在洛阳，其志当为天下，如今中途受挫，大失军威，父王必不能轻饶。"王弥不语，沉思片刻，忽眉头一挑，说道："末将有一计，不知当讲不当讲。"白毛儿急道："快快讲来。"王弥语气稍顿，缓缓问道："江山美人，殿下如何择选？"白毛儿不解其意，疑道："江山美人皆爱，二者不可舍其一也。"王弥摇首："孟子有言，鱼，我所欲也，熊掌，亦我所欲也，二者不可得兼，舍鱼而取熊掌者也。其意旨在，二者并非不可兼得，只是形势所迫，必有所取舍。如今形格势禁，殿下当有舍有得也。"白毛儿问道："此话怎讲？"王弥回道："王后呼延氏薨殁，陛下虽妾媵不下数十，却不得欢心，殿下今得单氏，乃单徵之女，也是鹓动鸾飞，其姿容花嫣柳媚，似玉如花，何不献于陛下，必不怪责也。"白毛儿闻言，如雷轰顶，即道："此女我甚是喜爱，如何舍弃？"王弥谏道："大丈夫当以功名为念，自缚于妇人，终难成事矣。如今太子内外猜忌，白眉儿虽无重权，却也掌兵，殿下务要取舍，将功折罪，方有一席之地。"白毛儿半晌不语，踱步沉思，约半炷香工夫，方长叹一声，目视王弥良久，微微颔首，遂命大军返回。后人有诗为叹：

无边颜色春好处，兰心豆蔻渐飞回；
满园只采花一朵，独插门庭更芳菲。

且说刘渊裹了李少君尸身，那尸轻若羽毛，不滞脚程，驾金遁，在半空中，快如掣电，疾如流星，急往乾元山去。须臾见一座高山，半中间有祥云出现，瑞霭纷纷，按云头，仔细观看，真个好去处！有诗为证，诗曰：

寒灵出高峙，岚峰入云天；翠微笼苍谷，莲花落玄岩。白鹭乘风紧，游鱼跃幽潭；竹林飞孔雀，绿杨拂鸳欢。青崖憩玉兽，蝶子戏琼台；香浮三光色，大明坐小渊。銮华朝长乐，檬檀放彤丹；乾元修真性，弹指亿万年。

刘渊收了金遁，落下云头，无心玩景。正走处，只闻得香风馥馥，玄鹤声鸣。约七八里远，望见一座洞府，加快脚步，上前观看，那洞门上书"金光洞"三字，正是太乙真人修身之所，却见洞门紧闭，静悄悄杳无人迹。刘渊看勾多时，不敢贸然敲门，只把李少君尸身放置一旁，沉吟不决。

少顷，听得吱呀一声，洞门开处，里面走出一个仙童，身穿霓帔，也是相貌清奇，负气含灵，问道："金光洞乃圣灵之地，什么人来此叩扰，又不见出声，究竟意欲何为？"刘渊忙道："仙童，我乃沙门弟子，汉主刘渊，烦你通报一声，今日特来求见真人。"仙童回道："老师往别处讲经，今日不在洞中。你有何事，待老师回来，自会禀报。"刘渊闻真人不在，踌躇不定，犹豫不决，支支吾吾，半晌不言。

仙童正要发问，忽瞥见李少君尸身，大惊上前，把手一探，鼻息全无，不由得面色发白，口颤舌栗，怒道："我师兄是否让你所害，速从详道来。"刘渊急道："仙童息怒，且听我言，今我代天伐晋，兵至上党，有庞淳相阻，本当剿灭，不意真人教下门人李少君仗金光洞宝物，前来阻逆大兵，连番败我大将，辱我沙门，不得已请得离垢菩萨出山，方破了吞天罨，李少君被无量尺打中，已绝性命。我特将尸身送来乾元山，请真人法旨。"仙童闻言，勃然变色，指着刘渊，口中骂道："岂有此理，我乾元山金光洞门下，纵有千般不是，自有老师教训，何由你等处置。你等将其打死，还来送还尸身，明明是欺蔑吾教。今番来了，也莫要走了，且拿了你，待老师回来，再作处置。"遂仗剑砍来。

刘渊一个闪身，跳到圈外，说道："仙童且莫动怒，晋室无道，岂由你我，我顺天应人，乃不得已而为之。李少君无故阻挠，使我不得而前，非是我等欺他，今他丧失性命，也是天数该然，与我何咎？今番我送还尸身，本是想莫伤了两教和气，更是以礼相待，仙童欲拿我问是非，真是不谙事体。"仙童大怒，说道："竟敢以言语支我。"不由分说，抬手又是一剑。刘渊虽让过，但教他左一剑，右一剑，砍得不由心头火起，说道："我且让你，非是怕你，若再纠缠不休，不依不饶，莫怪手无轻重。"仙童骂道："恶人反口，无谓有理，你倒是来，怕你不成！"刘渊闻言，遂祭霞阳剑，剑在空中，有万道霞光闪现，教人睁不开眼。仙童猝不及防，被晃得眼花缭乱，不知西东，怔在原地。刘渊见状，本欲拿下，终是心虚，上前两步，又倒退回来，道声："打死李少君，实属无奈，今番上山，本欲好言解之，奈何真人不在洞中，也是无缘。就此别过，后会有期。"遂驾金光离去。

且说刘渊才离了乾元山，忽一朵祥云，飘飘摇摇，落将下来，又闻得一声鹤鸣，清幽婉转，有一人拂袖而来，束发戴冠，额眉细长，长须飘飘，身穿太极道袍，手执青丝拂尘，仙气缭绕，光亮凌人，真乃是鸿运当头，圣光护体，神韵百般，清微玄宗，原来是太乙真人归来。

真人坠下云头，见仙童立于洞前，也不上前相迎，只是彷徨不定，不由得喝一声："童儿，既当修仙，如此混沌，成何体统？"言毕，童子如当头棒喝，猛然清醒，见真人在前，忙伏地叩道："老师在上，方才有一人，自称刘渊，十分无礼。"真人笑道："莫惊恐，且慢慢说来。"童子禀道："那刘渊自凭汉主，出身沙门，言少君师兄逆天助虐，恃宝阻挠大军，故且击杀，送还尸首，弟子想这厮如此欺蔑我教，心中不忿，故想着留下来人，待老师归来，再作区画。不想刘渊身怀异宝，胸口红光，一剑破空，有万道霞光，实难对付，无奈任其归走。可怜师兄一身道行，毁于一旦。"说到此处，腮下落泪。真人问道："那人可打你来？"童子回道："倒是未打来，只教弟子睁不开眼，不得行前。"真人领首不语，径直上前，将手中拂尘对李少君尸身一扫，有三点星火，分出百会、

第四十四回
白毛儿舍美折罪　北宫纯勤王显威

气海、太溪，又拿出一个葫芦，通体呈绿，油油亮亮，清清澈澈，把葫芦嘴拔开，那三点星火贯入其中，真人把手一收，命童子："且去甘泉山中，择一高地，两边须有槐柳，再修一灶，将此葫芦置于灶中，受些香火，以为祠灶，致些福德，可立于人间。速速去吧，不得迟误。"童子领命，接了葫芦，往甘泉山而去不提。

且说刘渊离了乾元山，未见真人，又生误会，心中不免懊恼，一路无心赏景，径自回了壶关。众人见汉王归来，皆出营相迎。刘渊入帐，却见白毛儿跪于帐中，赤膊上身，背负荆条，王弥亦在一旁，不由得变色，问道："孤命你率军征伐，不闻战报，如何跪于此处？"白毛儿泣道："孩儿领命，不敢大意，率军越太行，渡黄河，一路摧枯拉朽，无往不利，又于浚仪杀败曹武，兵至宜阳，不想那弘农太守垣延刁滑奸诈，口蜜腹剑，竟使诈降，诳我入城，本想不费一兵一卒，得进大道，奈何酒席之上，误中奸计，侥幸逃出，自愧实甚，故来请罪，任由责罚。"刘渊闻言，怒道："你自幼熟读兵书，颇谙兵法，岂不知受降如待敌之理？今败军折将，皆因你轻敌也！若不明正军律，斩你之头，何以服众？"便要拿下，众人皆伏地相劝："自代天伐晋以来，殿下先锋开路，屡立战功，今虽有失，不当以斩，望陛下宽恕，权且记罪，容将功补过。"刘渊余怒未息，众人苦苦告求，仍是不饶。

忽一人在帐外，高呼："留人。"众人相看，原是氐酋单徵，牵一女而入帐内，喊道："昔日晋楚争霸，楚将得臣因误致败，以使成王逼杀，晋文公闻知大喜，今天下未定，何故斩杀大将，此非亲者痛，仇者快？"刘渊回道："军法为上，无论亲疏，白毛儿既然有错，理应受处。"单徵又禀："殿下虽说轻骄，却也事出有因。"刘渊面露诧色，说道："从详道来。"单徵回道："臣有一女，甚喜爱之，不想因祸失散，流落宜阳，幸得遇殿下解救，以归故里，家人团聚。那垣延揣奸把猾，以臣女为诱，邀殿下于府中，设计相害，故使大军落败，殿下原是想不费兵卒，以得其功，实非战之过也。臣得小女，感激涕零，今愿献女于陛下为妃，率全族誓死效忠，以成匈氏之好。"刘渊闻言，方看一眼单女，说道："且抬起头来。"此一看不打紧，直见得沉鱼落雁，碧月芳华，一眼相中，竟不禁怔神，也是汉主戎马半生，虽见得几等女色，却从未有如此倾国倾城，好半晌，心中烦闷即消，面露欢喜。

白毛儿见状，心中暗舒了口气。刘渊问道："小女青春几何？"单女回道："年方二八。"刘渊笑道："爱卿如此慷慨，进献小女，难能可贵，可见一片忠心。"单徵说道："臣等投奔陛下，一片赤诚，陛下万世英雄，小女相配，乃是福分。"又道："殿下于臣有恩，还望陛下宽恕，权且记罪，破晋之后，再行论处。"白毛儿泣道："儿臣请戴罪立功，再次南征，誓要踏平洛阳，以雪前耻。"刘渊点首，吩咐左右，为单女安排营帐，命白毛儿起身，说道："若不看单酉面皮，定当斩首，今且免死，再与你铁骑五万，进发洛阳。若再重蹈覆辙，损兵折将，定斩不赦！"又命王弥为副帅，白眉儿、刘景为正、副前锋，一同辅佐。白毛儿领命，拜谢出营，瞥一眼单女，心中暗暗惆怅，稍顿半步，竟头也不回去了。后人有诗为叹：

百花翻曲念清欢，美人头上移凤簪；
却笑东风无雨伴，只教塞雁独飞还。

且说白毛儿率大军行进，刘渊为防万一，又令大司空呼延翼率步卒三万，屯于大阳，以为后继，大有一举吞下河洛之势。白毛儿兵抵宜阳，打马上前，指名垣延答话。垣延在城头观望，白毛儿怒斥："垣延老儿，且认得我来。"垣延说道："如何不认得。"白毛儿恨道："你这曲学波行、刁滑奸诈之徒，巧言如簧，用心险恶，使我损兵折将，险遭不测，今日你死期将至，还有何话说？"垣延回道："无甚话讲，只是可惜，前日坐失事机，未能将你碎尸万段，悔之晚矣。"白毛儿闻言，冲冠眦裂，狞髯张目，骂道："今日你难逃一死，插翅难飞。"遂命大军攻城。

三军闻动，刘景率兵而上，只见望楼座座，云梯排排，撞锤轰轰，油车滚滚，敢死之士汹涌而上，飞云火镰接二连三，端的是排山倒海，投鞭断流。垣延在上，亦不示弱，命众将士抖擞精神，排箭戳枪，勾刀硬刺，城门上面，强弓硬弩，滚木礌石，铜汁烫粪，燃油长竿，利斧拒叉，无所不用其极。

一时之间，两方你来我往，难解难分，倒是守城终是占了地利，汉兵落梯坠壕，死伤无数。那白眉儿驾云水吞金兽，在城下见得明白，心道："以往皆是白毛儿头阵，此次出征，父王予我正印先行官，今日定要夺了头功，以显声名。"遂拨驾上前，喝开众兵，左手挽盾，右手执长剑，冒矢突刃，缘梯而上，如蛟龙出海，虎狼出林。晋兵见来人凶恶，忙发箭射之，哪里挡得住。白眉儿三步两窜，一连刺翻十数晋兵，跃上城头。

城上晋兵见来人，两道白眉，眼露红光，如天神下凡，皆心惊胆骇。曹武恰在其中，见白眉儿气势如虹，恐失了士气，忙举斧来，喝道："哪里的小子，竟敢独自登城，教你有来无去。"挺步上前，要挫锐气，白眉儿大喝："我乃汉军先行官白眉儿是也，挡我者即死。"也不与缠斗，只把长剑祭起，一道日光混转而出，疾风迅雷，电炮火石，正中曹武前胸。那曹武大叫一声，跌下城楼而死。晋兵见主将身亡，顿时骇退。白眉儿眼疾手快，跳下城头，斩关断锁，大开城门。城外汉军汹涌而入，城中一片大乱。

垣延见城门已破，知大势已去，不敢恋战，遂牵一快马，率左右数人往南面而走。白眉儿见得明白，知此人为白毛儿深恨，哪肯轻饶，一拍云水吞金兽，那兽一动，如流星赶月，迅疾如风，少顷便至身后。白眉儿大喝一声："垣延老儿，今日死期将临，无路可逃。"垣延闻声，知白眉儿追来，只把手一紧，暗暗执刀，欲待白眉儿临近，反手制敌，不意云水吞金兽实是迅速，措手不及，被白眉儿一剑刺于马下。可怜忠烈之士，身殉殉国。后人有诗为叹：

白头寄项心中愿，身付神州四方安；
岂非一剑引颈快，秋风何肯送躯还。

且说白眉儿刺垣延于马下，取了首级，破了宜阳，得胜回营，献首级于帐前。白毛儿见之大喜，赞道："永明真神人也！"白眉儿回道："此乃主帅运筹帷幄，决胜千里之功，臣弟赴汤蹈火，当效犬马之劳。"白毛儿笑道："此番取得宜阳，当记你头功。"白眉儿拜谢。白毛儿传令："催动人马。"大军一路奔腾，连败戍兵，直达洛阳，屯兵西明门。

东海王在城中，闻得汉兵已至，神丧胆落，召众卿而问："前月才闻得垣延施计，退却敌军，如何眨眼之间，将至京中？"刘舆出班，禀道："垣延诈降，虽一时得成，却是侥幸，未动其根本。那白毛儿卷土重来，以武相论，实难匹敌,故垣延以身殉国。洛阳乃京师,现反贼势大,太傅当速调兵遣将,把守诸门,否则一旦城破,天下危矣。"东海王问道:"城有四门,如何守之?"参军孙询在旁,禀道:"如今反贼屯兵西明门,此地必为交锋之所,当以大将拒守。"东海王问:"何人可担大任?"遍观殿前,无人应答,不由得怒道:"你等皆为食禄之臣,竟无人为国分忧矣。"群臣不敢言。

少顷,刘舆禀道:"臣举荐一人,可担此任。"东海王问何人,刘舆答:"非凉州刺史张轨不可。"东海王问:"张轨可在?"张轨出班,禀道:"臣在。"东海王疑道:"爱卿远在凉州,如何得入京中?"刘舆回道:"乃是臣下所为,臣见叛军势大,恐洛阳有危,故书信各方,令勤王护驾,刺史忠君报国,即来驰援,近日才至。"东海王问张轨:"如今大敌当前,你可敢应战?"张轨回道:"臣赴汤蹈火,在所不辞。"东海王又道:"此战可有几分胜算?"张轨回道:"城高河深,臣当紧守,待帐下一将运粮到来,当获全胜。"东海王诧道:"此人姓甚名谁,有何本事?"张轨禀道:"此人乃臣部下,凉州姑臧人氏,复姓北宫,单名纯字,骁果善战,人称北宫三郎,有万夫不当之勇。"刘舆闻言,喜道:"尝闻儿谣'凉州大马,横行天下,凉州鸱苕贼寇消,鸱苕翩翩怖杀人',便是北宫纯也。"东海王亦喜,说道:"青州叛军王弥攻洛阳,北宫将军以一千西凉兵,大败反贼,可是其人?"张轨回道:"正是此人。"东海王领首,遂命张轨守卫西明门,又问:"其他诸门何人守之?"刘舆回道:"可由左卫将军何伦、右卫将军王景、宁北将军司马模分守。"东海王领首,遂命各率军一万,分守四门。

刘舆又道:"今反贼势大,那刘渊四海之才,帐下异士出众,猛将如云,我等兵微将寡,仅系北宫将军一人,不得稳操胜券,而洛阳万不可失,若战况持久,难料其时,太傅务要当机立断,再拜一上将,抵御外敌,方能使四方得安。"东海王沉默半晌,方问:"依爱卿之见,何人为将当宜?"刘舆即回:"非马隆不可为之。"众臣皆道:"马孝兴有擎天架海之才,能敌刘渊者,必此人也。"东海王仍有犹豫,半响不语,刘舆心急,劝谏:"兵临城下,社稷危在旦夕,马隆远在陇右,山高路远,来回尚需时日,太傅宜早作决断,方好处置。莫待飞鸟无进,人马无出,悔之晚矣。"东海王闻言,沉思良久,说道:"马隆一事,莫让天子知晓。"遂差人从东门而出,去请西平太守马隆,勤王护驾,正是:

第四十四回
白毛儿舍美折罪　北宫纯勤王显威

霜风一夜梅花红，残叶已落乱草丛；

时危才圆将军梦，国难方识真英雄。

且说张轨整点兵马，上得西明门来，见城下排五方队伍，甚是森严，兵戈整肃，左右分列，大小将官何止千数。一对对侍立两旁，威风凛凛，气宇轩昂。当前一人，白眉驾奇，雄健威武，乃是正印先锋白眉儿。中央大红伞下，又见一人，才是白毛儿，英气勃发，骁勇绝人，披挂执弓，乘马而出，至城下问道："城上乃是何人？"张轨回道："本将张轨，字士彦，乃西汉常山景王张耳之后，现居凉州刺史之位。"白毛儿说道："昔有曹阿瞒矫命称制，挟天子以令诸侯；今有东海王临朝专断，蒙乾坤以乱天下。其人非善类，狡诈刁滑，既无举贤之能，又无善政之才，擅杀手足，残害忠良，人神之所共嫉，天地之所不容。犹复包藏祸心，窥窃神器。子孙怠亡，国运将尽。刘汉应天承命，志安社稷，顺宇内之推心，大举义旗，以清妖孽，使风清气正，望国泰民安。若有悔悟者，皆可归纳；若眷恋穷城，徘徊歧路，必当诛之。将军当听得我言，好生思虑，弃暗投明，乃是正道。"张轨闻言，七窍生烟，勃然大怒，指道："白毛儿，你好不知耻，大言不惭，枉用汉名，竟生胡脸，可笑至极。中土之事，当由中土之人任之，何须蛮胡指手画脚？你等其行可恨，其心可诛，今有本将在此，再不许你踏前半步。"白毛儿大怒，骂道："本帅有意招纳，不想你不识好歹，出言辱骂，待踏平洛阳，立为齑粉。"遂命大军攻城。白眉儿上前，轻言谏道："洛阳城不比其他，城高河深，墙厚器利，我军方至，未作休整，贸然攻打，不知虚实，恐有不利。"白毛儿不睬，仍命攻城。

三军架楼车，推木幔，设云梯，放重弩，驱冲车，大张旗鼓，声势烜赫。晋兵抖擞精神，兵来将挡，水来土掩。一波平，一波起；一波上，一波下；一波进，一波退。你争我夺，你来我往，黏吝缴绕，不让分毫。张轨仗着地利，坚守城头，只放箭矢礌石，汉兵死伤甚巨。白眉儿见得心急，左手挽盾，右手执剑，率死士百人，欲效仿宜阳，要抢城头，那身若动兔，势如蛟龙，少顷之间，已至城下，欲缘梯而上。张轨见来人勇猛，忙令左右射杀。白眉儿丝毫不惧，只将长剑祭起，道道金光而出，连杀数人，乘势跃上城头，众人难敌。眼见便要得逞，一阵忙乱之中，忽一人斜里一刀劈来，势大力沉。白眉儿何等人也，闻声辨器，识得厉害，将身子一偏，步子一挪，闪开身来。再看时眼前一人，身高过丈，头戴二龙戏珠亮银盔，身着九吞八乍锁子甲，外罩白缎战袍，手执齐眉开山刀，真是个威风凛凛，气宇不凡。更蹊跷的是，其腰间别一面镜子，甚是显眼，不知何用。正是：

　　姑臧有子道北宫，青书无名寄南风；
　　大马横行度天下，两救洛阳不世功。

　　白眉儿识不得来人，正要发问，只见张轨喜道："北宫将军到此，正当其时也。"来人正是北宫纯，恰率五千骑兵勤王，由北门入城，见西明门喊杀震天，料知不妙，遂拍马赶至，正遇白眉儿。北宫纯闻言回道："大人莫慌，有末将在此，定然分毫不失。"白眉儿仅率数人抢上城头，不敢持久，自道："打人莫过先下手，且用法宝克制他。"遂道："北宫纯，素闻你骁勇善战，今日见得虚实，且看你有何本事？"祭起长剑，一道日光从天而降，往复而出，直打北宫纯。北宫纯也不着慌，只把镜子取下，往胸前一扣，霎时身子晶莹剔透，那日光打在左肩，也是奇哉，未见得北宫纯有何差池，却闻得白眉儿大叫一声，左肩鲜血直流。

　　北宫纯踏前一步，要拿白眉儿。白眉儿遭此变故，大惊失色，料想不敌，吆呼一声，忙从墙头跳下，北宫纯哪里肯舍，令城门大开，率一纵骑兵杀出城来，欲置白眉儿死地。白毛儿在后，见得明白，只把金手弯月弓拉开，取白毛化箭，照准北宫纯而射。北宫纯如法炮制，那箭射至右臂，不见北宫纯有恙，却闻白毛儿"哎呀"一声，右臂着伤。众人诧异，白毛儿奇道："这是何法术？"恰在此时，白眉儿已离了城下，奔回阵前，禀道："晋军有一将，名曰北宫纯，其身怀异术，不知蹊跷，实难匹敌。"白毛儿见白眉儿，白眉儿望白毛儿，两人皆伤，又见北宫纯率西凉兵一路冲杀，高头大马，纵横决荡，所过之处，无不是人仰马翻，头颅滚滚。白毛儿见势不可当，士气已消，遂命鸣金收兵，退往洛水扎营。北宫纯接张轨命，于汉军对面扎营，不知两军后战如何，且看下回分解。

第四十五回　上嵩岳双龙问僧　渡洛水刘渊夺营

歧路难择常无已，一念鬼神莫自知；
可笑烟火不问事，空拜前后误今思。

且说两军相对扎营，剑拔弩张，又要大战。张轨急召北宫纯，问道："贼兵虽败，未伤根本，如今洛水扎营，调兵遣将，势必卷土重来，将军有何对策？"北宫纯回道："远来之兵，当求速战，故反贼未作休整而攻洛阳。如今遇挫，退守洛水，当一鼓作气，莫待喘息。"张轨领首，说道："此计甚好，且向太傅禀报。"二人往太傅府中，言语方略，东海王问道："将军如何攻法？"北宫纯回道："白毛儿攻城不利，退守扎营，势必重作休整，再行攻伐。当乘调度之机，今晚劫营，以挫其锐。"东海王又问："反贼分布四营，将军欲攻何营？"北宫纯回道："若攻将营，其帅必怒；若攻帅营，其将必骇。当攻白毛儿，白毛儿一破，贼军皆破也。"东海王闻言大喜，遂从其请。北宫纯至军中择一千精骑，令各在左臂系白巾为号，欲待三更踹营。

窗间过马，跳丸日月，时至三更，白毛儿在中军，令各营设哨架桩，严守营寨。待布置停当，顿觉困乏，上榻睡去。那北宫纯率一千精骑，卷甲衔枚，沿水而寻，择隐蔽处，悄然渡河，但见岸边风儿轻轻，夜空满星，怎为好景象，有诗为证：

北邙山下夜风冷，洛水河边渡鸟还；
月上半树催行影，露探芳草烟华沾。
幕云袅袅萤飞乱，百花十里动波澜；
浮生如梦空一色，莫谈身后悲与欢。

众人无暇风景，志在杀敌。北宫纯率军至营外，见寨中旗帜整齐如故，灿若云锦，巡哨来回走动，也是防备。北宫纯命将士齐奔而入，大喊劫营，登时大马踏进，火光冲天，巡哨才要呼喊，早被劈于马下。汉兵梦中惊醒，惊慌失措，夜中昏惶，不知晋军多少，自相扰乱，难顾首尾。那西凉骑兵实是强悍，所过之处，风扫落叶，雨打芭蕉，只见来往冲突，如入无人之境。汉军之内，有征虏将军呼延颢，也是百战英勇之将，忽闻劫营，跳将起来，提刀上马而出，才出营门，见一将奔来，大呼："你乃何人？胆敢劫营。"来将举刀大喝："我乃西凉北宫纯是也，特来取你性命。"呼延颢闻言细看，来人身高过丈，白袍罩甲，正是北宫纯，不由得一阵心慌，两刀并举，接一招便撤，欲跳到圈外。北宫纯哪肯放过，将马一拍，齐眉开山刀寒光现过，取了项上人头，只见鲜血迸流，倒毙地上。

汉兵见之大震，更是胆战心裂，一时无心抵御。晋兵齐杀入内，见人便砍，纵横驰骋。北宫纯左拍右劈，杀死汉兵数十人，却寻不到白毛儿，大呼："众儿郎不可放了白毛儿。"白毛儿在营中，本已安寝，忽闻喊声，陡然坐起，细听营外动静，知是北宫纯到来，心中大怒，又因手臂着伤，不敢应战，只把宝弓取了，左右护卫，悄然遁出，命各军相援。那白眉儿、王弥得知主营被蹯，连忙来救，奈何西凉一千精骑，实是骁勇，马快人猛。白眉儿亦是带伤，不敢应战，王弥等众更是招架不住，亏得队伍尚齐，且战且退。直杀到拂晓，北宫纯因无后援，也恐天色将明，持久有失，于是收兵回营。

汉兵大败，退至洛水五十里下寨，白毛儿清点人马，死伤两千余人，不由得恨道："来日得破北宫纯，必挫骨扬灰矣。"白眉儿一旁应道："此人勇冠三军，且身怀道术，不知出自何门，不宜硬拼，须窥其门道，再议破敌之策。"白毛儿正要发问，忽闻营外来报凶信："大阳营内哗变，大司空已让步卒杀死。"白毛儿闻报大惊，急道："且从详报来。"来使回道："大司空闻弟呼延颢身死，终日悲痛，帐中以酒解愁，以致大醉，双眼蒙眬之中，见身旁侍卫皆为晋兵，勃然大怒，操起画戟，追杀侍卫。侍卫被逼无路，情急之下，转身一刀，反杀了大司空，立时奔逃。军中将士见主将被害，皆畏罪散去。"众人目瞪口呆，各自摇首。

白毛儿怒极，说道："呼延翼因一人身死，而误全军，咎由自取，可惜了三

第四十五回
上嵩岳双龙问僧　渡洛水刘渊夺营

军将士。"话音未落，又有来报："汉王闻征讨不利，损兵折将，敕令将军还师，欲集结人马，御驾亲征。"白毛儿怔了一怔，沉思不语，白眉儿亦不作声，王弥在旁说道："陛下有旨，不可违逆。"白毛儿一皱眉头，说道："大军连克数地，今至洛阳，岂可因小败而遽退，以致功败垂成，本帅且行表奏。"遂上书汉王："晋兵微弱，如今兵临城下，虽有北宫纯相阻，却可力取，破城指日可待，不得以翼、颢之死，自挫锐气，遽尔班师。坚请留攻洛阳，必当一举得成。"命来使回报。不多日，汉王来旨应允。

白毛儿召集将士，帐前宣旨，且道："父王命我留攻，前番我军只打西明门，且让北宫纯得逞，今番分兵进逼，不信那厮有三头六臂。"遂命白眉儿攻上东门，王弥攻广阳门，刘景攻大夏门，自攻宣阳门。四路猛扑，声震山谷。东海王倒不含糊，亲自登城，率众固守，命何伦守广阳门，王景守大夏门，司马模守上东门，亲守宣阳门，北宫纯于上东门、宣阳门择机相处，随之抵御。烽烟滚滚，云沙日暮，怎见得大战：

> 三声炮响，一发雾迷。四野阴霾，十方相离。这壁厢，舍命冲锋占城头；那壁厢，忘死拼生夺先机。弓弯似月，箭快如星，人雄比虎，旗展若虞。抬眼颠倒身入梦，新客白马落旧衣。可怜将士无名走，只为君王安社稷。长枪对硬弩，铁躯战铜墙；鞭来有锤架，斧去看镜依。刀劈甲，剑刺戟，长空生紫气；拳打脚，腿踢头，兵刃命随倾。心神一错自难保，多少英雄化风尘。

汉军猛攻数十日，不能破城，反倒死伤无数。白毛儿接连受挫，不禁苦恼万分，召众将于帐前，问道："我自领兵，摧枯拉朽，一路至此，本欲率众一鼓作气，破了洛阳，各自得功，不想攻伐数十日，竟不得逞，损兵折将，如此下去，必将败归，你等有何良策？"众将左言右语，竟未有可纳之议，倒是王弥不发一言。

白毛儿眼尖，见道："卿为何默语？不妨直言道来。"王弥禀道："末将随陛下征伐，一路所见，每遇坎坷，必有神灵护佑，或躬身相请，或得道多助，厌难折冲，拔丁抽楔，故成帝业，以图天下。今将军讨伐洛阳，前有北宫纯阻挠，既不能克，何不往三山五岳寻觅，定有神灵相助。"白毛儿眼中一亮，说道："倒不失为好法。"又问白眉儿："北宫纯神勇，哪位神灵可制？"白眉儿回道："不明来历，实不敢言。"有冠军将军呼延朗禀道："末将尝闻嵩岳之上，有一神僧，不知姓名，游历至此，人皆敬之。"白毛儿奇道："自东达山学艺，师尊口中，也略知西方诸僧，不知此人哪里人物？"又问："此人神通，奇在何处？"呼延朗回道："未曾亲见，只是听闻有以水洗肠、龙岗咒水之逸事。以水洗肠，原是此人左乳旁有一小洞，直通腹内，或将肠由小洞取出，或用棉絮把洞塞住，遇读书时，拔掉棉絮，洞中光亮如莹，使一室通明。逢斋戒之日，常至河边，将肠从洞口掏出，用水洗净，再装入腹中。龙岗咒水，乃是此僧在邢台，时逢大旱，虽有数处水源，皆已干涸，裂如车辙。百姓问何法可解，此僧言水泉之源居有神龙，当往救龙，水必可得。众人不信，僧人亲至水源，坐绳床之上，烧香念咒，如此三日，水泫然微流，一条小龙，长五六寸许，随水而出，少时水大至，隍堑皆满。果真奇妙。"众人闻言，皆赞叹曲尽奇妙。白毛儿大喜，说道："若请得这等神人，北宫纯纵是高明，亦无虑也。"遂命王弥、呼延朗与平晋将军刘厉同守大营，自己携白眉儿同往嵩岳。

且道白毛儿、白眉儿出了营帐，二人捏土，往空中一撒，驾遁光而走，不到半日，已至嵩山，但见崧高维岳，峻极于天，好景色，有词为叹：

太古斜穹，形方气厚，天下御极悬眸。两间之秀，盖三河之收。云岚开合万变，转星斗，嵯峨葱葱。半山外，嵩阳落影，绝壁摇闲舟。

年年有来去，平生看景，不在其中。故今日，一眼只别尘缘。心向般若许也。林泉上，石开白莲。峻嶒处，寒鸿望断，世事任穷通。

二人在空中，把目光一撒，见一团红光，现于峻极峰上，遂把遁光收了，落下云头，行走其间，但见四方，西有少室侍立，南有箕山面拱，前有颍水奔流，北望黄河如带，亦是美不胜收。二人不由得赞叹，白毛儿说道："虽说山不在高，有仙则名，然山大则神大，山小则神小，嵩山虽远，乃天下大山，故为中岳，有神灵在此，亦不足奇也。"白眉儿疑道："也是怪哉，此僧不知姓名，也不知哪里来历，今番倒要见识一番。"

二人闲聊，不觉到一处崖，名曰龙阳崖，形似龙头，左右各一株青松，斜阳落下，正透过叶间，洒在崖上，如两点龙睛，光彩夺目，煞是神异。崖下有飞瀑，如千丈珠帘，高挂长空，水声澎湃，如雷轰鸣。两松之间，有一石，形若磨盘，石上坐一人，乃是一年长僧人，着七衣，穿麻鞋，膝上架神杵，双目显神光。白毛儿见此人鹤骨松姿，仪态非凡，不由得上前打一稽首，问道："敢问神僧是否……"僧人不答言，白毛儿再问，亦是不理。白毛儿乃沙门弟子，汉军主帅，向来骄纵，哪里受此等怠慢，不由得恼怒，正要发作，白眉儿忙止住，轻道："看此人模样，似在作功，莫要打扰，且少安毋躁。"

二人等候在旁，约有一个时辰，那僧人睁开双目，道一声："好自在。"见二人，口称："二龙出崖，何绕枯松？"白毛儿回道："枯松虽老，临崖而瞰，见世光华。"僧人答道："光华夺一时之目，却不为长久；名声显一世之荣，却终为所累。皆不足道也。"白毛儿问道："闻嵩山有神僧，可在眼前？"僧人打一稽首，说道："神僧不敢当也。老僧之名，佛图澄是也。"白眉儿闻言，说道："尝闻神僧云游四方，神通无比，今日得见，是为幸也，还望指点一二。"佛图澄看二人一眼，说道："二龙逢伤，贫僧当尽心意。"遂祭出一瓦钵，把手一探，从崖下取水，水成一线，倒入钵中，又念动咒语，少时长出一朵青莲，闪五色光芒。随即将青莲取下，用手一捻，霎时成灰，将灰抹在白毛儿右臂，那伤处有青烟腾起，再看时已然痊愈，又抹在白眉儿左肩，那伤处有淡淡青光，不一会儿已恢复如初。

二人赞道："高僧神通，名不虚立。"佛图澄回道："些许小术，不足挂齿。"白毛儿说道："方才神僧口中，称我二人为二龙，你我素不相识，怎有如此言语？"佛图澄笑道："且看二位龙子，面呈贵相，贵不可言，又非中土人士，着战袍，披战甲，一生白毛，二生白眉，白毛儿、白眉儿之名，天下谁人不识也。"白毛儿说道："既知我二人来历，定知我二人何来，开门见山，不作虚言，我率军伐晋，兵至洛阳，眼见成功，不想遇一人，名曰北宫纯，身怀异术，乃是一面镜，攻其身反受其害，神妙无穷，难以破之。闻得嵩岳有神人，故来此地相请，高僧可愿与我下山，助我成事？"佛图澄合掌，说道："世事皆有定数，不可言早，亦不可言迟，非人力相强。将军终成大业，却不在今日。老僧不得与你下山，且自珍重。"

白毛儿闻佛图澄之言，又问："终成大业，不在今日，是何道理？"佛图澄回道："命运有三，分为天命、地命、人命，当知天命，顺时势，尽人事，便在此理。"白毛儿不言，白眉儿问道："既然天命有定，我等亦不强求，只是缘到此地，得遇高僧，可否一看前程？"佛图澄闻言，一指座下盘石，笑道："天、地、人，皆有定数，定数使然，贫僧如何能看？只是将军既有所愿，也罢，此石为试龙石，二位可依次坐上，心中发一念，若龙睛合一，飞瀑倒挂，石升九尺，即能成也。"二人闻言，沉默片刻。白毛儿踏前一步，坐立石上，心中默念，仰天祝曰："若刘聪兵破洛阳，覆灭司马，成王霸之业，以立天下，试龙石当遂我愿。"言讫，那霞光由青松处缓缓聚拢，少时合为一点，正在盘石之上，又有飞瀑倒涌，腾起数丈，盘石遂升起九尺，只是未有多时，霞光分来，飞瀑顺下，盘石降落，白毛儿喜道："日后果真应验，再当谢过。"白眉儿见白毛儿下来，遂跳上盘石，暗暗祝告曰："若刘曜兵破洛阳，覆灭司马，成王霸之业，以立天下，试龙石当遂我愿。"言讫，那霞光亦由青松处缓缓聚拢，少时合为一点，正在盘石之上，又有飞瀑倒涌，腾起数丈，盘石遂升起九尺，只是悬而未落，霞光已散，飞瀑已息。白眉儿跳下，问道："此石为何不落？"佛图澄笑道："二龙试石，一飞冲天，故不得落也。"二人各遂所愿，心中欢喜，齐道："今番得见神僧，虽不同道，亦是缘分。就此别过，山回路转，今后若有难事，望神僧再莫推辞。"佛图澄笑道："日后还有相会，二位将军且须保重。"二人再谢，遂离崖而去。

少时，佛图澄把手一指，试龙石落下，见上头有一裂痕，下头亦有一裂痕，不由得叹道："白毛儿发愿，石下有痕，乃不得善后；白眉儿发愿，石上有痕，乃不得善终。非老僧不助，此皆为天命，不可违也。"后人有诗为叹：

斜阳落睛目双合，飞瀑倒悬挂云河；
试龙石上坐帝子，两朝浮梦逝沧波。

话分两头，且说洛阳城上，北宫纯见汉兵不来攻，心中疑惑，遂禀张轨："汉军数日攻打，今日却不见动静，不知是何道理？"张轨说道："白毛儿必有大谋，

第四十五回　上嵩岳双龙问僧　渡洛水刘渊夺营

不可轻动。"北宫纯回道："若有大谋，更当一探虚实。"张轨颔首，二人报过东海王，东海王应允，说道："此去探营，当得周全。"北宫纯回道："末将率五百骑兵前往，若遇重围，当速退城来；若见有机，当现镜光于半空，太傅可令兵马一齐杀出。"东海王闻言，喜道："此计甚妙，洛阳安危，全系将军，且要小心。"北宫纯挑五百兵士，潜开宣阳门，呐一声喊，冲将出去，如奔雷走电，直杀中军。

冠军将军呼延朗在帐中，听得喧嚣，忙穿甲戴盔，牵马应付。才至帐外，马不及鞍，冒冒失失，正见北宫纯奔来，搂头一刀，枭了首级。北宫纯斩了呼延朗，也不停留，直往中军帐中，把刀一架，掀开来看，不见白毛儿，自道："白毛儿定是往他处搬兵，不在营中，天赐良机，乃大晋之福。"正在此时，平晋将军刘厉麾兵相救，北宫纯把镜一取，往半空一晃。东海王在城上，见得信号，遂令张轨，领参军孙询，副将邱光、楼袤，率三千兵马，立时杀出。两相呼应，内外合攻，晋军横冲直撞，辟易万人。刘厉敌不过，只好败走，半路遇王弥，王弥问："晋兵来袭，如何退却？"刘厉回道："凉州大马，着实骁勇，难以抵御。"王弥斥道："狭路相逢，勇者胜，能力战，虽败犹荣。你闻风丧胆，望风而走，待主帅归来，如何交代？"刘厉羞愧不已，不敢言语。

王弥收集人马，复杀回营，与晋兵又是一场大战，奈何士气一泄，不复重来，数万人马被杀得四方奔离，死伤大半。王弥见大势已去，只得率残军奔逃。邱光、楼袤正要追击，忽见半空有金光，北宫纯眼见，禀张轨："白毛儿、白眉儿归来，恐请得高明。如今贼兵一败涂地，难以复回，道是穷寇莫追，不如收兵回城，以观其变。"张轨闻言颔首，遂令邱光、楼袤于洛水扎营，领北宫纯回城去了。

且道白毛儿、白眉儿驾遁在半空，见下方尘土飞扬，火光冲天，一路狼藉，不见营寨，不由得大惊，忙落下云头，正见王弥率残军而走，上前怒道："本帅出走半日，如何失了大营？"王弥回道："北宫纯乘虚探营，伏兵于后，内外相攻，末将不敌，故失了营寨。"白眉儿看一眼身后，问道："呼延朗何在？"王弥回道："北宫纯万夫莫敌，呼延朗将军已身死殉国。"白眉儿又问："刘厉何在？"众人皆不知，少时闻报："刘厉恐为主帅所责，竟投水自尽。"白毛儿闻言，不觉叹息，只道："且将尸首捞起，厚葬将军。"于是清点人马，竟只剩得千人。白毛儿叹道：

"前曾表请留攻,结果功败垂成,瓦解冰泮,如之奈何?"王弥进言:"今既失利,无怪殿下,实乃北宫纯难敌,不如还师,明告陛下,再看如何。"白眉儿亦道:"此言甚是,洛阳犹固,当回禀父王,再图后举。"白毛儿闻言,又叹一声,遂命王弥据兖、豫二州间,收兵积谷,守候师期。一切布置,与白眉儿同归。

且说二人回师,禀过刘渊,刘渊见兵败,详问战况,闻悉北宫纯统兵有法,道术超然,也不怪责,只道:"此人是何来历?"白毛儿回道:"只是身上有面镜,伤他便是伤己,煞是奇怪,不知哪里来历。"刘渊又问:"北宫纯现在何处?"白眉儿回道:"据探马报,北宫纯已回洛阳,严守京师。"刘渊默然片刻,问道:"洛阳之外,可有防务?"白毛儿禀道:"王弥来书,司马越命邱光、楼袞二人,于洛水河岸扎营,以为屏障。"刘渊起身命道:"孤当亲征,方可克敌,白毛儿、白眉儿可为左右先锋。攻下洛阳,天下既为汉也。"遂提大军十万,择吉日,祭宝幢旗幡,一路招展,绣带飘摇,真好人马。怎见得,有赞为证:

抬望眼大纛高牙,开目见大势雄兵;一字排砥兵砺伍,出关前鞠旅陈师。骊马跨鞍,中天摧裔。骊马跨鞍,奔万里之江云;中天摧裔,破千重之河山。九环刀,子母刀,闪闪红光;四平枪,六合枪,荡荡朱缨。柳叶剑,厚格剑,森森冷气;两刃矛,宛鲁矛,虎虎飞扬;鱼尾斧,峨眉斧,刃刃寒当;银剪戟,月牙戟,尖尖无常。数声号鸣,众将只为把名显;但闻鼓响,各营起步逞雄张。三军呐喊齐头进,令旗穿梭画苍黄。多少壮士赴死地,也使铁衣碎芜荒。

话说汉王提大兵直往洛阳,刀枪似水,甲士如云,一路无词。至洛水一百里,哨马报入中军:"人马已近洛水,河岸有晋军扎营,请令定夺。"汉王问道:"守将可是邱光、楼袞?"哨马回报正是。汉王又问:"北宫纯可在营中?"哨马禀道:"北宫纯护卫洛阳,不在营中。"白毛儿问道:"父王可令扎营?"汉王说道:"孤欲夺营,何必扎营。兵贵神速,出其不意,攻其不备,白毛儿、白眉儿听令,今夜各领一军,左右佯攻,刘景、刘灵,随孤夺营。"众将听令,分头准备。

是夜二更时分,月明星朗。趁着月色,白毛儿、白眉儿分别绕道,悄然渡河。才至晋营,约有四更。晋兵不觉察,方起造饭,欲天明厮杀。邱光、楼袞亦是谨慎之将，不敢贪梦，各巡大营，小心准备。忽左方火光冲天，喊声震地，一支骑兵奔来，来势如风。为首者正是白毛儿，杀奔进来。邱光见来，速提一军相迎，两军混战一处。楼裒欲率兵相援，忽闻右方火光乍起，又有人马袭来，为首者正是白眉儿，心知不妙，遂令各军莫乱阵脚，自提一兵往右而去，混战一处。夜中来往，难分敌我，汉兵早有先机，各在右臂系一红巾，以此辨认，纵横冲杀。

这壁厢，白毛儿见邱光，执弓便打，邱光举枪相迎，二人战在一处，马走圈中，两械并举，一个志在必得，一个毫不示弱，邱光虽说英勇，却是不及白毛儿武艺，渐渐只有招架之功。那壁厢，白眉儿见楼裒，起剑便刺，楼裒挺槊相还，也是一番好杀，奈何白眉儿当世名将，武艺超群，楼裒不能敌，也是且战且退。正在战中，忽有中军火起，又一路人马杀至，但闻金鼓擂鸣，声势滔天，原是刘景、刘灵到来，晋兵登时大乱。邱光见中军有失，忙虚晃一枪，率兵回击，白毛儿哪肯舍弃，取白毛化箭，一箭射去，正中邱光后背，遂跌马而亡。楼裒亦见中军生乱，又听邱光惨叫，心知不妙，忙令撤军，士气一丧，如天摧地塌，岳撼山崩。三路人马相互夹攻，晋军左冲右突，死伤无数。楼裒见大势已去，自率亲信突围，白眉儿大喝一声："哪里走。"一拍云水吞金兽，似飞云掣电而来，楼裒始料不及，被一剑刺落马下，就枭其首级。余军溃散。

三路人马清点战场，禀报汉王。汉王喜道："今各记其功，来日论功行赏。众将士莫因一战而骄，待攻下洛阳，方为成也。"遂令起兵，人马至洛阳西明门，汉王传令："安营。"一声炮响，三军呐喊一声，安下营，结下大寨。

不说汉王安营洛阳。只见报马报进太傅府，报："刘渊调十万人马，在西明门安营。"东海王说道："早闻刘渊之名，容仪机鉴，文武长才，今日领兵到此，看他纪法何如？"随带诸将上城，观看刘渊行营。果然好人马，怎见得，有赞为证：

中军立杆，百步战楼远探；八阵在列，屯守内圆外方；壕沟深阔，座座营盘锁链；旌旗蔽日，袅袅绣带飘摇；三通鼓毕，甲士井然有序；寨墙连排，桩桩壁垒森严；应名点卯，众将披甲执锐；人马精神，志气固若金汤。灿灿银盔放珠华，密密长枪抖银光；幽幽画角似霜雪，对对车骑行路扬。

正是，万夫当由一雄领，拔树撼山易如平。

话说众人在城上，北宫纯观看良久，叹道："昔时杨珧有言，观元海之才，当今惧无其比，陛下若轻其众，不足以成事；若假之威权，平吴之后，恐其不复北渡也。故未让伐吴，想来实是真言。今日观如此整练，人言尚未尽其所学。大晋祸首，正在此人，此人不除，天下难平。"东海王问道："对阵刘渊，将军可有胜算？"北宫纯回道："但尽人力，不问天意。"东海王说道："将军之功，正在今朝。"遂传令："将人马调遣出城。"汉王正在辕门，只见西明门开处，一声炮响，青幡招展，有五方队伍出来，两边大小将官，一对对整整齐齐，何伦、王景、张轨、北宫纯、司马模等侍卫两傍。宝纛旗下，东海王驾白马而出。但见汉王在龙凤幡下，左右有白毛儿、白眉儿、王弥、刘景、刘灵诸将。汉王面淡如金，手提长剑。二王相对，汉晋对决，不知厮杀如何，且看下回分解。

第四十六回　刘渊大战北宫纯　马隆激请阴阳女

庭前风香紫藤爬，绿蔓依依任物华；
屈指光阴八九事，蒙茸经岁一二花。

且说刘渊初会东海王，紧马而出，拱手而道："太傅别来无恙！"东海王喝道："刘元海，文武二帝在时，许你满朝富贵，惠帝亦不曾亏欠，封你五部大都督，汉光乡侯。今日一旦负君，造反叛逆，杀害命官，逆恶贯盈，可曾对得起先帝。"刘渊笑而答道："太傅差矣。司马天下，始于曹魏；曹魏天下，始于刘汉。周而复始，各正其道。正是人君先自灭纲纪，不足为万姓之主，因此天下皆背叛不臣，其过岂尽在臣也。历朝历代，皆是如此。你司马家君臣男女，无廉耻节，犹不如胡人略涉汉学，粗识大义。且看庙堂之上，九品中正，门阀士族，寒门无路，乌烟瘴气。再看草野之上，百姓困苦，饿殍遍地，流离失所，度日如年。朝内朝外，权争不止。四言以蔽之：无功掌权，弑君篡位，骨肉相残，四海凋零。试问，天欲灭之，人力何为？孤继承汉志，代天征伐，太傅若识运道，当俯首称臣，使汉一统，天下得安，切莫徒生战祸，天下受累。"东海王闻言大怒，说道："刘渊，你只知巧于立言，不知自己有过。今天子在上，你不遵君命，自立汉帝，无故造反，逼临京都，恃强肆暴，殊为可恨。虽说一路得意，岂不知月满则亏，水满则溢，福缘已了，自取其祸，无怪其他。还来强辩！"问道："哪一员将官先将反贼拿下？"左哨上，一将大叫道："末将愿往。"原是奋武将军廖微，走马摇斧，来取刘渊。

不待刘渊答话，右哨飞出一将，正是刘景，口道："这厮好生无礼，待末将手刃来人。"手中枪劈面交还，二将战在一处。那廖微举斧便砍，刘景用枪一拨，腕子一翻，使一个乌龙搅尾，直奔廖微胸口。廖微见来势，忙把斧一撤，要磕大枪。不料刘景枪至中途，忽然变招，原来刘景料定廖微欲挡，遂把手一抬，奔颈喉扎来，廖微再躲，已是不及，被一枪扎上，当场毙命。喽兵将死尸用挠钩搭回。

刘景得胜一场，颇为振奋，大呼："谁敢应战？"刘渊大喜，命擂鼓助威，一时山呼海啸，锐气益壮。东海王见廖微身死，陡然变色，自道："久闻胡马骁勇，不消说那刘渊二子，便是这刘景，亦是一员猛将。"后面一将，挺马说道："太傅何故长他人志气，灭自家威风，待末将斩刘景头，献于军前。"东海王视之，原是司马模，也使一枪，拍马上前，敌住刘景。只见来来往往，冲冲撞撞，翻腾上下交织，两枪在一处，银光闪闪，寒气森森，只杀得天愁地暗，日月无光。东海王命两边助阵，鼓响如雷；余营吹响号角，三军摇旗呐喊，两人大战五十回合，不分胜败。司马模暗想："此子武艺不在我之下，当以计取胜。"遂把马一拨，二马对头，刚一错镫，冷不防从马下鹿皮囊中抽出银锏，反手一打，正打在刘景肩上，刘景大叫一声，拨马就跑。司马模一招得胜，哪肯轻饶，便要打马而追。

白毛儿在阵中，见势不好，暗取白毛，弯弓化箭，要射司马模。北宫纯知白毛儿秉性，早有防备，见得明白，大喝一声："白毛儿，莫要暗箭伤人。"遂拍马而上。白毛儿被北宫纯直言相对，也觉阵前交战，众目睽睽，如此行径，甚是难堪，不由得放下弓来，硬着头皮，拍马出阵，叫道："司马模莫要张狂，我且来一会。"挺马上前，举弓相向，司马模弃了刘景，来战白毛儿。白毛儿欲显身手，倍打精神，神弓指东打西，神出鬼没，好似雪舞梨花，如同风卷柳絮，裹住司马模，司马模亦不示弱，把枪护住周身，虽攻不得前，却也守得周全。

两人缠斗二十回合，司马模见白毛儿武艺，心知在其之上，再斗下去，凶多吉少，欲使计擒杀，只见把枪一晃，二马错镫，复从马下囊中抽出银锏，反手一打，白毛儿头也不回，只把弓一架，磕开银锏。司马模却有后计，遂从袖口拈出金镖，一抖腕子，直奔白毛儿脑后。白毛儿乃沙门弟子，何等了得，觉察身后寒风将至，速将头一偏，镖走空落地。白毛儿刚一转头，又一镖飞来，也不着慌，只把身一闪，躲过镖去。两镖走空，三镖又至，奔向白毛儿胸口。原来司马模使的是连环三劫镖，也是绝技。奈何白毛儿非寻常武士，只见手疾眼快，让过镖尖，把二指一夹，接了镖去，大喝："司马模，你三镖已失，还有

第四十六回
刘渊大战北宫纯　马隆徽请阴阳女

何本事，若不使来，且试我神箭。"遂举金手弯月弓，取白毛化箭，一道白光架于弦上，登时杀气陡现，寒气逼人。

白毛儿把手一放，只闻"嗖"的一声，穿云破雾，司马模躲闪不及，正中左目，鲜血直流，跌下马来。白毛儿上前，欲取性命。忽有一人拦在面前，原是北宫纯杀到，替下司马模。白毛儿见北宫纯，喝道："又来坏我之功，今日岂能饶你。"遂抖擞精神，酣战北宫纯。连斗五十余合，不分胜负，白眉儿见了，把兽一拍，舞剑夹攻。一前一后，转灯儿厮杀，北宫纯单斗二子，一方猛虎下山，一方蛟龙出海，直杀得天昏地暗，鬼哭神号。古人曾有言语，单道此战：

　　二子学艺下仙山，踔厉风发战雄关；
　　一将功成会龙虎，洛阳城前天地翻。
　　锦袍飞彻卷绣带，银铠霜灿照姿颜；
　　金手弯弓射秋水，日月神剑放荧簪。
　　铁马跳踏玄兽舞，齐眉宝刀斩锋寒；
　　白毛白眉逞威烈，北宫无惧纵横欢。
　　三人酣斗任时久，四面看客心惶然；
　　鼓动金鸣难休止，生死尽在咫尺间。

三人酣战，未分胜负，白毛儿大怒，举弓狂打，白眉儿在后，乘隙祭起长剑，收日光于剑内，转而发出，直射北宫纯。北宫纯早有提防，将镜子往胸前一扣，霎时晶莹剔透，那日光打在后心，不见北宫纯怎样，只闻白眉儿叫声："不好。"日光正中己身，直打得金冠倒撞，跌下骑来。白毛儿催马向前，大喝："勿伤我弟。"举弓飞来直取，北宫纯挺刀急架相还。云水吞金兽叼起白眉儿，待至阵中，已是死了。白毛儿有白眉儿相助，尚能应对，此时白眉儿已败，不敢恋战，虚晃一弓，跳到圈外，汉王命鸣金收兵。东海王得胜一场，心下大喜，犒赏三军不提。

且说汉王归营，众将来看，白眉儿双眼紧闭，后心黑乎乎的一片，已无生气，汉王痛哭道："岂知才至洛阳，大功在前，未安天下，竟被打死。"甚是伤情，白毛儿亦是悲凄，众将士一片哭号。汉王见状，恐军心不稳，遂止泣喝道："两

467

军交战，胜负未分，不得因一人而妄动军心。"令将白眉儿尸骸停在帐前。

众人闷闷不乐，忽有人报进帐中："启陛下，有一童子求见。"汉王传令："请来。"童子至中军，打一稽首，口称汉王。汉王问道："哪里来的？"童子道："弟子乃米拉山盘木洞金海光佛门下，老师命我来，背师兄白眉儿回山。"汉王闻言大喜，见童子去，说道："白眉儿幸有生机也。"遂返身回帐，文武将官皆入，汉王说道："明日出战，孤当亲去，会一会北宫纯。"白毛儿急道："那北宫纯不知来历，父王以身试险，实为不妥，三军将士，不敢有失。"众人亦跪道："殿下所言极是，陛下真龙降世，北宫纯不过一介武夫，岂可相提并论。如若胜了，倒还罢了，如若败了，岂非九霄失擎，天塌地陷。"汉王说道："孤此去，乃试他根底，绝非意气用事，鞭手茧足，当趁势落篷，适可而止。"刘景谏道："若只为试他虚实，何须劳陛下亲出，末将愿往。"汉王摆手，说道："北宫纯乃世之良将，骁勇过人，又身怀异术，非常人不可敌也，白毛儿、白眉儿亦不能胜，何况你等。若贸然前往，恐遭不测。"众人闻言，方不言语。

翌日再战，汉王披金铠，执长剑，驾宝马，指关上道："北宫纯，敢否应战？"北宫纯应声出阵，回道："大都督亲赴阵前，可见军中无将也。"汉王闻言，也不着恼，说道："你本凉州人士，也与胡部有缘，不知哪里修道？一身本领，着实不虚。有道是，良禽择木而栖，贤臣择主而事，见机不早，悔之晚矣。将军骁果善战，武功盖世，孤甚是喜爱。纵然打死白眉儿，孤亦不怪。那司马氏骨肉相残，致祸四海，大败纲常，百姓陷于水火，天下苦于动乱。将军乃道德之士，当知天命。晋室气数已尽，复归大汉，人心效顺，何不弃暗投明，从顺弃逆，天下无不欣悦。"北宫纯回道："天命气数，岂是你能算定；弃暗投明，焉知孰为正邪。天下动乱，更何尝不是由你等而致。你不知人臣之礼，自封为王，扰乱乾坤，恃强叛国，法纪安在？今兵临神都，必有大败之惩；不守国规，自有戮身之厄。且你等早日下马受缚，以正国法，天子开恩，可留你全尸。"汉王笑道："小儿之见，不足俯瞰乾坤。多说无益，今日你我一战，可见分晓。"北宫纯一拍马，将宝刀抡开，挂动风声，直往刘渊项上而来。刘渊也不闪躲，不慌不忙，待刀至面门，将长剑一挡，压住大刀，顺势一推，往北宫纯前胸削去。北宫纯遂将大刀一撤，又将身子往后一倒，躺在马背上，躲过长剑，两马一错镫，各自转头，又一转厮杀，只见刀来剑往，但见：

> 好剑势，好刀光。二人阵前相驰骋，各显身手把名扬。好厮杀，好儿郎。鬼哭神愁经百炼，狻猊摆尾斗苍狼。一个佛家子，一个道家将；我拿你，兵取洛阳得天下；你捉我，临危蹈难保图疆。生死簿上书名字，不知何时见阴阳。

二人大战四十回合，不分胜负。北宫纯刀法，也是仙人异授，使开如狂风惊五岳，似雷电撼九霄。刘渊虽是剑法精传，奈何年岁不饶，气力不继，力敌不能久战，随用道术，要制北宫纯。只见刘渊默念口诀，心口亮一道红光，登时万丈红霞，辉煌夺目。北宫纯道声不好，忙将镜一扣，通体晶莹，以备不测。刘渊亦是老到，虽祭起霞阳剑，却只眩其目，未打其身，将马一拍，欲走马活擒，猿臂一伸，把手一探，喊一声："且下马来。"却未得逞，原来手探其身，乃是虚影，如入水中，不触实体。

刘渊大惊，也是迅速，一招不中，急往前一冲，丝毫不作停留，只觉后背刀风袭过，幸得机警，未见有失，回首一看，北宫纯已复如初。刘渊说道："此宝甚是奇哉，不知哪里来历？"北宫纯不答，策马上来，刘渊也不慌张，心口复亮一道光，遂祭了炎阳剑来，霎时一片红色火焰，熊熊而起，不消片刻，化为一条火麒麟，扑向北宫纯。北宫纯亦不着忙，只把马勒住，待火麒麟上前，欲借力打力。刘渊心中有数，并未催动火麒麟，只拦住前路，使其不得上前。

二人对峙，你不过来，我不过去。刘渊止手，说道："我有一言，可否问来？"北宫纯回道："但问无妨。"刘渊说道："将军之宝，玄妙至极，甚为观瞻。想来定非凡品，不知出自哪座仙山？"北宫纯说道："你不必拿话语诓我，师尊传我法宝，曾有言不得泄此宝来历，以免自取祸端。"刘渊笑道："你不愿相告，也是无妨，然可否取镜在手，让我远望一眼，纵是身败而亡，亦是无憾。"北宫纯说道："此宝水火不侵，能载万物，纵与你相看，亦不能窥其门道。你既将败于此，看一看此宝，也是无妨。"遂举镜在手，刘渊细看，只见那一面圆镜，镜面如水，镜边如玉，道道白光，似泛波澜，晃人眼目。

北宫纯把手一收，扣于胸前，说道："宝已看过，你我未见分晓，再来比过。"刘渊摆手，亦将火麒麟收了，说道："方才看过此宝，倒与我教有相通之处，可容道来一二。"北宫纯说道："此宝乃我阐家之物，如何与你教相通？"刘渊回道："且听我讲来，有道是，镜非镜，心非心，心似镜，镜如心。故为心品，离诸分别。所缘行相，微细难知。不忘不愚一切境相，性相清净，离诸杂染；纯净圆德，现种依持。能现能生身土智影，无间无断，穷未来际，由从镜中，现众色相。如是则为大圆。其理倒与你这宝有异曲同工之妙。"北宫纯大惊，问道："你怎知此镜名为大圆镜？"刘渊说道："世间万物，本出一源，大圆镜智，乃我教神通之法，你既有此镜，故你我相通也。也是缘分，将军何不早早弃暗投明，以成正果。今日你我各自罢去，休战三日，将军可多加思量。三日之后，再来相见，到时是战是和，自有定数。"北宫纯将马一拍，试探向前，却见火麒麟腾起熊熊火焰，心知刘渊妙术，亦道："你我相峙，终不得长久，不如各自退去，三日之后，再战不迟。"二人各自拨马，两军分别退走。

北宫纯回城中，东海王问道："将军连胜数阵，士气正当，今日刘渊自投罗网，何不擒住，以止反叛？"北宫纯回道："刘渊玄通高深，更心思缜密，以退为进，以守为攻，末将虽有克敌之法，却无制胜之术。他不得前，我亦不得前。相持长久，恐为不妙，故退入城中。"东海王急道："一日不得胜他，一日洛阳有危，将军还需鼓勇前进。"北宫纯回道："叛军远道而来，粮草不济，只待安守几日，我等四方联结，叛军人心必乱，那时一鼓作气，定获全胜。"东海王闻言，说道："此计甚妙。"遂命严加防范，不得擅自出城。

且道刘渊回营，众人相问："既已识得来历，何不乘势而攻，擒住此人，以振军心。"刘渊说道："虽识得来历，却破不得此宝。你等有所不知，此乃大圆镜，为五龙山云霄洞之宝，镜在人身，人即成镜，一切万物，尽照其中，你只要攻他，便是攻己，不能轻易相伤，否则作茧自缚，得不偿失。孤与他约好三日，乃是权宜之计，他不来攻我，亦是待我等粮草不济，军心不稳时一举摧之。三日之内，你等守好大营，不得搦战，孤往别处寻法，定能取胜。"遂香汤沐浴，吩咐白毛儿防守，驾土遁，往西千佛洞而来。有诗为证：

五行遁法心守一，无形通幽隐太虚；
须臾才过清江水，咫尺又到千佛西。

话说刘渊纵土遁，到西千佛洞，拜见老师，月支菩萨见刘渊："你不在洛阳，为何到此？"刘渊回道："徒儿征战司马，一路扫逆，兵至洛阳，眼见大成，不想被北宫纯所阻，那厮确有武艺，又身怀异宝，着实难敌，非老师不得解之，故而到此。"月支菩萨问道："此子有何玄通？哪里来历？"刘渊回道："徒儿言语试探，应是五龙山门人，文殊广法天尊弟子。其有一面镜，名曰大圆镜，镜在人身，人身如镜，你攻他十分，自受十分；攻他七寸，自受七寸。"月支菩萨颔首，说道："说来此镜，倒是与我教有缘，大圆者，如实映一切法之佛，万德圆满，无所欠缺，犹如镜一般，能显一切色像。"刘渊问道："此镜厉害非常，无法可破，白眉儿亦死于镜下，弟子实无他法，故来请老师指教。"月支菩萨说道："此子既是文殊广法天尊门下，你等不敌，自是当然。那大圆镜非寻常之人不得破之，为师与你一同，往太龙山磨心洞一走，请得虚空藏菩萨相助，方能无虞。"刘渊说道："那太龙山远隔千山万水，茫茫大海，来回不在一日两日，营中无人，恐北宫纯相扰。"月支菩萨说道："以诚相待，方得真心。你为局中人，不理局中事，怎能得大成。莫要忧烦路程，你且把眼闭上。"刘渊把眼一闭，月支菩萨祭贝叶昙摩印，将刘渊收入其中，只见脚踏彩云，呼一口气便走，不消半日，已越云云千山，茫茫万水，至太龙山，把印一收，刘渊从内而出，往下一看，但见好景，有词为证：

遥遥海里，常得奇峰最。云挂半山枕上翠，一分化岚吐瑞。幽鸟几声争鸣，水拍老石空灵。看取枝前皓月，屈指乐坐忘归。

二人下了云头，观看其山，真清幽僻净，只见鹤鹿纷纭，猿猴来往，石上流清泉，老树挂长藤，真是人间好去处。过一方石，走一方水，到一处洞前，上书"利乐洞"，月支菩萨问道："菩萨在否？"少时有一童儿出来，见道："菩萨哪里来的？"月支菩萨回道："你师父可在吗？"童儿答道："正在洞中。"月支菩萨笑道："你便说西千佛洞月支来访。"童儿进洞，见师父报曰："有一菩萨，名曰月支，前来拜访。"虚空藏菩萨听说，忙出洞迎接，刘渊在后，见菩萨模样：

顶戴紫金五佛冠，身长二十色光蓝；
屈臂手持宝慧剑，腰别莲花如意天。
东方光明常自在，功德浩荡溯本原；
一切众生大明主，济度为乐藏福田。

虚空藏菩萨见道："道兄见过，哪一阵风吹你到此？"刘渊上前，打一稽首，菩萨回礼，携手进洞，按位坐下，刘渊不敢造次，只立于月支菩萨身后。月支菩萨说道："我教弟子刘渊，为当今汉王，因晋室无道，故兴天兵，以除孽障。不想有阐家门人北宫纯，持大圆镜相阻，实难破解，非菩萨亲出，不得而为。还望大发慈悲，以安众生。"虚空藏菩萨闻言，说道："大圆镜乃文殊广法天尊之物，你不得破，我亦不得破也。大圆者，乃八识。善恶之种，皆在其中，种善因，便结善果，种恶因，便结恶果。故你打他，便是打自己。守圆之宝，着实难解。"月支菩萨说道："即是如此，可有他法？"虚空藏菩萨笑道："万事万物，相生相克，无下则无上，无低则无高，无苦则无甜。道兄既来，我贫僧愿一往，救援汉王，大事自然可定。"月支菩萨闻言，说道："承之大德，求即幸临，不可羁滞。"刘渊谢过，三人出洞，驾云直往洛阳。

一路无言，至洛阳上空，可谓仙山一游，正好三日。月支菩萨将刘渊放出，虚空藏菩萨说道："你且回营，自唤那北宫纯来。"又道："贫僧此来，只为破大圆镜，若得无碍，你不可乘机加害。待贫僧走后，任你厮杀，却也不得伤他性命。"刘渊称是，自回营去，点兵排将，至洛阳城下，坐名北宫纯答话。北宫纯提兵一支，奔出城来，说道："正好三日，你若不来，我正欲寻你。今番分个胜负，也好止了一场纷乱。"刘渊答道："今日定见分晓，孤亦是爱才之人，你一身本领，何故愚忠无道，若识得时务，弃暗投明，孤绝不怪罪。"北宫纯大怒，说道："痴人说梦，且吃我一刀。"二骑交锋，刀剑上下，来往相交，约有二十回合。

刘渊剑法如神，穿插如针，抢入怀中。北宫纯亦不相让，把镜一取，扣于胸前，登时欺身而上。刘渊不敢攻,只是后退,一退一进,北宫纯喝道:"哪里走?"忽一人道:"北宫纯休得无礼。"北宫纯往上看,二位菩萨现于半空,其中一位,腰中别如意,背后负宝剑,手举一镜,熠熠生辉。北宫纯问道:"何来的菩萨?"刘渊喝道:"此乃月支、虚空藏二位菩萨,你可速速下马,忏悔往愆。"北宫纯说道:"纵是菩萨,与我何干?我只知阐家妙法,不知沙门虚言。"刘渊骂道:"大胆狂徒,不受业障,难得知悟,今日当你受难。"北宫纯大怒,又要上前,虚空藏菩萨把镜一举,一道白光照来,北宫纯以身化镜,亦打出一道白光,两光相对,只见虚空藏菩萨浑身化为虚无,口中唱道:

菩提本无树,明镜亦非台;
本来无一物,何处惹尘埃。

梵音袅袅,响彻四方。又见北宫纯满头大汗,后继难为。少时,闻得轰隆一声,北宫纯胸前炸开,大圆镜化为碎片,一口鲜血喷出,拨马便逃。刘渊在后,大喝:"北宫纯休走。"才要打马,虚空藏菩萨移下云头,立在前方,说道:"不可赶尽杀绝,且让他去吧。"月支菩萨亦下了云头,打一稽首,说道:"西方有二镜,一曰菩提镜,二曰准提镜,此镜当为菩提镜,佛祖传镜于你,即为大善也。"虚空藏菩萨说道:"大圆镜,非对镜之境不可破,然境缘无好丑,好丑起于心,菩提镜虽妙,根却在心也,对镜生起,心净为妙,虚空为我,我为虚空,故能破之。"又道:"大圆镜既破,我自当离去,汉王当好自为之,不可贪生妄杀。"刘渊拜谢,虚空藏菩萨与众人别过,遂驾云离去。

刘渊拜月支菩萨道:"北宫纯虽败,洛阳仍是坚守,如今四位护法离走,白眉儿尚不知生死,望老师留下,助徒儿一臂之力。"月支菩萨说道:"虚空藏菩萨方走,不可违其心意,待过三日,再行攻伐不迟,为师且在营中,助你成事。"刘渊大喜不提。

话分两头,且道东海王差人命马隆勤王护驾,马隆一路驰骋,快马加鞭,不觉数日,已入西平,府前报曰:"洛阳紧急公文。"马隆接了文书,拆开看罢,大惊道:"天子有危,洛阳一旦有失,天下不得太平。刘渊世之枭雄,我当亲赴京都，以解此难。"左右回道："聚众兴师，府库钱粮，皆非一日之功。洛阳千山万水，如今危在旦夕，我等发兵，快马加鞭，尚需月余，恐远水难解近火矣。"马隆闻言，半晌不语，来回踱步，思忖良久，方道："我即往娘娘山一走，你等清点人马，备足粮草，待我归来，立时发兵，随我救驾勤王。"左右应道："尝闻娘娘山乃太阴女、太阳女修道之所，只是寻常之人不得见也。将军此去，莫非欲请二位女仙相助。"马隆笑道："所言极是，你等看好防务，打点所需，我去三两日便回。"遂捏一撮土，往空中一撒，驾土遁而去，霎时间周游天下，不日至娘娘山，但见好景，后人有词为叹：

南望好山多，秀绝金娥。夕阳横落浅深坡。照彻芙蓉红有晕，玉面婀娜。诗景费摩挲，采入樵柯。一肩归去如何？呼得老妻烹酒醉，终夜狂歌。

话说马隆收了土遁，行走数里，但见一石桥，石桥之后有两洞，一洞名曰玉子洞，一洞名曰金子洞，洞外俱是古木添新，绿树滴翠。马隆问道："里面可有人否？"少时，分出二女，正是太阴女、太阳女，望一眼，打稽首齐道："来人可是马隆将军？"马隆回礼说道："正是在下，有事烦扰，望二位仙女勿怪。"二女笑道："哪里话讲，速至洞内详谈。"邀至玉子洞中，马隆坐下，说道："我镇守西平，正为国无外事，民无外忧，志在报国，不敢懈怠。然刘渊作乱，四海生祸，天下无安。如今兵至洛阳，朝廷告急，命我千里勤王，我恐万里迢迢，时日生变，欲请二位仙女出山，只需先至京师，以拒贼子，待我大军继至，一同平乱。"太阴女闻言说道："刘渊恃教纵性，扰乱四方，假借仁义，实则篡逆，早有耳闻，不想已至洛阳，扰乱中原，我等当助一臂之力。"太阳女也道："刘渊乘晋室之衰，仗沙门之力，雄图内卷，师旅外并，穷兵凶于胜负，尽人命于锋镝，乱华者以其为之祸首，阐家弟子多受荼毒。将军不来，我姐妹尚感义愤，此来正好，去往洛阳，杀他锐气，也好知我道家玄通。"马隆喜道："承仙女大德，求即幸临，不可羁滞。"阴阳二女回道："将军先回，我们即刻前往。"马隆道别，遂驾土遁回城调度。阴阳二女亦收拾一番，各自呼唤，分驾青鸾、火鸟，往洛阳而去。不知后事如何，且看下回分解。

第四十七回　太阴女力敌三僧　刘元海梦入琉璃

三山物外修阴阳，一语出关到北邙；
半梦半醒藏造化，画枝百年留余香。

话说太阴女、太阳女分驾青鸾、火鸟，往洛阳而来。那青鸾扇动双翅，带一缕青光，火鸟亦带一缕红光，一青一红，呼啸而走，划破长空，惊起众人。刘渊在营中，听得动静，出帐来看，见空中二人，白璧无瑕，仙姿佚貌，皆是好模样，有诗为证：

一个是太阴仙，轻云拂月，流风含雪。面如玉，体似松；披罗衣，越华容。一个是太阳仙，灼若赤日，明色常雍。颜如霞，体似秾；移莲步，耀晴空。驾翠羽至千里，缀玄珠散幽芳。怀静志别尘世，润渌波荡鞠黄。神女陵草木，人间尽春光。

刘渊见二人，不由得发问："哪里的神女，到此何干？"月支菩萨在旁，打稽首道："一青一红，一阴一阳，想来是娘娘山的太阴女、太阳女，此时而来，非为善事，明日定有分晓。"众人皆惊，不提。

且说太阴女、太阳女驾入洛阳，早有人禀报，东海王正召众僚商议，闻得此报，急命召入。二位仙姑移下宫门，信步入内，东海王看过去，见仙姑一青一红，乌云叠髻，鸾姿凤态，真似海棠醉日，不亚月宫嫦娥，看得不由得痴了，只是魂游天外，魄散九霄。二女见得眼里，不由得面露愠色。太阴女打稽首道："我二人山中修道，本不涉红尘，自在其身，然马隆将军系天下安危，忧晋室危亡，欲率大军勤王保驾，又恐山高路远，耽搁时日，只身参谒，请我等出山急救洛阳，以阻叛军。不想至此，如此关头，东海王两眼发直，不发一言，是何道理？"东海王仍不答话，只是看着，北宫纯打稽首道："叛军势大，刘渊文武兼长，帐下奇人异士，猛将如云。如今洛阳被困，社稷危在旦夕，马隆将军乃擎天之柱，烦请二位娘娘助阵，实为天子之福，百姓之福矣。尚不知二位娘娘名号如何？"声如洪钟，气贯长虹，一语方惊醒东海王，东海王笑道："尚不知二位仙姑哪里仙山，何处洞府？"二仙看东海王，心生厌恶。太阴女只向北宫纯道："见将军进礼，亦是同道中人，我乃娘娘山玉子洞太阴女是也。"太阳女亦道："我乃娘娘山金子洞太阳女是也。"北宫纯闻言喜道："原是娘娘山二圣女驾临，洛阳无忧矣。末将乃五龙山云霄洞文殊广法天尊门下北宫纯，见过二位娘娘。"二仙回道："原是北宫将军，将军两救洛阳，不世之功，尽传四海，我等亦有所闻。今日得见，名不虚传也。不知与刘渊大战，胜败如何？"北宫纯回道："叛军数度交战，有胜有败，不想那刘渊，请得虚空藏菩萨，破我玄法，故难敌也。"二仙说道："他有四海相助，我有三山同门。明日将军自提一军，出城相迎，倒要见个分明。"北宫纯禀东海王："明日请战，当破敌杀贼。"东海王说道："既有二位仙姑相助，将军且放手而去，定要拿住刘渊，以正国法。"又吩咐安排食宿不提。

二位仙姑告退，有宫女相迎，至芙蓉殿，太阴女问："如何到了后宫？"宫女回道："后宫清净之地，以待仙姑安寝。"二女闻言不语，待宫女走后，太阳女怒道："方才殿上，见东海王模样，哪里是股肱之臣，分明无道之人，胸无一策，淫邪放荡，无怪神器劫迁，宗社颠覆。有道是，君为臣纲，君不正，臣投他国；国为民纲，国不正，民起攻之。司马有此等儿孙，故天下难安。"太阴女说道："我等此来，非为司马，而为天下也。刘渊欲倾覆华夏，我等岂能坐视不理。待止了纷争，便自离去，不管其他。"太阳女回道："也好，今日见朝堂之上，朽木为官；殿陛之间，禽兽食禄。无德者而居高位，无才者而掌大权，非长久之道。虽有三五忠贞，奈何车轮滚滚，天命难违。只是刘渊之辈，亦非仁善，过犹不及，为天下计，当拒此人。"太阴女颔首，二人又是一番言语，不提。

翌日，北宫纯自领一军，令开城门，至汉军营前搦战。刘渊命摆五方队伍，打阵众英豪，出营会战，上前说道："北宫将军，你大圆镜既破，纵有天大本事，能奈我何。今日我不来攻你，你反倒来会我，如此行径，实难体察，莫非寻得他援，又来相搏。"北宫纯喝道："得道多助，失道寡助，你一旦负君，造反作逆，天地不容，四海之内，自有仁人志士前来伐你。"刘渊说道："口舌之争，终不为实，待我拿你，再来论道。"命道："北宫纯既失法宝，哪一员将官将他拿了？"左哨上，白毛儿大叫："儿臣愿往。"挺马摇弓，来取北宫纯。

　　北宫纯骂道："我法宝虽失，宝刀犹在，取你性命，不在话下。"手中刀劈面交还，二人交锋，来来往往，冲冲撞撞，翻腾上下交加，未及二十回合，北宫纯掩一刀，掉马便走。白毛儿喝道："哪里走。"拍马而上，刘渊在阵中，看得明白，说道："北宫纯未败，如何便走。"月支菩萨在后，往对面定神一看，晋军营中，有青红二光现出，直道一声："北宫纯定是诈败，少将军不可追赶。"刘渊闻言，急命鸣金，又是大喝："白毛儿且速回营。"哪知二人一场厮杀，已经走得远了，哪里听得到。月支菩萨见势不妙，腾于半空，速祭起贝叶昙摩印，欲护白毛儿。刘渊命刘景走马去助，刘景应命，拍马而出，至半途，见白毛儿在前，一动不动，身子摇摇欲坠，不知情形，又见北宫纯掉马而来，直取白毛儿，随即拍马，敌住北宫纯，那贝叶昙摩印落下，卷了白毛儿，月支菩萨道一声："收。"救得回来。刘景见白毛儿脱险，且战且退，北宫纯得胜一场，见汉军鸣金收兵，也不贪功，径自率军回城复命。

　　且说刘渊收兵回营，月支菩萨将宝印展开，见白毛儿落将下来，也不言语，只是酣睡，刘景上前唤道："殿下。"白毛儿全无反应，众人相看，白毛儿紧闭双眼，站立不动，鼻息如雷。刘渊说道："怎这般模样？"月支菩萨将贝叶昙摩印祭起，贝叶缓缓而出，散一道光，直照白毛儿，却是毫无变化，不由得说道："定是那娘娘山妖女作怪，使少将军陷于昏睡。"刘渊问道："可有解救？"月支菩萨回道："无有解法。"刘渊又道："我儿可有性命之忧？"月支菩萨回道："虽无性命之忧，却有永眠之患，此等睡法，与死无异。"刘渊急道："这可如何是好？"月支菩萨说道："明日再战，贫僧当去见识。"遂命左右搀白毛儿入帐，好生守护，不得懈怠。

　　翌日再战，汉军营里炮响，喊声齐发，刘渊出营，在辕门口，左右分开队伍，各将按阵一字排开，往对面看，只见晋军营里，北宫纯当头，众将列位，后面隐隐飘霭霭瑞气，真乃莲花藏心，神鬼莫测。月支菩萨走一步上前，合掌说道："哪位上真，隐于营中，既然到来，何不现身相见？"少时，出来一对人，菩萨看去，正是娘娘山二位仙姑，即道："我道何人，原是娘娘山上真。白毛儿酣睡不醒，可是你等所为？"太阴女回道："你既认得，当归回西千佛洞，任你自在逍遥，若仍执迷不悟，只恐重蹈白毛儿覆辙，到时悔恨难支。"月支菩萨回道："天时人事，不问可知，二位仙姑迷而不悟，反论他人，今观晋室，大厦将倾，你等纵来，无异自取灭亡。"太阴女喝道："原说你乃清净之士，却来管这人间闲事，不知有一，何来有二，若非你等轻涉红尘，哪里有这些是非。"月支菩萨说道："无是非之心，非人也，此乃人间道，物物相替，代代更迭，有始有终，有生有灭。我等循天道，何为闲事？奉劝仙姑，回头是岸。"太阴女笑道："欲育人者，先修己身；欲立人者，先立己德。你自诩尘外之客，不思修己，却来度人，可笑至极。今日若胜得了我，自让你去；若胜不得我，莫怪我不讲两教情面。"月支菩萨亦笑道："你根源浅薄，道行难坚，不知天外有天，人上有人，怎敢大言。"言毕，半空中有人道："太阴女、太阳女休得猖狂。"现出三人，落将下来，且看第一人，生得模样：

清真有志气，悟鉴生法容；
玄体当乘力，明眸相和雍。

此人道："我乃敦煌竺法乘是也。"又看第二人，生得模样：

执杖立瘦骨，形枯有内光；
僧衣风尘去，麻鞋走四方。

此人道："我乃敦煌竺法行是也。"再看第三人，生得模样：

草屦行空体，神闲动禅身；
合掌吟梵唱，大道归木鱼。

第四十七回 太阴女力敌三僧 刘元海梦入琉璃

此人道："我乃敦煌竺法存是也。"三人并排行来，真为山高水深，拂除方丈。月支菩萨说道："此乃敦煌三僧，你且胜过，再言不迟。"遂退入营中，刘渊说道："原来老师早有所备。"月支菩萨说道："早闻娘娘山二女，却不知深浅，且看她如何应对，也好探知虚实。"三僧上前，将太阴女围住，太阳女退入，北宫纯见状，急道："仙姑以一敌三，恐遭不测，我等上前，从旁相助。"太阳女笑道："萤火之光，焉与日月争辉；螳臂当车，却是自不量力。姐姐一人足矣，我等泰然观之。"太阴女见三僧，却不慌乱，面色如常，只道："你等尽管使力，莫留余地，也免生憾。"三僧齐道："夸口托大，不知天地。"遂齐唱：

> 戒净志乐无我想，唯听经义随善友；
> 所见审谛如教行，佛说此则无为道。
> 诸可所趣众法念，定若干意无苦厌；
> 是为讲说德所聚，摄定诸根是谓行。

梵唱如海，声荡如涛，晋军上下将士虽退避在后，相隔甚远，然此音入耳，仍觉头晕目眩，五内俱焚，一个个东倒西歪，不成阵势。北宫纯颇有见识，惊道："此乃《修行道地经》，声惊四体，音扰人心，我等在后，尚且如此，不知仙姑可否架受得住？"太阳女回道："将军莫要慌乱，且稳住阵脚，姐姐自有办法。"那太阴女见三僧诵经，只听得面一阵红，一阵白，心道："此经好生厉害，三僧不可小觑。"遂笃定心神，大声唱道：

> 观天之道，执天之行，尽矣。故天有五贼，见之者昌。五贼在心，施行于天。宇宙在乎手，万化生乎身。天性人也，人心机也。立天之道，以定人也。天发杀机，移星易宿；地发杀机，龙蛇起陆；人发杀机，天地反覆；天人合发，万化定基。

同是唱经，声若洪钟，动彻五方。月支菩萨在后，听得厉害，说道："此乃《阴符经》，也是芙蓉九面，金娥千里。"只见你念你的经，她唱她的经，既不能胜，亦不能败，相持许久，各自唱罢，三僧齐道："《阴符经》果真名不虚传。"太阴女亦道："《修行道地经》亦非凡响。"三僧又道："苦海无边，回头是岸，你虽为修道，仍是女身，若识得好歹，速速退去。"太阴女笑道："尘外之身无男女，道门之间凭修心。你等再出招来，莫在此喋喋不休。"三僧齐道："你且看好，莫怪不留情面。"只见竺法乘上前，五指展开，手中金光闪闪，不知何物，随风而动，舞出条条光丝，霎时不见。太阴女也觉惊奇，正要细看，忽身子似有某物牵扯，不受左右，愈加挣扎，愈是束缚。少时，平地起风，腾于空中，不得挣脱，一下上，一下下，一下左，一下右，如同扯线木偶，任人摆布。

太阴女口尚能言，怒道："此乃什么邪法？"竺法乘说道："此乃盘风丝，见风起丝，水火不惧，制人于无形，受此丝者，万难脱逃，此宝源于敦煌，非是什么邪法。"话音未落，又有竺法行上前，将口一张，吐出一珠，那珠通体鹅黄，内有精光，将珠往上一祭，正入太阴女口中，霎时太阴女口不能言，玄语口诀皆不能出。竺法行说道："此乃定言珠，闭人口语，夺人舌识，眩人耳目，纵有神通，亦不能使。"不多时，太阴女失了知觉。竺法存亦上前，将手中木鱼一敲，如雷贯耳，响遏行云。众人相看，只见地陷成坑，呈木鱼状，再一敲，那太阴女堕入坑中，夯土即埋，转眼已成平地，若不是众人在旁，哪里知有此人，真乃一朝入土，万事皆休。竺法存说道："此乃意鱼子，一旦敲打，可使足下方寸，立为坑墓，安放身心，从此远离尘地，登往轮回。"众人闻言，惊骇不已。

竺法乘合掌说道："尔时一切大众皆蒙佛授记，舍利弗身口意三业清净，而生大欢喜。故皈依佛法僧三宝，勤修戒定慧三学，息灭贪瞋痴三毒，净化身口意三业。"月支菩萨笑道："想来你等，一为身业清净，二为口业清净，三为意业清净，三业清净，如今太阴女已入轮回之道，也是大善。"北宫纯闻言大惊，泣道："不想仙姑千里相助，竟落得如此下场，我誓与你等不予干休。"太阳女在旁，笑得花枝乱颤，说道："你等天眼未开，见识寸短，想我姐姐岂是如此不堪，凭你等尚无此能耐。"三僧闻言，惊疑不定，竺法存说道："太阴女已堕黄泉，难不成尚能复生？"太阳女说道："谁言姐姐已堕黄泉，若不信且去看来。"竺法存不信，嗤之以鼻，说道："贫僧修成以来，祭物拿人，无所不克，你等亲

第四十七回 太阴女力敌三僧 刘元海梦入琉璃

见，难道有假。"竺法乘上前，说道："且去看来，再言不迟。"竺法存将法宝祭起，反面一敲，那坑墓崩开，往里一瞧，空空如也，哪有什么尸身，不由得大惊，又左望右瞧，不见人迹，奇道："以往不曾有此差池，为何今日未能应验。"忽背后现出一人，笑道："雕虫小技，能奈我何？你听我道来：

四象有其二，太阳与太阴；阴在阳之内，不在阳之对。故曰夜光何德，死则又育？厥利维何，而顾兔在腹。"

竺法存闻言，回首一看，赫然乃是太阴女。那太阴女完好如初，未见其伤，只笑道："上为阳、下为阴，天为阳、地为阴，动为阳、静为阴，升为阳、降为阴。阴阳相冲，阴阳亦可互换。你等不知上下，不解其道，可笑至极。如今手段用尽，黔驴技穷，已是水流花谢，后悔无穷。且看我的手段。"遂祭起一把扇子，那扇颇为奇特，扇骨乃是白玉制成，玲珑剔透，莹光闪闪，甚似冰晶。扇面为桑蚕丝，丝丝入骨，整扇从左至右，由短而长，一面青，一面灰，有淡淡雾气，甚为美目。

太阴女将扇一开，说道："且看我阴眠扇的厉害。"将长面相对，举手一扇，竺法存直觉一股阴风袭来，缭绕在头，不知怎的，陡生困意，眼皮一搭，竟直直睡了过去，再无反应。竺法行在后，忙吐出定言珠，太阴女只把扇一扇，竺法行立时睡去。竺法乘脚踏一步，怒目相向，说道："这等邪术，待我破来。"刘渊见势不妙，命刘景，刘灵杀出阵前，把竺法存、竺法行抢将过去。竺法乘展开五指，欲使盘风丝，太阴女笑道："区区小术，能奈我何。"把扇一扇，一股阴风扫去，将盘风丝吹得无影无踪，又是一扇，竺法乘架不住受，只觉晕晕乎乎，双目一闭，即时睡去。

刘渊大惊，率王弥杀出，将竺法乘抢去，月支菩萨见状，在后大喝："此女厉害，不可妄动。"已是不及，太阴女见刘渊出阵，说道："踏破铁鞋无觅处，得来全不费工夫，你既亲出，今日有来无回。"刘渊大怒，胸口一道红光闪现，祭出霞阳剑，只见万道红光，夺人心魄，荡人心弦。太阴女见势，却是不惧，只把扇子一扇，那狂风四起，将那霞阳剑吹得个暗淡无光。刘渊见霞阳剑无用，遂祭出炎阳剑，火麒麟呼啸而出，直扑太阴女。太阴女将扇又是一扇，火麒麟未至面前，已是火焰尽去，烟消云散。

　　刘渊心知不妙，掉转马头，便要离走，太阴女喝道："今日你既来，还能走得了吗？"上前一步，将扇对刘渊使劲一扇，刘渊直觉后脑有风，登时倦意浓浓，连人带马，齐齐睡去。北宫纯见状，率部立出，大喝："拿住刘渊者，天子重赏。"刘宣在营中，见刘渊受困，大惊失色，命众齐出，去抢汉王。北宫纯一马当先，就要拿人，月支菩萨见势不妙，遂祭起贝叶昙摩印，收了刘渊，太阴女见状，大喝："月支，我不来寻你，你反倒寻我，今日休说刘渊，纵然是你，亦难脱我手。"遂举扇一扇，要拿月支菩萨。月支菩萨心知厉害，忙祭起宝印，化一道金光而入印中，宝印往地面一打，没入土中，不见踪迹。太阴女见菩萨脱身，叹道："月支果非等闲，贝叶昙摩印实乃至宝，叛军有这些奇人，安得不反。"北宫纯失了刘渊，不由得大怒，命三军齐出，冲杀汉兵，只打得汉兵如风卷残云，丢旗弃鼓，将士尽盔歪甲斜，莫辨东西。幸有王弥、刘景、刘灵等众将拼死，刘宣领军且战且走，直退入青要山中，方稳住阵脚。北宫纯率军，见山势险峻，谷壑茂幽，恐有所伏，于是退去。

　　刘宣率军至联珠峡，但见峡谷之内，两山夹峙，沟深峡窄，忽而沟壑敞开，天光如泻；忽而绝壁欲倾，悬崖如堵。刘宣止住人马，命各营清点，失了万余，不觉叹道："不想今遇妖女，令损无限大将。汉王受困，菩萨不知去向，教我如何是好？"话音未落，有一人道："休要烦恼，贫僧来也。"原是月支菩萨到来，将贝叶昙摩印祭于半空，相继落下汉王与三僧，皆是闭目酣睡，雷打不醒。

　　刘宣上前，呼唤刘渊，未见反应，急道："汉王如此，大军危矣。"又问菩萨："可有解救之法？"菩萨叹道："阴眠扇乃道家至宝，难以解救。如今只有一法，可否灵验，全凭汉王造化。"众人问道："何法可解？"菩萨合掌，说道："需到那东方净琉璃世界，寻得月光菩萨，方有一线生机。"刘宣问道："汉王这般模样，如何去得？"菩萨回道："老僧同往，去倒是去得，只是月光菩萨难寻，不踏尘土，不在世间，非有机缘，不得相见。故说'造化'二字。"刘宣说道："菩萨如此说，定胸中有策。"菩萨命道："可择一高处，速造一坛，高六尺，作三层，一层三尺，用三十人；一层二尺，用二十人；一层一尺，用十人。上层置四幡，黄白朱皂，分插东南西北，中间放一帏，汉王置于其内，外放一案，上有香炉一座，铃铎

第四十七回　太阴女力敌三僧　刘元海梦入琉璃

一枝，木鱼一个。"刘宣问道："置这般有何妙用？"菩萨说道："汉王入眠，其身入梦。岂不知，静中功夫十分，动中只有一分；动中功夫十分，梦中只有一分；睡梦中有十分，生死临头又只有一分。故住于梦定者，了世皆如梦。月光菩萨，乃梦境菩萨，处于欲界的凡夫众生与阿罗汉、独觉等圣者，皆会做梦，唯色界、无色界众生和佛没有梦，佛虽有睡眠，然睡眠之时与觉醒无异。贫僧当指引汉王，梦入琉璃，寻那月光菩萨，方得无虞。"众人闻言领首，刘宣遂命速造高坛。

翌日，高坛筑好，月支菩萨沐浴净足，身披佛衣，移步至坛前，将三炷香燃起，拜上三拜，走三步，唱三步，举铃一摇，再走三步，唱三步，举铃一摇，如此往复，约有九次，忽把宝印祭起，落下一片贝叶，飘飘荡荡，落于刘渊额前。菩萨用指一点，一道萤火从刘渊额前起出，缓缓飘于贝叶之上。菩萨坐下，轻敲木鱼，口中喃唱，再不起身，四周兵士皆不敢动，把住十方。

且说刘渊酣睡，梦中到一片混沌之地，不知何为天，不知何为地，不知何为上，不知何为下，便是人悠悠转转，不得出走。也不知多时，忽从混沌之中，闪现一丝绿光，循光而去，见一片贝叶，飘于脚下，不待刘渊回神，托起身子，缓缓而走。又不知过了多久，迷迷茫茫间，陡然豁然开朗，眼前以琉璃为地，金绳界道，城阙宫阁，轩窗罗网，皆七宝所成。刘渊心道："如何到了这东方净琉璃世界？"便要下地，然贝叶却不停留，直往前而行。不知又过了多久，忽眼前一黑，只见繁星点点，镶嵌天幕，如入宇宙浩瀚，靛蓝玄虚，不由得诧异，那脚下贝叶也消失不见。正在一片迷茫时，有一声响起："深低帝屠苏咤。阿若蜜帝乌都咤。深耆咤。波赖帝。耶弥若咤乌都咤。拘罗帝咤耆摩咤。沙婆诃。"刘渊问："何人诵经？"那声又起："人望一月，月望一人；人生如梦，梦如人生。你半梦半醒，来我月光之境，也是缘分。"刘渊问："哪位高僧，还请现身相见。"言毕，忽眼前一亮，见身处一瓶之中，乃是净琉璃瓶，又有一道蓝光，托到瓶外，正见一菩萨，好庄严，有诗为证：

月光遍照通无量，云散空圆布大荒；
莲华在手说正法，净体安身坐鹅黄。

刘渊见菩萨通体白色，左手为拳，安放于腰，右手持莲华，其莲华上有半月形，乃以半月形为三形，身坐鹅座，端的是了身达命，庄严宝相。刘渊也有眼力，问道："眼前可是月光菩萨？"菩萨合掌，说道："汉王好眼力，如何认得贫僧？"刘渊伏拜，回道："弟子曾受日光菩萨恩惠，脱得大难，方知药师琉璃光如来之二胁侍菩萨，一为日光菩萨，二为月光菩萨。二位菩萨在药师佛净土为无量众中之上首，是一生补处之菩萨。如今到这琉璃净土，见菩萨宝相，应是不差。"菩萨笑道："你梦入琉璃，乃是月支菩萨指引，今你受难，其身不醒，其神游荡，若再如此三五日，当有永眠之厄。也是你我缘分，我当来助你。"刘渊叩道："前得日光遍照，后有月光遍照，刘渊三生有幸，得遇二位菩萨。"再叩，菩萨令起，遂把指一拈，现出贝叶，菩萨执手，牵了刘渊，踏于叶上，缓缓而出，待出了琉璃净土，陡然风驰电掣，复入虚空，刘渊只觉一阵迷幻，霎时再无知觉。

不知许久，听一人道："刘渊还不醒来，更待何时？"刘渊脑中遂一片清明，缓缓睁开双眼，蒙眬之间，见二影在前，晃一晃头，再来细看，左为月支菩萨，右为月光菩萨，不由得立起身子，问道："老师在上，弟子不知此为何处，究竟是梦是真？"月支菩萨笑道："梦幻已去，尘世在前，徒儿莫再执着，今月光菩萨救你脱难，还不快来拜谢。"刘渊回过神来，忙跳到帷外，拜道："今蒙菩萨大恩，刘渊感激不尽，当弘扬教法，以身行道。"月光菩萨说道："一切福田，不离方寸，从心而觅，感无不通。汉王身怀大善，不当表谢，且将众将抬来，贫僧一一解之。"刘渊遂命兵士，将白毛儿与敦煌三僧抬上高坛。菩萨看过，遂祭起一轮，呈满月状，只上口有一缺，往左一转，那轮散盈盈光华，清明皎洁，照住众人，只见有点点星火，四下而聚，随光入众人额前。少时，个个长出一气，睁开双目，清醒过来。

刘渊领众人拜谢，问道："此乃何物？如此神通。"月光菩萨笑道："此乃月光轮，左转则能聚魂，右转则能散魄，月光而出，可使万物明澈清辉，容摄大千芸芸众生，妙用无穷也。"刘渊闻言大喜，说道："此宝当能克制太阴女。"月支菩萨亦道："既有月光菩萨相助，明日当再会之。"月光菩萨道："然也。"不知洛阳再战，后事如何，且看下回分解。

第四十八回　阴阳女摆无双阵　日月佛破两重身

无双阵中按阴阳，十二神将尽逢伤；
一体两面演玄妙，日月逾迈显同光。

　　且说刘渊收集人马，鼓噪军心，率众卷土重来，至洛阳城下搦战。晋兵城头望见，赶紧禀报。北宫纯接报，即报东海王。东海王召众僚至太极殿商议，请上宾太阴女、太阳女就座，天子居中，不发一言，东海王居左，看向众人。北宫纯禀报，王景发问："前日阵前，刘渊分明睡去，今日如何来到，莫非神女之术不灵验？"太阳女闻言，愠道："姐姐之术，无所不克，若不灵验，何以退敌？"王景说道："我非疑神女玄通，只是刘渊败而复返，毫发无伤，想是另有高明。当好生应对，不可大意。"北宫纯说道："右卫将军所言极是，持重待机，方得始终。闻马隆将军大军勤王，不日将至，不如以静制动，以守为攻，一旦马隆将军到来，内外相攻，当得全功。"太阳女说道："北宫将军不必担忧，何必要等马隆将军，有我姐妹二人在此，纵那刘渊请得高明，亦不在话下。如今贼兵不死，洛阳有危，神都为天下之本，若只顾死守，长他人志气，倒失了天下之心。"东海王说道："仙姑此言，甚合孤意，我军连胜数仗，何须胆怯。如今刘渊亲来，天子亦在城中，一味防备，恐失军心，有仙姑二人在此，必能反守为攻，一举擒贼。"太阴女说道："刘渊受我法术，不知进退，复来搦战，必有所恃。常言久攻必破，久守必失，我当一会，试其深浅，以好应对。"东海王颔首，问道："仙姑出阵，予你五千人马，由北宫将军随往可否？"太阴女笑道："人马再多，终无所用，我只须妹妹同往，你等城头观战便可。"言毕，遂与太阳女同出城来。东海王率众上城头来，命兵士擂鼓，以壮声威。

太阴女立于城前，泰然自若，见刘渊道："能在我阴眠扇下复苏，你乃头一人，想是那月支寻得他方，请得大智慧来，解你危难。既然到来，不妨现身相见，何必故作神秘，躲躲藏藏。"刘渊回道："你且不闻，金河一去路千千，欲到天边更有天，只道你道术出类，不知那琉璃无边。今有月光菩萨到此，哪容你称大逞雄。"言毕，阵中走出一人，口中唱道：

  月宫永德，总摄群阴，俄逢阳厄被相侵。晴晦俨巡遮，恩戴照临，唯愿永光明。

正是月光菩萨。太阴女见道："尝闻东方琉璃有师如来，左右胁侍日光、月光二尊者。想是你救得刘渊，助他脱难。岂不知太极生两仪，日月乃其后，你坏我好事，如何应答。"月光菩萨合掌回道："人有生死，却无永眠，你使人入梦，难以超生，永世沉沦，不为善事，天地难容。我既有知，除一切障难病痛，成一切善法因缘，有何不美？"太阴女说道："你自称红尘不染性空，无所住而生其心，奈何言不由衷，难使信服。这尘间之事，何劳清净无妄之士，远离宝光琉璃之所，到此纷争污垢之地。"月光菩萨回道："自性若明，一切净污之相，皆如梦幻泡影，应作如是观。故不争不辩，你百年修行，来之不易，不若退去，免得一场劫数。"太阴女笑道："你莫以大言压我，讲得一番玄通，说教于人，自却不为。也罢，理无高低，全在道中。今日与你一决高下。"遂把手一扬，祭起阴眠扇。

刘渊眼见，知道厉害，急忙退去。月光菩萨身不动，只把月光轮按于手中。太阴女把扇一扇，天地变色，阴风骤起，月光菩萨受此风，不觉身形一荡，生出困意，心知不妙，忙把月光轮转动，月光盈盈洒下，登时清明。菩萨把轮放于胸前，白光笼住身子，任那阴风呼啸，走石飞沙。太阴女战不下菩萨，不由得诧异，说道："这法宝果真了得。"菩萨喝道："你宝扇无用，且看我月光轮厉害。"遂把轮往右一转，太阴女只觉耳边嗡嗡作响，身子一轻，散出一魄来。菩萨正要拿人，那太阴女把扇一祭，旋于头上，那一魄悠悠而回，复入体内。

菩萨眼见，说道："此番修行，也是难得。"太阴女回道："我虽奈何不得你，

第四十八回
阴阳女摆无双阵 日月佛破两重身

你却也奈何不得我，还有何手段，看今日分晓。"菩萨笑道："你岂不知，双拳难敌四手，猛虎更怕群狼。你我难分高下，却奈何北宫纯大圆镜已破，仅一个太阳女在旁，无有依恃，如何能胜我众将拼死，异术神通。"太阴女说道："此言未免小觑我姐妹，纵你有千军万马，十方神佛，我亦不惧。"白毛儿在阵中，闻言大怒，不由得喝道："休与她口舌，我等一齐而上，看她如何应付。"遂弯弓取箭，射向太阴女。

刘渊见状，懊恼白毛儿鲁莽，却也无奈，遂祭霞阳剑，万道霞光照耀，竺法乘祭盘风丝，竺法行祭定言珠，竺法存祭意鱼子，一时播土扬尘，走石飞沙。那太阴女全然不动，太阳女喝道："休要逞凶。"遂移步上前，呼唤一声，有火鸟飞至，腾于其背，取一把芭蕉扇来，照汉军一扇，平地火光烘烘腾起；再一扇子，火更起百倍；又一扇，那火似飞天游龙，走地长蛇，呼啸而行，赤焰燎人。但见好火：

    混沌开辟生灵宝，太阳精叶落金娥；芙蓉百里生九面，芭蕉一叶扇真火。赤赤炎炎盈空燎，噼噼啪啪满地熔；上下不尽纷飞乱，东西无门任身灼。好风借得千尺烈，龙象只出万般红；心修一处住不动，阴阳化机三昧真。

大火在前，众人皆不得进，那火化万物，法宝尽无施展，太阳女手上再用劲，神火直捣中军。月光菩萨被烟火飞腾，不能寻战，只把月光轮祭起，护了周身，化金光而走，刘渊见火势凶猛，勒令全军后撤，白毛儿急道："此火凶恶，如之奈何？"话音未落，神火已至面前，赶紧拨马便逃，三军尽走。太阳女誓追穷寇，驾火鸟一面行，一面扇，直扇得火起一路，热焰奔腾。刘渊命道："水能克火，且往水处去。"遂且退且寻，至一溪边，兵士取水灭火，不料那火不消反长，愈加灼人。太阳女笑道："至阳之火，岂是凡水可灭。"刘渊见之，也是奇道："此为什么无名之火，竟不惧水。"话音未落，忽有一人道："此乃三昧真火，人若修炼，从眼鼻口中喷将而出，乃是精气神炼成三昧，养就离精，与凡火共成一处，凡水故不能灭。而那太阳女手中之扇，更是玄通，原本是昆仑山后，自混沌开辟以来，天地产成的一个灵宝，乃太阳之精叶，名曰阳灵扇，无须修身，自出真火。"

刘渊定眼看，面前立一人，形容枯瘦，全身赤红，左手按日轮无缺，右手执蔓朱赤花。再往后看，有十二神将，不知来历。刘渊识得面前人，不由得大喜，拜道："日光菩萨在上，弟子有礼了。"左右又现二人，乃月光菩萨、月支菩萨，皆合掌施礼。月光菩萨笑道："师兄既来，娘娘山二女亦不足惧矣。"日光菩萨说道："且住了火再来。"遂登云至半空，喝道："太阳女莫要逞凶，看我日光轮如何？"将轮祭起，转一转，有日光徐徐而出，才出为金，缓缓变白，转而成红，所及火焰之处，皆是一触即消。太阳女一见，大吃一惊，手上加劲，再用力扇，神火呼啸，菩萨亦转动日光轮，光火相对，有丝丝白气蒸腾，真火由盛而衰，缓缓将息。太阳女骂道："日光菩萨，你如何也来作对？"菩萨回道："尝闻娘娘山阴阳二女一等修为，五行难克，月光师弟一人，尚不能全胜，贫僧再若不来，岂非任你等胡为，逆行天道。"遂道："十二药叉将，且将太阳女拿了。"那十二神将颇有来历，乃药师法门护持者，又称十二神王，亦称十二生肖守护金刚。日光菩萨带来，定要消灾除难，一解汉危。这十二将，头一位乃宫毗罗大将，为猪金刚，其身威光，有诗为证：

头戴猪冠亮金头，执刀横面身赤红；
左手当腰开大掌，威光闪烁现神容。

第二位乃伐折罗大将，为狗金刚，其身极畏，有诗为证：

头戴狗冠发竿上，笑面执杵亮金刚；
青身童颜作安乐，解结如愿现长央。

第三位乃迷企罗大将，为鸡金刚，其身执严，有诗为证：

头戴鸡冠目朝天，身黄面怒现威严；
手执独钴拳押腹，戌方朱雀护本田。

第四位乃安底罗大将,为猴金刚,其身执严,有诗为证:

　　头戴猴冠面朝前,身赤形怒屈右缘;
　　宝珠无华安左掌,大名常闻破空山。

第五位乃颏你罗大将,为羊金刚,其身沉香,有诗为证:

　　头戴羊冠面堂清,香光身净白如冰;
　　弯弓执箭同义利,离垢如意落太阴。

第六位乃珊底罗大将,为马金刚,其身为女,有诗为证:

　　头戴马冠插花鬘,女相尊身摇素蓝;
　　右手屈持三股戟,螺具为号倒海还。

第七位乃因达罗大将,为蛇金刚,其身执力,有诗为证:

　　头戴蛇冠能天主,黄身开掌置眉前;
　　左执白拂屈肘鉴,观行仪轨在人间。

第八位乃波夷罗大将,为龙金刚,其身执饮,有诗为证:

　　头戴龙冠面灵青,身红形长大如鲸;
　　宝锤在手演幻术,作拳口念本愿经。

第九位乃摩虎罗大将,为兔金刚,其身游行,有诗为证:

　　头戴兔冠赤发冲,蟒身腹行破云空;

持斧作拳开天后，执言戏乐大欢休。

第十位乃真达罗大将，为虎金刚，其身执想，有诗为证：

头戴虎冠额生角，人见必起疑而名；
喜笑怒骂皆本相，弯指如钩念执心。

第十一位乃招杜罗大将，为牛金刚，其身执动，有诗为证：

头戴牛冠开目云，其身通白现怒形；
把剑横眉指万象，威严若杀月光明。

第十二位乃毗羯罗大将，为鼠金刚，其身圆作，有诗为证：

头戴鼠冠名天一，三轮垂手拉袖柔；
广寻善艺作字本，声教十方渡半洲。

十二将笼在东南西北各方，摆十二相阵，围住太阳女，使其不得出来，祭刀、杵、钴、珠、弓、螺、拂、锤、斧、钩、剑、轮十二器，显鼠、牛、虎、兔、龙、蛇、马、羊、猴、鸡、狗、猪十二相，顺时而转。只见得风雨变幻，电闪雷鸣，十二器聚成一朵莲花状，猴金刚宝珠置莲花正中，腾于其上，抬臂举右手，五指合为掌，掌指天空，那莲花吐心，空中现一巨大光柱，贯于猴金刚之手，喝一声："破空山。"以手刀之状挥下，光柱转为半圆光刀，直劈太阳女。太阳女未及反应，被劈为两半。

东海王在城头，见太阳女身死，大吃一惊，北宫纯等众将亦惊呼。十二将收阵，日光菩萨上前，说道："太阴女，如今太阳女逆天而行，已受天谴，你且速退去，保得一身修行，不枉一场造化。"太阴女脸色平淡如水，倒是不急不慢，只道："你且看一眼太阳女。"菩萨望去，只见怪哉，太阳女身虽一分为二，却是滴血未出，

第四十八回
阴阳女摆无双阵　日月佛破两重身

悠悠竟各自立了起来，左手抱右身，右手抱左躯，眨眼间又合二为一，只闻太阳女叫道："痛煞我也，这十二将倒是不可小觑。"十二将见之，皆目瞪口呆。猴金刚说道："此女不知修得什么玄通，竟在我等十二相阵中逃得一死，也是奇哉。"月支菩萨问道："不想你二人修得起死回生之术，金身不坏之体，也是难得。"太阴女笑道："仙体亦有死，金身也有坏，何能万物不灭，只是你等管见所及，不识奥妙罢了。"太阳女喝道："你既摆得阵，我亦摆得阵。我姐妹二人在娘娘山中，曾练得阴阳无双阵，今日且罢斗，三日后即来，以阵比试，不必倚强，也免累得无数勇悍儿郎、智勇将士，遭此劫运而糜烂其肌体也。若破得阵，这洛阳城自随你等怎样，若破不得，东方的归东方，西方的归西方，莫到我中土妄为。不知菩萨意下如何？"日光菩萨回道："神女既有此意，我等皆愿相从。"各自罢兵回去。

阴阳二女回城，谓东海王道："将你宫中精壮之士，选三百名来，有用处。"东海王令何伦去，实时选了三百大汉，前来听用。二女往西明门，左以夯土，右以黄土，画成图式：三百大汉以二百为方圆，一百为曲轴，何处起，何处止，内藏先天秘密，生死机关，外按五行八卦，出入门户，连环相扣，进退有序，夯土之中有白土为点，黄土之中有黑土为点，阴阳二女各立一边，分祭阴眠扇、阳灵扇，两扇相连，扇羽成一圆，只在阵中转动，玄妙无穷，任你百年修为，千年道行，一入此阵，神消魂散。其阵，众人演习三日，方才走熟。

那一日，太阴女、太阳女入城，进见天子，百官聚殿，说道："阴阳无双阵已成，且请陛下看我等，会西方众门下。"天子不言，东海王问道："此阵究竟有何玄通？"太阴女回道："此阵内按阴阳，包藏天地之妙，五行之图，圆方之理，攻防之法。两扇相接，能出先天之气，凡人沾此气，粉身碎骨；仙人沾此气，魂消魄散。仙佛不得出，鬼神不得离，任他菩萨罗汉，遭此亦难逃脱。"东海王闻说大喜，传令左右起兵出城。太阴女、太阳女居前，王景、北宫纯分于左右。太阴女至汉军营前，呼道："日月菩萨，阴阳无双阵已完，可来走阵。"日月菩萨领众人排班出来，月支菩萨说道："此阵且先看过，不可乘机暗施手段。"太阳女怒道："我娘娘山不曾有暗箭伤人之举，你快去看了阵来，再赌胜负。"月支菩萨道众人："贫僧且去看来，再作计较。"遂祭了贝叶昙摩印，护全周身，往阵中来，见门前悬有一牌，上书"阴阳无双阵"，士卒不多，仅三百名，见人而转，黑白随动，进得阵来，但见：

阵摆天地，势成阴阳。一阴一阳谓之道，一体两面无定象。随道而变，道用无穷。风雨雷电，运化八方。阴风阳火，任你千载修行成画饼；万物归元，纵得玄通护体俱失身。正所谓：凡人入内，转眼间尽成斋粉；神佛到来，不多时已化俗胎。逢此阵劫数难逃，遇神女束手待毙。

月支菩萨走一步，只见天、地、水、火、风、雨，万象倒转，半空中两扇急转，有阴阳二气生成，一黑一白，交织一处，直奔菩萨。菩萨见势不妙，忙遁入宝印，出得阵来，回营道众人："此阵凶险，不可轻入。"日月两菩萨齐道："逆水行舟，不进则退，二女虚实不知，当一探深浅。"太阳女说道："可来破阵。"日光菩萨说道："哪一将先往此阵一走？"鼠金刚走一步说道："末将当打首阵。"太阳女说道："鼠金刚，你本琉璃安乐将，不知世外玄妙，非是我等逼你，乃你自取大厄。"鼠金刚回道："大言不惭，且看我破来。"遂祭三轮，只见头顶一轮，胸前一轮，脚下一轮，自恃周身护全，入得阵来，却见风云变幻，黑白交替，不知西东。

太阴女、太阳女各站阴阳鱼上，将扇祭起，连为一体，出阴阳二气，直逼鼠金刚。鼠金刚将三轮合一，抵挡来势，不料闻得"砰"一声，三轮尽毁，阴阳二气贯入体内，登时鼠金刚身子一软，昏死过去。牛金刚见状，大喝道："莫要拿我师兄。"遂仗剑入阵，太阳女笑道："剑虽锋利，难破先天元气。"将阴阳二气扇出，宝剑沾上，如刀砍竹枝节节断，登时宝器毁坏，牛金刚见势不妙，欲转身退阵，太阳女大喝："此阵有来无回！"遂扇动宝扇，阴阳二气即出，牛金刚一声未哼便已倒下。虎金刚、兔金刚、龙金刚齐入阵中，各执宝器，要拿二女。虎金刚祭钩，兔金刚祭斧，龙金刚祭锤，齐齐往太阳女身上招呼，原是三人商定，先攻一人，一一破之。那钩也是奇哉，一分二，二分三，只见漫天玄钩，直打太阳女；斧亦是奇妙，祭在空中，陡然增大，往下一劈，如四海分水，五岳轰鸣；又有那宝锤，咚咚作响，直震得人心神不宁，五内如焚。太阳女闪躲不及，正中其身，被打得鲜血喷涌，倒地身亡。

第四十八回
阴阳女摆无双阵　日月佛破两重身

龙金刚见之大喜，说道："今破了太阳女，一鼓作气，将太阴女拿下。"不料那阵转一转，太阴女与太阳女互换，再一看，太阳女即时站起，似无事一般，大喝："米粒之珠，也放光华，凭你等微末小技，也在此布鼓雷门，班门弄斧。"二女扇一扇，阴阳之气陡现，拿了虎金刚、兔金刚，龙金刚倒有本事，只留了虚影，本体却逃了开来。太阴女疑道："这厮倒有些玄通，以幻示人，修行不及者，倒是易受他惑幻。"太阳女说道："可惜遇上此阵，教他天南地北，难以遁走。"又把扇一扇，阴阳元气直逼龙金刚，龙金刚故技重施，留了虚影，离了本体，未料本体刚一逃脱，脚下竟生阴阳之气，龙金刚不及反应，即被拿了。

尚有七位金刚，见之大怒，齐要入阵。月支菩萨忙止道："切莫莽撞行事，此阵变幻莫测，又生阴阳元气，虽比不得那混沌元气，却也威力无穷。须要找出阵脚，方能破阵。我等两番攻那太阳女，伤而痊愈，死而复生，其必有玄通，可见阵脚定不在其身，不在太阳，必在太阴。羊、马、蛇三位金刚可入阵，弃太阳女攻那太阴女，一探究竟。"羊、马、蛇三位金刚齐齐入阵，蛇金刚祭白拂，拂如锦织，漫天撒来，将太阴女围了个严严实实；马金刚祭三股戟，那戟上挂骷髅，下连飘带，直往下打，又似带海水，汹涌澎湃，四面笼聚，定住太阴女。羊金刚弯弓指水，水化箭，箭如冰，射将出去，疾如流星，寒意肃杀，直没入太阴女心口。太阴女应声而倒，转而消失不见。阴阳无双阵随即转动，太阳女至前，太阴女恢复如初，二女把扇一扇，生阴阳二气，三位金刚抵挡不住，即刻被拿。

汉兵见八位金刚一一受缚，皆是大惊。猴金刚迟疑片刻，上前说道："我有一法，可以一试。"日光菩萨知其心意，即道："可以破空山一试。"猴金刚领命上前，却不入阵，只立于阵外，大喝："我不入阵来，看你等如何拿我。"太阳女笑道："你不入阵来，如何又能破阵。"猴金刚亦笑道："破阵未必要入阵，只须将你二人拿了，此阵不攻自破。"遂举掌相对，喝一声："破空山。"见一光闪出，化为一刀，直劈太阳女。太阳女笑道："掌气化刀，乃是凡夫之术，怎能破这阴阳无双阵。"把扇一转，光刀入阵，即刻烟消云散。太阴女又把扇一摇，那阵悄然变化，猴金刚以为不在阵中，忽觉不妙，往下一看，已入阵中，脚下生阴阳二气，霎时两眼一黑，即被拿下。

鸡、狗、猪三位金刚见状，忙抢入阵中，各祭法宝。鸡金刚手举独钴，那钴金光闪闪，顺时而转，煞是好看，又放万道金针；狗金刚执杵，那杵一头大，一头小，大的一头转起，陡然离了杵身，如千斤重坠，直落阵眼；猪金刚横刀，将刀祭在空中，口念玄语，那刀大了不止一倍，往阵轴劈下，势要将此阵一分为二。太阳女笑道："法器虽好，终是要十二一体。各自为阵，以兵刃相攻，终是一盘散沙，难破此阵。"遂把阵一摇，有风雨雷电齐出，法器皆落于阵中，又现阴阳之气，将三位金刚一并拿了。正是：

二气交感化万物，一体两面出太极；
阴阳无双演大妙，十二神将落阵图。

话说十二神将齐落阵中，刘渊大惊，只道："此阵非凡，如之奈何？"又闻太阳女道："你等若破不得阵，便谨守诺言，各自退去，再不来我中土滋事。"月支菩萨叱道："休要大言，贫僧且再试来。"太阴女说道："前番念你观阵，我不拿你，此番再来，定要你有来无回矣。"月支菩萨不理，径自入阵。阴阳二女把扇一摇，生阴阳元气，走哪随哪，不得逃脱。月支菩萨识得厉害，忙将宝印祭起，护得周身。那元气笼在印上，只听得"噼啪"作响，如雷电撕裂，又如星云霹雳，太阴女赞道："此印倒是个好宝贝。"月支菩萨心道："我等一一相攻二女，不得而破，总能复生，倒不如一并攻之，看其如何应对。"遂口念玄语，举印同打二女。二女见之，脸色一变，忙把阵图一转，隐于其中，催动阴阳之气，将菩萨团团围住，宝印不得起，法身不得出。菩萨被困阵中，虽有宝印相护，却也不得脱身，无奈之下，只得屈膝盘坐，静气凝神，以抗元气。太阳女笑道："且看你能撑到几时。"

日月菩萨在阵外，见阵中情形，心中透亮，月光菩萨合掌说道："苦海无边，回头是岸。二位仙姑布此恶阵，已违天道，困月支道友，拿琉璃门人，说道来，不过倚仗太阴、太阳精叶，以出阴阳元气罢了。我等虽是为善最乐之士，今日不免手沾尘埃，破了此阵，以还安乐。"太阳女怒斥："破便破来，何必巧舌如簧。"日光菩萨、月光菩萨同步上前，入得阵来，离地二尺许高，有祥云托定，瑞彩飞腾，即开慧眼，见阵中十二神将横睡直躺，闭目不睁，如同死去，只叹道："可惜一身修行，毁于一旦。"又见月支菩萨困坐一旁，宝印在顶，滋滋作响，已是左右支吾，独力难撑。

正要言语，阴阳二女把阵图转动，阴阳互换，黑白交替，风雨雷电齐发，阴阳二气笼聚，直逼二位菩萨。二位菩萨喝一声："日月有明，和光同生；阴阳无定，天地归一。"各祭起法轮，默念玄语，只见金光闪烁，二人竟缓缓相连，合二为一，烟霞放旷之处，现出一尊相来，怎见得模样，有诗为证：

一面善来一面恶，一半佛来一半魔；
三十六手显奇相，日月圆光本自如。

日月菩萨合为一体，号为净明光王佛，只把手一扬，日光轮、月光轮相叠一处，空中现一巨大光环，里黑外亮，犹显冕光，冕光缓缓脱离，化为一圈，从空中落下，执于佛手。净明光王佛道声："太阴女、太阳女还不受缚，更待何时？"把圈一扔，一圈化两圈，一并套了阴阳二女，也是奇哉，二女同时受缚，竟不能复回，在原地动弹不得。又闻得轰鸣，二扇尽毁，法阵尽破，三百大汉皆死其中。刘渊命兵士抢过十二神将，月支菩萨亦起得身来。

净明光王佛用指一指，雷鸣一声，十二神将猛然惊醒，见其拜伏，皆呼净明光王佛。净明光王佛双目一闭，身子一晃，一分为二，又是日光、月光二位菩萨。太阴女不能挣脱，怒道："你等怎知我二人根脚？"日光菩萨说道："阴阳之道，一体两面，彼此互藏，相感替换，不可执一而定象。二者虽无定象，然其根却有一，故曰：阴阳不二，以一而待之。一者，太极是也，统领二物，相互作用，运化万千。阴阳无双，其奥妙乃阴阳两重之身，阴中有阳，阳中有阴，乾坤一元，阴阳相倚。你二人若只攻其一，皆无用也，唯有同拿，化二为一，方能使两重身破，此阵才得解也。起初我等也不知晓，恰有月支菩萨入阵，阴差阳错，祭印同打，见你二人面色有异，细细猜度，方有此悟也。"又道："你等既败，当守信言，念你二人修行不易，又与我净琉璃有缘，故带之去，成就正果。"遂命十二神将，将阴阳二女带往东方，不知二女命运如何，且看下回分解。

第四十九回　刘渊宴饮五胡台　马隆剑鸣北邙山

何意城下望北斗，欲上九天摘七星；

两雄狭路再相会，驰骋人间化风云。

话说日光菩萨命十二神将带阴阳二女往净琉璃去，过邹峄山，但见夕阳拾翠，巍峨穿云，玲珑秀峙，七彩绮丽。那五华峰，五石插天，形若芙蓉；那甘露池，水清见底，不盈不竭；那云砌桥，日月光华，旦复旦兮；那凉水盆，丸石遍布，天然成景；那神女洞，纵横上下，孔窍通达；那八段锦，萍水云澜，风光无限。正是：横峄之美石作澜，竖峄之妙伴云舞。又道：邹鲁秀灵冠天下，齐鲁名山归岱峄。

十二神将见眼底美景，不由得皆叹："不想净琉璃之外，竟有如此幽美光华之所，真乃处处修行地，步步人间行。"稍息片刻，正要起行，忽有一人道："天地好生，征物同一躯命，故人唯兼物性，方为全尽吾性。体此意者，樽节爱养，戒杀放生，自有所不能已也。"十二神将往上一看，见来人目运慈慧，宝相庄肃，霞云绕缭，知是大妙，不敢怠慢，俱打稽首，只问道："敢问上真法号？不知到此，有何要事？"来人打一稽首，回道："贫道乃大罗宫玄都洞玄都大法师，到此来，只为阴阳二女。"众将皆道："原是大罗宫首仙，久闻令名，未有亲见，今日一睹，果真玄妙之尊。我等乃净琉璃十二将，奉上首大菩萨之命，度娘娘山二位仙姑往东方去，不想在此欣逢大法师，还望赐教一二。"玄都大法师说道："所谓人法地，地法天，天法道，道法自然。忠孝友悌，正己化人，化人不为强求，只在本心也，以心化人，自然为之，然似你等这般行为，非为正道。"众将闻言不悦，皆道："何为正道，还请法师明示。"玄都大法师问阴阳二女："你等可愿与我同去大罗宫，成就道果，以脱凡尘。"二女喜道："弟子愿往。"大法师径自上前，欲携二女行。十二神将摆十二相阵，猴金刚喝道："法师若再往前，休怪我等冒犯。"大法师也不言语，只把手一指，使一个"定"字诀，十二神将皆木然不动，只一对眼珠溜溜转动。大法师道："贫道念你等不识大妙，井中视星，且已成凡体，故不忍大惩。十二时辰之后，你等皆可自如。"言毕，又语二女："此去大罗宫，潜心听讲，不得再顾红尘。"二女拜道："弟子志心朝礼，不敢造次。"大法师点首，携二女同往不提。

且说日月菩萨破阴阳无双阵，汉军大盛，晋军死守城中，拒不出战。二位菩萨不作久留，辞别而去。刘渊中军召众将："阴阳二女已败，北宫纯玄功尽失，洛阳城内，已无大碍，破城指日可待。三军儿郎，建功立业，便在今朝。"众将高呼，有报事官忽来报："鲜卑慕容嵬差使，已至营外。"刘渊命使入帐，问道："慕容嵬差你来此，所为何事？"来使拜道："慕容单于闻汉王代天伐晋，想胡夷天下一家，欲出兵相助，奉汉王为尊，扫平晋室，共享太平。"遂呈上书信。

刘渊拿来细阅，不由得笑道："慕容单于有此心，孤甚欣慰，若得天下，当匈奴为王，胡夷一统，共享安乐。"刘宣在旁，谏道："我军虽胜，然一路劳损，补给不足，晋军虽败，北宫纯有勇有谋，如今死守洛阳，天子居所，兵多粮足，城高河深，非一日能破，还须从长计议。"刘渊思忖片刻，命道："三军围住洛阳四门，不得使人出，何日攻城，且听号令。"又道："孤有一意，可于洛水之边，建造五胡台，广发檄文，招四海胡夷，共聚洛阳，随孤征战。"众人皆称大好。

刘宣遵汉王命，令作檄文以号天下，檄文曰：

渊谨以大义布告天下：晋司马无功掌权，弑君篡位，骄奢淫逸，罪恶充积！今奉天道，以行征伐，至洛阳城，毕其功于一役，大集天下胡夷，剿戮群凶，拯救黎民。檄文到日，可速奉行。

刘渊发檄文去后，天下胡夷响应。第一镇，鲜卑单于慕容廆起兵大棘城；第二镇，羯族首领石勒于幽州分兵；第三镇，巴氏族成都王李雄起兵川地；第四镇，氐人苻洪起兵临渭。另有乌桓、吐谷浑、卢水胡等，诸路军马，多少不等，有三万者，有一二万者，各领文官武将，往洛阳来。刘渊令造五胡台，此台夯土筑就，高约五丈，宽有十丈，有三层，遍列五方旗帜，上建白旄黄钺，三日建成。

时值永嘉三年冬十月戌寅日，云淡风轻，碧空万里。刘渊整衣佩剑，慨然而上，奉月支菩萨为上首，宣道："汉室不幸，皇纲失统，有贼臣司马氏，乘衅纵害，祸加至尊，沦丧社稷。今我纠合义兵，胡汉一家，并赴国难，凡我同盟，齐心勠力，复我汉家，有渝此盟，俾坠其命，无克遗育。皇天后土，孝怀皇帝明灵，实皆鉴之！"读毕，歃血。众将因其辞气慷慨，皆涕泗横流。刘渊又令："置酒设乐于台上，我今日会宴诸将。"

天色近晚，周山日下，洛阳西明门外，马蹄声声，战旗飘扬，刘渊坐五胡台上，左右侍御者数百人，皆锦衣绣袄，竖戈执剑。文武众官，胡夷各部，皆依次而坐。刘渊东望皇殿金銮，西见周山绵延，南视龙门巍峨，北觑洛河如带，看晋军一片寥萧，观自家雄兵如林，心思洛阳一旦城破，号令天下，近在咫尺，心中欢喜，谓众将道："孤代天讨晋，自起义兵，只求扫清四海，复汉安民，佛祖庇佑，全赖士子用心，将士用命，五方相助，上下齐力，何患不成功也。今日饮宴，明日休整，后日一举攻破洛阳。待天下无事，与诸公共享富贵，以乐太平。"文武皆起谢道："愿得早奏凯歌，臣等终身皆赖汉王福荫。"刘渊大喜，命左右行酒，畅饮斗乐，酒到兴处，不由得歌道：

  半生萧寂，一朝登鸿；
  扶摇千里，满目星空。
  北邙作古，百草枯荣；
  依依洛水，与子乘风。
  雁归故里，月明胡台；
  将军执戈，笑问知游。
  鼓消笙远，莫负慷慨；
  马前把酒，一醉解忧。
  生前求存，身后求名；

> 丈夫当歌，歌以负志。
> 谁知我愿，寄寥南枝；
> 谁知我心，天下大同。

歌罢，众人相和，共皆欢笑。正醉间，玄月当空，箫声轻扬，一排舞女款款而出，长袖曼舞，若花蕾绽放，如流星飞芒，笼成一圈，玉手执巾，纤足轻点，衣袂飘飘，那丝巾散开，无数花瓣飞起，纷纷袅袅，炫彩满目。漫天花雨之中，从中现出一女，空谷幽兰，馥郁芬芳，只见其右足为轴，轻舒长袖，身姿旋动，素手流转，如山中明月，花间蝴蝶。那一双水眸欲语还休，顾盼流连，众人直看得如痴如醉，正是单女。刘渊见之，说道："此乃孤新纳单妃，甚得心意，待天下一统，立为皇后，伴娱暮年，我愿足矣。"言罢大笑，众人皆赞，各部使拜道："汉王俯瞰太极，问鼎神州，指日可待，又得美人如璧，两全之福，可喜可贺。"众将皆起贺，独白毛儿未动，只是眼望单女，目不转睛。单女亦瞥见白毛儿，一眼秋波，一眼忧怨，只是一霎，立时转开。王弥在旁，见得明白，赶紧拉一手白毛儿，白毛儿方回得神来，匍匐在地。刘渊在上，虽有醉意，却洞察秋毫，全在眼中，只是不动声色，与众同喜。

谈笑间，忽有一排大雁，从五胡台上掠过，雁鸣晚空，分外响彻，又闻得淅淅沥沥，噼噼啪啪，原是数坨鸟屎，落于台上。刘渊问道："雁子为何晚鸣？"左右答道："台上灯明，以为天晓，飞至台前，鼓瑟吹笙，以为和唱，故而晚鸣。"刘渊大笑，又问："雁子为何下躁？"左右答道："人称躁矢为黄金。汉王威震四方，雁子虽为禽类，亦感汉王之名，无有奉献，以金相送。"刘渊又大笑，刘宣在旁，听得众人之言，心中一沉，不免疑虑，思道："雁子晚鸣，以为天晓，却未见天明；雁子下躁，从天而落，乃死（屎）到临头，此兆甚是不祥。"心中虽想，却不敢言出，恐坏了汉王雅兴，灭了三军士气。汉王昏昏醉醉，单女搀住，二人同下台来，入帐安寝。白毛儿目望单女，以酒解愁，直喝得烂醉如泥。不提。

且说五胡台上莺歌燕舞，洛阳城中寂若死灰，东海王召众将于府，问道："今失了阴阳二位仙姑，实乃雁失羽翎，大厦将倾。反贼势大，于城前造五胡台，集四方各胡，欲灭我大晋，屠我汉人。刘渊宴饮五胡台，分明视我等如无物，是可忍孰不可忍，哪位将军可挫敌杀贼，扬我国威？"环顾众人，皆不言语，再问，尚书令王衍答道："如今敌强我弱，死守不出，洛阳恐难保全。不如暂避锋芒，弃城而走，退往荆州，日后再图他法。"此言一出，一片哗然。

　　北宫纯嗤道："且不说贼兵围困，弃城而走，必不能远遁。洛阳乃天子居所，国之根基，洛阳一失，天下即失，如何弃得？公此言乃误苍生，决非高论。"王衍听得面皮通红，东海王颔首道："夷甫只知玄谈，不知兵事，莫再乱言。"又有王景道："贼兵猖獗，竟在我等眼前大肆宴乐，不如乘夜袭之，攻其不备，一举剪灭。"司马模回道："我军新败，师老兵疲，敌众我寡，反贼大军压城，重重围困，如何轻易破得。"东海王闻言，甚觉有理，又谓北宫纯："将军可有破敌之策？"北宫纯回道："反贼远道而来，又广结胡人，将多兵勇，士气正盛，不可力敌。河阳城高河深，我军虽败，亦可坚守，切不可意气用事。"王景说道："将军此言差矣，守可一时，不可一世。终要破敌，方能解危。"北宫纯禀道："末将方在城头，见雁鸣晚空，掠台而过，此非贼兵吉兆，又观星象，见北斗东移，将星来到，料想马隆将军已近洛阳，待其到来，里应外合，定有胜机。"众人闻言，皆大喜，东海王说道："若是马隆将军到来，我等无忧矣。"命众将好生守城，拒不出战，以待援兵。按下不提。

　　且说马隆提大军，逢山开路，遇水搭桥，晚住晓行，鞍马奔驰，已行数日，又接探马报："刘渊大军围城，洛阳危在旦夕。"心中焦急，问左右："此处至洛阳，尚有多少路程？"左右答道："尚有五百里路，若是平坦之地，五日之内定能到达。然此地四周环山，其中太岳山、中条山、吕梁山分割左右，山高路险，必耽误时日。"马隆闻言，急道："洛阳重重围困，我军若不能速达，恐天子有危。"又见前路山峦重重，思道："此去洛阳，不似前路，一马平川，眼前山脉甚长，若上下攀登，费时甚多。需思一法，使大军速达。"左右亦道："将军虽有神通，然兵士却是凡夫，不得腾云驾雾，一日千里。"马隆摆手，退去左右，一人在帐中，思忖片刻，祭出伏羲八卦图，此图一开，三爻分列，五行变化，乾坤相合，震坎相交，艮巽相对，离兑相转，于半空中现一物像，取笔画图，乃是一车，此车甚是奇特，有诗为证：

一车为体，四轮相安；三叶成扇，力破千然。接两管在后，按八齿在间；入地下百尺，取黑水万匦。前有圜刃，牝牡相衔；动连铁带，始为金刚。南风相助，内火暗生；呼吸启闭，袅袅星旋。钻岗山如齑粉，通石岩似磨浆。将军报国忧时远，灵宝画图走洛阳。

　　马隆命各营按图制车，众将不知其物，皆问玄妙，马隆说道："此乃时通车，无需人力，只借黑水，自燃为力，转动圜刃，穿岩打壁，过山通石，不在话下。有此车，无须耗攀登之时，经涉险之难，径直往前，畅通无阻。"众将闻言皆惊，说道："自古及今，未闻有如此行军之事。将军神人，实是大晋之福。"马隆说道："我今将时通车之法，尺寸方圆，长短阔狭，皆写明白，你等视之。"遂手书一纸，付众观看，众将环绕而视，其中问道："此黑水为甚？"马隆回道："你等且不知，此黑水名曰地血。人之血，在于体；地之血，在于里。地血无，大地死。故非无他法，莫取地血。"众将皆拜伏道："将军取之有道，四方无责。"

　　过了数日，时通车皆造完备，山风一过，三叶转动，插管入地下，取地血于车中，又以地血生火炉，带动圜刃，钻山破石，便是一炷香工夫，山下已出大洞，这厢到那厢，豁豁直通。晋兵无须登攀，长驱直入，如此这般，至一山钻一山，钻一山过一山，不消数日，已近洛阳。马隆止马，见前方一座大山，左右问道："通过此山，便是洛阳。可否由时通车而过。"马隆见东西绵亘，风云暂闲，不是凡山，遂问："此山何名？"左右回道："此山正是北邙山。"马隆大惊，命道："千年富贵人，皆在此山中。北邙山乃帝王陵地，龙脉所倚，不得有丝毫毁坏，三军下马，越岭翻山，莫要耽搁。"全军接令，攀山行路，但见树木森列，苍翠如云，又有冢墓嵯峨，谷水东流。一怀伤忧，后人有诗为叹：

　　北邙山头少闲土，尽是洛阳人旧墓。
　　旧墓人家归葬多，堆着黄金无置处。
　　天涯悠悠葬日促，岗坂崎岖不停毂。
　　高张素幕绕铭旌，夜唱挽歌山下宿。
　　洛阳城北复城东，魂车祖马长相逢。

车辙广若长安路，蒿草少于松柏树。
山头涧底石渐稀，尽向坟前作羊虎。
谁家石碑文字灭，后人重取书年月。
朝朝车马送葬回，还起大宅与高台。

马隆率军登北邙山，行至秋风林，遇一众百姓，衣衫褴褛，步履匆匆。马隆唤左右请来相问："你等哪里人氏？"百姓不敢言，畏畏缩缩。少顷，有一老汉回道："小民皆洛阳城外庄稼人。"马隆见众人模样，不似胡夷，又问："既是洛阳人氏，何故离走？"老汉回道："只因战事，恐遭祸及，故远走他乡。"马隆再问："你等城中而出，现在情形如何？"老汉忧道："胡贼大兵压城，重重围困，前番听闻，有娘娘山二位仙姑相助，得胜一时，不想贼兵亦邀来神通，大败仙姑，洛阳恐朝不保夕。"马隆闻言，大惊失色，急问："二位圣女现在如何？有无生死之忧？"老汉摇首，回道："我等小民，只盼保全性命，不知其中详细，只闻仙姑让神通拿了去，死活不知。"马隆也不再问，只命左右拿了钱物，赠与众人，说道："兵荒马乱，社稷涂炭，庙堂难为，更苦了百姓。此些拿去，各位去寻个安生之处，劳作度日，也是大幸矣。"众民拜谢将军，别去不提。

马隆得闻阴阳二女遭难，默默无言，半晌不语。左右见主帅勒骑不行，面上不悦，不由得同问："将军为何停骑不语，面有忧色。"马隆说道："我率大军勤王，恐耽搁时日，故请得娘娘山圣女相助，不想累其遭此无辜灾厄，心中甚是愧疚，五味杂陈，难以安宁。"左右回道："天数之下，人皆为子，将军不必太过自责。如今大战在即，国势危殆，全系将军一人，还须抖擞精神，以抛杂念。"马隆闻言，平复心情，率军前行。

至一平坡，但见一园，近山傍水，古柏遮天，紫烟袅袅，蓊蔚肃穆，阙门巍峨，气势壮观，正感叹间，忽不见了大队人马，呼唤左右，无有应声，只独身一人，伫立园中。马隆心道："莫非中伏？"定睛一看，又见影绰之中，未有杀气。马隆乃阐家弟子，一身本事，胆识过人，虽说此园奇妙，心中倒也不惧，只是疑道："此园一派祥和，不见魑魅魍魉，似是有人指引。"于是呼道："何处高人？引我至此，还望现身相见。"少顷，有人影现出，模模糊糊，莫见真形。马隆上前一步,隐约之间,一人身着赤龙袍,立于前方,一动未动,天挺之姿,魁杰雄特,再一看,鹰视狼步,目能自顾其背,赫然乃是晋宣皇帝司马懿。

马隆大惊,忙伏拜在地,叩道:"末将不知先帝显灵,罪该万死。"拜三拜,不敢作声。宣皇帝命起,说道:"商周之时,北有狄、山戎、林胡、长狄、犬戎、骊戎;南有百濮、淮夷、百越;西有羌、月支、氐。时中原之力,威震八荒;至秦王一统,北筑长城,蒙恬斥逐匈奴,南置会稽,用兵扫清越族;汉武之时,逐匈奴于千里,扫夷胡于海外;汉末式微,仍拒外族于中原,扬国威于八荒。想青龙元年,安定保塞匈奴胡薄居姿职等人反叛,孤遣军追讨,破降之,亦煞折胡族。不想儿孙放任,内迁胡人,又不修防务,祸起萧墙,以致国危时乱,胡夷相侵,竟达洛阳。神州变色,江山易主,今存亡危急之秋,将军奉命于危难之间,孤来相见,只望将军立擎天之柱,驱五胡,扶社稷,救万民于水火,显我族之荣光。亦为我司马家折罪。"马隆闻言,叩头再拜,回道:"末将不才,受陛下嘱托,不胜惶恐感激。国难当前,愿慷慨捐躯,粉身碎骨亦在所不惜。"宣皇帝领首,说道:"你且随我来。"飘飘荡荡,至一平台,上有九鼎,名山大川、形胜之地、奇异之物,皆绘鼎上。马隆见之大惊,问道:"莫非夏禹九鼎,为何现于此处?"宣皇帝言:"正是九鼎,此鼎不传人世,没于邙山,乃中华之物。如今华夏有危,故现于此,将军可掷剑于内,发宏愿于前,以明天数。"马隆闻言,即解下降魔剑,往上一抛,剑入鼎内,又跪地合掌,向天祷道:"今有贼子刘渊,结西方外教,联四海胡夷,欲灭华夏,兵临洛阳,生灵涂炭,百姓遭殃,国势危厄。马某不才,提兵勤王,若得成功,剑鸣北邙。"言罢,神剑出鼎,悬于其上,鸣放云霄。有诗为证:

造化竟何功,时危见英雄;
北邙问鼎愿,剑鸣动九空。

剑鸣北邙,登时紫烟散去,不见了宣皇帝,九鼎更是无踪。少顷,大军闻声而来,左右问道:"方才行军,将军在前,忽朦朦胧胧,我等望去,却不见踪影,到处寻觅,已有片刻,恐将军遇险,正感不安时,闻得这处有剑鸣之声,故急急赶来,将军果真在此,所幸得安。不知发生何事?"马隆笑道:"一番奇遇,不便细说。如今洛阳将至,前方战事如何?"左右答道:"刘渊败娘娘山圣女,围困洛阳。今造得五胡台,宴饮四方胡夷,明日欲大举攻城,亦作得一诗,望天下大同,以归刘汉。"马隆怒道:"复汉为名,实为国贼,蛮胡作诗,贻笑天下。众儿郎且随我去,灭胡驱夷,报国建功,正在当下。"三军擂动,展旗吹角,杀向洛阳。

一路驰骋,人不歇脚,马不停蹄,眼见敌营,已是卯时,日出周山,天色微明。马隆率军,偃旗息鼓,择一高处,往下一探,闻得号炮连天,人欢马炸,汉军正要攻城,只见铺天盖地,如水如潮,真是刀枪剑戟遮日月,斧钺钩叉竖柴林。刘渊立于五胡台上,雄姿英发,调度十方。再看洛阳城头,晋军一片沉寂,北宫纯立于城上,严阵以待,毫不示怯。马隆赞道:"此将龙行虎步,当得一条好汉。"左右问道:"贼兵攻城,如何杀敌?"马隆说道:"狭路相逢勇者胜,天子在城,勤王保驾,当一鼓作气,与北宫纯内外合击,共斩来敌。"左右又问:"何时起战?"马隆命道:"北宫将军非等闲之辈,且待反贼攻城,两面相持,我军从后杀入,两翼先走,中军随后,里应外合,蓄力破之。"众将领命,避影敛迹,以待时机。

且说刘渊下令攻城,三声炮响,众将士搭云梯,移望楼,驾炮车,敢死之士奋勇而上,冲车循循相接,弓弩手掩护在后,一行行、一列列、一排排、一趟趟,杀气腾腾,气势汹汹。北宫纯亦不示弱,居中调度,兵来将挡,水来土掩。一队下,一队上,寸土必争,分毫不让。两边斗得焦灼,难解难分。白毛儿见势,大喝一声,率王弥、刘灵等将猛冲,祭金手弯月弓,白毛化箭,只见金光四射,万夫不当。北宫纯失了法宝,奈何他不得,登时汉军大盛。刘渊见状大喜,命四面围打,全军齐冲。千钧一发之际,闻得一阵号角嘹亮,众人望后,但见一高处,一片纛旗猎猎招展,有一军排出,个个跨马,手执长刀,如黑色潮海,似山岳城墙。中军大旗,上绣斗大的"马"字。旗脚下一员大将,胯下西平凌霜马,银盔索甲素罗袍,左手龙虎印,右手降魔剑,拿云攫石,英姿勃发,正是马隆。

刘渊望见,大吃一惊,问左右:"马隆远在西平,山高路远,如何提前来到?"

第四十九回
刘渊宴饮五胡台　马隆剑鸣北邙山

未得回话，只见马隆一展红旗，大军登时山呼海啸，席卷而下，个个如箭离弦，人人发力进逼。大军如悬河泻水，漫天盖地。守城晋军望见，一片欢呼，北宫纯大喝："马隆将军到来，众儿郎随我杀敌。"一时士气大振。刘渊见状，定下心神，即命后军改前军，刘景替下白毛儿，继攻洛阳，白毛儿率众，抵御援兵，又命各胡人马分翼包抄。少顷，两军相杀，怒涛拍岸，沉雷击谷。好相杀，有诗为证：

硝烟弥漫，战火纷飞；天昏地暗，雾惨云还。男儿敢死，壮士付躯；扬尘播土，海搅江翻。这壁厢，长剑对弯刀，枪戟掠戈矛；那壁厢，单鞭架双铜，钺斧挡锤钩。红旗出辕门，平原染血寒；杀人如草芥，旋踵若金刚。

两军皆是慷慨赴死之士，万骑飞腾，拼杀一处，大地颤抖，山河变色。北宫纯即命大开城门，一马当先，率军出战。刘景、刘灵立马上前，抵住厮杀。白毛儿大喝一声，命四面围住马隆，务要拿下。马隆将马一拍，如同旋风，冲入敌阵，遇马便刺，见人便砍，横冲直撞，纵横捭阖。有汉将潘宠，身高八尺，重眉大眼，通观鼻梁，四字海口，戴五方冠，披连环甲，拿一根镔铁大棍，叫道："马隆，纳命来。"挂动风声，往下就砸。此棍八十斤重，由上至下，力若千钧。马隆斜一眼，道声："匹夫之勇，也来逞强。"待棍下来，招式用老，脚下一蹬，将身一转，反身一剑，正刺了个透心凉。

才死了潘宠，又从贼兵中冲出一匹马来，上坐一员战将，手使钢叉，马隆以剑点指："来将通名。"那将回道："我乃偏将王莫，马隆看叉。"直舞过来。马隆左脚带镫，闪身让过，举剑作刀，往下便砍，王莫回叉，架住来剑，二人打在一处，有三四个回合，马隆攻势太猛，王莫躲闪不及，被刺于马下。白毛儿望见，拍马而上，举弓一挥，使一招"单凤贯耳"，横劈过来。马隆将头一藏，举剑一刺，白毛儿贴马背一让，二人错开，白毛儿也不转身，急取白毛化箭，反手一拉弦，只见一道金光，射向马隆。马隆大喝："米粒之珠，焉放光华？"将降魔剑祭起，一分为二，二分为三，相合成盾，将白光挡在外面，忽从中一剑刺出，白毛儿大吃一惊，弃马滚下，那马霎时倒毙。白毛儿见状，魂飞魄散，直往后走。马隆哪肯放过，拍马而追，正要赶上，忽一人斜里赶来，执剑相迎，喝道："马隆，可来与孤一战。"正是刘渊，要再会马隆。不知二人战事如何，且看下回分解。

第五十回　大法师出元阳洞　燃灯佛下灵鹫山

满目疮痍血未干，山河蒙霜几时安？
尘劫引得三仙至，两教干戈离心然。

且说两雄再会洛阳，刘渊见白毛儿败走，心知马隆本事，遂拍马而上，来战马隆。马隆见刘渊前来，却不相迎，将马一拍，直往鲜卑阵中去，一手祭印，一手执剑，连刺带打，进出东西，如入无人之境，杀得那些个鲜卑兵叫苦连天，悲声震地。

正到兴处，有一胡将，身高过丈，肚大十围，头戴猛虎吞食亮银盔，身穿荷叶风摆连环甲，面似黄土，两道拱眉，瞪一双铜铃眼，胯下黄骠马，掌中流星锤，坐名："马隆休走，看我慕容汗会你。"马隆闻言，抬眼一见，认得此人，知是慕容廆之子，正中下怀，仗剑而上。慕容汗见马隆白面儒冠，料想无多大能为，举锤一甩，直砸面门。马隆卖个破绽，趴在马背，大锤走空，刚一抬头，听后脑挂动风声，知大锤往回，把降魔剑祭在后背，闻得"哐当"一声，马隆大叫，半栽马下，只把脚挂在马镫上。慕容汗不知是计，以为马隆受了一锤，大喜过望，将马一拍上前，欲取性命，未料马隆待其近前，大喝一声，忽挺起身来，降魔剑从后而出，疾如旋踵，快如闪电，正刺了个透心凉，慕容汗即死，鲜卑兵大乱。

马隆走马出营，又至巴氏阵中，主将李荡不识得马隆，见有人闯阵，即命放箭，箭如雨发，齐向马隆射来。马隆却不在意，舞动降魔剑，上下翻飞，拨打雕翎，上护其身，下护其马。战马撒蹄奔腾，如同旋风一般，眨眼之间，已到了近前。弓弩手手忙脚乱，马隆手中宝剑不停，刺死无数。再往前，一人举刀，拦住去路，定睛一看，此人身高九尺，重眉大眼，通观鼻梁，四字海口；头戴双龙倒海金盔，身挂九环狮头皮甲，左挎弓，右负箭；坐下黑风马，掌中钻金枪，料想非等闲之辈，问道："来者通名受死。"来将大喝："我乃巴氏主将李荡，特来取你性命。"马隆回道："米粒光华，焉敢同日月争辉，今日我以武艺胜你，教你黄泉路上无憾。"遂提剑上前。李荡拍马举枪，金鸡乱点，马隆见招拆招，分毫不让，二人大战三四个回合，李荡虚晃一枪，拨马便走，马隆心道："此人武艺精湛，未败而退，其中必有蹊跷。"打起精神，拍马而追，果真见李荡肩头一动，回身弯弓，连发三箭，一支奔额眉，二支奔劲喉，三支奔前心，如流星赶月，似星移物换。马隆幸有准备，急将身往后一倒，三箭擦面而过。李荡亦有后招，随即转马，一枪刺来，专等马隆起身。未料马隆两脚一蹬，将马弃了，落于地上，欺身挺前，电光石火之间，李荡不及反身，一枪走空，回不得招，被马隆一剑刺在心口，登时鲜血淋漓，栽马而毙。马隆连斩二将，震慑四方，又提剑上马，四面奔腾，神出鬼没，上下翻飞，见一个，杀一个，见两个，杀一双，只见刺出去梅花千朵，撤回来冷气飞扬，一片哀叫，到处呼号。

少顷，马隆连人带马，冲入氐人阵营。那氐人和别族不同，不喜乘马，皆是赤脚，手举大棒，每棒为铁制，约六十余斤重，舞动起来，挂动风声，沾上死，挨上亡。见马隆至，皆举棒朝马脚砸来。马隆不作缠斗，将马跃起，落地一勒马头，马抬前蹄，往前一踢，歪倒一片；又一紧马尾，后蹄抬起，踢倒一片。不待后排兵士上来，又是一跃，跳至他处，踢倒数人。如此反复，指东往西，搅得翻天覆地，乱七八糟。

将军符兴见状，不由得大怒，说道："数千兵将，竟不能擒一人，可恨可恶也。"遂施一法，命众人散开，将棒代作滚木，要打马脚，欲摔马隆，又命后排兵士放箭，不得放过。只见铁棒呼啦啦滚来，眨眼便至跟前。马隆见状，勒马后退，未退几步，又有箭雨袭来。前有狼，后有虎，避无可避，危急之际，马隆却不慌乱，将降魔剑祭起，那剑在空中，一分二，二分三，三化无穷，噼啪打下，如同剑雨，四面滚来铁棒被打得粉碎。

众人见状皆惊，知马隆如此神通，哪敢往前。马隆放眼一望，见前方一人，戴银镶狮鼻盔，插两根山鸡尾，身穿大红织锦绣花袍，外罩黄金嵌就鱼鳞甲，手执开山斧,脚下银马车,知是符兴,要射人先射马,擒贼先擒王,遂把马一拍,直奔符兴去。符兴见马隆前来,心下大怒,跳下车来,喝道:"休要猖狂,看某家会你。"遂举斧一劈,马隆把剑一架,革当一响,手臂一震,心道:"这厮倒有些气力。"符兴更是心惊,自思:"我自幼天生神力,平生从未遇过对手,不想此人年纪,竟有如此能耐。"二人各自所想,手上却未闲着,只见斧来剑往,好一番厮杀。不觉到二三十个回合,符兴招架不住,被马隆架开斧,二马一错镫,马隆剑快,反手一刺,正中符兴肩膀。符兴大叫一声,往前一奔,跳上银马车,往后败去,见路就走。马隆怎能放过,拍马直追,符兴命兵士拦住。见前方人潮涌来,马隆遂祭起龙虎印,霎时一龙一虎,呼啸而出,又一拍马,如天神下凡,可谓将遇将伤,兵逢兵死,地裂烟飞,山崩海倒。少顷,追上符兴,那龙虎奔腾,火焰四射,转眼将符兴吞没,落得个身死神灭,尸骨无存。部众见此奇景,直骇得寒毛卓竖,魂飞魄散。马隆亦不停留,将马一转,闯至乌桓,吐谷浑,卢水胡阵中,见将便打,逢人便刺,如入无人之境,搅得个天翻地覆。好本事,有诗为证:

> 半卷旌旗大军行,匹马单枪入胡营;
> 城头早下西山月,日消霜露乱纷纭。
> 千里勤王无归意,笳鼓声寒泣铁衣。
> 投老忘看遗青冢,一片丹心志杀敌。

看那厢,北宫纯率军出城,一路冲杀,少顷与马隆人马合兵一处,转守为攻,往刘渊中军袭来。刘渊望见,直气得怒发冲冠,横眉颐指,命白毛儿敌住北宫纯,自己去寻马隆,一路呵斥,也不顾眼前何人,踏马前行,死伤无数,直至追上,大叫:"马隆小儿,莫在此逞强,敢与孤战否?"马隆见之,亦道:"你自来送死,也免我回头寻你。"打马一转,举剑一劈,奔刘渊顶梁来,刘渊摆剑横挡,海底捞月,往上就迎。双剑在空中相碰,闻得"当"一声,好似半空中霹雳打雷,嗡嗡作响,马隆后退一步,直觉双臂发麻,心道:"不想刘渊日就月将,武艺更有精进。"刘渊亦往后一退,胸口发闷,只思:"马隆镞砺括羽,不失孤一生劲敌。"暗自使劲，二人马打盘旋，战在一处。马隆把剑一抖，照刘渊前胸刺来。刘渊亦不含糊，把剑立起，封住来势，将剑崩了出去。马隆一招走空，立马回招，顺势一转，往脑门刺去。刘渊把头一低，贴在马背，使一招反背倒穴，将剑从斜里往上刺，直奔马隆小腹。马隆手握缰绳，往左边跳下，躲过来剑，立时一个踏步，跳上马背。二马一错镫，一个马头朝南，一个马头冲北，刘渊回身使个回马刺剑。马隆闻得脑后有风声，急将身子往后一仰，把剑反手一刺，刘渊见来得快，剑至中途，赶忙变招，把剑一挡，又闻得"当"一声，各自磕开。刘渊不待回神，将马头一掉转，举剑又朝马隆颈嗓削去。马隆心道："刘渊手中之剑，乃是凡品，不如宝剑胜他。"遂运足力气，贯于手中，喊声："开。""哐当"一声，将刘渊手中之剑削为两截。

刘渊见兵器被毁，气得狞髯张目，真火直冒，遂把袍一掀，胸口一亮，祭了霞阳剑，剑在半空，如霞日当头，万道红光。马隆喝道："此宝我已受过，能奈我何？"亦将降魔剑祭起，缓缓分开，合成一剑盾，霞阳剑打不下来。刘渊大喝一声，胸口射第二道红光，炎阳剑呼啸而出，化为火麒麟，直奔马隆。马隆见状，不敢大意，速祭起龙虎印，那印在空中，现一龙一虎，将火麒麟缠绕住，三兽你来我往，扑腾乱打，交织一处，四周如火烤，平地起蒸雾。

那厢，刘渊面色通红，汗如雨下；这厢，马隆面色惨白，亦不好受。斗法好一阵，马隆暗祭起伏羲八卦图，欲收刘渊。刘渊胸口隐隐发亮，欲祭梵阳剑，拼个你死我活。蓄势待发，箭在弦上，正在此时，空中梵音大唱，月支菩萨现了身形，道声："徒儿莫要逞强，你乃一国之君，三军之帅，岂能鲁莽行事。且日光菩萨曾言，梵阳剑不能复用，你速速退下，保全性命。"刘渊闻言，脑中登时清明，赶忙收了梵阳剑。马隆闻言，知其中必有蹊跷，故而激道："刘渊，枉你自诩英雄，天下无敌。今日我且在此，闻梵阳剑威力无穷，神妙无比，本欲一拼高下，不想你瞻前顾后，畏首畏尾，不敢用力。常言道战场之将，马革裹尸，此番至你，却是难为，若非成事贪名，富贵惜命，倒教我高看你了。"一席话，说得刘渊羞愧难当，无地自容。马隆又喝一声："刘渊，你谋逆作乱，祸害苍生，今番事败，莫怪我手下无情。"遂祭伏羲八卦图，要拿刘渊。

那宝图在半空，只见三爻分列，五行变化，图已隐去，现出一洪洞。那洞

第五十回

大法师出元阳洞　燃灯佛下灵鹫山

甚是奇异，当朝阳启明，其光红荧；当太阳中天，其光黄明；当夕阳返照，其光幽蓝。三光各有神通。此时已近午时，只见一道黄光，悠悠转出，忽消失不见。刘渊正错愕间，那光由脚下而出，霎时往上旋走，笼住全身。刘渊顿觉五感俱失，身往下沉，转眼没至膝盖，不由得大惊失色，已是抽身难为，正值束手待毙时，忽闻一人道："马隆休要放肆。"原来月支菩萨在半空，早祭起贝叶昙摩印，印出一叶，笼住刘渊，转眼化为虚无，不知所踪。马隆见此，怒道："你这老僧，又来坏我好事。"月支菩萨回道："你不识大势，不入菩提，竟大言不惭，逆天妄为，终不得善也。"马隆说道："道不同，不相为谋，多言无益，手下且见真章。"遂祭图，要拿菩萨，黄光徐徐而上，罩住其身。菩萨把掌一合，祭了宝印，那贝叶缓缓而出，笼了法身，少时化为虚无，隐去踪迹。

马隆见寻不着菩萨，道一声："以为遁了身形，便可脱逃，且看宝图之威。"口念玄语，黄光化为千条，如天女散花，盖住四周方圆。少时，寻至一处，里头绿光点点，外面黄光旋绕，黄绿交织，甚是奇异。忽闻得"噼啪"作响，又见一贝叶，悠悠生长，盖住黄光。黄光缓缓熄灭，马隆只觉手臂发麻，胸口翻涌。正在当口，月支菩萨现了法身，祭印打下，马隆知其厉害，忙收了宝图，将马一拍，便要退走。贝叶昙摩印如影随形，轰轰而打，马隆见状，遂弃了战马，倒地而避。那印打在马身，也不见血，只是隐去，无影无踪。马隆大骇，撒脚便逃。菩萨喝道："哪里走。"遂驾遁光，来赶马隆。

二人一前一后，马隆心慌，未着意脚下，竟磕着一石，踉跄倒地，眼见得菩萨赶来，心道："不想我一生征战，纵横万里，志心报国，却出师未捷，马失前蹄，竟要死于此地乎？"把眼一闭，一股怨念，冲上云霄。岂不知，早惊动了一位仙人。那崆峒山元阳洞，灵宝大法师静坐高台，正闭目清心，运其元神，守离龙，纳坎虎，猛的一念闪过，不觉睁开双目，掐指一算，不由得道声："月支菩萨以大欺小，实不应该。老师命我等见素抱朴，紧闭洞门，不可为外物牵连。本当守其纯朴，不想沙门无止，屡次犯劫，情殊可恨。如今徒儿有难，为人师者，不可坐视不理，倒要红尘一走，惹些烦恼，也是天命。"遂起身移步，往白云桥上去，只见得白云桥往下有一洞，也是好景，有《西江月》为证：

门前一掩半岭，平云自锁山川。松渊柏潮柳含烟，窈窕许多欣羡。亭亭朱鹤迎缘，潺潺水石无言。来时心意百般闲，洞中方有别见。

话说灵宝大法师下得白云桥，入一洞府，玄雅别致，清幽怡然。往里走，见两窟，一窟熊熊火焰，热浪腾腾；一窟冷冷冰雪，寒风冽冽。法师左一画，热窟中飞出一条蛟龙，浑身赤红，张牙舞爪，甚是欢腾；右一画，冰窟中跃出一条蛟龙，通体澄蓝，盘旋翻滚，煞是绚烂。法师将两手一合，两条蛟龙交织一处，缠绕飞旋。少时，只见万道金光现出，金光之中，两条蛟龙已是不见，却落下一把剪子来。法师右手一托，剪子在手，遂收入袖内，自道："玄都师兄相赠此宝，在此采天地灵气，受日月精华，本想世事安乐，相处无虞，奈何人间多难，神仙有劫，今日金蛟剪重出光华，也是定数。"出了洞府，驾金光而往洛阳。

且说马隆倒地，月支菩萨紧追在后，眼见大难将至，闭目将死，忽耳边闻得一声："徒儿休要沮丧，且往后走，自有生路。"马隆知此乃老师千里传音，心中大喜，忙连滚带爬，往后而走。月支菩萨喝道："山穷水尽，道绝途殚，你往哪里走。"遂祭起宝印，打向马隆。宝印悬顶，贝叶即出，正落将下来，忽有万道金光，千朵白莲现出，原是一旗，托住贝叶曼摩印。那印在半空，溜溜直转，打不下来。

月支菩萨喝道："灵宝大法师，你既已到来，何不现身相见。"言毕，半空中现一人，金芒在顶，红袍拂身，长须飘洒，超然出尘，正是灵宝大法师。只闻得法师道："菩萨别来无恙。"月支菩萨打一稽首，回道："敦煌一别，法师更有精进。不想这般到此，缘何而来？"法师亦打一稽首，说道："你为他来，我为你来，世人皆有去来，纷纷扰扰，自有因果。菩萨不在西千佛洞清修自在，到此一走，岂不知，蝴蝶一翅，千里有云。三山五岳，四海八荒，皆因你而走；三灾五劫，四相八难，皆因你而生。却来问贫道缘何而来，不当语也。"月支菩萨说道："人教有云，道生之，德畜之，物形之，势成之。万物之态，万事之变，皆由势成。汉国本无意，晋室自相残，争杀何不止，当出更代人。你虽为阐教，然红花白藕青荷叶，三教原来是一家，你等同源同知，岂不解这番道理？"法师笑道："此乃谬理，沙门有言，有一物，便生爱染；无一物，便成菩提；有一物，便生执着，无一物，便成智慧。势乃尘，心为空，你既有菩提心，何染世间尘。马隆虽为我弟子，却也是尘世中人，贫道不相助，倒让你来打，是何道理？"月支菩萨回道："法师此言差矣，难道你纵徒行凶，打杀我徒，便是好事，如今又用言语压我，以为我不如你，此时退去罢了，若要一见高低，只恐身殒神灭，覆水难收。"法师笑道："贫道已识得你贝叶昙摩印神妙，却也破不得杏黄旗，怎见得高低？"月支菩萨移步上前，与法师往来冲突，翻腾数转，未有数合，月支菩萨将贝叶昙摩印丢起空中，欲打法师。法师遂祭起杏黄旗，此旗诸邪避退、万法不侵，宝印虽说神妙无穷，却也难破得。月支菩萨喝道："杏黄旗虽是至宝，贫僧倒要看究竟抵御几分。"遂收了宝印，从袖口拿出一物，乃是一珠，通体雪白，晶莹剔透。此珠一出，悠悠而转，忽天地变色，风雨齐出，雷鸣四方，又有乌云叠叠，层层而下，少时一道雷电现出，贯于珠内。那珠化为电球，噼啪作响，如天塌地陷，海倒山崩。灵宝大法师见景，说道："我道是何物，原是开元珠。此珠乃燃灯师兄的二十四颗定海珠，往灵鹫山演化，灵气散出，受于山间一通灵石而得，神通虽比不得定海珠，却也是奥妙无穷，如何被你得到？"菩萨不言，将那珠打下，杏黄旗嗞嗞而转，有万朵金莲，正是：

五彩祥云天地迷，金光万道吐虹霓。
万法不侵诸邪避，创世青莲化神旗。

杏黄旗乃天地至宝，开元珠打不下来，月支菩萨见景，一面使劲，让开元珠往下打；一面暗祭起贝叶昙摩印，往法师后背打来。法师怒道："你自恃多宝，暗使手段，岂不知安危相易，祸福相生。这等小术，怎能难我？"遂把金蛟剪祭起，此宝在空中，挺折上下，祥云护体，头交头如剪，尾交尾如股，不怕你得道神仙，一闸即为两段。开元珠往下打，金蛟剪往上迎，开元珠架不住剪，被一剪两段。金蛟剪继续往上走，那贝叶昙摩印在空中往下打，亦架不住，一片贝叶被一分为二。双宝被毁，菩萨大惊，忙借金遁而走。灵宝大法师收了杏黄旗、金蛟剪，喝道："你今日往哪里去？"亦借金遁，从后来赶，眼见得追上，半空中忽现了二人。月支菩萨见之，忙道："二位师兄，正好到来，阐教门人灵宝大法师恃宝行凶，以阻天道，还望帮衬。"正是日光、月光二位菩萨。

你道菩萨为何到来，原是日光菩萨命十二神将阴阳二女缚往琉璃，随后与月光菩萨同走，至邹峄山，忽心神不宁，往下一看，见十二神将，遂落下云头，问道："你等为何停留此地？"众将不答，细看之，方知皆被定住，再看眼中，一片混沌，不见物，不识人，呆立原地，着实可怜。二位菩萨大惊，日光菩萨遂将日光轮放出，金光四射，众将方醒过神来，见菩萨齐齐叩拜。月光菩萨问道："你等带阴阳二女去往琉璃，如何成这般模样？从详道来。"众将细细道来，月光菩萨惊道："不想八景宫首仙，亦到此地。"日光菩萨叹道："人间一场纷争，神仙遭逢杀运，也是天数。"月光菩萨说道："既是天数，我等皆在其中，不可违也。"日光菩萨闭目合掌，少时睁开双目，说道："月支菩萨有难，我等当前往助之。"命十二神将："你等速归琉璃，邀八大菩萨往来洛阳。"十二神将领命而去，日光、月光菩萨遂驾金遁，往洛阳而来。

且说日光菩萨、月光菩萨至洛阳，恰遇灵宝大法师追赶月支，遂现了法相。灵宝大法师见二人，止步说道："如何东方二圣，也到了这来？"月光菩萨上前，合掌说道："月支道友与我等同源，如今有难，不可坐视不理。"日光菩萨也道："人间纷争，自有因果，何故你我两教发难，法师既破了月支道友法宝，不当咄咄逼人，以伤和气。"灵宝大法师打稽首还礼，说道："菩萨既如此说，也是道理。贫道有一法，不知可否？"日光菩萨回道："法师但可讲来。"法师说道："晋室为华，匈奴为胡，五胡乱华，故有一场劫数。想来商亡周兴，周衰秦起，秦败汉替，汉弱以成国三分，三分天下又归晋。兴亡成败，原是轮回，然本为中华，如今刘渊伐晋，伐的不只为晋，乃是华夏气运，借沙门之力，倚琉璃之法，生出这无边灾祸。你我皆在其中，贫道之法，不若你我皆退去，刘渊亦归左国城，今后红尘诸事，两教再不沾染，不知意下如何？"日光菩萨回道："刘渊代天伐晋，本是天数使然，纵是你我，亦难变之。不如你我现在皆退去，任凭这人间纷争，朝兴朝替。"法师笑道："菩萨此言大谬，非你等相助，刘渊焉有今日？如今兵临洛阳，华夏危矣，却教贫道与你等退去，是何道理？难不成我教门人，任你戕害，便是天数？"月光菩萨说道："你不愿退，我不愿走，若伤两教和气，怪不得我等。"法师回道："莫放大言，如今贫道在此，任你等前来，亦不惧也。"话音未落，忽空中一阵风声飘飘，闻一人作歌而来：

风起云拂月，叶落霜满枝；
不若空为念，宝檀自相识。

众人相看，来人面浮檀金，身如宝玉，原是宝檀华菩萨，见众人合掌施礼，谓日光菩萨："得师兄法旨，速来洛阳。"日光菩萨说道："阐家灵宝大法师在此，要与我琉璃东方佛国计较，你且去一会他。"宝檀华菩萨领命，上前一步，说道："贫僧奉命来此，法师得罪了。"法师回道："你有何道行，尽管使来。"菩萨把红蓝二目一开，举扇来取，法师撤步，赴面交还，二人战及未及三五合，宝檀华菩萨将四禅檀香扇晃一晃，一股清风袭来。法师随将杏黄旗祭起，一禅不得入；菩萨再一扇，杏黄旗现万道金光祥云，二禅亦不得入；菩萨复一扇，杏黄旗更现千朵白莲，三禅仍不得入；菩萨欲扇第四扇，法师已暗祭金蛟剪，那剪在空中，头交头，尾交尾，落将下来，早把四禅檀香扇一剪两段。菩萨失了宝扇，惊道："好厉害的金蛟剪。"法师收了金蛟剪，说道："你等还有何能耐，尽管使来。"话音未落，忽空中梵音袅袅，闻一人作歌而来：

七宝如平地，无量众宝林；
三途八难苦，行善去虚无。

众人相看，来人身透色蓝，光明自在，原是虚空藏菩萨，见众人合掌施礼，道日光菩萨："得师兄法旨，赶来洛阳。"日光菩萨说道："灵宝大法师持阐家神妙，要与我琉璃东方佛国计较，宝檀华师弟不能敌，你且去一会他。"虚空藏菩萨领命，上前一步，说道："贫僧奉命来此，法师得罪了。"随持宝慧剑来斗，法师转步，劈面交还，未及三五合，菩萨举起一镜，熠熠生辉，正是菩提镜，见一道白光打下。法师遂祭了杏黄旗，那旗在顶上，白光打不下来，二人相斗许久，法师把金蛟剪往空中一丢，破空裁云，威力无穷。菩萨见道："来得好！"忙借金遁而走，只闻得"咔嚓"一声，菩提镜被一剪两面，毁于一旦。

菩提镜乃西方至宝，如今毁去，闻得九霄一声雷鸣，三山四海，五湖八荒，尽皆感知，恰惊动了一位圣贤。千里之外，灵鹫山间，但见空翠相映，浓淡分颜，真是好景，有词为证：

一峰孤摽栖鹫鸟，乐居北山闲处。笳寒空老，为闻法故。水潺潺，天湛湛，尘缘散。飞花凌岩灿，云屏展。瑶台自清晓，念乘早。

旧人传歌，到此徒嘘叹。新客去劳，笑归晚。如来风物，明灯点，普光远。百草芳，千岑染，心游乱。回首身已故，不可解。举目树双生，小月满。

灵鹫山间有一洞，名曰元觉洞，洞中有位圣贤，好模样，只见：双抓髻，乾坤二色；皂道服，白鹤飞云。仙风并道骨，霞彩现当身。顶上灵光千丈远，包罗万象胸襟。九返金丹全不讲，修成圣体彻灵明。灵鹫山上客，元觉道燃灯。正是燃灯道人。道人自道："商周大战已去千年，不想金蛟剪重出，又是一场劫数。可怜仙果道体，尽遭诛戮。"遂出了洞来，唤金翅雕，命："随我往洛阳去。"金翅雕张开双翅，飞腾万里，时歇沧浪，道人坐于其背，往洛阳而去。

且说虚空藏菩萨逃归，与诸菩萨相见，说道："杏黄旗万法不侵，金蛟剪破坚如纸，甚是厉害。"月支菩萨说道："纵是神妙无穷，然万物相生相克，净琉璃八大侍者，准提之门五十三菩萨，定有制他之人。"日光菩萨、月光菩萨齐道："不得让金蛟剪逞凶。"遂同步上前，欲会灵宝大法师。不知两家斗法如何，且看下回分解。